Brigitte Lüdecke

Die fremden Herren der Erde

Roman

Brigitte Lüdecke

Die fremden Herren der Erde

Roman

„Die fremden Herren der Erde"
Erste Auflage Dezember 2015

Ancient Mail Verlag Werner Betz
Europaring 57, D-64521 Groß-Gerau
Tel.: 00 49 (0) 61 52/5 43 75, Fax: 00 49 (0) 61 52/94 91 82
www.ancientmail.de
Email: ancientmail@t-online.de

Umschlaggestaltung: Sandra Schmidt

ISBN 978-3-95652-132-4

„Je erstaunlicher eine wissenschaftliche Entdeckung, desto stärker wird sie von der Wissenschaft bekämpft.“

Max Planck

Gerald Grünberg erwachte spät am Tag. Die grelle Sommersonne stand schon fast im Zenit und stach ihm in die blinzelnden Augen, die er vorsichtig eins nach dem anderen öffnete. Die Zunge klebte ihm trocken am Gaumen und unbändiger Durst trieb ihn dazu, endlich richtig wach zu werden. Vorsichtig stützte er sich erst auf einen Ellenbogen und bemühte sich, möglichst langsam den Kopf zu heben, damit der bohrende Schmerz in seinem Schädel nicht noch schlimmer wurde. Endlich hatte er es geschafft, sich im Bett aufzusetzen. Er barg stöhnend den Kopf in beiden Händen, konnte aber den dröhnenden Schmerzen und der Übelkeit nicht entgehen. Trotzdem schlich sich ein verzerrtes Lächeln in sein verschlafenes Gesicht. Den Brummschädel habe ich mir verdient und auch die überschwängliche Feier gestern Abend, dachte er benommen. Gerald war frischgebackener Archäologe und hatte Jahre mit angespanntem Lernen und Studieren verbracht, immer bemüht, möglichst bald fertig zu werden. Jetzt war es soweit. Morgen würde er aus dem Studentenwohnheim ausziehen, noch ein paar Ferienwochen bei den Eltern im brandenburgischen Kyritz verbringen und dann seine erste Arbeitsstelle antreten. Als einer der besten Absolventen hatte er eine Zusage vom Berliner Vorderasiatischen Museum erhalten. Dort konnte er tagtäglich seinem bevorzugtem Gebiet, der ältesten menschlichen, der sumerischen Kultur, nahe sein. Da waren die mitunter mehr als fünftausend Jahre alten Zeugnisse einer unglaublich weit entwickelten Zivilisation, die Tontafeln, Rollsiegel und andere Chronisten einer Zeit ausgestellt, die so Sensationelles offenbaren, dass sie unser Weltbild verändern würden, wenn man den Erkenntnissen denn gestatten würde, Zugang zu unserer Schulweisheit zu erlangen.

Gerald war fasziniert von der Welt der alten Kulturen, die sich ihm mit jedem uraltem Text, den er las, auftat. Dabei sind die meisten der tausenden gefundenen Tontafeln noch gar nicht übersetzt. Begeistert stellte er sich vor, welch ein sagenhaftes Wissen den Menschen dann zugänglich wäre, wenn sie die sumerischen und akkadischen Keilschriftzeichen oder die in semitischen Sprachen verfassten Texte alle entziffert hätten. Gerald dachte oft, dass sein Onkel Bernhard, der Pfarrer Grünberg, Recht hatte, wenn er ihm vor Beginn seines Studiums riet, die alten Dokumente sehr genau zu lesen.

„Darin wirst du das Alte Testament bestätigt finden, mein Junge, denn die Urschriften berichten sehr viel ausführlicher, so dass dir die Zusammenhänge deutlicher werden. Die Bibel ist die Kurzfassung der Geschehnisse der alten Zeit, doch die Texte selber sind ihre detaillierte Basis."

So hatte Gerald Texte studiert, die manche Lücke unseres Wissens füllen konnten und die angeblich großen Menschheitsrätsel in alten Schriften gelöst vorgefunden.

Als Gerald sich langsam und vorsichtig bis in die Küche vorgearbeitet hatte, setzte er die Kaffeemaschine in Gang. Er hoffte, dass das belebende Getränk helfen würde, die Nachwirkungen des Alkohols aus seinem Körper zu vertreiben. Während der Duft des starken Getränks den kleinen Raum füllte, griff er zu einer großen Wasserflasche. Dann setzte er sich vorsichtig an den Tisch und vermied jede unnötige Drehung des Kopfes. Erst bei seiner zweiten Tasse Kaffee fiel ihm ein, dass er heute Abend noch mit Andrea verabredet war. Bis dahin würden noch Stunden vergehen und sein verkatertes Gehirn hoffentlich normal funktionieren.

Andrea. Immer wenn er an sie dachte, sah er zuerst wildes, schwarzes Haar, das in Locken bis weit über den Rücken fiel und dann die graugrünen Augen, groß, mit intensivem Blick. Sie hatte hier an der Universität Biologie studiert und zur selben Zeit wie er ihren Abschluss gemacht. Schade, dass sie sich erst in den letzten Tagen ihres Studiums kennen gelernt hatten, dachte er und nahm noch einen Schluck Kaffee. Doch Gerald war zuversichtlich, dass sie ihre Bekanntschaft vertiefen konnten, denn sie blieb ebenfalls in Berlin, um in einem Institut auf dem Gebiet der Gentechnologie zu arbeiten.

Auf dem Weg zur Dusche überlegte er, wie er Andrea dazu bewegen konnte, einen Teil ihrer Ferien gemeinsam zu verbringen. Er hatte schon bemerkt, dass sie nicht leicht zu beeinflussen war und den Dingen kritisch gegenüberstand. Eine einmal gebildete Überzeugung gab sie nicht so leicht auf und verstand es, ihn in Diskussionen in Grund und Boden zu reden. Andererseits war sie ein liebes, fröhliches Wesen, in dessen Gegenwart er sich ungemein wohl fühlte. Gerald wusste, dass er sich beinahe sofort in sie verliebt hatte. Was sie für ihn empfand, war ihm jedoch nicht klar. Auf keinen Fall wollte er sie danach fragen, um sie nicht zu verprellen. Wenn sie zusagt, mit mir Urlaub zu machen, bin ich schon ein großes Stück weiter, überlegte er und rubbelte sich vorsichtig das Haar trocken. Oder hat sie dann vielleicht einfach nur nichts Besseres vor?

Es war Abend geworden. Dunkelblaue Schatten verwischten die Grenze zwischen dem See und dem kleinen Wäldchen. Die Hitze des Tages war einer angenehmen Kühle gewichen. Es war die Zeit vor der Dunkelheit, die den Farben ringsherum mehr und mehr von ihrer Intensität nahm, bis sie sich in einheitlichem Grau nicht mehr voneinander unterschieden.

Gerald und Andrea hatten einen langen Spaziergang in der schönen Landschaft unternommen, in die das kleine Städtchen Kyritz in die grüne, weite Ebene der Prignitz eingebettet war. Sie wohnten am Stadtrand in dem abseits gelegenen Garten der Familie Grünberg. Spartanisch hatten sie sich in dem Gartenhaus ohne fließend Wasser eingerichtet. Es war kaum mehr als ein Campingurlaub. Aber genau das gefiel Andrea, und Gerald war nur froh darüber.

Weit öffnete sie die Fenster, um die Melodie des Landes in sich aufzunehmen. Blätter raschelten im Wind, Vogelstimmen waren zu vernehmen und dazwischen Stille, wirkliche Stille, wie sie in der Stadt unmöglich zu hören war. Andrea wuchs in Berlin auf, war aber schon als Kind so oft und so lange wie möglich zu ihren Großeltern gefahren, die ein Haus auf dem Land hatten. Als sie vor Jahren starben, wusste Andrea nicht, wie sie nun ohne die lieb gewonnene Zeit in der Natur auskommen sollte. Von Kindheit an hatte sie die ganzen Ferien dort verbracht und später zumindest mehrere Wochen.

Deshalb war Andrea gern mit Gerald in das Gartenhaus am Waldrand gezogen. Hier fühlte sie sich der verlorenen Zeit mit ihren Großeltern wieder nahe, denn sie hatte das ländliche Leben schon lange vermisst. Natürlich wäre sie trotzdem nicht hierher gekommen, wenn sie sich nichts aus Gerald gemacht hätte. Wie viel er ihr bedeutete, wusste sie selbst nicht so genau, aber das würde sie herausfinden, jetzt, wo sie tagtäglich zusammen sein würden. Andrea sah in ihm einen der symphatischten Menschen, denen sie begegnet war. Im Gegensatz zu ihr war er ernster veranlagt und dachte über die Dinge, die ihn umgaben, beständig nach. Warum alles so war, wie es ist, woher wir kamen und was vor den Menschen war. Kein Wunder, dachte sie, dass Gerald Archäologe geworden war. Doch dafür hatte Andrea Verständnis, brachte doch ihre Liebe zur Natur sie zur Biologie, um möglichst viel des geheimen Lebens der Pflanzen und Tiere zu entschleiern, aber auch das der Menschen. Einiges davon würde ihr vielleicht in dem vor ihr liegenden, langen Arbeitsleben als Biologin gelingen.

Jetzt saßen sie nach dem Abendessen auf der Terrasse des Gartenhäuschens und sahen in die prasselnden Flammen des Feuerkorbes, der Licht und Wärme zugleich in die Sommernacht brachte, ohne durch allzu viel Helligkeit die Unmassen an funkelnden Sternen über ihnen zu beeinträchtigen. Gerald sah, wie Andrea immer wieder den Blick zum Sternenhimmel richtete und musste wieder einmal an seinen Onkel Bernhard denken. Oft hatte er seinen Neffen auf den sternenübersäten Himmel hingewiesen und gesagt: „Sieh, Gerald, von da kamen die Nefilim, wie uns die Bibel sagt. Das Alte Testament erzählt uns so viel über uns und unsere Schöpfung. Wenn die Menschen doch nur darauf hören würden."

Als Junge hatte Gerald nichts weiter darauf gegeben, wenn der Onkel von diesen Dingen sprach. Aber als er älter wurde, erkannte er den tieferen Sinn und die Weisheit der Worte seines Onkels. Selbst wenn man gelernt hatte, dass das Alte Testament wahre Begebenheiten aus Jahrtausende alter Vergangenheit berichtete, nahmen die Menschen sie doch im allgemeinen wie Geschichten und Sagen aus grauer Vorzeit hin. Nicht so Pfarrer Grünberg und auch nicht Gerald, denn Onkel Bernhard hatte ihn auf Texte hingewiesen, die von unserem frühen Dasein und sogar von der Zeit davor erzählten, Texte, von denen ein Teil in die Bibel aufgenommen worden ist und die belegen, wie es am Anfang war. „Junge, wenn das die Menschen doch nur wissen wollten!“ hatte der Pfarrer immer wieder gesagt.

Ea stand am kleinen, runden Fenster in der Kammer seines Raumfahrzeuges und sah auf die Erde hinab, auf KI, das feste Land, das nun seine zweite Heimat werden sollte. So hatte es sein Vater Anu entschieden, der Herrscher auf dem Heimatplaneten Nibiru, dem Planeten des Durchquerens. Er tauchte nur einmal in 3.600 Erdenjahren im MUL.MUL, dem Sonnensystem, mit seinen neun anderen Planeten auf, durchquerte ihre Bahnen und zog in entgegen gesetzter Richtung in der Lücke zwischen Jupiter und Mars zu seinem sonnennahestem Punkt. Dann verschwand er wieder in den Tiefen des Alls, um seiner weiten, kometenhaften Umlaufbahn um die Sonne zu folgen. Nun war es wieder so weit. Bald würde ein Umlauf, ein schar, vollendet sein. Ea und seine Mannschaft hatten lange vorher mit ihrem Raumschiff den Planeten Nibiru verlassen, um den richtigen Zeitpunkt zum Einschwenken in eine Flugbahn nicht zu verpassen, die sie an den Planetenbahnen vorbei zielsicher zur Erde tragen würde. Längst hatte er die Raumkleidung, die ME, angelegt, denn bald würde er das Mutterschiff verlassen und mit einem kleineren Raumgleiter, der sich auch zur Wasserung eignete, in der Nähe eines Sumpfgebietes im Meer landen. Stolz richtete er sich zu seiner vollen Größe auf und dachte: Ich, Ea, der Herr des Wassers, werde dann auch Enki zu nennen sein, denn dieser Name bedeutet Herr der Erde.

Wieder sah er auf den schönen blau-weiß marmorierten Planeten herab, der nur ein Viertel so groß wie der Nibiru war, dafür aber keine vernunftbegabten Wesen beherbergte, so dass er ihn ungehindert in Besitz nehmen konnte. Er sah die gewaltigen Eismassen, die die Erde bedeckten. Weite Teile der Kontinente waren von dicken Eisschichten umschlossen. Große Mengen Wassers waren in Form von Eis gebunden, wodurch der Meeresspiegel sehr tief lag. Das Klima hatte sich auf fast der ganzen Erde gravierend geändert. Schon lange erkundeten die Bewohner des Nibiru diesen Planeten und wussten, dass er sich gerade wieder in einer Eiszeit befand. Nur in nicht all zu weiter Ferne zum Äquator war daher an eine Besiedelung zu denken. Aber noch war nicht entschieden, ob es sich lohnte, auf der Erde zu leben. Erst einmal war es sein Auftrag zu erkunden, ob es möglich war, genügend Gold und andere Bodenschätze auf der Erde zu gewinnen. Zufrieden dachte Ea bei sich: Unser König, mein Vater Anu, hat mich mit der zurzeit wichtigsten Aufgabe betraut, mich, seinen Erstgeborenen. Nicht Enlil, den ältesten Sohn mit seiner Hauptfrau Antu hat er entsandt, sondern mich, den besten Wissenschaftler und Ingenieur. Darauf war Ea stolz, denn er fühlte sich oft genug gegenüber seinem Halbbruder zurückgesetzt. Enlil war der offizielle Thronerbe, nicht er, der Erstgeborene. Nun aber würde er den Heimatplaneten retten, er und nicht Enlil. Sorgenfalten gruben sich in seine Stirn, als er auf die immer größer im Fenster erscheinende Erde sah. In Gedanken versunken strich er über seinen Bart, der ihm bis auf die Brust reichte. Es musste ihm unbedingt gelingen, genügend Gold abzubauen, denn Gold war lebenswichtig für den Nibiru geworden, dessen Atmosphäre sich zu zersetzen begann. Nur Goldstaub könnte diesen Prozess aufhalten, viel Gold, das er nun beschaffen musste. Die Meere der Erde waren voll davon. Ea hatte extra ein neues Verfahren zur Goldgewinnung entwickelt. Dabei verdrängte er, dass trotzdem eigentlich sein Bruder Enlil vom Vater mit der Erdmission betraut worden war. Ea sollte nur die ersten schars, ein paar Umläufe um die Sonne, als Vorposten auf die Erde gehen.

Aber etliche Jahre werde ich allein herrschen und der Pionier auf der Erde sein, ich, nicht Enlil. Dieser Gedanke besänftigte seinen Zorn auf den Bruder. Er verließ seine Kammer, um sich auf die Landung auf der Erde vorzubereiten.

Der AB.GAL, der Pilot, hatte ihn und seine Untergebenen sicher in eine Umlaufbahn um die Erde gebracht, seine Erde, die er sich nun erobern würde. Ich, dachte Ea, ein Herr königlicher Abstammung und meine Mannschaft sind die ersten Nibirubewohner, die vom Himmel auf die Erde kamen, die Ersten, die die Heimat retten werden, so viele von uns auch noch folgen werden. Ea nahm sich vor dafür zu sorgen, dass das Anu immer im Gedächtnis blieb. Halb versöhnt mit seinem Schicksal , stieg er mit den Anunnaki, seinen fünfzig Gefolgsleuten, die gleich ihm auf die Erde gehen würden, in den Landegleiter, der sie, falls erforderlich, auch wieder in den Orbit zum Mutterschiff bringen würde. Das große Raumschiff war bei den Igigi in guten Händen. Sie, die in der Umlaufbahn blieben, würden auch eine wichtige Station bei der Verschiffung des Goldes zum Nibiru sein und waren ein bedeutendes Bindeglied zwischen Erde und Heimat.

Ea gab den Befehl zum Start des kleineren Raumfahrzeuges, des MU, das sie durch die dichte Atmosphäre der Erde schnell zu dem Landeplatz im Wasser bringen würde. Die Stelle der Wasserung im Meer lag nahe an seiner neuen Heimat, einem Sumpfland am Rande einer weiten, grünen Ebene, die begrenzt von zwei großen Flüssen ein idealer Ort war, um seine neue Aufgabe zu beginnen.

Ea hatte die erste Nacht auf der Erde in einer provisorischen Unterkunft verbracht, die die Anunnaki in aller Eile errichtet hatten. Sein Leibdiener servierte ihm ein einfaches Mahl aus Dinkelbrot, Früchten und frisch gefangenem Fisch. Ea hatte sein weißes Gewand angelegt, das um den Körper herumgewickelt wurde und in mehreren Stufen bis zu den Knöcheln reichte. Nun setzte er sich das Zeichen der herrschenden Klasse auf, einen Hut, der oben schmaler wurde und von mehreren Paaren Hörnern gekrönt war. Diese Hörner waren das Symbol für den Titel DIN.GIR, Rechtmäßiger mit den Raketen, der sichtbare Hinweis für alle einfachen Anunnaki, dass er zu den Herren gehörte, denen sie Achtung und Respekt entgegenzubringen hatten und deren Befehle sie befolgen mussten.

Ea trat vor die einfache Hütte und sah sich um. Weites Sumpfland erstreckte sich bis an den Horizont. Freude durchströmte ihn. Er reckte seine hohe Gestalt, um tief die feuchte, warme Luft einzuatmen. Hier ließ es sich gut leben, dachte er zufrieden. Ea war gern von Wasser umgeben. Später würde er eine erste Bootsfahrt auf dem schiffbaren Teil des Sumpfes unternehmen, die ihn bis an das offene Wasser des Flusspaares, des Euphrat und des Tigris, bringen würde. Längst hatte er geplant, was er als Erstes unternehmen musste, um so bald wie möglich eine kleine Siedlung, den HA.A.KI anzulegen, einen Ort, in dem er inmitten von Wasser, Fischen und festem Land leben würde.

Rufe von Wasservögeln und das Rauschen des Windes im Schilf erfüllten seine Ohren mit der Stimme der Natur, die er auch bezähmen würde, soweit es nötig war.

Noch heute werden die Anunnaki mit dem Damm anfangen, den sie so hoch aufschütten werden, dass ich mein festes Haus errichten kann, das ich hier unten auf der Erde bewohnen werde. Sobald mir die Igigi im Orbit die nächsten 50 Anunnaki mit dem Flugboot geschickt haben, werde ich den Befehl geben, Deiche zu bauen, nahm er sich vor. Gleichzeitig sollen einige andere daran arbeiten, mehr schiffbare Kanäle anzulegen. Auch ein Entwässerungssystem musste in Angriff genommen werden, denn schließlich brauchten sie genug festes Land in der Nähe, das bebaut werden konnte. Getreide-, Obst- und Gemüseanbau, das alles hat Vorrang, damit wir uns hier ernähren können, dachte er. Erst dann kann ich mich ganz der Goldgewinnung widmen.

Vorausschauend hatte Ea einen beträchtlichen Vorrat an Sämereien und Sätzlingen mitgebracht, deren Anzucht und Pflege er speziell einem Arbeiter anvertraute, der damit Erfahrung hatte. Später würde er ihn zum Aufseher über die Felder und Plantagen machen. Er brauchte auch Weideflächen, auf denen er Nutzvieh halten würde. Erst dann würde sein Land KI.EN.GIR auf der Erde unabhängig vom Nibiru und könnte sie, seine neuen Herren, selbst ernähren. Wieder sah Ea einen Fisch im Wasser silbern blitzen und dachte lächelnd, dass es an seiner Leibspeise, den Fischgerichten, hier bestimmt nicht mangeln würde.

Als er den Bootsführer Kiri kommen sah, der ihm meldete, dass alles für eine Erkundungsfahrt bereit sei, ging ihm noch ein anderer Name für die erste Stadt auf seinem Planeten durch den Kopf. Ich kann sie auch E.RI.DU nennen, grübelte er, das passt auch, denn bin ich nicht ein Weitgereister, der ein neues Heim gefunden hat? Dann beeilte er sich, in den MA.GUR, das Boot für die Sumpffahrt, zu steigen. Die Tage auf der Erde waren allzu kurz. An die rasende Abfolge der Jahreszeiten würde er sich ebenfalls gewöhnen müssen, denn ein Erdenjahr war im Vergleich zum Nibiru, seiner Heimat, nur ein Augenblick. Aber Ea hatte Zeit, gedachte er doch für immer hier zu leben als EN.KI, dem Herrn der Erde. Auf seiner Heimatwelt war er nur ein Mitglied der königlichen Familie unter vielen. Gewiss, er hatte Vorrang und Macht gegenüber den einfachen Bewohnern des Nibiru, aber der König war Anu. Hier bin ich der einzige unter den DIN.GIR, der Befehle erteilt, dachte er erleichtert. Froh darüber, der ständigen Gegenwart Enlils entronnen zu sein, der ihn stets an seine Zurücksetzung in der Thronfolge erinnerte, verdrängte er die Tatsache, dass sein Vater Anu auch der oberste Herrscher über die Erde war, wenngleich er sie nicht zu bewohnen gedachte.

Als der Fahrtwind ihm die Stirn kühlte und der Schilfwald rauschte, dachte er schon über ein weiteres, dringendes Problem nach, das er sofort in Angriff nehmen würde. Die Wasserqualität musste unbedingt verbessert werden, damit sauberes Trinkwasser zur Verfügung stand. In ein paar Tagen wollte er in sein kleines Fluggerät, einen Senkrechtstarter, steigen, um die Ebene des Zweistromlandes aus der Luft zu erkunden. Dann werde ich mir auch einen Überblick verschaffen, wo das Erdöl offen zu Tage tritt und somit leicht zu gewinnen ist, nahm sich Ea vor. Neben Häusern, Nahrung und Wasser brauchten die Nefilim Energie. Wenn die Erdölingenieure eintrafen, wollte er sie gleich mit dem Bau einer Raffenerie an ausgesuchtem Standort betrauen. Außerdem brauchten sie die Erdölderivate für viele andere Dinge des täglichen Lebens. Das offene Erdöl, das überreich in der Nähe des Flusspaares ohne Tiefenbohrung zu erhalten war, gab den endgültigen Ausschlag über die Wahl des Ortes, an dem die Anunnaki siedeln würden. Auch das Niltal wäre in Frage gekommen, wenngleich das fruchtbare Land an seinen Ufern nur ein schmaler Streifen war, dafür aber ein ausgedehntes Delta hatte. Ebenso hätte sich das Gebiet am Indus geeignet, grün, fruchtbar, Wasser im Überfluss und trotz Eiszeit in warmer Region gelegen. Es gab auch Überlegungen, in Mittelamerika zu beginnen. Aber außer Mesopotamien hatte keines der anderen Gebiete eine Energiequelle, die nicht allzu weit entfernt war. Für den Anfang war das ein unerlässlicher Vorteil, den Euphrat und Tigris zu bieten hatten.

Ea fühlte sich frei und beschwingt und so voller Tatendrang wie schon lange nicht mehr. Er saß auf dem für ihn erhöhten Platz im Boot und lauschte den Liedern seiner Bootsmannschaft, deren Klänge sich in die Luft des jungfräulichen Planeten Erde erhoben, auf der außer einer reichen Fauna und Flora keine Wesen lebten, die intelligent genug wären, Anspruch auf die Herrschaft über diesen herrlichen Planeten zu erheben.

Das Feuer war weit heruntergebrannt, während Gerald von Ea und den Anunnaki erzählte. Staunend hatte Andrea zugehört und sah nun fragend auf. „Ihr Archäologen kennt wirklich die genauen Begebenheiten, als die ersten Nefilim zur Erde kamen? Ich meine solche Details wie die Ortswahl und was sie zuerst in Angriff nahmen."

„Aber ja", entgegnete Gerald und versuchte in dem Licht des Holzfeuers in Andreas Augen zu sehen. „Es sind unzählige alte Texte gefunden worden, beispielsweise an die fünfundzwanzigtausend Texte in den Ruinen der Bibliothek von Ninive. Das war eine Königsstadt in Assyrien zur Zeit des Herrschers Asurbanipal. Man brauchte sie nur zu übersetzen, um erstaunliche Dinge zu erfahren. Heute gibt es etliche Altertumsforscher, die die alten Sprachen beherrschen. Dennoch sind die meisten der geborgenen Texte noch nicht übersetzt. Stell dir mal vor, welche Geheimnisse sie noch in sich bergen."

Begeisterung klang in seiner Stimme mit. Andrea schob ihren Stuhl näher an den seinen heran, denn sie fröstelte im Nachtwind, der leise durch die Bäume strich. Gerald legte einen Arm um ihre Schultern, um sie zu wärmen und um ihr nahe zu sein.

„Außerdem", so fuhr er fort, „werden immer mehr Übersetzungsfehler erkannt. Nimm nur das Wort Nefilim. Lange Zeit hatte man das mit Riesen übersetzt. Dabei bedeutet der Wortstamm NFL vom Himmel herabgekommen, herab geworfen sein oder herabgestiegen. Unverständliche, weil sinnentstellte Textpassagen werden somit langsam ausgemerzt, und wir erfahren, was sie wirklich enthalten."

„Was du erzählt hast", warf Andrea ein, „ist äußerst interessant. Ich dachte immer, Archäologie sei trocken und, nun ja, etwas langweilig."

„Ganz und gar nicht", antwortete Gerald. „Was meinst du, was wir zum Beispiel über die Erbfolgegesetze der Nibirubewohner erfahren haben, die sie natürlich auch auf der Erde anwandten, seit sie dort als Nefilim lebten."

Er dachte dabei an einige Abkömmlinge der Nibirubewohner, die teilweise erst später auf der Erde lebten. „

Kinder mit der Halbschwester sind allen anderen in der Thronfolge vorzuziehen."

„Nicht möglich", entfuhr es Andrea ungläubig.

„Doch, so steht es geschrieben", erwiderte Gerald und stocherte in der Glut herum, so dass noch einmal ein Funkenregen in die samtschwarze Nacht flog. Schnell warf er dünne Zweige in den Feuerkorb, die gleich von den kleinen Flammen verzehrt wurden. Dann legte er einige dicke Holzscheite auf. Als er sich wieder neben Andrea setzte, sah er im hellen Schein des Feuers echte Neugier in ihrem hübschen Gesicht.

„Eines verstehe ich nicht, Gerald, wie kann ein so weit fortgeschrittenes Volk, das sogar Raumreisen unternimmt, solche Moral haben? Inzest!" entrüstete sich Andrea.

Gerald lachte leise auf. „Andere Länder, andere Sitten, das ist doch auch bei den Menschen so. Die Nibirubewohner haben eine Monarchie. Das königliche Blut soll möglichst rein gehalten werden. Diese Einstellung ist bei ihnen eine absolute Grundhaltung, der sich alles unterzuordnen hat. Das Kind mit der Halbschwester hat mehr königliches Blut in den Adern, als das mit der Ehefrau oder mit einer der legalen Konkubinen, sofern sie nicht gleich unter Halbgeschwistern geheiratet haben."

„Aber wie lösten sie das Problem mit der Inzucht?" wollte Andrea wissen, denn das berührte ihr Fachgebiet.

„Ein seit Jahrttausenden raumfahrendes Volk hat auf vielen Gebieten enormes Wissen erlangt, ganz bestimmt auch in der Gentechnologie", entgegnete Gerald. „Sie haben für unser Empfinden noch schlimmere Sitten. Zur Reinhaltung des königlichen Blutes ist sogar eine Vergewaltigung erlaubt, wenn es zur Sicherung der Thronfolge erforderlich ist. Ansonsten wird Vergewaltigung bestraft."

„Wie abscheulich", warf Andrea ein.

„ Ja, das finde ich auch. Aber die Nibirubewohner haben weitere seltsame Gebräuche. Es gibt Texte, aus denen hervorgeht, das zwar die Ehe unter Vollgeschwistern verboten ist, aber nicht, das sie miteinander schlafen."

„Nicht zu glauben, Gerald."

„Ich könnte dir Textstellen aus dem Stehgreif nennen, auch welche über die Beziehungen zwischen Großvater und Enkelin, Vater und Tochter, Onkel und Nichte", entgegnete Gerald und dachte an Anu und Inanna, der sogar ihr Urgroßvater war, an Enki und seine Tochter oder an Inanna und ihren Onkel Adad. Warte, gleich zeige ich dir einen solcher Texte."

Er stand auf und ging in das Gartenhaus, denn ein, zwei Sachbücher hatte er mitgenommen, um in stillen Stunden darin zu lesen. „Hier, sieh selbst. Das ist eine Stelle über Inanna, die ebenfalls ein Mitglied der königlichen Familie ist, eine Enkelin Enlils."

„Tatsächlich", rief Andrea erstaunt. Hier steht, dass sie sich mit ihrem Geliebten trifft und beide ihre Zweisamkeit genossen, dass sie in das Haus des Bruders gingen und sie sich in seinem Bett liebten."

„Die Zeilen berichten noch weiter", sagte Gerald, aber du siehst, es sind selbst solche Einzelheiten aus dem Leben der verschiedensten Nefilim aufgezeichnet. Die Texte liegen betitelt und mit einer Katalognummer versehen in den Museen und Archiven der Universitäten."

„Wenn so viel Wissen über ein Volk existiert, das vor den Menschen auf der Erde war, warum lernen wir dann im Geschichtsunterricht nichts darüber? So etwas kann man doch nicht einfach ignorieren", wunderte sich Andrea.

„Doch, man kann, denn sonst wäre es ja Bestandteil unserer Allgemeinbildung", antwortete Gerald. „Es ist für viele Wissensgebiete schwierig, dass eingestanden wird, man habe sich lange Zeit ein völlig falsches Weltbild gemacht. Ignorieren ist einfacher. Aber lass uns reingehen. Das Feuer ist wieder heruntergebrannt und du frierst."

„Ja, es ist spät geworden", stimmte Andrea zu und stand auf. „Aber du musst mir morgen mehr erzählen von diesen Nefilim, die auf die Erde kamen, als es noch nicht den heutigen Menschen gab."

Schon eine lange Zeit, beinahe 8 Nibiru Umläufe um die Sonne, hatten die einfachen Anunnaki tagtäglich bis Sonnenuntergang gearbeitet. Als eines der ersten Projekte wurde der feste Wohnsitz des Herrn Ea errichtet. Dazu wurden Lehmziegel gebrannt, aus denen sich ein stabiles Haus errichten ließ. Das Haus des Herrn hatte etliche größere und kleinere Räume, private und andere Zimmer, die Ea als Arbeitsstätte nutzte. Hier saß er und arbeitete unermüdlich an den Plänen zum Aufbau seiner Stadt Eridu. In den Amtsräumen empfing er die Aufseher der verschiedenen Unternehmungen, die gleichzeitig in Angriff genommen worden waren, um möglichst bald Land, Wasser und Energie nutzbar zu machen und die Goldgewinnung voranzutreiben. Ea hatte sich auch um Kleinigkeiten gekümmert, wie die Errichtung einer Bäckerei zur Versorgung der Arbeiter und auch um die Bierherstellung. Diese untergeordneten Dinge übertrug er bald einem jungen Anunnaki, der als sein Sekretär fungierte und ihm viele Einzelheiten abnahm, die es ständig zu regeln galt.

Als die Kanäle zur Entwässerung im Sumpfgebiet gezogen waren, Euphrat und Tigris durch etliche Wasseradern verbunden und an vielen Stellen Dämme aufgeschüttet waren, ernannte Ea den Vorarbeiter Enkimdu zum Hüter der Deiche und

Dämme, während Enbilulu der Bewacher der Kanäle und Hüter der Sümpfe wurde. Kutta, der sich besonders gut auf das Herstellen der Ziegel und Gussformen verstand, wurde der Oberste der Ziegelmacher. Wieder einem anderen übertrug er die Aufsicht über die Fischer und den Fang von Sumpfvögeln, die somit zu einem abwechslungsreichen Speiseplan beitrugen.

Zufrieden trat Ea aus seinem Haus der Tiefe, dem E.AB.ZU. Der Name ist sehr passend für mein Domizil, dachte er, denn es war buchstäblich über der Tiefe des Sumpfes errichtet worden und, vom Himmel aus gesehen, tief unten auf der Erde gelegen. Seine ganze Siedlung Eridu stand auf der Krone eines riesigen aufgeschütteten Hügels, der ständig in dem Maße erweitert wurde, wie seine kleine Stadt wuchs.

Damkina, Eas Frau, trat an seine Seite und sah gemeinsam mit ihm die orangerote Sonne den Rand des weiten, bereits gezähmten Sumpflandes erreichen. In der Dämmerung erhob sich ein berauschendes, vielstimmiges Konzert von Vögeln aller Art, denen das Sumpfland ein paradiesisches Zuhause bot. Bereits ein Nibiru Jahr, ein schar, nachdem Ea auf die Erde kam, folgte Damkina ihrem Mann in die neue Heimat. Der Nibiru näherte sich gerade wieder nach langem Aufenthalt in den Weiten des Alls der Sonne. Als er den Punkt auf der Umlaufbahn für einen günstigen Abflug zur Erde erreichte, schloss sie sich einem Raumschiff an, das weitere 50 Anunnaki, darunter auch etliche Frauen, auf die Erde bringen sollte.

Jetzt, viele Erdenjahre und fast 8 schars später, erwartete Ea die Ankunft seines ältesten Sohnes Marduk, der ihm bei den enormen Aufgaben, die vor ihnen lagen, unterstützen sollte. Da er wusste, dass Marduk stolz auf seine Zugehörigkeit zur Herrscherfamilie war und möglichst eigenständig handeln wollte, gedachte er, ihm großzügig bemessene Eigenverantwortung zu übertragen. Dann konnte Ea sich endlich mehr um das Gold, seine Hauptaufgabe, kümmern. Das Verfahren zur Goldgewinnung aus dem Meer hatte sich zwar bewährt, aber die Menge, die der Nibiru benötigte, konnte trotz aller Anstrengungen nicht geliefert werden.

Als er mit Damkina auf der Terrasse Platz nahm, die mit gazeartigem Stoff gegen Insekten abgeschirmt war, dachte Ea über seinen Plan nach, weit draußen im Golf eine Unterwasserstation zu errichten. Er wollte eine geräumige Fläche des Meeresbodens mit einer Kuppel überdachen, das Wasser herauspumpen und so eine Arbeits-, Aufenthalts- und Forschungsstation errichten. Wenn sich Marduk um die vielfältigen administrativen Aufgaben kümmert, plante er in Gedanken, könnte ich mich mit einer effektiveren Goldgewinnung aus dem Meer und mit anderen Forschungsprojekten unter Wasser befassen. Sein erster Diener Isimud entzündete die Lampen, deren Licht aus einem speziellen Erdölderivat entstammte und servierte dann das Abendessen. Abgelenkt von seinen Grübeleien nahm Ea zuerst den Krug guten Gerstenbieres zur Hand, deren Herstellung er ebenfalls dem besten Bierbrauer übertragen hatte.

In dem weichen Licht der Dämmerung sah er sich um und sagte: „Sieh, Damkina, habe ich uns nicht eine schöne neue Heimat geschaffen, das Land KI.EN.GIR, das ich aus dem Schlaf geweckt habe, aufgestört aus seiner Jahrmilliarden währenden Ruhe der Evolution. Ich bin nun der königliche Herr dieses Planeten. Deshalb sollen mich künftig alle mit dem Namen Enki anreden, Herr der Erde, denn das bin ich nun wahrhaftig."

Damkina legte das Besteck auf den Teller zurück und sah ihn mit feierlichem Ernst an. „Ja, diesen Namen hast du dir wirklich verdient, mein lieber Gemahl. Dann nenne ich mich von jetzt an nach alter Sitte Ninki, denn mit dir bin ich die Herrin der Erde geworden."

Enki hatte nahe seines Hauses einen Bootsanlegesteg bauen lassen. Eine Werft war ebenfalls errichtet worden. Dort wurden die Boote und größeren Schiffe für Erkundungsfahrten auf dem Meer oder für Transporte aller Art gebaut. Sie lag ein gutes Stück entfernt, um den obersten DIN.GIR, der zu der Zeit auf der Erde war, nicht mit lauter Geschäftigkeit zu stören. Nun legte ein großes, festlich mit Schilfbündeln und Sumpfblumen geschmücktes Boot an Enkis Steg an. Er und Ninki erwarteten in ihren Gewändern für staatlich bedeutende Anlässe den hochgestellten Herrn und Angehörigen des königlichen Hauses, den Enkel des Herrschers Anu. Die ganze Dienerschaft unter Leitung von Isimud war angetreten, ebenso die Aufseher und Verantwortlichen für die verschiedenen Arbeitsbereiche. Ganz im Hintergrund drängten sich die einfachen Anunnaki, um einen Blick auf den Ankömmling zu werfen, der doch der Sohn ihres Herrn Enki war.

Dem Empfangsprotokoll entsprechend wurde laut der Titel und Name des königlichen Herrn ausgerufen: DIN.GIR Marduk! Musik erklang durch die feuchte, heiße Luft des Erdentages, als Marduk dem Boot entstieg. Wie alle männlichen Nibirubewohner trug auch er einen Bart, der im bis knapp auf die fast unbekleidete Brust reichte. Die Falten seines weißen Gewandes aus kostbarem Stoff sprangen unter dem Tailliengürtel auf und fielen bis an die Knöchel an seiner hohen Gestalt herab. Das Haupthaar war der Sitte nach zu zwei Rollen am Hinterkopf zurückgebunden, die unter dem hörnerverzierten Hut hervorsahen. Marduk sah sich kurz um, bevor er auf seine Eltern zuschritt. So mancher, der in seiner Nähe stand, erschauerte, als die harten, strengen Augen in die Runde schauten und von Blicken getroffen wurde, die Machtbewusstsein und Entschlossenheit verrieten. Nur als Marduk Ninki, die geliebte Mutter sah, nahm für einen kurzen Moment sein Gesicht milde Züge an, und seine Augen strahlten ihr entgegen. Wie im Protokoll festgelegt, begrüßte er zuerst seinen Vater Enki, dann seine Mutter, beide mit den rituellen Worten und Gesten für diesen Anlass. Auch die Eltern hatten sich trotz aller Freude an das nüchterne Begrüßungsritual zu halten, das am königlichen Hof vorgeschrieben war.

Erst im Haus, als sie unter sich waren, umarmten sie den Sohn und freuten sich sichtlich, Marduk, ihren Erstgeborenen und Enkis Erbberechtigten wieder zu sehen. Ninki strahlte und ließ ihn nicht aus den Augen. Auch Marduk brachte seinen Eltern so viel Herzlichkeit entgegen, wie es ihm seiner harten Natur nach möglich war. Dennoch fiel Enki ein angespannter Zug in Marduks Gesicht auf. Ja, er glaubte sogar so etwas wie Furcht in seinen Augen zu lesen, was so gar nicht zu seinem Ältesten passte. Deshalb sprach er ihn nach dem Begrüßungsmahl sogleich darauf an. „Gibt es irgendwelche Probleme, Marduk? Mir scheint, du siehst sehr besorgt aus."

Jetzt endlich konnte Marduk die Maske des würdevollen Herrn ablegen und sprudelte hervor: „Oh Vater, es hat ein Unglück gegeben. Beinahe wäre ich selbst Opfer des Giganten geworden, der unseren Raumschiffverband auseinander gerissen hat."

„Nein", entfuhr es der entsetzten Ninki. „Was ist passiert, mein Sohn?"

Enki, der einen zusammenhängenden, nüchternen Bericht hören wollte, beschwichtigte Marduk, der unruhig hin und herlief. „Komm, setz dich wieder und erzähle der Reihe nach. Beruhige dich, denn du bist ja unversehrt zu uns gekommen."

Marduk ließ sich noch einen goldenen Pokal mit Wein nachfüllen, trank und berichtete seinen Eltern von der gerade überstandenen gefahrvollen Reise durch das MUL.MUL, das Sonnensystem. Dessen große äußere Planeten besaßen eine so gewaltige Anziehungskraft, dass sie schon so manchen unachtsamen Raumreisenden eingefangen und nie wieder freigegeben hatten. Diesmal war es wieder passiert, und der Schock war noch immer nicht von Marduk gewichen.

„Vater", begann Marduk, „du hast fast 8 Nibiru Jahre die große Himmelsreise nicht mehr mitgemacht, aber 8 schars sind dennoch nicht so lange, dass du dich nicht mehr an die Gefahren erinnern kannst."

„Gewiss, Marduk, ich war immer froh, wenn uns der Abgal gefahrlos an Saturn vorbeigesteuert hatte und auch das kolossale Ringsystem hinter uns lag. Aber erzähle, wo ist euch die Gefahr begegnet, denn wenn du schon den Giganten genannt hast, kann es nur Saturn oder Jupiter sein."

„Ja, erzähle von der ganzen Reise", forderte seine Mutter ihn auf. „Ich selber habe sie nur ein einziges Mal mitgemacht."

„Nun gut", stimmte Marduk zu und lehnte sich im Stuhl zurück. „Bei SCHU.PA, dem Pluto, dem man ja zuerst auf dem Flug zur Erde begegnet, war alles in Ordnung. Hier gab die erste Pilotin NI.NI den richtigen Kurs zur Erde ein. Bald waren wir an dem kleinen Himmelskörper vorüber, denn so weit vom Ziel entfernt hatte das Raumfahrzeug noch eine beachtliche Geschwindigkeit. Dann sahen wir schon von weitem den schönen HUM.BA, den Neptun. Dort, Vater, würde es dir auch gefallen. Von viel Wasser und riesigen grünen Sumpfgebieten haben unsere Forscher berichtet, nur die Atmosphäre ist nicht frei atembar. Bei Neptun wurde eine Kurskorrektur notwendig, denn einerseits musste man sich weit genug von ihm fernhalten, andererseits, eine notwendige Abweichung der Flugbahn richtig berechnen und eingeben. Alles verlief planmäßig. Auch beim Planeten EN.TI.MASCH.SIG ereignete sich nichts Außergewöhnliches. Der Uranus ist bekanntlich allen Raumreisenden wohl gesonnen. Wie sein Bruder, der Neptun, ist er ein Planet mit grünem Leben und genügend Wasser."

„Ja", warf Enki ein. „Als junger Mann wollte ich unbedingt diese beiden Planeten besuchen. Aber es hat sich nie ergeben, dass ich an den Exkursionen teilnahm."

„Erzähle weiter, Marduk", bat Ninki. „Bestimmt ist das Unglück beim 4. Planeten, dem gewaltigen Saturn passiert."

„Ja, Mutter. TAR.GALLU verdient seinen Namen als großer Zerstörer zu Recht. Dieser Riese entwickelt eine so große Gravitationskraft, dass das ganze Können der Abgal gefordert ist, um der unbeschreiblichen Anziehungskraft im richtigen Maß gegenzusteuern. Am unberechenbarsten ist jedoch sein Ringsystem. Unser kleiner Verband an Raumschiffen war schon fast am Saturn vorbei und näherte sich den weitläufigen Ringen aus größeren und kleineren Himmelskörpern, als ein Raumgleiter ausscherte, weil dieses MU vom Saturn in eine abweichende Bahn gezwungen wurde. NI.NI, die mit dem Piloten des abdriftenden Raumschiffs in Verbindung stand, rief ihm noch durch die Sprechanlage Daten zu, damit er den Kurs korrigieren und gegensteuern konnte. Aber es war zwecklos. Auch unser Traktorstrahl, den sie auf das unglückliche MU richtete, zeigte keine Wirkung. Im Gegenteil, sie musste ihn schnell wieder abschalten, damit nicht auch noch unser Gefährt in den tödlichen Bann geriet. Die gesamte Kraft des Triebwerkes der Gefangen des Riesen reichte nicht, um der tödlichen Umklammerung seines Gravitationsfeldes zu entkommen. Hilflos mussten wir mit ansehen, wie die 50 Anunnaki immer schneller in den Sog des Ungeheuers gerieten und rasend schnell auf den Planeten zustürzten."

Marduk bedeckte das Gesicht mit beiden Händen. Als er wieder aufblickte, stand noch das Grauen des Geschehens in seinen Augen geschrieben. „Wir sahen noch, wie das Raumschiff von einer flammenden Korona umgeben war, dann aufglühte und in einem Feuerball das Ende fand. Um ein Haar hätte es uns alle treffen können. Die Piloten sagen, sie hätten zwar Gravitationswerte, die sie in die Berechnungen mit einbeziehen können, aber durch das Ringsystem würden diese Daten ständig beeinflusst und gestört, so dass man nie genau weiß, mit welcher Anziehungskraft man zum Zeitpunkt des Passierens zu rechnen hat. Das hätte diesmal auch mein Ende sein können."

„Beruhige dich, Marduk. Es ist für dich noch einmal alles gut gegangen", beschwichtigte Ninki ihren Sohn.

„Ihr könnt euch vorstellen", fuhr Marduk fort, „wie erleichtert alle waren, als wir endlich Jupiter in der Ferne auftauchen sahen. Als der Größte von allen verdient er seinen Namen SIB.ZI.AN.NA wirklich zu recht. Er ist ein wahrer Führer im Himmel. Auch wenn man aus dem All sehen kann, dass gewaltige, ewige Stürme seine Oberfläche umtosen, ist er den Raumreisenden doch wohl gesonnener als sein großer Nachbar TAR.GALLU mit den ausgedehnten Ringen. Zum Glück ist Jupiters gewaltige Anziehungskraft im Gegensatz zum Saturn konstanter und berechenbar. Trotzdem müssen sich die Piloten noch einmal konzentrieren, denn der Kurs muss bei Erreichen dieses Titanen erneut geändert werden.

Wir legten unsere ME an, die Raumkleidung, denn wenn erst einmal Jupiter hinter uns liegt, sind wir bald am Ziel, wie du weißt, Vater. Nur noch der 6. Planet, der kleine UTU.KA.GAB.A, der Mars, war zu passieren. Er, der Nahe der Mitte des Sonnensystems steht und die inneren von den äußeren Planeten trennt, grüßte uns Raumfahrer mit rötlichem Licht, das beruhigend auf alle wirkte, waren sie selbst doch den schlimmsten Gefahren entronnen. Ihr könnt euch sicher vorstellen, teure Eltern, dass wir nach dem Unglück beim Saturn froh waren, den Nachbarn der Erde zu sehen. Kurz danach erblickten wir dann unsere neue Heimat, den 7. Planeten SCHU.GI, das Ziel unserer gefahrvollen Reise. NI.NI, unsere Pilotin, steuerte uns sicher durch die dichte Atmosphäre und landete im Wasser in der Nähe deines Sumpflandes."

Marduk straffte sich und richtete seine zusammengesunkene Gestalt auf. Als ob er sich die Angst von der Seele geredet hätte, wirkte er jetzt wieder so, wie ihn alle kannten, kühl, besonnen, streng und von eisernem Willen. Nur Ninki dachte bei sich, dass der Gefühlsausbruch sie an den Knaben erinnerte, der er vor langer Zeit war. Der erwachsene machthungrige Mann war ihr dagegen eher fremd.

„Komm, Sohn", wandte sie sich an Marduk, ich zeige dir dein Zimmer für die Nacht. Da kannst du wohnen, bis du ein eigenes Haus beziehst."

„Ja, ich bin müde", erwiderte er. „Aber bevor ich mich zurückziehe, möchte ich dir, Vater, noch den Besuch Anus ankündigen. Er wird in Kürze ebenfalls auf der Erde eintreffen, zusammen mit deinem Bruder Enlil. Hier, dieses offizielle Schreiben soll ich dir übergeben."

Enki seufzte. „Ich weiß, Marduk. Auf der Erde stehe ich doch ständig in Verbindung mit den Igigi im Orbit und auch mit dem Heimatplaneten. Dein Großvater Anu ist mit der Goldgewinnung nicht zufrieden. Es reicht nicht, was wir aus dem Meer erhalten. Anu will sich selbst einen Überblick verschaffen, welches Potential die Erde, mein KI.EN.GIR, sonst noch hat, um mehr Gold zu erhalten. Ich habe schon einige Zeit damit gerechnet, dass der Herrscher die Entscheidung treffen will, ob wir auf der Erde bleiben oder nicht."

„Und warum hast du mich dann hier her gerufen, Vater?" erboste sich Marduk, „wenn nicht einmal feststeht, ob wir auf der Erde bleiben oder nicht."

„Ich weiß schon, was ich tue", wies Enki seinen Sohn zurecht. „Ich habe inzwischen zu viel auf der Erde erreicht und hart gearbeitet, als dass ich alles so leicht aufgeben würde. Längst habe ich Schiffe und Flugzeuge in die wärmeren Regionen des Planeten entsandt und das Land erkunden lassen. Die Anunnaki haben viel Gold sondiert. Große Lagerstätten und Goldadern gibt es im Inneren des AB.ZU, tief unten im südlichen Teil des Kontinents Afrika. Auch andere weit entfernte Gebiete der Erde bergen überreiche Goldvorkommen, teils unter Tage, teils liegt es offen in den Flussbetten. Glaubst du denn, ich würde Anu mit leeren Händen empfangen und meine Erde aufs Spiel setzen? Die großen Goldvorkommen auf den Landmassen können den König gar nicht anders entscheiden lassen. Er muss den Erdenplan fortführen, denn der Nibiru braucht das Gold, wenn unsere Heimatwelt überleben will. Ich sage dir, Marduk, jetzt geht es erst richtig los. Gewaltige Aufgaben in verschiedenen Teilen der Erde warten auf uns. Ich kann nicht überall ständig zugegen sein. Ich brauche dich und wahrscheinlich noch viele andere aus der königlichen Familie, damit überall ein DIN.GIR die oberste Machtstellung innehat."

Ein kaltes Lächeln stahl sich auf Marduks Gesicht.

„Wie konnte ich nur vergessen, Vater, dass du schon immer einen Ausweg wusstest, wo andere aufgegeben hätten. Nicht umsonst nennt man dich einen der klügsten Köpfe überhaupt. Du hattest immer einen Plan, manchmal sogar einen, um den Herrscher Anu zu beeinflussen, genau wie diesmal."

Die Augustnacht hatte dem durstenden Land Regen gebracht, nicht mit Sturm und Gewitter, sondern mit gleichmäßigem, nicht zu heftigem Regen und hatte die Felder, Wiesen und Gärten getränkt. Der neue Tag begann mit einer dunstigen

Sonne, als sich Tau und Feuchtigkeit in die Luft erhoben. Andrea und Gerald traten in einen neuen Tag hinein, der nicht mehr so heiß wie der vorige war, aber sonnig warm mit einem lauen Windhauch, der ihnen den fruchtigen Duft der Augustäpfel zutrug.

„Was wollen wir heute unternehmen, Andrea, schlage etwas vor, wozu du Lust hast."

„Ja, ich weiß nicht", überlegte sie. „Der Himmel ist jetzt klar und fast wolkenlos. Es wird also aller Wahrscheinlichkeit nach nicht mehr regnen. Man könnte einen Tagesausflug machen. Aber wohin, das musst du sagen, Gerald. Ich kenne mich ja hier nicht aus."

„Wir könnten in Richtung Pritzwalk aufbrechen, dort zu Mittag essen, uns noch etwas umsehen und auf einer anderen Route wieder zurückfahren", überlegte er und strich sich durch das dunkelblonde Haar. Seine blauen Augen sahen Andrea fragend an.

„Auf diese Weise hast du ein gutes Stück der Ostprignitz gesehen. Es ist weites, meist ebenes Land mit kleinen Wäldchen, sprudelnden Bächen oder trägen Flussläufen, ab und zu ein See. Ich kann mir keine schönere Landschaft vorstellen. Aber das wird wohl jeder von dem Fleckchen Erde sagen, auf dem er geboren wurde."

„Dann wirst du wohl verstehen, warum ich das oft laute Chaos der Großstadt trotzdem liebe, die Betriebsamkeit und Intensität des Lebens. Und vergiss nicht, dass es auch viele kleine Inseln mit Einfamilienhäusern und Gärten gibt. Denke an unsere Straße, die fast Dorfcharakter hat und in die sich selten andere Autos als die der Anwohner verlieren."

„Ja, das stimmt. Sollte man gar nicht glauben", gab Gerald zu. „Ich habe mich doch auch schon an die Stadt gewöhnt und werde bald in Berlin wohnen und arbeiten, wie du weißt." „Aber heute genießen wir das Landleben. Gleich nach dem Frühstück brechen wir auf."

Andrea lächelte. „Gut, ich koche dann jetzt den Kaffee", entgegnete sie, atmete noch einmal tief die Luft ein und ging über den gebogenen Gartenweg zurück in die kleine Küche. Gerald sah ihrer schlanken Gestalt nach, bis das grünweiß gemusterte Sommerkleid, dessen Saum um ihre Knie wippte, hinter kleinen Büschen und hohen Blumenstauden nicht mehr auszumachen war. Ihm wurde warm ums Herz, und er freute sich, dass er das geliebte Mädchen noch viele Tage bei sich haben würde.

Nach einer gemächlichen Fahrt mit kleinen Aufenthalten aßen sie in der Pritzwalker Hainholzgaststätte zu Mittag. Andrea war überrascht, dass im Wald am Stadtrand plötzlich noch eine Herberge mit Restaurant auftauchte. „Wie idyllisch gelegen", schwärmte sie.

Jetzt wollten sie noch ein Stück spazieren gehen, ehe sie den Rückweg antraten.

„Du bist so schweigsam, Andrea, woran denkst du?“ wollte Gerald wissen.

„Ich überlege“, gab sie zu. „Komm, wir setzen uns ein paar Minuten auf die Bank dort. Sie liegt im Halbschatten, genau richtig für die Mittagszeit.“

Sie setzten sich, lauschten den Vogelstimmen rings umher und genossen den warmen Sommertag, aber auch ihre harmonische Zweisamkeit inmitten der Natur. Andrea wandte sich Gerald zu und sah ihn fragend an. „Sag, wie kann das sein, was du gestern erzählt hast? Ich meine das mit den 8 Nibiru Jahren, den 8 schars. Du sagtest, die Texte berichten von einer Umlaufzeit von 3600 unserer Jahre, ehe der Planet der Nefilim einmal die Sonne umkreist. Das würde bedeuten, dass 8 x 3600 Jahre, also 28800 Erdenjahre vergangen sind, bis die kometenhaft weite Umlaufbahn achtmal vollendet ist. Dann würde Enki schon eine für uns unvorstellbare Ewigkeit auf der Erde gewirkt haben.“

„Und doch muss es so sein“, entgegnete Gerald. „Es gibt so genannte sumerische Königslisten, die übersetzt wurden. Einer dieser Texte ist eine Liste, in der die Herrscher aufgeführt sind, die vom Anfang der Besiedelung der Erde, ca. vor 445.000 Jahren, bis zur Sintflut, die erst 13.000 Jahre her ist, herrschten. Dumuzi beispielsweise regierte 36.000 Jahre. Alle Regierungszeiten erwiesen sich als das Vielfache von 3.600, der Zeit eines Umlaufs ihres Heimatplaneten um die Sonne. Gemessen in den schars, betrug die Regierungszeit dann 6, 8 oder wie in Dumuzis Fall 10 ihrer Jahre. Damit werden die Zahlenangaben des Geschichtsschreibers Berossos real und nachvollziehbar.“

„ Ich habe natürlich schon etwas von diesen alten Tontafeln und Schriften gehört, auch das man die Nefilim Götter nannte, die unsterblich sein sollen, aber als Biologin kann ich mir gerade das nur sehr schwer vorstellen. Die Zellen altern, weißt du. Sie haben ihren Bauplan des Werdens und auch ihren Zerfall vorprogrammiert. Sie werden zwar ständig im Körper erneuert, dennoch ist das kein ewiger Prozess, denn in der Regenerierung kommt es im Alter zu Störungen und zum Versagen.“

Gerald überlegte sich einen Moment die Antwort, wandte ihr das Gesicht zu und sagte: „Du hast genau den Knackpunkt getroffen. Alles, was die aufgefunden Texte in vielen Teilen der Erde berichten, ist glaubhaft dargelegt. Man kann zum Beispiel in der Universität Jena ein Jahrtausende altes Rollsiegel betrachten, auf dem bereits unser vollständiges Sonnensystem abgebildet ist, einschließlich des Nibiru. Die Gelehrten der Neuzeit glaubten dagegen vor noch gar nicht so langer Zeit, die Erde sei das Zentrum des Universums und eine flache Scheibe. Ich will damit sagen, Andrea, dass sobald die Wissenschaft sich weit genug entwickelt hatte, sich alles bestätigte, was weit in der Vergangenheit die Urschriften aussagten. Nur die Unsterblichkeit der Nibirubewohner, die als Nefilim auf die Erde kamen, kann ich dennoch nicht so recht begreifen. Dabei weiß ich, dass man das Alter der Schriften und Tontafeln gut bestimmen kann, dass die ältesten von ihnen von Begebenheiten berichten, die jahrhunderttausende Jahre zurückliegen und die Nefilim mit Namen nennen, die gleichen Namen, die in beispielsweise 2000 vor Christus angesiedelten Begebenheiten handeln. Es gibt auch Aufzeichnungen über sie, die besagen, dass dieselben Nefilim noch 300 v. Christus auf der Erde wirkten. Wie kann man denn unsterblich sein?"

Andrea dachte eine Weile nach. „Wie du schon sagtest, unsere Wissenschaften sind noch meilenweit von dem Können entfernt, dass die Nefilim schon vor einer knappen halben Million Jahren hatten. Sie werden den Gencode vollständig entschlüsselt haben, damals schon. Sie hatten Einblicke in die biochemischen Abläufe im Körper, von denen die heutigen Genetiker nur träumen können. Es ist durchaus denkbar, dass sie imstande sind, den Alterungscode auszuschalten oder das Altern unglaublich weit hinauszögern können."

Gerald wirkte erleichtert. „Gut, dass du das bestätigst, denn ich habe schon ähnliche Gedanken in Erwägung gezogen." Gerald freute sich sichtlich, dass er mit Andrea über schwierige Fragen seines Fachgebietes reden konnte.

„Zum anderen gibt es auch auf der Erde sehr große Unterschiede, wenn es um die Lebensdauer geht", fuhr Andrea fort. „Denke an die Schildkröten, von denen manche an die 100 Jahre alt werden, Elefanten leben auch lange, ähnlich wie die Menschen. Aber ein Pferd ist mit 20 Jahren schon alt, obgleich es ebenfalls ein großes, stattliches Tier ist. Hunde leben etwa je nach Rasse nur halb so lange wie die Pferde. Und wie alt wird eine Maus? Noch Mal nur einen Bruchteil des Hundealters. Es gibt Insekten, die leben eine Saison lang, von der Eintagsfliege nicht zu reden. Denen kämen, wären sie vernunftbegabt, die Schildkröten auch unsterblich vor."

„Genau", bestätigte Gerald ihre Überlegungen. „Der individuelle Lebensfaden ist eben sehr unterschiedlich lang. Dazu kommt noch, dass das Leben auf einem Planeten, der eine kometenweite Umlaufbahn um seine Sonne hat, sich ohnehin andere biologische Prozesse für die Lebewesen entwickelt haben, die der relativ seltenen Sonnennähe entsprechen."

„Ja, Gerald, das auch noch. Ich denke, es sind mehrere Faktoren, die ihnen ein so langes Leben ermöglichen."

Gerald lehnte sich in der Bank zurück und blinzelte, als der Wind die Blätter bewegte und Sonnenreflexe auf seinem Gesicht tanzten. Dann setzte er seine Überlegungen fort. „Ich bin beim Studium immer wieder darauf gestoßen, dass es um die Speise der Götter und den Göttertrank ging, dass Sterbliche die Unsterblichkeit erreichen konnten, in dem sie sinngemäß vom Brot des Lebens aßen und das Wasser des ewigen Lebens tranken. Manchmal brauchten sie auch eine bestimmte Pflanze, so wie sie Gilgamesch suchte. Die Pflanze sollte zumindest das Leben sehr verlängern. Das heißt, das Unsterbliche oder ein sehr langes Leben ist auch eine Frage der Ernährung."

Andrea nickte. „Ganz bestimmt. Nektar und Ambrosia werden oft genannt, wenn es um die Speise des ewigen Lebens geht. Dennoch, dass die alten Schriften von Sterblichen berichten, die unsterblich wurden, weißt darauf hin, das die Nefilim das ewige Leben künstlich herbeiführen können."

„Das auf jeden Fall, Andrea", sagte Gerald und legte eine Hand über die Augen, weil ihn erneut ein Sonnenstrahl, der es durch das dichte Blätterwerk geschafft hatte, blendete. „Ich habe mir mit der Zeit meine eigene Philosophie zurechtgelegt. Enki hat eine Halbschwester, Ninhursag oder auch Sud genannt. Sie haben leider alle mehrere Namen. Sie ist eine medizinisch hochgestellte Wissenschaftlerin, oft als Pflegerin übersetzt, aber ich denke, sie war eine führende Ärztin. Es gibt von ihr etliche Abbildungen, eine davon zeigt sie sichtlich gealtert. Wirklich, sie sieht darauf alt und korpulent aus. Ich kann mich erinnern, dass sie in einem Text verunglimpft und als alt und Kuh bezeichnet wird. Daher denke ich, und das ist meine private Meinung, dass die Nefilim gar nicht unsterblich sind, nur extrem langlebig, sei es auf natürliche oder herbeigeführte Weise. Der Unsterbliche dürfte nämlich gar nicht altern"

Andrea legte die Stirn in Falten und dachte nach, bevor sie antwortete. „Das denke ich auch. Das Altern, läuft es auch noch so langsam ab, bezeugt, dass dennoch der Prozess der andauernden Zellerneuerung, dem wir alle unterliegen, mit der Zeit nachlässt und nicht mehr in seiner ursprünglichen Qualität erfolgt."

Gerald freute sich sichtlich, dass jemand seine Meinung über dieses heikle Thema teilte und umarmte Andrea spontan. „Es ist so schön, mit dir zusammen zu sein", sagte er leise an ihrem Ohr. Mit kaum jemandem, außer meinen Kollegen könnte ich über diese Dinge reden. Du verstehst mich so gut."

Andrea fühlte sich wohl in seinen Armen und genoss den kurzen Moment seiner Nähe, ehe sie antwortete: „Mich interessiert sehr, was du von der Zeit vor den Menschen berichtet hast, und manches berührt sogar mein Fachgebiet. Aber jetzt komm, die Sonne ist schon ein gutes Stück gewandert. Du wolltest mir doch auf der Heimfahrt noch eine andere Strecke zeigen."

„Ja, gehen wir", stimmte Gerald zu. „Hoffentlich steht das Auto noch im Schatten." Er ergriff ihre Hand, und gemeinsam gingen sie den Weg zurück.

Der Nachmittag war schon fast vorbei, als sie wieder in dem Städtchen Kyritz eintrafen. „Hier in dieser Seitenstraße wohnt mein Onkel Bernhard, der Pfarrer, von dem ich dir schon erzählt habe. Weißt du was, wir sagen ihm kurz Guten Tag, ehe wir zum Gartenhaus fahren."

Andrea zögerte. „Meinst du, dass das eine gute Idee ist? Er kennt mich doch gar nicht. Wir haben uns nicht mal angemeldet und stören ihn vielleicht."

Gerald winkte ab. „Das glaube ich nicht. Er hat sich immer gefreut, wenn ich einfach hereingeplatzt bin. Einmal habe ich erwähnt, dass ich in Berlin nicht ganz ohne Freunde bin, wobei ich auch deinen Namen nannte. Ich kann dir zumindest sein Haus zeigen, wenn wir nur ein paar Meter davon entfernt sind. Er wohnt allein und hat schon deshalb gern Besuch."

Als sie vor dem kleinen Anwesen hielten, sahen sie den Pfarrer durch den Garten gehen. Mit Hacke und Eimer strebte er auf den Geräteschuppen zu. „Er ist gerade mit der Arbeit fertig, also können wir eben so gut aussteigen und ihn begrüßen."

Als Pfarrer Grünberg aus dem Schuppen kam, winkte Gerald ihm von weitem zu und rief seinen Namen. Überrascht sah der ältere Mann auf. „Ja Herr im Himmel, das ist doch der Gerald. Na so was. Ich hatte mich schon gefragt, wann du mich mal besuchen kommst. Komm herein, Junge und stelle mir deine Begleiterin vor."

Gerald nahm Andreas Arm und sagte leise: „Siehst du, er freut sich wirklich, auch auf dich."

Der Pfarrer wusch sich schnell die Hände an einem Wasserhahn und eilte dann auf seinen Besuch zu, um die jungen Leute herzlich willkommen zu heißen. „Ich bin heute dem Unkraut zu Leibe gegangen. Das wächst ja von allein. Aber gerade habe ich Schluss gemacht und wollte im Pavillon eine Pause machen. Geht schon hinein und trinkt ein Glas Saft. Wasser steht auch da. Ich ziehe mir nur schnell saubere Sachen an und koche Kaffee." Er sah an seiner Hose herunter, die an den Knien große Erdflecken hatte. Andrea und Gerald waren durstig und nahmen das Angebot gern an. Kurze Zeit darauf trug der Pfarrer ein Tablett vor sich her.

„Ich helfe Ihnen, Herr Grünberg", bot Andrea an und nahm ihm das Tablett ab.

„Danke, junge Frau. Wir trinken im Pavillon Kaffee. Da ist es luftig und schattig zugleich."

„Hm, Käsetorte, Onkel Bernhard."

„Ja, heute Morgen hat mir die Hanna Rösler eine halbe Torte gebracht. Du weißt doch, Gerald, dass sie mich immer mit allem Möglichem bemuttert." Gerald grinste über das ganze Gesicht. „Ja, und ich weiß auch, dass du gerne von ihr bemuttert wirst."

Verlegen sah der Pfarrer auf den Kuchen. „Wie auch immer, backen kann die Hanna, also lasst es euch schmecken.“ Als alle drei ein großes Stück Torte auf dem Teller hatten und Andrea den Kaffee eingoss, gratulierte Pfarrer Grünberg seinem Neffen zum bestandenen Examen. „Ein Archäologe bist du nun also. Das ist großartig, obwohl ich dir jetzt gestehen kann, dass es eine Zeit gab, in der ich gehofft hatte, dass du in meine Fußstapfen trittst. Du hast doch gern in den alten Büchern herumgestöbert und dich mit mir über die Begebenheiten aus der Bibel unterhalten. Welcher Junge tut das schon. Nun, unsere Berufe haben dennoch etliche Berührungspunkte. Aber wir werden nicht fachsimpeln, Gerald und die junge Dame damit langweilen. Erzählen Sie, Frau Lessing, welchen Beruf Sie gewählt haben. Gerald sagte mal, Sie haben an derselben Universität studiert.“

„Das stimmt“, bestätigte Andrea. „Ich bin Biologin und werde in der Gentechnologie arbeiten. Aber archäologische Gespräche oder theologische Erörterungen langweilen mich keineswegs. Im Gegenteil. Gerald und ich haben uns schon stundenlang darüber unterhalten.“

„Tatsächlich, das freut mich aber.“ Überrascht sah Pfarrer Grünberg zu Andrea hin.

Geralds Augen leuchteten. „Doch, Onkel Bernhard, wir sprechen viel davon. Gerade erst über die Unsterblichkeit der Nefilim. Du weißt, ich nenne sie nicht gerne Götter, obwohl es die gängige Bezeichnung für sie ist. Manchmal sage ich auch Anunnaki, wie sie ebenfalls heißen.“ Gerald aß seinen letzten Bissen Käsetorte. Der Pfarrer stellte seine Tasse ab und lehnte sich zurück.

„Da kann ich dir nur beipflichten, Junge. Die Übersetzer der verschiedensten alten Texte bedienen sich zumeist des Wortes Götter. Aber so wurden die Nefilim, die vom äußersten Planeten kamen, erst von den alten Griechen genannt. Davor hatte sie keiner so bezeichnet und sie sich selber auch nicht. Außerdem haben die Bewohner des Nibiru, die auf unsere Erde kamen, rein gar nichts mit meinem Gott zu tun, dem Gott, an den ich als Christ und evangelischer Pfarrer glaube. Sie sind nicht gütig zu den Menschen gewesen, bis auf wenige Ausnahmen. Sie sind machtbesessen und bekriegen sich aufs Heftigste untereinander. Nein, das Wort Götter finde ich auch unpassend. Sie selbst haben sich als DIN.GIR bezeichnet, Rechtmäßige mit den Raketen oder auch EN vor ihren Namen gestellt, was Herr heißt. Dabei hätte man es belassen sollen.“

„Gerald hat mir schon erzählt, dass sich die Mitglieder der herrschenden Familie so genannt haben“, warf Andrea ein. Er hat auch ein paar Wörter aufgeschrieben, um mir die Schreibweise zu zeigen.“

„Du weißt, was sie meint, Onkel Bernhard, die großgeschriebenen Silben mit dem Punkt voneinander getrennt.“

Andrea hielt fragend die Kaffeekanne hoch und schenkte beiden noch eine Tasse ein.

„Natürlich, Gerald, die sumerische Schreibweise meint sie. Das ist die älteste Sprache auf unserer Erde, mein Fräulein. Die Schreibweise mit den Großbuchstaben ist jedoch nur eine Krücke, um mit unseren Buchstaben zu verdeutlichen, wie die Silben ausgesprochen werden. Das Sumerische ist nämlich zunächst eine Bildschrift gewesen, die dann in eine Keilschrift überging, die noch vor anderen Keilschriftarten existierte. Gebräuchlicher ist jedoch die Schreibweise, in der die Worte klein und zusammengeschrieben sind, obwohl auch das gewissermaßen eine Hilfsschrift ist, denn wer von uns kann schon die Keilschrift lesen."

Gerald wandte sich an seinen Onkel. „Ich habe Andrea zum Beispiel die Namen der Nefilim genannt und ihr die Schreibweise gezeigt."

„Pfarrer Grünberg nickte heftig." „Ja, die Schreibweisen. Zum Beispiel findet man Enki öfter in der akkadischen Schreibweise, obwohl die getrennten Silben besser die Bedeutung erkennen lassen. Auch bei EN.LIL sieht man in der sumerischen Schreibweise gleich, dass die erste Silbe Herr und der ganze Name Herr des Luftraumes bedeutet, aber ich habe auch schon gelesen, dass sein Name mit Befehlshaber übersetzt wurde. Oder der Name MAR.DUK, Sohn des reinen Hügels. Es kam mir immer so vor, als ob das Wort rein in diesem Zusammenhang unpassend ist. Aber das Sumerische hat seine Tücken, denn eine Silbe kann mehrere Bedeutungen haben, wie du weißt, Gerald. Der Name des Herrschers Anu ist fast immer in akkadischer Schreibweise angegeben, denn sumerisch würde er AN genannt werden."

Gerald unterbrach seinen Onkel Andrea zuliebe, denn er wollte nicht, dass das Gespräch in einer langen Fachsimpelei endete. „Da hörst du es, Andrea, Onkel Bernhard spricht wie einer meiner Professoren. Nun kannst du dir denken, woher mein Interesse für die alten Kulturen stammt."

Der Pfarrer lachte und freute sich über seinen Neffen. „Nun übertreibe nicht, Junge, ich habe nur etwas hier und da gelesen. Aber nun genug von den alten Geschichten, sonst langweilen wir die junge Dame doch noch."

„Nein, Herr Grünberg, gewiss nicht", wiegelte Andrea ab.

Gerald stand auf und trat aus dem Pavillon. „Du wolltest mir doch deinen Riesenkohlrabi zeigen, Onkel Bernhard, und dann müssen wir aufbrechen", schnitt er ein anderes Thema an. Behäbig erhob sich der Pfarrer und zeigte in den hinteren Teil des Gartens. „Da steht mein Prachtexemplar, beinahe zu schade, um es aufzuessen. Die Tomaten biegen sich auch unter einer Unzahl von Früchten. Ihr müsst unbedingt welche mitnehmen. Für mich sind es viel zu viele."

Sie waren bei den Gemüsebeeten angekommen. „Wie machst du das, Onkel Bernhard, immer hast du solche guten Ernten?“

„Ich mache gar nichts. Das ist die frische Muttererde, die ich im Herbst auf die Beete gebracht habe. Neue Erde ist besser als jeder Dünger, den es zu kaufen gibt. Die Natur bringt noch immer das Beste hervor, das hat der wahre Gott so eingerichtet.“

Anu saß in seinem Palast auf Nibiru und grübelte nun schon seit Stunden, welche Entscheidung er wegen des Erdenplanes treffen sollte. Dabei schweiften seine Gedanken ständig ab, als wollten sie sich dem schwierigen, lebenswichtigen Entschluss entziehen. Immer, wenn er sich intensiv mit dem 7. Planeten, der Erde befasste, musste er daran denken, dass Alalu, den er vom Thron stürzte, zur Erde geflohen war. Anu sah sich um, denn hier in diesen Räumen wohnte einst sein Vorgänger. Im imposanten Thronsaal saß damals Alalu als König des großen Planeten Nibiru. Anu erhob sich und ging unruhig auf und ab. Die Pala, das lange Gewand der Herrscher, schlug heftig um seine Beine. Noch heute regte er sich jedes Mal auf, wenn er an den Kampf mit Alalu dachte, denn wie sicher konnte er selbst auf dem Thronsessel sein? Es war an der Tagesordnung, dass die Macht auf Nibiru durch Usurpation erlangt wurde. Wer trachtet mich zu stürzen, sann er auf Antwort? Etwa Kumarbi, der Enkel des gewaltsam abgesetzten Alalu?

Dennoch fühlte sich Anu im Recht. Niemals hätte Alalu den Thron erhalten dürfen. Die rechtmäßigen Nachfolger wären seine Eltern gewesen, sein Vater AN.SCHAR.GAL, der große Himmelsfürst und seine Mutter KI.SCHAR.GAL, die große Himmelsfürstin. Stattdessen kam Alalu, der nur einer der Verwandten war, an die Macht. Anu selbst hätte Thronfolger sein müssen, wurde aber unter Alalu nur zum königlichen ersten Mundschenk berufen. Tagtäglich war er in Alalus Nähe und wurde stets und ständig daran erinnert, dass ihm Unrecht geschehen war. Seiner Meinung nach sollte er, Anu, nach seinen Eltern selbst auf dem Regentenplatz sitzen, sollte er selbst der EN.SI, der rechtmäßige Herrscher sein und Alalu ihm aufwarten. Triumphierend dachte Anu an seinen Sieg, als er nach 9 schars endlich den Mut aufbrachte, Alalu zum Kampf um den Thron aufzufordern. Am meisten freute er sich, dass es ihm auch gelungen war, Alalu zu entmannen, wie es üblich beim Machtkampf war, denn des Gegners mögliche Söhne wären nur eine stete Gefahr, ihrerseits zu Thronräubern zu werden.

Anu setzte sich wieder hinter den imposanten Schreibtisch. Mit Unbehagen dachte er daran, dass Alalus Enkel Kumarbi jetzt den Platz des Mundschenks bei ihm einnahm, eine Geste, die von allen erwartet wurde, um die unterlegene Familie nicht völlig bloßzustellen.

In der Regel gab man jemanden ein Amt in der Nähe des neuen Königs. Heimlich beobachtete Anu den jungen Kumarbi. Oft stand der blanke Hass in seinen Augen, wenn Kumarbi nicht darauf gefasst war, dass Anu ihn anblicken würde. Selbst das musste Anu nun bedenken, wenn er entscheiden wollte, was mit dem Goldland Erde geschah. Ging er selbst zum 7. Planeten, könnte fern vom Nibiru ein anderer die Macht an sich reißen, beispielsweise Kumarbi, um Alalu zu rächen. Oder Enlil, sein eigener Sohn und Erbe, könnte ihn in seiner Abwesenheit stürzen, das hat es alles schon gegeben. Anu blieb am Fenster stehen und sah in dem dämmerigen Licht seines Planeten zu der Vulkankette, die in der Ferne Rauchsäulen in den Himmel spie. Nibiru hatte viele aktive Vulkane, die zwar gefürchtet, aber auch begrüßt wurden, denn sie halfen mit, dem sonnenfernen Himmelskörper Wärme auf seinem weiten, kometenhaften Weg ins All hinaus und eine lebensnotwendige Atmosphäre zu geben.

Dann hatte er endlich eine Idee, wie auch das Umsturzproblem zu lösen war. Er würde sie mitnehmen, alle beide. Anu wandte sich vom Fenster ab und ging zu einem Tisch hinüber, auf dem seine königlichen Insignien auf kostbarem Stoff bereitlagen. Er setzte sich das Zeichen seiner Königswürde, die Tiara, aufs Haupt, nahm Zepter und Stab und ging durch die prächtigen Flure von seinen Privatgemächern zu einem der kleineren Empfangsräume hinüber. Einem Bediensteten hatte er zuvor aufgetragen, seinen Sohn Enlil herzubitten, dem er seinen Entschluss mitteilen wollte. Außerdem befahl er, den Ersten Minister und zwei Sekretäre zu sich, um alles zu protokollieren und als Schreiber zu dienen.

Als Anu den Amtssaal betrat, waren bereits alle dort versammelt und erhoben sich, um den Herrscher zu begrüßen. Nachdem sich Anu auf dem Thronsessel, von dem je einer in den offiziellen Amtsräumen stand, niedergelassen hatte, nahmen Enlil und die Anderen entsprechend der vorgeschriebenen Sitzordnung wieder Platz. Der König bedeutete den Schreibern das folgende Gespräch zu protokollieren und wandte sich seinem Sohn und dem Minister zu.

„Den ganzen Tag habe ich noch einmal alle Unterlagen über die Erdmission durchgesehen, habe die laufenden Berichte über die Goldproduktion und Enkis neue Pläne über den Bau von Schiffen zum Goldtransport und die Verbesserung des Verfahrens zur Goldgewinnung aus dem Meer gelesen. Über den Zeitraum von acht schars hinweg habe ich ständig den Fortgang der Arbeiten auf der Erde verfolgt und allen notwendigen Forderungen an Material und Personal entsprochen. Wenn Enki etwas brauchte habe ich ihm alles geschickt. Doch jetzt ist die Zeit gekommen, um zu entscheiden, ob wir auf SCHU.GI, dem 7. Planeten bleiben, oder die ganze Erdenmission abbrechen. Ich bin nicht zufrieden, was Enki mir bisher zu melden hatte. Das Ministerium für Umwelt benötigt mehr Goldstaub, damit sich die Atmosphäre auf Dauer stabilisiert, auch die Industrie und die Raumschiffproduzenten brauchen ihren Goldanteil.

Daher habe ich beschlossen, selbst die Erde zu besuchen. Ich muss mit eigenen Augen sehen, was geschaffen wurde. Außer Enki sollen mir dort alle Aufseher über den Stand der Arbeiten auf ihrem Gebiet berichten.

Die Zeit ist günstig. Unser Planet Nibiru nähert sich dem sonnennächsten Punkt und wird bald in Erdennähe sein. Etliche MU sind schon gestartet und haben Kurs zur Erde genommen. Ich werde eines der letzten Startfenster für den Abflug nutzen. Das wird in sieben Tagen sein."

Anu klappte sein elektronisches Notizbuch zu und deutete auf seinen Sohn. „Du, Enlil, wirst mich begleiten. Sollte ich entscheiden, den Erdenplan fortzuführen, bleibst du gleich da."

Enlil, der damit gerechnet hatte, dass sein Vater ihn bald selbst zur Erde schicken würde, antwortete: „Ganz wie du befiehlst, königlicher Vater. Ich habe ebenfalls die Zahlen über die Goldausbeute auf der Erde verfolgt. Es ist wirklich das Beste, an Ort und Stelle einen Rapport anzusetzen. Solltest du dem Fortgang der Arbeiten zustimmen, werde ich gerne, wie ursprünglich gedacht, die Leitung der Erde übernehmen."

Damit wollte Enlil unbedingt daran erinnern, dass nicht etwa Enki das Kommando behalten sollte.

Anu nickte zufrieden dem Thronfolger zu. „Mich wird Antu, die Königin, begleiten, ebenso eine oder zwei meiner Konkubinen, darunter auch ID, Enkis Mutter, die ich sehr verehre, wie du weißt. Sie wird sich freuen, ihren Sohn wieder zu sehen. Wenn du möchtest, kannst du ebenfalls die eine oder andere aus deinem Frauenhaushalt mitnehmen."

Enlil strich sich wie in Gedanken über seinen Bart. „Ich werde das überdenken. Danke, Vater."

Damit wandte sich Anu dem Minister zu. „Veranlasse alles Nötige zur Vorbereitung der Reise. Sprich mit dem Raumfahrtkommandanten, dem Schatzmeister und dem Protokollführer, ebenso mit Kumarbi, der die Delegation zur Erde begleiten wird. Welcher meiner anderen Söhne mich während der Abwesenheit vertritt, gebe ich noch bekannt. Du unterstützt ihn persönlich in allen Staatsgeschäften und erstattest mir regelmäßig über die Nachrichtenanlagen Bericht."

Damit erhob sich der Herrscher und beendete die Zusammenkunft. Nachdem auch der Minister und die Sekretäre gegangen waren, stand Enlil noch am Fenster und sah in den prachtvollen, künstlichen Palastgarten mit den aus Edelsteinen und wertvollen Metallen nachgebildeten Blumen, Bäumchen und vielerlei Zierpflanzen. Wer weiß, dachte er, wann ich das hier wieder sehen werde. Wenn wir auf dem siebenten Planeten bleiben, wohl sehr lange nicht. Doch das würde ihm Recht sein. Hier war sein Vater auf unabsehbare Zeit der König. Aber auf der Erde würde er, Enlil, wie ein König schalten und walten. Dort wäre er selbst der oberste Herr, noch vor seinem Bruder Enki, der ja nur ein Sohn von einer Konkubine ist. Zufrieden warf Enlil einen letzten Blick auf einen prachtvollen Springbrunnen, dessen Wasserfontäne täglich hellere Lichtreflexe erzeugte. Mit der Annäherung an die Sonne, wurde das diffuse Licht auf Nibiru mehr und mehr strahlend, heller, ja sogar blendend hell, wenn der Planet seinen Platz zwischen Mars und Jupiter erreicht hatte. So empfanden es die Nibirubewohner, die eher an Dämmerlicht gewöhnt waren. Aber dann würden er und Anu längst auf der Erde sein.

Zu der Zeit, als Anu und sein Gefolge auf dem 7. Planeten eintrafen, war das Eiszeitklima von einer milderen Periode abgelöst worden. Große Teile der gewaltigen Eismassen waren geschmolzen und der kalte Panzer der Erde zurückgewichen. Dadurch, dass nicht mehr soviel Wasser in Form von Eis gebunden war, konnte es unter den wärmeren Sonnenstrahlen wieder verdunsten, so dass es mehr Regen gab. Die Sümpfe trockneten weitgehend aus und gaben fruchtbares Ackerland preis. Enki und seine Anunnaki konnten das Hinterland besser und weiter erkunden, richteten Stützpunkte ein und stießen immer weiter nordwärts vor. Es lebten bereits 600 Nibirubewohner auf der Erde, darunter auch Enlils und Enkis Halbschwester Sud, auch Ninhursag genannt. Ihr ehrenvoller Beiname NIN.TI, Herrin des Lebens, wies darauf hin, dass sie einen medizinischen Beruf ausübte.

Sie war ebenfalls Anus Tochter, jedoch nicht die seiner Hauptfrau Antu. Ninhursag hatte beiden Halbbrüdern ein Kind geschenkt, wie es Sitte war, um die Thronfolge mit reinem königlichem Blut zu sichern, Enlil gebar sie Ninurta, den Sohn und Erben, Enki hatte von ihr eine Tochter bekommen. Wiederum fühlte sich Enki gegenüber seinem Bruder zurückgesetzt, der nun einen Thronfolger hatte. So erhielt die alte Rivalität neue Nahrung. Ninhursag war in ihrer Jugend eine schöne Frau, jedoch nicht verheiratet. Sie hatte sich ganz ihrem Beruf als oberste Ärztin verschrieben und war die führende Wissenschaftlerin im medizinischen Bereich. Nun stand sie in Eridu den Brüdern und allen anderen Anunnaki zur Seite, wenn sie krank oder verletzt waren. Sie hatte sich ein Krankenhaus und mehrere Labore eingerichtet, die denen auf dem Heimatplaneten in nichts nachstanden. Ninhursag freute sich, ihren Vater Anu, Enlil und ihren Sohn Ninurta wieder zu sehen. Ihre Tochter mit Enki wollte erst einen Umlauf später die Erde besuchen. Aber ein schar war keine Ewigkeit, tröstete sich Ninhursag.

Die Mitglieder der königlichen Familie waren auf der Erde gemäß den Protokollvorschriften empfangen worden. Tagelange Feierlichkeiten und Tempelrituale gingen vonstatten, und Besichtigungsreisen zu allen wichtigen Unternehmungen wurden durchgeführt. Etliche Berichterstattungen und Beratungen hatten schon stattgefunden.

Anu und seine Königin hatten einen prachtvollen Neubau bezogen. Auch Enlil war mit seinen Angehörigen standesgemäß untergebracht. Jetzt, am Ende eines ermüdenden Tages, war Ninhursag zu Besuch bei ihrem Vater und saß gemeinsam mit ihm und Antu auf der Terrasse, um den herrlichen Sonnenuntergang auf der Erde zu beobachten. Besonders Königin Antu schwärmte von dem so blauen Himmel, denn auf Nibiru war er leicht rötlich getönt, ähnlich dem Erdenhorizont, den die sinkende Sonne jetzt in flammende Farben setzte. Zwar ging über dem Land KI.EN.GIR nur einen Mond auf, aber er stand hell und voll am Nachthimmel und warf sogar ein Netz aus Schatten und Silberlicht über die Erde. Am meisten war Antu von dem hellen Sonnenlicht begeistert, das so warm, ja sogar heiß ihre Haut berührte, wie sie es nicht einmal beim sonnennähesten Punkt des Heimatplaneten spüren konnte. Das viele Licht belebte sie, tat ihrer Seele gut und verlieh ihr eine stete, nicht gekannte Fröhlichkeit. Wenn es in ihrer Macht stünde, würde sie gerne auf der Erde bleiben.

„Ach, Ninhursag, ich beneide dich. Du wohnst schon länger auf diesem herrlichen, von Licht durchfluteten Planeten und kannst auch hier bleiben, wenn mein Gemahl das Projekt bestätigt. Ich muss mit Anu wieder auf dem Nibiru leben, der meist nur im Dämmerlicht durch die Weiten des Alls zieht. Gewiss, der rötlich milde Schein unserer Heimat ist auch schön, aber ich fühle mich hier unter der stets nahen Sonne einfach wohler, gesünder und jünger. Vielleicht würde ich unseren heimatlichen Nachthimmel vermissen. Er ist unvergleichlich mit seinen vielen Monden, von denen immer einige gleichzeitig zu sehen sind. Aber der eine Erdenmond reflektiert so viel Licht in seiner vollen Phase, dass er es mit allen unseren Monden aufnehmen kann. Wasser gibt es auf beiden Planeten reichlich, hier auf der Erde und auf unserem A.SAR, dem Wasserkönig Nibiru. Egal wie Anu sich entscheidet, mein Platz ist an seiner Seite."

Ninhursag verstand sich gut mit der Königin und legte einen Arm um ihre Schulter. „Das ist natürlich wahr, Tante Antu, du bist schließlich die Frau des Herrschers. Aber ich glaube, dass Vater selbst dann nicht auf der Erde bleiben wird, wenn er die weitere Besiedelung beschließt. Er hat in erster Linie Nibiru zu regieren und hätte viel zu viel Angst, in seiner Abwesenheit dem einen oder anderen Thronräuber zum Opfer zu fallen."

Antu seufzte. „Da hast du höchstwahrscheinlich Recht. Sieh, Ninhursag, da werden Enlil und mein Enkel Ninurta angekündigt. Jetzt können wir uns alle ungezwungen und privat unterhalten. Komm, wir gehen ins Empfangszimmer und begrüßen sie. Ich hoffe, Enki und seine Frau kommen auch noch."

Ninhursag, die größer war als ihre Tante, reckte sich und rief: „Sie sind auch da! Ich kann sie hinter Enlil und seiner Gemahlin Ninlil schon sehen."

Als die beiden Frauen hinzukamen, hatten die Brüder bereits am Tisch Platz genommen. Enlil saß an Anus rechter Seite, Enki an seiner linken. An den Seiten des langen Tisches verteilten sich die anderen DIN.GIR, alle Mitglieder der Herrscherfamilie. Antu nahm am anderen Kopfende, gegenüber ihrem Mann Platz. Ninhursag setzte sich neben sie. Da der König alle versammelt sah, gab er das Zeichen, die Speisen aufzutragen. Alle waren guter Stimmung, wenn auch aus unterschiedlichen Gründen. Nannar, der Kluge, auch Sin genannt und Ninurta, beide Enlils Söhne, waren so in ein Gespräch vertieft, dass sie die Anwesenheit ihrer Frauen Ningal und Gula vergaßen. Nannar, der älteste Sohn, ließ sich von Ninurtas Begeisterung mitreißen, welche großen Taten und Abenteuer sie auf der Erde erwarteten.

„Hoffentlich befiehlt Großvater mit dem Erdenexperiment fortzufahren, dann bleiben auch wir hier und bekleiden sofort ein so hohes Amt, wie wir es auf Nibiru viel schwerer erringen würden. Aber ich bin zuversichtlich, dass Onkel Enki ihn schon überzeugen wird", äußerte sich Ninurta, der Erbe Enlils, hoffnungsvoll.

„Noch hat Anu nicht alles inspiziert. Wir müssen einfach noch ein paar Tage abwarten, ehe wir Pläne machen können", gab Nannar zu bedenken. Ninurta ließ sich jedoch nicht entmutigen. „Hier in Eridu und Umgebung hat Großvater alles gesehen, die Stadt, die Werft, die Felder, die Kanäle und Fischereibetriebe. Mit dem kleinen MU ist er erst gestern zu den Erdölquellen geflogen und hat auch weit draußen auf dem Wasser die Meeresstation besichtigt. Er war mit allem ganz zufrieden."

Nannar zeigte sich jedoch bedenklich. „Das schon, Enki hat viel geschafft. Doch vergiss nicht, weshalb Anu eigentlich gekommen ist. Er braucht den Nachweis, dass es hier weitere ergiebige Goldvorkommen gibt. Außerdem sinnt er auch auf den Abbau von anderen wertvollen Metallen. Wenn der Onkel ihn dahingehend zufrieden stellen könnte, wäre dein Wunsch, auf der Erde zu bleiben, erfüllt."

„Warte es ab, Nannar, du weißt doch, dass einer von Enkis Namen NU.DIM.MUD ist, der, der Dinge schaffen kann. Damit sind nicht nur seine vielen Erfindungen gemeint, nein, er weiß auch immer einen Ausweg."

NIN.GAL, die große Herrin, sah zu ihrem Mann Nannar hinüber, der sich noch immer angeregt mit Ninurta unterhielt. Sie musste sich solange auf ein Gespräch mit ihrer Schwägerin Gula einlassen, die an ihrer Seite saß. Sie mochte Gula nicht. Deren anderer Name BA.U sagte ja schon aus, was sie war, eine Pflegerin und Ärztin ohne königliches Blut, die im Krankenhaus Ninhursag zur Seite stand. Sie hatte nie verstanden, warum Ninurta unter seinem Stand heiratete. Jetzt, da Gula die Frau von Enlils Erben war, trug sie nach Ningals Meinung die Nase viel zu hoch. Sie dünkte sich sogar über ihr zu stehen, denn Nannar war zwar der älteste Sohn mit Enlils Frau, aber Gulas Gatte Ninurta war das Kind mit Enlils Halbschwester, was mehr in der Rangfolge zählte. Das ließ Gula sie stetig spüren. So war Ningal froh, als Anu sich erhob, um zu verkünden: „Morgen in der Frühe breche ich auf, um den AB.ZU, den südlichen afrikanischen Teil der Erde zu inspizieren. Enki hat mir viele neue Lagerstätten angekündigt. Ich werde zwei oder drei Tage unterwegs sein. Außerdem werde ich mir auch den Weg über die Flüsse bis zum Meer ansehen, um den Abtransport der Bodenschätze beurteilen zu können. Am vierten Tag von heute an gerechnet, hört ihr meine Entscheidung, ob unser Vorhaben auf KI.EN.GIR fortgesetzt wird."

Damit hatte der König die Tafel aufgehoben und strebte seinen Privatgemächern zu. Enlil und Enki, die ihn auf dem Flug begleiten würden, besprachen noch ein paar Einzelheiten, ehe sie auseinander gingen und sich wie die anderen Familienangehörigen in ihre Häuser zurückzogen.

Am vierten Tag berief der Herrscher erneut eine Versammlung ein. Seit dem Morgengrauen herrschte im Tempel von Eridu große Geschäftigkeit. In Psalmen und Gesängen dankten die Priester ihrem obersten Herrn für seine Güte und vorsorgliche Regelung der Geschicke des Landes, verglichen ihn mit dem für sie wertvollsten Himmelskörper, dem eigenen Planeten Nibiru und fügten ihm Anus Namen hinzu.

Groß und in rotem Licht erstrahlte der Nibiru jetzt am Erdenhimmel. In Versen und Gedichten priesen sie sein seltenes Erscheinen, überprüften die alten Kalender mit ihren komplizierten astronomischen Berechnungen und fertigten neue Chroniken des Wissens an, damit die Weisheit für die Nachwelt erhalten blieb. Alle Einzelheiten des Besuches des obersten Herrn im Himmel und auf der Erde wurden schriftlich festgehalten und den Regeln des Protokolls für Staatsbesuche hinzugefügt.

Auch von dieser Reise des Königs in den AB.ZU, das südliche Afrika, hatten die Tempeldiener eine Kopie des Datenträgers erhalten, auf der alle Ereignisse von Anus Sekretären protokolliert waren und auch die unbekannte Landschaft beschrieben stand.

Enki hatte seinen Vater in eine herrlich grüne Gegend geführt, in der man aus der Höhe des Fluggerätes einen mächtigen Fluss aus dem Inneren des Landes zum

Meer strömen sah. Gewaltige Wasserfälle ergossen sich aus großer Höhe in die Tiefe. Riesige Herden von Tieren durchstreiften die Weiten des Graslandes HA.BUR. Enki machte den König auf das Mündungsdelta des Flusses aufmerksam. Dort konnten die großen Schiffe die Erzfracht aufnehmen, die Fluss abwärts, soweit schiffbar, von den Lagerstätten bis ans Meer kamen.

Schon lange vor Anus Ankunft hatte Enki die Metalladern mit speziellen Geräten sondieren lassen und konnte jetzt genau Auskunft geben, wo welche Metalle zu finden waren und Aussagen über ihre Ergiebigkeit machen.

„Hier, königlicher Vater“, hatte er stolz gesagt, „befinden sich unermessliche Vorräte an Gold, dem begehrten KU.GI, das wir so sehr benötigen. Ich habe Probebohrungen durchführen lassen, um die Lagerstätten zu bestätigen und sogar eine hohe Reinheit des Metalls feststellen können.“

Er hatte Anu auch an mehrere Orte gebracht, die einen ergiebigen Silberabbau versprachen, denn auch KU.BABBAR war ein viel benötigter Rohstoff. Ein kurzer Flug hatte der Delegation noch weitere Lagerstätten gezeigt, die Uran und Kobalt enthielten, beide gebraucht und begehrt auf Nibiru. Die blauen Steine enthielten die tödliche, gebändigte Kraft des Universums, die ungeheure Energie, gefangen in Atomen, die sie nur zu spalten brauchten, um Sonnenenergie zu erzeugen. Anu war begeistert, dass sein Ältester so reiche Metallvorkommen geortet hatte.

„Enki, du hast sehr gute Arbeit geleistet“, lobte er ihn. „Unter diesen Bedingungen fällt es mir leicht, eine Entscheidung über die Fortführung des Erdenprojektes zu treffen. Du hast deine Aufgabe als Pionier der Erde voll erfüllt. Wenn auch die ersten schars mit der Goldgewinnung aus dem Meer nur unzureichende Erfolge brachten, steht nun einem groß angelegten, Jahrtausende Erdenjahre dauernden Bergbau und Abtransport der Bodenschätze nichts mehr im Wege. In diesem Sinne werde ich morgen allen versammelten Nefilim meinen Entschluss mitteilen.“

Zufrieden und erfreut über das Lob des Vaters bedankte sich Enki für die Anerkennung seiner Arbeit. Auch Enlil gratulierte ihm zu seinem Erfolg, wenn auch mit widerstreitenden Gefühlen.

Anu war in so großem Maße erleichtert, dass er sich frei von Sorgen fühlte wie schon lange nicht mehr. Woher hätte er das Gold nehmen sollen, wenn die Erde nicht genug hergab. Alle Erkundungsflüge zu anderen Planeten und vor allem zu den vielen Monden des heimatlichen Sonnensystems, hatten keine oder nur zu geringe Mengen ergeben, oder sie waren schwierig abzubauen. Wenn er dieses lebenswichtige Problem nicht hätte lösen können, wäre seine Machtposition auf Nibiru sehr geschwächt worden. Kumarbi und andere Usurpatoren warteten nur auf eine Gelegenheit, ihn zu stürzen. Von diesem Alptraum sah er sich nun befreit.

Angetan mit der Pala, der Tiara und mit den königlichen Insignien in den Händen, trat er vor seine Untertanen. Die meisten der auf der Erde stationierten Anunnaki waren herbeigeströmt, um ihr zukünftiges Schicksal zu erfahren. Erwartungsvoll blickten sie zu ihrem König auf, der auf dem herbei getragenem Thronsessel Platz genommen hatte. Rechts und links von ihm standen die auf der Erde weilenden Mitglieder der Herrscherfamilie, angetan mit königlichen Gewändern und den hörnerverzierten Hüten, die ein Zeichen ihrer hohen Geburt waren. Musik in allen sieben Stufen der Tonleiter erscholl über den weiten Platz und wurde vom auflandigen Wind bis in die letzte Reihe der Anunnaki getragen. Aufgeregte Stimmen ergingen sich in Mutmaßungen, bis der Protokollführer der Kapelle ein Zeichen gab, und die Musik und die Gespräche erstarben.

Alle lauschten gebannt den Worten des Königs, der mit lauter und fester Stimme den Beschluss verkündete, mit allen Arbeiten fortzufahren und außerdem sofort mit der Bergung der reichen Bodenschätze im AB.ZU zu beginnen. Lauter Jubel brandete auf. Hochrufe auf den obersten Herrn erschollen von allen Seiten des großen Platzes. Anu versprach, bald noch viel mehr Leute zur Erde zu schicken und kündigte die Errichtung weiterer Niederlassungen an ausgewählten Standorten an. Alle gaben lautstark ihrer Begeisterung Ausdruck. Nur Enki stand stumm und finster an dem ihm protokollarisch zugewiesenen Platz. Die gestrige Besprechung unter den führenden Nefilim hatte ihm eine herbe Enttäuschung gebracht. Enki hatte stets befürchtet, dass Enlil das Oberkommando auf seiner Erde erhalten würde. Aber Anu, der sehr zufrieden mit ihm gewesen war, fühlte sich der Qual der Wahl ausgesetzt. Er wollte keinem der beiden Söhne vor den Kopf stoßen, aber nur einer konnte der Führer sein. Sollte er Enlil, seinen Erben einsetzen, wie es ursprünglich gedacht war, oder sollte Enki, sein Ältester, der Herr der Erde bleiben? In seiner Not verfiel er auf die Idee, das Los entscheiden zu lassen, denn Enki war so wutentbrannt, Enlil die Früchte seiner mühevollen Arbeit in den Schoß fallen zu sehen, dass er in diesem Fall die Erde verlassen wollte. Das ging aber auch nicht, überlegte Anu, denn Enki wurde hier gebraucht, vor allem als hervorragender Organisator und Ingenieur. Außerdem fürchtete der Große Herrscher sogar die eigenen ältesten Söhne als mögliche Thronbewerber, wenn sie dauerhaft auf Nibiru leben würden.

Das Los machte Enlil zum heiß begehrten Herrn auf der Erde. Er sollte im Zweistromland bleiben. Enki erhielt die Herrschaft über die Meere, des Weiteren über das reiche Land im AB.ZU und sollte dort den Bergbau und die Verschiffung der Metalle und Erze leiten. Anu selbst würde wieder zum Heimatplaneten zurückkehren, denn nur dort war sein Platz als König. Er war und blieb der oberste Herr über beide Planeten.

Einzig und allein Ninki gelang es, ihren Mann Enki soweit zu beschwichtigen, dass er sich widerwillig mit dem Losentscheid abfand. Doch die Zwistigkeit zwischen den Brüdern hatte dadurch neue Nahrung erhalten.

Enlil und Enki wurden jedoch von einem so alarmierenden Ereignis aufgeschreckt, dass ihre eigenen Belange in den Hintergrund traten, denn die schockierende Nachricht könnte sogar dazu führen, dass sie beide eventuell alle Ämter verloren. Kurz vor seinem Abflug wurde ihr Vater Anu von Kumarbi angegriffen. Er kämpfte mit Anu, um ihn zu stürzen und selbst als Nachfolger Alalus wieder den Thronbesitz in seine Familie zu bringen. Rasend vor Wut trachtete Kumarbi danach, Anu zu entmannen, wie es auf Nibiru oft mit Vorbedacht geschah. Diesmal gelang es Kumarbi lediglich, Anu zu verletzen, so dass der König gedemütigt in aller Eile abfliegen musste. Kumarbi blieb vorerst auf der Erde zurück, von Anu in Schmerz und Pein verflucht.

Doch bald darauf flog Kumarbi zu den 300 TI.TA.AM, die im Orbit arbeiteten und lebten, denn auf der Erde konnte er nicht bleiben, wo Enki und Enlil sich für ihren Vater an ihm rächen würden.

Nach seiner Ernennung zum obersten Herrn auf der Erde, befasste sich Enlil zuerst mit zukunftsweisenden Bauvorhaben. Neue Städte sollten entstehen. Zuerst war ein metallurgisches Zentrum dringend notwendig. Es war günstiger, die Erze und das Gold gleich hier auf der Erde zu verarbeiten, zu schmelzen, zu reinigen und befreit von Fremdmetallen und Verunreinigungen als reines Gold, Silber oder anderes Metall auf den Weg zum Nibiru zu schicken. Dadurch konnte die Transportkapazität enorm erhöht werden, die sie bald dringend brauchen würden, wenn Enki große Mengen an Metallen im AB.ZU fand.

Die neue Stadt der Erzaufbereitung sollte Bad-Tibira heißen.

Mit Feuereifer machte sich Enlil an die Planung der Niederlassung, beriet sich mit Architekten, Bauaufsehern und Ingenieuren. Doch bevor der erste Ziegelstein gelegt werden konnte, musste eine Frage von höchster Bedeutung geklärt werden. Wo sollte der Standort der neuen Stadt sein? Um das zu entscheiden war es notwendig, weit in die Zukunft zu blicken. Der Flugverkehr von der Erde zu den Igigi, wie die im Orbit dienenden Anunnaki auch genannt wurden, würde um ein Vielfaches zunehmen. Immer größere Mengen an Metallen müssten auf den Weg zum Mutterraumschiff gebracht werden. Die Igigi hatten die Transportgleiter in Empfang zu nehmen, in ihrer Himmelsstation zu entladen und für den Weitertransport der Bodenschätze zum Heimatplaneten zu sorgen. Außerdem würde sich der Personentransport zur Raumstation erhöhen, denn mit der Zeit sollten immer mehr Nefilim auf die Erde kommen, um hier zu leben und zu arbeiten.

Wasserungen von Fluggeräten weit draußen im Meer kamen dann nur noch in Ausnahmefällen in Frage. Ein Raumflughafen auf festem Land musste her, wenn auch nicht sofort und als Erstes.

Deshalb mussten sämtliche Pläne und Bauvorhaben weitsichtig einen späteren Landeplatz berücksichtigen. Als Ergebnis langer und intensiver Beratungen und Berechnungen, abgestimmt auf die natürlichen geografischen Eigenheiten des Landes zwischen Euphrat und Tigris, hatte man einen Plan entworfen, wo Bad-Tibira und die folgenden Siedlungen einmal liegen sollten. Zunächst hatte sich Enlil mit den MU-Flugkommandanten beraten, ob aus der Luft ein Wahrzeichen zu erkennen war, das sich als natürlicher Orientierungspunkt eignen würde. Einstimmig hatten auch die Abgal, die Piloten, die beiden Ararat-Berggipfel als auffälligste Landmarke in weitem Umkreis genannt. Sie waren etwa viertausend und fünftausend Meter hoch und stachen wie Türme aus ihrer Umgebung hervor, so dass sie von den anfliegenden Raumgleitern problemlos als Orientierungspunkt wahrgenommen werden konnten.

Als sie eine gute Karte, die noch unter Enkis Leitung entstanden war, zur Hand nahmen, verglichen sie die Lage der Araratgipfel mit der Position von Eridu. Zog man eine Linie zwischen den Gipfeln des Ararat von Nord nach Süd, schnitt diese Linie den Euphrat und den Tigris. Dort, wo dieser Nord-Süd-Meridian auf den Euphrat traf, sollte der zukünftige Landeplatz liegen. Beides, den Fluss und den Berg sah man gut beim Anflug, und daher war ihre gedachte Verbindung eine einfache und deshalb eine ausgezeichnete Navigationshilfe. Man brauchte nur im Winkel von 45 Grad zum Verbindungsmeridian anzufliegen und könnte gefahrlos den Landeplatz am Euphrat finden.

Später würden außer Eridu auch die anderen zu erbauenden Städte bei Tag und Nacht eine gute Orientierungshilfe abgeben. Deshalb beschloss Enlil nach Befragung aller Experten als zusätzliche Sicherheit die Städte so zu bauen, dass ihre Lage eine Einflugschneise markierte, die genau auf den künftigen Flughafen zeigen sollte.

Bad-Tibira, die erste, sollte eine dieser richtungsweisenden Städte sein. Sie lag in der Mitte auf einer Kreislinie um die Stadt, die später als Kontrollpunkt für alle Raumfahrtaktivitäten dienen sollte. Rechts und links von ihr auf diesem Kreis sollte jeweils noch eine Stadt entstehen.

Auf der Linie von Bad-Tibira nordwärts zum Flughafen sollten noch drei Städte liegen, den Kontrollort mit eingerechnet. Mit Eridu und Bad-Tibira lagen dann insgesamt fünf Städte auf dieser Linie. Sie sollten jeweils sechs beru, etwa sechzig Kilometer auseinander liegen.

Der außerordentlich gut durchdachte Städteplan würde später jedem Navigator eine unverzichtbare zusätzliche Hilfe sein, den Flugplatz sicher zu erreichen.

An diesen Beratungen und Berechnungen des Städteplanes nahmen auch Enlils Söhne Nannar und Ninurta teil. Einerseits wollte Enlil ihnen eine sinnvolle Aufgabe zuteilen, andererseits hatte er eine solche Fülle von administrativen Aufgaben zu erledigen, dass er jede kompetente Hilfe gebrauchen konnte. Die Grundidee, die neuen Städte als Wegweiser anzulegen, stammte von Enlil selbst. Die mathematische Ausarbeitung überließ er Nannar, dem Klugen. Ninurta koordinierte alle Arbeiten und erstattete dem Vater über alle Einzelheiten Bericht, so dass Enlil fundierte Entscheidungen treffen konnte. Auch in den Bau der Metallurgiestadt Bad-Tibira waren beide Söhne in leitenden Ämtern eingebunden. Im Gegensatz zu vielen Geschwistern aus den adligen Häusern der DIN.GIR, die Machtrivalitäten austrugen, verstanden sich Enlils Söhne, als sie jung waren, gut miteinander.

Nach einigen Erdenjahren war Bad-Tibira bereits eine geschäftige Stadt geworden. Im Zentrum der neuen Ansiedlung befand sich der Stufentempel, der Zikkurat. Geräumige Ziegelhäuser standen im Umkreis, unter denen sich einige mit besonderer Pracht hervortaten. Hier wohnten die führenden Nefilim, die die Arbeiten der einfachen Anunnaki leiteten und beaufsichtigten. An den Rändern Bad-Tibiras waren die Häuser der Arbeiter und Handwerker aller benötigten Gewerke errichtet worden. Fischer, Jäger und Feldarbeiter sorgten für die Ernährung der Bevölkerung. Haustiere wurden domestiziert. Ein zaghafter Handel und Güteraustausch mit Eridu begann sich zu entwickeln.

Die Industrieanlagen, wie Schmelzöfen, große Lagerplätze und Veredlungsanlagen, befanden sich ein Stück außerhalb der Stadt. Dennoch bildeten sie das eigentliche Herz der Metallurgiestadt Bad-Tibira.

An einem regnerischen Tag kam Nannar früher als gewohnt von einer Inspektion nach Hause. Er und Ningal hatten eines der besten Häuser von Bad-Tibira bezogen. Eridu lag immerhin so weit entfernt, dass es mühsam war, ständig zwischen den beiden Städten hin und her zu pendeln. Enlil war noch mit Ninurta in Eridu, aber Nannar zog es vor, mit seiner Gemahlin da zu leben, wo er die meiste Zeit arbeitete und von Enlil gebraucht wurde. Außerdem war Ningal schwanger und vertrug keine strapaziösen Reisen mehr.

Nachdem Nannar sich erfrischt und das Gewand gewechselt hatte, gesellte er sich zu Ningal, die in ihrem Wohn-und Schlafraum ruhte.

„Nannar, schön dass du schon da bist“, empfing sie ihn. „Heute setzt mir die feuchte Hitze besonders zu. Ich warte sehnsüchtig auf das Ende der Regenzeit.“

Nannar, der zu ihr an das Ruhebett getreten war, strich ihr eine feuchte Haarsträhne aus der Stirn und sah sie liebevoll an. „Ningal, meine Teure, sicher wartest du noch aus einem anderen Grund auf das Ende der Regenzeit. Dann wirst du unsere Kinder in den Armen halten und nicht mehr wie jetzt mit schwerem Leib eingeschränkt sein. Dann wird es dir ohnehin wieder besser gehen, ob Sonne oder Regen. Aber es dauert nicht mehr lange, dann hast du es geschafft."

Ningal lächelte trotz aller Mattigkeit. „Wie immer hast du Recht, Nannar. Natürlich warte ich sehnsüchtig auf unsere Kinder, auch aus dem Grund, den du gerade nanntest. Als Ninhursag mich vor ein paar Tagen besucht hat, brachte sie Gula mit, die mir die letzten beschwerlichen Tage zur Seite stehen und mich ärztlich betreuen sollte. Doch ich habe das so höflich wie möglich abgelehnt und gesagt, dass ich niemandem zur Last fallen möchte. Ich habe sie daran erinnert, dass ich ja nicht krank sei und es mir recht gut geht. Du weißt doch, dass ich mich mit Ninurtas Frau nicht vertrage."

Nannar nahm ihre heiße Hand. „Ja, aber wäre es nicht besser gewesen, du hättest immer eine Medizinkundige bei dir?" Besorgt sah er Ningal in die Augen.

„Aber ich habe doch Unterstützung. Die Frau des ersten Baumeisters ist auch Heilerin und sieht täglich zweimal nach mir. Wenn die Entbindung sich ankündigt, rufe ich Ninhursag über die Sprachanlage. Sie hat immer ihren ärztlichen Notfallgleiter startbereit. Ninhursag hat mir, wie du weißt, schon lange gesagt, dass wir Zwillinge haben werden und wollte bei dieser Geburt ohnehin dabei sein." Ningal erhob sich mit Unterstützung ihres Mannes. „Du siehst, es kann mir gar nichts passieren."

Erleichtert reichte Nannar ihr den Arm, um sie zur Abendmahltafel zu führen.

Zwölf Tage später erblickten die Tochter Inanna und der Sohn Utu in der neuen Stadt Bad-Tibira das Licht des Erdplaneten.

Gerald Grünberg hatte die Nacht mehr schlecht als recht hinter sich gebracht. Er war kurz nach Mitternacht mit Zahnschmerzen aufgewacht und konnte nicht mehr einschlafen. Leise stand er auf und ging vorsichtig im Bungalow hin und her, um Andrea nicht zu wecken. In dem kleinen Bad sah er die minimalen medizinischen Vorräte durch und fand noch ein paar Schmerztabletten, von denen er eine nahm. Weil er müde war, legte er sich wieder hin, in der Hoffnung, die Tablette würde seinen Schmerz soweit betäuben, dass er einschlafen könnte. Aber das tat sie nicht, so dass Gerald nach einer Stunde wieder aufstand und eine zweite Tablette schluckte. Danach fiel er in einen unruhigen Halbschlaf, aus dem ihn immer wieder der Schmerz riss. Als es richtig hell war, stand er endgültig auf. Diesmal war Andrea auch schon wach und kam gerade aus dem Bad. „Was ist mit dir, Gerald. Ich glaube, ich habe dich in der Nacht herumtappen gehört.“ Sie strich sich eine feuchte Haarsträhne aus der Stirn und kam näher. „Du siehst krank aus, als ob du Schmerzen hättest.“ Besorgt nahm sie seine Hände und sah ihm forschend ins Gesicht. Gerald rang sich ein gequältes Lächeln ab.

„Ich bin nicht krank, jedenfalls nicht richtig. In der Nacht hatte ich Zahnschmerzen. Es ist der Backenzahn unten rechts.“ Gerald legte seine Hand an die schmerzende Stelle. Andrea sah ihn mitfühlend an. „Dann ist es ja kein Wunder, wenn du nicht schlafen konntest. Zahnschmerzen können grausam sein. Dann werde ich jetzt kein Frühstück vorbereiten, wir fahren natürlich sofort zum Zahnarzt.“

Gerald murmelte undeutlich: „Bei Dr. Sonntag war ich schon als Kind in Behandlung. Er wird mich nicht lange warten lassen. Wenn wir jetzt losfahren, sind wir noch kurz vor Sprechstundenbeginn dort. Vielleicht nimmt er mich als Notfall sofort dran.“

„Das ist gut“, entgegnete Andrea. „Dann beeile dich im Bad, Gerald, und das Auto fahre diesmal ich. Wer weiß, vielleicht würde dich der Zahnschmerz zu sehr ablenken.“

Eine halbe Stunde später traten sie aus der Zahnarztpraxis. Gerald sah sichtlich erleichtert aus. „Nun sag schon“, drängelte Andrea, „was hat der Zahnarzt gemacht, etwa den Zahn gezogen?“

Gerald lächelte mit merkwürdig schiefem Mund. „Nein, nein, der Zahn ist noch da. Erst einmal probiert es der Doktor mit einem eingelegten Medikament. Du meine Güte, schmeckt das scheußlich. Außerdem ist von der Spritze die rechte Gesichtshälfte noch ganz taub.“

„Ach, das gibt sich bald“, munterte Andrea ihn auf. „Aber du wirst noch ein Weilchen nichts essen können.“

Gerald stöhnte. „Nein, dabei hätte ich jetzt, wo der Schmerz weg ist, zumindest Appetit auf eine Tasse Kaffee, um meine Müdigkeit zu verscheuchen.“ Langsam gingen sie auf ihr Auto zu. „Nichts da“, entschied Andrea. „Kein Kaffee und kein Alkohol, das weißt du doch. Mit tauben Lippen könntest du auch gar nicht richtig trinken. Weißt du was, es ist ein so schöner, sonniger Morgen, noch nicht heiß, und es regnet nicht wie gestern. Wir sind doch nicht weit von der Innenstadt entfernt. Was meinst du? Wir spazieren ein wenig umher, und du zeigst mir die wundervollen Fachwerkhäuser, für die Kyritz bekannt ist. Wenn deine Betäubung abgeklungen ist, gehen wir in ein Kaffee oder eine Bäckerei, trinken Kaffee und essen eine Kleinigkeit. Was hälst du davon, Gerald?“

„Einverstanden, Andrea, das wird das Beste sein. Nun bist du schon ein paar Tage hier, und ich habe dir noch nicht einmal die Innenstadt mit den schönen alten Gebäuden gezeigt. Das werden wir jetzt nachholen. Komm“, sagte Gerald und nahm ihren Arm. Gerald hatte die liebevoll instand gehaltenen Fachwerkhäuser schon so oft gesehen, dass sie ihm gar nicht mehr auffielen. Er war mit dem Anblick der alten Häuser aufgewachsen, so dass er lange als Kind dachte, genau so müssten Städte aussehen. Andrea aber sah sich staunend in den engen Straßen um, die auf den weiten, zentralen Marktplatz führten. Sie fühlte sich, als wanderte sie in einem anderen Jahrhundert durch die Gassen. Am imposantesten waren die größeren Häuser, die den weiträumigen Platz, das Zentrum von Kyritz säumten. Herrliche, mehrstöckige Fachwerkhäuser und reich verzierte, mit Stuckarbeiten dekorierte Steinhäuser sonnten sich im Sommerlicht der Gegenwart, wie es manche von ihnen schon im siebzehnten Jahrhundert taten, allen voran die imposante Kirche, die sich mit ocker und gedeckten orangefarbenen Tönen hervortat, die ihr an einem Teilbereich die jetzigen Menschen gegeben hatten.

Nach dem Frühstück gingen beide durch eine andere alte Straße wieder zu ihrem Auto zurück. Gerald, belebt durch zwei Tassen Kaffee, erzählte Andrea noch viel aus der Geschichte seiner Heimatstadt. Als sie wieder im Wagen saßen, schlug Gerald vor, dass sie an seiner Schule vorbeifahren könnten. „Jetzt heißt sie Friedrich-Ludwig-Jahn-Gymnasium. Sieh, der gewaltige rote Backsteinbau ist es.“

Andrea sah in Richtung seines ausgestreckten Armes. „Beeindruckend, aber am besten gefallen mir die zwei Türme. Hier hast du also deine Weisheit erworben.“ Schelmisch blickte sie zu ihm hinüber.

„Hier haben wir Schüler aber auch so manche Dummheit gemacht. Das ist wohl überall das Gleiche, ob die Schule nun in einer großen oder kleinen Stadt steht.“

Andrea schmunzelte. „Das ist wohl wahr.“

Nachdem sie sich eine Kleinigkeit zu Mittag gekocht hatten, schlug Andrea vor, dass sich Gerald hinlegen und den versäumten Schlaf nachholen sollte. „Du versuchst zwar tapfer ein Gähnen zu unterdrücken, aber ich sehe doch, dass du müde bist. Schlafe ein oder zwei Stunden, dann hast du mehr vom Rest des Tages, als wenn du dich so dahinschleppst und immer müder wirst.“

Gerald strich sich über die brennenden Augen und fühlte sich ertappt. „Nun ich gebe zu, dass ich ein Mittagsschläfchen gut vertragen könnte. Aber was machst du so lange? Ich möchte auf keinen Fall, dass du dich langweilst, du bist mein Gast.“

Andrea zeigte lachend auf den Liegestuhl, der unter der breiten Krone des Apfelbaumes stand. „Da werde ich es mir gemütlich machen und lesen. Du wolltest mir doch eines deiner Bücher über die Anunnaki geben, in dem ich Einzelheiten über Themen nachlesen kann, von denen du mir erzählt hast. Zum Beispiel darüber, wie sie die neuen Städte bauten, als entschieden war, dass sie auf der Erde bleiben wollten."

Gerald sah erfreut und zufrieden zu ihr hin. Das Haar hatte sie heute mit einem gelben Band hochgebunden, das in schönem Kontrast zu ihren dunklen Locken stand. Mit dem gelb-weiß gemusterten Sommerkleid sah Andrea aus, als gehöre sie genau wie die großen Sonnenblumen zu diesem Garten. Sie passt hier her, und sie passt zu mir, ging es Gerald im gleichen Augenblick durch den Kopf, in dem er ihr antwortete. „Gut, dann hole ich dir das Buch. Aber wecke mich spätestens zur Kaffeezeit auf, damit wir noch gemeinsam etwas vom Tag haben."

Andrea nickte. „Abgemacht." Sie legte sich mit dem Buch unter den Apfelbaum und las sich regelrecht fest, ohne auf die Zeit zu achten. Ab und zu tanzte ein Sonnenstrahl auf ihren Armen und Beinen, der es durch das Blätterdach bis zu ihr geschafft hatte. Sanft strich der warme Wind über ihre Haut. Obwohl sie vom Inhalt des Buches eingefangen war, vernahm sie dennoch am Rande ihres Bewusstseins die Stimme des Gartens, die viele Vogellaute, Blätterrascheln und Summen von Insekten in sich vereinte und atmete den Wohlgeruch der Natur. Sie schrak erst aus der in ferner Vergangenheit versunkenen Zeit auf, als etwas pelziges sanft ihr rechtes Bein berührte. Eine schwarz-weiße Katze schmiegte sich zutraulich an ihre Wade. Andrea streichelte sie und sah ihr nach, als sie dann ungeachtet aller Zäune und Grundstücksgrenzen ihrer Wege ging. Da erst fiel ihr ein, dass sie nicht einmal wusste, wie spät es war. Schnell lief sie in den Bungalow, wo ihre Armbanduhr lag. Gleich vier Uhr, dachte sie, ich muss Gerald wecken. Sie schrak auf, als sie Geklapper aus der Küche hörte. Die Katze fiel ihr ein. Sie wird durch die offene Tür gekommen sein und hier herumstöbern. Hoffentlich ist sie nicht auf den Küchentisch gesprungen. Verblüfft sah sie Gerald mit dem Geschirr hantieren. „Er grinste schadenfroh. „So, so, du wolltest mich doch wecken. Ich dachte gerade, dass ich nachsehen muss, ob du unter dem Baum selber eingeschlafen bist."

Andrea lächelte ihm zu. „Nein, im Gegenteil, das Buch ist so interessant, dass ich die Zeit vergessen habe. Hätte mich nicht eine Katze besucht, läge ich wohl noch immer im Liegestuhl. Aber du, Gerald, siehst jetzt erholter aus. Hast du noch Zahnschmerzen?"

„Nein. Hoffentlich bleibt das auch so, bis ich mich wieder beim Zahnarzt vorstellen muss."

„Gut", sagte Andrea zufrieden. „Aber kannst du denn jetzt ein Stück Kuchen essen? Ich jedenfalls nehme mir eins."

Gerald sah auf den appetitlichen Obstkuchen. „Ich auch. Dann kaue ich eben auf der anderen Seite.“ Lachend trugen sie ihre Teller auf den Gartentisch. Als sie saßen und der Kaffee eingegossen war, wollte Gerald wissen: „ Erzähle, was hast du gelesen? In zwei Stunden schafft man eine ganze Menge.“

„Gerade habe ich von NAN.NAR, dem Sohn Enlils gelesen“, berichtete Andrea. „Das ist sein sumerischer Name. Seine akkadische Bezeichnung soll Sin sein. Es ist schon verwirrend, dass ein und derselbe Nefilim mehrere Namen hat und auch die Schreibweisen noch verschieden sind. Wenn ich das richtig verstanden habe, hieß er also zuerst Nannar, denn das Reich Akkad gab es erst später. Trotzdem liest man den Namen Sin in Zusammenhang mit dem Bau der allerersten Städte.“

Fragend sah Andrea Gerald an. „Das stimmt. Eigentlich wäre in den Büchern Nannar angebracht, wenn über die Gründerzeit der ersten uralten Städte berichtet wird, als es noch nicht den jetzigen Menschen gab. Aber sein späterer Name ist gebräuchlicher. Genau so verhält es sich mit Ninhursag, denn diesen Namen erhielt sie sehr viel später, als sie Herrin über das Land Tilmun wurde, von dem ich dir noch erzählen werde. Eigentlich heißt sie SUD. Ich habe auch schon gelesen, dass statt Tilmun, Dilmun geschrieben stand und statt Ninhursag sie als Ninharsag bezeichnet wurde.“

Vorsichtig biss Gerald von seinem Kuchen ab. „Aber ich bleibe bei einem Namen, das machen die meisten so.“

Andrea nickte. „Sonst würden alle, die nicht wie du beruflich damit zu tun haben, total durcheinander kommen.“ Sie warf der Katze ein kleines Stücken Kuchen ohne Obst zu, die unter dem Tisch wieder um ihre Beine strich. „Ich habe heute ebenfalls gelesen, dass über die allerersten Städte auf der Erde auch die Bibel im ersten Buch Mose berichtet. Dort steht geschrieben, dass im Lande Sinear Ziegelbauten und Türme errichtet wurden. Mit Sinear ist doch Sumer gemeint, oder?“ Fragend sah Andrea Gerald an.

„Ja, das ist der biblische Name für das Land Sumer zwischen Euphrat und Tigris“, bestätigte er.

Andrea nahm einen Schluck Kaffee. „ Da finde ich das mit ihrem Zahlensystem eindeutiger. Von einem Sexagesimalsystem habe ich gelesen, bei dem die Grundzahl die sechzig ist, und dass sie sich Rangnummern gegeben haben.“

Gerald stellte seine Tasse ab. „So ist es. Dann weißt du auch, dass der oberste Herrscher Anu die höchste Rangzahl 60 innehat, sein Erbe Enlil die nächstfolgende Rangzahl, also die 50, Enki die 40 und so weiter. Die Ehefrauen erhielten entsprechend ihrer Gatten die dazwischen liegenden Ränge. Antu die 55, Ninlil die 45, Enkis Frau Ninki die 35, Inanna, die in Bad-Tibira geborene Tochter Nannars, später den Rang 15.“

„Seltsam", fand Andrea. „Wozu geben sie sich Nummern?"

Gerald dachte kurz nach. „Sie hatten nun einmal ein ausgeprägtes hierarchisches System, weit entfernt von jeder Demokratie. Ich nehme an, das Rangsystem sollte einfach ihre jeweilige Stellung unterstreichen."

Andrea musste unwillkürlich lachen. „Allerdings, noch deutlicher könnte man nicht ausdrücken, wer über wem steht."

„Ja", entgegnete Gerald. „Darauf legten sie großen Wert. Die obersten Nefilim bildeten gewissermaßen einen Zwölferrat, den Pantheon. Es mussten genau zwölf sein, wie die Zahl der Himmelskörper in unserem Sonnensystem. Du weißt, Andrea, sie zählten Sonne, Mond und die zehn Planeten. Sechs männliche DIN.GIR und sechs weibliche mit ihren jeweiligen Rangnummern bildeten das Pantheon. Außerdem wurde jedem noch ein bestimmter Himmelskörper zugeordnet."

Gerald überlegte, ob er noch ein Stück Kuchen essen sollte, entschied sich aber dagegen. Zuviel Süßes wollte er seinem Zahn nicht zumuten.

„Warum taten sie das denn?" wollte Andrea wissen.

„Den genauen Grund kennt man nicht. Auf jeden Fall spielten astronomische Gegebenheiten in ihrem Leben eine große Rolle", entgegnete Gerald. „Vergiss nicht, sie sind ein raumfahrendes Volk und kannten das Sonnensystem aus eigener Anschauung. Enlil wurde beispielsweise die Erde zugeordnet, weil er von Anu das Kommando über die Erdaktivitäten erhielt. Das war, wie du dich erinnern wirst, für die Nefilim der siebente Planet. Sie zählten ja vom Rande des Sonnensystems, von wo sie kamen." Gerald goss sich noch Kaffee ein und hielt auch Andrea die Kanne hin.

„Lange rätselten die Wissenschaftler über eine Textstelle", fuhr Gerald fort, die sinngemäß besagte, dass die göttliche sieben die fünfzig ist. Heute weiß man das zu deuten. Es ist, wie ich gerade gesagt habe, Enlil gemeint, dem der siebente Planet und die Rangnummer fünfzig zugeordnet ist. Je mehr Texte übersetzt werden, desto besser wird unser Verständnis für die Zusammenhänge. Auf Abbildungen sind oft neben der jeweiligen Person ein Stern oder Punkte zu sehen. In Enlils Fall hat der Stern dann sieben Zacken oder sieben kleine Kreise sind nahe bei ihm zu sehen.

Andrea stöhnte. „Du meine Güte, wenn man bedenkt, wie in allen Einzelheiten ein fremdes, weit entwickeltes Volk auf der Erde ihr Zusammenleben regelte, als es noch gar keine Menschen gab."

„Ja, Leute, die sich nicht damit befassen und nie davon gehört haben, würden es nicht glauben, was sich alles abgespielt hat, als die Erde noch nicht unsere war.

Doch außer den tausenden vorhandenen alten Texten, die man nicht weg diskutieren kann, haben sie in vielfältiger Weise Spuren auf unserem Planeten hinterlassen, die den Inhalt der übersetzten Schriften und Tontafeln bestätigen.

Darüber hinaus werden Fragen der Rangordnung in jeder Gemeinschaft festgelegt, damals und auch heute noch. Dabei ist es egal, ob ein Volk bereits hoch entwickelt ist oder nicht. Zuallererst legen sie ihre Positionen fest. Selbst im Tierreich ist es nicht anders."

„Das stimmt natürlich", gab sich Andrea geschlagen. Die Anunnaki sind eine vor Jahrhunderttausenden bereits weit entwickelte Gesellschaft gewesen, aber im Grunde genommen spielt das für die Bestimmung der Rangordnung keine Rolle. Ein Zusammenleben muss geregelt werden, sonst gäbe es Anarchie und Chaos."

Gerald ergriff über den Tisch hinweg Andreas Hand. „Aber jetzt lassen wir die uralten Zeiten ruhen. Sag, was möchtest du heute noch machen?"

Andrea schmunzelte. „Du scheinst deine Zahnprobleme wirklich überwunden zu haben. Jetzt bist du so unternehmungslustig und lebendig wie immer. Aber es ist doch bald fünf und der Abend nicht mehr weit. Ich schlage dir deshalb etwas vor, woran du bestimmt nicht denkst. Nach dem Regen ist das Unkraut sehr gewachsen. Ich hätte Lust, noch ein Stündchen im Garten zu arbeiten, irgendwie wirkt das sehr entspannend. Für andere Pläne ist es heute schon zu spät." Als sie sah, dass Gerald tatsächlich überrascht war und nicht gerade begeistert wirkte, sagte sie schnell: „Du könntest die Beete und Blumen gießen, wenn du möchtest. Heute war es trocken und heiß. In dem kleinen Paradies hier würde ich gerne etwas herumwerkeln. Danach machen wir in der Dämmerung einen schönen Spaziergang. Einverstanden?"

Mit dieser Aussicht versöhnt, sagte Gerald sofort zu. „Alles wie du willst, Andrea. Es soll dir doch hier gefallen."

Andrea trat dicht neben ihn und sah ihn an. „Es gefällt mir Gerald, sehr gut sogar."

Er hob eine Hand und strich ihr leicht über die Wange. Sein Blick tauchte in die meeresgrüne Tiefe ihrer Augen. Er glaubte etwas Verborgenes zu sehen, etwas, das unter der Oberfläche ihres Bewusstseins ruhte und vielleicht nicht einmal von Andrea selbst wahrgenommen wurde.

Viele Erdenjahre waren vergangen, seit mit der Errichtung von Bad-Tibira begonnen wurde. Mit der Zahl der Bauten wuchs auch die Anzahl der Bewohner.

Neue Familien fanden sich, lebten und arbeiteten hier und bekamen Kinder, die ganz selbstverständlich die Erde als ihre Heimat ansahen. Längst war es notwendig geworden, Schulen zu errichten, in denen Kinder der verschiedensten Altersstufen unterrichtet wurden. Unter ihnen war auch das Zwillingspaar Inanna und Utu, Enlils Enkelkinder. Nannar freute sich sehr, dass sein Sohn Utu sich besonders in Mathematik hervortat und sich für alles Technische interessierte. Inanna war ebenfalls eine ausgezeichnete Schülerin, hatte jedoch keine ausgeprägte Vorliebe für das eine oder andere Fach entwickelt. Beide würden in wenigen Wochen die allgemeine Schulbildung beendet haben und dann eine Spezialausbildung ihrer Wahl beginnen. Utu wusste schon lange, dass er ein Raumfahrtingenieur und Flugzeugkonstrukteur werden würde. Schon als Kind zog es ihn so oft wie möglich zu den TI.TA.AM, die im Himmel lebten, in ihre große Orbitalstation, wo er die gewaltigen Raumschiffe starten und anlegen sah, die den Nibiru anflogen. Geduldig beantworteten die Igigi, wie die Stationsbewohner auch genannt wurden, seine vielfältigen Fragen. Sogar der Leiter führte ihn dann umher, um ihm die einzelnen Abteilungen zu zeigen und ihre Aufgaben zu erläutern. Am meisten hielt sich Utu jedoch im Wartungs-und Reparaturhangar auf, denn ihn faszinierte besonders, wie die Fluggeräte gebaut waren und wie man sie reparieren konnte. Inanna, die einmal mitgekommen war, verweilte lieber bei den Piloten, denn sie wollte wissen, wie man ein Flugzeug fliegt. Geduldig ließen sich die AB.GAL ausfragen und waren amüsiert über den Eifer des Mädchens. Alle gaben sich Mühe mit den Kindern Nannars, nicht nur, weil sie die Enkel des hohen Herrn Enlil waren, sondern Kinder selten im Orbit weilten und sie gern ein paar Stunden mit ihnen verbrachten.

Nannar war stolz auf die Zwillinge, die genau wie seine Stadt Bad-Tibira gewachsen und gediehen waren.

Seit Tagen dachte Enlil darüber nach, welche Siedlung er als nächste bauen lassen sollte. Ihre Anzahl und jeweilige Lage war seit langem festgelegt. Sie waren alle als Richtschnur für den Landeplatz gedacht. Jetzt, an einem hellen Morgen kurz nach Sonnenaufgang saß er wieder über den Plänen und grübelte, welche Stadt Bad-Tibira folgen sollte. Immer wieder strich er sich in Gedanken über den Bart. Morgen wollte er den Herrscher auf Nibiru kontaktieren, denn der monatliche Rapport war von Anu angeordnet. Enlil beabsichtigte, noch mehr Anunnaki anzufordern, um den Bau der neuen Siedlung voranzutreiben. Er konnte nicht alle Arbeiter von Bad-Tibira abziehen, denn die dortigen Metallurgiestätten benötigten Personal, die Ämter und Bauten mussten verwaltet und erhalten werden. Viele Nefilim waren in Eridu geblieben, wo sie dringend gebraucht wurden. Andere sind mit Enki nach Afrika in den AB.ZU gegangen. Enlil legte sich in Gedanken zurecht, dass er begründen musste, warum er gleich mehrere MU-Flugzeuge mit je fünfzig Anunnaki haben wollte. Ganz sicher wird Vater Anu fragen, wo die neue Baustelle sein soll. Wieder tasteten seine Augen über die geplante Anordnung der Städte, über die Verbindungslinien und eingezeichneten Kreise, die Entfernungsangaben und Gradzahlen. Dann schlug er erlösend mit der flachen Hand auf den Tisch. „Das ist es", sagte er laut. „Das leuchtet ein."

Die Tür ging auf. Sein erschrocken aussehender Sekretär und ein junger Schreiber fragten, ob der Herr Enlil einen Befehl habe. Gut gelaunt entließ Enlil beide mit der Anordnung, sich für ein Diktat bereit zu halten.

Dann sinnierte er weiter. Bad-Tibira existiert schon. Der Ort des Raumhafens steht fest. Auf der geraden Linie, die beide Orte verbindet, sind zwischen ihnen noch drei Städte geplant. Eine davon wird die nächste sein und zwar die, die dem Landeplatz am nächsten liegt. Genau so wird es gemacht, legte er sich in Gedanken zurecht. Die Stadt wird Larak heißen, denn sie soll Helligkeit verbreiten und als Leuchtsignal dienen. Gleich nach Larak ordne ich dann den Bau des Raumflughafens selbst an. Dann kann man auf der Linie Bad-Tibira - Larak schon den Flughafen ansteuern, bevor alle anderen Markierungsstädte fertig sind. Wir brauchen dringend den Abflugsort, um das Gold und die aufbereiteten Erze abzutransportieren. Froh, sich endlich entschieden zu haben und seine Absichten gut begründen zu können, rief Enlil seinen Sekretär, um die Entscheidung schriftlich festzuhalten. Er wollte seinen Plan nicht nur Anu darlegen, sondern auch seinen Söhnen und den führenden Bauaufsehern mitteilen.

Als die Sonne schon tief stand, beendete Enlil zufrieden diesen Arbeitstag. Er setzte sich auf die überdachte Terrasse seines Hauses und sah in den Garten, dessen Grün in verschiedenen Farbtönen leuchtete, wo bunte Blumen den Blick auf sich zogen und Gemüsebeete lagen. Ziersträucher und verschiedene Obstbäume bildeten schattige Gruppen. Noch immer weilten seine Gedanken bei den Vorbereitungen für die Errichtung der neuen Siedlung, als er Stimmen aus dem Haus vernahm. Ein helles Lachen, schnelle Schritte, und schon spürte Enlil, wie zwei weiche Arme ihn umfingen.

„Großvater, warum sitzt du hier allein?" wollte die impulsive Inanna wissen. Enlil, der sich immer freute, seine Enkelkinder zu sehen, sah in das unbeschwerte, lachende Gesicht der jungen Frau. Sie ist ja wunderschön geworden, blitzte ein Gedanke in ihm auf.

„Ach, meine Liebe", antwortete er, „ich war im Geiste noch bei der Arbeit. Sind deine Eltern und dein Bruder auch hier? Ich habe Utu schon eine Weile nicht mehr gesehen."

„Ja, sie sind im Haus bei Großmutter Ninlil. Aber sag, was ist es, woran du noch immer denken musst?"

Sie setzte sich dicht vor Enlil und sah ihn intensiv an. Neugierig glänzten ihre Augen, die ihn in Bann hielten. Er wusste aus Erfahrung, dass Inanna einen so starken Willen hatte, dass es schwer war, dagegen anzukommen. Enlil fand es seltsam, dass sie sich trotz ihrer Jugend für die Angelegenheiten der Führung und Verwaltung von KI.EN.GIR, ihrem südlichen Zweistromland, interessierte. Inanna hatte ihn bereits mehrmals in seinen Amtsräumen besucht, um das Eine oder Andere aufzuschnappen oder ihn gezielt nach den Vorhaben auf der Erde auszufragen. Auch diesmal dachte Enlil, dass sie sich weit mehr als ihr Zwillingsbruder für Führungsangelegenheiten interessierte. Aber der Erbe war dennoch nach altem Nibirugesetz der Sohn Nannars. Würde sie sich eines Tages nicht damit abfinden wollen, müsste sie sich eine eigene Machtposition erkämpfen. Aber genau das traue ich ihr zu, eilten Enlils Gedanken in die Zukunft voraus. Inannas Präsenz zwang ihn zu antworten. Sie war außer Ninlil die Einzige, die ihn beeinflussen konnte, denn Enlil war selbst eine starke, mächtige Persönlichkeit. Vielleicht hat sie das sogar über Nannar von mir, denn ihre Anwesenheit strahlt eine große, natürliche Autorität aus, schweifte er noch einmal in Gedanken ab.

„Heute habe ich eine bedeutende Entscheidung getroffen, Inanna, die viele Erdenjahre lang die zukünftigen Arbeiten bestimmen wird. Wir beginnen mit dem Bau der nächsten Stadt. Sie wird Larak heißen und soll mit ihrer Helligkeit den künftigen Landeplatz der Raumgleiter sicherer anfliegen helfen. Du weißt, was ich meine, denn du hast dich schon bei mir nach dem großen Städteplan erkundigt."

Begeistert griff Inanna nach Enlils Händen. „Ja, Großvater, natürlich kenne ich den Gesamtplan und kann es gar nicht abwarten, bis auch der Flugplatz gebaut wird. Sag, wirst du mich bald einmal mitnehmen zu der neuen Stadt? Ich muss unbedingt wissen, wie es dort aussieht und was alles gebaut wird."

Enlil lachte selten. Nun entwich ihm dennoch ein Laut der Erheiterung. „Langsam, Inanna, wir haben doch noch gar nicht angefangen. Noch sieht man nichts als weites, naturbelassenes Land. Aber später wirst du sicher öfter in Larak weilen, wenn du mit den Eltern deinen Onkel Ninurta besuchst. Bad-Tibira habe ich in die Hände deines Vaters Nannar gelegt, in der neuen Stadt wird mein Nachfolger Ninurta das Oberhaupt sein. Schon bei der Planung der Bauten und Anlagen wird er entscheidend mitwirken. Gleich nach mir wird er der oberste Bauherr sein."

Inanna klatschte vor Freude in die Hände. „Onkel Ninurta wird der neuen Stadt vorstehen? Das ist großartig. Mutter besucht wegen Gula seine Familie nicht so gern, aber Utu und ich werden bestimmt öfter mit Vater dort sein."

Enlil sah ihre lebhaften, sehr blauen Augen und das helle Haar, das der Abendwind leicht bewegte. Bald würde sie es nach Art der Frauen im Nacken zurückgebunden oder in einer anderen, kunstvollen Frisur tragen. Alles an seiner Enkelin strahlte eine enorme Energie aus, ihre Worte und Gesten, ihre Blicke und Körperhaltung, die Intensität ihrer Stimme und vor allem etwas nicht in Worte zu fassendes. Das Machtvolle ihrer Persönlichkeit zog auch Enlil in seinen Bann, ihn, der selbst die Macht verkörperte, die nach Anu oberste hier auf der Erde. Das Mädchen wird es weit bringen. Das muss ich immer im Auge behalten, dachte er noch, bevor er sagte: „Gewiss, du wirst noch viele Gelegenheiten haben, in Larak zu weilen. Aber jetzt komm, lass uns zu den Anderen gehen."

In diesem Augenblick trat Utu aus dem Haus. „Guten Abend, Großvater. Inanna, ich habe dich gesucht. Wo bleibst du denn? Stell dir vor, was ich gehört habe. Onkel Ninurta wird.."

Weiter kam er nicht. Inanna sprang auf und lief auf ihn zu, während sie Utus Satz vervollständigte. „..der Herr der neuen Stadt Larak werden. Ich weiß. Das passt zu seinem Namen NIN.UR.TA, denn dann wird er der Herr sein, der ihre Gründung vollendet. Sofern man dort mit dem Bau begonnen hat, müssen wir unbedingt mit Vater reden, dass er uns mitnimmt."

Inanna hatte Utus Arm genommen und verschwand mit ihrem Bruder in den Räumen des weitläufigen Hauses. Impulsiv wie sie ist, dachte Enlil, hat sie mich schon wieder vergessen. Aber kann man ihr böse sein? Er lächelte still in sich hinein. Außerdem waren sie und Utu ein ungewöhnliches Geschwisterpaar. Die Zwillinge verbrachten sehr viel Zeit miteinander. Einer war meist in der Nähe des Anderen.

Nur kurz habe ich mit Inanna gesprochen, dachte Enlil, aber für Utu war das nicht kurz genug. Umgekehrt hing Inanna genauso an ihrem Bruder, was man nicht von allen Nibirukindern sagen konnte. Belustigt ging es Enlil durch den Kopf, dass die Beiden ja keine Nibirubewohner waren. Echte Erdlinge sind sie, eine der allerersten. Nannar hat mich reich beschenkt mit diesen Enkeln, dachte er und ging ebenfalls ins Haus, das ihn mit vielfältigem Stimmengewirr umschloss.

Es dauerte lange, sehr lange, bevor man Larak als eine Stadt mit lebendigem Leben bezeichnen konnte. Noch immer waren, gemessen an den gewaltigen Aufgaben, viel zu wenige Anunnaki auf die Erde gekommen. An Jahren dieses Planeten war eine halbe Ewigkeit vergangen, doch selbst die Nefilim, die noch immer in schars dachten, der Umlaufzeit des Heimatplaneten, beklagten ihre viel zu geringe Anzahl und die schwere Arbeit. Die Aufseher pressten langsam, Jahr für Jahr immer mehr Lebenskraft aus ihren erschöpften Körpern. Selbst mit gutem Werkzeug und technischen Hilfsmitteln laugte die andauernde Zeit der Gründungsjahre ihre Energie aus.

Obwohl Ninurta tat was er konnte, waren es einfach zu wenige Arbeitsanunnaki, um zügig den Aufbau der Stadt und der Signalfeueranlagen voranzutreiben. Er hatte zusammen mit seinem Vater noch viele neue Bauten und Straßenbefestigungen geplant. Das bedeutendste Gebäude der neuen Stadt, der Tempel, war noch nicht einmal ganz fertig.

Doch Enlil entschied, trotz allem endlich mit dem Bau des Flughafens anzufangen. Sie brauchten ihn so dringend, dass andere Vorhaben zurückgestellt werden mussten. Ninurta, der um den Vorrang seiner Stadt kämpfte, musste sich der Entscheidung Enlils beugen. Auch Anu, der König der beiden Planeten verlangte einen zügigeren Abtransport der geförderten Bodenschätze, was ohne den Raumflughafen nicht möglich war.

So berief Enlil nach etlichen schars wieder eine Versammlung ein, um die Gründung einer weiteren Siedlung zu besprechen. Diesmal nahm auch Utu daran teil, der ein fertig ausgebildeter Flugzeugkonstrukteur war und bereits etliche Zeit praktische Erfahrung sammeln konnte. Er hielt sich immer da auf, wo die verschiedenen Raumfahrzeuge landeten und abflogen. Manchmal lebte er auf der Wasserstation weit draußen im Meer, wo die Flugboote wasserten. Viel Zeit verbrachte er auch im Orbit bei den Igigi, die das Gold und die anderen Metalle entgegennahmen, umluden und mit den großen Raumschiffen auf die Reise zum Nibiru schickten. Utu war von diesen Riesentransportschiffen besonders fasziniert, studierte ihre Bauweise und die Antriebsaggregate in allen Einzelheiten. So war er den TI.TA.AM im Himmel besser bekannt als jeder andere, der auf dem siebten Planeten Erde zu Hause war. Sie schätzten Utu wegen seines Fleißes, seines großen Interesses und seiner Sachkunde, die sich trotz seiner jungen Jahre offenbarte. Nicht zuletzt respektierten sie Utu als königlichen DIN.GIR, einem Mitglied der Herrscherfamilie. Utu war unter den Igigi sehr gern gesehen und wurde als hochgestellter Freund betrachtet.

So verwunderte es niemanden, dass Enlil gleich zu Beginn ihrer Zusammenkunft bekannt gab, dass die neue Siedlung mit dem Raumflughafen Utu unterstellt werden sollte.

„Ich kenne niemanden hier auf der Erde, der für dieses Kommando solch eine Sachkenntnis mitbringt", rechtfertigte Enlil seine Entscheidung. Die neue Stadt übergebe ich ihm nicht nur deshalb, weil ihm als hochgeborenem Sohn ein höherer Posten zusteht, sondern weil er sich wie kein Zweiter die Stellung verdient hat. Bereits jetzt, bevor er der Herr über die Raumfahrtanlagen ist, hat Utu sich unter den Fugkapitänen, Wartungstechnikern, Konstrukteuren und nicht zuletzt unter den Igigi einen ausgezeichneten Ruf erworben. Ich bin stolz auf meinen Enkel und übertrage ihm mit dem heutigen Tag die Herrschaft über die neue Stadt Sippar. Welcher Name wäre passender als der des Vogels, denn wie die Adler werden sich in der neuen Siedlung die Raumfähren und Raketen erheben und sich in die Weite des Himmels aufschwingen. Gleich den Adlern kehren sie zurück in den Horst, den Utu bewacht. In den Hangars werden die Raketen ruhen, bis sie sich erneut stolz wie die Vögel in die Luft erheben. Sippar wird das Band der Verbindung zwischen Himmel und Erde sein, von dem wir alle abhängen."

Beifall brandete in seltener Einigkeit auf, denn niemand neidete dem jungen Nefilim die Machtstellung über den Raumflughafen. Keiner von ihnen wusste so viel über die Raumfähren wie Utu, der kluge und beliebte Enkel Enlils.

Utu selbst war völlig überrascht und doch auch aufs Höchste erfreut. Für ihn ging damit ein Lebenstraum in Erfüllung. Der Großvater hatte ihn nicht in seine Pläne eingeweiht, so dass er nun total überwältigt war, das Kommando über die Stadt der fliegenden Vögel zu erhalten. Es würde sein Sippar sein, in dem er nicht nur für den technischen Teil der Raumfahrtanlagen und die Fluggeräte zuständig war, sondern auch für den reibungslosen Ablauf der Transporte, die Koordinierung der Abflüge, Landungen sowie die Lagerung und Verfrachtung der Güter zu sorgen hatte. Einen Augenblick schwindelte es ihn ob der gewaltigen Verantwortung, aber sofort siegte seine Freude, die für ihn denkbar beste Aufgabe erhalten zu haben. Utu erhob sich und dankte Enlil für das Vertrauen und gelobte, stets für die volle Funktionstüchtigkeit des Flughafens einzustehen.

Viele Einzelheiten wurden noch an diesem Tag besprochen wie zum Beispiel den Bau des Tempels E.BABBAR, der wahrlich Utus glänzendes Haus sein würde, wie es der Name sagte. Es sollte ein ganz eigentümliches Gebäude sein. Der innen liegende Teil würde den Blicken verborgen bleiben und hohe starke Mauern ihn abschirmen. Inmitten der Mauern sollte ein mächtiges Raketenflugzeug stehen, an dessen Spitze die Kommandokapsel MU hoch aufragte. Die Mauern würden das Feuer des startenden Raketenantriebes bändigen, wenn sich das Fluggerät donnernd in die Luft erhob. Gebadet in heißes, grelles Licht war Utus Tempel dann wahrhaftig ein strahlendes Haus.

Bei der weiteren Planung und Errichtung der Stadt Sippar sollten die raumfliegenden Nefilim zu Rate gezogen werden, tatkräftig mitarbeiten und Utu in jeder Hinsicht unterstützen.

Nur Ninurta hielt sich etwas zurück. Zu gern hätte er alle Anunnaki noch in Larak beschäftigt. Über die Hälfte seiner Arbeiter sollten jedoch bereits jetzt nach

Sippar gehen. Andererseits sah er die dringende Notwendigkeit eines steten Flugverkehrs Erde - Orbit - Nibiru ein, denn davon profitierten sie letztendlich alle, auch seine Stadt Larak.

Enlil versprach, nochmals beim König Anu weitere Anunnaki anzufordern. Freiwillige, einfache Arbeiter für die Erde gab es kaum, denn es hatte sich herumgesprochen, dass sie schwere Arbeit und ein hartes Leben erwartete. So waren etliche der Eingetroffenen Strafrekrutierte und Gesetzesbrecher, aber auch einige Abenteurer, die sich auf dem siebenten Planeten ein neues Leben erhofften. Es trafen jedoch auch andere Nefilim ein, denen verantwortungsvolle Posten angeboten worden waren. Mitunter kamen sogar ganze Familien, die in einer der neuen Erdenstädte wohnten und arbeiteten. Ihre Kinder gingen hier in die neu entstandenen Schulen und führten ein Leben wie die Nibirukinder. Immer benötigt und sehr willkommen waren Spezialisten und Wissenschaftler, um industrielle Anlagen zu errichten und den technischen Fortschritt in den Siedlungen voranzutreiben.

Als die bedeutende Zusammenkunft und Utus Ernennung beendet war, schloss Nannar, der als Statthalter von Bad-Tibira ebenfalls anwesend war, voll unbändigem Stolz seinen Sohn in die Arme.

Daheim gratulierten Ningal und Inanna und freuten sich darüber, dass die technischen Kenntnisse Utus nun Anerkennung fanden. Die Schwester Inanna war ganz aufgeregt und wollte jede Einzelheit der Versammlung wissen, bis sie von ihrer Mutter zurückgehalten wurde, die die Ernennung des Sohnes zum Kommandanten der Flughafenstadt mit stiller, zurückhaltender Würde aufnahm. Nur wenn Utu ihrem Blick begegnete, sah er mehr Stolz und Liebe, als irgendein Anderer ihm entgegenbringen könnte. So sehr sich Inanna für ihren Zwillingsbruder freute, fragte sie dennoch: „Und ich, Vater? Sag, was hat Großvater Enlil mir zugedacht?"

Nannar, der seine Tochter kannte, hatte mit einer ähnlichen Reaktion gerechnet und sich bereits mit Enlil darüber unterhalten, der bestätigend sagte: „Ja, sie passt so gar nicht in die Rolle einer normalen jungen Frau. Sie denkt und handelt wie ein männlicher Erbe, der sie nun einmal nicht ist. Dennoch habe ich das Gefühl, dass ich ihr trotzdem etwas geben muss, denn sonst wird sie mir keine Ruhe lassen."

Dass er darüber hinaus eine Schwäche für die ungewöhnliche Enkelin hatte, wollte er gerade Nannar gegenüber nicht eingestehen.

„Eventuell heiratet sie bald und entwickelt dann vielleicht andere Interessen", sagte Enlil noch, obwohl er selbst daran nicht im Mindesten glaubte.

Als nach der Eiszeit, die die Erde in eisiger Umklammerung gehalten hatte, das Klima immer milder wurde, gab es zu der Zeit auf dem siebenten Planeten bereits vier Städte. Eridu, Bad-Tibira, Larak und Sippar, Siedlungen, die ein der Erde fremdes Volk errichtet hatte.

Konnte sich der schöne blaue Himmelskörper zuvor frei nach seinen eigenen Gesetzen der Natur und Evolution entwickeln, griff nun jemand ein, um sein Gesicht nach fremder Vorstellung zu prägen. Der Erde Flüsse und Sümpfe wurden kanalisiert, ihre Haut zum Ackerbau aufgerissen, Pflanzen, die ihr völlig fremd waren, hatte sie zu ernähren und Tiere waren angesiedelt worden, die sie nicht selbst in den Jahrmillionen ihrer Existenz hervorgebracht hatte. Wüsten, Wälder, Meere, Steppen und Sümpfe, Grasland und Felsen hatten seit jeher zu ihr gehört, nicht aber die festen Bauten, die gepflasterten Straßen und verbrannten Stellen, die die startenden Raketen auf ihr hinterließen. Noch waren es, gemessen an der imposanten Größe des Planeten, winzig kleine Gebiete, aber die Erde war nicht mehr mit sich allein. Fremde Wesen hatten begonnen, ihr Gewalt anzutun. Sie würde nie mehr kraft der ihr innewohnenden eigenen Gesetze in vollem Umfang und in allen Regionen ihr Dasein selber regeln können, so wie sie es Milliarden von Jahren bisher getan hatte.

Die Erdenjahre reihten sich in stetem Fluss aneinander. Mit großer Geschäftigkeit regte sich das fremde Leben im Lande KI.EN.GIR, so bezeichnet von den Wesen, die im Süden der Flüsse Euphrat und Tigris dort die Erde als ihr Land, das Land der Herren mit den Raketen, betrachteten.

Ein reger Flugverkehr zwischen Himmel und Erde hatte sich in Sippar entwickelt. Sippar, Vogel, wie treffend bezeichnet, wenn sich gleich den majestätischen Adlern die Transportflugzeuge in die Lüfte erhoben. Alles, was bisher von den Nefilim auf der Erde unternommen worden war, diente letztendlich dazu, ihr einen kostbaren Teil ihres Leibes zu entreißen und abzutransportieren. Immer neue Spuren ließen die Fremden zurück, ohne dass die alten Narben verschwanden.

Der Befehlshaber Enlil war jedoch noch lange nicht zufrieden. Im Gegenteil, eine weitere Stadt sollte entstehen. Schon lange war ihre Lage festgelegt. Auf der Linie Bad-Tibira - Larak - Sippar war sie von Anfang an eingeplant, um den Anflugweg zum Raumhafen noch sicherer zu machen. Aber diese Ansiedlung sollte etwas Besonderes sein. Sie würde Ninhursag gehören, der obersten Heilkundigen und der besten Vertreterin der medizinischen Wissenschaften. Diese Stadt sollte allen Nefilim als Gesundheitszentrum zugute kommen. Neben Wohnhäusern und Verwaltungsgebäuden würde sie ein Krankenhaus erhalten. Dazu würden Labortrakte und Forschungsgebäude errichtet werden. Alles sollte auf dem hohen Niveau des Wissensstandes des Heimatplaneten eingerichtet werden. Ninhursag wurde beauftragt, in langen Listen alles Benötigte aufzuzählen, das dann vom Nibiru nach Sippar kam und von dort in die neue Stadt gebracht werden konnte. Schuruppak sollte sie heißen.

Wieder wurde ein Stück des seit undenklichen Zeiten unberührten Erdbodens zum ersten Mal bebaut. Schuruppak zog auch andere medizinische Wissenschaftler an, die in den modernen und neuen Gebäuden arbeiten und leben würden. Langsam, Jahr um Jahr entwickelte sich eine städtische Struktur, die im Gegensatz zu den vorangegangenen vier Städten stand. Schuruppak war für das Wohl und die Gesundheit der Anunnaki da und nicht wie die anderen Siedlungen der Gewinnung und dem sicheren Abtransport der Bodenschätze untergeordnet. Schuruppak war auch der Ort, in dem vielerlei Experimente geplant waren, wie Genexperimente an Pflanzen und Tieren. Es gab Versuchslabore und hermetisch abgeschlossene Bereiche mit gefährlichem Material.

Ninhursag plante auch eine Geburtsstation. Sie wusste selbst jenen Frauen zu helfen, denen die Natur versagt hatte, ohne fremde Hilfe Kinder zu haben. Die vollständig entschlüsselten Erbinformationen wusste sie in gezielter Weise zu manipulieren, so dass die eine oder andere gewünschte Eigenschaft oder sogar Vermischung der Arten herbeigeführt werden konnte. Ninhursag war eine bedeutende Wissenschaftlerin und Ärztin, der zum Teil auch wegen ihrer königlichen Abstammung die denkbar beste Ausbildung ermöglicht worden war. Als Tochter des Herrschers Anu war sie ohnehin hoch geachtet. Daher waren sich alle Versammelten einig, dass diese besondere medizinische Stadt nur Ninhursag zugesprochen werden konnte.

In ihrem Schuruppak hatte sie alle Voraussetzungen, um ihrem anderen Namen SUD gerecht zu werden, denn ausgestattet mit den besten medizintechnischen Anlagen und Medikamenten, konnte sie in bestimmten Fällen sogar wieder zum Leben erwecken, was schon kurz vom Tode berührt worden war. Damit hatte sie Macht und Ansehen, denn die Macht über den Tod gab ihr eine einzigartige Stellung unter den Nefilim. Dennoch war sie eine der wenigen DIN.GIR, die im Grunde nicht nach Macht und Herrschen trachteten, wie die meisten anderen Mitglieder der königlichen Familie oder diejenigen, die den Thron für sich gewinnen wollten. Intrigen, Kriege, ja sogar Kernwaffenschlachten wurden ausgetragen, um den eigenen Anspruch durchzusetzen. Solche Beweggründe waren Ninhursag fremd. Gewiss, sie freute sich, eine eigene Stadt zu erhalten, aber es war bezeichnend für sie, dass sie lieber schlichtend in den Streit der Brüder Enlil und Enki oder in die Auseinandersetzungen der Anderen eingriff. Oft wurde ihr Rat gesucht und keinesfalls nur in gesundheitlichen Angelegenheiten.

Ninhursag wollte zwar ihr zu Ehren keine große Feier, gab als Regentin von Schuruppak jedoch der Sitte zufolge einen kleinen Empfang, da alle es von ihr erwarteten. Angetan mit dem kostbaren Gewand der herrschenden Familie, sah sie beeindruckend und sehr vorteilhaft aus. In einer kurzen Ansprache dankte sie Enlil und dem abwesenden Vater Anu dafür, sie als Oberhaupt einer Stadt ernannt zu haben.

Als der offizielle Teil vorbei war, nahm sie Enlil beiseite, um ihm ganz persönlich noch einmal ihre Freude zu bekunden, denn sie wusste, dass es letztlich Enlil war, dem sie ihre Ernennung zu verdanken hatte.

„Liebe Schwester, Mutter meines Erben Ninurta, wie sollte ich dich nicht ehren können“, erwiderte Enlil, der in liebevoller Zuneigung schon immer viel von Ninhursag gehalten hatte. „Alle erwarten immer irgendetwas von mir, mehr Arbeiter, mehr Materialien, mehr Bodenschätze, Entscheidungen jeglicher Art und auch Ämter, nur du nicht, Ninhursag. Du kümmerst dich um Andere, nicht nur in deiner Eigenschaft als oberste Medizinerin.“

Enlil nahm sie in die Arme und drückte sie kurz an sich, eine unerwartete Geste, die so gar nicht typisch für ihn war.

Enki, ihr anderer Halbbruder, mit dem sie ebenfalls Intimitäten geteilt hatte, war dagegen sehr viel emotionaler.

Als Enlil sie freigegeben hatte, schaute sie ihn voll sanfter Zuneigung an. „Und du, Bruder, wann denkst du an dich?“

Da sie Enlils verständnislosen Blick sah, fügte sie hinzu: „Ich meine, wann errichtest du deine Stadt? Du selbst, oberster von Vater Anu eingesetzter Herr auf dem Erdplaneten, hast dir noch keine eigene Domäne zugeteilt, eine Stadt für dich.“

Enlils Augen blitzten. „Das ist meine Ninhursag wie ich sie kenne. Ich sagte gerade, dass du nicht nur an dich denkst, sondern auch an das Wohl der Anderen. Sag, meine liebe SUD, hast du noch den seit langem festgelegten Städteplan vor Augen?“

Ninhursag lächelte nun ebenfalls, denn jetzt wusste sie Enlils halb belustigtes Funkeln zu deuten. „Natürlich habe ich das. Es fehlen noch zwei Städte.“

„Genau“, erwiderte Enlil. „In der nächsten werde ich selbst die Oberhoheit übernehmen. Aber das muss noch warten, zumindest bis die wichtigsten Gebäude in deinem Schuruppak errichtet sind. Alles dauert mir viel zu lange. Aber was soll ich machen. Die immer noch viel zu kleine Anzahl an arbeitenden Anunnaki lässt es nicht zu, dass wir zügig vorankommen. So vergehen nicht nur Erdenjahre, sondern sogar unsere schars bis wieder ein Projekt fertig gestellt ist."

Ninhursag seufzte. „Ja, Enlil, ich weiß. Wir brauchten ein Heer von Arbeitern, das wir nicht haben. So bleibt uns nur die Zeit."

„Selbst das, teure Schwester, ist zum Teil auch dein Verdienst, denn du und deine Mediziner und Wissenschaftler haben dazu beigetragen, dass in unserer Lebensspanne wenigstens an Zeit kein Mangel herrscht."

Seit Sippar, die Stadt der fliegenden Vögel, errichtet war, hatte der Flugverkehr Erde - Orbit enorm zugenommen. Utu, der sich in erster Linie als Techniker sah, hatte große Mühe, die damit einhergehende Flut von Verwaltungsaufgaben zu erledigen. Die Koordinierung des Flugverkehrs, der Antransport der verhütteten Erze aus Bad-Tibira, die Lagerung des Goldes, die rechtzeitige Be-und Entladung der Flugzeuge waren von ihm ungeliebte administrative Aufgaben. Lieber hielt er sich in den Hangars und Werkstätten auf oder weilte in der Kontrollstelle, die die startenden und landenden Raumgleiter einwies. In seiner freien Zeit tüftelte er gern an konstruktiven Verbesserungen der verschiedensten schems. Das waren Transporter, kleinere Personenflieger, wassernde Flugboote und nicht zuletzt Raketen, auf die alle Nefilim besonders stolz waren, denn DIN.GIR, die Rechtmäßigen mit den Raketen, war der Titel der hochgestellten Personen unter den Nefilim.

Utu konnte keine einzige seiner vielen Aufgaben vernachlässigen. Das würde Großvater Enlil zu sehr enttäuschen. So war er über alle Maßen erleichtert, als seine Schwester Inanna, die oft bei ihm weilte, eine wunderbare Nachricht brachte. Lauthals verkündete sie: „Utu, mein Liebster, ich habe eine große Neuigkeit für dich. Hoffentlich hast du noch nichts davon gehört. Ich möchte die Erste sein, die dir die gute Nachricht überbringt. Rate mal, was es sein könnte. Oder hat dir Enlil schon die offizielle Nachricht geschickt?"

Utu trocknete sich den Schweiß von der Stirn, denn die Regenzeit und die heiße, feuchte Luft setzten ihm zu. „Halt, Inanna, hole erst mal Luft, und dann sage einfach, worum es geht. Ich erhalte täglich viele Nachrichten, auch einige von Enlil."

Inanna zappelte ungeduldig. „Großvater will den Bau der sechsten Stadt beginnen. Sie soll Larsa heißen, wo man das rote Licht erblicken kann. Freudestrahlend sah sie ihren Bruder an. Verdutzt nahm Utu auf einer Bank im Schatten des Hauses Platz.

„Eine neue Stadt? Nein, das wusste ich noch nicht." Im Stillen dachte er an seinen ungeliebten Schreibtisch, auf dem sich auch noch ein paar ungelesene Datenträger befanden, inmitten eines nie enden wollenden Chaos von Briefen, Listen aller Art, Flugplänen, Rapporten und Berichten der Vorsteher sämtlicher Abteilungen.

„Ja", rief Utu, „ich erinnere mich! Auf der Linie Eridu - Sippar, westlich der Hauptlinie, auf der die fünf bereits erbauten Städte liegen, fehlt noch die zusätzliche richtungsweisende Stadt für die Flugzeugbesatzungen. Das ist wirklich eine großartige Neuigkeit, Inanna."

Seine Zwillingsschwester beugte sich vor, nahm Utus beide Hände und sah ihn eindringlich an. „Aber am meisten wirst du dich freuen, dass Enlil selbst dort der Befehlshaber sein wird. Larsa soll nicht nur als Leuchtfeuerstadt dienen, sie soll Großvaters Amtssitz werden, von wo aus er sämtliche Arbeiten in den bisherigen Städten koordinieren will. Seine Hauptaufgabe sieht er in der Organisation des reibungslosen Ablaufes des Flugverkehrs Erde – Orbit der Igigi – Nibiru. Verstehst du, Utu, dann wirst du viel weniger Verwaltungsaufgaben als bisher zu erledigen haben. Ich weiß doch, dass du das nicht magst."

Erst jetzt begriff Utu die volle Bedeutung von Inannas Nachricht. „Das wäre ja großartig, Schwesterherz. Etwas Schöneres hättest du mir nicht überbringen können. Dann kann ich mich viel besser meinen Flugzeugen und Raketenantrieben widmen." Jubelnd sprang Utu auf, riss Inanna in die Arme und wirbelte sie um sich herum. Atemlos setzte er sie wieder ab.

„Das ist das Beste, was ich seit langem gehört habe, geliebte Schwester." Überglücklich hielt er sie noch immer in den Armen. Inanna, die den Bruder immer sehr geliebt hatte, war diesmal ganz benommen von seiner Nähe. Auch Utu spürte das ganz Besondere des Augenblicks. Ohnehin konnten sie immer die Gedanken des Anderen erfassen, so dass sie auch diesmal wussten, was beide empfanden. Zärtlich strich Utu der Schwester über das volle, helle Haar und sah in ihren überaus blauen Augen denselben Wunsch, der auch ihn mit aller Macht erfasst hatte. Er nahm Inannas Hand und führte sie in das kühle Dämmerlicht des schattigen Hauses zu seinem Ruhebett.

Voller Eifer und von neuer Energie erfasst trieb Enlil die Errichtung Larsas voran, seiner Stadt, in der er residieren und koordinieren würde. Wie schon in den anderen Städten, gingen die Arbeiten nur quälend langsam voran. Dennoch konnte er an diesem Tag der Vollendung des wohl wichtigsten Gebäudes von Larsa beiwohnen. Zauberhafte Töne sandten die Saiten der Harfenspieler in die warme Erdenluft. Dem Protokoll gemäß saß der Herr Enlil auf einem erhöhten Podest, angetan mit dem langem Stufengewand der herrschenden Nefilim und der hörnergeschmückten Kopfbedeckung zum Zeichen seiner hohen Geburt. Ninurta, der aus Larak gekommen war, nahm zu seiner Rechten Platz. Utu saß in Vertretung seines Vaters Nannar links von Enlil. Hinter dem Herrn der Erde hatte sich der oberste Minister postiert, der ihm gerade die vorbereitete Rede hinhielt. Enlil gab den Musikern ein Zeichen und hielt in der eingetretenen Stille seine Ansprache zur Einweihung des ihm gewidmeten Tempels.

Noch lange nicht würde Larsa eine lebendige, große Ansiedlung sein. Die Anlagen des roten Signallichts für den sicheren Flug nach Sippar, ein paar Wohnstätten für die Oberschicht und Unterkünfte für die einfachen Anunnaki waren jedoch fertiggestellt. Nun hatte Larsa auch noch den unerlässlichen Tempel, religiöses Zentrum und Enlils Machtzentrale zugleich.

Das Beste gab Enlil den Versammelten zum Schluss seiner Rede bekannt.

„Teure Mitglieder der Königsfamilie, werte hohe Herren und Damen, geschätzte Mitarbeiter. Was ich jetzt zu sagen habe, wird von jedem der hier Anwesenden von großer Bedeutung sein. Der Herrscher des Heimatplaneten, der große König Anu, hat zugestimmt, den Unternehmungen auf der Erde eine weit größere Bedeutung zuzumessen als bisher. Zufrieden mit der Ausbeute an Gold und der anderen Bodenschätze, sollen jetzt unseren Vorhaben auf der Erde weitere Anunnaki zugeteilt werden, so dass wir endlich etwas schneller mit den Bauten vorankommen werden. Außerdem sollen uns größere Mengen an Ausrüstungsgegenständen geschickt und die Zahl der großen Raumtransporter beträchtlich erhöht werden."

Aufbrandender Applaus und Hochrufe auf den Herrn Enlil unterbrachen seine Rede. Geschmeichelt ließ er die Freude und die Huldigung der Anunnaki über sich ergehen, bevor er erneut das Wort ergriff.

„Das bedeutet in erster Linie eine Arbeitserleichterung für uns alle und die Anerkennung unserer bisherigen Leistungen. Letztendlich wird diese Entscheidung jedoch bedeuten, dass wir auf unabsehbare Zeit auf der Erde bleiben und den siebenten Planeten uns zu Eigen machen werden. Es ist noch nichts Genaues besprochen. Aber ich sage euch voraus, dass dieser Himmelskörper noch viele Gebiete besitzt, die von uns erobert werden können. Ihr alle habt die Erde aus der Himmelsperspektive gesehen. Unser bisher bebautes Land KI.EN.GIR im Zweistromland ist nur ein winziger Fleck auf der Erdenkugel. Der AB.ZU, ein Teil des südlichen Afrika, ist ebenfalls von uns besiedelt worden. Aber was haben uns die anderen großen Flusstäler und Kontinente zu bieten? Ungeahnte Möglichkeiten ergeben sich für uns, wenn wir erst alle warmen und gemäßigten Zonen der Erdkugel, die sich wirtschaftlich lohnen, erobert haben. Wir Bewohner des äußersten Planeten im Sonnensystem werden zwei Himmelskörper bevölkern. Die jüngeren unter uns, die bereits hier geboren wurden, betrachten die Erde ohnehin als ihre Heimat. Das soll sie für uns alle werden. Die Signale sind gestellt."

Laute Jubelrufe erfreuten Enlils Herz. Der Protokollführer gab den Musikern ein Zeichen. Eine neue Hymne erscholl über den weiten Platz und ließ jedes Wort ersterben. Sie sollte von nun an bei jeder hochoffiziellen Veranstaltung auf dem Erdplaneten gespielt werden.

Es dauerte lange, dennoch konnten die Bauvorhaben in Larsa zügiger als bisher beendet werden.

Dann endlich war es möglich, die siebente der ursprünglichen heiligen Städte in Angriff zu nehmen, diejenige, die vor vielen schars als Zentrum aller Städte geplant war. Zog man auf der Karte Kreise in verschiedener Entfernung um diese Stadt, so lagen alle anderen auf einem dieser Kreise. Sie sollte nicht nur geografisch im Mittelpunkt stehen, sondern auch eine zentralisierende Aufgabe erhalten. Enlil beschloss, dass sie das endgültige, bedeutendste Verbindungsglied zum Himmel sein sollte, denn wer die Fäden der Macht in seinen Händen halten wollte, musste über die Verbindung zum Heimatplaneten gebieten. Die siebente Stadt sollte den Nibiru auf der Erde vertreten. NIBRU.KI, Nibiru auf Erden, sollte sie sein. Wer anders als Enlil in eigener Person könnte über diesen höchstwichtigen Ort gebieten? Er würde sein Larsa in würdige Hände geben und seinen endgültigen Wohnsitz in der Zentrumsstadt errichten, der Kontrollzentrale Nippur.

Ein einzigartiges Bauwerk war zu diesem Zweck notwendig. Auf einer Plattform sollte ein sehr hoher Turm errichtet werden, der eine geheime, strahlende Kammer, den Dirga enthielt. Dieser nur ganz Wenigen zugängliche Raum war die eigentliche Machtzentrale auf Erden. Er beherbergte alle wichtigen Utensilien der Verbindung zu den Igigi im Orbit und zum Nibiru. Von hier aus konnte man über den mit Antennen ausgestatteten Turm mit der Himmelsstation und dem Heimatplaneten kommunizieren. Damit verkörperte dieser Ort die überaus wichtige Verbindung Himmel - Erde, das Band DUR.AN.KI. Wer der Herr über die geheime Kammer war, war der Herr der Erde. Daher konnte nur Enlil selbst als der von Anu ernannte oberste DIN.GIR des siebenten Planeten der Herr in Nippur sein, der Zentrale der Macht.

Solange sich jedoch Nippur und seine einzigartigen Gebäude noch im Bau befanden, blieb Enlil in Larsa, ganze sechs schars lang. Für Erdverhältnisse und seine Kreaturen, die in für die Nefilim verblüffender Schnelligkeit lebten und starben, waren Jahrtausende vergangen. Doch dann endlich konnten Enlil und Ninlil ihr Haus E.KUR in Nippur in Besitz nehmen.

Eingedenk der Usurpationen, die oft auf dem Nibiru zum Sturz des Herrschers führten, war der mächtigste Ort und der mächtigste Nefilim auf Erden mit besonderen Überwachungsanlagen und tödlichen Waffen ausgestattet. Der Herr von Nippur sollte in der Lage sein, Umsturzversuche wirkungsvoll zurückzuschlagen. Wer würde Enlil seinen ersten Rang auf Erde streitig machen? Enki, der zurückgesetzte Bruder oder einer dessen Nachkommen, allen voran Marduk? Nie war man sich sicher, ob nicht jemand aus dem Hause des gestürzten Alalu wieder die Herrschaft zurückerobern wollte, wie es bereits Kumarbi versucht hat. Nippur war gerüstet, unter Enlils Herrschaft das Zentrum der Städte und der Macht zu bleiben.

Schon seit zwei Tagen hatte sich Andrea auf den heutigen Ausflug gefreut. So ganz nebenbei erzählte ihr Gerald, dass in Neustadt an der Dosse wieder die jährliche Hengstparade stattfindet. Schon als Kind sind seine Eltern mit ihm fast jedes Jahr zu dieser beeindruckenden Pferdeshow gefahren. Andrea hatte begeistert zugehört und sofort beschlossen: „ Das muss ich auch sehen."

Gerald wirkte ganz überrascht, denn mit so einer Resonanz hatte er nicht gerechnet. „Wenn ich geahnt hätte, dass du dich für Pferde interessierst, hätte ich den Besuch der Hengstparade längst vorgeschlagen, Andrea. Aber natürlich fahren wir hin. Ich sehe sie sowieso immer wieder gerne."

Noch vor der Mittagszeit setzten sie sich ins Auto und fuhren in das südlich von Kyritz gelegene Neustadt/Dosse, das weit über die Grenzen Deutschlands für seine Elitepferde bekannt ist. Die Veranstaltung fing erst am frühen Nachmittag an, aber sie wollten viel früher da sein, um Karten für gute Plätze zu erhalten. Doch als sie ankamen, war bereits ein enormer Besucherstrom in das kleine brandenburgische Städtchen geflossen. Ordnungskräfte wiesen die Autos auf abgegrenzte Wiesenflächen, die als Parkplätze dienten und bereits fast voll waren. „Ist das immer so ein Andrang?", wollte Andrea wissen. „Hoffentlich kriegen wir noch Karten." Gerald, der das Auto in eine Lücke manövriert hatte, konnte sie beruhigen. „Auf den Tribünen gibt es allerhand Platz und das Gelände ist sehr weitläufig. Komm, zuerst kaufen wir Karten, und dann zeige ich dir alles".

Andrea, die heute Jeans und eine weiße Bluse trug, schnappte sich noch ihre Jacke. Da Gerald gesagt hatte, dass die Parade über mehrere Stunden ging, wollte sie gerüstet sein, falls es kühler werden sollte. Als sie näher kamen, wirkte das ganze Gelände wie ein Volksfest. Viele Stände waren aufgebaut, um für das leibliche Wohl der Besucher zu sorgen. Die Buden und Zelte reihten sich an verschiedenen Stellen in großer Zahl aneinander. Gerald zeigte auf einen Verkaufsstand. „Sieh Andrea, da kann man auch Karten kaufen. Komm, es stehen gar nicht so viele Leute an." Zum Glück gab es noch Karten in der ersten Reihe direkt an der Tribünenbande. „Dann können wir alles gut überblicken und die Pferde aus der Nähe sehen", freute sich Andrea. Gerald schlug vor, dass sie etwas an einem der Stände essen könnten. „Sonst wird das Mittag ausfallen, und ich bin schon hungrig", gab er zu bedenken.

„Du Vielfraß", neckte ihn Andrea, obwohl sie selbst noch etwas essen wollte, bevor es losging. Sie entschieden sich für einen Teller Gulaschsuppe, für den sie länger als beim Kartenkauf anstanden. Als sie an einem der Tische und Bänke Platz gefunden und gegessen hatten, war immer noch eine knappe Stunde Zeit. „Heute hat man Zutritt zu den Stallungen. Wenn du möchtest gehen wir durch die verschiedenen Stallgebäude und sehen uns die Pferde schon mal aus der Nähe an."

„Ja, sehr gerne sogar", erwiderte sie und sprang auf. Sie sahen viele edle Pferde in den Boxen stehen. Einige wurden schon für ihren Auftritt vorbereitet. Als sie von einem Stall in den anderen gingen, blieb Andrea fasziniert stehen und nahm Gerald in den Arm. „Sieh mal, was sind das für gewaltige Pferde." Sie zeigte auf schwere, kräftig gebaute Tiere mit behaarten Hufen, die gerade vor einen Wagen gespannt wurden. „ Das sind Kaltblutpferde, sie sind nachher auch im Programm zu sehen", entgegnete Gerald.

„Seltsam", meinte Andrea, „obwohl sie nicht ganz so elegant wie andere Pferde wirken, üben sie auf mich beinahe einen noch größeren Reiz aus. Diese Kraft gepaart mit Anmut ist wohl einzigartig im Tierreich."

Gerald lachte. „Da zeigt eine Großstadtpflanze, dass sie trotzdem sehr viel für das Ländliche übrig hat." „Ach du", sagte Andrea und sie gab ihm einen Klaps auf den Arm.

„Wenn dich die Kaltblüter so sehr begeistern, habe ich einen Vorschlag", sagte Gerald nun wieder ernst. „Ich habe hier in Neustadt/Dosse mal eine Pferdeshow gesehen, in der ausschließlich Friesen auftraten. Das ist eine besondere Kaltblutrasse. Nicht ganz so kompakt wie die anderen, mit samtschwarzem Fell und einer besonders langen Mähne. An einer Seite des Halses hing sie bei manchen Tieren bis zu den Hufen hinab. Das sah richtig elegant aus. Dazu waren die Reiterinnen alle in historische Kostüme gekleidet. Es war ein Erlebnis ganz besonderer Art. Jetzt weiß ich es wieder. Die Veranstaltung hieß „Nacht der schwarzen Perlen".

„Oh", schwärmte Andrea, „schwarze Perlen, das müsste ich sehen können."

Gerald schmunzelte, „Kannst du. Ich bringe in Erfahrung, wann und wo die Damen wieder mit ihren Friesenpferden auftreten, und dann fahren wir hin." Andrea freute sich, ihre grünen Augen blitzten. „Das wäre wunderbar, Gerald."

„Dann ist es abgemacht, Andrea, aber jetzt komm. Wir gehen langsam zur Tribüne und suchen unsere Plätze, sonst wird nachher das Gedränge zu groß." Er ergriff ihre Hand und führte sie zielsicher um verschiedene Gebäude auf das Veranstaltungsgelände zu.

Die Parade war so beeindruckend, dass Andrea und Gerald sich die ganze Heimfahrt über nichts anderes unterhielten. Selbst als sie nach dem Abendessen noch bei Kerzenschein den warmen Sommerabend genossen, kamen sie so manches Mal darauf zurück.

„Die edlen Pferde müssen sicher eine Weile trainiert werden, bis alle im gleichen Takt genau das taten, was von ihnen erwartet wurde", meinte Andrea. „Wie sie ihre Bahnen zogen, sich wie auf ein geheimes Zeichen teilten oder andere Figuren geritten wurden. Sicher werden sie von den Reitern gelenkt, aber ich frage mich, auch als Biologin, was für ein Gedächtnis hat ein Pferd, um die nicht geringe Anzahl der Vorführelemente zu behalten. Wenn 30 oder mehr Pferde so im Gleichklang agieren, wird das nicht nur auf die Reiter zurückzuführen sein."

Gerald runzelte die Stirn. „Daran habe ich noch gar nicht gedacht. Aber ganz sicher trägt das Training dazu bei, dass den Pferden die Abfolge der Elemente vertraut ist."

Andrea legte bequem die Beine auf einen freien Stuhl und nahm einen Schluck Rotwein. „Wie auch immer. Ich muss noch an die Dressurvorführung denken. Ein Pferd fiel mir besonders auf. Das streckte die Vorderbeine beim schnellen Durchqueren des Platzes wie ein Ballettkünstler."

„Ja, das gefiel mir auch sehr", stimmte ihr Gerald zu. Aber die lustigen Einlagen waren auch sehr gut. Ponywagen im Wettstreit mit den anderen vor Wagen gespannten Pferden. „Natürlich sind die Kleinen beim Wenden im Vorteil."

Andrea lachte. „Die Menschen haben Beifall geklatscht, als die Ponys das Rennen gewonnen hatten."

„Ja, das war schon lustig. Aber mir gefiel wohl die Römische Post am besten oder die als Ungarn kostümierten Reiter. Im wilden Galopp mit je einem Bein auf zwei Pferden zu stehen ist schon ein reiterisches Glanzstück."

Gerald angelte sich ein paar Salzstangen.

„Klar, deshalb wurden diese Darbietungen wohl mehr am Schluss gezeigt, als Hauptattraktion sozusagen", stimmte Andrea zu.

„Noch vor den Römern sind schon die Ägypter zur Pharaonenzeit wilde Rennen mit ihren Kampfwagen gefahren. Damit haben sie viele Schlachten gewonnen. Auf Stelen, in den Gräbern und als Tempelornamente sind jede Menge Pferde und Streitwagen abgebildet“, gingen Geralds Gedanken in die Vergangenheit zurück.

„Und die Sumerer, hatten sie auch schon Pferde?“, wollte Andrea wissen. Die sumerische menschliche Zivilisation bestimmt, aber vor Äonen, zu der Zeit, als die ersten Städte entstanden und die Nefilim noch allein auf der Erde waren, glaube ich nicht. Natürlich hielten sie Vieh zur Ernährung. Aber Pferde? Jetzt hast du mich erwischt, Andrea, das müsste ich direkt nachlesen.“

Andrea nahm seine Hand und sagte: „Nein Gerald, das brauchst du nicht, mach dir doch keine Mühe, denn so wichtig ist mir diese Einzelheit nicht. Du weißt auch ohnehin so viel über die Zeit der Erdgeschichte vor den Menschen, dass ich mir niemals hätte träumen lassen, wie viel darüber bekannt, aber nicht verbreitet ist.“ Um ihn von den Pferden abzulenken, aber auch aus echtem Interesse fragte sie ihn über die ersten 7 Städte aus. „Sogar die Reihenfolge der Urstädte ist bekannt und wer sie als Oberhaupt zugesprochen bekam?“

„Ja Andrea und das in etlichen uralten Schriften, so dass daran kein Zweifel bestehen kann.“

„Wer die erste Stadt Eridu kommandierte ist klar, Enki natürlich, das weiß ich auch“, sagte Andrea schnell.

Gerald verscheuchte eine Mücke, die sich aufdringlich summend auf seinem Knie niederlassen wollte.

„Genau, und sie war durch die Jahrtausende immer seine Stadt geblieben“, bestätigte Gerald. „Aber wenn du zum Beispiel einen sumerischen Text lesen würdest, stünde da, dass die Stadt NU.DIM.MUD gehörte. Das ist jedoch einer seiner Beinamen und bedeutet soviel, dass er Dinge hervorbringen kann. Ich nehme an, dass damit auf seine Fähigkeiten als Ingenieur und Wissenschaftler angespielt wird.“

„Und die zweite Stadt?“, fragte Andrea. „Die zweite Stadt Bad-Tibira erhielt Nugig, steht in dem selbem Text. Das ist aber Nannar, Enlils ältester Sohn. Die Dritte erhielt Pabilsag, kann man dort weiter lesen. So heißt Ninurta auch, der ja Larak vom Vater zugesprochen bekam.“

„Diese vielen Namen“, stöhnte Andrea. „Das hast du ja schon des öfteren erwähnt.“

„Ja, aber dann steht z.B. dass Utu die Flughafenstadt Sippar bekam. Sein anderer akkadischer Name ist Schamasch. Mit den Städtenamen ist es das Gleiche. Gebräuchlich sind die akkadischen Namen, aber die Nefilim nannten sie in den

Gründungsjahren, als das Reich Akkad noch in ferner Zukunft lag, natürlich in ihrer Sprache anders", fuhr Gerald fort.

„Beispielsweise Enlils Zentrale Nippur hieß NIBRU.KI, der irdische Ort von Nibiru."

„Ich als Laie höre gern, wenn du die sumerischen Namen aussprichst, Gerald. Dann bekomme ich eine Vorstellung, wie die ersten Herren auf Erden gesprochen haben müssen, wie die allererste Sprache klang, die auf Erden zu hören war".

Gerald war der gleichen Ansicht. „Das ist schon phantastisch, nicht wahr?"

„Ich habe auch beim Lesen mitbekommen", sagte Andrea weiter, dass sie viele verschiedene Bezeichnungen für Flugzeuge hatten, MU, GIR, schem und andere."

„Nur diesmal bedeutet es nicht, dass ein und dasselbe Flugzeug mehrere Namen hatte. Es sind tatsächlich ganz verschiedene. Wir haben ja auch Hubschrauber, Raketen, Sportflugzeuge, Transportflugzeuge und so weiter", erläuterte Gerald. „Schem wurde lange als „Name" übersetzt, und der entsprechende Text wurde unsinnig oder unverständlich. Aber aus dem Zusammenhang geht eindeutig hervor, dass es mit dem Fliegen zu tun hat.

Noch eindeutiger gehen die indischen Urschriften auf Flugzeuge aller Art ein. Was mich beim Studium tief beeindruckt hat, waren die detaillierten Angaben der jahrtausende alten indischen Texte, wie man welches Teil des Flugzeugs herstellte, zum Beispiel Sensoren, die die Außenhaut des Flugzeugs kontrollieren, Vorrichtungen zum Sammeln von Energie, wir würden Sonnenkollektor sagen, Kommunikationsvorrichtungen zwischen den Himmelsfahrzeugen und vieles andere. Da steht sogar genau beschrieben, woraus zum Beispiel der Sonnenkollektor besteht: 5 Teile Quecksilber, 6 Teile Glimmer, 10 Teile Granitsalz und so weiter. Dann gibt der Text Anweisung, alles zu reinigen, auf 800 Grad zu erhitzen und weitere Arbeitsgänge. Das stelle man sich vor, seit Jahrtausenden liegt enormes und detailliertes Wissen den Menschen vor. Trotzdem denken die Meisten, erst vor 100 Jahren konnte man Flugzeuge bauen und dann noch gemessen an denen der Nefilim, sehr primitive."

Nun staunte Andrea doch. „Das hätte ich nicht gedacht, sogar wie man einzelne Teile der Raumfahrzeuge herstellt ist überliefert? Dann müssten diese Texte allen Raumflugkonstrukteuren der Erde als Pflichtlektüre verordnet werden. Vielleicht würden wir dann über den Orbit hinaus weite bemannte Raumflüge unternehmen können."

„In Indien steht man diesen Texten und was sie vermitteln nicht so ignorant gegenüber. Dort ist es selbstverständlich, dass in den früheren Zeiten Raumflugzeuge und Himmelsboote aller Art existierten", fügte Gerald hinzu.

„Sippar soll doch Vogel heißen, nicht wahr Gerald, das hast du doch gesagt", warf Andrea ein. „Ich muss gerade daran denken, dass man beim Raumflug von Apollo 11 zum Mond ja auch gesagt hat: „Der Adler ist gelandet". Wenn man auch die Bezeichnung und Begebenheiten der uralten Zeiten ignoriert, nehmen die Menschen doch heute noch Bezug auf fliegende Vögel, wenn sie von Flugzeugen sprechen."

„Das stimmt", sagte Gerald und warf plötzlich die Hände hoch und bedeckte seinen Kopf. „Was hast du?" fragt Andrea verständnislos.

„Hast du eben nicht ein ganz konkretes fliegendes Wesen bemerkt? Eine Fledermaus überflog mich so knapp, dass ich dachte, sie gerät mir in die Haare."

„Also weißt du, Gerald, erzählst mir von mächtigen vormenschlichen Flugzeugkonstrukteuren und hast vor so einem kleinen Tierchen Angst."

„Angst nicht, aber angenehm wäre es bestimmt nicht, mit einer Fledermaus zusammenzustoßen", verteidigte sich Gerald.

„Wir gehen am besten jetzt rein, es ist auch ein kalter Wind aufgekommen", schlug Andrea vor." Dann haben wir uns auch vor Tieffliegern in Sicherheit gebracht", neckte sie ihn weiter. Ihr Lächeln bezauberte ihn und berührte sein Innerstes. Im Dämmerlicht kam sie ihm unwirklich schön vor. Diesmal erkannte Andrea seine ganze Liebe zu ihr, die er einfach nicht in seinem Blick verbergen konnte. Es war der Augenblick, in der ihr ihre eigene Zuneigung zu ihm bewusst wurde.

„Wie sind wir eigentlich auf die Nefilim und ihre fliegenden Vögel gekommen", fragte sie ablenkend. „Wir haben doch davor von der Hengstparade gesprochen?"

Gerald stellte die Stühle an den Tisch und nahm die halbvolle Weinflasche. „Weiß ich auch nicht mehr", murmelte er vor sich ihn, als sie zum Bungalow gingen. Ihm waren jetzt alle Themen gleich, bis auf eines, das er nicht anzusprechen wagte.

Als er später schon im Halbschlaf lag, spürte er, wie ein schlanker Körper zu ihm unter die Bettdecke schlüpfte und sich an ihn schmiegte. Sofort war er hellwach.

Enki stand an Deck eines Schiffes, das ihn auf dem Seeweg in den AB.ZU bringen sollte. Er hatte sich noch immer nicht von dem Schlag erholt, den das Schicksal ihm durch das Los bestimmte. Enlil erhielt dadurch die Oberhoheit auf der Erde, nicht er. Immer wieder Enlil, der ungeliebte Bruder. In seinem Zorn und der Enttäuschung verdrängte er, dass an der Entscheidung Anus, Lose zu ziehen, nicht

Enlil Schuld war und auch nicht daran, wer das große Los, Erdenherr zu sein, gezogen hatte. Enki ließ auch außer Acht, dass Anu sehr zufrieden mit seiner Pionierarbeit im Lande KI.EN.GIR war, so zufrieden, dass er seine Absicht, Enlil die Erde zu geben aufgab und das Los entscheiden ließ, um keinen der Söhne zu benachteiligen. Stattdessen richtete Enki seine unbändige Wut gegen den Halbbruder.

Das Los verwies Enki in das südliche Afrika, um dort die Förderung der Metalle und die Goldgewinnung aufzunehmen. Mit Bedacht hatte Enki die Seereise gewählt und auf den schnellen Flug verzichtet. Er brauchte jetzt das Wasser um sich, das Naturelement, dem er sich schon immer verbunden fühlte und das ihn diesmal beruhigen sollte.

Lange Zeit hatte er gebrüllt, getobt und wollte in ohnmächtigem Zorn sogar die Erde verlassen. Seine Gemahlin Ninki und der Sohn Marduk, sogar die anderen Kinder gingen ihm so gut es ging aus dem Weg. Es war Ninki, die vorschlug, gemeinsam mit dem Schiff in das neue Aufgabengebiet zu reisen. Sie wusste, dass sich Enki dann zumindest etwas beruhigen würde.

Während der vielen Tage auf dem Meer weilten seine Gedanken immer öfter in Afrika, statt ununterbrochen an das ihm vermeintlich zugefügte Unrecht zu denken. Statt seine Enttäuschung weiter laut herauszuschreien, war er nun in sich gekehrt und schweigsam, zu Ninkis Beunruhigung sogar depressiv. Sie wollte sich schon an ihre Schwägerin Ninhursag, die Ärztin, wenden, als sie bemerkte, dass das Wasser tatsächliche eine beschwichtigende Wirkung auf ihren Gatten besaß.

Sie versuchte oft ihn umzustimmen, indem sie ihn nach Einzelheiten über das schöne, südliche Afrika fragte, von dem er ihr schon so manches erzählt hatte, als er die Lagerstätten erkundete. Ninki wies ihn auch darauf hin, dass Enlil sowieso nicht für die Aufgabe im AB.ZU geeignet war, denn er, Enki, sei der große Wissenschaftler und Ingenieur, er und nicht Enlil habe genaue Kenntnisse über den Bergbau.

Jetzt endlich, nach Wochen, besserte sich Enkis Zustand, und er begann, sich aus der Erstarrung zu lösen, in die ihn Wut, Enttäuschung und Depression geführt hatten.

Enki stand allein an der Reling und tastete die Weite des Horizonts mit zusammengekniffenen Augen ab, geblendet von den Lichtreflexen, die das Wasser zurück zum sonnengleißenden Himmel warf. Dann ging er entschlossen in seine geräumige Kabine und holte die Karten hervor, auf denen er alle Fundstellen der verschiedenen begehrten Metalle eingezeichnet hatte.

Am Ziel der Reise übers Meer angekommen, hatte Enki seine depressive Verstimmung fast überwunden und war wieder mit Tatkraft dabei, die Weiterreise zu organisieren. Seine Familie war froh darüber, dass ihr Oberhaupt sich mit den Gegebenheiten weitestgehend abgefunden hatte und die neue Aufgabe in Angriff nahm. Nur Ninki, die wie niemand sonst in seinen Augen lesen konnte, sah den Rest von Schwermut und Schmerz, die ihren Gemahl noch quälten. Dennoch ging es dem bedeutenden Wissenschaftler und Pionier des 7. Planeten bereits viel besser. Ninki vertraute darauf, dass Enki in kurzer Zeit seine alte Tatkraft und Ausgeglichenheit zurück erlangen würde. Die enormen Aufgaben, wieder im Neuland Siedlungen, Bergwerke und Förderanlagen zu errichten, werden ihm gar keine Zeit lassen, über vergangenes Unrecht nachzugrübeln, dachte sie zuversichtlich.

Das große Schiff hatte im Meer vor dem Delta eines großen Stroms geankert. Ein Boot würde sie durch die Wasserarme der Mündung Flussaufwärts ins Landesinnere bringen, soweit er schiffbar war, denn es gab auch einen riesigen Wasserfall und Untiefen auf felsigem Grund. Bereits während der Reise hatte Enki entschieden, wo sie anlegen würden. Ninki und ihr gemeinsamer jüngerer Sohn GI.BIL, die diesen Teil der schönen Erde zum ersten Mal sahen, standen die meiste Zeit der Flussreise an Deck und konnten den Blick nicht von dem reichen grünen Land wenden, von den hellen Grasebenen mit einer solchen Zahl von weidenden Tieren, wie sie es nicht für möglich gehalten hatten.

Noch weit in der Ferne sahen sie bergiges Gebiet. Dort, am Rande des Gebirges, so wusste der Sohn Gibil, würden sie am Ziel sein, im Lande Arali, wo die glänzenden Metalladern zu finden sind. Hier würden die Anunnaki, die mit ihnen gekommen sind, Häuser und Bergbauanlagen errichten. Im Lande Arali würde auch Gibils Platz sein, denn Vater Enki hatte ihm mitgeteilt, dass er später einmal die Aufsicht über die verschiedenen Minen und Abbaugebiete erhalten sollte. Gibil freute sich darauf, eine so bedeutende Aufgabe im Licht durchflutetem Hochland dieses überaus schönen Landes zu erhalten. Hier müssten sie nicht mühsam um Ackerland durch Trockenlegen der Sümpfe ringen, denn die weiten Ebenen konnten sofort bebaut werden. Die Herden ohne Ende luden zur Jagd ein, und der weite Fluss, der ihr Boot jetzt trug, gab ihnen Fische im Überfluss. Gibil fand dieses Land im AB.ZU noch viel reicher und schöner als das an Euphrat und Tigris. „Sieh, Mutter", rief er begeistert. „Dort sind sogar gestreifte Tiere. Sie halten sich zusammen mit der riesigen Herde von gehörnten Tieren auf." Ninki, aus deren Frisur sich im warmen Fahrtwind einige Strähnen gelöste hatten, legte die Hand über die Augen. „Ich sehe sie, Gibil. Wenn hier solche riesigen Ansammlungen von Tieren zu finden sind, deutet es auf ein reiches und fruchtbares Gebiet hin."

Enki, der zu den beiden an die Reling getreten war, bestätigte: „Das stimmt, liebe Ninki, reich an Tieren, Pflanzen, Fischen, kleineren und großen Wasserwegen und vor allem reich an Metallen."

Ninki drehte sich ihrem Manne zu. „Dann, Enki, hast du doch eigentlich das große Los gezogen."

Zum ersten Mal seit langem stahl sich ein kleines Lächeln auf sein Gesicht. Er legt den Arm um ihre Schulter und drückte sie liebevoll und dankbar an sich.

Mit den wenigen Arbeitern, die mit in das Südland der Erde gekommen waren, zog sich die Besiedlung und Grabung der Minenschächte und Förderanlagen, gemessen in Erdjahren, unendlich lange hin. Selbst in schars gerechnet verging sehr viel Zeit, bis die Fördermenge endlich annähernd zufrieden stellend war. Enki hatte Gibil während dessen alles über den Bergbau und die Technik der Förderanlagen beigebracht. Gibil wusste so viel über Geologie und die metallurgischen Abläufe bei Erzgewinnung und Aufbereitung wie sonst nur sein Vater. Enki, der sich nach wie vor mit seiner Stadt Eridu, der ersten auf der Erde, verbunden fühlte, weilte wieder öfter im Lande Sinear, wo er vor vielen schars noch alleiniger Herr des Erdplaneten gewesen war. Das schöne Arali konnte er unbesorgt seinem Sohn Gibil überlassen, der seinen Namen als Herr des Bergbaus und des im Feuer Schmelzens, zu Enkis Freude voll gerecht wurde. Er führte auch die Aufsicht über die Anunnaki, die schwer tagein, tagaus in den Minen arbeiteten, sich erschöpften und auch starben. Viele Klagen brachten sie vor, dass die Arbeit zu schwer sei, die Ernährung unzureichend und dass sie viel zu wenige seien. Enki hatte beschlossen, diesen Umstand bei der nächsten Versammlung der führenden DIN.GIR anzusprechen. Nach der langen Zeit, die Enki schon in Afrika weilte, hatte sich seine Enttäuschung und der Zorn über die Erdaufteilung längst in ein schemenhaftes in der Vergangenheit versunkenes Ereignis gewandelt, so dass er wieder dem Bruder Enlil gelassen gegenübertreten konnte. Jedes Mal, wenn er in Eridu weilte, besuchte er eine oder mehrere der neuen Siedlungen, in denen Enlils Familienmitglieder als Oberhaupt residierten. Diesmal waren alle in Nippur zusammengekommen, der Stadt Enlils, um im Zwölferrat die dringendsten Aufgaben zu besprechen und gemeinsame Entscheidungen zu treffen. Enki berichtete, dass sich die MA.GUR.UR.NU, die besonderen Schiffe zum Abtransport der Metalle aus seinem afrikanischen Arali bestens bewährt haben. „Gerade heute hat wieder eines im Golf von Sumer mit reichlicher Fracht für Bad-Tibira angelegt. Allein dieses eine wird eine große Zahl von Gold, Silber und anderen Metallblöcken ergeben, die Utu dann in Sippar auf die Flüge zu den Igigi schicken kann. Die Ausbeute der Metalladern ist jetzt so ergiebig, dass ich beantrage, in den Werften ein weiteres Transportschiff zu bauen."

Enlil nickte zufrieden. „Das wird sich machen lassen, Bruder, aber wie du weißt, mangelt es wie überall auch hier an Arbeitskräften. Daher kann es einige Zeit dauern, bis du mit dem Erztransporter rechnen kannst."

Das erinnerte Enki an sein zweites Anliegen. „Du sagst es Enlil, überall fehlen die Anunnaki, die schwere Arbeit verrichten. Besonders für den Bergbau trifft das zu. Deshalb bitte ich den Zwölferrat, mehr Arbeitskräfte dem AB.ZU zuzuteilen, damit der Nibiru genügend Gold und andere Metalle erhält. Alles ist zur Genüge vorhanden. Das Land Afrika birgt unter seiner Oberfläche übereiche Schätze. Sie sind da und können nicht in erforderlicher Menge gehoben werden, weil es an Anunnaki fehlt."

Eine vielstimmige, laute Debatte scholl durch den Ratssaal. Alle Anwesenden, hochgestellte Nefilim, forderten das Gleiche, mehr Arbeitskräfte für ihre jeweiligen Städte. Enlil als ranghöchstes Ratsmitglied hob gebieterisch beide Arme, so dass das Stimmengewirr verstummte. „Diesen Antrag können wir unmöglich stattgeben, wie du wohl weißt. Woher sollen wir sie nehmen? Auch bei uns sind viel zu wenige, um auch nur einen in den Süden zu schicken."

Zustimmendes Gemurmel begrub Enkis Hoffnung vollends. Enlils Stimme verschaffte sich erneut Gehör. „Wir werden dieses Problem dem Herrscher vortragen. Er soll wieder die Erde besuchen. Nur so kann er sich wirklich ein Bild davon machen, dass mittlerweile der Arbeitskräftemangel unser größtes Problem ist."

Diesem Vorschlag stimmten die Mitglieder des Pantheons in seltener Einigkeit zu.

Wieder war die Erdkugel Jahrtausende ihrem Weg durch das All gefolgt, festgelegt und verankert im großen Zusammenwirken der kosmischen Kräfte. In ihrem Inneren brodelten heiße Massen, die sie mühsam unter Kontrolle hielt. Nur hin und wieder gab sie dem enormen Druck nach und öffnete dem glühenden Gestein und den verdichteten Gasen die Außenhaut, um dann befreit wieder selbst die Wunden zu schließen. Alles regulierte sich nach einem geheimen Plan, der das Dasein auf Erden und im Kosmos steuerte.

Jetzt aber war der Planet in anderer Weise verletzt worden. Die Fremden gruben der Erde tiefe Löcher in ihren Leib, Verletzungen, die ihrer Natur fremd waren und die sich nicht von selbst schlossen, weil sie kein Teil ihres immerwährenden kosmischen Bauplanes waren. Die Macht der Naturgewalten hatte der Erdplanet nicht zu fürchten. Sie kamen und gingen und gehörten zu ihm. Doch nach Jahrmilliarden in Ordnung und Harmonie begann zunehmend etwas Störendes das selbst regulierende Zusammenspiel zu beeinträchtigen, dessen sich die Erde nicht erwehren konnte. Es war das Wirken der fremden Wesen, das ihr bleibenden Schaden zufügte.

Enlil war nach der Besprechung im Rat neugierig geworden, wie sich das Land der Gold- und Edelmetallminen entwickelt hatte. Sehr lange war er nicht mehr da gewesen. Außerdem war es immer besser, dass er die Dinge mit eigenen Augen gesehen hatte, derentwegen er mit dem königlichen Vater sprechen wollte. So teilte er Nusku, seinem obersten Beamten mit, alles für die Reise in das Land Arali vorzubereiten.

„Der Herr Enlil wünscht eine Seereise oder soll ich mit dem Kommandanten der Erdgleiter sprechen?"

„Keine lange Reise über das Meer, Nusku, ich nehme das Flugzeug. Bereite alles für den Aufenthalt von ein paar Tagen vor. Mit dem Herrn Gibil spreche ich selbst über die Fernsprechanlage, um mich anzukündigen."

Der Beamte verbeugte sich kurz und verließ das Amtszimmer, um seinen Auftrag zu erfüllen.

Bereits aus der Luft sah Enlil, dass in der grünen Hochebene erhebliche Veränderungen auffielen, seit er zum letzten Mal das afrikanische Gebiet am großen Strom besucht hatte. Etliche Gebäude gruppierten sich um ein zentrales großes, reich ausgestattetes Haus, in dem Enki wohnte, wenn er im AB.ZU weilte. Deutlich waren von oben die Minen auszumachen. Ausgehobenes Erdreich türmte sich auf, tiefe Schächte und Förderanlagen gaben dem einst unberührten Land ein narbiges Gesicht.

Nach dem offiziellen Empfang, einem Essen und einer kurzen Ruhepause, führte ihn sein Neffe Gibil noch zu den näher gelegenen Goldminen. Enlil ging selbst unter Tage und sah die reichen Metalladern das tiefe Gestein durchziehen.

„Wir könnten in kürzester Zeit viel mehr Gold abbauen, Onkel Enlil, aber du siehst, wie wenige Arbeiter wir haben."

Enlil warf noch einmal einen Blick auf die schwer arbeitenden Anunnaki, die erschöpft und ausgemergelt wirkten. Mitleid oder Anteilnahme fühlte er jedoch nicht. Seit er denken konnte, gab es seine hochgestellte, später herrschende Familie, und es gab diejenigen, die für die Hochgeborenen arbeiteten. Manche der Arbeiter waren sogar Verurteilte.

„Das ist wohl war, Gibil", entgegnete Enlil. „Ich werde dem Herrscher darlegen, dass wir dem Nibiru bedeutend mehr Metalle liefern könnten, hätten wir mehr Anunnaki. Deshalb bin ich ja gekommen, eine Inspektionsreise sozusagen."

Böse funkelten die Augen eines Arbeiters, als er eine schwere Last an den hohen Herren vorbei trug. Leises Stimmengemurmel war im Hintergrund zu vernehmen. Enlil war froh, wieder an der sonnengleißenden Oberfläche zu sein und besprach mit Gibil das Besichtigungsprogramm für den nächsten Tag, das ihn zu den etwas weiter entfernten Silber- und Kobaltminen bringen sollte.

Als die Nacht sich auf das heiße, reiche Land KUR.NU.GI.A, in dem die Arbeitsanunnaki in tiefen Minen Gold abbauten, herabsenkte, schloss Enlil müde die Augen. Ein anderes Lied aus Nachtstimmen, als er es im Zweistromland gewohnt war, sang ihn in den Schlaf.

In dieser Nacht sanken die Anunnaki jedoch nicht sofort auf ihr Lager. Im Schutze der Dunkelheit berieten sie sich noch einmal, um dann einen folgenschweren Entschluss zu fassen. Vierzig Perioden hatten sie und Andere geschuftet bis zum Umfallen. Jetzt, da der Erdenherr Enlil gekommen war, wollten sie die Gelegenheit nutzen, sich endlich Gehör zu verschaffen, denn niemand hatte sich bisher um ihre Klagen gekümmert. Ein bisher auf Erden nicht da gewesener Aufstand brach mit der Gewalt der lang erduldeten Schwerstarbeit aus. Die Arbeiter zündeten ihre Werkzeuge an, Hacken und Äxte gingen in Flammen auf. Dann umstellten sie das Haus, in dem Enlil in tiefem Schlaf lag. Große Verzweiflung gab den Anunnaki den Mut, mit erhobenen Fäusten lautstark das Ende ihrer Knechtschaft zu fordern. „Genug, die schwere Grabarbeit bringt uns um!"

Enlils Sekretär hörte als erster den Tumult und gab Alarm. Völlig verstört und ratlos weckten sie Enlil, der noch halb benommen gar nicht begreifen konnte, was geschehen sein sollte. Ein Aufstand? Gegen ihn? Aber wieso denn?, fragte sich sein schlaftrunkener Verstand. Als er die Ungeheuerlichkeit der Wahrheit voll erfasste, hatte Enlil sogar Angst um sein Leben. Hastig kleidete er sich an und griff noch zu seinem Statussymbol, der hörnerverzierten Kopfbedeckung, um seine Autorität zu unterstreichen.

„Ein Skandal ohne gleichen", schrie er empört. „Die Anunnaki wagen es, mich den Sohn des Herrschers Anu, herauszufordern? Nusku rufe alle zu den Waffen, sofort! Ich werde den Aufstand niederschlagen, damit sie nie wieder wagen, sich gegen ihren Herren zu erheben."

Enlils oberster Beamter Nusku war jedoch ein besonnener Mann.

„Herr Enlil, wenn wir mit Waffengewalt gegen die Arbeiter vorgehen, werden viele von ihnen getötet und verletzt. Vielleicht verlieren wir die Hälfte oder mehr von ihnen. Dann wird die Arbeit in den Minen fast völlig zum Erliegen kommen. Wir haben aber sowieso schon zu wenige Arbeitsanunnaki."

Höchst beunruhigt ging Enlil auf und ab. „Aber was soll ich machen, wenn sie sich gegen mich stellen und mich vielleicht töten wollen", fragte er völlig verzweifelt in den Raum.

Nusku versuchte seinen hohen Herren zu beruhigen und sagte: „Nein, sie erheben sich eigentlich gegen ihre Lage, gegen die schwere Arbeit. Wir müssen sie beschwichtigen. Am besten sagen wir, dass wir in Enkis Abwesenheit nichts entscheiden wollen, aber ihr Anliegen so ernst nehmen, dass wir sogar den König vom

Nibiru herbitten, dem sie dann ihre Klage unterbreiten können. Wir versprechen ihnen, dass sich auf jeden Fall ihr Dasein erheblich verbessern wird."

Erleichterung glättet Enlils sorgenvoll gerunzelte Stirn. „Gut Nusku, das wird den Arbeitern vorerst genügen, hoffe ich jedenfalls. Wir treten jetzt gemeinsam vor das Haus, und ich verkünde ihnen den Beschluss. Ein paar Waffenträger sollen mitkommen und zur Stelle sein, falls das den Aufständischen nicht genügen sollte.

Enlil war davon keinesfalls überzeugt und auch auf seine Sicherheit bedacht. Da jedoch der Herrscher persönlich kommen sollte, stimmten die Anunnaki zu, solange den Aufstand zu unterbrechen, bis Anu anwesend sein konnte. Außerdem verlangten sie, mit Enki zu sprechen, den sie für den einzigen Herrn der Königsfamilie hielten, mit dem sich vielleicht eine Übereinkunft erzielen ließ. Enlils Haus blieb jedoch umstellt und der Herr der Erde in Hausarrest gesetzt, um ihren Forderungen Nachdruck zu verleihen.

Sogar Anu, der als König des Nibirus schon so manchen Kampf um die Macht ausfechten musste, zeigte sich entsetzt von der Meuterei in den Bergwerken der Erde. Dass ein Aufstand von der untersten Schicht in der Bevölkerungsstruktur ausging, hatte es seit Gedenken nicht gegeben. Eilig rief er eine kleine Delegation zusammen, zu der auch Enki und seine Tochter Ninhursag gehörten. Kaum, dass das Fluggerät im Lande der Metalladern gelandet war, eilten sie zum Haus des gefangenen Enlil, wobei vor allem Ninhursag hoffte, dass der Bruder nicht doch noch von den Arbeitern getötet oder verletzt worden war.

Als die Meuterer den Herrscher sahen, erneuerten sie in Sprechchören ihre Forderungen. „Ihr bringt uns um mit der zu schweren Arbeit! Ihr gebt uns zu schlechte Nahrung! Jetzt werfen wir das harte Joch ab!"

Kaum, dass Enlil den Vater und die Geschwister sah, vergaß er jedes Protokoll und machte seiner Empörung Luft. „Du hörst es selbst, edler Herrscher, sie weigern sich zu arbeiten und werden mich noch umbringen. Ich verlange, dass der Rädelsführer ermittelt wird. Selbstverständlich verdient er die Todesstrafe."

Enki trat auf den Halbbruder zu, der noch immer aufgebracht war. „ Nun beruhige dich endlich, Enlil. Lass uns vernünftig und mit klarem Kopf über die Angelegenheit sprechen."

Doch Enlil war noch immer so entsetzt und zornig, dass er rief: „Ich lasse mich doch nicht von einem niederen Arbeiter unter Druck setzen. Entweder der Anführer wird ermittelt und hingerichtet oder ich lege mein Amt nieder."

Enlil wandte sich dem König zu. „Vater, ich bitte dich, lass mich mit dir zurück zum heimatlichen Nibiru gehen. Auf dem 7. Planeten habe ich viele schars gearbeitet, und so dankt man es mir."

Anu, der sich bereits auf dem Weg nach Afrika seine Gedanken gemacht hat, wurde nun seinerseits zornig. „Genug Enlil, du reagierst ganz und gar nicht angemessen. Zuerst werden wir mit den Anunnaki reden. Nusku, du wirst zu ihnen gehen und den Anführer zu mir bringen. Dann sehen wir weiter."

Ninhursag sprach sich für eine kleine Mahlzeit aus. Hungrig stimmten ihr Vater und Enki zu, während Enlil grimmig auf seinem Platz saß und nur einen Krug Bier leerte, in den seine heilkundige Schwester ohne sein Wissen ein Beruhigungsmittel gemischt hatte. Als der erste Beamte Nusku wiederkam, sahen alle erwartungsvoll auf.

„Nun, wo ist der Rädelsführer?" wollte Anu wissen. Nusku sah betreten in die Runde.

„Sie haben keinen Führer, allerhöchster Herr. Es betrifft alle gleichermaßen. Jeder spricht für sich und alle anderen."

Enlil sprang empört auf. „Das ist ja ungeheuerlich. Einer muss angefangen haben, einer, der sich jetzt auch noch feige hinter den anderen versteckt. Vater, bestrafe sie alle, sonst greift der Aufstand vielleicht noch auf das Zweistromland über."

Doch Anu hob beschwichtigend die Hand und brachte seinen Sohn zum Schweigen. „Was willst du Enlil, mir ist seit langem bekannt, dass die Anunnaki Klage führen. Wenn du ehrlich gegen dich selbst bist, wirst du dir eingestehen, dass ihre Arbeit tatsächlich sehr schwer und mühselig ist. Es sind zu wenige und ich habe des öfteren Beschwerden darüber gehört, dass ihre Lebensbedingungen sehr schlecht sind. Vielleicht wäre uns dieser Aufstand erspart geblieben, wenn ihr, meine Söhne und auch du, Gibil, die Arbeiter wenigstens besser ernährt hättet."

Gibil schämte sich entsetzlich, in dieser Weise von seinem königlichen Großvater getadelt zu werden. Es stimmte schon. Er als Grubenherr hatte von den Aufsehern ständig nur Ergebnisse verlangt und sich nicht um die Belange der Bergarbeiter geschert.

„Wir werden beraten müssen", fuhr Anu fort, „was wir tun können, um die Meuterei abzuwenden. Es wird nicht zu umgehen sein, ihre Lebensbedingungen spürbar zu verbessern."

Noch lange beratschlagten sich die Mitglieder der führenden königlichen Familien, was man sagen konnte, um die Arbeitsanunnaki erst einmal zu beschwichtigen. Enki, der müde war und keinen Sinn in endlosen Debatten sah, war schon längst zu Bett gegangen.

Anu hatte schon vor seinem Abflug in das südliche Afrika eiligst den Zwölferrat einberufen, der ihm verschiedene Vorschläge unterbreitete, wie man dem Aufstand begegnen sollte. Aber er hatte sich noch nicht für oder gegen einen bestimmten Vorschlag ausgesprochen. Doch jetzt, nachdem er sich überzeugt hatte, wie ernst die Lage war und die Meuterer sich nicht mit Kleinigkeiten zufrieden geben würden, entschied er sich für den gewagtesten Vorschlag. Er erhob sich und rückte den gehörnten Kopfputz zurecht. „Hört alle her, ich gebe jetzt bekannt, was wir zu tun haben. An Abstimmung mit dem hohen Rat werden wir das Problem so lösen, dass nicht nur der Aufstand beendet werden kann, sondern in relativ kurzer Zeit ein für alle Mal genügend Arbeitskräfte da sein werden." Ungläubig starrten alle den Herrscher an. Besonders verdutzt sah Enlil aus, dem aber gleichzeitig große Erleichterung anzumerken war.

„Weckt Enki", fuhr Anu fort. „Ich brauche ihn jetzt und auch dich, Tochter Ninhursag." Fragend sah die Angesprochene ihren königlichen Vater an. Noch etwas verschlafen kam Enki herein, dem sofort von einem Diener ein belebendes Getränk gereicht wurde.

„Nun, da wir alle versammelt sind, teile ich euch meine Entscheidung mit, wie wir die Meuterer beschwichtigen und noch selbst dabei profitieren. Wir werden Arbeiterwesen erschaffen."

Ein Raunen ging durch den Raum.

„Wir werden Menschen machen, denn Mensch soll ihr Name sein. Sie sollen künftig das Joch tragen, anstelle der Anunnaki. Wie das zu bewerkstelligen ist, wird deine Aufgabe sein, Enki. Du hast oft bewiesen, dass du deinen Beinamen Nudimmud verdienst, denn du bist der Beste, wenn es darum geht, Dinge zu erschaffen."

Erwartungsvoll sah Anu seinen Sohn an. Enki, der jetzt hellwach war, hatte sich schon längst eigene Gedanken gemacht.

„Bei den medizinischen Einzelheiten wird dich deine Schwester unterstützen", ordnete Anu weiter an. „Wir haben ja nicht zum ersten Mal Wesen erschaffen. Denkt an die verschiedenen Mischwesen. Doch diesmal ist es nicht so einfach. Der Mensch soll auch intelligent genug sein, um als Lulu Amelu, dem einfachen, primitiven Arbeiter, genug Verstand zu besitzen, um Anweisungen zu verstehen und genau auszuführen."

Anu erwartete von seinem Ältesten einen Vorschlag und wurde auch diesmal nicht von ihm enttäuscht. Tatsächlich hatte Enki eine Lösung parat, auf die niemand außer ihm so schnell gekommen wäre. Enki sah in die Runde und strich sich über den Bart, bevor er sagte: „Das Geschöpf, das ihr als Basis sucht, es existiert. Es ist ein kräftiges Erdwesen." Erstaunte Blicke trafen ihn von allen Seiten.

„Wir müssen nur das Bild unserer selbst darauf binden."

Enlil wusste sich nicht mehr zu beherrschen, denn seine Nerven hatten am meisten gelitten, so dass er rief:" Enki, was sagst du da, was für ein Geschöpf meinst du?" Ninhursag legte ihm beschwichtigend die Hand auf den Arm, so dass Enki fortfahren konnte. Anu fasste sich als erster.

„Von welchem Wesen sprichst du, was hast du vor?"

Enki sah schnell zu seiner Schwester hin, bevor er dicht vor den Vater trat. „Unsere Wissenschaftler und Biologen erforschten schon vor langer Zeit die Tier- und Pflanzenwelt der Erde. Es gibt bereits Geschöpfe, die sich für meinen Plan eignen. Sie leben auch ganz in der Nähe. Ich selbst habe sie schon in Horden herumstreifen gesehen. Ich meine die großen Affen, von denen sich bereits ein, zwei Arten weit genug entwickelt haben und aufrecht gehen. Durch Vermischung mit unseren Genen werden wir einen einfachen Arbeiter entstehen lassen. Unserer Schwester und obersten Ärztin wird es ein Leichtes sein, das im Labor zu bewerkstelligen. Ich habe mich bereits mit ihr andeutungsweise darüber unterhalten."

Mit diesen Worten nahm Enki Ninhursags Hand und sagte: „Du hast verschiedene Versuche in deinen Laboren durchgeführt, hast Arten gekreuzt und sogar Sphingen, Mischwesen aus verschiedenen Tieren, künstlich hergestellt. Sag, kannst du die Essenz eines jungen männlichen Nefilim mit dem Ei eines Menschenaffenweibchens kreuzen?" Die Frage war rein rhetorisch, denn Enki wusste, dass das für sie ganz einfach war. Ninhursag musste unwillkürlich lächeln. Das war wieder einmal der geniale Enki, wie es keinen Zweiten gab. Nur er konnte auf so eine Lösung kommen.

„ Aber ja, das kann ich. Es ist gar nicht so schwer zu bewerkstelligen. Ich habe im Reagenzglas schon etliche künstliche Wesen erzeugt."

„ Damit, Vater, geben wir dir ein Mittel in die Hand, um den Aufstand schnell und ohne Waffen zu beenden", wandte sich Enki erneut an den Herrscher. „Die Anunnaki werden sicher damit zufrieden sein."

Enlil war noch keinesfalls überzeugt, doch um sich aus der misslichen Lage als Gefangener zu befreien, hätte er allen Plänen, die Erfolg versprachen, zugestimmt.

Als die Aufständischen erfuhren, dass ein Lulu Amelu erschaffen werden sollte, der ihnen die schwere Arbeit abnahm, erklärten sie sich einverstanden, die Meuterei zu beenden. Nur noch ganz kurze Zeit, ein paar Erdenjahre, dann wären die neuen Wesen erwachsen und könnten in den Minen eingesetzt werden. Bis dahin sicherte man den Anunnaki Arbeitserleichterungen und bessere Ernährung zu.

Heilfroh, die leidige Angelegenheit geregelt zu haben, flog Anu wieder von der Erde ab, denn er hatte auch auf dem Nibiru genug Sorgen und Probleme aller Art zu lösen. Enlil reiste ebenfalls sofort in seine Stadt Nippur und schwor sich, das Land Arali sobald nicht wieder zu betreten.

Ninhursag und ausgewählte medizinische Mitarbeiter machten sich an die Arbeit, das Mischwesen Mensch herzustellen. Sogar für sie bedeutete diese Aufgabe etwas bisher Neues, denn alle Wesen, die sie künstlich erzeugten, hatte keine nennenswerte Intelligenz. Der Mensch sollte jedoch so klug sein, um effektiv und genau zu arbeiten. Die oberste Ärztin wusste aus Erfahrung, dass es eine ganze Reihe von Fehlversuchen geben würde, bis die gewünschten Eigenschaften erzielt wären. Daher erteilte sie mehreren Forschungsgruppen an verschiedenen Orten den Auftrag, die Gene der Art homo erectus und der Nefilim so zu kombinieren, dass ein fügsamer, aber verständiger Mensch entstand. Eine Gruppe arbeitete an Ort und Stelle im Land des Bergbaus in Südafrika. Eine zweite experimentierte unter ihrer Leitung in Schuruppak. Eine andere Gruppe von Ärzten und Gentechnikern arbeitete in der Unterwasserstation auf dem Meeresgrund. Unter einer Kuppel, die das Wasser vom Meeresboden trennte, waren schon viele Versuchsprojekte durchgeführt worden. In allen drei Forschungsgruppen gab es eine Vielzahl von Fehlversuchen. Die Mischung der Gene an sich war nicht das Problem. Es zeigte sich jedoch nach etlichen Erdenmonaten und Jahren, dass die dem Menschenaffenweibchen zurück implantierten, genmanipulierten Eizellen immer wieder abgestoßen wurden, oder die geborenen Mischwesen hatten nicht die erhofften Eigenschaften. Mitunter waren grauenhaft missgestaltete Kreaturen dabei. Sie alle mussten wieder eliminiert werden. Doch das berührte die Nefilim kaum. Da, wo geforscht wird, ist so etwas leider unumgänglich. Das zu denken, hatte man ihnen schon in der Ausbildung beigebracht. Es war Ninhursag, die auf die Idee verfiel, Nefilimfrauen damit zu beauftragen, die gemischten Wesen auszutragen.

Enki war oft in den Forschungsgruppen zugegen und arbeitete selbst mit, um den gewünschten Arbeiter zu erhalten. Daher schlug er nach Rücksprache mit Ninki vor, dass seiner eigenen Gemahlin das Vorrecht zuteil werden sollte, den ersten Lulu Amelu auszutragen.

„Was? Ich soll mit einem halben Tier schwanger gehen?“ fragte sie erschrocken.

Doch Enki erklärte ihr, dass sie als große Mutter über alle Generationen hinweg gefeiert würde, da sie als Erste einer neuen Rasse zum Leben verhalf.

Ninki wurde unter der Obhut ihrer Schwägerin Ninhursag das in vitro befruchtete Ei implantiert. Wie alle schwangeren Frauen zählte auch sie die Monate, hatte Beschwerden und sehnte sich danach, das Geschöpf, das in ihr wuchs, zu entbinden. Doch als die normale Zeit vergangen war, zeigte ihr Leib noch keine Anzeichen, das Mischwesen hervorzubringen. Ninhursag war besorgt und entschloss sich, die Schwangerschaft durch einen Kaiserschnitt zu beenden. Damit war sie diesmal NIN.TI, Herrin über das Leben, eines ganz außergewöhnlichen, nie da gewesenen Lebens geworden. Sie und Enki, der große Erfinder, hatten es geschaffen.

Trotz der zurückliegenden schweren Monate und der Erschöpfung nach der Entbindung war auch Ninki stolz und hocherfreut, dass sie persönlich den Adapa, den ersten Erdenmenschen, mit ihrem Blut genährt hatte, den Adam, ein neues Geschöpf.

Nun konnten die Mediziner und die weise Mami, wie Ninki jetzt auch genannt wurde, daran gehen, mehr Menschen nach dem gelungenen Muster des Adapa zu erschaffen. Dazu musste man nur eine Zelle des Adapa, des Mustermenschen, verwenden und nach dem Klonprinzip vorgehen. Diese fertig gestellten Eizellen wurden dann wieder Nefilimfrauen implantiert.

So konnte man aus dem TI, das was Leben hat, des Adapa etliche Exemplare herstellen. Vierzehn junge Frauen wurden beauftragt, ebenso wie Ninki die Menschenkinder auszutragen. Die Gene wurden so beeinflusst, dass sie je sieben männliche Menschen und sieben weibliche hervorbrachten. Zur Belohnung für diese Mühsal wurden die Nefilimfrauen reich beschenkt. Es wurden auch jeweils andere Frauen nach ein oder zwei Entbindungen eingesetzt. Dennoch weigerten sich die Geburtsfrauen bald, sich dieser Plage und den Beschwernissen zu unterziehen.

Ninhursag und Enki beratschlagten sich, was man tun könnte, denn wie alle Hybridwesen, waren die neuen Menschen unfruchtbar. Um die Minenarbeiter zu entlasten, wurde jedoch noch eine weit größere Anzahl an einfachen Arbeitern gebraucht, die Enki in seinem kostbaren, mit Silber und Edelsteinen geschmückten Haus im Lande Arali herstellen ließ.

Wieder begannen in den Laboren Versuche, wie man den Menschen fortpflanzungsfähig machen konnte. Dieses Problem gestaltete sich weitaus schwieriger, als die Genmischung zweier Arten. Endlich gelang es, im AB.ZU, wo auch Adapa entstand, ein fortpflanzungsfähiges Menschenpaar zu erschaffen, Adama und Amama.

Dann schuf sich Enki auch menschliche Bauarbeiter, um Tempel und Gebäude aller Art zu errichten. Er war stolz auf seine Geschöpfe mit heller Haut und schwarzen Haaren, die den Menschen den Spitznamen Schwarzköpfige einbrachten. So wurden sie meist bezeichnet, wenn die Nefilim von ihnen sprachen. Nur Enki entwickelte eine gewisse Sympathie für die Wesen, die er mit Hilfe seiner Halbschwester kreierte und dessen erstes Exemplar seine eigene Frau getragen hatte.

Geduldig, wie die gezähmten Haustiere, arbeiteten die Menschen für ihre Herren. Ein anderes Dasein kannten sie nicht und leisteten Tag für Tag im südlichen Afrika schwere Arbeit, trugen das Joch, das die Anunnaki abgeworfen hatten.

Doch im Lande der ersten Städte, an den Flüssen Euphrat und Tigris, plagten sich die Anunnaki noch immer selber mit schwerer Arbeit. Von Allem war das Ausheben der Gräben und Entwässerungskanäle besonders schwer und wurde am meisten beklagt.

Die Anunnaki trugen ihre Beschwerden den Aufsehern vor, die wiederum die Stadtoberhäupter davon unterrichteten. Schließlich liefen schon seit etlicher Zeit alle Klagen bei Enlil zusammen. Nach und nach wurde er zornig, dass bisher nur Enki vom Beschluss des hohen Rates profitierte. Enlil wollte ebenfalls Schwarzköpfige haben, denn schließlich wurde er damals angegriffen und im Haus umstellt, während Enki nicht um sein Leben fürchten musste. Enlil forderte seinen Anteil an Menschen. Es sei keine Rede davon gewesen, dass nur der AB.ZU von den neuen Arbeitern profitieren sollte, ereiferte er sich in Gedanken.

Böse Nachrichten wurden zwischen den Halbbrüdern ausgetauscht. Enki berief sich darauf, dass noch nicht genügend Amelu vorhanden waren, um auch in Mesopotamien eingesetzt zu werden. Sie waren in den Bergbaugebieten dringender nötig.

Enlil sah seine Stellung als oberster Herr auf dem Erdenrund untergraben und nahm wie schon oft alles persönlich. Vielleicht beabsichtigte Enki auch noch ihn zu stürzen. Daher griff Enlil zu dem äußersten Mittel seiner Macht. Das war das Band zwischen Himmel und Erde, über das er in seiner Stadt Nippur gebot. Das DUR.AN.KI, war das Symbol seiner Befehlsgewalt, denn wer über die Verbindung zum Orbit und dem Nibiru verfügte, hatte die absolute Macht. Er trennte die Verbindung zum Heimatplaneten, was nur er allein auf Erden konnte.

Dann plante er einen bewaffneten Angriff auf Enkis afrikanische Domäne. Wütend stampfte er durch das Haus und ließ sich selbst von Ninlil nicht beschwichtigen. Sogar Inanna mied in diesen Tag ihren Onkel.

„Ich werde Enki zeigen, wer die Anordnungen auf der Erde trifft. Vater hat mir die Befehlsgewalt auf dem 7. Planeten gegeben. Trotzdem wagt Enki, sich mir zu widersetzen“, tobte Enlil, so dass es durch das ganze Haus schallte.

Als der 1. Minister erschien und sich vor seinem Herrn verbeugte, beauftragte der rasende Enlil ihn, alles für einen Feldzug ins südliche Afrika vorzubereiten.

„Bestelle dem Aufseher über das Waffendepot, dass ich den Alani brauche."

Bestürzt fragte Nusku nach: „ Den großen Erd- und Mauerbrecher, den Erdenspalter, dem nichts widersteht?"

Enlil schoss dem Beamten einen triumphierenden Blick zu.

„Genau den, Nusku. Wir könnnen davon ausgehen, dass Enki alle Schwarzköpfigen in einer starken Befestigung zusammengetrieben hat. Was es auch sein mag, der Alani reißt jede Mauer nieder oder bohrt sich in jede unterirdische Anlage. Morgen in der Frühe muss alles bereit sein, dann brechen wir auf."

Nusku verbeugte sich nochmals und verließ eilig den erzürnten Herrn der Erde. Enlil grübelte weiter vor sich hin. Den König oder die Orbitalstation der Igigi kann keiner mehr ohne mich erreichen. Ich habe die Verbindung unterbrochen. Enki kann den Herrscher nicht mehr benachrichtigen oder eine Verstärkung anfordern. Was jetzt geschieht, bestimme ich, beruhigte er sich in Gedanken.

Im bergigen, sonnigen Land der Metalladern und Goldminen brauten sich die dunklen, drohenden Wolken eines Kriegszuges zusammen. Enki, der sofort die Unterbrechung der Verbindung zum Heimatplaneten bemerkt hatte, wusste zu deuten, was ihm jetzt bevorstand.

Zuerst befahl er seiner Gemahlin Ninki im Haus zu bleiben, was ihr eine zweifelhafte Sicherheit bot. Aber das Haus wird nicht das Ziel von Enlils Angriff sein, sagte Enki sich. Dennoch täte es ihm Leid, wenn das prachtvolle Gebäude, ausgestattet mit Silberornamenten, Lapislazuli und anderen edlen Steinen Schaden nähme. Enlil hat Menschen gefordert, also wird er sich Menschen holen wollen. Fieberhaft sann er nach, wie er seine Lulu Amelu am besten verteidigen konnte. Dann rief er Gibil und alle Aufseher zu sich.

„Enlil sinnt auf eine gewaltsame Lösung unseres Streites um die Menschenarbeiter. Er wird bald eintreffen und bestimmt seine Leute bewaffnet haben. Gibil, du vergewisserst dich, dass sofort alle Schwarzköpfigen in das Zentrallager der ersten Goldmine gebracht werden, das die stärksten Mauern hat. Sorge dafür, dass das Lager möglichst sicher gemacht und zusätzlich befestigt wird. Du Kiri", wandte er sich an seinen ersten Diener, „rufst die Sicherheitskräfte zu den Waffen. Sie haben das Zentrallager zu verteidigen. Ich werde versuchen, nochmals mit Enlil zu verhandeln, sobald er hier eintrifft."

Tief im Inneren wusste er, dass es zwecklos war. Enlil würde sich durchsetzen wollen, zur Not auch mit Gewalt. Ein Bruderkrieg, dachte er bitter. Doch Enki selbst konnte auch nicht nachgeben. Zu tief saß die alte Rivalität zwischen ihnen und nahm beiden einen Großteil ihrer Vernunft.

Als Enlil mit seinen Streitkräften eintraf, gab er dem Bruder keine Zeit, ihm auch nur anzutragen, die Zwietracht beizulegen. Schnell hatten sie den Aufenthaltsort der Menschen ausgemacht. Wer ihnen im Weg stand, floh angesichts der kriegerischen Truppe, die der Herr Enlil persönlich anführte.

Ein unheimliches, dröhnendes Geräusch erfüllte die Hochebene und setzte sich mit dumpfen Vibrationen unter der Erde fort. Sogar Enkis prächtiger Palast vibrierte im Rhythmus der Druckwellen.

Enlil hatte den Alani an die Mauer des Zentrallagers angesetzt, von der Steine, Putz und Mörtel in alle Himmelsrichtungen spritzten. Hinter dem Schutzschild trieben die Anunnaki unerbittlich den mit härtestem Material ausgerüsteten Waffenbohrkopf gegen die Umfriedung vor.

Drinnen drängten sich in Angst und Panik die Menschen zusammen. Ihnen war nur gesagt worden, dass Gefahr drohe und sie im Lager hinter den Mauern geschützt waren. Sie verstanden nicht, warum sie gefährdet waren. Man sagte ihnen nichts weiter. Nun wussten sie aber, dass die Herren wie immer Recht hatten. Der ohrenbetäubende Lärm und die bebenden Mauern sagten ihnen, dass die Gefahr jetzt da war. Zu gerne würden sie ihrem Fluchtimpuls folgen, doch sie waren eingeschlossen. Helle Frauenstimmen schrieen in höchster Not. Die männlichen Amelu sahen sich nach einer Axt um oder nach irgend etwas, das man als Keule verwenden konnte. Doch da war nichts. So hatten sie nur ihre starken Arme und den Instinkt, sich irgendwie zu verteidigen.

Plötzlich trat Stille ein, auf die nach dem gewaltigen, donnernden Getöse alle Menschen mit ratloser Lähmung reagierten. Dann nahmen einige das Licht in dem Mauerdurchbruch war. Ein mutiger, muskelbepackter Amelu mit zottigem Haar und breitem Gesicht wagte sich vor, um hinauszuspähen. Da erkannte er, dass ein anderer Herr von außen in den Durchbruch blickte.

Enlil beugte sich vor, um etwas sehen zu können. Als der Staub sich verzogen hatte, nahm er wahr, wie ein Schwarzköpfiger durch das Loch in der Mauer zu ihm hinsah. Neugierig musterte Enlil den ersten Menschen, den er je sah.

So also sieht das künstliche Geschöpf aus, ging es ihm durch den Sinn.

Dann richtete er sich auf und gab die längst durchdachten Befehle. „Sichert das Gebiet ab, dass Enkis Leute die Menschen nicht befreien. Führt die Hälfte der Schwarzköpfigen zu unseren Transportflugzeugen. Ich werde mit der kleineren MU-Kapsel voraus fliegen und erwarte dann euren Bericht, dass die Menschen in Sippar gut angekommen sind. Gebt ihnen Nahrung, bevor sie abfliegen, das wird sie beruhigen und vertraulicher machen. Wir können auf dem Flug keine Hysterie gebrauchen.

Enki, der von weitem alles verfolgt hatte, musste sich geschlagen geben. Enlil war viel besser ausgerüstet und hatte weit mehr Streitkräfte als er zur Verfügung. So unternahm er gar nichts, denn warum sollte er in einem aussichtslosen Kampf das Leben seiner Familie, der Anunnaki und im Durcheinander des Gefechts eventuell auch einige Menschen aufs Spiel setzen. Wieder einmal dachte er an die schöne Zeit, als er noch allein in Eridu auf der Erde war und verwünschte Enlil, der ihm seine Position genommen hatte. Doch der ungeliebte Bruder war vom König mit Machtbefugnissen ausgestattet, gegen die Enki nicht ankommen konnte.

Als Enlil mit seiner Kriegsbeute verschwunden war, sah Enki den Rest der Menschen vor der zertrümmerten Mauer stehen. Einige drängten sich schutzsuchend in Gruppen aneinander, andere liefen ratlos und aufgeregt ein paar Schritte hin und her.

Alle hat Enlil mir nicht zu nehmen gewagt, dachte er grimmig. Das hätte Vater Anu erzürnt, denn weniger Bodenschätze würde er nicht hinnehmen.

Gibil, der seinen Vater suchte, trat gerade ein. „Geh, Sohn und führe die Menschen in ihre Unterkünfte", befahl Enki. „Die Aufseher sollen ihnen für heute freigeben und eine Mahlzeit anbieten, sonst laufen sie vor Angst noch weg."

Gibil, der erleichtert war, dass er nicht kämpfen musste und der Spuk vorbei war, führte eilig des Vaters Anweisungen aus. Vom Fenster her sah Enki seinen Geschöpfen nach, die davon trotteten, wobei sich einige verängstigt bei den Händen hielten. Da durchfluteten ihn unverhofft Sympathien für die Menschen, worüber er selbst erstaunt war. Eine Kombination aus Beschützerinstinkt und Väterlichkeit hatte Enki erfasst. Teils erbost, teils belustigt über sich selbst, wollte er nicht wahrhaben, dass er den Menschen nicht ganz so gleichgültig gegenüberstand, wie es normal wäre und wie es alle anderen Nefilim taten. Nun habe ich wohl auch noch die Nerven verloren, brummte er unwillig vor sich hin und wandte sich vom Fenster ab.

Triumphierend und zufrieden sah Enlil, wie seine erbeuteten Amelu im Land zwischen den Flüssen Euphrat und Tigris die schwerste Arbeit verrichteten. Ihnen war es gleich, für welchen Herrn sie arbeiteten. Ihr begrenzter Verstand sagte ihnen, dass es schon immer so war, seit sie denken konnten, dass es einerseits Herren mit ihrem unbegreiflichen Wissen und der uneingeschränkten Macht gab und andererseits sie selbst, die Diener dieser hohen Herren.

Die Anunnaki, die in den ersten Städten und deren Umgebung gearbeitet hatten, atmeten auf, dass sie nun die verhasstesten Tätigkeiten wie beispielsweise das Gräben ausheben los waren. Doch da sie immer noch sehr wenige waren, blieb für die einfachen Anunnaki noch mehr als genug Arbeit übrig.

Enlil, der seine Besichtigungstour beendet hatte, wischte sich in der grellen Mittagsonne den Schweiß von der Stirn. Feucht und heiß stand die Luft über den Anpflanzungen, in denen nach Anweisung der Aufseher auch einige Schwarzköpfige unermüdlich arbeiteten.

Ihnen schien die Hitze nicht so zuzusetzen wie den Anunnaki, die keine gebürtigen Erdenwesen waren.

Enlil hatte mit Befriedigung auch auf den Baustellen der Städte die neuen Menschen die schweren Steine schleppen sehen. Selbst auf den Erdölfeldern waren schon einige tätig, über und über mit einem schwarzen Ölfilm behaftet, dem bei den unangenehmsten Arbeiten nicht zu entgehen war. So wohnten seine Menschen jetzt bei ihm, im E.DIN, den Wohnstätten der Rechtmäßigen, der Herren.

Wo immer die Lulu Amelu eingesetzt waren, hatte Enlil den Aufsehern befohlen, den Menschen genug Nahrung und Wasser zu geben, damit ihre Arbeitskraft erhalten blieb.

Zufrieden kehrte er in sein kühles, prächtiges Haus zurück, um nach einer Mahlzeit mit Ninlil seine wohlverdiente Mittagsruhe zu halten. Er würde gut schlafen, denn sein seelisches Gleichgewicht war wiederhergestellt. Gegenüber Enki hatte er sich als Erdenherr behauptet und ihm eine Lektion erteilt. Außerdem brauchte er keinen Aufstand der Anunnaki wie in Afrika zu befürchten, da seine Leute nun durch die Menschen von den schlechtesten Arbeiten befreit waren. Enlil wusste jedoch, dass noch immer Nefilimfrauen die gemischten Eizellen im eigenen Körper reifen ließen, ein langwieriger Prozess und fragwürdiges Ansinnen, das über kurz oder lang zur Weigerung der Frauen führen könnte. Doch erst einmal besaß er Menschen, und seine Autorität war wieder hergestellt.

Enki hatte in seiner afrikanischen Domäne lange gebraucht, um den Kriegszug seines Bruders zu verkraften. Zuerst sann er Tag und Nacht über Rache nach, musste sich aber eingestehen, dass Enlil im Besitz der mächtigsten Waffen und der größeren Anzahl von Streitkräften war. Schließlich sah er ein, dass er sogar Anu, den väterlichen König verärgern könnte, falls er Enlils Oberhoheit auf der Erde nicht anerkennen würde. Diese Einsicht hatte er in nicht unerheblichem Maß seiner Ehefrau Ninki und der Halbschwester Ninhursag zu verdanken, die beschwichtigend auf ihn einwirkten und seine wissenschaftlichen Kenntnisse hervorhoben, an deren Größe Enlil niemals heranreichen würde. Dennoch war Enki böse, weil er nun wieder viel weniger Arbeiter für die schwersten Minenarbeiten hatte.

In einer warmen Nacht, deren Stille nur hin und wieder von Stimmen der afrikanischen Kreaturen durchbrochen wurde, hatte er eine so geniale Idee, dass er laut auflachte. Ninki fuhr neben ihm aus dem Schlaf auf.

„Was ist, Enki?“ Hast du gerufen, oder gibt es irgendeine Gefahr?“ fragte sie erschrocken und noch vom Schlaf benommen. Enki beschwichtigte sie sofort.

„Verzeih, meine liebe Gemahlin, dass ich dich aufgeweckt habe, aber mir ist eben eingefallen, wie ich Enlil seinen Überfall heimzahlen kann und obendrein viele Amelu haben werde, ohne dass die Nefilimfrauen sich weiter mit Menschenschwangerschaften abplagen müssen.“ Befreit und glücklich umarmte er seine verständnislose Frau.

Sobald es hell war und nicht mehr allzu früh, benachrichtigte er Ninhursag, dass er in einer wichtigen Angelegenheit zu ihr nach Schuruppak kommen müsse, ohne dass es Enlil gleich erfuhr. Seine Schwester, die dieses Ansinnen nur zu gut verstand, stimmte sofort zu, Enki zu empfangen.

Noch am selben Tag brachte ihn ein kleines Fluggerät in die Stadt der Gesundheit und des Wohlbefindens.

Ninhursag hatte sich prächtig und ihrem hohen Stand gemäß gekleidet, um ihren lieben Bruder Enki zu Hause als ihren Gast willkommen zu heißen. Da Enki seinen Besuch möglichst unauffällig halten wollte, hielt sie ihre Amtsräume im Klinikgebäude für unpassend.

Als der Bruder erschien, sah er frohgelaunt und voller Tatkraft aus, wie schon lange nicht mehr. Erleichtert nahm Ninhursag zur Kenntnis, dass Enkis übereilte Reise zu ihr wohl kaum schlechten Neuigkeiten oder gar Katastrophen wie der Meuterei oder dem Bruderkrieg zugrunde lag. Nein, dachte sie befreit, es muss etwas Gutes sein.

Lächelnd ging sie ihm entgegen und streckte ihm beide Hände hin. Bewegt von ihrer Herzlichkeit drückte Enki die Schwester liebevoll an sich.

Kaum, dass der Form halber Höflichkeiten ausgetauscht waren, platzte Enki mit seinen Plänen heraus.

„Liebe Schwester, wir haben doch so überaus erfolgreich bei der Schaffung des Lulu Amelu zusammengearbeitet und am Ende mit dem Adama einen vollen Erfolg erzielt.“

„Am Ende, du sagst es, denn bis dahin hatten wir viele Fehlschläge, wie du dich erinnern wirst“, wollte Ninhursag seinen scheinbar unangebrachten Überschwang dämpfen.

Doch Enki ließ sich nicht beirren.

„Gewiss, aber dann fanden wir die richtige Kombination der Gensequenzen und konnten meine Ninki als geeignete Mutternefilim gewinnen. Du weißt doch selbst am besten, dass wir durch die Methode der Vervielfältigung zwar eine Reihe gleicher Arbeiter erhalten können, doch dass es keine Lösung für alle Zeit ist. Enlil hat mir die Hälfte der Schwarzköpfigen entführt, und ich brauche Ersatz. Außer denen, die ich hatte, benötige ich neue Arbeiter, schneller als die Anunnakifrauen die behandelten Eizellen austragen können."

Ninhursag wurde jetzt misstrauisch. „Enki, sage klipp und klar, was du dir wieder ausgedacht hast. Worauf willst du hinaus?"

Enki beugte sich vor und sah seine Schwester eindringlich an. „Wir haben, wie gesagt, schon einmal gut zusammengearbeitet und werden wieder erfolgreich sein. Du musst mir helfen, die Menschen fortpflanzungsfähig zu machen. So entheben wir uns der Mühsal, ständig neue Exemplare auf die eine oder andere Art zu produzieren."

Verblüfft sagte Ninhursag erst einmal gar nichts. Dann stahl sich jedoch ein Lächeln auf ihr Gesicht, als sie kopfschüttelnd sagte: „Oh, Enki, das sieht dir wieder einmal ähnlich, so einen Plan auszuhecken. Du weißt, dass dein Vorhaben entgegen dem Beschluss des Hohen Zwölferrates steht, ganz abgesehen von Enlil, der das rigoros verbieten würde."

Enki ergriff ihre Hand.

„Enlil war es, der mich zu diesem Schritt zwingt. Damit hat er sich des Rechts enthoben, mir Vorwürfe zu machen, wie ich den Mangel an Menschen schnell ausgleichen kann und auch später immer neue Arbeiter haben werde. Enlil muss einsehen, dass letztlich alle, auch er selbst, davon profitieren können. Ihm fehlen doch ebenfalls überall die Schwarzköpfigen, denn die paar Menschen, die er geraubt hat, genügen nicht im Mindesten für seine vielen Bauvorhaben in den neuen Städten, im Ackerbau oder auf anderen Gebieten. Wir werden ihn mit dem fertigen, fortpflanzungsfähigen Menschen konfrontieren. Du wirst sehen. Nach anfänglichem Gezeter wird er die Vorteile einsehen. Sagen wir ihm aber jetzt schon über meinen Plan Bescheid, wird er einfach dagegen sein."

Ninhursag runzelte bedenklich die Stirn. „Das wird er ganz bestimmt."

Dabei arbeitete unwillkürlich ihr scharfer Verstand schon in Richtung einer Lösung des Fortpflanzungsproblems. Enki sah, wie sie grübelte und ließ ihr einen Moment Zeit, um in sich zu gehen.

Es müsste uns gelingen, ein zweites Chromosomenpaar in den Fortpflanzungszellen zu erhalten, wie die normalen Wesen, ging es der medizinischen Wissenschaftlerin durch den Kopf. Wie alle Hybriden haben Adama und die Anderen nur einen einfachen Chromosomensatz ...

Enki sprach sie behutsam an und unterbrach ihren Gedankengang. „Was meinst du dazu, liebe Schwester? Hilfst du mir?"

Ninhursag, die in seinen bittenden Augen die Hoffnung sah, konnte ihn einfach nicht zurückweisen und sagte zu. „Also gut, Enki, ich helfe dir. Aber es muss uns gelingen, das Vorhaben geheim zu halten, sonst wird nichts daraus."

Enki atmete befreit auf und bedankte sich voller Überschwang bei seiner Schwester, die bisher immer zu ihm gestanden hatte. Sie besprachen noch lange die organisatorischen Einzelheiten ihres Versuches, den Menschen entscheidend neu zu gestalten.

Wieder gab es im Geheimen eine Versuchsreihe nach der anderen, diesmal in Enkis Stadt Eridu. Schließlich gelang es den beiden Wissenschaftlern, als erstes Adapa fortpflanzungsfähig zu machen und danach auch weitere Amelu zu verändern. Gleichzeitig hatten sie den Verstand des Menschen so maßgeblich verbessert, dass er gut von böse unterscheiden konnte, wie Enki es im übertragenen Sinn formulierte. Bisher gingen alle primitiven Arbeitermenschen nackt umher, was bezeichnend dafür war, dass sie wie die Tiere dem Bekleidetsein keine Bedeutung zumaßen, ja nicht einmal die Bedeutung dieses Unterschiedes kannten. Nun wollten die neuen Menschen ihre Nacktheit bedecken. Sie waren sich ihrer eigenen Geschlechtlichkeit und Zeugungsfähigkeit bewusst. Enki nannte es Erkenntnis. Es war in der Tat so, als ob die Menschen von der Frucht der Erkenntnis gekostet hätten, was ihnen von Enlil und dem Rat verboten war.

Doch Enki war höchst zufrieden, dass sein geheimer Plan gelungen war. So hatte er es seinem Bruder auf indirekte Weise heimgezahlt.

Auch im AB.ZU waren kurze Zeit später die verbesserten Menschen vorzufinden. Wie zu erwarten war, erhielt bald darauf Enlil Kenntnis von den für ihn ungeheuren Machenschaften seines Bruders. Erzürnt über alle Maßen informierte er sofort Anu, dass sich Enki selbstherrlich über die Beschlüsse des Rates hinweggesetzt hatte. Er stellt Enkis Vergehen als äußerst schwerwiegend dar und verschwieg die Vorteile eines fortpflanzungsfähigen Menschen, so dass sogar die Verhaftung Enkis angeordnet wurde.

Ninlil hatte noch niemals ihren Gemahl so außer sich gesehen. Nicht einmal sie konnte Enlil beschwichtigen. „So beruhige dich doch", rief sie immer wieder, wenn er tobend in seinem Amtszimmer hin und her lief und wüste Verwünschungen ausstieß.

„Du verstehst das nicht, Ninlil", schrie er ihr böse entgegen. „Enki hat den Adapa so vervollkommnet, dass er sich nicht nur selbst vermehren kann, sondern auch Wissen erlangt hat, das wir ihm niemals zugestanden hätten. Damit hat er unsere Absicht, einen primitiven, kontrollierbaren Arbeiter zu haben, sabotiert. Keiner von uns weiß, wo das hinführen wird."

Wütend knallte Enlil seinen hörnergeschmückten Hut auf den Tisch. Ninlil wollte ihn dazu überreden, mit ihr etwas zu essen, um Enlil etwas abzulenken, doch er hörte ihr gar nicht zu und ereiferte sich nur noch mehr.

„Natürlich hat Enki es dabei nicht belassen, nur den Adapa umzugestalten. Er musste selbstverständlich auch einen weiblichen Amelu in gleicher Weise manipulieren, damit wenigstens ein Paar vorhanden ist, das sich vermehren kann. Wer weiß, wie viele es jetzt bereits gibt."

Noch einmal versuchte Ninlil auf ihn einzuwirken. „Es ist nun einmal geschehen. Lass sie sich doch selbst fortpflanzen. Was die Weisheit angeht, die Enki ihnen verliehen haben soll, so kann sie sich doch niemals nur im Geringsten mit der unseren messen. Komm, mein lieber Gemahl. Ich habe dir deine Lieblingsspeise zubereiten lassen, oder wir gehen eine Weile im Garten spazieren."

Wie von der Tarantel gestochen fuhr Enlil herum. „Und wem begegne ich in unserem Garten? Den Menschen, die darin arbeiten. Vor einer Weile hat mir Gibil einige neue Amelu mitgebracht, als er in der Stadt weilte, ein Versöhnungsgeschenk, wie er sagte. Dass ich nicht lache! Neue, verstehst du, Ninlil. Es werden solche sein, die bereits von der verbotenen Frucht der Erkenntnis gekostet haben und sich ihres neuen Status bewusst sind. Sie sind nun fast wie wir, klüger als sie sein sollten", tobte er. „Vielleicht werden sie eines Tages auch noch nach dem ewigen Leben streben. Was hat Enki da getan! Sollen die ehemals Primitiven etwa eine Rasse werden, die uns eines Tages Konkurrenz machen kann? Ein Verbrechen gegen alle Nibirubewohner hat er begangen. Wie ein Verbrecher soll er jetzt behandelt werden. Nusku", rief er voller Zorn, während er wie von Sinnen an Ninlil vorbei aus dem Haus stürzte. „Sorge dafür, dass die Menschen aus unseren Heimstätten vertrieben werden, fort aus unseren Gärten, fort überall aus E.DIN. Treibe sie ostwärts, am besten ins Gebirge, damit sie mir niemals wieder unter die Augen kommen".

Andrea hängte im Garten die nassen Badesachen auf. Ihre dunklen, noch feuchten Haare kringelten sich und glänzten im Schein der schon tief stehenden Sonne. Gerald, der die Gemüsebeete gegossen hatte, kam mit der Gießkanne in der Hand den Gartenweg entlang bis zu der Stelle, an der abgeschirmt von ein paar Halbstammbäumchen der Wäschetrockner stand.

„Was meinst du Andrea, machen wir uns schnell ein paar Brote zurecht und setzen uns dann gemütlich auf die Terrasse?"

Andrea, beide Hände mit Wäscheklammern bestückt, drehte sich kurz um. „Ja, ich bin gleich fertig. Wir sind soviel hin und her geschwommen, dass ich ehrlich gesagt ganz schön hungrig bin. Ich mache noch schnell einen Tomatensalat dazu, das dauert nicht lange."

Nach dem Abendessen saßen sie im milden Licht von etlichen Kerzen auf der Terrasse und sahen, wie die Umrisse der Bäume, Sträucher und Blumen immer unschärfer wurden und das Dämmerlicht vom Schwarz der Nacht langsam, aber stetig ausgelöscht wurde. In ihrer unmittelbaren Umgebung war es recht hell. Gleichzeitig hielten sich die Mücken durch das Licht etwas mehr fern. Andrea trank von ihrem stillen Mineralwasser, während Gerald sich eine Flasche Bier geholt hatte und sich ein Glas eingoss.

„Ist es nicht herrlich, so friedlich inmitten der Natur?" schwärmte Andrea. „Ich muss noch immer daran denken, was du mir gestern und heute Nachmittag auf der Badewiese erzählt hast."

Gerald, der dicht neben ihr saß, legte seinen Arm um Andreas Schulter.

„Ich meine, das von den ersten Menschen. Da haben wir unser Dasein der Unzulänglichkeit der Arbeitsnefilim zu verdanken. Wenn man überhaupt von Dank sprechen sollte, denn wir waren als rechtlose Geschöpfe gedacht, die die allerschwerste Arbeit verrichten sollten, kaum besser als die Haustiere." Andreas Stimme wirkte bitter. „Du hast gesagt, dass den Fachleuten durch etliche Texte selbst Einzelheiten und Kleinigkeiten, die zur Erschaffung des Menschen führten, bekannt sind."

„Ja, das stimmt", bestätigte Gerald. „Das Atra-Hasis-Epos zum Beispiel liest sich richtig spannend. Darin ist beschrieben, wieso die Nefilim darauf kamen, Menschen zu erschaffen. Es ist der Aufstand der schwer arbeitenden Anunnaki in den Bergwerken genau aufgezeichnet. Man liest, dass Enlils Haus umstellt war, dass sie ihr Werkzeug verbrannten und sich weigerten weiter zu arbeiten. Es steht geschrieben, dass Anu, der Herrscher, kam und Enki beauftragte, einen Plan auszuarbeiten, wie künstliche Wesen erschaffen werden können. Auch andere Texte beschreiben im Detail, wie der Mensch entstand. Die Wissenschaftler stützen sich also nicht nur auf die Übersetzung einer einzigen alten Schrift."

Andrea wirkte bedrückt, als sie fragte: „Wir sind also wirklich mütterlicherseits mit den Menschenaffen verwandt, aber das lernt man schon in der Schule."

„Genau", bekräftigte Gerald, „daran besteht kein Zweifel, denn es ist auch beschrieben, dass wir väterlicherseits von den Genen eines jungen Nefilim abstammen, als Essenz bezeichnet, also als das, was man zum Erschaffen von Leben braucht. Das müssen nicht unbedingt Samenzellen sein, manche sind der Meinung, dass die Gene aus Blutbestandteilen extrahiert wurden. Außerdem gibt es etliche Abbildungen, auf denen man sehen kann, wie Enki und Ninhursag mit Retorten hantieren. Die in-vitro-Methode vor Jahrhunderttausenden. Es ist in den Texten sogar der Zeitpunkt genannt, denn im Aufstand im AB.ZU beklagen die Anunnaki, dass sie schon 40 Perioden schwer arbeiten. Zuerst dachten die Forscher, es seinen 40 Erdenjahre gemeint, aber es sind schars, in denen die Anunnaki die Umlaufzeit ihres Nibiru maßen, also 144.000 Jahre. Da wir wissen, dass vor circa 450.000 Jahren die Nefilim auf die Erde kamen, ergibt sich daraus, dass der Mensch vor etwa 300.000 Jahren entstand."

Es war nun bereits so dunkel, dass man nichts mehr außerhalb des Kerzenscheins sah. Andrea sann eine Weile nach, ehe sie sagte: „Dann ist die so genannte ungeklärte Abstammung des Menschen eigentlich kein Rätsel mehr?"

„Nein", bestätigte Gerald und trank noch einen Schluck Bier. „Immer wird gesagt, man wisse nicht, weshalb der Mensch auf der Erde keine direkten Vorfahren habe, nur Verwandte und weshalb plötzlich der homo sapiens da war. Der homo erectus ist im Zuge der Evolution entstanden, der jetzige homo sapiens nicht. Dabei ist den Archäologen und Forschern schon seit Jahrzehnten oder hundert Jahren bekannt, was die alten Texte genau beschreiben. Lieber bleibt man dabei, dass es nicht bekannt sei, weshalb aus dem homo erectus, dem aufrecht gehenden Menschenaffen, plötzlich der homo sapiens wurde."

„Ja, das Verdrängungsphänomen", pflichtete Andrea ihm bei und fragte: „Was sagt denn dein Onkel Bernhard als Pfarrer dazu?"

Gerald lachte kurz auf. „Mein Onkel geht jedenfalls nicht mit Scheuklappen einher. Er sagte mal, dass doch im Alten Testament im Grunde genau das Selbe steht. In der Bibel liest man klipp und klar: „ Lasset uns Menschen machen nach unserem Bilde und uns ähnlich." Also uns, Mehrzahl. Nach unserem Bilde sagen auch die alten Texte, denn es wurden ja die Gene eines männlichen Nefilim genommen, die für die Ähnlichkeit sorgten. In den Urschriften sagt Enki zum Beispiel: Das Geschöpf, das ihr genannt habt, es existiert. Bindet darauf das Bild der Götter.

Die biblische Schöpfungsgeschichte fasst zwar die Gottheiten, ich sage lieber Nefilim, zu einer Obergottheit zusammen, schreibt über die Menschwerdung aber doch in der Mehrzahl."

„Und Elohim sprach: Lasset uns Menschen machen ..." „Elohim", so erklärte Gerald Andrea, ist aber ein Mehrzahlwort, das soviel wie Gottheiten bedeutet. Bibelforscher wissen, dass das Alte Testament circa 500 vor Christus entstand, also noch vor Jesus Zeiten. Es ist bekannt, dass es aus einer Fülle von alten, heiligen Schriften ausgewählt wurde, die auch bearbeitet, also verändert und zusammengefasst wurden. So erklärt man sich, dass dann nur von einem Gott gesprochen wird. Doch in der Schöpfungsgeschichte der Bibel sind die Worte der Urschriften in der Mehrzahl erhalten geblieben. Ich persönlich halte es wie Onkel Bernhard. Wie ich schon sagte, für ihn haben die Nefilim nichts mit seinem Gott der Christen zu tun. Da muss jeder für sich selbst entscheiden, was er für richtig hält. Der Kernpunkt, die Erschaffung des Menschen aus dem irdischen Teil, auch als Lehm bezeichnet, was ich persönlich keine treffende Bezeichnung finde, und aus den Genen eines Nefilim nach seinem Bild, stimmen überein. Die Bibel ist eine Zusammenfassung der Urtexte und gibt komprimiert das Wesentliche wieder. Die alten Schriften gehen jedoch ins Detail, was uns Fachleuten erstaunenswerte Einzelheiten vermittelt."

Gerald sah Andrea im milden Licht der Kerzen an. „Solche Details, wie ich sie dir erzählt habe."

„Die Einzelheiten über Ninki, Enkis Ehefrau, werde ich bestimmt im Gedächtnis behalten", sagte Andrea. „Ich meine, dass sie den ersten gelungenen Menschen, den Adam, ausgetragen hat."

Gerald nahm ihre Hand und fragte: „Kannst du dir vorstellen, wie anders das allgemeine Wissen über die Entstehung des Menschen wäre, würden die alten Texte in den Lehrplan der Schulen aufgenommen? Dann wüssten schon die Kinder, dass tatsächlich Schriften existieren, in denen Enki, auch Ea genannt, sinngemäß sagt: Ninki, meine Nefilim-Gemahlin soll die Wehen haben, sieben Geburtshelferinnen sollen bei ihr sein, und Ninki soll des ersten Adams Geburt verkünden". Es sind sogar Einzelheiten der Einpflanzung des befruchteten Eies in Ninkis Gebärmutter aufgezeichnet. Stattdessen plappert man in den Schulen die These vom „missing link" nach, dem fehlenden Bindeglied zum Heutemenschen."

Andrea seufzte. „Warum ist das so, Gerald?"

Unfroh lachte er. „Welcher Wissenschaftler gibt schon gern zu, dass er sich geirrt hat und andere Recht haben. Obendrein halten sich überholte Lehrmeinungen schon immer erstaunlich lange."

„Ja, das ist die Natur des Menschen", stimmte Andrea zu. „Damit verdienen diese Wissenschaftler ihre Bezeichnung nicht, denn sie schaffen nicht Wissen, sondern verhindern es."

„So kann man das auch sehen", war Gerald der gleichen Ansicht. „Zum Glück gibt es auch andere Forscher. Sie publizieren diese Themen in ausgezeichneten Büchern, die aber trotzdem offiziell weitestgehend ignoriert werden."

„Zumindest versuchen sie, die Menschen aufzuklären und erreichen das auch bei vielen", war Andreas Meinung.

„Weißt du", sagte sie in die Stille der Sommernacht hinein. Unter diesen Gesichtspunkten sehe ich meine zukünftige Tätigkeit als Gentechnikerin mit anderen Augen. Nicht alles, was man genetisch kann, sollte auch durchgeführt werden. Ich meine, ethische Gesichtspunkte und die Tragweite unseres Handelns sollten in unserem Beruf nicht außer Acht gelassen werden. Mir ist jetzt klarer als je zuvor, was für Folgen das haben kann."

Gerald drückte sie liebevoll an sich. „Wenn alle so verantwortungsbewusst denken würden. Aber es gibt leider schon negative Beispiele. Ein chinesischer Forscher, der jetzt im russischen Chabarowsk lebt, hat tatsächlich eine Methode entwickelt, mit Hilfe derer er Lebensformen miteinander mischt, zum Beispiel zwei Pflanzenarten und auch zwei verschiedene Tiere. Das ist in der Wissenschaft an sich nichts Neues. Aber der Chinese geht davon aus, dass jede lebende Zelle Signale im Ultrahochfrequenzbereich aussendet, die auch die Erbinformationen tragen. Er hat einen Apparat entwickelt, der die Strahlung der einen Pflanze oder des einen Tieres in die Zellen einer anderen Pflanze oder eines anderen Tieres einschleust. Auf diese Weise hat er zum Beispiel Weizen-Mais und Hühner-Enten erzeugt. Wer weiß, welche Kreaturen er noch entwickelt hat, denn seine Methode wurde zur Geheimsache erklärt."

Andrea schauderte es. „Vielleicht hat er sogar schon mit Menschen experimentiert."

„Gut möglich", stimmte ihr Gerald zu. „So etwas dringt oft nicht bis in die Öffentlichkeit vor. Aber ein Versuch wurde doch bekannt, bei dem der italienische Professor Chiarelli 1987 künstlich die Eizelle eines Affenweibchens mit dem Samen eines Mannes befruchtete. Zwar sagte er, der Fötus wurde dann vernichtet, meinte aber, man könnte solche Wesen zum Beispiel für schwere, schmutzige Arbeiten einsetzen."

Andrea schlug die Arme um ihren Körper, als ob sie friere. „Du liebe Güte, das ist doch das Gleiche, weshalb und wie die Nefilim ihre Lulu Amelu, die primitiven Arbeitermenschen, geschaffen haben."

„Ja, Andrea. Wir Menschen sind auch nicht besser. Sofern wir das das nötige Wissen haben und dazu fähig sind, machen wir die gleichen grauenhaften Experimente."

Eine Weile sagte keiner der beiden etwas. Ein lauer Nachtwind wiegte leise die Bäume und strich zart über die zwei jungen Menschen, die jeder für sich tief in Gedanken versunken waren.

Nach einer Weile sah Andrea in Geralds kerzenbeschienene Augen. „Ich musste gerade daran denken, was uns die Urschriften über den so genannten Sündenfall im Paradies und die Vertreibung von Adam und Eva berichten. Ich meine, alle haben gelernt, dass eine Schlange Eva überredete, von der verbotenen Frucht zu essen. Eva gibt auch Adam davon, und als Folge dessen werden sie aus dem Garten Eden vertrieben. Wer von uns, außer Theologen und anderen Fachleuten hat je darüber nachgedacht oder es sogar angezweifelt? Dennoch bin ich der Meinung, dass man sich fragen sollte, warum sie so hart bestraft wurden, nur weil sie im Garten eine Frucht gegessen haben, die nicht erlaubt war.

Wir alle wissen, dass Menschen zu unvergleichlich Schlimmerem fähig sind. Zieht man aber das in Betracht, was du mir über die Ursachen der Vertreibung erzählt hast, sind das allerdings Gründe, die Menschen fortzujagen. Du sagtest ja, Gerald, dass in der Bibel steht, der Baum sei begehrenswert, weil er klug macht. Das heißt doch, die Menschen sind ihren Herren zu intelligent geworden, was mit Frucht der Erkenntnis gemeint ist. Außerdem können sie sich nun selbst vermehren. Damit sind sie eigenständige Wesen geworden. Die Nefilim befürchteten dann mit Recht, dass die Menschen einst ernstzunehmende Konkurrenten werden könnten."

Gerald trank den Rest und stellte das Glas ab. „Ja, das ist meiner Meinung nach die Kernaussage der Vertreibung aus dem Garten Eden. Sumerische Texte sind darüber nicht gefunden worden, doch es gibt dennoch genügend andere alte Schriften, die in das Alte Testament aufgenommen wurden. Gerade über die Vertreibung aus dem Garten Eden hat so gut wie jeder Forscher eine etwas andere Meinung, schon allein darüber, wo Eden lag. Dennoch gibt es Fakten, an die man sich halten kann. Zum Beispiel das Wort Eden. Ich denke, dass es das E.DIN der sumerischen Nefilim ist. Dann gibt es die Übersetzung, dass eine Schlange Eva überredet. Wieso sollte sie sprechen können, nur nebenbei bemerkt."

Andrea lächelte. „Doch, wenn man den Text ergründen will, muss man kritisch sein", beharrte Gerald. „In der hebräischen Bibel wird die Schlange als nahasch benannt. In der Schreibweise der alten Texte werden die Vokale weggelassen, also stand dort NHSH. Das bedeutet aber auch sinngemäß herausfinden, entziffern, Verborgenes kennen. Der, der Dinge herausfindet, war Enkis Beiname. Auf Abbildungen ist oft eine Schlange als sein Symbol zu sehen. Sie zeigen auch, dass Enki dabei war, als der Mensch vervollkommnet wurde. Er ist an mehreren Merkmalen zu identifizieren, die die Wissenschaftler kennen. Ich denke da an eine Abbildung, auf der rechts und links neben Enki Nefilimgestalten in Verbindung mit Lebensbäumen, versinnbildlicht als männliche und weibliche Formen zu sehen sind. Eine der Gestalten ist als eine Frau zu erkennen. Sicher ist es Ninhursag. Es sind also nicht nur die Texte, sondern auch Rollsiegel und andere Abbildungen, die gefunden wurden, durch die wir wissen, dass die Fortpflanzungsfähigkeit des Menschen durch die Nefilim herbeigeführt wurde.

Eine andere Abbildung in Zusammenhang mit Adam, Eva und der Schlange zeigt deutlich den an Händen und Füßen gefesselten Enki, der ja für sein unbefugtes Manipulieren der Gene des Adapa verhaftet wurde. Die Symbole auf der Abbildung um die gefesselte Figur lassen nur den Schluss zu, dass es wirklich Enki ist."

„Ich weiß", sagte Andrea nun. „Du hast mir schon mehrmals gesagt, welche Zeichen welchen Nefilim zugeordnet sind."

„Ja, Andrea. Es können mehrere für ein und dieselbe Person sein. Auf der Abbildung, die ich gerade ansprach, ist es ein Sternzeichen, aus dem ein Pfeil nach unten hervorgeht, das heißt also ein Gott des Bergbaus oder einer, dem geheime Dinge bekannt sind. Auch wenn ich den Namen Gott für die vom Nibiru gekommenen Nefilim nicht mag, ist es ein Zeichen für Enki.

„Also", fasste Andrea zusammen, „ist es gar keine Schlange gewesen, sondern ein ganz bestimmter DIN.GIR. Er war mit dabei, als den Menschen Erkenntnis vermittelt wurde."

„Für mich steht das jedenfalls fest", meinte Gerald „und für viele andere Forscher auch. Aber einige haben andere Interpretationen, und jeder denkt natürlich, seine sei die richtige."

„Außerdem ist mir aufgefallen, Gerald, dass die ganze Edenbegebenheit gar kein Sündenfall der Menschen ist. Das Verbot des Zwölferrates hatte Enki übertreten. Die primitive Kreatur Mensch konnte doch die erneute Manipulation nur über sich ergehen lassen."

„Siehst du", stimmte ihr Gerald zu. „Das ist dir also auch nicht entgangen, da bin ich der gleichen Meinung. Im Laufe der Jahrtausende haben die Nefilim vom Nibiru noch öfter die Menschen für Dinge bestraft, die sie selbst getan haben. Aber das zu erzählen mit allem Drum und Dran würde die ganze Nacht dauern."

Andrea stand auf und räumte den Tisch ab. „Heute ist es schon spät, aber ich bestehe darauf, dass du es mir bald erzählst."

Gerald hatte sich ebenfalls erhoben. „Ich glaube, meine liebe Andrea hat das falsche Studienfach gewählt", neckte er sie und schmunzelte.

Andrea, die die letzte Kerze ausblies, entgegnete: „Ich bin doch nicht so beschränkt, dass ich nur mein Fachgebiet sehe."

„Genau", sagte Gerald, ehe sie ins Gartenhaus gingen. „Nur nicht mit Scheuklappen herumlaufen, wie mein Onkel Bernhard sagt."

Etliche Erdenjahre waren vergangen, seit die Menschen aus den Wohnstätten der Nefilim vertrieben worden waren. Nun half ihnen ihr deutlich verbesserter Intellekt, das neue, eigenverantwortliche Leben zu bestehen. Die Hänge des Gebirgszuges östlich des Zweistromlandes boten ihnen ihren Reichtum an Früchten und Wild dar, Wurzeln, wilden Getreidesamen und Fischen, die in Bächen und Flussläufen lebten. Gegen Regen und die Kälte der Nacht wurden sie von einfachen Zelten geschützt, die sie aus den Häuten und Sehnen von erlegten Tieren herstellten.

Jetzt kam den Menschen zugute, dass sie ohnehin bei den Anunnaki die verschiedensten Arbeiten zu verrichten hatten, darunter auch Ackerbau, Viehzucht und das Bestellen und Pflegen der Obst-und Gemüsegärten. So überlebten sie und wanderten im bergigen Land des Ostens umher, wo ihnen auch Kinder geboren wurden.

Adam nannte seinen ersten Sohn Kain. Nicht lange danach wurde ein zweiter Sohn geboren, der den Namen Abel erhielt. Beide wuchsen heran und lernten von den Eltern alle notwendigen Arbeiten, um zu überleben und wurden außerdem in vielen Dingen unterwiesen, die Adam noch in Eridu gelernt hatte. Kain bestellte gern den Garten und das Ackerland, säte, pflegte und erntete die Früchte der Natur.

Abel hielt sich lieber bei den Haustieren auf, die sich unter der Obhut der Menschen gut vermehrt hatten. Er wurde ein Hirte, der seine Herden auf saftige Weiden führte, die Tiere zusammenhielt und die Familie mit Fleisch versorgen konnte.

Als eines Tages ein böser Streit zwischen den Brüdern ausbrach, erschlug Kain Abel im Zorn.

„Was hast du getan, Unglückseliger? Geh, dass ich dich nicht mehr sehen muss, nie mehr wieder“, wurde ihm vom Vater befohlen, den die Trauer um den kostbaren Sohn übermannte.

Die Mutter des toten Abel weinte tagelang und stieß immer wieder laute Klagerufe aus. Adam konnte seiner Frau nur schwer über den Verlust des Sohnes hinweghelfen.

„Wie soll ich nicht wehklagen, Adam? Wir haben mit den Söhnen hier am Feuer gesessen, unser Zelt hat sie beherbergt, und für alle habe ich die Mahlzeiten bereitet.

Mir fehlen unsere Söhne so sehr, auch Kain, trotz seiner Freveltat.“

Adam sah bekümmert seine Gefährtin an. „ Wir werden wieder Kinder haben. Noch viele andere wirst du in den Armen wiegen, und diese Anderen werden an unserem Feuer beheimatet sein. Die Kinder werden wieder Kinder haben, und auch deren Nachkommen wirst du erblicken können, denn der Herr Enki hat uns eine reichliche Lebensspanne zugemessen. Du, Eva, wirst die Mutter so vieler Menschen sein, dass du gepriesen wirst, vielfaches Leben gegeben zu haben."

Kain zog rastlos lange Zeit umher. Er war jedoch nicht allein, sondern seine Schwester Awan war als seine Frau mit ihm gegangen. Nach dem ersten Sohn Henoch wurden ihnen noch etliche Kinder geboren. Kain gab das Nomadenleben auf und gründete später verschiedene Ortschaften, in denen er und seine Nachkommen lebten.

Auch Henoch war der Gründer vieler Ansiedlungen, die Generation auf Generation von immer mehr Menschen bevölkert wurden. Bald besiedelte die vielfache Nachkommenschaft ein ausgedehntes Gebiet, deren Kinder und Kindeskinder in immer neues Land vorstießen, wenn es eine ausreichende Lebensgrundlage versprach.

Adam wurde im Alter von 130 Jahren der Sohn Seth geboren. Glücklich hatte Eva nach seiner Geburt gesagt, dass der Herr ihr einen anderen Samen gegeben hat für Abel, den Kain erschlug. Überaus froh war sie auch über dessen ersten Sohn Enos.

Auf Enos folgte wieder eine Generation auf die andere.

Doch bereits zu Zeiten von Enos waren wieder viele Menschen in das Land zurückgegangen, aus dem ihr Ahnenpaar vertrieben worden war. Erneut arbeiteten sie für die Herren und dienten ihnen in allen Bereichen des Lebens.

Längst hatte auch Enlil eingesehen, dass sie die Arbeitskraft der Menschen brauchten, wenn sie ihre vielfältigen Pläne auf dem siebenten Planeten verwirklichen wollten.

Andere Erdlinge hatten sich weit entfernt von E.DIN ausgebreitet. Als die Jahrhunderte und gar Jahrtausende ins Land gingen, entwickelten sich verschiedene Menschentypen, von denen sich einige besser als andere behaupten konnten. Auch kältere Regionen waren bereits besiedelt worden. Eine neue Eiszeit ließ auch ansonsten gemäßigte Gebiete erstarren. Eine Menschengeneration nach der anderen passte sich immer besser an die klimatischen Gegebenheiten an.

Fernab von den Siedlungen der Nefilim und ohne Unterweisung setzte eine regressive Entwicklung der Menschen ein, die wieder in das Primitivstadium verfielen.

In den Wohnstätten der Nefilim jedoch erhielten einige Erdlinge sogar eine Ausbildung, die darin gipfelte, dass sie die ersten menschlichen Priester und Tempeldiener wurden.

Während immer mehr und neues Leben auf ihr spross, absolvierte die Erde unbeirrt ihren steten Kreislauf um die Sonne und drehte sich dabei Tag für Tag aufs Neue um sich selbst. Wie seit undenklicher Zeit brachen Vulkane aus ihrem Leib hervor, tobten gewaltige Stürme über ihre weiten Meere und versengte die Sonne große Gebiete, so dass die Erde ausgedehnte Sandwüsten trug. Andere Teile des Erdenkörpers waren von nicht enden wollenden Wäldern bedeckt. Selbst die Eismassen der Pole mussten in das ewige Ringen um Gleichgewicht einbezogen werden, damit die Erde als Ganzes Bestand hatte.

Die neuen Lebewesen, die sich auf ihrem riesigen Leib ausbreiteten, fielen dabei kaum ins Gewicht. Auch diese Wesen, die ihr teils fremd, teils aber doch bekannt waren, würde sie ernähren. Sollten sie sich auch zu Tausenden und Abertausenden auf ihrem Rund verbreiten, so war doch Platz für sie alle da. Die Menschen, vertraut und nicht zu ihr gehörig zugleich, könnten auf ihr leben, genauso wie die Tiere und Pflanzen, die die Erde selbst hervorgebracht hatte. Diese Menschen reihten sich in den steten Kreislauf des Erdendaseins ein und störten ihre kosmische Präsenz und die inneren Gesetze nicht. Nur die Wesen, die von außerhalb kamen, veränderten und verletzten die Erde ständig. Diese Fremden vermochten sich nicht in den natürlichen Kreislauf der Dinge einzuordnen und trachteten selbstsüchtig nach eigenen Vorteilen zu Ungunsten des komplizierten Erdgleichgewichtes. Gern wäre die Erde sie wieder losgeworden, doch deren Macht ließ das nicht zu. Von Umlauf zu Umlauf hatte der schöne Planet mehr unter ihrer Anwesenheit zu leiden.

Die Nefilim, vom äußersten Planeten des Sonnensystems gekommen, hatten sich ebenfalls weiter auf der Erde ausgebreitet. Jahre und Jahrzehnte zählten für sie nicht. Sie hatten die Zeit der Ewigkeit, um fremde Gebiete zu erkunden und weitere Ansiedlungen zu errichten. Als die letzte Eiszeit wieder wärmerem Klima wich, stießen sie immer weiter in nördliche und westliche Ländereien vor, bis sie das obere Meer erreichten und auch entlang dessen Küstenlinien ihre Hoheitsgebiete anlegten.

Die Nachkommen der Erdpioniere Enki und Enlil wurden die Herren der neuen Gebiete und wachten eifersüchtig über deren Grenzen. Dennoch lagen sie in stetem Streit miteinander, überfielen sich gegenseitig und fochten viele Kriege miteinander aus. Dabei setzten sie oft furchtbare Waffen ein, die sie selbst, ihre Soldaten und Menschen sowie Tiere und Pflanzen verstrahlten.

Als ZU, ein Verwandter des von Anu gestürzten Herrschers Alalu, nach der Machtbefugnis Enlils griff und der Herr des siebenten Planeten werden wollte, konzentrierten jedoch alle DIN.GIR aus königlicher Familie ihre Kräfte auf einen gemeinsamen Kampf gegen den Herausforderer, da sonst alle ihre bisherigen Positionen auf Erden verloren hätten.

Besonders Ninurta wurde als Held gefeiert, als ZU endlich besiegt war. Dennoch gingen die ständigen Streitereien bald genauso weiter wie bisher.

In den Weiten des südlichen Afrika vergingen die Jahrhunderte und Jahrtausende friedlicher als in den Gebieten zwischen Eridu und dem Mittelmeer, dem Oberen Meer, wie die Nefilim es nannten. Sahen die Anunnaki auf Erden und ihre zahlreiche Nachkommenschaft das alte Land zwischen Euphrat und Tigris noch immer als Zentrum der Macht an, um das gestritten wurde, so gab es im AB.ZU weit weniger Auseinandersetzungen. Dort dominierten Enki und Gibil in den Bergbaulanden, aber auch andere seiner Söhne und Töchter hatten in den vielen vergangenen schars stete oder wechselnde Aufgaben innegehabt. Durch Ereschkigal war auch Enlils Familie in Südafrika vertreten. Sie fühlte sich dort heimisch und hatte ihren Einflussbereich über die wissenschaftliche Forschungsstation am Kap hinaus beträchtlich ausgeweitet. Trotz der unermesslichen Lebensspanne der Nefilim vom Nibiru, wurden die Pioniere der Besiedelung der Erde, Enki und Enlil, dennoch älter und übertrugen ihren Kindern, Enkeln und Urenkeln nach und nach viele Aufgabenbereiche. Sie erhielten die Vorherrschaft über große Gebiete und die Verantwortung für die dort lebenden Anunnaki und Menschen.

Es war die Stunde zwischen Nacht und Morgendämmerung, als Enki bereits wach auf seinem Ruhebett lag. Die Stimmen der afrikanischen Nacht waren am Verstummen, um den lärmenden, vielfältigen Tönen des beginnenden Tages zu weichen.

Durch das offene Fenster, das nur die Insekten abschirmte, drang das laute Lied des Tages bis in Enkis Bewusstsein vor. Seine Gedanken trugen ihn zurück in die ferne Vergangenheit, in das Sumpfland Eridus, als er allein, ohne Enlil auf dem siebenten Planeten war. Dann weilten seine Erinnerungen bei der schmerzlichen Zeit, als das Los den Bruder zum Erdenherrn machte und ihn in den AB.ZU schickte, wo er sich noch einmal unberührtes Land dienbar machte. Enki hatte dennoch die Genugtuung, dass er, nicht Enlil, für die Erfüllung der eigentlichen Aufgabe der Anunnaki auf der Erde sorgte, die Gewinnung des Goldes und anderer Bodenschätze für den Nibiru.

Nach so vielen Umläufen des Heimatplaneten um die Sonne, ging der Bergbau im afrikanischen Lande Arali mit Routine und Erfahrung vonstatten und wurde von seinen Kindern, allen voran Gibil, gut geführt und verwaltet.

Gewiss, dachte Enki, ich habe das Oberkommando, hier und in Eridu, doch für die tägliche Arbeit bin ich hier wie da entbehrlich. Das war es, das an ihm nagte und ihn längst vor dem Morgengrauen grübeln ließ. Er, der tatkräftige, überaus findige und aktive Mann, fühlte sich überflüssig und nicht mehr gebraucht. Eine düstere, depressive Stimmung griff nach ihm und legte eine gleichgültige Niedergeschlagenheit über sein Gemüt.

Was soll ich anfangen mit dem ewigen Leben, dessen Ende in den Sternen steht, grübelte er weiter. Meine Menschen blühen kurz auf und verwelken im Handumdrehen. Sie haben kaum Zeit zum Leben, schon sind sie zu hinfällig zum Arbeiten. Aber wir leben so lange, dass es manchmal schwer ist, sich immer neu zu motivieren und einen Sinn darin zu sehen, schweiften seine Gedanken im ersten Dämmerlicht ab. Dann dachte er wieder an die schöne Zeit, als er den Sumpf um Eridu dränierte und sein erstes, einfaches Haus auf einem aufgeschütteten Hügel errichten ließ.

Ein erster Lichtstrahl wies auf die Wasserkaraffe auf seinem Nachttisch. Niedergeschlagen wandte sich Enki dem flimmernden Schein auf der Wasseroberfläche zu. Dann setzte er sich ruckartig im Bett auf.

„Wasser, wie in Eridu, wie am Euphrat", rief er laut aus. „Dieser Lichtstrahl war ein Fingerzeig. Jetzt weiß ich, was ich mache. Ein weiteres Flusstal wartet seit Äonen darauf, urbar zu werden. Eine gewaltige Aufgabe kommt da auf mich zu."

Damit sprang er aus dem Bett und weckte endgültig seine Gemahlin Ninki auf. Verschlafen fragte sie: „Was machst du denn für einen Lärm, Enki? Es ist doch noch gar nicht richtig hell."

Freudige Erregung hatte ihren Gemahl ergriffen. „Der Nil ruft mich, meine Teure. Der große Fluss, der nördlich von hier bis ins Obere Meer fließt. Ein sehr langer, majestätischer Strom, dessen Ufer darauf warten, kultiviert zu werden. Ich weiß gar nicht, wo ich anfangen soll, so eine gewaltige Herausforderung wird das werden."

Er packte die noch schlaftrunkene Ninki an den Armen und zog sie aus dem Bett. „Du wirst natürlich mit mir kommen, meine liebe Frau." Ergeben seufzte Ninki: „Oh, Enki, was hast du dir nur wieder ausgedacht?"

Enki und sein ältester Sohn Marduk standen dicht am Wasser, das sanft strömend die Insel Elephantin umschloss. Dieses schöne kleine Eiland mitten im Nil war nun schon seit langer Erdenzeit Enkis zu Hause, das er sich gleichzeitig als Ausgangsbasis für die Kultivierung des Landes entlang des ganzen Stromes auserkoren hatte.

„Sieh, Marduk, alles Land an den Ufern des Nils habe ich trockengelegt, so dass sich jetzt Getreideähren im warmen Wind wiegen können. Vielerlei Früchte, Obst und Gemüse gedeihen im fruchtbaren Ackerboden, der bei meiner Ankunft vor einem schar noch unter Schlamm begraben lag. Die Dattelpalmen gedeihen hier besonders prächtig und spenden den Feldern in diesem heißen Landstrich Schatten. Morgen plane ich einen Inspektionsflug über den Fluss bis hin zum Delta.

Komm mit, wenn du möchtest. Ich habe dir noch viel mehr zu zeigen. Einiges hast du schon bei früheren Besuchen gesehen, aber meine neuesten Unternehmungen kennst du noch nicht."

Stolz sah Enki den Sohn an, der ihm trotz vieler nachfolgender Kinder ganz besonders ans Herz gewachsen war. Marduk war sein Erbsohn, den ein DIN.GIR aus der herrschenden Familie brauchte, um langfristig eventuelle Thronansprüche sicher zu stellen. Für sich selbst hatte Enki die Hoffnung fast aufgegeben, einmal als oberster Nefilim auf der Erde zu herrschen, denn es führte kein Weg an Enlil vorbei. Aber Marduk könnte es eines Tages gelingen, den Nachfolger Enlils aus dem Feld zu schlagen. Ninurta und Marduk rivalisierten genauso miteinander, wie Enlil und Enki, die Halbbrüder.

Marduk hatte sogar noch mehr Aussicht, die Erdenherrschaft an sich zu bringen, denn er war weit mehr machtbesessen als sein Vater, ebenso klug, aber rücksichtsloser.

Enki mochte diesen Sohn auch deshalb besonders gern, weil er spürte, dass Marduk ihm Respekt entgegenbrachte. Im Gegensatz zu vielen anderen Vätern, die fürchteten, vom Sohn entmachtet zu werden, wusste Enki, dass Marduk sein Ziel durch Härte, eisernen Willen, Intelligenz, aber auch mittels Intrigen, Überfällen und Kriegsschlachten erreichen würde.

Im weichen Licht der beginnenden Abenddämmerung färbte sich der Himmel im Westen rotgolden. Die Sonne berührte die Kronen der Palmen und schickte die letzten Lichtreflexe über das Wasser des Nils. Marduk, ein stattlicher Mann mit rabenschwarzem Bart, wandte sich dem Vater zu.

„Ich begleite dich gern und bin gespannt, wie du das Wasserreservoir angelegt hast."

„Du weißt, Marduk, der Nil hat mehrere Wasserfälle. Ich habe einen Weg gefunden, ihr Niveau bei Bedarf durch Schleusen auszugleichen. Aber mit den unterirdischen Reservoirs reguliere ich die Wasserstände bei zu starker oder zu geringer jährlicher Überschwemmung. Je nach Bedarf öffne oder schließe ich die Riegel, so dass die Felder an den Ufern des Nils immer optimal bewässert und vom Schlamm gedüngt sind."

Marduk legte eine Hand über die Augen, um die tief stehende Sonne abzuschirmen. „Gibt es schon neue Ansiedlungen, die ich noch nicht gesehen habe?"

Enki freute sich über das Interesse seines Sohnes, dem das Land Magan am Nil besser gefiel, als die Domäne im AB.ZU, denn mit Bergbau hatte er nicht viel im Sinn.

„Ich plane eine Stadt am Beginn des Deltas, doch zuvor muss ich mich noch mit den Astronomen, dem Pantheon und Enlil beraten. Wie du weißt, setzen wir die Städte nicht einfach dort ins Land, wo es uns gefällt, sondern richten alles nach einem höheren Plan aus, der irdische Ziele und astronomische Konstellationen berücksichtigt."

Marduk nickte zustimmend. „Ich selbst warte auch auf eine günstige Gelegenheit, ein eigenes Gebiet zu erhalten. Ich werde mir dann eine Hauptstadt anlegen, die ihresgleichen suchen wird. Du, Vater, hast mir schon Verantwortung und Macht übertragen, aber ich möchte mir selbst etwas Eigenes aufbauen und von dort aus eines Tages als Erdenherr regieren."

Enki schlug seinem Sohn auf die Schulter. „Recht so, Marduk, das ist ein Ziel, das deiner hohen Abstammung würdig ist. An welche Gegend denkst du dabei?"

„An das Land, das schon von Anbeginn der Nabel der Erdenwelt war, das Land zwischen Euphrat und Tigris. Am meisten gefällt mir die Gegend, wo sich beide Flüsse am nahesten kommen."

Enki schlug nach einer der Stechmücken, die jetzt in der Abenddämmerung besonders aktiv wurden. Ärgerlich antwortete er seinem Sohn. „Ganz Mesopotamien ist fest in der Hand von Enlil und seinen Nachkommen. Ich würde es begrüßen, wenn du im Kerngebiet Einfluss gewinnen könntest. Was haben wir denn dort schon außer Eridu? Die wichtigsten Orte wie Nippur und Sippar gehören Enlil und seinen engsten Verwandten."

Marduks Augen blitzten im letzten Licht des Tages. „Ich warte nur darauf, dass sich Enlils Söhne und Enkelkinder untereinander streiten. Dann lockert sich das Gefüge. Notfalls verbünde ich mich mit einem von ihnen, wenn es meinen Zielen dient."

„Diese Zeit wird kommen, Marduk. Bedenke, wie oft die Machtpositionen schon seit der langen Zeit und den vielen schars gewechselt haben. Etliche Male wurden die Gebiete neu verteilt.

Enki nahm Marduk beim Arm. „Doch jetzt komm. Es wird schon dunkel. Lass uns nach Hause gehen, wo deine Mutter und einige deiner Geschwister warten."

Marduk war überrascht. „Geschwister sagst du? Welche von ihnen sind denn da?"

Gespannt sah er seinen Vater an, der es in der beginnenden Dunkelheit nicht mehr sehen konnte.

„Meine liebe Gemahlin, deine Mutter, hatte Sehnsucht nach ihnen und sie eingeladen, die Inbetriebnahme der unterirdischen Wasserhöhlen zu feiern. Dumuzi und Ningischzidda sind gekommen, Gibil aus Arali ist da, obwohl er am liebsten bei seinen Minen bleibt. Etliche meiner Töchter haben sich eingefunden, Ninkaschi und Gestinanna zum Beispiel. Du wirst ja alle gleich selber sehen."

Marduk horchte auf. „Gestinanna sagst du, Vater? Das freut mich aber. Sie ist besonders liebenswert, finde ich."

„Ja, Gewiss", bestätigte Enki. Marduk, der im Geheimen schon immer seine Halbschwester Gestinanna begehrenswert fand, sagte nichts weiter dazu.

Nur kurze Zeit später wurden Vater und Sohn vom Licht des großen Hauses umfangen, in dem es von vielfältigen Stimmen und fröhlichem Lachen widerhallte. Als die versammelten Mitglieder von Enkis Familie die Beiden gewahrten, verstummten Gelächter und Gespräche, um kurz darauf von jubelnder Begrüßung übertönt zu werden. Ninki erhob sich und eilte auf Marduk zu. „Komm, lieber Sohn, setze dich an meine Seite."

Schnell sah sie Enki an. „Mit deinem Einverständnis natürlich, teurer Gemahl."

Enki lächelte ihr zu. „Aber meine Liebe, wir sind hier ganz unter uns. Hier gilt das Protokoll nicht. Ich selbst werde mich heute mitten unter meine Töchter setzen." Damit strebte er den jungen Frauen zu, die teils allein, teils mit Familie gekommen waren.

Marduk ließ sich von seiner Mutter zu seinem Platz führen. „Es ist schade, Marduk, dass ich dich so selten sehe. Ich hoffe, du hast viel mit deinem Vater zu besprechen, damit du recht lange bleibst. Ich hatte gedacht, diesmal auch deine geschätzte Gemahlin Sarpanit wieder zu sehen. Sie ist mir eine der liebsten Schwiegertöchter."

Marduk nahm neben Ninki Platz und ließ sich Wein einschenken. „Sarpanit lässt dich grüßen, Mutter. Ich soll dir ausrichten, dass sie in einigen Erdenwochen wieder ein Kind zur Welt bringt. Diesmal werden wir eine Tochter haben."

Ninki war überrascht. „So eine gute Nachricht überbringst du mir erst jetzt? Also wirklich, Marduk."

„Ich hatte so viel zu besichtigen und mit Vater zu bereden, dass ich es ganz vergaß."

Obwohl Ninki tadelnde Worte sprach, strahlte sie vor Freude. Dann schlug sie den Tischgong, der sonst ein Zeichen für die Diener war, das Mahl aufzutragen. Alle, auch Enki, der gerade mit einer hübschen Enkelin sprach, sahen erwartungsvoll zu der Gastgeberin hin.

„Liebe Kinder, Enkel und Verwandte. Ich möchte mit euch auf die baldige Geburt eines neuen Familienmitgliedes anstoßen. Marduks Gemahlin Sarpanit wird uns ein weiteres Enkelkind schenken."

Alle riefen durcheinander und gratulierten Marduk. Die in der Nähe saßen, standen auf und schüttelten ihm die Hand. Auch Gestinanna umarmte ihn kurz. Marduk drückte sie fester als üblich an sich und wünschte in diesem Augenblick, sie wären allein. Dann könnte er ihr sagen, dass er noch viel lieber ein Kind von ihr haben würde, einen Sohn. Dieser Sohn mit der Halbschwester wäre ihm nach den Erbgesetzen wertvoller, als alle Kinder mit Sarpanit zusammen. Doch hier, inmitten der großen Familie dankte er ihr nur und küsste flüchtig ihre Wange. Es würde sich eine andere Gelegenheit ergeben, dachte Marduk, denn er gab niemals so schnell auf.

Enlil war äußerst unzufrieden. Schon seit geraumer Zeit nagte ein neues Ärgernis an seiner Seele. Ihm bereiteten die Menschen große Sorgen. Sie waren überall sehr zahlreich geworden und lebten mit ihnen, den Herren, in den Städten und Siedlungen der Nefilim. Etliche Erdlinge waren in verschiedenen Wissensgebieten unterrichtet worden, um ihnen anspruchsvollere Aufgaben übertragen zu können.

Gebildeter als andere Menschen waren vor allem die Priester, denn die Tempel galten schon immer als Hort des Wissens.

Unerwartet für Enlil fand der Anblick der Menschenfrauen das Wohlgefallen der Anunnaki. Sie selbst und ihre Söhne konnten oftmals dem Liebreiz der Erdlingstöchter nicht widerstehen, so dass es inzwischen etliche gemischte Nachkommen gab. Genau das war Enlil eine Dorn im Auge.

Auch Martu, ein junger, noch lediger Anunnaki, konnte nicht die Augen von der Tochter eines Priesters abwenden. Martus Familie war empört, dass er eine Menschenfrau heiraten wollte.

„Wieso willst du dich herabwürdigen, Sohn", erboste sich sein Vater, „indem du dich mit einer Primitiven vermählst? Sollen meine Enkel unsere Abstammungslinie mit ihrem gemischten Blut verunreinigen? Hast du vergessen, dass der oberste Moralkodex die Reinhaltung unseres Blutes ist? Du wirst Schande über die ganze Familie bringen."

Martu war verliebt und wollte sich nicht dem Willen des Vaters beugen.

„Ich habe Freunde und Gefährten, die sich ebenfalls eine Frau der Menschen genommen haben. In der Stadt gibt es viele Beispiele solcher Ehen zwischen uns und den Erdentöchtern. An der Tochter des Priesters habe ich solchen Gefallen gefunden, dass ich keine andere, auch keine hochgestellte Frau von uns wählen kann."

Da der Vater jedoch nicht nachgeben wollte, wandte er sich an seine Mutter, um in ihr eine Fürsprecherin zu suchen. Aus Erfahrung wusste Martu, dass sie verständnisvoller und nicht ohne Einfluss auf ihren Gatten war. Die Mutter, die ihren Sohn glücklich sehen wollte, fragte Martu, ob das auserwählte Mädchen ebenfalls Gefallen an ihm fand. Das konnte Martu nur zu gern bestätigen.

Als er die Erlaubnis erhielt, die Tochter des menschlichen Priesters zu heiraten, erklangen in der Stadt die Kupfertrommeln und Tamburine, um das Hochzeitsfest zu feiern.

Derlei Dinge ließen in Enlils Ohren jedoch die Alarmglocken schrillen. Er dachte weiter, als die jungen Nefilim. Ihm war bewusst, dass hiermit unbemerkt der langsame, schleichende Niedergang seiner eigenen Rasse angefangen hatte. Bald würde die Erde nur so von Nefilim-Menschen-Mischlingen wimmeln. Diese Mischlinge würden wieder mit Menschen Nachkommen haben, bis kaum mehr ein reinrassiger Anunnaki vom Nibiru auf Erden zu finden wäre. Durch ihre Heirat in die Familien des Herrenvolkes, würden auch die Menschen in eine höhere Position gelangen.

Enlil wusste sich nicht mehr zu helfen und berief den Zwölferrat ein, um ihn auf die bedrohliche Entwicklung hinzuweisen.

Als er im Ratssaal das Wort ergriff, sprang er auf, um sich der angestauten Sorge Luft zu machen. „Was ist aus dem einstigen primitiven Arbeiter geworden, frage ich euch?“ ereiferte er sich. Sie sind klug, viel klüger als beabsichtigt.“

Schnell warf er Enki einen vorwurfsvollen Blick zu. „Sie vermehren sich ungehemmt und in beängstigender Schnelle. Nun werden sie nach und nach höhere Ämter bekleiden und vielleicht noch Macht in den Ansiedlungen erhalten. Und warum? Weil unsere eigenen Söhne sie dazu erheben, indem sie sich Menschentöchter zur Frau nehmen. Die Schwiegereltern und Kinder dieser Mischehen wollen natürlich eine gehobenere Position einnehmen. Es wird noch der Tag kommen, an dem wir nicht mehr sagen können, dass wir, die vom Nibiru kamen, die Erdenherren sind, sondern plötzlich auch die Kreaturen, die einst unsere tumben Diener waren.“

Ein Murren erhob sich im Ratssaal. Allen Anwesenden war natürlich bekannt, dass zunehmend gemischte Ehen geschlossen wurden, maßen aber der Angelegenheit keine besondere Bedeutung zu.

Nannar sprach aus, was die anderen Ratsmitglieder auch dachten. „Übertreibst du nicht ein wenig, ehrenwerter Vater? Sie werden niemals wirklich Macht erlangen oder unser Blut auslöschen können.“

Zustimmend nickten einige im Saal. Böse rief Enlil: „Das ist es ja! Ihr unterschätzt die Angelegenheit und denkt nicht voraus. Ein jeder frage sich, wie viele solcher Fälle er schon persönlich kennt, in seiner Familie, bei Verwandten oder Freunden.“

Betroffen sahen sich die Versammelten an. Auch Ninhursag und Ningal tuschelten miteinander. Adad, dem ebenfalls schon öfter Menschentöchter zu Willen waren, ohne sie jedoch zu heiraten, sah betreten zu Boden. Langsam begann er den Vater zu verstehen, der als Rang 50 den Vorsitz im Pantheon und die Erdverantwortung hatte.

„Jetzt denkt einige schars voraus", forderte Enlil die Anderen auf. „Die Menschen, die ja nicht lange leben, haben sich dann in vielen Generationen explosionsartig vermehrt und sich immer mehr mit uns vermischt. Sie werden uns an Anzahl überrennen, Ämter und noch mehr Wissen haben und eines Tages sich auch noch unsere Lebensspanne erschleichen. Sie werden selbst zum Himmel aufsteigen und Raumfahrten unternehmen. Was sind sie dann noch Anderes als wir?"

Hochrot vor Eifer und Zorn hielt Enlil in seiner Rede inne. Betroffen erkannten jetzt die Ratsmitglieder, dass es durchaus eines Tages so kommen könnte. Was sie für eine harmlose Privatangelegenheit hielten, barg möglicherweise eine unberechenbare Gefahrenquelle in sich. Besorgte Worte wurden ausgetauscht. Alle redeten durcheinander. Enlil sah befriedigt, dass er das Pantheon endlich aufgerüttelt hatte und die DIN.GIR, die die Verantwortung für die Erde hatten, zu begreifen begannen, was geschehen könnte, hielten sie diese Entwicklung nicht auf. Daher ergriff er erneut das Wort. Um die drohende Gefahr zu beseitigen, gibt es nur ein wirksames Mittel. Wir müssen die Menschen vom Antlitz dieses Planeten wieder tilgen. Uns ist entglitten, was wir geschaffen haben"

Erneut brausten vielstimmige Einwürfe auf. „Wer soll dann für uns arbeiten?" rief Utu. „Du übertreibst maßlos, Enlil", schrie ihm Enki zu. „Schon einmal hast du sie aus E.DIN vertrieben und bald gemerkt, dass wir die Menschen brauchen."

„Wir müssen eine andere Lösung finden, werter Bruder", schlug Ninhursag vor.

Enlil griff gebieterisch in die lautstarke Debatte ein. „Welche andere Lösung soll es denn geben? Ich habe Tag und Nacht darüber nachgedacht. Alles andere würde bald wieder dazu führen, dass sie zu zahlreich werden und sich mit uns vermischen. Wir müssen sie alle vernichten, anders geht es nicht."

Enki, der Mitgefühl für die Geschöpfe hatte, die er einst ersann, protestierte heftig. Enlil sah ein, dass es an diesem Ratstag unmöglich war, bereits einen Beschluss in seinem Sinne zu fassen. Dennoch beendete er die Versammlung mit dem Ergebnis, dass die Mitglieder des Pantheons begriffen hatten, welchen Explosivstoff die Mischehen beinhalteten. Er war zuversichtlich, dass sie sich bald seinem Willen beugen würden und er auch ohne Enkis Stimme die nötige Mehrheit hinter sich haben würde. Mit Anus Zustimmung könnte er bestimmt rechnen, was letzten Endes entscheidend war.

Als die Zeit verging und sich Enlils Befürchtungen bestätigten, dass die Verunreinigung des Nefilimblutes immer mehr um sich griff, presste Enlil nach etlichen

Ratsversammlungen dem Pantheon den Beschluss ab, die Menschen zu vernichten.

Die Gelegenheit dazu sah er in einer neuerlichen klimatischen Veränderung gegeben. Wieder griff eine globale Kälte nach weiten Teilen des Planeten. Eismassen unterbanden die Verdunstung weiter Wasserflächen. In den noch wärmeren Teilen der Erde führte ausbleibender Regen zu Dürre und Hungersnot, unter der die Menschen sehr zu leiden hatten. Einzig Enki setzte sich dafür ein, ihre Not zu lindern.

Enlils grausamer Plan sah jedoch vor, die Klimaveränderungen zu nutzen und ihre Auswirkungen künstlich zu verstärken. Die führenden Nefilim mussten sich unter Eid verpflichten, durch verschiedene Maßnahmen die Menschen gezielt auszuhungern. Zusätzlich wollte Enlil die Menschheit durch Pestilenz und Krankheit dezimieren.

„Es gibt Mittel und Wege, den Menschen Schmerzen, Fieber und Seuchen zu bringen", erläuterte er dem Pantheon. Viele der Ratsmitglieder beschlich nun doch ein gewisses Mitgefühl mit den Kreaturen, die sie selbst einst hervorgebracht hatten.

Doch schließlich stimmten sie notgedrungen Enlils Plänen zu.

So begann für die Menschen die furchtbarste Zeit seit ihrer Existenz. Sie litten und darbten in unbeschreiblicher Weise. Hunger und Krankheit waren die ständigen Begleiter ihres Lebens. Aber Enlil wachte unerbittlich darüber, dass ihnen jeglicher noch möglicher Zugang zu Nahrungsmitteln abgeschnitten wurde. Sogar den Zugang zum Meer ließ Enlil den Menschen verwehren, auf dass ihnen nicht mehr die Fische und anderes Meeresgetier zur Verfügung standen. Ausgerechnet Enki sollte diesen Teil des Ausrottungsplanes übernehmen. Aber Enki sabotierte den Plan und gab vor, alles getan zu haben. Er könne sich auch nicht erklären, wie etliche Fische die Sperren überwunden hätten. Enlil beschuldigte ihn daraufhin, den darbenden Menschen absichtlich geholfen zu haben, konnte es aber nicht nachweisen. Er klagte Enki an und sagte: „Adad hat mit seinem Himmelgefährt die oberen Gebiete überwacht. Nannar und Nergal haben die mittleren Gebiete kontrolliert, aber du, Enki, hast die Schranke des Meeres nicht gut mit deinem Fluggerät beobachtet und zugelassen, dass die Menschen zu Fischen kamen."

Doch Enki verteidigte sich, indem er behauptete: „Ich habe den Zugang zum Meer bewachen lassen, aber die hungernden Menschen haben die Wächter getötet."

Voller Zorn forderte Enlil den Bruder auf, gemäß des Ratsbeschlusses mit der Ernährung der Menschen aufzuhören.

Da die Hungersnot schon so viele schars, die Jahre der Nefilim, dauerte, ja sogar Kannibalismus herrschte und es trotz Krankheit noch immer zu viele Menschen gab, beschloss Enlil einen anderen, garantiert tödlichen Plan durchzusetzen.

Auf diese neue Ausrottungsidee brachten ihn Ereschkigal, seine Enkelin und eine weitere Tochter seines Sohnes Nannar.

Ereschkigal war genau wie ihre Schwester Inanna eine sehr ansehnliche Frau, jedoch mit dunklerem Haar und graugrünen Augen, die Funken sprühten, wenn sie in Zorn geriet. Sie und Inanna vertrugen sich nicht gut, denn Ereschkigal fand ihre Schwester unerträglich anmaßend. Ständig ärgerte sie sich darüber, dass Inanna sich stets, wo immer sie auch auftauchte, in den Vordergrund spielte und augenblicklich das Gespräch an sich riss. Sie musste immer die Aufmerksamkeit aller haben, anders ertrug sie es nicht. Dabei entwickelte Inanna eine enorme Energie, durch die sich die Schwester überrannt fühlte und ihre nervöse Gegenwart nur schwer ertrug. Mit ihrem Bruder Utu kam sie jedoch sehr gut zurecht, der besonnen und freundlich war.

Die dunkelhaarige Schönheit Ereschkigals hatte unter den Anunnaki viele Bewunderer. Alle, die sie näher kennen lernten, waren zudem von ihrem umgänglichen Wesen beeindruckt und sahen sich im Bann der überaus charismatischen Ausstrahlung ihrer Persönlichkeit gefangen. Viele hochgestellte junge DIN.GIR bemühten sich, Ereschkigal als Ehefrau zu gewinnen, doch zum Erstaunen aller Familienangehörigen wies sie jeden Bewerber ab. Es war ausgerechnet Inanna, die den Grund dafür herausfand.

Voller Argwohn beobachtete sie Ereschkigal eine Weile unauffällig und beauftragte einen ihr ergebenen Diener, die Schwester auszuspionieren, wenn sie allein das Haus verließ. So wurde bekannt, dass Ereschkigal einen Geliebten hatte, den sie natürlich in aller Heimlichkeit treffen musste, denn es war ein Mensch.

Bei ihren regelmäßigen Tempelbesuchen fiel ihr ein junger Priester auf, groß gewachsen und von anmutiger Gestalt mit einem Gesicht, das den Anunnaki ähnlicher war, als die meisten anderen Adapa- Abkömmlinge. Dieser Menschenpriester verehrte nicht nur die Herrin Ereschkigal, sondern Anbetung und Liebe standen in seinen Augen, wenn er sie kommen sah. Nach und nach ließ sich die Enkelin Enlils von seiner Verehrung beeindrucken und ertappte sich dabei, dass dieser junge Mensch oft ihre Gedanken in Anspruch nahm. Ging sie in den Tempel von Bad-Tibira, hielt sie unauffällig Ausschau nach ihrem menschlichen Verehrer. Da Ereschkigal wusste, dass der Priester niemals von sich aus zu ihr von seiner Liebe gesprochen hätte, denn ihr soviel höherer Rang verbot es ihm, überlegte sie lange, wie sie dem jungen Menschen näher kommen könnte. Schließlich gab sie ihm ein paar Sonderaufträge, die das Tempelleben betrafen und kam somit in unauffälliger Weise mit ihm ins Gespräch.

Eines Tages wurde der menschliche Priester zu ihrem Geliebten, dem sie aufrichtige Zuneigung entgegenbrachte.

Als Inanna die Bombe platzen ließ, reagierte Enlils Familie mit heller Aufregung und Empörung. Selbstverständlich unterband Nannar die Treffen seiner Tochter mit dem Menschen schnell und wirkungsvoll, indem der Priester sofort seines Amtes enthoben wurde und als niederer Tempeldiener in Larak eingesetzt wurde, wo Ninurta residierte.

Ereschkigal ließ einige Zeit verstreichen und freundete sich dann langsam mit Gula an, der Gemahlin ihres Onkels Ninurta. Zunächst lud sie Gula oft zu sich nach Bad-Tibira ein, wusste jedoch, dass Gula eines Tages eine Gegeneinladung aussprechen würde. Zum Schein tendelte Ereschkigal mit einem Wissenschaftler aus Schuruppak, wenn sie ihn auf offiziellen Anlässen traf. Als Gula dahinter kam, dass sie sich auch in Larak mit dem Menschen traf, fühlte sie sich ausgenutzt und berichtete ihrem Mann davon, der es sofort Enlil und Nannar sagte.

Diesmal musste Ereschkigal weitaus größeren Zorn über sich ergehen lassen und wurde hart bestraft. Enlil bestimmte, dass sie verbannt werden sollte, weit weg in den AB.ZU. Da sie jedoch eine hochgeborene Tochter aus der Herrscherfamilie war, überlegte Enlil lange, wie er dennoch die Würde einer Urenkelin Anus bewahren könnte.

Schließlich machte er aus der Not eine Tugend. Er erinnerte sich daran, dass seine Enkelin nicht nur sehr ansehnlich, sondern auch klug war, ganz wie ihr Vater Nannar.

Der Wissenschaftsrat hatte schon vor langem darauf bestanden, eine Überwachungsstation an der Südspitze Afrikas einzurichten, um klimatische Abläufe und Veränderungen aufzuzeichnen. Die Berichte sollten in die weit reichenden Pläne der Erdaktivitäten der Nefilim einbezogen werden. Angesichts der mit Eismassen bedeckten Polkappen der Erde, die sich regelmäßig im Verlauf der Jahrtausende stark ausweiteten und in großem Maße das Klima bestimmten, wäre diese Station eine große Hilfe bei der Erschließung neuer Erdgebiete.

Enlil beschloss, die Leitung der Überwachungsanlagen Ereschkigal zu übertragen. Gleichzeitig wäre sie ein für allemal von ihrem Schwarzköpfigen getrennt.

Ereschkigal beklagte sich bitterlich bei ihrer Mutter Ningal, dass sie in die Verbannung geschickt werden sollte.

„Was habe ich denn so Schlimmes getan, dass Großvater mich verstößt? Ich habe einem Menschensohn meine Liebe geschenkt. Ist das etwa ein Verbrechen?"

Mit einem Tuch wischte sie sich die Tränen fort, die ihr über die Wangen liefen. „Unzählige andere solcher Verbindungen gibt es in den Städten und niemand wird deshalb angeklagt."

Unglücklich ließ sie sich in einen Sessel sinken und bedeckte das Gesicht mit beiden Händen. Ningal erhob sich, ging zu ihrer Tochter, die ihr so ähnlich sah und strich ihr zart über das dunkle Haar.

„Weine nicht, mein Liebling, die Zeit wird dir den Schmerz nehmen, oder eine neue Liebe bringen und dich wieder glücklich machen."

Auch Ningal war das Herz schwer, denn still für sich hatte sie immer empfunden, dass dieses ihrer Kinder ihr das Liebste war.

„Du bist aber nicht wie die vielen Anderen. Du stammst aus königlichem Haus. Enlil ist verpflichtet, dafür zu sorgen, dass unsere Gesetze und Sitten auch auf dem Erdenrund eingehalten werden. Dazu zählt vor allem die Reinhaltung des königlichen Blutes, wie du weißt. Die Vermischung mit einem Menschen ist in der Herrscherfamilie ausgeschlossen. Das musst du einsehen, liebe Tochter. Dein Großvater Enlil kann nicht die vielen Mischehen anprangern und seinem eigenen Enkelkind den Umgang mit einem Menschen gestatten. Wenn es nur nach mir ginge, würde ich dem nicht solche Bedeutung zumessen, doch indirekt brüskierst du auch deinen Vater, der ebenfalls dem Thron sehr nahe steht."

Ereschkigal sah zu ihrer Mutter auf. „Du verstehst mich wenigstens. Dann muss ich also wegen der Staatsräson in die Abgeschiedenheit gehen."

Ningal hatte sich neben ihre Tochter gesetzt und ergriff ihre Hände.

„Es hat auch etwas Gutes, dass du in den Südzipfel des AB.ZU gehst. Schon lange hast du dir eine sinnvolle Aufgabe gewünscht. Die Leitung einer wissenschaftlichen Station kommt deiner Begabung und Neigung entgegen. Sagtest du nicht, dass du niemals wie Ninhursag mit den Kranken und anderen medizinischen Dingen zu tun haben könntest? Lieber wäre dir eine Arbeit in einem anderen Wissenschaftszweig. Nannar war immer stolz auf dich, dass du deine Schulausbildung und Studien stets mit den besten Noten beendet hast. Wenn du dich dort eingelebt hast, wird es dir vielleicht sogar gefallen. Zum anderen bist du dort ja nicht allein. Du wirst etliche Mitarbeiter haben, für die du die Verantwortung trägst. Dir wird gar nicht viel Zeit bleiben, deine verlorene Liebe zu betrauern. Tausend kleine und große Dinge werden deine Aufmerksamkeit erfordern. Ehe du dich versiehst, wirst du die Herrin einer neuen Ansiedlung sein, der südlichsten auf Erden."

Halb getröstet fiel Ereschkigal ihrer Mutter um den Hals. „Versprich mir, Mama, dass du mich mit dem Fluggleiter oft besuchst, wenn ich für einen Landeplatz in der Nähe gesorgt habe."

Jetzt lächelte Ningal. „Siehst du, liebes Kind, nun machst du schon Pläne."

„Was bleibt mir anderes übrig, Mutter. Das ist der Preis für meine Liebe zu einem Menschen, und als ein Preis der Erdenpolitik werde ich jetzt fortgebracht zum fernen Lande Kur."

Diese Aufgabe fiel Enki zu, der ohnehin stetig zwischen seiner Stadt Eridu und dem afrikanischen Minenland Arali hin und her pendelte. Diesmal war seine Reise ins unbekannte Bergland Kur alles andere als Routine, musste er doch erst einen geeigneten Platz für die Wissenschaftsstation finden und obendrein Ereschkigal bewachen, wie er dachte.

Doch die Tochter seines Neffen Nannar hatte sich mit ihrer Lage abgefunden und brachte Enki nicht in Schwierigkeiten.

Als sie ein Stück ins Landesinnere vorstießen, hatten Enki, sie und die Anunnaki, die sie begleiteten, jedoch die eine oder andere gefährliche Begegnung mit Raubtieren. Daher waren sie froh, als sie eine geeignete Stelle ganz im Süden Afrikas fanden, wo die Überwachungsbasis errichtet werden sollte.

Wie Ningal vorausgesehen hatte, söhnte sich Ereschkigal mit ihrem Schicksal aus. Nach etlichen Erdenjahren hatte sie eine gut funktionierende Station aufgebaut, die unter anderem alle das Klima beeinflussende Faktoren überwachte und aufzeichnete. Ganz besonders wurden die Eismassen der Antarktis beobachtet, die großen Einfluss auf die klimatische Entwicklung der ganzen Erde hatten.

Ereschkigal und ihre Anunnaki hatten herausgefunden, dass die ungeheure Dicke des Eispanzers auf die darunter liegenden Schichten einen gewaltigen Druck ausübte. Gleichzeitig entstand soviel Wärme, dass ein Teil des unteren Eises seine Festigkeit verlor und wie ein Schmierfilm wirkte. Darauf könnten die kilometerdicken Eismassen des Südpollandes wie auf einer Rutschbahn ins Meer gleiten. Die Flutwelle würde eine Katastrophe unvorstellbaren Ausmaßes hervorrufen und Verheerungen auf dem gesamten Planeten anrichten.

Bohrungen und bestimmte Messverfahren haben ergeben, dass die Eismassen jederzeit abrupt ins Meer stürzen könnten.

Vor dieser Gefahr hatte Ereschkigal in ihren Berichten Großvater Enlil gewarnt. Sie legte ihm ans Herz, einen Evakuierungsplan auszuarbeiten. Für ihre Station hatte sie es bereits getan.

Enlil war so besorgt, dass er sofort über die Fernsprechanlage mit seiner Enkelin Kontakt aufnahm. Im Stillen war er immer noch froh, dass er sie mit dieser Aufgabe betraut hatte. Was als Notlösung gedacht war, ergab sich als außerordentlicher Glücksgriff. Als er den Visorapparat dazuschaltete, sah er ihr besorgtes Gesicht.

„Ist es denn wirklich so ernst, Ereschkigal, dass du uns rätst, zur Flucht von der Erdkugel bereit zu sein?"

Sorgenfalten hatten sich auf Enlils Stirn eingegraben. Ereschkigal, die über ihre Affäre mit dem Erdling hinweg war und ihrem Großvater verziehen hatte, konnte die akute Gefahr nur noch einmal bestätigen.

„Es ist sogar noch schlimmer. Wie du weißt, nähert sich der Nibiru wieder der Erde und wird bald seinen erdnahesten Punkt erreicht haben. Der Durchzug des großen Planeten setzt die Erde seiner gewaltigen Anziehungskraft aus. Zwar sind die Planetenpositionen insgesamt stabil, doch werden die Gravitationskräfte des Nibiru genügen, um die Eisdecke der Antarktis auf der Gleitschicht ins Rutschen zu bringen.

Großvater, ich habe berechnet, dass die Flutwelle um die ganze Erde rasen wird. Stürme und Regenfälle in undenkbarer Stärke werden das Land zusätzlich verwüsten und der Meeresspiegel wird sehr stark ansteigen. Doch nicht einmal ich und meine Mitarbeiter können vorhersagen, wie viel Land vom Meer bedeckt sein wird. Da wir wissen, wann der Nibiru dem Erdplaneten am nächsten ist, kann man sogar mit ziemlicher Genauigkeit den Zeitpunkt der Katastrophe bestimmen."

Noch niemals hatte Enlil die junge Frau so aufgeregt und fassungslos gesehen. Mit großen, angstgeweiteten Augen sah sie ihn auf dem Bildschirm an. Als Enlil die ganze Tragweite der Nachricht begriff, packte auch ihn das Grauen. Mit mühsam aufrechterhaltener Würde dankte er seiner Enkelin für ihre gute Arbeit und versicherte, sogleich Anu und den Zwölferrat zu kontaktieren. Dann versprach er: „Nach der Beratung erfährst du sogleich, was der König beschlossen hat. Beobachte die Eisdecke solange weiter und erstatte mir sofort über gefährliche Veränderungen Bericht. Halte für alle Fälle deine Flugmaschinen bereit, falls du die Station evakuieren musst. Ich gebe sofort die gleiche Anweisung an alle Stadtkommandanten und werde vor allem Utu in Sippar benachrichtigen."

Der klägliche, angstvolle Anblick Ereschkigals rührte den sonst so hartherzigen Enlil.

„Fürchte dich nicht, liebe Enkelin. Dank deiner hervorragenden Arbeit werden wir vorbereitet sein, wenn es zur Katastrophenflut kommen sollte."

Noch eine ganze Weile nach diesem Gespräch starrte Enlil vor sich hin. Seine Gedanken rasten. Was wird von meinem gelobten Lande KI.EN.GIR bleiben? Was wird übrig sein, wenn die Wasser über die Städte hereinbrechen? Wird die Mühsal unzähliger schars vergeblich gewesen sein? Vielleicht bricht nur ein kleinerer Teil der Eisdecke ins Meer, versuchte er seine Angst zu bekämpfen. Vermutlich werden die Küstengebiete verheert, aber doch nicht alles Land. Es wird schon noch etwas übrig bleiben, wenn die Flut vorbei und die Wassermassen sich verlaufen haben. Wir werden ein paar Tage im Orbit bleiben und dann die Schäden reparieren, sprach Enlil sich selbst Mut zu.

Dann gewann sein altes Naturell wieder die Oberhand und er hatte einen, wie er meinte, famosen Einfall, so dass er wieder froh gestimmt aussah. Diese Tage der Überschwemmung werden reichen, um die Erdlinge zu ertränken. So viele schars habe ich mich umsonst bemüht, sie wieder auszurotten. Doch diese Sturmflut wird die Schwarzköpfigen mit einem Schlag vom siebenten Planeten fegen, legte er sich in Gedanken zurecht und meinte, dass die Katastrophe dann noch etwas Gutes bewirkt hat.

Entschlossen stand Enlil auf, strich über sein langes Stufengewand und stürmte aus dem Raum, um Anweisungen zu erteilen, Anu zu kontaktieren und den Rat einzuberufen. Er hatte seine alte Tatkraft wieder gefunden und war in einem Winkel seines Herzens froh gestimmt, die außer Kontrolle geratenen Menschen mit einem Schlage loszuwerden. Nun begrüßte er beinahe die Flut.

Enlil hatte zur Sicherheit die globale Erderkundungsabteilung im Orbit nach Anzeichen der Instabilität der Eisdecke in der Antarktis befragt. Von den Igigi erhielt er die Bestätigung dessen, was Ereschkigal schon befürchtet hatte.

Weil im Falle einer Evakuierung viele Dinge im Raumflughafen Sippar geregelt werden mussten, berief Enlil die Versammlung der obersten DIN.GIR in Utus Stadt ein.

Als Kommandant des Raumhafens interessierten den Sohn Nannars vor allem technische Dinge und notgedrungen damit zusammenhängende Verwaltungsaufgaben. Im Gegensatz zu den meisten anderen Mitgliedern der Herrscherfamilie hielt er sich aus Machtkämpfen um Position und Ansehen, mehr Land und Kriegen mit anderen Städten weitgehend heraus.

Längst war die Zeit vorüber, in der nur die ersten sieben ursprünglichen Städte existierten und die Stadtregenten sich noch nicht gegenseitig überfielen. Große Gebiete vom Persischen Golf, wo Eridu lag, bis zum Oberen Meer jenseits des Jordan waren besiedelt und in Herrschaftsbereiche aufgeteilt worden.

Utus eigene Schwester Inanna und Marduk, Enkis Erbsohn, waren besonders auf Machtpositionen aus. Diese Interessen waren dem Flughafenkommandanten fremd.

Marduk hatte sich stets um das Gebiet um Sippar bemüht und um das Land nördlich davon. Inanna dagegen hatte Enlil solange zugesetzt, bis er ihr die Gegend östlich der alten Städte unterstellte. Sie, die immer eine Leidenschaft für das Fliegen hatte, war jedoch sehr oft bei ihrem geliebten Zwillingsbruder in Sippar, wo sich ebenfalls ihr Onkel Adad häufig aufhielt. Auch Nannar, Utus und Inannas

Vater, gesellte sich gern zu ihnen. Sie kamen gut miteinander aus und lebten zeitweise, so oft es ihre Verpflichtungen zuließen, regelrecht als Vierergemeinschaft zusammen. Es ging das Gerücht in den Domänen um, dass sie sich sogar für die Nacht gemeinsam zurückzogen. Inanna wäre das durchaus zuzutrauen, munkelten die Anunnaki untereinander, denn längst hatte sie erkennen lassen, dass sie tat, was sie wollte und sich nicht um die Meinung der Anderen scherte. Besonders eng sollte der Kontakt zwischen ihr und ihrem Onkel Adad sein, dem Herren der fernen Bergländer im Nordwesten.

So waren diesmal drei von ihnen in Utus Wohnsitz in Sippar zugegen, als Enlils Nachricht eintraf. Es sollte eine dringende Versammlung in der Stadt der fliegenden Vögel einberufen werden. Verwundert fragte der Stadtherr: „Könnt ihr euch vorstellen, warum der Hohe Rat in Sippar versammelt werden soll? Sogar Anu kommt hierher. Da muss etwas vorgefallen sein, was mit meinen Flugzeugen und Raketen zu tun hat.“

Inanna sah die Bestürzung im Gesicht des Bruders und wollte ihn beruhigen.

„Vielleicht wollen sie den Flughafen ausbauen, Utu. Der König Anu ist sowieso in der Nähe der Erde, denn der Nibiruplanet kommt.“ Sie legte Utu beschwichtigend die Hand auf den Arm. Doch der Raumfahrtkommandant war unruhig und ließ sich diesmal nicht von Inanna beeinflussen. Er tätschelte kurz ihre Hand und lief dann in der großen Wohnhalle auf und ab.

„Nein, Enlils Botschaft war irgendwie alarmierend. So etwas Einfaches wird es nicht sein. Entschuldigt mich, wenn sogar Anu in meine Stadt kommt, habe ich tausend Dinge anzuordnen und überwachen.“

Er wollte hinausstürmen, doch Adad rief ihn zurück: „Warte, Utu, ich habe in Nippur den einen oder anderen Informanten, der mich über wichtige Dinge unterrichtet. Sonst würde ich in meiner abgelegenen Bergregion als Letzter erfahren, was sich bei meinem Vater, dem Erdenherrn, ereignet. So ist mir zugetragen worden, dass eine allgemeine Alarmstimmung herrscht, nicht nur in Nippur, sondern überall. Es soll mit einer Sturmflut zu tun haben, die große Teile unserer Siedlungen vernichten könnte. Versteht ihr? Es geht keinesfalls nur um Sippar und den Flughafen.“

Inanna sah zu Adad hin. „Dod, geliebter Onkel, nun machst du mir aber doch Angst. Heißt das, auch ich muss mich um meinen Herrschaftsbereich sorgen?“ wollte Inanna wissen.

Adad strich sich in Gedanken über seinen schwarzen Bart. Seine sorgenvollen Augen blickten in die bestürzten Gesichter des Zwillingspaares. „Nun, etwas Genaues weiß ich auch noch nicht. Wir werden die morgige Versammlung abwarten müssen.“

Doch Utu war und blieb aufgeregt. Auf jeden Fall muss ich alles für einen Staatsempfang vorbereiten lassen. Aus welchem Grund auch immer der Herrscher nach Sippar kommt, das Protokoll muss eingehalten werden." Damit stürmte er davon.

Inanna und ihr Onkel sahen sich an. Selbst jetzt noch dachte Adad, dass die Nichte auch in Kummer und Sorge bezaubernd aussah und ihre großen, ängstlichen Augen etwas Rührendes an sich hatten.

Ein lieblicher Tag brach in Sippar an. Die andauernde Hitze vergangener schars war durch die neuerliche Eiszeit, die den siebenten Planeten von den Polen her prägte, abgemildert. Die Gärten und Plantagen grünten und gediehen unter der Obhut und Bewässerung der arbeitenden Menschen. Direkt in den Wohnstätten der Nefilim hatte man einige Erdlinge geduldet, denn man brauchte sie, um die Ernte für die eigene Ernährung zu sichern.

Anu kam von der Orbitalstation zu noch früher Stunde in Utus Stadt und wurde mit allen ihm zustehenden Ehren empfangen. Die Mitglieder des Zwölferrates und andere hoch stehende Nefilim waren vollzählig auf dem Landeplatz versammelt, um den Herrscher zu begrüßen und zum Versammlungsort zu geleiten. Anu hatte sich ein kürzeres Empfangsprotokoll ausbedungen, um möglichst bald den Ernst der Lage zu besprechen. Dennoch war er mit seinen Königsinsignien und der Tiara erschienen. Niemals durfte sich der Machthaber die kleinste Nachlässigkeit in der Demonstration seiner Herrschaftsposition gestatten, um der ständigen Gefahr von Umsturzversuchen zu begegnen.

Auch die Söhne und Kindeskinder Anus, die Halbgeschwister wie Ninhursag und die Schwiegerkinder hatten sich in festlicher Tracht, in der Pala, der Herrscherkleidung, versammelt. Bodenlange Gewänder mit Fransen verziert, so dass sie wie Stufenkleidung aussahen, kennzeichneten die Mitglieder der königlichen Familie. Hörnergeschmückte Kopfbedeckungen und kunstvolle Frisuren zeichneten ihren hohen Status aus.

Inanna hätte am liebsten vor Ungeduld gezappelt, bis die Formalitäten vorbei waren. Doch auch sie musste in Würde und äußerer Ruhe abwarten, bis die Versammlung eröffnet war.

Dann war es endlich so weit und Enlil als oberster Nefilim auf dem Erdplaneten ergriff das Wort.

„Hoher König Anu, Herrscher der beiden Welten, ich habe dir und dem Pantheon, sowie allen anwesenden DIN.GIR höchst beunruhigende Nachricht zu geben, die eine sofortige Entscheidung verlangt."

Enlil schilderte in knappen Worten den Sachverhalt der bevorstehenden Flutkatastrophe und erläuterte die Gefahr der ins Meer abrutschenden Antarktiseismassen, die ganz sicher vom Gravitationsfeld des nahen Nibirus ins Abgleiten gebracht werden. Dann ließ er zur Bestätigung die ebenfalls angereiste Ereschkigal zu Wort kommen. Als sie Enlils Ausführungen mit genauen Berechnungen und detaillierten Messdaten untermauerte, war selbst Anu anzusehen, dass er vom Ausmaß der zu erwartenden Verheerungen überrascht war.

Danach sprach der Befehlshaber der Orbitalstation und kam auf Grund der eigenen Beobachtungen der Igigi zu dem gleichen Ergebnis. Enlil ergriff erneut das Wort.

„Erhabener Herrscher, hoch verehrter königlicher Vater, es wird aufgrund der Wasserfluten, die länger andauern werden, nötig sein, die Oberfläche der Erdkugel zu verlassen. Ich nehme an, dass wir in einigen Tagen wieder zurückkönnen. Doch so lange werden wir im Orbit bleiben müssen. Deshalb möchte ich dir, hoher König und den Versammelten den Evakuierungsplan vorlegen, so dass im Falle der beginnenden Sturmflut ein schneller und geregelter Abflug von der Erde möglich ist. Aus diesem Grund haben wir uns diesmal alle in Sippar getroffen, denn mein Enkel Utu und seine Raumfahrtanlagen werden dabei eine entscheidende Rolle spielen."

Als Utu Enlils Worte vernahm, wurde ihm klar, was es mit seinem Sippar als Tagungsort auf sich hatte. Genau wie allen anderen standen ihm der Schreck und das Entsetzen über den Ernst der Lage deutlich im Gesicht geschrieben.

„Utu", fuhr Enlil fort, „ich beauftrage dich, für die Einzelheiten eines geregelten Abfluges aller DIN.GIR und der anderen Anunnaki zu sorgen. Du weißt am besten, wie viele und welche Raumfahrzeuge dir zur Verfügung stehen, um einen Belegungsplan auszuarbeiten. Doch beeile dich damit. Der Nibiru, unser herrlicher Heimatplanet, erreicht zwar erst in einem Erdenmondzyklus seinen nahesten Punkt, doch die Gravitationskräfte können bereits früher zuschlagen"

Dann wandte Enlil sich wieder Anu zu. „Bist du mit diesen Maßnahmen einverstanden, königlicher Vater?"

Anu, der sich schon etwas gefasst hatte, antwortet: „Das bin ich, Enlil. Du hast dafür gesorgt, dass die Wissenschaftsstationen selbst berichten konnten und den drohenden Eisabbruch bestätigt haben. Selbst wenn es nicht so schlimm wird, wie befürchtet, halte ich einen vorübergehenden Abflug von der Erde für richtig. Trefft alle Maßnahmen und lasst eure Menschen, die nach der Hungersnot noch bei euch leben, die wertvollsten Güter verpacken. Ich denke dabei nicht an persönlichen Besitz, sondern unersetzliche Sternenkarten, Flugrouten und Navigationsdaten, die sieben ME, um ins All zu kommen und diejenigen ME, die Speicher all unseres Wissens sind, die mein Sohn, der Herr Enki, hütet. Außerdem denkt an unsere Ahnentafeln, die einundzwanzig Herrscherpaare vor mir aufzählen, die Zeichen der Königswürde auf der Erdkolonie und dergleichen Dinge."

Statt die Versammlung zu beenden, meldete sich Enlil noch einmal in einer ebenso bedeutsamen Angelegenheit zu Wort.

„Verehrter Herrscher des Heimatplaneten Nibiru und der Erde, es gibt noch eine weitere wichtige Entscheidung zu treffen. Wie du weißt, bemühen wir uns seit sieben unserer Sonnenumläufe, die außer Kontrolle geratene Menschheit wieder auszulöschen. Sie vermehren sich in unvorstellbarer Schnelligkeit. Weil sie nicht lange leben, haben sie schon mit vierzehn, fünfzehn Jahren Nachkommen, die sich ihrerseits im Handumdrehen vervielfältigt haben. Zudem verunreinigen immer mehr unserer Söhne unser reines Blut mit Mischehen. Daher ist es zur Aufrechterhaltung unserer Abstammung unbedingt nötig, die zahlreichen Nachkommen des Adapa wieder auszurotten, damit wir nicht überrannt werden. Es ist sogar schon Herrschaftsanspruch den Mischabkömmlingen aus uns und den Menschen gestattet worden."

Drohend sah sich Enlil zu Enki und Ninhursag um, die in Schuruppak Erdlingslugal hatten, Könige, die sich um die Dinge der Menschen kümmerten, wenngleich auch unter Kontrolle der Nefilim.

„Dir ist bekannt, Vater und Herrscher, dass der gezielte Aushungerungsplan, die von uns hervorgerufenen Krankheiten und die Seuchen die Menschen zwar dezimiert haben, aber viele leben immer noch. Deshalb schlage ich vor, die kommende Wasserflut dazu zu nutzen, die restlichen Schwarzköpfigen, die Erdlinge, mit einem Schlage loszuwerden. Es ist so einfach, König der zwei Planeten, wir brauchen sie nur ertrinken zu lassen."

Gemurmel erhob sich in den Reihen der Anwesenden.

„Enlil, ich protestiere", schrie Enki über alle hinweg.

„Ruhe", gebot Anu und hob gebietend den Insignienstab. „Wir alle haben beschlossen, wie schon Enlil sagte, uns der Menschheit wieder zu entledigen. Ja, ihr alle habt euch unter Eid verpflichtet, gezielt darauf hinzuarbeiten, auch du, Sohn Enki. Fahre fort, Enlil, was genau gedenkst du zu tun?"

Erleichtert, dass Anu ihn unterstützte, hob Enlil erneut zur Rede an. „Wir brauchen eigentlich gar nichts zu tun, wir müssen nur etwas unterlassen. Wenn wir die bevorstehende Flut den Erdlingen verheimlichen, werden sie sich nicht retten können. So einfach ist das."

Tumult brandete auf. Einige riefen ihre Zustimmung laut heraus. Viele hochgestellte Anunnakifamilien waren ebenfalls von den Mischehen betroffen und keineswegs darüber erfreut, Halbmensch-Enkel zu haben. Andere fürchteten wie Enlil die Unterwanderung Einflussreicher Posten durch diese Mischlinge.

Nur Enki und Ninhursag protestierten gegen die völlige Vernichtung der Menschen, der Nachkommen ihres gelungenen und veränderten, klug gewordenen Muster Adapa.

Als das Stimmengewirr sich legte, bat Enki offiziell ums Wort, um nicht wegen unerlaubtem Dazwischenreden zum Schweigen gebracht zu werden.

„Vater Anu, der du auch der Herr über diesen Planeten bist, erlaube mir, die Dinge aus einer anderen Sicht darzulegen."

So gebeten konnte Anu nicht anders, als der Gerechtigkeit halber seinem ältesten Sohn das Wort zu erteilen.

„Verehrter Herrscher, erlauchte Anwesende. Erinnert euch an die Zeit, als wir beschlossen, dass wir unbedingt Arbeiter brauchten, die den Anunnaki die schwersten Tätigkeiten abnehmen konnten. Habt ihr etwa die Meuterei vergessen, die dich selbst, Bruder Enlil, im AB.ZU gefangen setzte? Ihr alle habt dann beschlossen, einen Arbeiter zu schaffen. Ich wurde nur beauftragt, für das wie zu sorgen. Mit Hilfe unserer geschätzten Schwester Ninhursag ist es uns gelungen, einen Arbeitsersatz für die meuternden Anunnaki zu erhalten. Wir alle brauchen sie. Das hast auch du, Enlil, eingesehen, als du aus Wut über den verbesserten, wissend gewordenen Adapa und die fortpflanzungsfähigen Menschen, die Erdlinge aus E.DIN verjagt hast. Wir mussten sie zurückholen, weil es nicht ohne ihre Arbeitskraft ging. Wie willst du also jetzt wieder völlig ohne Menschen auskommen?"

Erbost rief Enlil dazwischen: „Ich hätte nicht ohne die Schwarzköpfigen auskommen müssen, wenn du sie nicht heimlich zu klug gemacht hättest. Wäre es beim primitiven Wesen geblieben, gäbe es jetzt nicht das bedrohliche Problem, dass sie nach Wissen und Ämtern streben und sich Menschenfrauen mit unseren Söhnen mischen. Daher bestehe ich darauf, die immer noch zahlreichen Menschen mit der Flut ertrinken zu lassen. Danach können wir noch einmal einen einfachen Arbeiter erschaffen, wie wir den Lulu Amelu schon hatten, ohne dass du ihn dann verbesserst."

Mit diesen Worten hatte sich Enlil dem Herrscher zugewandt, in der Hoffnung, vor allem mit dem letzten Argument die Entscheidung in seinem Sinne herbeizuführen. Wie beabsichtigt, entschied Anu nun, der Menschheit die Wasserflut zu verschweigen. Aus schlechter Erfahrung mit seinem Bruder verlangte Enlil obendrein, dass die führenden DIN.GIR einen Eid schworen, die Entscheidung des Herrschers zu akzeptieren.

Auch in diesem Punkt gab Anu seinem Thronfolger nach, obwohl Enki noch einmal protestierte.

Der Herrscher schwor selbst als Erster den Eid, dann Enlil, Ninhursag, gezwungenermaßen Enki und ebenfalls die Söhne und Enkel der obersten DIN.GIR.

Nach diesem so bedeutungsvollen Treffen mit ihrem Herrscher zerstreuten sich die Nefilim und gingen bedrückt und voller Sorge nach Hause oder zu ihren Amtsbereichen.

Alle hatten viel zu tun, um sich auf das Unglück vorzubereiten, um nicht von den Wassern überrascht zu werden. Bis auf Enki und Ninhursag hatten nur Wenige Mitleid mit den Erdlingen, darunter auch Ereschkigal, die die Menschen trotz verlorener Liebe als vollwertige Wesen anerkannte.

Adad verabschiedete sich in Eile von Utu und Inanna, um sofort in seine weit entfernte Domäne aufzubrechen und dort die Evakuierung der Anunnaki durchzusetzen.

Inanna, die ihre Sorge und Angst in überaktive Betriebsamkeit umsetzte, umarmte ihren Bruder und stürzte sofort los, damit sie ihre wichtigsten Besitztümer retten konnte. Ein jeder flog eilig mit seinem privaten Gleiter in seine Stadt, damit ihn die Flutwellen nicht unvorbereitet trafen.

Am meisten hatte Utu zu tun, der den Abtransport aller Anunnaki und deren Familien zu organisieren hatte. Ständig stand er in Kontakt mit den Igigi im Orbit, die ihm alle entbehrlichen, angedockten Fluggeräte jeglicher Art schicken sollten.

An die Menschen zu denken, hatten die Nefilim ohnehin keine Zeit, so dass sie nur darauf achten mussten, sich in Gegenwart der ihnen dienenden Erdlinge nicht zu verplappern.

Der Einzige, der echten Kummer um seine Geschöpfe empfand, war Enki. All sein Wirken in den vielen schars hatte er in hohem Maße auch den Menschen gewidmet. Er selbst hatte dafür gesorgt, dass der klug gewordene Adapa ausgebildet wurde, ja sogar die Tontafelschrift beherrschte. Nun sollte er seine Menschen ertrinken lassen wie das Vieh auf den Weiden, das ebenfalls in der Flut umkommen wird, dachte Enki traurig.

Halbherzig traf er seine eigenen Vorbereitungen. Zuerst regelte er in Eridu alle notwendigen Angelegenheiten und überließ die Einzelheiten dem jetzigen Stellvertreter. Danach flog er in sein schönes Anwesen im AB.ZU, dem südlichen Afrika. Gemeinsam mit seinem Sohn Gibil besprach er den sofortigen Abflug aus dem herrlichen Goldland Arali, wenn das Wasser kam. Besonders Gibil konnte nicht glauben, dass in seinem Landstrich mit den weiten Ebenen, den Bergen im Hintergrund und dem majestätischen, breiten Flusslauf die verheerende Flut ebenfalls alles vernichten könnte.

„So hoch wird der Meeresspiegel bestimmt nicht ansteigen, Vater. Das glaube ich nicht."

Dabei sah er, dass Enkis Miene dennoch die größten Befürchtungen widerspiegelte.

„Wenn es nicht so schlimm kommt, mein lieber Sohn, um so besser. Wir gehen aber trotzdem davon aus, dass auch hier die Flut wütet."

Erschrocken fragte Gibil seinen Vater: „Dann werden die vielen Minen alle voll laufen? Unsere Schächte werden überflutet? Dann ist es aus mit der Goldgewinnung für den Nibiru. Es wird auch kein Silber, Kupfer, Zinn und Kobalt mehr geben. Deswegen sind wir doch aber auf der Erde."

„Ja, Gibil, genau deswegen kam ich einst als Erster der Herrscherfamilie auf die schöne Erde", stimmte Enki wehmütig zu. „Wer weiß, was jetzt aus uns allen werden soll." Aus uns und meinen Menschen, dachte er weiter.

Aus dem Fenster seines prächtigen, mit Edelsteinplatten geschmückten Hauses sah er sie, die Geschöpfe, die er so gestaltet hatte, dass sie längst nicht mehr so dumpf dahinlebten, sondern wie jetzt nach getaner Arbeit miteinander schwatzten, lachten oder ihre Kleinen zur Ruhe legten. Das Herz wurde ihm so schwer, dass er sich abwenden musste, wenn er an das Schicksal dachte, dass der Hohe Rat unter Anus Führung seinen Geschöpfen auferlegt hatte. Selbst Ninki konnte ihn nicht aufheitern, mochte sie sich auch noch so sehr darum bemühen.

Als Gibil gegangen war, der in der Nähe mit seiner Familie ein eigenes Haus hatte, versuchte Ninki ihn zu trösten.

„Nimm es nicht so schwer, Enki, wir alle haben die bevorstehende Flut nicht herbeigerufen. Es ist nun einmal eine unabwendbare Naturkatastrophe."

Mit traurigen Augen sahen sie einander an.

„Ich weiß, lieber Gemahl, dass dich die Menschen dauern. Ich selbst fühle mich auch elend, wenn ich daran denke, dass meine geschätzte Rana, die den Haushalt so gut unter meiner Anleitung führt, in den Fluten ertrinken soll. Wir können uns aber nicht dem Beschluss Anus widersetzen. Das wäre das Ende deines gesellschaftlichen Ranges, Enki."

„Nein, das können wir nicht, liebe Gemahlin", gab er ihr Recht. „Es gibt diesmal keinen Ausweg, obwohl ich Tag und Nacht darüber nachsinne. Wie kann ich den Eid halten und dennoch meine Menschen retten? Ich weiß es nicht, Ninki, jedenfalls bis jetzt noch nicht." Ninki horchte auf. Zu gut kannte sie die Findigkeit ihres Ehemannes.

„Lass es gut sein, Enki. Du kannst nicht wieder das Gebot übertreten. Sonst wirst du dich und uns alle in arge Schwierigkeiten bringen. Denke nicht mehr über einen Ausweg nach. Lass uns bis zur Katastrophe noch das schöne, von Licht durchflutete, reiche Land des AB.ZU genießen, so lange, bis Ereschkigal uns Nachricht gibt, dass das Eis in Bewegung geraten ist. Sie hat mir versprochen, dass wir zeitgleich mit Anu und Enlil sofort benachrichtigt werden." Bittend sah sie Enki an.

„Du hast ja Recht, meine Liebe. Wir können nichts weiter tun, als abzuwarten."Wieder sah er aus dem Fenster und gewahrte, dass eines von Gibils Kindern lachend mit einem kleinen Erdlingskind spielte. Dieses Bild schnitt ihm so sehr ins Herz, dass er Seelenqualen litt. Er kam sich wie ein Mörder an seinen eigenen Kindern vor, denn das waren die Menschen doch gewissermaßen, seine Geschöpfe, die er lieb gewonnen hatte.

In dieser Nacht, in der er schlaflos grübelte, hatte Enki endlich eine Idee, wie er den Eid halten, aber dennoch wenigstens einige Menschen retten konnte. Erschöpft und übermüdet, aber auch erleichtert, fiel er in der Morgendämmerung in einen tiefen Schlaf.

Er verabschiedete sich am folgenden Tag von seiner Familie, gab einige Anweisungen und wollte in ein oder zwei Tagen zurück sein. Enki bestieg ein schnelles Privatflugzeug und gab dem Piloten den Befehl, nach Schuruppak im Zweistromland zu fliegen. Kaum dort angekommen, suchte er eiligst seine Halbschwester auf. Enki hatte es zwar eilig, aber dennoch war es undenkbar, ihr keinen Besuch abzustatten, wenn er in ihrer Stadt weilte. Überrascht kam Ninhursag ihm entgegen.

„Nanu, Enki, ich dachte, du hast im AB.ZU noch so viel zu erledigen, bis die Wassermassen kommen. Trotzdem freue ich mich, dich so bald wieder zu sehen. Bestimmt hast du ein eiliges Anliegen."

Enki lächelte. „Wie gut du mich kennst, Schwester. Alles, was du gesagt hast, ist richtig. Ich möchte auch schon morgen wieder nach Afrika zurückfliegen. Es geht um Noah, den Lugal, den du nach seinem Vater als Mittler zwischen dir und den Menschen eingesetzt hast."

Ninhursag hob fragend die Augenbrauen. „Was ist mit ihm, Enki? Ich bin mit seiner Arbeit sehr zufrieden. Er übt praktisch die Funktion eines menschlichen Königs aus."

Enki nickte. Darum geht es ja. Ich brauche einen absolut vertrauenswürdigen Menschen. Ich weiß, er steht unter deiner Oberhoheit, doch diesmal ist es für uns alle besser, wenn ich dich nicht vom Inhalt meines Gesprächs mit Noah unterrichte."

Die Nefilim-Herrin von der Stadt Schuruppak war argwöhnisch. „Enki, planst du schon wieder Unredliches?"

Enki tat, als wäre er beleidigt. „Aber liebe Schwester, ich schätze Noah genau so wie du, denn ich habe ihn selbst in vielen Dingen unterrichtet. Er ist auch mir sehr ergeben. Daher möchte ich ihn einfach noch einmal sehen und für seine Treue danken. Das Herz ist mir schwer, wenn ich daran denke, dass auch solche Menschen wie Noah sterben werden."

Ninhursag lenkte ein, weil sie wusste, dass Enki an seinen Menschen hing. „Nun gut. Er wird gleich im Tempel erscheinen. Wenn du dort hin gehst, triffst du ihn ganz sicher an."

„Danke, liebe Schwester. Ich habe noch eine Bitte. Könntest du dort einen Wandschirm aufstellen? Noah muss mich nicht unbedingt anblicken können. Du weißt schon. Wir dürfen uns nicht verraten, dass wir von der bevorstehenden Flutkatastrophe wissen. Da ich befürchte, der treue Noah könnte mir Kummer und Sorge ansehen, werde ich mich hinter den Schirm setzen."

Misstrauisch sah Ninhursag Enki an. „Seltsame Dinge hast du vor, Bruder. Aber wenn es weiter nichts ist, will ich deine Bitte erfüllen. Es stimmt schon, dass Noah sein Amt sehr gut ausgeübt hat. Dann verabschiede dich von ihm, aber achte auf deine Worte und den Eid."

Enki dankte ihr, küsste ihre Stirn und ging zum Tempel, wo die Trennwand schon bereitstand. Als Noah, der weise und verständige Mann kam, sah er niemanden. Nach kurzer Zeit schrak er zusammen, denn hinter dem Wandschirm, den er hier noch nie gesehen hatte, sprach ihn jemand an. Doch schnell erkannte er die Stimme, obwohl die Trennwand den Redner verbarg.

Enki, der streng genommen zu der Wand sprach, nicht zu dem Menschen, erläuterte die nahende Wasserflut und sprach davon, dass ihr alle Menschen zum Opfer fallen werden. Noah verwunderte sich sehr über die Worte des Herrn Enki und konnte sie zunächst kaum glauben. Doch dann gab Enki ihm eindeutige, klare Befehle, was er zu tun hatte.

„Noah, du musst dich retten, dich und deine Familie. Kümmere dich nicht um dein Hab und Gut. Du musst nur dein Leben und das der deinen retten. Die Flut wird über uns alle hinwegrasen und den Erdboden unter sich begraben. Ich kann nicht sämtliche Menschen retten, deshalb musst du den anderen die Gefahr verschweigen. Eiligst sollst du innerhalb von sieben Tagen ein Schiff bauen, das dich und deine Familie auf den Wogen trägt, aber auch, wenn es unter Wasser gerät, muss es standhalten und euch sicher beherbergen. Dazu musst du es so bauen, dass es ringsherum, auch von oben, gut abgedichtet ist. Da auch die Tiere sterben werden und ihr nach der Flut eure Lebensgrundlage sichern müsst, nimm von möglichst vielen Tierarten je ein Paar auf das Schiff mit. Lass sie wieder frei, wenn die Wasser abgelaufen sind, damit die Tiere sich vermehren und wieder auf Erden heimisch werden. Desgleichen verfahre mit den Pflanzen und deren Samen."

Noah, der bisher getreulich alle Befehle des Herrn ausgeführt hatte, wusste diesmal nicht, wie er Enkis Anweisungen befolgen sollte.

„Herr, ich möchte gern tun, was du mir aufgetragen hast, aber ich weiß nicht recht wie. Noch niemals habe ich ein großes Boot gebaut, schon gar nicht eins, das auch unter Wasser fahren kann. Zeichne mir einen Plan, hoher Herr, damit ich danach bauen kann."

Enki beruhigte ihn. „Den sollst du haben, Noah. Nur musst du dich sofort ans Werk machen, damit du am siebenten Tag fertig bist. Stelle so viele Helfer ein, wie du kriegen kannst."

Noch immer war Noah sehr verwundert, aber auch erschrocken über den angekündigten Untergang allen Landes. Doch er wollte unverzüglich tun, was der hohe Nefilim ihm aufgetragen hatte. Eine Frage musste er dem Herrn jedoch noch stellen: „Wie soll ich den Einwohnern meiner Stadt den Grund für den eiligen Schiffsbau begründen und dann meine Abreise samt Familie erklären?"

Doch auch dazu wusste Enki Rat. So sprach scheinbar der Wandschirm zu Noah.

„Sage der Bevölkerung, dass der Herr Enlil den Menschen vielleicht Erleichterung in der Hungersnot bringt. Du hättest erfahren, dass sein Zorn eigentlich nur dir gilt, weil er dir als Oberhaupt der hiesigen Menschen deren Verfehlungen anlastet. Deshalb willst du fortgehen aus Schuruppak und mit dem Schiff übers Meer zu deinem Herrn Enki in den AB.ZU reisen, um fortan dort bei ihm zu leben. Die Tiere und Pflanzen nimmst du mit, weil es sie in Afrika nicht gibt und du gebeten wurdest, sie mitzubringen."

Gehorsam versprach Noah, alles genau so zu erledigen. Enki gab ihm noch den Rat, auf ein Zeichen des Himmels zu achten, das das Signal dafür sei, dass er sofort sein Sulili, das Unterseeboot, besteigen müsse. Enki hatte an alles gedacht und beruhigte Noah sehr, als er sagte: „Du musst dir keine Sorgen machen, wie und wohin du das Schiff zu steuern hast. Ich gebe dir Puzur-Amurri mit, den erfahrenen Bootsführer, der auch das Ziel kennt. Du musst nur dafür sorgen, dass du bei einbrechender Dunkelheit auf einen hellen Schein am Himmel gen Sippar achtest, als ob Raketen starten. Wenn die Erde ein Beben befällt und obendrein ein tosender Sturm über das Land rast, ist es soweit. Das sind die Zeichen. Dann verschließe das Boot, auch von oben und rette, was du im Schiff geborgen hast."

Noah eilte davon, um den sonderbarsten Auftrag seines schon lange währenden Lebens zu erfüllen.

Enki jedoch trat hinter dem Wandschirm hervor und war seit Tagen zum ersten Mal von einer drückenden Last befreit. Er würde wenigstens einige seiner Geschöpfe vor der Vernichtung bewahren können, die dann einen neuen Stammbaum des Menschengeschlechtes begründen können. Gleichzeitig hatte er damit seinen gewaltigen Zorn auf Enlil besänftigt, der die Schuld am zusätzlichen Darben der Menschen trug und sie nun auch noch alle umbringen wollte.

Enki erleichterte sein Gewissen, indem er dachte, dass er seinen Eid trotzdem nicht gebrochen hatte, denn er sprach zu einer Wand. Zu seiner Verteidigung würde er vorbringen, dass Noah ein sehr weiser Mann sei, der die Zeichen der nahenden Katastrophe selbst zu deuten wusste. Schließlich hatte man ihn in dem Wissen der Anunnaki unterrichtet. Diebische Freude erfüllte Enki, dass er sich dem bösen Treiben Enlils erfolgreich widersetzt hatte. Er wusste, dass die Kluft zwischen ihnen noch tiefer werden würde, aber die alte Rivalität wehrte nun schon so lange, dass es zu einer echten Versöhnung ohnehin nicht mehr kommen konnte.

Dann flog Enki nach Sippar, um mit Utu die planmäßige Evakuierung seiner gesamten Familie zu besprechen. Ob aus Eridu, ob aus dem Südland des afrikanischen AB.ZU oder den kultivierten Nilufern, die jetzt Marduk verwaltete, alle seiner Angehörigen mussten in Sippar versammelt sein, wenn die große Flut losbrach.

Noah, der nach seinem Vater Lamech König in Schuruppak war, lief sofort in sein schönes Domizil und rief nach seiner Frau. Als sie kam, sah sie sofort, dass ihr Gemahl unruhig und verstört war, wie sie es noch nie erlebt hatte. Gehetzt und voller Sorge eilte er auf sie zu. „Ich komme gerade vom Herrn Enki, der mir den schwierigsten Auftrag meines Lebens gegeben hat. In nur sieben Tagen soll ein großes Boot gebaut werden. Darin, mein getreues Weib, wird unsere Familie Schuruppak verlassen und übers Meer zum Goldland Ophir im Süden fahren. Der Zorn Enlils, der die Menschen schon so lange darben lässt, kann beschwichtigt werden, wenn ich als verantwortlicher Mittler zwischen den Menschen und den mächtigen DIN.GIR die Stadt verlasse. Wir werden beim Herrn Enki leben. Gebe allen unseren Kindern Bescheid, dass sie und ihre Familien mitkommen werden. So lautet der Befehl des Herrn. Jeder darf nur das Notwendigste mitnehmen, denn der Platz im Boot ist begrenzt. Ich soll auch von vielen Tieren je ein Paar mitbringen, dazu Pflanzen und Sämereien. Richte es so ein, dass wir in sieben Tagen möglichst viel haltbare Nahrung bereit haben, denn die Reise kann lange dauern."

Ehe Noahs verdutzte Frau etwas sagen konnte, eilte er davon. Doch getreulich seiner Worte achtend, erteilte sie sofort allen Dienern in Haus, Garten und Stall entsprechende Anweisungen. Dann schickte sie Boten zu den Anverwandten, die nicht bei ihr im großen Haus wohnten.

Noah rief sofort alle Menschen der Stadt zusammen, die nach der Hungersnot längst nicht mehr so zahlreich wie ehedem waren. Er gab ihnen in eindringlichen Worten den Auftrag Enkis wieder und berief sich auf dessen Rat, dass ihnen allen Erleichterung im Darben versprochen sei, da Enlils Zorn dann besänftigt wäre. Die Aussicht auf Besserung der erbärmlichen Lebensbedingungen beflügelte die Menschen derart, dass sich sofort alle Handwerker an die Arbeit machten, um gemeinsam mit Noah nach dessen Plan das Boot zu bauen. Durch die Verheißung des Endes der grausamen Notzeit fand sich die ganze Bevölkerung als Helfer ein. Sie alle arbeiteten unermüdlich vom Morgengrauen bis zur Dunkelheit. Sogar die Kinder halfen, Bitumen zur Abdichtung herbeizuschaffen.

Die Menschen waren begeistert, als Noahs Frau täglich Fleisch von Schafen und Ochsen auftischen ließ und Bier und Säfte darreichte.

Am Ende des sechsten Tages atmete Noah befreit auf. Was er nicht für möglich gehalten hatte, war so gut wie gelungen. Das große Boot würde rechtzeitig fertig werden. In dieser Nacht fiel er total erschöpft in einen tiefen Schlaf und erhob sich im Morgengrauen, um die letzten Arbeiten zu leiten. Dennoch war sein Herz schwer vor Kummer. Eingedenk seines Versprechens hatte er niemandem den wahren Grund des eiligen Schiffsbaus verraten. Er sah sich um, sah die Häuser und Menschen, das Getier und alles Lebende. Die große Flut würde alles vernichten, und es graute ihm vor diesem Tag, wie er es noch niemals in seinem langen Leben empfunden hatte.

Während die Menschen froh und satt wie seit Gedenken nicht mehr waren, halfen sie bereitwillig Noah bei der Arbeit an dem Boot. Derweil beschäftigten sich alle Anunnaki fieberhaft mit den Vorbereitungen für die Flutkatastrophe. In Sippar hatten sich so viele Nefilim versammelt, dass kaum noch Unterkünfte zu finden waren. Da die Wogen ihre Häuser ohnehin zertrümmern würden, brauchten sie nicht für ihre Befestigung zu sorgen und nahmen bereitwillig andere Nefilim auf.

Die Menschen der Stadt wunderten sich aber, dass so viele Herren und ihre Familien kamen. Sie dachten an ein großes Fest, doch statt mit den Vorbereitungen dafür betraut zu werden, ließ man ihnen Freiheiten, wie sie sie noch niemals zuvor hatten. Die dienenden Menschen wurden nur angewiesen, für eine Reise die wichtigsten und wertvollsten Dinge zu verpacken. Die Küchendiener hatten den Befehl, Proviant zu richten, der an einer längeren Reise zu bemessen sei.

Vielleicht wollten die Herren für eine Weile alle in ihren vielen schems in eine entfernte Gegend fliegen, dachten die Menschen und grübelten nicht weiter darüber nach.

Auch Ninkis Dienerschaft in Afrika machte sich ähnliche Gedanken. Ninki, die längst wieder in einem prächtigen Haus im AB.ZU lebte, regelte ebenfalls in aller Eile ihren Aufbruch, ohne die Menschen einzuweihen. Sie dachte auch an ihren Sohn Marduk, der als Herr über das Nilgebiet nun ebenfalls zum Aufbruch rüstete.

Gerade kam Rona, Ninkis beste Dienerin herein und meldete, dass alles für die Abreise gerichtet sei. Ihr Anblick versetzte Ninki einen Stich, denn diese liebenswürdige, für einen Menschen sehr verständige Frau, würde bald wie alle anderen mit ihr einen grässlichen Tod erleiden. Fast hätte sie dem Impuls nachgegeben, der Menschenfrau einige ihrer Sachen, die sie nicht mitnehmen konnte, zu schenken, doch Rona würde sich nicht lange daran freuen können und nur verwundert sein. So sagte sie zu ihrer Dienerin: „Noch bevor die Sonne ihren höchsten Stand erreicht hat, fahren wir alle für eine Weile weg. Ich habe die Köchin und ihre Helfer angewiesen, für alle Menschen ein Festmahl auszurichten. Damit möchten der Herr Enki und ich euch für eure treuen Dienste belohnen. Eß soviel ihr mögt und holt auch eure Kinder und die Alten herbei."

Rona fiel vor Freude vor ihrer Herrin auf die Knie und murmelte verwirrt Dankesworte. Ninki wandte sich jedoch ab, kämpfte auf einmal mit den Tränen und kam sich wie eine Verräterin vor. In diesem Augenblick konnte sie den lebenslangen Zorn ihres Mannes auf Enlil verstehen, der schon lange die Menschen mit grausamster Härte traktierte, um sie wieder auszurotten.

Auch Ninhursag regelte ihre letzten Angelegenheiten. Als Mitglied des Königshauses und hoch angesehene Wissenschaftlerin hatte sie private und dienstliche Vorkehrungen zu treffen. Den dienenden Menschen in Haus und Garten war sie eine milde, wenn auch distanzierte Herrin. In den medizinischen Einrichtungen war sie als strenge Leiterin bekannt. Dagegen hatten die Kreaturen der Versuchsstationen nur wissenschaftliches Interesse und ansonsten völlige Gleichgültigkeit zu erwarten.

Diese Stationen würden ebenfalls von den Wassermassen begraben werden, bis auf eine, die ohnehin auf dem Grund des Meeres ruhte. Eine ihrer letzten Amtshandlungen war es, die Flutung der Unterwasserstation anzuweisen.

Inanna hatte schon lange alles für sich geregelt. Fast sofort, als die nahende Katastrophe bekannt gegeben wurde, war sie wieder zu ihrem Bruder Utu geeilt. Dann fand sich auch Adad mit seinen Angehörigen bei ihm ein. Inannas Vater Nannar und die Mutter Ningal würden ebenfalls bei ihrem Sohn Utu wohnen, bis das Zeichen zum Aufbruch kam. Doch beide waren bisher noch nicht eingetroffen.

Utu hatte soviel zu regeln, dass er nicht wusste, wo ihm der Kopf stand. Zum ersten Mal wünschte er, seine Schwester Inanna wäre nicht da, denn sie raubte ihm mit ihrem Jammer über alles, was verloren gehen würde, den letzten Nerv. Oft weinte sie wie ein kleines Mädchen, dem etwas weggenommen werden sollte. Nur gut, dass Ereschkigal noch nicht eingetroffen war, dann hätte Utu noch obendrein das ewige Gezänk der Schwestern ertragen müssen. Gerade bestürmte Inanna den Bruder wieder mit Fragen.

„Wann wird es losgehen, Utu? Du musst es mir gleich sagen, denn du wirst der Erste sein, der es erfährt. Du hast ja den Abflug zu regeln. Versprich mir, dass du selbst nicht zu lange wartest, sonst wirst du noch der Flut zum Opfer fallen. Als den wievielten Start hast du mein Raumschiff eingeteilt, und mit wem werde ich zusammen ausgeflogen?"

In ihrer Gegenwart hatte Utu keine Möglichkeit, auch nur einen Moment auszuruhen. So war er beinahe froh, als ein Anunnaki gemeldet wurde, der ihn zu einer dringenden Reparatur rief, die nicht ohne Utus Kenntnisse gelang.

Enlil hockte böse und froh zugleich in seinem Allerheiligsten in Nippur. Die Dinge der Macht, die in der geheimen Kammer Dirga lagen, hatte er sorgsam geborgen. Unersätzliche Sternenkarten, Flugrouten und astronomische Berechnungen, ohne die man sich nicht im Sonnensystem orientieren konnte, mussten auf jeden Fall vor dem Untergang bewahrt werden. All die vielen schars hatte er getreulich den Auftrag seines königlichen Vaters Anu erfüllt. Als sein oberster Stellvertreter auf der Erdkugel hatte er Städte gegründet, Industrie und Bergbau aufgebaut, Land-und Viehwirtschaft organisiert und seinen Nachkommen eine bedeutende Stellung auf der Erde gesichert. Nun würde alles von der Flutkatastrophe vernichtet werden. Könnte er sich ein zweites Mal gegenüber seinem Bruder Enki als Erdenherr behaupten?

Besorgt dachte er daran, dass diesmal alles Wissen und technischer Fortschritt nicht helfen würden, um die Vernichtung jahrtausendelanger Arbeit abzuwenden. Wenigstens würde der größte Fehler Enkis bereinigt, der den Menschen heimlich zu klug und fortpflanzungsfähig gemacht hatte.

Nervös lief Enlil auf und ab und setzte sich wieder. Er hatte alarmierende Messdaten von Ereschkigals Station an der Südspitze Afrikas erhalten, die auf eine baldige, massenhafte Eisbewegung hindeuteten. Nun wartete Enlil ungeduldig auf das vereinbarte Zeichen seiner Enkelin und auf die Bestätigung der Igigi aus dem Orbit. Dann blieb gerade noch Zeit, eiligst nach Sippar zu fliegen und in die im All tauglichen Evakuierungsflugzeuge umzusteigen. Obwohl Enlil darauf vorbereitet war, sprang er erschrocken auf, als die Kommunikationsanlage schrillte und die Signallichter der Apparatur rot blinkten. Es war so weit. Die Sintflut kam.

In Sippar herrschte Alarmbereitschaft. Eilig drängten alle Nefilim zu den Raumfluganlagen, manche stumm mit schreckgeweiteten Augen, andere klagten laut und beweinten ihr Schicksal. Ob hochgestellte DIN.GIR oder einfache Anunnaki, bis auf ein paar Habseligkeiten verloren alle an diesem Tag ihren irdischen Besitz, ihre Erdämter und ihre prächtigen oder einfachen Häuser. Am schwersten wog jedoch, dass die Arbeit und Mühsal von so vielen Jahrtausenden hinweggefegt werden sollte. Die Trauer und Angst legte sich schwer auf die Herzen aller Flüchtlinge. Einige verfielen sogar in Panik und stürmten auf die Raketenflugzeuge zu. Jetzt machte es sich bezahlt, dass Utu rechtzeitig bis in jede Einzelheit einen genauen Evakuierungsplan ausgearbeitet hatte. Er setzte wohlweislich Ordnungskräfte ein, die anhand ihrer Unterlagen jedem seinen Abflug zuordnen konnten. In schneller Folge starteten die Fluggeräte, so dass in der Abenddämmerung weithin der Feuerschein der Triebwerke sichtbar war. In der beginnenden Dunkelheit leuchtete der Himmel über Sippar hell, die Erde bebte unter den Abschussrampen und grollender, donnernder Schall breitete sich in weitem Umkreis aus.

Das war das eindeutige, unverwechselbare Zeichen, das der Herr Enki angekündigt hatte.

Nachdem Noah sieben Tage mit den Menschen der Stadt das große Boot ohne Unterlass gebaut hatte, fürchtete er den Tag, an dem es zum Einsatz kommen sollte. Nur er allein wusste, was nun geschehen würde. Die Flut kam jetzt und sollte alle Menschen in Schuruppak, in den Nachbarorten und überall auf der ganzen bewohnten Erde ertränken.

Vor Kummer wurde ihm ganz übel, sein Herz raste und er war aschfahl im Gesicht. Noah konnte nicht ruhig warten, bis alle in dem Boot untergekommen waren. Er lief nervös und elend vor Angst und Sorge hin und her. Im letzten Augenblick drängte er noch etliche Handwerker und deren Angehörige, die ihn am meisten unterstützt hatten, in dem Boot Zuflucht zu suchen.

„Ein grauenhaftes Unwetter wird die Stadt heimsuchen, eine Wasserflut wird kommen“, erklärte er ihnen. „Nur dieses Boot wird uns allen Schutz gewähren.“

Im ersten Licht des neuen Tages brach ein tosender Südsturm los. Es war der denkwürdige siebzehnte Tag des zweiten Monats in der Akiti-Zeit, des sumerischen Neuen Jahres. Der Sturm schwoll zur Orkanstärke an und riss alles nieder, was sich ihm in den Weg stellte. Von der südlichsten Region der Erde breitete er sich mit ungeheurer Macht rasend schnell nach Norden aus. Als erstes fegte er die

Beobachtungsstation an der Südspitze Afrikas hinweg und zerschmetterte brüllend Häuser, Anlagen und Bäume, wirbelte die Menschen in die Luft oder erschlug sie in ihren einstürzenden Behausungen.

Wer noch lebte, sah drohend dunkle Wolken heranrasen, die das Morgenlicht auslöschten und die Erde von Süd nach Nord erneut mit nachtschwarzer Dunkelheit überzogen. Die sorgfältig angelegten Dämme und Deiche brachen, ob im Zweistromland oder am Nil, alles wurde im durchbrechenden, tosenden Wasser wieder begraben.

Die mehrere Kilometer dicken Eismassen des südlichsten Kontinents, die ins Meer abgerutscht waren, türmten eine unvorstellbare Springflut auf. Die ungeheurer hohen Wellen rasten durch die Erdmeere, verwüsteten die Küsten, zerschlugen, was noch vom Sturmwind übrig war und reichten so weit in das Landesinnere, wie sich niemand hätte vorstellen können. Keine Küste konnte die gigantischen Wellen aufhalten. Erdenweit begruben die Fluten Land und Leben unter sich.

Es setzte ein so dichter Regen ein, dass allein das Wasser vom Himmel den Untergang des Landes besiegelt hätte. Sechs Tage und sechs Nächte tobte der Südsturm, rollten die haushohen Wellen und ergoss sich das Wasser des Himmels auf die ganze Erde.

Am siebenten Tag ließ das Brüllen des Sturmes nach und die Wellen gingen weniger hoch.

Nach dieser nie da gewesenen Katastrophe hatte der Planet ein völlig neues Aussehen.

Stürme, Flutwellen, Feuersbrünste und Vulkanausbrüche hatte es immer im Erdendasein gegeben, doch nichts war nur im Mindesten mit dem zu vergleichen, was der Erde in diesen wenigen Tagen geschah. Ein Wasserplanet zog seine Bahn, gebeutelt, geschüttelt und verheert vom äußersten Planeten Nibiru, der so selten kam und sich diesmal so folgenschwer für die Erde auf seiner kometenhaft weiten Bahn der Sonne angenähert hatte.

Die geflüchteten Nefilim, deren Heimatplanet der große Zerstörer ist, umkreisten fassungslos in ihren Raumschiffen die Erde. Nichts hatte sie trotz ihres Wissens auf das Ausmaß der Flutkatastrophe vorbereiten können. Dicht gedrängt verfolgten sie im Orbit, wie sich schlagartig der gesamte Planet veränderte. Da erst wurde ihnen klar, dass an ein Zurückkommen auf die Erde vorerst nicht zu denken war. Sie hatten zwar mit der Überflutung weiter Gebiete und der Zerstörung von Städten und Anlagen gerechnet, doch nicht damit, dass es nichts mehr gab, auf dem ihre Flugzeuge überhaupt landen konnten. Die Erde war fast ein einziges Meer, aus dem nur die allerhöchsten Berge ragten.

Enlil und seine Kinder waren zusammen in einem Raumschiff geflüchtet. Er, der zum Herrschen auf der Erde ausersehen war, hatte nun nichts mehr, worüber zu regieren war. Er konnte die Erde nicht einmal mehr betreten. Pausenlos beriet er sich mit Ninurta, Nannar und Adad, was jetzt zu tun wäre.

„Wo sollen wir hin?" fragte er ratlos seine Söhne. Die Erdkugel ist von Wasser bedeckt. Die Orbitalstation der Igigi kann längst nicht alle aufnehmen. Müssen wir zurück zum Heimatplaneten Nibiru?"

Schmal geworden und mit roten, müden Augen sah Enlil ratlos in die Runde. Ninurta war von allen am meisten gefasst. „Es ist noch zu früh, Vater, darüber eine Entscheidung zu treffen. Wir müssen noch abwarten, ob das Wasser vielleicht fällt und mit der Zeit versickert und wieder von den Landmassen weicht."

Nannar strich immer wieder nervös über seinen Bart und sah den Bruder vorwurfsvoll an.

„Abwarten sagst du? Wie lange denn? Wir sind überhaupt nicht auf eine so lange Erdumkreisung vorbereitet. Schon jetzt wissen wir, dass die Nahrungsmittel knapp werden."

Auch Adad wirkte überaus besorgt und kummervoll. „Wir müssen uns dennoch in nicht all zu langer Zeit entscheiden. Bald wird der Nibiru auf seinem Rückweg ins All zu weit weg sein. Das optimale Startfenster für den Abflug zum Heimatplaneten wird nicht mehr lange bestehen bleiben."

Enlil ging auf dem schmalen Gang ein paar Schritte auf und ab. „Ich werde mich über die Sprechanlage mit den Anderen beraten. Auch Enki werde ich nach seiner Meinung fragen. Er mag schwierig und eigensinnig sein, aber er ist ein kluger Mann und hatte schon in anderen scheinbar aussichtslosen Lagen eine Lösung parat."

Inanna, die mit Utu in einem anderen Flugzeug die Erde umkreiste, war hungrig und völlig verzweifelt. Die Zwillinge, die beide auf der Erde geboren waren, fühlten sich noch entwurzelter als die Eltern und Großeltern.

„Wo sind die guten, alten Tage auf der Erde", weinte sie. „Alles ist wieder zu Lehm geworden. Vom Wasser begraben ist das Land unserer Jugendzeit, hinweggeschwemmt sind alle Orte, an denen wir so glücklich waren. Utu, wir sind heimatlos und der Nibiru ist uns fremd."

Laut schluchzend warf sie sich in die Arme ihres Bruders. Utu strich ihr nur wortlos übers Haar und hielt die bebende Inanna fest umfangen. Was sollte er auch sagen? Womit sollte er ihr Hoffnung machen. Er selbst reagierte in seiner Verzweiflung mit stummer Trauer. Sein ganzes Leben hatte er auf dem Erdenrund verbracht. Dort hatte er die Flugzeuge und Raketentechnik studiert und sich eine glänzende Laufbahn erarbeitet. Jetzt gab es in Sippar keine Raumfahrtanlagen mehr, und nirgends auch nur eine kleine Landebahn. Er konnte höchstens noch mit einem Flugboot wassern, aber wohin dann? Es war nicht einmal Land zu sehen.

In den anderen Raumflugzeugen sprachen die Nibirubewohner ebenfalls über ihr künftiges Schicksal. Auch Ninhursag wusste nicht, wie es nun weitergehen sollte. Geplagt von Hunger und Durst kamen ihr jetzt doch Gewissensbisse, ob es richtig war, die Menschen komplett ertrinken zu lassen. War die Entscheidung des königlichen Vaters Anu richtig? Hatte der Hohe Rat ihn gut beraten? Alle diese Gedanken ließen ihr keine Ruhe. Nun bedauerte sie doch, dass keines der Menschengeschöpfe, die sie maßgeblich mit geschaffen hatte, überlebt haben konnte.

Im Gegensatz zu den anderen Flüchtlingen gingen Enkis Gedanken in eine etwas andere Richtung. Auch er war von dem Ausmaß der Flutkatastrophe völlig überrascht und sehr betroffen. Aber er hatte den Trost, dass wenigsten einige Menschen überlebt haben würden. Noah ist ein getreuer Mann, der Gewiss meine Anordnungen Wort für Wort befolgt hat, tröstete er sich in Gedanken. Hoffentlich hat er das Boot gut genug abgedichtet und stabil gebaut, damit das sturmgepeitschte Wasser es nicht zertrümmert, dachte er sorgenvoll nach.

In ihrer schmalen Kammer im Raumschiff versuchten Enki und seine Gemahlin Ninki zu schlafen, aber die Ungewissheit der kommenden Zeit raubte auch ihnen die Ruhe. Ninki seufzte aus tiefstem Herzen. „Sag, Enki, was soll nun aus uns werden? Aus uns und den Kindern? Die Erde ist ertrunken in ihrem eigenen Wasser. So viele schars haben wir auf ihr gelebt und ihr Antlitz mitgeprägt. Der Nibiru ist uns doch nur noch aus kurzen Besuchen bekannt. Ich würde so gern die verlorenen Erdenzeiten zurückhaben."

Im Dämmerlicht der Kabine suchte Enki nach ihrer Hand.

„Es wird noch einige Monate dauern, meine Liebe, doch dann werden wir vielleicht die Erde wieder betreten können."

Ninki setzte sich überrascht auf. „Aber es ist doch gar kein Land mehr da, das wir betreten könnten. Soweit man sehen kann ist überall nur Wasser."

Enki tätschelte ihre Hand. „Denke doch einmal an die Gezeiten, die der Mond auf der Erde verursacht. Nach der Flut zieht sich das Meer wieder zurück. Die Ebbe setzt ein. So ähnlich wird sich das Wasser auch wieder vom überfluteten Land in die Meere ergießen. Natürlich nicht vollständig. Durch die ins Meer geglittenen Eismassen des ganzen Südkontinentes ist der Wasserspiegel auf dem gesamten Planeten ernorm angestiegen und wird noch sehr, sehr lange weit über dem Normalpegel bleiben. Dennoch wird das Wasser zu großen Teilen mit der Zeit auch versickern, so dass dadurch wenigstens die Bergspitzen und hochgelegenen Gebiete noch in diesem Erdenjahr wieder trocken sein müssten. Ein Jahr auf der Erde ist doch für uns nur ein Augenblick. Du wirst sehen, wir werden wieder auf dem siebenten Planeten heimisch werden", versuchte Enki seine kummervolle Frau zu trösten.

„Dasselbe habe ich schon zu Marduk und unseren anderen Kindern gesagt. Wir müssen nur noch eine Weile ausharren. Schlaf jetzt, Ninki, im Moment können wir nichts tun, um die Dinge auf der Erde zu beeinflussen."

Dennoch machte Enki bereits Pläne, wie sie nach der Flut auf der Erde leben könnten. Beinahe hätte er gelacht, als er sich Enlils verdutztes Gesicht vorstellte, wenn er sah, dass trotz seiner vielen Ausrottungsversuche noch immer Menschen lebten, wenn er die Erde wieder betreten würde.

Noah und alle, die mit ihm in dem fest verschlossenen Boot Zuflucht gesucht hatten, verbrachten eine grauenvolle Nacht. Nach vielen Stunden, in denen sie auf das schlimme Unwetter gewartet hatten, hörten sie ein Heulen und Tosen, als ob rings um sie herum die Welt untergehen sollte. Sie sahen in dem fensterlosen Schiff, das jetzt ihre Arche der Rettung war, die drohenden dunklen Wolken nicht, die das beginnende Tageslicht wieder auslöschten. Es hätte sie noch mehr verängstigt, als sie es ohnehin schon waren. Die Menschen in der Arche schrien sich durch das Brüllen des Sturmes Worte zu, die doch nicht verstanden wurden. Mütter hielten ihre weinenden Kinder an sich gepreßt. Die Tiere schlugen unruhig in ihren Pferchen aus. Ein jedes schrie in seiner eigenen Sprache seine Angst hinaus. Dann klatschte eine riesige Welle mit so lautem Knall an das Boot, dass Noah dachte, nun wäre für alle die letzte Stunde gekommen. Doch da die Arche nicht verankert war, wich sie dem zerstörenden Druck der Wassermassen aus und ließ sich hinweg tragen nach Norden, die Richtung, die der Südsturm den Wogen wies.

Als das rundherum geschlossene, abgedichtete Schiff von den Wellen verschlungen war und herumgeschleudert wurde, dankte Noah im Stillen seinem Herrn Enki, dass nun der Navigator Puzur-Amurri die Verantwortung für das zum Unterseeboot, zum Sulili, gewordenen Schiff trug. Der Bootsführer steuerte, so gut es die aufgewühlten Wasser ermöglichten, die Arche nach Norden, die Richtung, in der sich die Flutwellen ohnehin über die ganze Erde ausbreiteten.

Enki hatte ihn genauestens instruiert, wohin er die Menschen zu bringen hatte, zur weithin höchsten Erhebung, zum Berg Ararat.

Niemand in der Arche war darauf vorbereitet, dass sie so unsagbar lange eingeschlossen bleiben würden. Der erfahrene Schiffsnavigator hatte viele Male die Koordinaten überprüft und seinen Kurs wieder und wieder nachvollzogen. Sie waren da, wo der Ararat sein müsste, aber wenn Noah die Luke öffnete, sahen sie nur Wasser.

Eine lähmende Niedergeschlagenheit hatte sich über die Menschen gelegt. Die Meisten hatten Todesangst. Monat um Monat vegetierten sie eng zusammengedrängt dahin. Nahrung war streng rationiert. Einige suchten sich so gut es ging eine Beschäftigung, versorgten die Tiere und berieten mit sorgenvollen Gesichtern den halben Tag lang, was aus ihnen und den Kindern werden sollte, wenn sie nicht an Land gehen konnten. Gereiztheit und Hader hatten um sich gegriffen. Etliche Frauen bemühten sich gemeinsam, die Kleinsten zu betreuen und ihnen die qualvolle Enge im düsteren Schiff erträglich zu machen.

Als noch mehr Zeit auf dem Wasser vergangen war, stierten viele ehemals tatkräftige Menschen nur noch vor sich hin, aller Hoffnung beraubt, jemals wieder trockenes Land zu betreten. Einhundertfünfzig Tage lang wussten die Menschen nicht, ob die Arche eines Tages landen könnte. Dann begann das Wasser endlich so weit zu fallen, dass das Boot auf dem Ararat aufsetzte.

Ein Ruck ging durch das Schiff. Etliche fielen übereinander, Kinder weinten und viele Tierarten wurden unruhig, denn auch sie spürten, dass sich etwas verändert hatte.

Noah befürchtete, der Schiffsrumpf wäre aufgerissen und eilte mit einigen Handwerkern, die Planken zu überprüfen. Zur Erleichterung aller war das Boot unbeschädigt geblieben.

Alle redeten aufgeregt durcheinander und bestürmten Noah, den ehemaligen König von Schuruppak, mit Fragen, denn sie sahen noch immer in ihm ihren Anführer und Mittler zwischen ihnen und den hochgestellten DIN.GIR.

„Beruhigt euch doch. Es ist nichts passiert. Das Schiff hat endlich aufgesetzt. Das ist doch ein gutes Zeichen. Das Wasser muss gefallen sein. Bald werden wir uns aus der Enge des Schiffes befreien können. Ihr könnt jetzt wieder Hoffnung schöpfen, dass wir bald an Land gehen werden. Natürlich nicht heute und morgen, aber vielleicht werden wir in einigen Wochen die Arche verlassen."

Etliche Menschen schrieen bei diesen Worten erneut auf, denn sie waren dem Eingeschlossensein so überdrüssig, dass sie am liebsten sofort hinausgegangen wären und wussten nicht, wie sie das Eingesperrtsein noch länger ertragen sollten. Noah musste seine ganze Autorität und Überzeugungskraft aufbieten, um alle zu beruhigen und ihnen neuen Lebensmut zu geben.

„Noch können wir nirgends hin. Seid doch vernünftig, Leute. Das Land ringsherum ist noch immer unter Wasser, doch ich werde in regelmäßigen Abständen Tauben aussenden. Kommen sie wieder, sind noch kein Baum und kein Strauch aus dem Wasser aufgetaucht, bleiben sie weg, wissen wir, dass sie sich irgendwo niederlassen konnten. Glaubt mir, das Schlimmste haben wir jetzt überstanden."

Da fassten auch die Verzweifelten Mut und priesen Noah als weisen Mann und ihren Retter vor dem Untergang.

Es vergingen noch einmal lange drei Monate, bis auch andere Bergspitzen zu sehen waren. Es war der erste Tag des Monats im folgenden Jahr nach der Sintflut, als Noah endlich Tauben und einen Raben aussenden konnte. Ein unbeschreiblicher Jubel hallte durch das ganze Boot, als eine Taube mit einem Olivenzweig im Schnabel zur Arche zurückkehrte. Die anderen Vögel kamen nicht mehr wieder.

Am siebenundzwanzigsten Tag des zweiten Monats des Folgejahres nach Ausbruch der Katastrophe konnte Noah mit den Menschen und Tieren endlich die Arche verlassen. In den höchsten Regionen war die Erde soweit getrocknet, dass sie wieder festes Land betreten konnten.

Die Sintflut war vorbei, und dank der Weisheit und Güte des Herrn Enki lebten Noah, seine Familie und einige andere Menschen noch.

Nachdem sich die erste Aufregung gelegt hatte, stand Noah vor der schweren Aufgabe, das Überleben der wenigen, ihm anvertrauten Menschen zu sichern. Mit großer Erleichterung dachte er an die geretteten Haustiere, die sich vermehren würden und zu ihrer Ernährung beitragen konnten. In den langen Monaten der Untätigkeit in dem engen Boot hatten er, seine Söhne und die anderen Überlebenden viele Male besprochen, was sie tun würden, könnten sie endlich wieder auf festem Boden leben. Jetzt machte sich bezahlt, dass die Aufgaben längst verteilt waren und jeder wusste, was er zu tun hatte. Einige schlugen Zelte auf, um die Menschen vor der Kälte der Nacht zu schützen. Andere bauten provisorische Verschläge, um die Schafe und Ziegen am Weglaufen zu hindern.

Ein Mann hatte sich auf der Arche eine Angel gebastelt und versuchte, Fische zu fangen. Die Handwerker beratschlagten sich über das beste Holz, denn sie wollten so bald wie möglich erst einmal einfache Hütten bauen, damit alle wieder ein festes Dach über dem Kopf hätten. Befreit und glücklich sprangen die Kinder umher und konnten endlich ihrem Bewegungsdrang nachgeben.

Einer der Söhne Noahs war mit der Aufsicht über die Pflanzen und Sämereien betraut und würde bald unter Mithilfe aller die ersten Felder anlegen. Noah wusste, dass sie entbehrungsreiche Jahre vor sich hatten, doch mit der Zeit würden sich ihre Lebensbedingungen nach und nach verbessern.

Zunächst jedoch ließ Noah einen Ochsen schlachten und baute einen Altar, um seinem Retter, dem Herrn Enki, mit einem Stück gebratenem Fleisch als Opfergabe zu danken. Auch die Überlebenden der Arche hatten sich ein erstes köstliches Mahl auf trockenem Boden verdient.

Die Anunnaki in ihren Raumschiffen hatten beschlossen, nicht zum Nibiru zurückzukehren und abzuwarten, was geschah. Ein Jahr lang umkreisten sie die Erde, ebenfalls beengt und unter Nahrungsmangel ersehnten sie das Zurückweichen und Versickern der Fluten. Ganz besonders beobachteten sie ihr altes Kernland in Mesopotamien. Enki hielt stets und ständig unauffällig nach dem Auftauchen des Ararat aus den Fluten Ausschau. Wenn sich die zwei Gipfel wieder zeigten, könnten alle endlich aufatmen.

Noch immer hatte er Niemandem sein Komplott mit Noah von Schuruppak offenbart. Inständig hoffte er, dass seine List Erfolg hatte.

Dann sahen die Nefilim vom Orbit aus, wie zuerst die Araratgipfel aus den Fluten ragten. Froh und hoffnungsvoll waren sie, als andere Gipfel in ihrer ehemaligen Erddomäne auftauchten. Als hochgelegene Gebiete trockenen Boden aufwiesen, herrschte große Freude unter den darbenden Anunnaki. Enlil hielt eine Ansprache, bei der er mit allen Raumschiffen zugleich Kontakt hatte.

Liebe Brüder und Schwestern in der Not. Heute richte ich an alle die frohe Botschaft, dass wir den Erdplaneten wieder betreten werden. Die Sorge, wo wir künftig unser Leben fristen, ist vorbei. Noch sind nur gebirgige Gegenden trockenen Bodens, doch die Flut wird weiter weichen, so dass wir nach und nach wieder unsere ehemaligen Gebiete in Besitz nehmen können. Ich habe bereits den Herrscher Anu informiert, dass wir wieder auf der Erde leben können und zunächst an den Hängen des Ararat beginnen werden. Die planmäßige, geordnete Landung ist bereits mit Utu abgesprochen. Da wir noch keinen trockenen Flugplatz haben, werden die Ersten zunächst an die Orbitalstation andocken und dort in die Flugzeuge umsteigen, die wassern können. Das werde ich sein mit Angehörigen, Enki und seine Familie sowie unsere verehrte Schwester Ninhursag. Utu wird jedem durchsagen, wann und wohin er sich begeben muss. Es wird eine Weile dauern, bis alle wieder auf der Erde sind, selbst wenn wir die wenigen Raumgleiter nutzen, die senkrecht starten und landen können. Doch was zählen ein paar Tage, wo wir doch ein ganzes irdisches Jahr im Ungewissen lebten. Morgen werde ich den ersten Landungstrupp anführen."

Durch die Lautsprecher hörte Enlil die Freudenschreie der Besatzungen, und auf dem Videoschirm sah er, wie sich die hochgestellten DIN.GIR ebenso in die Arme fielen, wie die einfachen Anunnaki. Bleich und hohlwangig sind alle geworden, dachte Enlil, aber es ist endlich vorbei.

Als Enlil mit Frau und Söhnen, Enki mit Ninki, Marduk, Ningischzidda und Ninhursag mit einigen DIN.GIR die Erde, das geliebte Land, wieder am Ararat betraten, nahmen sie schon aus der Ferne den Duft des köstlichen Bratens war. Nach all der Zeit des Darbens im Orbit lief ihnen das Wasser im Munde zusammen. Schon gingen alle auf die verheißungsvollen Gerüche zu. Doch Enlil stutzte.

„Wer kann denn hier auf dem Erdboden Fleisch braten? Es kann doch außer uns niemand mehr da sein. Die Menschen haben wir doch alle ertrinken lassen."

Die Meisten hörten ihm gar nicht zu, denn hungrig strebten sie der duftenden Quelle entgegen. Enki warf seinem Bruder jedoch einen prüfenden Seitenblick zu, der mit Ninurta stehen geblieben war und sich suchend umsah. Dann liefen sie den Anderen nach, denn nur so konnten sie das Rätsel lösen. Wie vom Donner gerührt starrte Enlil auf die Gruppe Menschen, die sich um das Feuer versammelt hatte.

Noah trat vor, verbeugte sich vor den DIN.GIR, seinen Herren und sandte Enki einen dankbaren Blick zu.

„Willkommen, hohe Herren. Es ist mir eine große Freude, euch wieder zu sehen und zu wissen, dass ihr die schlimme Flut überlebt habt. Bitte kommt und habt Teil an unserem Mahl. Meine Gebete sind erhört worden, dass wir unsere Führer und Lehrer wieder um uns haben, auf dass wir von neuem geleitet werden, das Leben auf Erden noch einmal zu beginnen."

Doch statt die Huldigung und den Dank des ehemaligen Königs von Schuruppak anzunehmen, geriet Enlil in unbeschreibliche Wut. Es konnte nicht mit rechten Dingen zugegangen sein, denn der Orkan, die turmhohen Flutwellen und das Wasser, das monatelang alles tief unter sich begrub, konnte keine lebende Seele überstanden haben. Er fuhr herum und starrte Enki an.

„Wir alle haben geschworen, die Erdlinge mit der Sintflut auszulöschen. Der Plan muss verraten worden sein."

Ninurta stand seinem Vater sogleich bei.

„Nun, es wäre nicht das erste Mal, dass Enki Wege und Mittel findet, die Beschlüsse des Rates zu umgehen."

Enlils Augen sprühten Zornesfunken, als er seinen Bruder fragte: „Ist das wahr, Enki, dass du den Beschluss hintergangen und meine langjährigen Bemühungen zunichte gemacht hast, uns der Menschheit wieder zu entledigen? Du weißt doch, dass durch die Mischehen unsere Blutsreinheit gefährdet ist. Außerdem musste dein Fehler, den Erdlingen zu viel Erkenntnis zu geben, bereinigt werden."

Laut hatte Enlil seinen Zorn herausgeschrieen.

Unerwartet stritt Enki zunächst einmal keinen der Vorwürfe ab, sondern lobte Enlils Weitsicht.

„Du hast ja Recht, Bruder. Es stimmt, dass wir eines Tages kein reinblütiges Volk mehr hätten sein können. Man kann auch nicht abschätzen, zu welchen Leistungen der Mensch in ein paar Jahrtausenden fähig gewesen wäre. Ein Beispiel für die Intelligenz des Erdlings ist Noah, der hier vor uns steht. Er wurde unterrichtet und in vielerlei Hinsicht ausgebildet, so dass er sogar König über die Menschen werden und uns deren Belange abnehmen konnte. Er ist in der Tat ein weiser Mann. Durch seine eigene Klugheit hat er die Zeichen der nahenden Katastrophe selbst erkannt und wenigstens für einige der Erdenmenschen Vorsorge treffen können", log Enki in seiner Not. „Es war schon eine große Leistung, ein Boot so zu bauen, dass es die Wasserflut überstand und es an diesen sicheren Ort zu lenken."

Bei diesen Worten blieb Puzur-Amurri, der Schiffsführer, lieber hinter dem Busch, wo er Fische ausgenommen hatte.

Unsicher, was er von Enkis Rede halten sollte, blickte Enlil von Einem zum Anderen und maß Noah mit neuer Aufmerksamkeit.

„Außerdem brauchen wir doch die Menschen", fuhr Enki fort. „Sieh dich um. Der Neuaufbau auf Erden wird noch schwieriger, als zu Beginn unserer Besiedlung des Erdplaneten. Nie hatten wir genug Arbeitskräfte. Hast du etwa vergessen, Enlil, wie die Anunnaki im AB.ZU gemeutert haben, dich gefangen setzten und mit dem Tode bedrohten? Wenn wir jemals wieder Städte, Felder und Goldminen auf dem siebenten Planeten haben wollen, geht es nicht ohne die Arbeitskraft der Menschen. Wenn du ehrlich bist, Bruder, haben sie uns all die schars hindurch treu gedient. An den gemischten Nachkommen sind vorrangig die Söhne unseres eigenen Volkes schuld."

Enki sah, dass Enlil schwankend wurde. Nie hatte Enlil den Aufstand im afrikanischen Minenland vergessen, als er Todesangst ausstand. Zudem war er kein Narr. Wenn jemals wieder Siedlungen und Flughäfen entstehen sollten, brauchten sie die fleißig arbeitenden Menschen.

Auch Enlils Nerven waren im zurückliegenden Jahr angegriffen. Nun erkannte er, dass er beinahe einen großen Fehler gemacht hätte, die Schwarzköpfigen auszulöschen. So gab er nach und verzieh den Menschen ihre vermeintlichen Sünden, die vielmehr die seines eigenen Volkes waren. Es stimmte schon, dachte Enlil, einer von uns hat die Menschen klüger gemacht, und wir haben die Erdlingstöchter begehrt.

Da schlug sein Zorn in Milde um und er stimmte Enkis Vorschlag zu, über den weisen Noah und das Schicksal der anderen Menschen noch einmal zu beraten.

Der Beschluss der hohen Nefilim überraschte Noah über alle Maßen. Er sollte bei den Herren wohnen und gleich ihnen eine unermesslich lange Lebensspanne haben. Das Gleiche würde seiner Frau widerfahren.

Noah hatte immer noch nicht richtig begriffen, was das für ihn bedeutete, als er und seine Gemahlin von Enlil persönlich zu der Erhebungszeremonie geführt wurden. Beide knieten nieder und empfingen seinen Segen, als Enlil die Hand auf die Stirn der Menschen legte.

„Damit, Noah, vergelten wir dir deine unverbrüchliche Treue, deine Verdienste als Führer der Menschen in Schuruppak und deine klugen Entschlüsse in Zeiten der Not, auf dass du forthin als einer der Unseren bei uns leben sollst."

Andrea ging im schattigen Gartenhaus hin und her und durchschnitt die Lichtstreifen, die schräg von den Fenstern her ins Innere fielen. Sie packte ihre Sachen, denn noch am selben Nachmittag würden die schönen Ferientage zu Ende gehen. Niemals hätte sie gedacht, dass die Zeit mit Gerald in der Abgeschiedenheit des Gartens so völlig anders endete, wie sie dachte. Als unverbindlicher Urlaub mit einem Freund hatten die Ferien begonnen, doch jetzt, da sie zu Ende waren, wusste Andrea, dass sie ohne Gerald in der Nähe zu haben, sich ihr weiteres Leben nicht mehr vorstellen konnte.

Sie hatten in der vergangenen Nacht bis fast zum Morgengrauen geredet. Sie lächelte still vor sich hin, als sie daran dachte, dass sie im ersten Dämmerlicht des anbrechenden Tages einen Heiratsantrag von Gerald bekam. Er zauberte doch tatsächlich schöne silberne Ringe hervor, die sie nun beide an der linken Hand trugen. Heute Mittag waren sie bei Geralds Eltern zum Essen eingeladen und freuten sich, dass Pfarrer Grünberg auch dabei war. So konnten sich Gerald und Andrea gleich von ihm verabschieden.

Andrea war froh, dass Geralds Eltern sie so vorbehaltlos in die Familie aufnahmen. Sie sah noch die leuchtenden Augen seiner Mutter und den überraschten Vater, als Gerald ihnen sagte, dass sie zusammenbleiben wollten. Onkel Bernhard strahlte über das ganze Gesicht und behauptete, dass er das sofort erkannt hätte, als er die beiden das erste Mal bei sich im Garten sah.

Andrea zog den Reißverschluss ihrer großen Reisetasche zu und stellte sie in der Nähe der Tür ab. Jetzt musste sie nur noch auf Gerald warten, der noch ein paar Sachen aus seinem Elternhaus holen wollte. Glücklich setzte sie sich ein letztes Mal auf die Terrasse und blickte in den ihr jetzt so vertrauten Garten. Fast tat es ihr leid, dass sie abreisen mussten. Sie würde diese Idylle vermissen und immer als einen besonderen Ort in Erinnerung behalten, denn hier war ihr klar geworden, dass aus Freundschaft und Zuneigung Liebe wurde.

Heute Vormittag hatte sie mit ihren Eltern in Berlin telefoniert. Sie stimmten vorbehaltlos zu, dass Gerald und Andrea gemeinsam leben wollten und hießen ihn in ihrem Haus herzlich willkommen.

Sie kannten Gerald schon vor der Ferienreise, denn er hatte die Tochter abgeholt.

Andrea schloss die Augen und hielt das Gesicht dem warmen, gleißenden Sonnenlicht entgegen. Sie freute sich sehr darauf, heute Abend zu Hause anzukommen, denn es würde auch das Heim von Gerald werden. Sie hatte ihm vorgeschlagen, bei ihm zu wohnen, denn in ihrem Elternhaus hatte sie eine kleine Einliegerwohnung im Dachgeschoß, bestehend aus zwei Zimmern, einer kleinen Küche und einem Duschbad. Gerald hatte freudig zugestimmt, vorausgesetzt, dass Andreas Eltern ebenfalls einverstanden waren.

Sie räkelte sich wohlig in der warmen Sonne und träumte vor sich hin, als sie Gerald kommen hörte.

„Ich habe jetzt alles und soll dich nochmals von meinen Eltern grüßen", rief er ihr von weitem zu.

Andrea stand auf und ging ihm entgegen. „Soll ich dir etwas abnehmen? Du siehst wie ein bepackter Esel aus."

„Nun, ich habe ja auch mehr mitzunehmen, als ob ich nur auf Reisen ginge", meinte Gerald gutgelaunt.

„Ich sehe schon, wir müssen einen zusätzlichen Kleiderschrank kaufen, denn meiner ist voll ", erwiderte Andrea.

„Natürlich hat keine Frau noch Platz in ihrem Kleiderschrank", neckte er sie gutmütig. „Das hätte ich mir denken können."

„Ich habe mir schon überlegt, Gerald, wo wir noch einen schmalen Schrank hinstellen können. Er muss buchefarben sein, damit er mit meinen Möbeln harmoniert. Außerdem passt in die eine Ecke neben dem Wohnzimmerfenster sogar noch ein Regal für deine Bücher."

Gerald stellte sein Gepäck ab und griff nach Andrea. „Das ist alles wunderbar. Meine Kleidung und meine Bücher sind dann prima untergebracht. Aber ich? Wo werde ich denn schlafen?" Er schaffte es sogar, ein halbwegs besorgtes Gesicht zu machen, bevor beide laut loslachten.

Dann sahen sie noch einmal kurz nach dem Rechten, schlossen den Bungalow ab und machten sich auf die Fahrt in ihr neues, gemeinsames Leben.

Zuerst fuhren sie auf der Landstraße durch kleine Dörfer, entlang von Feldern mit reifendem Getreide und ausgedehnten Weideflächen. Der späte August zeigte sich in angenehmem Reisewetter, sonnig und nicht zu warm. Dann fuhr Gerald auf die Autobahn in Richtung Berlin. Er war gespannt auf sein neues Zuhause und das Zusammenleben mit Andreas Eltern unter einem Dach. Zwar hatten Andrea und er in der oberen Etage ein abgeschlossenes kleines Reich, aber man würde sich doch so gut wie täglich, zum Beispiel im Garten, begegnen. Vielleicht unternahmen sie auch das Eine oder Andere gemeinsam. So in seine Gedanken vertieft, bemerkte er gar nicht, dass Andrea schon eine Weile schwieg. Sie dachte auch nach, aber an längst vergangene Begebenheiten, an die Dinge, von denen ihr Gerald tags zuvor erzählt hatte.

Am meisten war sie von den Ausrottungsversuchen der Menschen durch Enlil erschüttert.

„Sag, Gerald", unterbrach sie seine Grübeleien, „kannst du dich in die Lage der Menschen hineinversetzen, die noch vor den Sintfluttagen den grausamen Methoden der Nefilim ausgesetzt waren, um sie zu vernichten?"

Andrea sah gerade aus auf die Autobahn. Es war eine ruhige Fahrt und nicht zu voll. Gerald blickte sie kurz an. „Du meinst, was ich dir von der Hungersnot erzählt habe?"

„Ja, du sagtest, es herrschte naturgegeben durch eine neue Eiszeit Mangel an Regenfällen, und dass es eine Dürre und schlechte Ernten gab. Aber dass Enlil alle anderen Nefilim aufforderte, den Menschen zusätzlich den Zugang zu den wenigen Nahrungsmitteln zu versperren, ist kaum zu glauben. Ein technisch so fortgeschrittenes Volk und so grausam."

„Ja", antwortete Gerald und setzte zum Überholen eines Lasters an. „Als ich im Studium das erste Mal davon hörte, hat mich diese Sache mehr beschäftigt, als die spätere Sintflut. Doch es war so, denn durch das Atra-Hasis-Epos zum Beispiel weiß man sehr genau in vielen Details über diese Zeit Bescheid. Man fand darüber akkadische, babylonische und assyrische Texte aus diesen uralten Reichen, Texte, die zusammen ein ziemlich genaues Bild der entsetzlichen Periode ergeben. Sogar noch ältere sumerische Tontafeln gibt es darüber, also die allerältesten Zeitzeugen überhaupt."

Gerald fuhr wieder in gemäßigtem Tempo auf der rechten Spur.

„Es war schließlich so schlimm, dass die Menschen so gut wie gar nichts mehr zu essen hatten, starben und darbten. Es ist sogar in den alten Schriften die Rede von Kannibalismus. Entsetzt hatte ich gelesen, dass sinngemäß die Mutter aus der Tochter Fleisch eine Mahlzeit bereitete."

Andrea schauderte zusammen. „Unvorstellbar!"

Gerald konnte ihr nur zustimmen. „Aber in diesem Epos steht auch noch geschrieben, dass die Menschen zusätzlich durch Krankheiten und Pestilenz dezimiert werden sollten. Da ist in den Texten die Rede von Schmerzen, Fieber und Schwindelanfällen, die die hungernden Menschen quälten, aber auch bei den Tieren auftraten. Darauf kann ich mir keinen rechten Reim machen. Ich meine, wieso ebenfalls die Tiere?"

Andrea überlegte. „Da muss Enlil irgendein allgemein wirkendes Gift angewendet haben. Vielleicht ähnliche Substanzen, wie wir sie von den chemischen Kampfstoffen her kennen. Es kann in das Wasser eingebracht worden sein oder eine Zeit lang in der Luft gewirkt haben. Selbst radioaktive Verstrahlung wäre denkbar. Möglich ist aber auch ein bestimmtes Bakterium oder ein Virus, denn dazu würden die Berichte von Krankheit und Seuchen passen. Wie auch immer. Dieser Enlil muss ein schrecklicher Mann gewesen sein."

Andrea setzte sich unter dem festen Gurt so gut es ging bequem zurecht.

„Das war er in dieser Zeit ganz bestimmt", gab Gerald ihr Recht. „Atra-Hasis, wie Noah auch genannt wurde, der treue Anhänger Enkis, bat ihn, dem Ausrottungsplan Enlils ein Ende zu machen, so dass die Schmerzen und das Fieber aufhören. Er flehte Enki an, dass er, der die Menschen doch erschaffen hat, ihnen in der Not beistehen soll. Es war so schlimm, dass Enki tatsächlich den Beschluss des Herrschers Anu und des Rates missachtete und die Menschen zu Ungehorsam aufforderte. Sie sollten Boten aussenden und überall verbreiten, dass sie die Nefilim, ihre Herren, nicht mehr verehren sollen. Er stachelte die Menschen zum Aufstand an."

Andrea seufzte. „Ob es ohne Enkis Hilfe wohl heute noch Menschen geben würde?"

„Das wäre fraglich, Andrea."

„Die ausgehungerten, kranken Menschen erzwangen sich dann Zugang zu Nahrungsquellen. Hast du nicht erzählt, dass sie mit Enkis Hilfe wieder Fische hatten?" wollte Andrea wissen.

„Ja, denn Enki hatte die Aufgabe, die Meere und Gewässer abzuriegeln. Für seine Sabotage musste er sich vor dem Hohen Rat verantworten und redete sich so gut es ging heraus. Bei der Sintflut wiederholte sich das Gleiche. Enki musste Schweigen schwören und teilte dennoch Noah mit, was der Menschheit bevorstand, so dass sich Noah und einige Andere retten konnten."

„Also hatte wieder nur Enki Mitleid mit den Menschen", fasste Andrea zusammen. „Aber ich komme mit den vielen Namen des Sintfluthelden nicht zurecht. Mal nennst du ihn Noah, dann wieder anders.

„Das ist am Anfang wirklich verwirrend", gab Gerald zu. Mit Atra-Hasis ist beispielsweise auch Noah gemeint. Im Gilgamesch-Epos wird er mit seinem akkadischen Namen Utnapischtim genannt. Beides heißt übersetzt soviel wie ` Sehr Weiser´. Auf sumerisch heißt Noah ZI.U.SUD.RA. So hieß er, weil nach der Sintflut sein Leben verlängert wurde, was dieser Name bedeutet. Den Meisten ist er jedoch als Noah bekannt, weil die Bibel diesen Namen verwendet. Deshalb nenne ich ihn auch immer so. Es ist jedoch stets derselbe Mann, für den man in verschiedenen

Sprachen und Ländern andere Bezeichnungen hatte. Auch das jeweilige Zeitalter spielte eine Rolle. Nimm zum Beispiel die heutige Türkei. Niemand würde sie jetzt das Land der Hethiter nennen. Na gut, der Vergleich hinkt, aber du weißt, was ich meine."

Gerald setzte den Blinker und fuhr schneller, um zwei Busse zu überholen. Als er wieder auf der rechten Seite fuhr, fragte er Andrea: „Wusstest du, dass Noah nicht irgend ein einfacher Mann war, sondern König in Schuruppak?"

„Nein, natürlich nicht", gab sie zu. „Wer weiß das schon, außer denjenigen, die beruflich mit den Altertumstexten zu tun haben oder sich gezielt belesen."

Gerald erzählte ihr mehr über Noah.

„Vor ihm war schon sein Vater Lamech dort König, eingesetzt als Vermittler zwischen Anunnaki und Menschen. Das wissen wir aus den sumerischen Königslisten, in denen die Herrscher vor der Sintflut verzeichnet sind. Die beiden letzten vor der Flut tragen nicht den Titel DIN.GIR oder EN vor dem Namen, die den Nefilim vorbehalten waren. Daher müssen sie menschlich gewesen sein. Lamech ist in den Listen als Urbar-Tutu aufgeführt."

Gerald sagte dann eine Weile nichts mehr. Andrea, die zu ihm hinsah, bemerkte ein leises Lächeln.

„Du amüsierst dich über irgendetwas, Gerald. Was ist denn an den Königslisten komisch?"

„Natürlich nichts", erwiderte er. „Aber weil wir gerade von Lamech sprachen, fiel mir wieder etwas ein. Selbst so etwas ist in den alten Schriften verzeichnet. Der arme Lamech war arg beunruhigt, als sein Sohn Noah geboren wurde. Ja, man kann sagen, er argwöhnte, dass Noah nicht sein Kind wäre."

Andrea musste nun auch leise lachen.

„Warum das denn, Gerald? Das hast du bisher weggelassen, als du von Noah erzählt hast."

„Nun ja, wenn ich dir jede Kleinigkeit berichtet hätte, wären wir nicht mehr zum Schlafen gekommen." Gerald sah weiter geradeaus. Andrea zappelte und zog sich den Rock des Sommerkleides über den Knien zu Recht.

„Gerald, nun hast du mich neugierig gemacht. Jetzt musst du auch sagen, wieso Lamech Grund dazu hatte, bei Noahs Geburt misstrauisch zu sein."

„Na gut, es ist ja kein Geheimnis. Ich habe doch von der Zeit gesprochen, als sich die Söhne der Nefilim Menschentöchter nahmen und viele gemischte Kinder diesen Verbindungen entstammten. Es war auch die Zeit des Darbens, als der Regen ausfiel und überall Mangel herrschte. Damals lebte Methusalem und wählte für seinen Sohn Lamech eine Frau aus, wie es Sitte war. Noah war das Kind dieser

Ehe und rief, kaum dass er auf der Welt war, Verwirrung hervor. Schockiert betrachtete Lamech seinen Sohn. Das Kind konnte gleich sprechen. So steht es wirklich im Buch Enoch geschrieben. Es sah auch seltsam aus", fuhr Gerald fort. „ Seine Haut soll ungewöhnlich weiß gewesen sein, auch das Haar des Babys war weiß. Es war nicht etwa der zarte Flaum der Neugeborenen, sondern Noah hatte lange, weiße Locken. Seine Augen strahlten seltsam intensiv, wie bei den Nefilim.

Voll Entsetzen suchte Lamech bei Methusalem Rat. Er schilderte seinem Vater das Verhalten und Aussehen des Kindes und kam zu dem Schluss, dass es nicht von ihm sein könne. Noah sähe den Söhnen des Himmels ähnlich und nicht den Menschen. Lamech bat Methusalem dessen Vater Enoch aufzusuchen, der bei den Nefilim lebte und Gewiss mehr wusste. Doch Enoch beruhigte alle und sagte, Noah sei wahrhaftig Lamechs Sohn. Seine Andersartigkeit zeige, dass er eine bedeutende Aufgabe in seinem Leben zu erfüllen habe."

Andrea gab einen ungläubigen Laut von sich. „Also, das ist das erste Mal, dass ich nicht so recht glauben kann, was du erzählst. Da hat man Lamech aber billig abgespeist, wo Noah den Nefilim doch so ähnlich sein soll, völlig anders als Menschen. An Lamechs Stelle hätte mich das keineswegs überzeugt, trotzdem Noahs Vater zu sein."

Gerald musste nun laut lachen. „Das kann ich mir denken. Gerade du hättest einen Gen-Test gefordert. Wie auch immer, Lamech gab sich zufrieden. Ich denke, wenn die Beschreibung zutrifft, könnte Noah durchaus etwas Nefilimblut in den Adern gehabt haben. Immerhin berichtet ein anderer Text, die so genannte Lamech-Rolle, Noah sei von den Himmelswächtern geschaffen worden. Vielleicht war das auch ein Grund, dass er später König von Schuruppak wurde. Aber wer will das schon genau sagen."

Dann zeigte Gerald nach vorn. „Sieh, Andrea, dort kommt ein Parkplatz. Wir sind zwar noch nicht lange gefahren, aber ich bin durstig."

„Ja, trinken wir etwas", stimmte sie zu.

Sie saßen eine Weile auf einer Bank unter einem schattigen Baum. Andrea knabberte an den Keksen aus der Schachtel, die sie auf den roh gezimmerten Tisch gelegt hatte. Als ein LKW kam und dicht bei ihnen stehen blieb, setzten sie sich wieder in ihr Auto, wobei diesmal Andrea hinter dem Steuer Platz nahm.

„In den Straßen deiner Wohngegend kennst du dich selbst am besten aus", hatte Gerald gesagt. Berlin-Mahlsdorf war ein großes Viertel mit Einfamilienhäusern, Gärten und vielen kleinen Straßen.

Eine Weile fuhren sie, ohne sich zu unterhalten, jeder mit seinen Gedanken beschäftigt. Dann sah Andrea kurz zu Gerald hin. Er wusste ihren Blick nicht recht zu deuten, denn darin lag Anerkennung. Seltsam, dachte er, oder täusche ich mich?

„Weißt du, Gerald, ich muss zugeben, dass ich deinen Beruf jetzt mit anderen Augen sehe. Euch sind so viele Details aus der fernen Vergangenheit bekannt, wie zum Beispiel über die Sintflut. Unkundige wie ich erfahren normalerweise kaum mehr, als dass es angeblich die Strafe für die Menschen sein soll. Wer weiß denn, dass es eine unabwendbare Naturkatastrophe war, die sowieso gekommen wäre. Ich finde in dieser Hinsicht die Schulbildung wirklich mangelhaft."

„Vielleicht wäre sie besser", gab Gerald zu bedenken, „wenn sich wenigstens die Altertumsforscher einig wären. Es kursieren etliche widersprüchliche Ansichten über die Tage vor der Sintflut und über das Geschehen selbst. Beispielsweise halten einige die Flut für ein lokales, eng auf ein Gebiet begrenztes Ereignis. Das stimmt aber nicht, denn es sind für dieselbe Zeit weltweite Spuren gefunden worden. Außerdem sprechen die sumerischen Texte eindeutig von den vier Weltgegenden. Es gibt sogar die Meinung, es habe viele kleine Fluten gegeben, was sich aber nicht als zutreffend erwiesen hat.

Die Bibel aber und auch die Urtexte machen sogar genaue Zeitangaben und stimmen überein. Die Sintflut fand im Zeitalter des Sternbildes Löwe statt, also zwischen 10860 bis 8700 vor Christus.

Alles deutet jedoch eher auf 10860 als später hin. Besonders viel wissen die Forscher von einer winzigen Tafel, die auf der Vorder-und Rückseite von sehr kleinen akkadischen Keilschriftzeichen bedeckt ist. Sie sagt aus, dass die Sintflut in der Akitizeit kam, wie ich dir schon erzählt habe. Im Alten Testament werden beispielsweise in einigen Psalmen Zeitangaben zur Sintflut gemacht. Sie sagen auch etwas darüber aus, dass der Herr der Planeten, womit der Nibiru und seine große Gravitationskraft gemeint ist, die Wasser hervor-und wieder zurückgerufen hat, was die Theorie der Naturkatastrophe belegt. Die Psalme sprechen auch davon, wie hoch das Wasser stand, nämlich über den Bergen. Selbst die Nefilim hatten weder vorher noch nachher so eine umfassende, vernichtende Katastrophe erlebt."

Andrea fuhr auch nicht sehr schnell. Sie hatten Zeit und konnten sich so besser unterhalten. Nach einer Weile sagte sie: „Du hast mal erzählt, das Alte Testament ist die Zusammenfassung hebräischer Schriften, die von den fernen Zeiten berichten und sich auf noch ältere Texte stützen. Wenn die Bibel als Kurzfassung gilt, steht wohl auch nicht viel über die Sintflut darin?"

Gerald bestätigte das. „Im allgemeinen ist das so, aber die Sintflut muss so ein einmaliges, verheerendes Ereignis gewesen sein, dass die Bibel ihr im Vergleich zu anderen Ereignissen sehr viele Zeilen widmet."

Andrea fuhr inmitten anderer Autos mit sechzig Stundenkilometern durch eine Baustelle. Als sie sie hinter sich gelassen hatte, fragte sie mit einigem Unbehagen: „ Wenn die Sintflut naturgegeben war und den Menschen nur verschwiegen wurde, kann das unseren Planeten nicht jederzeit wieder treffen? Wir leben in einer merklichen Klimaerwärmung. Die Eismassen der gesamten Antarktis könnten erneut ins Meer abrutschen."

Gerald drückte ihr kurz in beruhigender Weise den Arm.

„Es bricht immer etwas ab. Mal mehr, mal weniger. Doch vergiss nicht, dass die Gravitationskraft des Nibiru eine so gewaltige Masse an kilometerdickem Eis ins Meer stürzen ließ. Dieser äußerste Planet in unserem Sonnensystem nähert sich jedoch erst etwa um das Jahr 3400 nach Christus wieder der Erde an. Selbst dann ist es nicht gewiss, dass erneut soviel Eis in Bewegung gerät. Schon viele Male, seit die Anunnaki auf der Erde waren, durchquerte ihr Heimatplanet unser Sonnensystem."

„Gut, das zu wissen, Gerald."

Andrea lächelte ihm mit einer schnellen Kopfdrehung zu. Sie fragte weiter: „Es ist erwiesenermaßen tatsächlich der Nibiru, der die Flut in Gang setzte?"

„Ich sagte schon, dass es solche alten Schriften darüber gibt. Es ist wirklich eindeutig, Andrea. Die erwähnte kleine Keilschrifttafel spricht davon. Je nach Stellung des Nibirus bei seinem Lauf durch das Sonnensystem wird er mit anderen Namen bezeichnet. Wenn er Jupiter passiert, hat er einen besonderen Namen. Wenn er sich in Erdnähe befindet, gibt eine andere Bezeichnung darüber Auskunft. Ich kann sie mir nicht alle merken, könnte es aber nachschlagen. Jedenfalls soll mit den Namen seine jeweilige Position wiedergegeben werden. So steht auch geschrieben, dass der Planet in Erdnähe die Wasser hervorgerufen hat.

Viel sagt uns auch das Gilgamesch-Epos über die Sintflut. Darin heißt Noah Utnapischtim.

Gilgamesch lebte sehr viel später, etwa um das Jahr 2900 vor Christus und war König im sumerischen Uruk. Weil Noah durch Anu und Enlil an der Lebensspanne der Nefilim teilhaben konnte, war es möglich, dass er mit Gilgamesch im Lande Tilmun, also dem Sinai, über die längst vergangene Flut sprach. So wissen wir auch aus diesen Zeilen, dass zum Beispiel die Morgendämmerung wieder von schwarzen Wolken geschluckt wurde, dass ein Sturm von Süden tobte, was beweist, dass die Flut aus der Antarktis kam und dass der Südsturm sich am siebenten Tag legte.

Übrigens steht in der Bibelfassung nichts darüber, dass Noah Unsterblichkeit erhielt, in den Urschriften wird aber davon erzählt.

Aus dem Atra-Hasis-Epos sind ebenfalls viele Einzelheiten über die Sintflut bekannt. Die kleine Tafel, die Epen, die Bibel und andere Texte, sie alle zusammen ermöglichten den Altertumsforschern, sich ein genaues Bild von den Ursachen und dem Verlauf der Sintflut zu machen."

Gerald sah zu Andrea, die kurz mit einem leisen Lächeln seinen Blick erwiderte.

„Gerald, du sprichst immer von den Wissenschaftlern und Altertumsforschern. Hast du denn vergessen, dass du jetzt selbst einer bist? Ein frischgebackener sozusagen."

Gerald sah einem Auto nach, das sie mit irrwitziger Geschwindigkeit überholte.

„Nun ja, daran muss ich mich erst noch gewöhnen, denn bisher war ich Student. Aber ich freue mich schon auf meine erste Arbeitsstelle im Berliner Vorderasiatischen Museum."

Inzwischen hatten sie die Autobahn verlassen und fuhren durch die belebten Straßen der großen Stadt. Zielsicher steuerte Andrea ihr erstes gemeinsames Zuhause an.

Allein auf sich gestellt wäre es fraglich gewesen, ob Noah, seine Söhne, deren Angehörige und die wenigen anderen Menschen überlebt hätten. Doch da die Anunnaki wieder auf der Erde gelandet waren, konnten sie auf ihre Unterstützung und Anleitung hoffen. Noah war ganz besonders froh, dass sein hoch verehrter Herr Enki wieder da war und von den anderen Nefilim nicht für seine Eigenmächtigkeit bestraft wurde.

Statt die Menschen zu dezimieren, war nun auch Enlil dafür, dass diese geretteten Erdlinge möglichst fruchtbar seien und sich nach der Flut wieder vermehrten.

So konnte Noah, den die Herren ZI.U.SUD.RA nannten, was bedeutete, dass er ein verlängertes Leben hat, frohen Herzens in die Zukunft blicken. Für ihn und seine Frau bestand kein Grund zur Sorge, denn sie würden bald bei den Nefilim wohnen. Doch nun hatte er die Gewissheit, dass seine Söhne und die anderen Überlebenden den schwierigen Anfang schaffen würden. Mit Hilfe der Anunnaki konnten Sem, Ham und Japhet ihre Familien ernähren und wurden die neuen Stammväter der Erdenmenschen. Alle drei Söhne Noahs hatten viele Nachkommen, die sich wiederum in einer Vielzahl von Kindern, Enkeln und Urenkeln fortpflanzten. Es ging ihnen gut, denn die Herren sorgten dafür, dass es nach anfänglichem Mangel bald Nahrung im Überfluss gab.

Als die Wasser der Sintflut zu sinken begannen, waren anfangs nur die Bergregionen bewohnbar. Die tiefer gelegenen Gebiete und die großen Flusstäler waren noch immer überflutet und unter gewaltigen Schlammassen begraben. Unter Führung von Enlil sollten daher zunächst die Berghänge landwirtschaftlich nutzbar gemacht werden. Er war noch immer der Erdenherr, ernannt vom königlichen Vater Anu, so dass die anderen Anunnaki ihn als den Ersten DIN.GIR unter ihnen auf dem heimgesuchten siebenten Planeten nach wie vor respektierten.

Nachdem sich die Nefilim provisorisch auf den Hängen des Ararat eingerichtet hatten, berief Enlil eine Versammlung ein, um zu besprechen, was jetzt am Dringendsten zu tun wäre. Schmal geworden stand er vor den obersten Ratsmitgliedern, angetan mit einem einfachen Gewand. Nur der hörnerverzierte Hut saß wie eh und je auf seinem Haupt als Statussymbol, das seine führende Stellung auf der Erde unterstreichen sollte.

„Liebe Brüder und Schwestern in der Not. Wie ihr alle wisst, müssen wir noch einmal ganz von vorne anfangen. Ich habe mich bereits mit dem Herrscher Anu in Verbindung gesetzt, ihn über alles informiert und umfassende Hilfe angefordert. Natürlich müssen wir zuerst unsere Ernährung in den grundlegendsten Dingen sicherstellen, so dass wir bald wieder unabhängig vom Heimatplaneten werden. Desgleichen müssen wir für die Erdlinge sorgen, damit sie gesund und kräftig bleiben und sich fortpflanzen. Es wird eine Weile dauern, bis aus den wenigen Schwarzköpfigen wieder eine genügende Anzahl wird."

Etwas betreten sah er zu Enki hinüber, der neben Ninhursag saß und ein unschuldiges Gesicht machte. Die Schwester der beiden Streithähne lächelte Enlil aufmunternd zu. Auch sie war von dem Katastrophenjahr sichtlich mitgenommen und hatte Sorgenfalten auf der Stirn davongetragen.

„Ich bin mit dem kleinen Senkrechtstarter auf der Suche nach Land umhergeflogen, das sich zur landwirtschaftlichen Nutzung eignet", fuhr Enlil fort. „Es ist wirklich schwierig, denn überall steht das Flutwasser noch hoch. Nur ein paar Berghänge, wie hier am Ararat sind schon zu sehen. Am geeignetsten erscheint mir nach eingehender Inspektion ein duftender Zedernberg, nicht weit vom ehemaligen Ufer des Oberen Meeres entfernt, das jetzt natürlich nicht zu erkennen ist. Es wird eine gewaltige Aufgabe sein, die Hänge des Zedernberges so herzurichten, dass wir pflügen und säen können. Am besten legen wir Terrassenfelder an, um die Fläche optimal zu nutzen. Sobald es möglich ist, werden wir auch in anderen hochgelegenen Gegenden Gemüsegärten und Felder anlegen. Noch sind auch diese freien Stellen durchnässt. Zusätzlich fällt Regen. Das Wasser kann nicht zügig ablaufen, denn durch die Gewalt der Sintflut sind die Flussbetten vielerorts zerstört. Die Bäche und Flüsse müssen erst wieder ihren Lauf finden. Berge von

Schlamm verstopfen ihre alten Wege. Am ehesten ist Ninurta in der Lage, die Urbarmachung zu leiten, Dämme zu bauen, Sperrmauern und Terrassen zu errichten und neue Kanäle und Flussbetten streckenweise auszuheben"

Enki schnappte nach Luft und wollte aufspringen. Ninhursag legte eine Hand auf seinen Arm, suchte ihn zu besänftigen und sagte leise: „Lass es gut sein Enki. Wir alle wissen, dass du am Anfang der Erdbesiedlung all diese Dinge lange vor Ninurta getan hast, in Eridu und anderswo im damaligen Erdenland KI.EN.GIR. Auch das Niltal hast du mit Dämmen, Schleusen und kunstvollen Wasserreservoirs urbar gemacht. Lass doch diesmal Ninurta die Last und Verantwortung tragen. Wir sind etwas älter geworden, haben in den vergangenen schars schon so viel erreicht, so dass wir jetzt den Jüngeren einige Arbeit überlassen können."

Noch immer rot vor Zorn, ließ sich Enki nur zögernd beruhigen. Enlil, dem nicht entgangen war, dass sein Bruder heftig protestieren wollte, lenkte scheinbar ein.

„Für uns alle bleibt noch so viel Arbeit übrig, dass jeder eine spezielle Aufgabe übernehmen muss. Ich werde zusammen mit Ninurta die Landwirtschaft in Gang bringen. Außer den Sämereien und Setzlingen, die uns Vater Anu schickt, können wir zum Glück auf die Samen und Pflanzen zurückgreifen, die der fürsorgliche Noah aus den Tagen vor der Flut gerettet hat."

Prüfend blickte Enlil zu Enki hin, ob er sich schon wieder gefangen hatte.

„Doch von Pflanzenkost allein kann man nicht leben. Wir brauchen Fleisch. Ein paar Haustiere sind gerettet worden, doch das genügt noch lange nicht."

Nun stand Enki doch auf, aber statt sich zu beklagen, weil er bei der Eindämmung und Regulierung der Wassermassen übergangen wurde, machte er Enlil einen anderen Vorschlag und tat nun so, als ob er gar nicht darauf erpicht gewesen war, seine Erfahrungen im Drainieren anzubringen.

„Wenn das Getreide und Gemüse auf den Bergterrassen wächst und Früchte geerntet werden, müssen wir auch Tiere auf den Hängen grasen haben. Diese zu züchten und zu domestizieren soll meine Aufgabe sein. Das Lahar, das Wolltier und Ziegen werde ich in Pferchen halten, wo sie sich vermehren können und uns allen Fleisch, Wolle und Milch geben werden. Die Wolle zu spinnen und zu weben, werden die Menschen übernehmen, so dass sie sich bekleiden können. Schon lange wollte ich mal etwas ganz anderes als bisher machen. Ich werde dafür sorgen, dass bald große Herden von Haustieren unsere Ernährung sichern. Außerdem beabsichtige ich, die Menschen in der Züchtung und Haltung der Tiere zu unterweisen, auf das sie später selbstständig gute Schäfer und Tierhalter werden. Ich beantrage, dass die Ratsmitglieder meinem Vorschlag zustimmen."

Erleichtert atmete Enlil auf. „Falls der Rat ebenfalls einverstanden ist, übertrage ich dir gern, die Nutztierrassen zu züchten. Mit dieser wichtigen Angelegenheit hätte ich ohnehin jemanden beauftragen müssen. Ich freue mich, Enki, dass du bereitwillig diese Aufgabe übernehmen willst."

Ninhursag fiel ein Stein vom Herzen. Diesmal sind die ewigen Kontrahenten noch gerade so einem neuerlichen Streit ausgewichen, dachte sie erleichtert. Ninhursag sah kurz zu Ninki und Ninlil hin, die ihr befreit zunickten, froh, dass ihre Ehemänner heute nicht aneinander geraten waren.

Nur Marduk ärgerte sich über alle Maßen, dass wiederum Ninurta am Ende als Held dastehen würde, wie schon im Kampf gegen Zu. Es wurde allmählich Zeit, dass er selbst als Erbe von Enki Möglichkeiten erhielt, die ihm Ansehen brachten. Selbst dass er vor der Sintflut nach seinem Vater der Herr über das Niltal war, konnte ihn nicht zufrieden stellen. Die Rivalität zwischen den Vätern hatte sich unter deren Söhnen fortgesetzt.

Wieder standen den Nefilim nur wenige Arbeitskräfte zur Verfügung. Dennoch beaufsichtigte Ninurta die Eindämmungen, den Kanalbau und die Terrassierung der Berghänge an mehreren Orten gleichzeitig. Die Flut war inzwischen noch etwas mehr gesunken, trotzdem errichtete er an einigen Bergen gewaltige Mauern aus massivem Felsgestein, um das Wasser von den Feldern zurückzuhalten. Auch das gebirgige Land Elam, östlich des alten Sumer, musste für die landwirtschaftliche Nutzung vorbereitet werden. Ninurta konnte alle Projekte nur mit Hilfe seines Luftfahrzeuges im Auge behalten, da sie teilweise weit entfernt waren. Zum Glück war die hoch gelegene Landebahn auf dem Zedernberg bei Baalbek, die schon vor der Sintflut existierte, noch nutzbar. So flog Ninurta eilends von einer Baustelle zur anderen. Manchmal begleitete ihn sein Bruder Adad, der lange Zeit hauptsächlich mit der Errichtung neuer Siedlungen betraut war. Oft standen sie durch ihre Fernsprechanlagen miteinander in Kontakt, um ihre Aktivitäten abzustimmen.

Als Ninurta wieder einmal durch die Bergregionen flog, setzte der Antrieb seines Flugzeuges aus. Erschrocken versuchte er, ihn wieder zu starten, doch ohne Erfolg. Er verlor schon deutlich an Höhe. Eilig griff er zur Kommunikationstafel und versuchte Adad zu erreichen. Schon kamen die Berggipfel bedrohlich näher, als der Bruder sich meldete. Ninurta konnte nur noch zwei, drei Sätze sagen, dann ließ er alles fallen, was er in den Händen hatte und hielt sich an einer Konsole fest. Das Fluggerät büßte zuerst seine Flügel ein, die durch die Luft geschleudert zu Boden fielen. Dann prallte auch die beschädigte Flugmaschine auf, rutschte hin und her, überschlug sich ein Mal und blieb endlich liegen. Der Aufprall hatte ihn an die Kabinenwand geschleudert, wo er bewusstlos zusammensank.

Als Ninurta benommen wieder die Augen aufschlug, sah er Adads prüfenden Blick über sich.

„Dem Himmel sei es gedankt, dass du mit dem Leben davongekommen bist, lieber Bruder. Zum Glück konntest du mir noch deine Position durchsagen, bevor der Kontakt abbrach."

Adad streckte die Hand aus und berührte leicht Ninurtas bandagierten Kopf. „Du hast nur eine Gehirnerschütterung und ein paar Prellungen davongetragen. Es hätte viel schlimmer kommen können." Besorgt sah Adad seinen Bruder an, der bleich in den Kissen lag. „Wo bin ich eigentlich?" war Ninurtas erste Frage.

„In Ninhursags kleiner Krankenstation. Deine Mutter sagte, dass du bald wieder aufstehen kannst. Aber warum bist du denn abgestürzt?"

Ninurta versuchte, den Kopf zu drehen, gab es aber sofort wieder auf, als Schmerzen und Übelkeit sich verstärkten. „Der Antrieb versagte", brachte er mühsam hervor.

Adad wunderte sich. „Das ist aber ein seltener Defekt, weil Utu und seine Leute die Luftfahrzeuge stets gut warten. Wie auch immer. Wir sind alle froh, dass es so glimpflich abgegangen ist."

Enlil kümmerte sich eifrig um die Felder, Gärten, Obstplantagen und Terrassen der Berghänge, auf denen alles gut gedieh. Ein ausgeklügeltes Bewässerungssystem sorgte für das lebensspendende Wasser an den Hängen der Berge. Er inspizierte gerade einen kleinen Weinberg, dessen Trauben reiche Ernte versprachen. Gut hat Noah das gemacht, dachte Enlil zufrieden. Damit ist Noah der erste Weinbauer unter den Menschen.

Amüsiert erinnerte er sich daran, dass Noah betrunken wurde, weil er die Wirkung des Weines noch nicht abschätzen konnte.

Inzwischen sind etliche Jahre auf der Erde vergangen, sann er nach. Die Erdlinge sind bedeutend zahlreicher geworden. Es stimmte schon, was Enki nach der Flut gesagt hatte. Einige Menschen haben sich tatsächlich als sehr gelehrig erwiesen, aber alle ließen sich besser ausbilden, als er dachte. Überraschend schnell hatten sie gelernt, was sie über landwirtschaftliche Dinge, Viehzucht und Häuserbau wissen mussten.

Zufrieden prüfte Enlil ein Feld mit wildem Emmer, der ersten Getreidekultur, die Anu dem siebenten Planeten schickte. Damit konnten Enlil und seine Helfer die der Erde fremde Pflanze kultivieren. Ebenso erhielten sie Weizen, Gerste und Hanf, allesamt Pflanzen vom Heimatplaneten Nibiru. Trotzdem gediehen diese bereits hochgezüchteten Sorten vorzüglich auf den Feldern der Erde, allen voran der Dinkel. Außerdem pflanzten die Anunnaki und Menschen unter Enlils Anleitung

Obstbäume, Knollengemüse und Früchte, die es vorher auf der Erde nicht gab. Es dauerte einige Zeit, aber dann gab es Nahrung für alle im Überfluss.

Es war die Zeit, als auch Enlil den Menschen zugetan war und sie ihm viel zu verdanken hatten.

Etliche Menschengenerationen nach der Sintflut, war es wieder möglich, die Täler urbar zu machen. Die zurückweichenden Wasser hinterließen meterhohe Schlammassen. Es war eine echte Herausforderung, das alte E.DIN im Zweistromland zu besiedeln und nutzbar zu machen, denn hier stand das Wasser besonders lange. Vor allem die Anunnaki Ninmada und Ninazu trugen dazu bei, dass das Tal wieder bewohnbar wurde. So war es den Menschen aus dem Bergland östlich des alten Sumer relativ spät möglich, wieder in das Kerngebiet der Nefilim zu kommen und sich dort eine Heimat zu schaffen.

Den Herren der Erdlinge lag besonders daran, sie in Metallbearbeitung zu unterweisen. Schließlich brauchten die Menschen Arbeitsgeräte, um ihnen zu dienen. Der hölzerne Pflug, auch eine Gabe Enlils und Ninurtas an die Menschen, genügte nicht. Kanäle ausheben, graben, Holz schlagen oder die Suche nach neuen Gold- und Erzlagerstätten erforderten stabile Beile, Hacken, Spaten und spezielle Spitzhacken.

Der Abbau von Goldadern und anderen Metallvorkommen war noch immer das Wichtigste auf Erden. Es war nach wie vor der Grund, aus dem die Anunnaki überhaupt auf der Erde waren. Die Minen im afrikanischen Land Arali waren durch die Flut verschüttet und wegen der Schlammschicht unauffindbar. Die Suche nach Lagerstätten hatte erneut beginnen müssen und war nach der Sicherung der Ernährung vorrangiges Ziel der Nefilim. Deshalb sahen sie sich auch auf weit entfernten Erdgebieten nach Metallvorkommen um.

Den Menschen Viehherden zu geben, war für Enki keine besonders große Herausforderung. Daher zog es ihn nach der Flut so bald es ging zu seinen anderen, ehemaligen Wirkungsstätten. Marduk hatte sich nie viel aus dem Minenland im Ab.ZU gemacht. Daher startete Enki sein Fluggerät mit den Söhnen Gibil und Nergal, um zu sehen, was aus dem herrlichen, lichtdurchfluteten Land geworden war. Gab es noch die hochgelegene Grasebene oder den Lauf des mächtigen Stromes, fragte er sich. In Sichtweite der Berge stand einst das prächtigste Haus, das er je besessen hatte. Davon wird nichts mehr zu finden sein, dachte Enki traurig. Besonders seine Gemahlin Ninki hatte sich dort immer so wohl gefühlt und das Goldland Arali sehr geliebt. Von den Minen wird es ebenfalls keine Spur mehr geben, hang er seinen Gedanken nach. Er dachte auch daran, wie gekränkt er war, als Vater Anu Enlil zum Erdenherrn machte und ihn selber in den AB.ZU schickte, um dort Gold zu gewinnen. Auch damals fing ich ganz von vorn an, sprach sich Enki Mut zu. Dann überflogen sie das Gebiet, das einmal das Delta eines gewaltigen afrikanischen Flusses war.

„Sieh, Gibil, erkennst du die Flussmündung wieder? Den Flugdaten zufolge müsste es unser altes Hafengebiet sein, von dem wir die Metalle nach Bad-Tibira brachten."

Gibil, der das südliche Afrika immer als seine Heimat betrachtete, wirkte aufgeregt.

„Ja, Vater, zwar gleicht das Delta jetzt mehr einem von Inseln durchzogenem See, aber es ist unser alter Fluss. Wenn du landeinwärts siehst, erkennst du eindeutige Orientierungspunkte."

Gibil freute sich und hatte von Anfang an vorgehabt, hier und nirgends sonst wieder zu wohnen.

„Vater, lass uns stromaufwärts fliegen. Ich bin gespannt, ob wir die Stelle finden, an der unsere Häuser standen, wenngleich sie eingeebnet und von Erdmassen begraben sein werden."

Enki stimmte natürlich zu und ließ sich von Gibils Begeisterung anstecken. Er war stolz auf diesen Sohn, den er so gut in Bergbau und Metallurgie ausgebildet hatte. Im Gegensatz zu seinem Ältesten Marduk, strebte Gibil nicht nach Macht und höchsten Positionen. Er war mit Leib und Seele ein Bergmann und Metallurg, was wichtiger für den Nibiru war, als alle Ränkeleien um die Vorherrschaft auf Erden. Er streifte Gibils frohes Gesicht mit einem liebevollen Blick und nahm sich vor, den Sohn mit allem, was ihm zur Verfügung stand, zu unterstützen. Gibil sollte hier bald wieder leben und arbeiten können.

Nergal meldete sich zu Wort. „Nachdem wir Gibils Land gefunden haben, drehen wir zur Südspitze Afrikas ab. Bist du einverstanden, Vater? Ich möchte doch zu gern sehen, was aus meinem und Ereschkigals Land geworden ist."

Enki lächelte vor sich hin. Eine amüsante Geschichte kam ihm erneut in den Sinn. Damals, noch vor der großen Flut, trug die Begebenheit jedoch auch ernste Aspekte.

„Sicher, Nergal, wo wir doch schon so weit geflogen sind."

Dann hörte er der Unterhaltung beider Söhne nur halb zu und dachte noch immer an die wütende Auseinandersetzung zwischen Nergal und der Enkelin Enlils, der stolzen Ereschkigal.

„Ich werde wieder das wertvolle KU.GI und das strahlende KU.BABBAR finden", hörte Enki seinen Sohn sagen. Ja Gewiss würde Gibil wieder Gold und Silber finden, dachte er noch, ehe seine Gedanken bei einer Festveranstaltung weilten, die damals so folgenschwer für Nergal gewesen war.

Das Fest fand nicht auf der Erde, sondern im Orbit bei den Igigi statt. Anu, der Herrscher des Nibiru, war als höchster Ehrengast anwesend. Die führenden DIN.GIR auf dem Erdplaneten und ihre Familien waren ebenfalls geladen. Ereschkigal, die an der Südspitze Afrikas eine wissenschaftliche Überwachungsstation leitete, konnte nicht in den Erdorbit reisen. Der Grund dessen war Enki entfallen. Ein Bote brachte auch ihr eine Einladung. Ihm wurde jedoch beschieden, dass Namtar, ein enger Mitarbeiter Ereschkigals, an ihrer Stelle zum Festbankett geschickt werde. Er sollte ihren Dank aussprechen und Ereschkigals Urgroßvater Anu ergebendste Grüße überbringen. Außerdem trug sie Namtar auf, das, was die Festtafel ihr zugedacht hatte, mit zurück in den AB.ZU zu bringen.

Als ihr Stellvertreter den Saal betrat, erhoben sich der Sitte nach alle Nefilim, außer einem kahlköpfigen Mann im Hintergrund, den Namtar nicht kannte. Wieder zu Hause, schilderte er der Herrin Ereschkigal den Vorfall, die darauf hin in große Wut geriet. Man hatte sie, eine Urenkelin des obersten Herrschers aufs Gröbste beleidigt und mit ihr alle anderen Anunnaki, die bei ihr lebten und arbeiteten. Das würde sie diesem Hochnäsigen heimzahlen. Sie beschwerte sich bei Enlil und forderte, dass der Beleidiger zu ihr geschickt werde, damit sie ihn bestrafen könne.

Enki erinnerte sich, dass er darüber mit Nergal eine hitzige Debatte führte und dem Sohn auftrug, sich bei Ereschkigal zu entschuldigen. Enki selbst mochte sie sehr gern, seit er Ereschkigal in den AB.ZU begleitete, als sie zur Strafe für ihren Menschengeliebten weggeschickt wurde.

Als Nergal im Süden Afrikas das Anwesen Ereschkigals betrat, wurde er bereits im Hof von Namtar wiedererkannt. Daran, was Nergal und Ereschkigal sagten und taten, erinnerte sich Enki nicht mehr, denn die vermeintliche Bestrafung endete mit einer unvorhergesehenen Liebesnacht. Sieben Tage und Nächte waren die einstigen Kontrahenten der Liebe verfallen, so dass man Nergal bereits vermisste. Als er ging, versprach er, bald wiederzukommen. Namtar machte Ereschkigal jedoch weis, dass er gar nicht daran denken würde. Sie glaubte nun, Nergal hätte nur ein Abenteuer gesucht und sandte Namtar noch einmal himmelwärts zu Anu. Sie forderte, dass Nergal, der sie verführt hätte, nun zu ihr zurückkehren sollte. Er musste ihr Gemahl werden, das würde ihr jetzt zustehen.

Diesmal war Nergal wirklich wütend.

Enki, der unter sich das breite Band des Flusses sah, das sich teils seenartig dehnte, teils schmal und schnell seinen neuen Lauf suchte, blickte kurz zu Nergal hin. Doch der studierte eine Karte und beachtete ihn nicht.

Vergebends hatte Enki ihn damals zu beruhigen versucht. Nergal ließ sich jedoch nicht beeinflussen und zog mit einer kleinen Kriegerschar nach Afrika und erstürmte die Tore von Ereschkigals Reich. Er wollte ihr, der Hochmütigen, den Kopf abschlagen.

Als er vor ihr stand und sie ihn unter Tränen bat, sie zu verschonen, wurde er jedoch wankelmütig. Ereschkigal flehte um ihr Leben und versprach ihm: „Nergal, ich will dein Weib sein. Du sollst der Herrscher über mein weites Land im Süden werden. Über alle hier sollst du die Geschicke bestimmen. Sei du der Herr, ich die Herrin."

Da vergaß Nergal seinen Groll, umarmte und küsste sie und trocknete ihre Tränen.

„Dann soll sein, was du dir wünscht", hatte Nergal ihr zur Antwort gegeben.

Enki hätte nie gedacht, auf diese Weise eine Schwiegertochter zu erhalten, die er selbst einst in ihrem Liebeskummer trösten musste und es nicht nur bei Worten beließ.

Diesmal hatten sich zwei junge Leute aus den rivalisierenden Familien in einer Ehe vereint. Tatsächlich lebten die Beiden einträchtig im fernen afrikanischen Süden, bis die Flutkatastrophe ihr Land als erstes zerschlug.

Ein Freudenruf Gibils riss Enki aus seinen Erinnerungen.

„Vater, Nergal, dort vorn muss es sein, wo einst unser Heim lag. Ich erkenne die Gegend am Aussehen der Gebirgsformation im Hintergrund."

Gibil drückte die Stirn gegen das Fenster des Fliegers.

„Kann schon sein, Gibil", antwortete Enki. „Doch ansonsten hätte ich das Land nicht wiedererkannt. Überall stehen noch große Wasserlöcher, wo einst Grasland war. Schlammstellen und Schwemmsand überdecken das Land. Die Flussufer sind nicht mehr scharf begrenzt. Aber die Form der Felsen ist dieselbe wie vor der Flut, also muss es hier sein. Da hast du Recht."

Gibils Augen leuchteten. „Was sind für uns ein paar Erdenjahre, Jahrzehnte oder noch länger? Bald wird üppige Vegetation die kahlen Stellen überziehen. Hier werde ich wieder leben und arbeiten, Vater. Woanders wartet man auch auf die Besiedlung, weil das Land noch nicht getrocknet ist."

Enki schlug dem erfreuten Sohn auf die Schulter. „Recht so, Gibil, damit hast du für lange Zeit deine Aufgabe gefunden. Nun lass uns nachsehen, was aus Nergals Domäne geworden ist."

Eine Weile sahen alle drei schweigend zu, wie das afrikanische Land unter ihrem Fluggerät dahinzog. Dann sagte Nergal in die Stille hinein: „Wie anders alles ist. Oft bin ich über das südliche Afrika geflogen. Es ist kaum wieder zu erkennen."

Zu Enki gewandt fuhr er fort: „Für uns ist ein Umlauf des Heimatplaneten Nibiru nur ein normales Jahr, ein schar. Aber die Erde rast indessen dreitausendsechshundert Mal um die Sonne. Ich habe mich an den Lebensrhytmus hier gewöhnt."

Enki dachte bei sich, dass Nergal mal wieder um den heißen Brei herumredet. Er kannte die Langatmigkeit des Sohnes und hatte schon so manches Mal die Geduld verloren.

„Worauf willst du hinaus, Nergal?"

„Ich habe einfach Angst, Vater", sprudelte er nun heraus.

Enki sah ihn betroffen an. „Angst? Wovor denn? Eben hast du noch von den Umlaufzeiten der Planeten gesprochen."

„Nergal räusperte sich und senkte die Stimme, damit Gibil, der in den Aufzeichnungen über Bergbau las, ihn nicht hörte.

„In nur einem schar ist der Nibiru wieder der Erde nahe. Könnte dann nicht abermals eine so schreckliche Flut ausgelöst werden? Ich meine, jetzt bauen wir mit Mühe alles wieder auf und dann wird erneut alles vom Sturm und den Wassermassen hinweggefegt."

Nergal richtete seinen besorgten Blick auf Enki, der ihm beruhigend die Hand auf die Schulter legte.

„Nein, Nergal, das muss nicht beim nächsten Umlauf wieder passieren. Denke doch zurück. Wir alle, auch du, sind schon weit über hundert schars auf der Erde, doch noch niemals hat in dieser Zeit die Annäherung unseres Heimatplaneten eine solche Katastrophe ausgelöst. Es müssen sehr verschiedene Faktoren zusammenkommen, zum Beispiel die Eiszeit, die Dicke des Eises, Druck, erzeugte Kompressionswärme und andere Dinge. Diesmal ist eine so enorme Masse des Eises in das Südmeer abgeglitten, wie es bis dahin noch nicht vorgekommen ist. Mache dir keine unnötigen Sorgen, Nergal. Ich denke, dass wir dieses Ausmaß einer Flutung der Erde kaum jemals wieder erleben werden." Nergal wirkte sichtlich erleichtert.

„Wir müssen nur mit den gewohnten Störungen rechnen, wenn der Nibiru kommt. Viermal so groß wie die Erde entwickelt er natürlich eine gewaltige Schwerkraft. Trotzdem denke ich, dass es bei vermehrter Vulkantätigkeit, Erdbeben, Klimaschwankungen und hohen Gezeiten bleiben wird. Du musst also nicht befürchten, dass unsere Arbeit bald wieder zunichte wird.

„Wie ist es mit dir, Vater", wollte Nergal wissen. „Machst du das Niltal wieder urbar, oder hat sich Marduk das vorgenommen? Schließlich hat er dort zuletzt regiert, bis die Sintflut kam."

Enki trank einen Schluck Bier. Nachdenklich strich er sich über die Stirn. „Natürlich habe ich schon daran gedacht, Nergal. Auch mit deinem Bruder Marduk habe ich darüber gesprochen. Er wäre daran interessiert, wieder im Lande Magan am Nil zu herrschen. Aber weiß man, was Enlil vorhat? Seine Stadt Nippur gibt es nicht mehr und das Land Sumer liegt so tief, dass es sehr lange dauern wird, bis man dort wieder an einen Raumflughafen denken kann. Dennoch brauchen wir schnellstens einen neuen Flugplatz, denn die alte Landebahn auf dem Zedernberg genügt nicht. Es muss ein neuer Ort gefunden werden, an dem das Band DUR.AN.KI erneut geknüpft wird. Wir brauchen wieder ein Kontrollzentrum, das auch die Verbindung zum Himmel aufrecht hält, zum Orbit und zum Nibiru." Diesmal verlor sich Enki selbst in Weitschweifigkeit.

„Was ich damit sagen will, Nergal, ist die Frage, wem wird nun nach der Flut welches Gebiet zugesprochen. Noch ist alles offen, nichts offiziell in Abstimmung mit Anu festgelegt. Wer weiß, ob das Niltal dann nicht an eines von Enlils Kindern oder seine Enkel geht? „

Nergal wirkte betroffen. „Du meinst, sie könnten uns unsere angestammten Gebiete wegnehmen?"

Nervös griff auch er zu einem Glas Bier. Enki machte eine vage Handbewegung. Aber ihr beide könnt beruhigt sein. Das Minenland Arali und dein Südland wird gewiss keiner aus Enlils Familie beanspruchen."

Befreit atmete Nergal auf. „Das hat auch schon Ereschkigal gesagt. Unser Gebiet am Südkap Afrikas wäre ihnen viel zu abgelegen. Auch Gibils Minen werden sie nicht haben wollen, denn der Bergbauspezialist ist er. Niemand außer dir, Vater, kennt sich damit so gut aus."

„Gewiss, Nergal, eure Domänen wird euch keiner streitig machen. Es wird auch schon eifrig nach neuen Gold-und anderen Metallvorkommen gesucht, auf der Sinaihalbinsel zum Beispiel oder weit über den Ozean gen Westen auf einem anderen Kontinent. Der entscheidende Punkt ist, dass wir aufpassen müssen, dass sich Enlils Familie nicht sämtliche Raumfahrtanlagen und Landeplätze sichert, einschließlich derer, die noch gebaut werden müssen. Keinesfalls dürfen wir zulassen, an den Rand gedrängt zu werden."

Nergal wirkte kaum besorgt. „Mir macht das nichts aus, ein abgelegenes Gebiet zu haben."

„Mir auch nicht", stimmte ihm Gibil zu, der herangekommen war und die letzten Bemerkungen gehört hatte.

Enki hatte da so seine Bedenken und überlegte im Stillen. Auf Gibil trifft das sicher zu, Nergal jedoch ist ehrgeiziger. Er könnte eines Tages hochfahrende Ansprüche stellen. Doch zurzeit freute sich Enki, das seine Söhne so dachten. Aber dennoch war er froh, dass wenigstens Marduk an hoher Position und Einfluss gelegen war. Sein Leben lang hatte Enki dagegen angekämpft, dass Enlil und seine Familie nicht zu mächtig wurden. Jetzt, wo er älter geworden war, unterstützte ihn wenigstens Marduk im Widerstreit mit Enlil. Auch auf Ningischzidda kann ich zählen, dachte Enki. Dieser Sohn verstand sich mit Marduk manchmal nicht so gut, doch sie hatten auch schon zur Zufriedenheit zusammen gearbeitet, sann Enki nach. Das alles muss ich künftig berücksichtigen, nahm er sich in Gedanken vor. Zu Nergal und Gibil sagte er: „Es wurde schon unter den führenden Mitgliedern des Zwölferrates beschlossen, bald über eine Neuaufteilung der Erdgebiete zu beraten. Bis dahin soll auch feststehen, wo das neue Raumfahrtzentrum liegen soll. Aber diesmal“, ereiferte sich Enki, „werde ich verhindern, dass alles, was damit zusammenhängt, allein von Enlil und seiner Familie beherrscht wird.“

Enki steigerte sich in seinen Zorn hinein.

„Bereits jetzt haben Enlil und seine Sippe wieder die ganze Alte Welt unter ihr Kommando gebracht, sobald das Wasser der Flut gewichen war.“

Eine Ader schwoll bedrohlich auf Enkis Stirn.

„Ninurta hat schon begonnen, das Tiefland von Mesopotamien trockenzulegen und macht sich auf den Berghängen zu schaffen. Das hochgelegene östliche Elam haben sie ebenfalls an sich gerissen.“

„Ich weiß“, warf Nergal ein. „Dort herrscht Inanna, Ereschkigals Schwester.“

„Natürlich eine aus Enlils Familie, diese machthungrige Inanna“, fuhr Enki aufbrausend fort, obwohl auch er, wie fast alle Männer ihrer Schönheit verfiel, sobald sie in der Nähe war.

„Auch im Norden sind die Gebiete schon von Enlils Kindern besetzt. Adad beherrscht das Taurusgebirge und Kleinasien. Was zwischen Elam und Adads Land liegt, haben sich ebenfalls Enlils Söhne geteilt. Der Süden davon gehört Ninurta, den nördlichen Bereich hat Nannar erhalten. Damit ist alles klammheimlich Enlils Verwandten zugefallen, sämtliche Gebiete, die vor der Sintflut das Kernland der Macht darstellten.“

Enki war rot vor Zorn und wurde nun von Gibil beschwichtigt. „Ich denke, die Neuaufteilung steht noch bevor, so sagtest du doch Vater, oder?“

„Ja, weil ich und Andere mich schon dagegen ausgesprochen haben, dass Enlils Familie sich die besten Länder einfach nehmen. Ich habe mich auch bei meinem königlichen Vater Anu beschwert. Wie schon gesagt, bald soll es eine Beratung zur offiziellen Aufteilung der Herrschaftsgebiete geben.“

Nergal wirkte erleichtert, wusste er doch aus Erfahrung, wie empfindlich Enki in diesen Dingen reagierte.

„Dann kann Enlil nicht mehr ohne Zustimmung von Großvater Anu die Gebiete besetzen. Bis es soweit ist, könntest du dich, Vater, zusammen mit Marduk um die Wiedergewinnung des Niltals kümmern. Das hat immer uns gehört und wird es bestimmt auch weiterhin“, wollte Nergal beruhigend auf Enki einwirken. Immer noch böse, brauste sein Vater erneut auf.

„Das wäre wirklich der Gipfel, wenn sie sich noch an unser Afrika heranmachen würden. Dann könnten wir uns ja gleich in dem fernen Erdteil verkriechen, jenseits des Westozeans, wo man nach der Flut verstärkt Gold, Kupfer und Zinn gewinnen will. Euer Bruder Ningischzidda interessiert sich für den neu zu erforschenden Kontinent.“

Soweit wird es nicht kommen, pflichtete Gibil seinem Bruder bei. König Anu hat immer viel von dir gehalten, Vater. Er würde es nicht zulassen, dass wir alle von Enlil beiseitegedrängt werden.“

Langsam verflüchtigte sich Enkis Wut. „Ihr seid gute Söhne, alle beide. Ihr steht zu mir, das weiß ich doch. Warten wir ab. Bis dahin habe ich mir schon selbst vorgenommen, mich erneut um das Niltal zu kümmern. Ich habe so eine Ahnung, dass das Gebiet um das Delta in Zukunft eine sehr große Rolle spielen wird.“

„Wie meinst du das?“ fragte Nergal verständnislos. Jetzt sprühten Enkis Augen Funken.

„Denk doch mal nach. Wo wird wohl das neue Raumfahrtgebiet liegen? Soviel Auswahl gibt es nicht. Es soll höher liegen als ehemals Sippar und Nippur. Wieder sollen natürliche Orientierungspunkte vorhanden sein. Allzu weit vom Alten Kernland Sumer darf es auch nicht entfernt sein. Na, wo wird es dann entstehen? Ich sage euch, die Wahl wird auf die Sinaihalbinsel fallen, vor die Tore unseres Nildeltas.“

Triumphierend sah Enki die Söhne an.

„Natürlich, Vater!“ rief Nergal begeistert. Dir kann Enlil nichts vormachen. Bestimmt trägt er sich mit Plänen für den Sinai.“

Gibil sagte gar nichts, lächelte aber still vor sich hin. Das ist eben unser Vater. Nicht umsonst trägt er den Beinamen Nudimud, dachte er und war wieder einmal stolz, Enkis Sohn zu sein.

Nergals Gedanken waren konkreter. „Aber das ist doch das Gebiet, das schon vor der Flut Tante Ninhursag zugesprochen wurde.

„Richtig, schnaubte Enki wütend. Darauf werde ich mich berufen. Ich lasse nicht zu, dass sich Enlil auch dieses Gebiet aneignet. Dafür werde ich auf der Beratung über die Neuaufteilung sorgen und sogar Unterstützung dabei haben, meine geschätzte Schwester selbst. Bei Gelegenheit werde ich mit ihr darüber sprechen. Damals hatte sie sich so gefreut, ein eigenes Gebiet zu haben, denn außer der Stadt Schuruppak hatte ihr nie ein Land gehört. Dabei war sie immer eine der hochgestelltesten DIN.GIR, die auf die Erde kamen. Ich werde sie daran erinnern, dass ihr noch immer das Land der Halbinsel zusteht. Mir ist allemal lieber, Ninhursag untersteht das zukünftige Raumfahrtgebiet, als dass Enlil dort auch noch herrscht. Mir werden sie es sowieso nicht geben."

Enkis Wut war verraucht, als er von seiner Halbschwester sprach. Dann konzentrierten sie sich auf das Zielgebiet. Nergal wechselte ein paar Worte mit dem Abgal auf dem Pilotensitz. Enki dachte, dass hier an der Südspitze Afrikas die Sintflut am meisten gewütet haben musste, da sie dem Entstehungsort der Katastrophe so nah war. Er sah das angespannte Gesicht seines Sohnes Nergal und wappnete sich selbst, auf Spuren größter Verheerungen zu treffen.

Während Enki und die Söhne auf dem Erkundungsflug waren, besuchte seine Gemahlin Ninki ihre Schwägerin Ninhursag. Sie hatte sich jedoch nicht in deren Wohnstatt angemeldet, sondern strebte dem Eingang der medizinischen Station zu. Der heiße Wind zerrte an ihrem prächtigen Stufengewand und hätte sich ihres Kopfputzes bemächtigt, wäre er nicht so gut im Haar befestigt gewesen. Ninki war keine junge Frau mehr, denn die Zeit der ersten schars, seit sie auf die Erde gekommen war, lag bereits in weiter Ferne. Sie hatte etlichen Kindern das Leben geschenkt, auch dem ersten Sohn Marduk, auf den Enki so sehr gewartet hatte. Inzwischen war sie Großmutter vieler Enkel, die ihrerseits selbst Generationen hervorgebracht hatten. Trotz ihrer enormen Lebensspanne und der Jungbrunnenernährung ging die Zeit nicht völlig spurlos an den Nefilim vorbei. Ninki hatte Fältchen um Augen und Mundwinkel, die sich seit der letzten Behandlung wieder in die Haut eingegraben hatten. Nun erreichten sie eine Tiefe, die sie als störend empfand. Alle Frauen der Oberschicht, besonders aber die Damen der königlichen Familie, achteten stets auf ihr tadellos gepflegtes Äußeres. Kosmetische Korrekturen waren für sie ein Teil der Körperpflege und wurden ein bis zwei Mal jährlich in Anspruch genommen.

Aus diesem Grund betrat Ninki die kühle Eingangshalle, in der Palmen in großen Kübeln, Rasen, Blumen und fließendes Wasser die Illusion eines Gartens schufen. Dazu ließen echte Vögel gebieterisch und ausdauernd ihre melodischen Stimmen ertönen, um ihre kleinen Reviere vor den Artgenossen zu verteidigen.

Ninki wurde sofort in ein Audienzzimmer geführt, in dem Ninhursag nur noch selten persönlich Patienten behandelte. Auch die Ärztin hatte schon lange die Jahre der Jugend hinter sich gelassen, war aber noch sehr ansehnlich. Noch immer war sie die führende Medizinerin, übte inzwischen jedoch weitaus öfter Kontrollfunktionen aus, als dass sie selbst praktizierte. Nur einige wenige aus den Familien der höchsten DIN.GIR behandelte sie noch selber. Natürlich gehörte die Frau ihres Bruders Enki dazu. Ninki, die noch immer schlank war, würde sich heute durch einen kleinen kosmetischen Eingriff ihrer Gesichtsfältchen entledigen. Durch den speziellen Hautregenerator wären bereits am selben Tag die Spuren des Engriffs ausgelöscht.

Die beiden Frauen begrüßten sich herzlich, tranken erfrischende Säfte und plauderten zunächst über allgemeine und familiäre Angelegenheiten. Dabei kamen auch sie auf das Thema zu sprechen, das seit langem das Hauptgespräch in den Familien der Söhne des Herrschers der zwei Planeten war, die Neuaufteilung der Erde.

„Es ist schlimm, meine liebe Schwägerin", beklagte sich Ninki. „Enki und Marduk kennen überhaupt kein anderes Thema mehr. Selbst unsere anderen Söhne, die sich nie viel um die Rivalitäten gekümmert haben, diskutieren hin und her, wie die Vergabe der Herrschaftsbereiche wohl enden wird. Selbst Dumuzi fängt immer wieder davon an. Er hat sich ganz schön verändert, seit er unter dem Einfluss von Enlils Enkelin Inanna steht."

Ninki nahm sich eine Dattel und zog missbilligend die Augenbrauen zusammen.

Die Zornesfalte, schoss es Ninhursag durch den Kopf. Ich darf sie nachher nicht bei der Korrektur vergessen.

„Da kann ich dir nur beipflichten, Ninki. Inanna wird ein Stück vom Kuchen für sich haben wollen. Keine andere Frau aus unserer weitläufigen Familie ist nur annähernd so machtbesessen", ereiferte sich die Ärztin.

„Das stimmt wirklich. Sie führt sich auf, als wäre sie ein erbberechtigter Sohn und Thronfolger", kritisierte Ninki Inannas Verhalten.

„Vielleicht will sie auch noch Mitglied des Pantheons werden, obwohl doch alle zwölf Ränge besetzt sind", mutmaßte Ninhursag. „Vielleicht muss dann eine von uns ihr den Platz überlassen."

„Soweit kommt es noch. Nein, das können Enlil und Enki dann doch nicht zulassen", war sich Ninki sicher.

„Ach, gerade die Männer können ihr doch nichts abschlagen. Sie versteht es meisterhaft, sie zu umgarnen und ihren Willen durchzusetzen. Ich habe so eine Ahnung, dass wir noch allerhand von ihr zu erwarten haben", prophezeite Ninhursag.

„Was ist mit dir, Schwägerin", wollte Ninki wissen. „Du hattest schon vor der Flut eine Stadt und ein Land regiert. Sieh zu, dass dir gegeben wird, was deinem Rang und Stand zusteht. Manchmal wünsche ich mir, König Anu hätte dich zur

Erdenherrin ernannt. Wie friedlich wären dann die Jahrtausende ins Land gegangen."

Ninhursag war aufgestanden. „Ach, Ninki, das hätte ich gar nicht gewollt. Diese Last der Verantwortung zu tragen, wäre ich nicht bereit. Außerdem hätte ich dann nicht meinen Beruf ausüben können, der mir sehr viel bedeutet.

„Ja, ich weiß, Ninhursag. So werden sich wohl bis in alle Ewigkeiten Enlil und Enki um die Vorherrschaft streiten. Auch unsere Söhne eifern ihren Vätern nach und machen Enlils Nachkommen Konkurrenz."

Ninhursag, die ihre Instrumente und Elixiere bereitlegte, warf ein: „Von Enlils Söhnen und deren Nachkommen gehen genau solche Rivalitäten aus. Es ist ein Jammer, wie oft sich die Familien meiner Brüder schon bekriegt haben."

Ninki hatte ihr Gewand abgelegt, um den Behandlungsmantel anzuziehen.

„Das ist es, was ich vorhin meinte. Du müsstest das Erdenland verwalten, den ganzen siebenten Planeten."

Ninhursag lächelte ihr zu. „Du meinst es gut, liebe Ninki, aber das letzte Wort hat immer noch mein Vater Anu, und der zieht seine Söhne in dieser Hinsicht nach alter Tradition vor. Aber nun komm. Was immer auch entschieden wird, du wirst in Schönheit und Eleganz dabei sein."

Nach etlichen Zusammenkünften des Pantheons und in ständiger Abstimmung mit Anu, dem Herrscher, stand nun endlich fest, in welche Gebiete die Erde aufgeteilt werden sollte. Die Entscheidung des königlichen Vaters war für Enlil ein furchtbarer Schlag. Bisher hatte er keinen Augenblick daran gezweifelt, dass ihm Anu wie bisher das alte Kernland der Macht, das Land zwischen den Flüssen Euphrat und Tigris, sowie die angrenzenden Länder geben würde. Enki könnte dann das ganze riesige Afrika zugesprochen werden. Enlil fand das nur gerecht, denn dort hatte der Bruder alles aufgebaut und verwaltet. Doch nun war diese Regelung keinesfalls sicher. Zum ersten Mal erwog er, Anu zu widersprechen. Doch das konnte er nicht wagen. Sollte er den König der zwei Planeten ernsthaft erzürnen, riskierte er, der Thronfolge enthoben zu werden. Gerade die Entscheidung über die Neuaufteilung der Erde hatte bewiesen, dass der Vater Enki genauso schätzt wie ihn.

Enlil war verzweifelt, schlief kaum, aß wenig und delegierte die Amtsgeschäfte so weit wie möglich an die Söhne und höheren Beamten. Ninlil, seine Gemahlin, ging ihm aus dem Weg, denn Enlil ließ sich durch nichts beruhigen. Dennoch war sie es, die auf die Idee kam, dass ihr Gemahl sich mit der Familie noch einmal über die neue Situation beraten sollte, ganz privat und ohne Aufsehen. Offiziell durfte die Entscheidung Anus nicht kritisiert werden, so dass eine Familienzusammenkunft im Hause Enlils ganz unverfänglich war.

Nach und nach waren die Söhne mit ihren Frauen eingetroffen. Als letzte kamen Nannars Zwillinge, mit denen Enlil gar nicht gerechnet hatte. Ihm war es jedoch recht, dass vor allem Utu dabei war, der immer den so überaus wichtigen Raumflughafen befehligt hatte.

Trotz aller Sorge um Enlil war es für Ninlil eine Freude, die Familienmitglieder so zahlreich wie schon lange nicht mehr versammelt zu sehen. Sogar Adad hatte seine Gattin Shala mitgebracht, die sonst immer seltsam zurückhaltend war.

Utus Gemahlin Aya war froh, dass Shala anwesend war, denn sie unterhielt sich gern mit ihr, viel lieber als mit Inanna, der Schwester ihres Mannes. Inanna ignorierte die Gemahlin Utus so gut sie konnte oder behandelte sie von oben herab. Immer hatte Aya das Gefühl, als ob die Schwägerin eifersüchtig war und den Bruder keiner anderen Frau gönnte.

Zur Beratung im kleinen Kreis hatte Enlil alle in sein Arbeitszimmer gebeten. Als erste stürmte zur festgesetzten Zeit Inanna herein.

„Großvater, wie schön, dich zu sehen. Wir alle machen uns Sorgen um dich, denn du bist nicht zum gemeinsamen Mahl erschienen."

Schon war sie an Enlils Seite, ohne ihn auch nur begrüßt zu haben und küsste ihn auf die Wange. Enlil war seit langem ihre Art gewöhnt und vergab ihr jedes Mal im Stillen wegen genau solcher liebevollen Gesten. Nur Enlil selbst glaubte, die Enkelin habe ihn gern. Alle anderen, sogar Utu, vermuteten dahinter einen gehörigen Teil an Berechnung, denn sich die Zuneigung des Erdenherrs zu sichern, konnte niemals schaden.

Ninurta, Nannar und Adad sowie ihre Frauen, des Weiteren Ninlil und Utu sahen alle erwartungsvoll in Enlils vergrämtes Gesicht. Sogar der Hut, das unumgängliche Statussymbol, saß ein wenig schief auf dem Kopf des Familienoberhauptes. Alle fragten sich, was Enlil ihnen mitzuteilen hatte. Gewiss würde er jetzt die Entscheidung Anus über die Teilung der Erdgebiete bekannt geben. Davon hing auch ihr künftiges Leben in großem Maße ab. Leider konnte es nichts Gutes sein, sonst hätte Enlil nicht so deprimiert, ja sogar krank gewirkt.

Nachdem er alle willkommen geheißen hatte, sah er mit müden, sorgenvollen Augen in die Runde.

„Heute werde ich euch bekannt geben, wie der Große Herrscher entschieden hat. In zwei Tagen ist die offizielle Ratssitzung. Wir wollen noch einmal gemeinsam überlegen, ob man noch irgendetwas tun kann, das unserer Familie zum Vorteil gereicht. Kurz und gut, Anu hat bestimmt, dass das Los entscheiden soll, ob Enki oder ich das alte Mesopotamien erhalten soll."

Kraftlos sank Enlil im Stuhl zusammen, als ob allein die Vorstellung davon ihn aller Energie beraubte.

Ninurta, der als Enlils Nachfolger ein großes Interesse an der Gebietsaufteilung hatte, stieß verblüfft hervor: „Die Neuaufteilung der Erde soll zum Glücksspiel werden? Das ist doch nicht möglich, Vater."

Zornig war er aufgesprungen. Adad, der neben ihm saß, drückte ihn wieder auf den Stuhl zurück. Jeder tauschte seine ersten Gedanken mit dem Nachbarn aus, so dass ein Stimmengewirr Enlils Arbeitszimmer erfüllte. Sogar der ruhige, besonnene Utu war außer sich. Sein Bart zitterte, als er mit lauter Stimme alle übertönte: „Mein Raumflughafen! Dann kann also durch Zufall das Fluggebiet an Enki und seine Söhne fallen? Das kann der König doch nicht wollen. Sie verstehen nichts von meinen Raketen und den verschiedensten schems."

Inanna, die links neben ihm saß, legte beruhigend ihre Hand auf den Arm des Bruders und rief: „Das ist wahr, Großvater! Du musst verhindern, dass auch die Raumfluganlagen Gegenstand der Auslosung sind."

Nun ergriff auch Adad das Wort. „Seid still. Bestimmt hat sich Vater schon darüber Gedanken gemacht, lasst ihn doch zu Wort kommen."

Mit einer müden Geste bat Enlil um Ruhe. „Seit ich von der Entscheidung durch das Los weiß, mache ich mir unablässig Gedanken, Tag und Nacht. Aber es gibt keinen Ausweg. Anus Befehl war eindeutig. Die Gebiete sollen ausgelost werden."

Resigniert brach er ab. In die Stille hinein sagte diesmal Ninurtas Frau Gula: „Ich könnte mir nicht vorstellen, weit entfernt im AB.ZU zu wohnen und Ninurta in den afrikanischen Minen, etwa unter Tage arbeiten zu wissen."

Geschockt sah sie ihren Schwiegervater an.

Und ich müsste eventuell in Ereschkigals Land dicht am Südpol, ans Ende der Welt gehen, während sie und Nergal über die alten Städte und Elam herrschen. Großvater, das müssen wir verhindern", forderte Inanna. Selbst sie sah verängstigt aus, was kaum jemand an ihr kannte.

„Wie ich schon sagte, ich kann mich nicht gegen die Entscheidung des Herrschers stellen. Im Grunde will er damit sagen, dass Enki genauso hoch in seiner Gunst steht wie ich. Protestiere ich aber jetzt gegen seinen Befehl oder erzürne ihn in irgendeiner Art und Weise, schade ich nur mir selbst und damit uns allen. Dann wird er Enki als ersten Herrn auf Erden einsetzen." Kläglich senkte Enlil das einst so stolze Haupt.

„Das wäre noch schlimmer als losen", gab seine Gattin, die sonst so fröhliche Ninlil traurig zu bedenken.

„Wir haben schon einmal losen müssen, damals, als du, mein werter Gemahl, auf die Erde kamst. Da hattest du das Glück auf deiner Seite, Enlil. Vielleicht geht es auch diesmal gut aus", sprach sie allen Mut zu. Doch sie sah bei allen nur zweifelnde Gesichter. Nannar, der Kluge, hatte sich bisher noch nicht geäußert. Statt sich zu ereifern oder den denkbar schlechtesten Ausgang zu beklagen, hatte er überlegt. Nun meldete er sich zu Wort. „Es gibt nur zwei Dinge, die wir tun können."

Überrascht wandten sich die Familienmitglieder ihm zu. „Wir können etwas tun? Sogar Verschiedenes?" fragte Utu in seiner Not etwas einfältig, was er ganz und gar nicht war. Enlil war aufgesprungen. „Sprich, Nannar, spanne uns nicht auf die Folter."

„Als erstes könnten wir an Enki und seine Familie appellieren, dass jeder in den Gebieten bleibt, wo er gerade ist, denn dort hat derjenige Kraft und Mühe investiert, nach der großen Flut das Land wieder nutzbar zu machen. Warum sollte ein Anderer dort jetzt die Früchte seiner Arbeit ernten."

„Gut gesagt, Nannar, das wäre ein Argument", warf Ninurta ein. „Dennoch kann ich kaum glauben, dass zum Beispiel Marduk lieber am Nil bliebe, wenn er durch das Los das mesopotamische Zentrum der Macht haben könnte. Wir haben uns in all den schars auf der Erde schon so oft bekämpft, dass ich keine Hoffnung habe, er oder ein anderer könnte darauf verzichten."

„Nein, Nannar", sagte Enlil, nun wieder aller Zuversicht beraubt. „Das wird Enki oder einer seiner Söhne niemals tun. Er hat nie ganz verwunden, dass ich am Anfang der Erdbesiedlung der Herr in KI.EN.GIR wurde und er es nicht blieb, obwohl er lange allein auf dem siebenten Planeten gearbeitet hatte. Wenn diesmal das Los ihn begünstigen sollte, würde ihn kein Argument der Welt zum Verzicht bewegen."

„Nannar, du sprachst von zwei Möglichkeiten. Was könnten wir noch tun?" forderte diesmal Shala ihren Schwager auf.

„Richtig, Shala, uns wird nur ein Ausweg bleiben, ungewöhnlich, riskant, aber die einzige Lösung." Auf einmal lächelte er. „Wir werden die Auslosung manipulieren." Fassungslos starrten ihn alle an. „Du meinst mogeln? Betrügen?" fragte Adad ungläubig.

Enlil hatte sich aufgerafft. „Nannar, das kann uns allen Kopf und Kragen kosten, das können wir nicht machen. Wie stehe ich da, wenn das herauskommt. Dann muss ich in die Verbannung in den AB.ZU."

Scheußliche Erinnerungen sprangen Enlil an. Der AB.ZU war für ihn ein rotes Tuch. Wenn er nur an den Aufstand der Anunnaki dachte, die ihn im afrikanischen Südland töten wollten, wurde ihm übel. Peinlich berührt fiel ihm auch wieder seine frühere Verbannung wegen Vergewaltigung ein. Selbst in seiner hohen Position hatte ihn die Härte des Gesetzes getroffen und nach Afrika befohlen.

Mochte auch die Landschaft hell und lieblich sein, für ihn hatte diese Gegend nur dunkle, schlimme Zeiten gebracht. Das war es ja, was ihm den Schlaf raubte. Er sah sich schon durch das Los in den AB.ZU geschickt, während Enki vom Unteren Meer, wo Eridu lag, bis zum Oberen Meer, wo jetzt Adad war, herrschte. Diese Vorstellung war zuviel für Enlil. Daher fragte er nach: „Wie willst du das bewerkstelligen, Nannar? Die Auslosung ist öffentlich. Die Lose sehen alle gleich aus, das wird kontrolliert, bevor es losgeht. Sie werden auch noch kräftig durcheinander geschüttelt. Es geht nicht, irgendetwas zu beeinflussen."

„So wie du es sagst, Vater, natürlich nicht", gab Nannar zu. Genau so wird die Losung vonstatten gehen. Du musst nur dafür sorgen, dass einer von uns, am besten ich, vor der Auslosung den Deckel des Losgefäßes abnimmt. Meinetwegen bestimmst du jemand aus Enkis Familie, vorher den Behälter zu kontrollieren. Wenn ich nach dem Schütteln den Deckel abnehme, lasse ich ein markiertes Los hineinfallen. Als Erdenherr steht es dir zu, Vater, zuerst ein Los zu ziehen. Dann siehst du das Los, das anders als die übrigen aussieht und nimmst es dir. Natürlich werden die Gebiete darauf stehen, die wir haben wollen."

„Nannar", rief Ninlil erschrocken. „Du bringst uns alle in Gefahr. Wenn jemand sieht, wie du das Los hineinwirfst, ist es mit uns allen aus."

Diese ganze Situation hatte auch ihre Nerven beansprucht, so dass sie unvermittelt in Tränen ausbrach. Nannar versuchte, sie zu beruhigen.

„Ich habe noch zwei Tage Zeit, den Trick zu üben, stundenlang, wenn es sein muss, aber es wird klappen, glaube mir."

Enlil war hin und her gerissen von der Aussicht, seine Gebiete behalten zu können und krank vor Angst, die Mogelei würde schief gehen.

„Wenn du im Begriff bist, den Deckel abzunehmen, Vater, kann ich den Kontrolleur mit einem Zwischenruf ablenken", meldete sich die waghalsige Inanna zu Wort. Verschwörerisch blinzelte sie Enlil zu.

Noch eine ganze Weile wurden die verschiedensten Vorschläge unterbreitet, die alle darauf abzielten, die Auslosung der Erdgebiete zu manipulieren. Enlil stimmte schließlich zu, das Wagnis einzugehen, sah jedoch dem entscheidenden Tag mit nicht weniger Grausen entgegen. Bevor sie auseinander gingen, mussten alle schwören, niemals und unter keinen Umständen das Geheimnis preiszugeben, denn alle hätte gleichermaßen Anus Zorn getroffen.

Es war am Morgen des Tages vor der beschlussfassenden Ratssitzung über die Neuaufteilung der Erde, als ein kleiner Senkrechtstarter hinter dem Haus von Ninhursag landete. Sie hatte sich Mühe gegeben, besonders vorteilhaft auszusehen und ein lavendelfarbenes Pala-Gewand angelegt, da ihr diese Farbe sehr gut stand.

Ninhursag war sorgfältig frisiert und diskret geschminkt, als der Halbbruder auf sie zuschritt. Ein mildes Lächeln stahl sich auf ihr Gesicht, als sie den Bruder kommen sah. Enki stand ihr gefühlsmäßig stets näher als Enlil, weil er sich ihr gegenüber immer liebenswürdig verhalten hatte.

Als Enki sich über die Sprechanlage bei ihr anmeldete und um ein privates Treffen bat, deutete er nur an, dass es um die morgige Beschlussfassung ginge und er noch etwas Wichtiges mit ihr allein zu besprechen hätte.

„Liebe Schwester, lass dich umarmen und dir danken, dass du mich heute noch in aller Eile empfängst."

Er sah in ihre intensiv leuchtenden blauen Augen, die schon immer das Schönste an ihr gewesen waren.

„Willkommen Bruder Enki. Tritt ein in den kühlen Schatten meines Hauses. Sei mein geschätzter Gast."

So förmlich, dachte Enki bei sich. Das verheißt vielleicht nichts Gutes. Doch Ninhursag wollte nur vorsichtig sein und signalisieren, dass sie sich nicht vor seinen Karren spannen ließe. Aus Erfahrung wusste sie, dass er verbotene Dinge oder eine Umgehung höchster Anordnungen von ihr verlangen könnte. Als Enki nach kurzem privatem Gespräch auf den Kernpunkt seines Anliegens zu sprechen kam, war Ninhursag jedoch angenehm überrascht. Du willst beim königlichen Vater intervenieren, damit ich mein Gebiet behalte?" fragte sie ungläubig. „Du willst es nicht für dich? Sei ehrlich, Enki", setzte sie dem Bruder zu.

Enki, der neben ihr auf dem Sofa saß, nahm ihre Hand.

„Nein, es soll deine Domäne sein, wahrhaftig. Wir müssen nur noch Anu kontaktieren, damit er die Sinaihalbinsel von der Auslosung befreit und als dir zugehörig festlegt. Nun ja, liebe Ninhursag, ich gebe zu, dass mein zweiter Beweggrund der ist, dass nicht Enlil das künftige Raumfahrtgelände erhält. Sieh mal, wenn er oder auch ich mit unseren Söhnen dieses Gebiet bekämen, würde es bald erneute Streitereien wegen der Herrschaft über das Verbindungsband von der Erde zum Himmel geben, denn das DUR.AN.KI ist der begehrteste Ort überhaupt. Sogar Kriege könnten darum geführt werden. Dir als weitgehend neutrale Person würde es keiner streitig machen. Du siehst also, im Sinne eines dauerhaften Friedens müssen wir sofort unseren Vater Anu sprechen."

Die vorsichtige Anspannung war aus Ninhursags Zügen gewichen, und das Friedensargument hatte sie vollends überzeugt.

„Dann lass es uns sofort versuchen, den Herrscher umzustimmen, damit er die künftigen Raumfahrtanlagen von der Verlosung ausschließt. Ich habe mich schon selbst gefragt, wie lange es dauern wird, bis wieder Rivalitäten um dieses Gebiet ausbrechen. Du bist gütiger geworden, lieber Enki, älter und weiser."

Sie standen auf und gingen zu der kleinen Fernsprechanlage, die jedem DIN.GIR zur Verfügung stand. Beide legten Anu die Beweggründe dar, das künftige Tilmun seiner neutralen Tochter zuzusprechen. Anu, der Frieden auf Erden wollte und keinen Krieg zwischen seinen Söhnen, stimmte dem Antrag Enkis und Ninhursags zu.

Als der Herrscher der zwei Planeten die Verbindung beendet hatte, wirkte er sichtlich erleichtert. Einerseits hatte er auf dem Nibiru genug andere Sorgen, andererseits sagte er sich, dass er auf diese Lösung selbst hätte kommen müssen. Er rechnete es Enki hoch an, dass er damit auf die Möglichkeit verzichtet hatte, durch das Los selbst das begehrte Gebiet zu erhalten.

Ohne Zeit zu verlieren, meldete er sich bei seinem Sohn Enlil, um ihm die geänderte Entscheidung mitzuteilen.

Enlil, der sowie so nervös war, rief noch einmal alle seiner Familie zu einer kurzen Beratung zusammen, um ihnen Anus Anordnung bekannt zu geben.

„Nannar, du musst ein neues Los präparieren. Das Raumfahrtgelände darf nicht mehr mit draufstehen. Es ist vergeben, wie ich sagte."

Aufgeregt ging Enlil auf seinen ältesten Sohn zu.

„Kein Problem, Vater, das ist schnell geschehen. Sorge dich nicht, ich habe schon fleißig meinen Trick geübt. Alles wird gut gehen."

Enlil stöhnte. „Wenn doch nur der morgige Tag schon vorbei wäre."

Er gönnte Ninhursag das Land Tilmun. Wenn er es nicht haben konnte, erhielt es auf diese Art und Weise wenigstens nicht Enki. Außerdem war sie die Mutter seines Sohnes Ninurta. Über diesen Umweg hätte seine Familie dennoch Einfluss auf das Gelände. Alle diskutierten wieder durcheinander. Nur Inanna ging zu Enlil.

„Komm Großvater, du bist so aufgeregt. Du musst dich entspannen. Ich massiere dir den Schulterbereich. Das beruhigt, und du hattest es immer gern."

„Ja, meine liebe Enkelin, danke. In der letzten Zeit hatte ich wirklich viel zu viel Aufregung."

Der Tag der Entscheidung war angebrochen. Die Mitglieder des Pantheons hatten sich versammelt, um die Erde nach der Sintflut neu aufzuteilen. Eine große Spannung war deutlich im Raum zu spüren. Obwohl es im Gebäude kühl war, schwitzte Enlil und konnte nur mit Mühe seine Hände ruhig halten. Er hatte den Vorsitz, wenn Anu nicht da war. Viel kürzer als sonst eröffnete er die Ratssitzung, sprach noch einmal über die Raumfahrtanlagen, die Ninhursag gehören sollten und rief zur Verlosung der anderen Gebiete auf. Es wurden weite Landstriche zusammengefasst, so dass es außer dem Sinai noch drei weitere Großdomänen gab.

Enlil berief den Kontrolleur an den Tisch mit dem Losgefäß. Marduk hatte es unter seiner Würde befunden, so dass aus Enkis Familie nun sein Sohn Ningischzidda den Deckel abnahm, die Lose prüfte, das Gefäß wieder verschloss und kräftig schüttelte. Dann stellte er es wieder auf den Tisch.

Enlil wirkte nervös und erhob sich.

„Nannar, nimm den Deckel ab, so dass wir mit der Verlosung beginnen können. Als erster werde ich in meiner Funktion als Erdenherr selbst ein Los ziehen. Danach ..."

„Großvater, kann ich als Zweite losen? Ich bitte dich darum."

Alle Köpfe flogen missbilligend zu Inanna herum. Empörte Rufe schallten ihr entgegen.

„Was will sie überhaupt hier, sie ist kein Mitglied des Pantheons." Auch Ningischzidda hatte zu ihr hingesehen. So hatte Inannas Vater Nannar leichtes Spiel und ließ ein zwischen den Fingern eingeklemmtes Los fallen, während er den Deckel abnahm.

Ganz entgegen der Erwartung aller tadelte Enlil die vorlaute Enkelin nicht, sondern sagte nur unpassend milde: „Aber nein, meine Liebe. Nach mir wird selbstverständlich mein Bruder Enki ein Los wählen. Die Untergebiete werden innerhalb der Familie verteilt, so dass du und unsere Söhne überhaupt nicht losen müssen."

Ganz gegen ihre Gewohnheit gab Inanna sofort nach und entschuldigte sich sogar, was für weitere Verblüffung sorgte.

„Natürlich, Großvater, das war anmaßend. Bitte vergib mir." Gespielt einsichtig senkte sie die Augen.

„Schon gut, Inanna, doch jetzt wollen wir beginnen." Aus den Augenwinkeln hatte Enlil gesehen, dass Nannar bei Inannas Zwischenruf gleich den Deckel vom Gefäß gehoben hatte. Dennoch zitterte seine Hand, als er das einzige Los mit einem schmalen Farbkreis ringsherum ergriff. Sofort rollte er es auf und las laut vor, welche Landstriche ihm anscheinend der Zufall beschieden hatte. Dann hielt er das Papier Ningischzidda hin, der nur die Innenseite zu sehen bekam und den Text überflog.

Enki schloss einen Moment enttäuscht und ergeben die Augen. Er wollte sich nicht mehr so entsetzlich aufregen, wie viele schars zuvor, als das Los Enlil zum Herrn der Erde machte. Das hatte er sich fest vorgenommen. Das Glück war ihm auch diesmal nicht hold gewesen, dachte er resigniert. Es war ihm ein Trost, dass er Enlil dennoch einen Strich durch die Rechnung gemacht hatte, denn das wichtigste Gebiet stand nun unter der Kontrolle von Ninhursag.

Seine eigene Auslosung war nur noch eine Formsache. Enki griff in das Gefäß, das ihm sein Sohn Ningischzidda hinhielt und sah in die klugen Augen Nannars, in denen er diesmal einen Anflug von Belustigung wahrzunehmen glaubte. Nun, er amüsiert sich, dass das Schicksal mir auch diesmal nicht gewogen war, dachte Enki.

Das Los, das er zog, machte ihn zum Herrn von ganz Afrika, was er sowieso schon seit geraumer Zeit war.

Ich gratuliere dir, Onkel Enki. Flächenmäßig hast du mit Afrika wortwörtlich das größte Los gezogen." Ohne darauf einzugehen, setzte sich Enki wieder auf seinen Platz.

Nannar war erleichtert, dass alles nach seinem Plan verlaufen war. Er war der Einzige, der es an Klugheit und Originalität mit Enki aufnehmen konnte.

Marduk jedoch kochte vor Wut. Hätte sein Vater Enki das Zentrum der Macht erhalten, das Gebiet zwischen dem Unteren, dem Golf und dem Oberen Meer, dem Mittelmeer, wäre es nach einiger Zeit ihm übergeben worden. Dann hätte er nur noch TIL.MUN, das geplante Raumfahrtgebiet im Sinai, an sich reißen müssen und wäre statt Enlil der Herr der Erde. Das war sein Ziel und nichts weniger als das.

Nun blieb ihm nur noch bestenfalls das Nilgebiet mit dem Delta. Aber das Nildelta würde gewiss für die neuen Flughafenanlagen als Standort für einen Orientierungspunkt gebraucht, sann er nach. Die Flussmündung war unmittelbar dem Sinai benachbart, was sich später einmal als günstig erweisen könnte. Halb ausgesöhnt mit diesen Gedanken, hörte er Enlil kaum zu und machte im Stillen bereits Pläne.

Die Auslosung betraf nur Enlil und Enki, weil jeder Mesopotamien und die angrenzenden Gebiete haben wollte. Als dritte Weltgegend war das Industal festgelegt worden. Selbst bis dorthin hatten sich die Menschen bereits ausgebreitet. Es wurde entschieden, zum ersten Mal auch diesen reichen Landstrich zu kultivieren. Niemand der führenden Anunnaki war besonders darauf erpicht, so weit entfernt zu leben. In einer gesonderten Sitzung sollte beraten werden, wem aus der Familie des Herrschers Anu das blühende Flusstal weit im Osten anvertraut werden konnte.

Die vierte Weltregion war die wichtigste für die Nefilim. Es war das Land TIL.MUN, der Ort der Raketen, wo die neuen Flughafenanlagen entstehen sollten. Auch dort auf der unwirtlichen Sinaihalbinsel hatten sich Menschen angesiedelt. Aber der Zutritt zu den Orten, die zum Flugplatzgelände gehörten, sollte ihnen verboten sein. Das Gebiet war einzig und allein den Nefilim vorbehalten und würde streng bewacht werden.

Alle technischen Dinge, die Fluggeräte selbst und der reibungslose Ablauf des Flugbetriebes würden wie bisher Utu unterstellt werden. Doch die Herrin des ganzen Landes war, wie von Anu festgelegt, seine Tochter Ninhursag.

Ninki war froh, dass die ganze Aufregung vorbei war. Am meisten freute sie sich heimlich, dass ihnen Afrika erhalten blieb, wo sie immer so gern gelebt hatte. Zum Glück nahm Enki diesmal den Ausgang der Verlosung nicht so schwer. Sie wusste, dass er gehofft hatte, das Alte Land würde ihm zufallen, hütete sich jedoch, ihn wissen zu lassen, dass sie selbst es gar nicht haben wollte.

Ein paar Tage blieben sie noch in Enkis Stadt Eridu, in der noch viel Aufbauarbeit zu leisten war. Doch obwohl sie in Enlils Territorium lag, sollte diese Stadt in Anerkennung von Enkis Pionierleistungen zu Anbeginn der Erdbesiedlung immer ihm gehören. Dann reisten sie alle nach Afrika ab.

Enki hatte dort jedem Sohn ein Teilgebiet zugewiesen, in dem sie die Kultivierung voranbringen sollten. Er selbst hatte sich die schwierigste Aufgabe gestellt. Das Land Meluha, das Äthiopien und Nubien umfasste, lag noch völlig brach. Dieses große Gebiet sollte seine neue Wirkungsstätte sein. Hatte er auch diesen Landstrich bewohnbar gemacht, würde Afrika endgültig unter seinen Söhnen aufgeteilt werden.

Jahre intensiver Arbeit vergingen. Gibil und Nergal bauten ihre alten Domänen wieder auf, denn sie rechneten damit, dass der Vater sie keinem anderen der Brüder geben würde.

Marduk war wie selbstverständlich und mit Enkis Segen an den Nil gegangen, wo er bis zur Sintflut ohnehin der Herr war.

Es war eine arbeitsreiche, aber friedliche Zeit, denn auch Enlils Familie hatte in ihren Gebieten viel zu viel Arbeit, um sich mit Enki und dessen Angehörigen zu streiten.

So oft sie konnte flog Ninki in ihr Lieblingsland Arali zu Gibils Familie. Jedes Mal sah sie neue Gebäude oder eine neu angelegte Mine zur Metallgewinnung. Sie freute sich sehr, als Gibil ihr sagte, er wolle ein Haus extra für sie und den Vater bauen, damit sie wie vor der Flut hier ein eigenes Heim hatten.

Ninki war auch manchmal mit dabei, wenn ihr Gemahl ganz in den Süden flog und nach Nergal und dessen Gattin Ereschkigal sah. Seltener besuchte sie Marduk am Nil. Das Uferland war zwar malerisch schön, aber so schmal, dass man unverhofft vor der Wüste stand, die ihr schon immer Angst eingeflößt hatte. Nur das breite Delta gefiel ihr einigermaßen. Dort sollte, soweit sie es gehört hatte, das spektakulärste Bauvorhaben des ganzen Kontinents in Angriff genommen werden. Sie wusste nur, dass Marduk und Ningischzidda, die beiden Wissenschaftler unter den Söhnen, sich die Köpfe heiß redeten und bis in die Nacht über den Bauplänen saßen.

Wenn Ninki das glühende Land Meluha zuviel wurde, reiste sie auch ganz allein nach Eridu und besuchte dort Bekannte und weiter entfernte Verwandte.

Dann kam der Tag, als Enki alle sechs Söhne zu sich rief und Afrika neu unter ihnen aufteilen wollte.

„Liebe Söhne. Ihr habt in der vergangenen Zeit jeder an dem Platz, dem ich ihm zugewiesen hatte, großartige Arbeit geleistet. Unser Kontinent ist so riesig, dass ich ohne eure Hilfe niemals das ganze Land in dieser Zeit bewohnbar hätte gestalten können. Nun habe ich beschlossen, jedem von euch ein Gebiet zu geben, in dem er als selbstständiger Herr regiert. Dann werde ich mich in meine Stadt Eridu begeben und mich um die Ausbildung und Unterweisung der Menschen kümmern. Wir haben alle gesehen, dass unsere vielen Bauvorhaben, die Landwirtschaft und die Bergbauanlagen nicht ohne die tatkräftige Mithilfe der Menschen zu realisieren waren. Aber sie konnten noch viel zu wenig Eigenverantwortung tragen, so dass immer einer von uns mit dabei sein musste. Ich werde dafür sorgen, dass zunächst in Eridu, dann überall die Erdenmenschen ausgebildet werden. Das soll nicht nur das Handwerk und die Landwirtschaft betreffen, sondern auch einige Wissenschaftsgebiete, wie zum Beispiel die Astronomie in den Tempeln. Oder wäre es nicht von Vorteil gewesen, wenn ihr menschliche Baumeister hättet, die unsere Baupläne selbst lesen können? So hättet ihr nur die Kontrolle auszuüben brauchen und euch nicht um alle Einzelheiten selbst kümmern müssen."

Zustimmendes Gemurmel gab Enkis Überlegungen Recht.

„Aber nun hört, was ich festgelegt habe. Marduk, du wirst offiziell wieder der Herr über das Niltal und das Delta werden. Ägypten soll dir gehören."

Marduk nickte kurz, denn er hatte nichts anderes erwartet.

„Ganz im Süden wird Nergal mit seiner Gemahlin wieder die Geschicke der Anunnaki und der Menschen lenken."

Nergal seufzte erleichtert auf.

„Du, Gibil, bleibst bei deinen Bergwerken und regierst das so wichtige Land Arali. Dir ist auch der ganze Landstrich ostwärts entlang des großen Stromes bis zum Meer unterstellt, damit du der Herr über den Transport und die Verschiffung des Goldes und der anderen Bodenschätze bist."

Glücklich strahlte Gibil seinen Vater an und bedankte sich.

„Das weite Land an den großen Seen und das Ursprungsgebiet des Nils soll Ninagal gehören. Du wirst der Herr der großen Wasser sein, denn du teilst meine Leidenschaft für das nasse Element."

Ninagal, der immer im Schatten seiner Brüder stand, dankte seinem Vater bewegt, hatte er doch angenommen, kein eigenes Gebiet zu erhalten.

„Du, Dumuzi, wirst über die ausgedehnten Weideflächen des Sudan herrschen. Ich weiß, dass du dich nicht für Baupläne interessierst oder am Bergbau gefallen findest. Aber du warst schon immer ein guter Viehzüchter und hast mich gleich nach der Flut gut unterstützt, als ich mich um die Haustierhaltung kümmerte. Sei du ein guter, gerechter Hirte, auch für die Menschen, die in deinem Weideland wohnen."

Dumuzi war sehr zufrieden, denn er hatte schon befürchtet, sich mit Verwaltungsaufgaben und Städtebau abplagen zu müssen.

„Nun ist noch ein riesiges Gebiet zu vergeben. Der große Westen des Kontinents, wo die dunkelhäutigen Menschen angesiedelt sind, ist bisher weitgehend unbeachtet geblieben. Aber dort wird es ebenfalls reiche Gold-und andere Metallvorkommen geben. Dieses Gebiet übertrage ich dir, Ningischzidda, schalte und walte dort nach eigenem Gutdünken. Es sollte mich nicht wundern, wenn du es zu einer weiteren Schatzkammer der Erde machen wirst."

Ningischzidda dachte schon, er ginge leer aus, als seine jüngeren Brüder Gebiete erhalten hatten. Nun war er jedoch sehr erfreut, denn sein Vater wusste wohl, dass er gern Neuland betrat und Entdeckungsreisen liebte. Oft flog er mit seinem kleinen Flugzeug in unbekannte Ländereien, derer die Erde noch so viele zu bieten hatte. Mehrmals unternahm er sogar Langstreckenflüge über den Ozean bis hin zu dem Kontinent, den eine Einschnürung in einen Nord-und Südteil gliedert. Dort, das hatte er mit Hilfe der Ortungsgeräte ermittelt, waren ebenfalls überreiche Goldvorkommen, die zum Teil sichtbar an die Oberfläche traten.

Vorerst hatte er den Westen Afrikas erhalten, der in der Tat Neuland geblieben war, obwohl er sich bei seinen Touren auch dort schon umgesehen hatte. Ningischzidda nahm sich in Gedanken gleich vor, von der Meeresküste ins Landesinnere vorzudringen, nach Gold zu suchen und die größeren Flüsse zu befahren. Das würde ein Abenteuer werden! Er freute sich so sehr, dass er sich schwor, dem Vater mit allem zu danken, was der riesige Westen Afrikas ihm zu bieten hatte.

„Nun, meine Söhne, seid ihr die eigenverantwortlichen Herren Afrikas. Von Zeit zu Zeit werdet ihr mir berichten, was in euren Gebieten geschieht, damit ich dem Herrscher Anu stets Auskunft über den meiner Oberhoheit zugefallenen Kontinent Afrika geben kann. Seid noch ein paar Tage meine Gäste, bevor ihr in eure Länder reist."

Als Enkis Blick auf Ninki fiel, sah er Stolz in ihren Augen leuchten, Stolz auf ihn. Wieder einmal dankte er dem Schicksal, dass es ihm diese Gemahlin gegeben hatte, die trotz seiner Eskapaden immer zu ihm gestanden hatte.

Enlil sah seit dem Tag der Aufteilung der Erde sichtlich erholt aus. Die Verlosung hatte ihn arg mitgenommen, denn den letzten Rest an Nervenkraft verlangte ihm das Falschspiel ab. Danach schlief er fast einen ganzen Tag und war anschließend wie neu geboren.

Während die Söhne in den verschiedenen Landstrichen ihrer Aufbauarbeit nachgingen, überdachte Enlil noch einmal, wem nun welches Gebiet endgültig zugeteilt werden sollte. Er überlegte, ob er die Söhne dort herrschen ließe, wo sie schon seit geraumer Zeit arbeiteten. Dann rief er alle zusammen und gab ihnen ihre jeweiligen Hoheitsgebiete bekannt.

Das lang gestreckte Gebiet der Gebirgsländer von Elam im Süden bis hin zum nördlichen Assyrien, da, wo an den Hängen nach der Sintflut die Landwirtschaft begann, wurde Ninurta unterstellt. Enlils Erbe hatte damals heldenhafte Arbeit geleistet, um den Nefilim und den Menschen das Überleben zu sichern, als die Wasser noch die Täler unter sich begruben.

Das Zweistromland gab Enlil seinem ältesten Sohn Nannar, dem er heimlich wegen seiner Idee mit den Losen ewig danken würde. Dazu übertrug er ihm noch die angrenzenden westwärts liegenden Gebiete. Nannar sollte vor allem den Wiederaufbau der ersten Städte, das alte Gebiet KI.EN.GIR, voranbringen und auch neue Ansiedlungen gründen.

Adad bekam die Nordländer Kleinasiens und die Inseln im Oberen Meer, ein Gebiet, das er schon vorher innehatte. Adad war zufrieden und nahm sich für die Zukunft vor, hauptsächlich die großen Inseln und das Land jenseits des nördlichen Ufers des Mittelmeeres zu fördern und später dort eine eigene Zivilisation aufzubauen.

Als Einziger war Ninurta ein wenig enttäuscht. Das alte Zentrum der Macht hatte Nannar erhalten, nicht er als des Vaters Erbe. Zwar lagen ihm die Gebirgsländer noch immer sehr am Herzen, doch die ersten Erdstädte sollte sein Bruder wieder aufbauen und dort regieren. Ninurta nahm sich vor, sollte sein Lagasch wieder bewohnbar sein, Anspruch auf diese Stadt zu erheben, obwohl sie in Nannars Territorium lag, denn Lagasch war immer sein gewesen.

Die Aufteilung innerhalb der Familie nahm Ninurta Enlil übel, richtete seinen Groll jedoch gegen Nannar. Dann versöhnte ihn jedoch der Gedanke ein wenig, dass seine Mutter Ninhursag die Herrin auf dem Land der Raumfluganlagen sein würde, in Kürze der wichtigste Ort auf dem siebenten Planeten. Ganz Gewiss würde er mehr Einfluss auf sie haben als Nannar. Außerdem wusste man niemals, was die Zukunft bringen würde. Dabei dachte Ninurta an die lange Zeit vor der Sintflut, als die Herrschaftsgebiete des Öfteren gewechselt hatten und teilweise sogar durch Kriege Veränderungen erzwungen wurden. Seine Zeit würde noch kommen. Nur einer könnte ihm vielleicht ernsthafte Schwierigkeiten bereiten; Marduk aus dem anderen Familienzweig.

Auf dem Grundstück der Familie Lessing in Berlin-Mahlsdorf herrschte rege Geschäftigkeit. In Andreas Einliegerwohnung standen überall Farbeimer. Malerutensilien lagen in den Räumen und warteten auf ihren Einsatz. Sie und ihre Mutter Karla mühten sich redlich, mit Hilfe von Abtönpasten einen bestimmten zarten Lachston zu treffen, der den kleinen Flur in sanft leuchtendem Licht erstrahlen lassen sollte. Es musste genau der gleiche Farbton sein, in dem die schöne Bordüre zusammen mit weißen Ornamenten gehalten war. Dazu würden ihre weißen Flurmöbel wunderbar passen.

„Nur diese Borte und keine andere“, habe ich zu Gerald gesagt und sofort an den Flur gedacht, erklärte Andrea ihrer Mutter, die gerade eine Farbprobe auf ein Stück Papier strich.

„Sie ist wunderschön. Aber hoffentlich treffen wir den Pfirsichton“, sorgte sich Karla. „Hole doch den Föhn, Andrea, dann sehen wir in Minutenschnelle, ob die Farbe nun endlich mit der Bordüre harmoniert.“

Andrea kam mit dem Föhn aus dem Bad und hielt ihn auf die feuchte Farbprobe.

„Sieh mal, jetzt passt es“, freute sie sich und hielt ein Stück Bordüre neben die getrocknete Probe.

„Könnte sein“, sagte ihre Mutter mit prüfendem Blick. „Komm, wir gehen damit ans Fenster, dann sehen wir es genau.“

In diesem Moment polterten Gerald und Bruno Lessing mit dem schweren Tapeziertisch an ihnen vorbei. Andrea griff sich schnell den Farbeimer, um ihn vor den Füßen der Männer zu retten. Die beiden Zimmer sollten neu tapeziert werden. Im Wohnzimmer hatte sich ohnehin hinter dem Sofa ein Stück Tapete gelöst. Außerdem sollte das ehemalige Mädchenzimmer nun eine andere Farbe haben. Andrea hatte Gerald vorgeschlagen, zartgrün gemusterte Tapete auszusuchen und wollte dazu strahlend gelbe Vorhänge nähen, deren Kanten sie mit grünem Band einfassen würde. Gerald, dem es nicht so wichtig war, welche Farben ihre Wohnung bekam, fragte erstaunt: „Du willst die Vorhänge selber nähen? Kannst du denn so etwas“

„Das ist nun wirklich kein Kunststück. Meine Mutter hat mir einiges beigebracht. Sie hat mir vor Jahren so manches geschneidert, das gerade in Mode war.“

„Da kriege ich ja eine gute Hausfrau alten Schlages", zog Gerald Andrea auf.

„Hier hast du einen Schlag", rächte sich Andrea umgehend und lachte hell, als Geralds Wange ein leuchtender Farbfleck zierte.

„Das zahle ich dir heim, sobald wir den Tapeziertisch abgesetzt haben", drohte ihr Gerald an. Karla Lessing stellte sich schützend vor den Farbeimer.

„Kommt nicht in Frage, dass ihr die schöne Farbe verplempert. Was hatten wir Mühe, sie so passend abzutönen."

„Hier Gerald, bediene dich aus dem Leimtopf", bot Bruno ihm an. „Wenn meine Tochter dich noch mal vollkleckst, rächst du dich mit Tapetenkleber."

Alle lachten schallend und fingen dann mit ihrer Malerarbeit an. Während Bruno und Gerald ein Zimmer tapezierten, strichen die Frauen den Flur bis knapp zur halben Höhe mit ihrer Farbe, während der obere Teil neu weiß getüncht wurde. Zum Schluss tapezierten sie die Bordüre mit speziellem Kleber auf die Wand, wo sich lachsfarbene und weiße Farbe trafen. Dabei achteten sie genau darauf, dass die Borte horizontal verlief. Als sie fertig waren, lag die Mittagszeit schon weit hinter ihnen. Hungrig räumten Andrea und Karla auf und machten dann einen kleinen Imbiss zurecht, dem auch die Männer gut zusprachen.

„Ihr seid gut vorangekommen, nur noch eine Wand ist zu tapezieren", lobte Andrea die Beiden.

„Ja, bis zum Abend ist das Zimmer fertig", bestätigte Gerald.

Bruno Lessing hatte immer selbst renoviert und von Frau und Tochter tatkräftige Unterstützung erhalten. Ihm gingen die Malerarbeiten leicht von der Hand.

„Gerald schneidet die Tapete zu und kleistert sie ein. Ich brauche nur noch anzukleben. Wir sind ein eingespieltes Team geworden, wie ihr seht", freute sich Andreas Vater.

„Morgen werden wir auch mit dem Schlafzimmer fertig sein."

„Dann brauchen wir statt der geplanten drei Tage nur zwei, denn Andrea und ich streichen morgen Vormittag im Bad die Wände über den Fliesen und die Decke und haben dann ebenfalls unser Pensum geschafft."

Zufrieden sah Karla zu ihrem Mann hin und reichte ihm noch ein belegtes Brot. Gerald saß neben Andrea und freute sich still, jetzt Teil dieser harmonischen Familiengemeinschaft zu sein.

Als alle Arbeiten abgeschlossen waren, wurde der neue Kleiderschrank aufgestellt und das Bücherregal zusammengebaut. Gerald wollte seine Bücher lieber selbst einsortieren, denn sie sollten nach Themen geordnet sein. Andrea packte seine Kleiderkisten aus, stapelte ordentlich Wäsche, Pullover und Shirts in den Schrank und hängte Hemden, Hosen, Jacken und einen guten Anzug auf die Kleiderstange. Danach brachte sie die leeren Kartons in den Keller.

Als sie zurück war und mit Gerald durch die schön gestaltete Einliegerwohnung ging, fasste Gerald Andreas Hand, und beide dachten das Selbe. Dies ist jetzt der Platz für unser neues, gemeinsames Leben.

Zu der Wohnung gehörte auch ein kleiner Balkon, den man vom Wohnzimmer aus betreten konnte. Er war an der entgegengesetzten Seite des Hauses angebracht, als die Terrasse der Eltern. So gut sich Jung und Alt im Hause Lessing auch verstanden, beide Parteien genossen dennoch die relative Abgeschiedenheit.

Bruno und Karla hatten sich fest vorgenommen, auf keinen Fall ungebeten bei Andrea und Gerald hereinzuplatzen. Auch das Haustelefon sollte nicht oft schrillen, sondern nur für Ausnahmefälle da sein.

„Ich freue mich, Andrea weiterhin ganz nah bei uns zu wissen", hatte Karla zu ihrem Mann gesagt. „Dennoch wird es besser sein, wenn wir es den jungen Leuten überlassen, wie oft sie mit uns zusammen sein wollen."

„Genau so denke ich auch", stimmte Bruno ihr zu. „Wir sind jetzt zwei kleine Familien im selben Haus, aber jede muss ihr eigenes Leben führen."

Dabei blinzelte er seiner Frau zu. „Lass erst mal Enkelkinder da sein, dann werden wir das Glück haben, sie täglich zu sehen."

„Darauf wirst du wohl noch eine Weile warten müssen", hielt Karla dagegen. „Andrea und Gerald treten in wenigen Tagen ihre erste Arbeitsstelle an und werden sich bestimmt ein paar Jahre nur darauf konzentrieren."

„Ja, leider, so ist das heutzutage", beklagte sich Bruno. „Erst die Karriere, dann eventuell Kinder. Ehe sie sich versehen gehen sie auf die vierzig zu. Es gibt jede Menge Lebensgemeinschaften, in denen erst mit Mitte dreißig an Nachwuchs gedacht wird. In dem Alter gingen die Kinder unserer Generation längst in die Schule."

Karla seufzte, denn sie hatte den heimlichen Wunsch, recht bald ein Enkelkind zu haben.

„Das stimmt leider, Bruno. Das ist der Trend der heutigen Zeit."

Um sich von diesem Gedanken abzulenken, schlug sie vor: „Komm, wir setzen uns noch eine Weile auf die Terrasse. Es ist ein so schöner, warmer Abend, wie wir vielleicht in diesem Jahr nicht mehr viele haben werden. Bestimmt sitzen Gerald und Andrea auch draußen auf ihrem Balkon."

„Gut möglich", sagte Bruno. „Aber wir werden jetzt keinesfalls hinter das Haus gehen und nachsehen."

Karla gab sich entrüstet. „Natürlich nicht, was denkst du von mir."

Dabei hatte sie Mühe, nicht noch nach dem Blumenbeet am anderen Ende des Gartens zu sehen, ob es nicht doch noch Wasser brauchte.

An diesem Abend saßen Gerald und Andrea beim Schein einer dicken Kerze dicht nebeneinander auf ihrem Balkon und genossen den Gedanken, dass sie jetzt jeden Tag zusammen sein würden. Es begann schon zu dunkeln und die Solarleuchten am Gartenteich gaben der Umgebung ihr schwaches, gelbliches Licht. Andrea war sich sicher, dass ihre Eltern ebenfalls draußen saßen und rechnete so halb und halb damit, dass ihre Mutter noch im Garten herumgehen würde, wie sie es oft in der Dämmerung tat. Doch sie war nirgends zu sehen. Gerald hatte einen Arm um Andreas Schulter gelegt und sah in den Berliner Nachthimmel. Nur wenige Sterne schafften es, soweit mit dem Kunstlicht der großen Stadt zu konkurrieren, dass sie wahrgenommen werden konnten.

Als ob sie Gedanken lesen konnte, sagte Andrea in die Stille hinein: „Wie viel mehr Sterne doch im Kyritzer Garten zu sehen waren. Das ist mir dort gleich am ersten Tag aufgefallen.

„Sicher, der Sternenhimmel ist auf dem Lande sehr eindrucksvoll. Dennoch bin ich von Berlin überrascht. Ich sitze hier mit dir im Garten eines Einfamilienhauses, und um uns herum braust keinesfalls der Großstadtverkehr. Es gibt hier in Mahlsdorf noch so viele solcher Straßen wie diese, dass ich mich als Unkundiger verlaufen könnte. Alles Häuser inmitten von Gärten, beinahe ländlich. Da fällt mir der Abschied vom kleinen Kyritz nicht schwer."

Andrea kuschelte sich dicht an Geralds Seite.

„Es ist schön, dass du dich hier wohl fühlst, dennoch brauchst du mit dem Auto nur wenige Minuten, um beispielsweise am Bahnhof Berlin-Mahlsdorf zu sein. Dort herrscht dichter Verkehr, Lärm und reges Treiben. Aber auch das gehört zu einer Millionenstadt."

„Sieh, Andrea, dort kommt der Mond hinter einem Baum hervor."

Andrea, die die Augen geschlossen hatte und an Geralds Schulter lehnte, sah zu dem Mond hin, der in seiner zunehmenden Phase stand.

„Ich sehe ihn und dicht daneben einen hellen Stern. Jetzt stelle ich mir vor, der Nibiru der Nefilim wäre am Firmament aufgegangen."

„Das wird noch etwa 1.400 Jahre dauern, bis es soweit ist", nahm Gerald ihr die Illusion. „Was gäbe ich dafür, wenn ich den großen, rötlichen Außenplanet mit eigenen Augen zu Gesicht bekäme, den Planeten, von dessen Bewohnern wir väterlicherseits abstammen", fing Gerald nun seinerseits zu schwärmen an. Dabei streichelte er Andreas Hand.

„Dass du als Archäologe davon träumst, kann ich gut verstehen, aber ich bin froh, dass wir nicht zu dieser Zeit leben. Denke doch an die Erdbeben und Wetterkapriolen, die er hervorrufen soll, wenn es auch nicht wieder zu solch einer Katastrophe wie die Sintflut kommen würde", gab Andrea zu bedenken.

„Ja, das stimmt schon. Dennoch wäre es ein unvorstellbares Erlebnis, zwischen Jupiter und Mars den großen Nibiru aufgehen zu sehen. Obwohl er in etlichen alten Texten beschrieben ist, ignoriert die offizielle Astronomie ihn eisern.

„Was sagtest du gestern?“ fragte Andrea nach. „Die NASA hätte die Existenz eines zehnten Planeten schon vor zirka fünfundzwanzig Jahren bestätigt“, erkundigte sie sich. Sie wissen, dass dieser Planet etwa viermal größer als die Erde ist? Dann müsste er auch ohne Teleskop gut zu sehen sein.“

Gerald, der sich jetzt aufgerichtet hatte, hielt Andrea ihr Weinglas hin.

„Ja, die Anunnaki haben sein Erscheinen mit Festen und Zeremonien gefeiert, wenn sie ihn am Himmel von der Erde aus sahen. So steht es in vielen alten Schriften. Ich habe dir auch schon erzählt, dass sie ihm viele Namen gaben, je nach dem, wo er gerade unser Sonnensystem durchquerte. Er wird auch der Planet des Durchquerens genannt und hat deshalb das Kreuz oder die geflügelte Kugel als Zeichen. Alle alten Völker verwendeten dieses Symbol auf unzähligen Abbildungen, ein Beweis, dass der Nibiru im Altertum gut bekannt war.“

Andrea knabberte an einer Salzstange. „Ich erinnere mich an die Namen. Im Museum habe ich darauf geachtet und sehr oft das Kreuz oder die geflügelte Kugel gesehen. Es ist schön, wenn man das an Ort und Stelle deuten kann. Wenn der Außenplanet eine solche Gravitationskraft besitzt, werden alle Anunnaki, ob hochgestellt oder nicht, froh gewesen sein, wenn sie ihren Heimatplanet wieder in die Tiefe des Alls verschwinden wussten“, gab sie zu bedenken.

„Dann hatten sie lange Zeit mit den Folgen des letzten Erscheinens des Nibiru zu kämpfen, den Wassermassen, wie du erzählt hast“.

„Ja, ganz zu Anfang gab es sogar für sie und die wenigen Menschen nicht genügend Nahrung. Aber als Enlil und Ninurta die Berghänge nutzbar machten und Getreide, Gemüse, Obstbäume und vielerlei Sämereien vom Heimatplaneten erhielten, ging es aufwärts. Wir wissen aus sumerischen Texten, die auch ein Altertumsforscher in einem Buch veröffentlicht hat, dass Enlil als den am besten geeigneten Ort zum Anpflanzen den Zedernberg im heutigen Libanon auswählte und dort Terrassen anlegen ließ. Es steht dort sinngemäß, dass er Gerste und Gemüse dort hinaufbrachte und die Terrassen mit Körnern besäte. Danach wurden auch andere Berghänge landwirtschaftlich genutzt. Es wird heute ignoranterweise von einigen noch immer gerätselt, warum die Landwirtschaft nicht in den Tälern begann. Dabei liefern die aufgefundenen mesopotamischen Schriften die genaue Erklärung. Auch die Bibel sagt in der Genesis, dass erst viele Generationen nach der Sintflut die Menschen sich wieder in den Tälern ansiedeln konnten. Sie kamen aus dem Osten in das Land Schinear, die biblische Bezeichnung für Sumer. Im Osten waren aber die Gebirgshänge, wo die Menschen lebten, bis die Täler trocken waren. Das alles spricht doch für sich".

Andrea zog sich eine Strickjacke an, als ein kühler Nachtwind ihre Arme streifte.

„Sollen wir nicht lieber reingehen, wenn dir kalt ist", fragte Gerald fürsorglich.

„Nein, mit der Jacke friere ich nicht. Es ist eine so schöne Mondnacht. Ich sehe auch gern in den Himmel, wenn du von den Nefilim erzählst, zum Beispiel von dem Getreide, das vom Nibiru kam. Diese Sache hatte mich mehr als andere Dinge beeindruckt."

„Man hat festgestellt, dass das erste Getreide der Emmer war. Es wurden sogar in Höhlen uralte Körner in verschlossenen Gefäßen gefunden. Diese Getreidekörner lieferten bei der Untersuchung eine große Überraschung. Man hat festgestellt, dass sie bereits hochspezialisiert waren. Ein Unding in der natürlichen Evolution. Normalerweise braucht die Natur eine sehr lange Zeit, um eine geringe Höherentwicklung des Getreides zu erreichen. Aber es gab auf der Erde keine Urformen, nirgends. Dennoch geben viele lieber ein botanisches Wunder vor, als die detaillierte Erklärung in den alten Dokumenten gelten zu lassen. Es passt nicht in ihr Weltbild, das zu korrigieren sie nicht bereit sind."

„ Dabei steht es fest, dass die Chromosomenpaare des wilden Emmers sich in der botanisch unglaublich kurzen Zeit von 2.000 Jahren vervierfacht hatten, was es in der Natur nicht gibt", bestätigte Andrea, die sich durch ihr Studium damit auskannte.

„Durch die Höherzüchtung wurde die Pflanze nahrhafter und ergab reichere Ernten", fuhr Gerald fort. „Weiter ist in den alten Schriften zu lesen, dass, nachdem die Nefilim die Schwarzköpfigen erschaffen hatten, das Grün vervielfachten und vierbeinige Tiere kunstvoll schufen, die sie in E.DIN hielten. Wieder andere Texte beschreiben, welche Pflanzen erst nach der Sintflut auf die Erde kamen. Zum Beispiel liest man, dass das Knollengemüse und das kleine Korn der Berge noch nicht vorher da waren.

Auch der Status des Menschen wurde nach der Flut verändert. Die Nefilim unterwiesen sie danach in landwirtschaftlichen Dingen wie Ackerbau und Viehzucht, sogar in Metallurgie", erzählte Gerald weiter.

„Mir ist ein Rollsiegel in besonderer Erinnerung geblieben, das hier in Berlin im Vorderasiatischen Museum ausgestellt ist. Darauf erkennt man, dass Ninurta, manche sagen, es sei Enlil, den Menschen den Pflug übergibt. Dadurch wurde die Landarbeit wesentlich effektiver. Man sieht auf dem Rollsiegel, dass der Pflug von Haustieren gezogen wird. Also hat Enki auch seinen Teil dazu beigetragen, die

Landkultivierung voranzubringen, denn ihm oblag nach der Sintflut die Züchtung von verschiedenen Haustieren.

Auf diesem Rollsiegel ist gleichzeitig noch ein anderer Fakt zu erkennen, der es für mich doppelt wertvoll macht. Darauf ist unser vollständiges Sonnensystem abgebildet. Mitten die Sonne und drumherum die elf Himmelskörper, also der Erdmond und zehn Planeten, ich betone zehn."

„Das muss ich mir ansehen", beschloss Andrea spontan.

„Wir können jederzeit dort hingehen", stimmte Gerald zu. „Aber dann nehmen wir ein Vergrößerungsglas mit. Damit sieht man noch besser, dass dieses Rollsiegel sogar die Größenverhältnisse der Planeten richtig darstellt. Der Merkur ist ein kleiner Kreis, Venus und Erde jeweils etwas größer, der Mond ganz klein bei der Erde, die Planeten Jupiter, Saturn, Uranus und Neptun sind große Kreise, und der Pluto ist wieder sehr klein abgebildet. Der zehnte Planet, der Nibiru, ist ebenfalls in seiner richtigen Größenrelation zwischen Jupiter und Mars dargestellt, größer als die Erde, aber kleiner als die Riesenplaneten. Stell dir vor, Andrea, das Siegel ist zwischen 4.000 und 5.000 Jahre alt, also aus dem dritten Jahrtausend vor Christus."

Mit Bedauern in der Stimme sagte sie: „Was ging doch für ein Wissensschatz verloren. Jetzt müssen wir Neuzeitmenschen alles wieder entdecken und streiten ab, dass die Aussagen der antiken Dokumente richtig sind, jedenfalls so lange, bis die heutigen Forscher selbst dahinter kommen."

„So ist es leider", bestätigte Gerald und zog Andrea etwas dichter an sich heran.

Eine Weile schwiegen sie in stiller, angenehmer Übereinkunft. Dann fragte Andrea etwas, dessen Antwort sie jedoch vorhersehen konnte.

„Ist in den alten Texten wirklich das Flugzeugunglück von Ninurta beschrieben oder wolltest du es für mich spannender machen?"

Diesmal war Gerald nahe daran, wirklich beleidigt zu sein.

„Du solltest es inzwischen besser wissen, dass ich mir nichts ausdenke, sonst hätte ich es dir gesagt. Ich habe nicht meine Phantasie bemüht, als ich dir erzählte, wie sein Flugzeug abstürzte. Das steht alles genau so in den Texten „Ninurtas Großtaten". Dort kann man nachlesen, dass sein fliegender Vogel, wie es darin heißt, an einen Berggipfel geriet und die Flügel am Erdboden zerschellten."

„Faszinierend", flüsterte Andrea in die zunehmende Dunkelheit.

„Eine einzige Begebenheit habe ich mir etwas ausgemalt, dass sie so gewesen sein könnte. Es betrifft die Aufteilung der Erde nach der Sintflut in vier Gebiete. Fakt ist, dass Enlil und Enki auf Geheiß des Gebieters Anu wieder Lose ziehen sollten, wem das Kernland zufällt. Ich fand es ein überstrapaziertes Glück, dass wieder Enlil das alte Zentrum der Macht ausloste, obwohl es so gewesen sein mag. Da dachte ich mir, dass er ebenso gut auch geschummelt haben könnte. Schließlich war das Gebiet so begehrt, dass sogar Kriege im Laufe der Jahrtausende deswegen geführt wurden. Alle sonstigen Einzelheiten sind in mehr als einem Text überliefert. So steht auch im Etana-Epos geschrieben, dass sich der Große Anunnaki, womit Anu gemeint ist, mit den anderen DIN.GIR über die Aufteilung beriet und schließlich vier Gebiete festgelegt wurden.

Von dem Land am Indus, das später eine blühende Zivilisation hervorbrachte, weiß man, dass dort eine hochgestellte Herrin herrschte. Ich schließe mich der Meinung der Forscher an, dass es Inanna sein könnte, denn man fand Darstellungen, die denen Inannas gleichen. Sie ist bekannt dafür, dass sie gern selbst Flugzeuge steuerte. Inanna wurde wiederholt in Abbildungen als Fliegerin dargestellt, entweder mit den symbolischen Flügeln oder direkter, mit Pilotenausrüstung, aber dennoch teilweise unbekleidet. Die Darstellung ohne Kleider bezog sich fast immer auf Inanna, in Anspielung auf ihr zügelloses Leben. In anderen Texten wird ebenfalls darauf verwiesen, dass Inanna zwischen ihrem fernen Aufgabengebiet und Sumer hin-und herflog. Also passt alles gut zusammen."

Um Andreas Ohr summte aufreizend eine Mücke, die sie mit wedelnder Hand verscheuchte, als sie sagte: „Ich komme sowieso nicht mehr mit, wer von den Nefilim wo und wann geherrscht hat", gab sie unumwunden zu. „Das wechselt so oft, dass ich mir am besten merken kann, dass Enkis Familie Afrika unter sich hatte, und das auch so blieb."

Gerald stellte sein Glas dicht an der Kerze ab, so dass der Rotwein schöne Lichtreflexe sprühte.

„Da haben sogar Fachleute Mühe, alles immer abrufbereit parat zu haben", pflichtete Gerald ihr bei. Am leichtesten konnte ich mir merken, wem von seinen Söhnen Enki die afrikanischen Gebiete zuteilt. Davon gibt es auch eine überlieferte Abbildung.

Nergal, Gibil und Marduk bekamen die Länder, in denen sie schon vorher waren. Ninagal, dessen Namen mit Wasser verknüpft ist, die Seen, Dumuzi, der Hirte, die Weiden des Sudan und Umgebung. Das sind fünf Söhne in fünf Regionen. Beim sechsten sind sich die Altertumsforscher nicht einig. Ich denke auch, dass es Ningischzidda ist. Einiges spricht dafür, dass er Enkis Sohn mit Ereschkigal ist, mit der er eine Affäre hatte, als sie zusammen in den AB.ZU reisten. Keinesfalls wird er leer ausgegangen sein, zumal er wie Marduk in vielen Wissenschaften ausgebildet war. Das große Westafrika ist keinem der anderen Söhne zugefallen. Wir wissen aber, dass dort nach der Sintflut ebenfalls ergiebige Goldminen betrieben wurden. Es könnte mit hoher Wahrscheinlichkeit Ningischziddas Domäne gewesen sein. Darauf deutet noch ein anderer Fakt hin.

In dem Teil Afrikas lebten auch die dunkelhäutigen Menschen. Aus anderen alten Schriften wissen wir, dass sich auch im heutigen Lateinamerika eine hohe Zivilisation entwickelte. Die erste war die Olmekenkultur in Mexiko, etwa 1500 vor Christus. Diese Olmeken hatten eindeutig afrikanische Gesichtszüge und wurden unter der Herrschaft von Thoth nach Mesoamerika gebracht. Thoth ist jedoch der ägyptische Name für Ningischzidda. Also kann er das Westafrika bekommen haben. Ich bin wie etliche andere Forscher dieser Meinung, wenn sie auch nicht von allen geteilt wird."

Andrea ging einem anderen Gedanken nach. „Wenn so große und weit auseinander liegende Herrschaftsgebiete unter den Nefilim der Herrscherfamilie verteilt wurden, müssen sich die Nachkommen der drei Söhne Noahs und der anderen wenigen Menschen schon so vermehrt haben, dass sie sich über riesige Ländereien verbreitet hatten."

Gerald goss Andrea und sich das zweite Glas Wein ein, ehe er antwortete: „Darüber gibt uns unter anderem die Bibel Auskunft, die in der Völkertafel Sems, Hams und Japhets Söhne aufzählt. Sie sagt beispielsweise, dass sich von den Söhnen Javans, dessen Vater Japhet war, die Bewohner der Inseln abzweigten. Noahs Sohn Japhet ist also der Stammvater der Menschen, die sich in der Nähe des Meeres und auf den Mittelmeerinseln niederließen. Andere Nachkommen von Japhets Söhnen verbreiteten sich in Kleinasien und siedelten am Schwarzen und am Kaspischen Meer. Nach der Flut kamen zuerst nur die hochgelegenen Gebiete in Frage, da die Täler noch sehr lange unbewohnbar waren.

Auch Sems Söhne sind in der Völkertafel aufgezählt. Sie verbreiteten sich mit ihren Nachkommen vom Hochland am Persischen Golf bis zum Mittelmeer. Auch diese Völker konnten erst später die Tiefebenen besiedeln, wie zum Beispiel in Mesopotamien. Aber auch der heutige Sinai soll von Sems Nachkommen bewohnt worden sein.

Auch Ham war der Urvater vieler Volksgruppen, die sich über Afrika ausbreiteten. Ham soll Dunkelhäutiger heißen. Wieso er dunkler war, weiß ich nicht.

Die Bibel berichtet also über die Teilung der Menschheit in drei große Gruppen, die gewiss mit der Aufteilung der Erdgebiete nach der Sintflut zu tun haben.

Die vierte Region, die Raumfahrtbasis der Nefilim, sollte ohnehin den gewöhnlichen Menschen nicht zugänglich sein. Zwar wohnten Sems Nachfahren auch im Sinai, mussten aber vor dem Sperrgebiet halt machen.

Dieses Land Tilmun, manche sagen auch Dilmun, war, wie du weißt, Ninhursag zugesprochen. Manche Forscher vermuten Tilmun, also das Land der Raketen, was der Name bedeutet, anderswo. Aber für mich ist die Beweisführung derer mit Bezug auf den Sinai einleuchtend.

Indem man Ninhursag die wichtige vierte Region gab, wollten die Nefilim der Rivalität zwischen Enlil und Enki begegnen."

„Ich erinnere mich, Gerald, kann mir aber denken, dass es nicht für immer und ewig den erhofften Frieden unter den Brüdern brachte. Alles, was ich von den Nefilim jetzt weiß, deutet doch auf ewigen Kampf um die Macht auf Erden hin. Jetzt verstehe ich auch, warum du sie nicht Götter nennen willst, wie es üblich ist."

Gerald schnaubte verächtlich.

„Du hast ja meinen Onkel, den Pfarrer kennen gelernt. Ich finde, den Gott der Christen kann man unmöglich mit dem gleichen Namen bezeichnen, wie diese machthungrigen und teilweise grausamen Bewohner eines anderen Planeten, die die Erde in Besitz nahmen. Sie selbst haben sich als DIN.GIR, also Rechtmäßige mit den Raketen, oder als EN, was Herr heißt, bezeichnet. Auch das hebräische El bedeutet soviel wie Erhabener Herr. Das waren ihre Namen. Erst die viel später aufgetretene griechische Kultur gab den Nefilim die Bezeichnung Götter.

Da halte ich es wie Onkel Bernhard und bleibe bei dem Namen, den ihnen auch die Bibel gab: Nefilim, die Mächtigen der Ewigkeit, das Volk des schem.

Schem sind verschiedene Flugzeuge und mit der Ewigkeit ist es auch so eine Sache. Wir haben schon davon gesprochen.

Ich persönlich glaube wie gesagt, an ein für uns unvorstellbar langes Leben."

„Ja, wir haben schon festgestellt, dass sie Nahrung haben, die Leben verlängert und andere Methoden, dem Altern zu begegnen", stimmte Andrea zu.

„Mir ist es im Moment entfallen, wo ich gelesen habe, dass Enki untersuchen wollte, warum die auf der Erde geborenen Kinder der Nefilim so viel früher starben, als die auf dem Heimatplaneten Nibiru", meinte Gerald. „Das allein besagt doch schon, dass sie nicht unsterblich sind, sonst könnte so eine Aussage gar nicht existieren."

„Das sehe ich auch so, Gerald. Sie sterben unvergleichlich später als Menschen, aber sie altern und sterben."

Gerald wechselte abrupt das Thema. „Für uns trifft jetzt auch das Wort später zu. Komm, wir gehen schlafen."

„Dir sitzt wohl noch die Renovierung in den Knochen", neckte ihn Andrea.

„Ja, mir tun vor allem die Schultern vom Tapezieren weh. Du kennst doch ein paar lockernde Massagegriffe."

Andrea stupste ihn auf die Nasenspitze. „Sagtest du nicht, dass es spät ist und wir jetzt schlafen wollen? Sieh, der Mond geht auch zu Bett."

Gerald lächelte im Schein der Kerze.

„Könnte man sagen, denn eine Wolke hat ihn schon halb zugedeckt."

Es war früh am Morgen, als sich die Anunnaki auf der alten Landebahn in Baalbek versammelten. Die Sonne hatte sich matt in rötlichem Schein über den Horizont erhoben und tauchte den Zedernberg in mildes Frühlicht. Inannas helles Haar leuchtete im Gegenlicht golden und umgab ihr schönes Gesicht mit einer geheimnisvollen Aura. Alle Nefilim hatten intensiv strahlende Augen, die die Menschen, die das zum ersten Mal sahen, erschreckten, denn es war, als ob ein Feuer in ihrem Inneren brannte, das sich seinen Weg ins Freie brach. Doch bald gewöhnten sich die Erdlinge daran.

Inannas Augen leuchteten in der Morgendämmerung darüber hinaus in freudiger Erwartung. Sie war noch immer eine leidenschaftliche Pilotin, die seit ihren Jugendjahren gern und oft selbst die Flugmaschinen steuerte.

Sie wartete ungeduldig auf ihren Bruder Utu, der das Kommando über die beiden Aufklärungsflugszeuge hatte, die bald starten sollten. Es waren Senkrechtstarter, die auch in der Luft bei Bedarf auf einer Stelle verharren konnten. Mit Inanna waren andere Piloten, Bauingenieure und spezielle Vermessungstechniker versammelt, die den Auftrag Enlils hatten, einen Plan für die neuen Raumfahrtanlagen zu erarbeiten, die auf der Sinaihalbinsel entstehen sollten. Dazu zählte nicht nur eine weitere Landebahn, sondern es musste auch der Ort der Kontrollzentrale ausgewählt werden. Des Weiteren waren mehrere geografische Orientierungspunkte festzulegen.

Eigentlich war es nicht Inannas Aufgabe, in dieser Mannschaft mitzuwirken, doch sie hatte Enlil darum gebeten, mit dabei sein zu dürfen. Um ihr einen Gefallen zu tun, denn er hatte sie als umsichtige Herrin der ihr anvertrauten Gebiete schätzen gelernt, stimmte er gern ihrem Anliegen zu. Außerdem sagte er sich, dass eine weitere Pilotin nicht schaden könne, denn schließlich sollten die Markierungspunkte den Abgal helfen, sicher zu landen.

Vor sich selbst gab Enlil jedoch nicht zu, dass er ihr sowieso noch immer kaum etwas abschlagen konnte, denn ihre Gegenwart übte eine seltsame Macht über ihn aus.

Der Einzige, der sich gegen sie durchzusetzen vermochte, war Utu, wenn es um prinzipielle Dinge ging. Privat erlag er genau wie alle Männer ihrem ganz besonderen Charme.

„Na endlich, Utu. Mir ist vom langen Warten schon kalt geworden."

Utu lächelte nachsichtig. „Aber liebste Schwester. Ich bin auf die Minute pünktlich. Geh schon in das Flugzeug da vorn. Ich komme gleich nach, sobald ich die Besatzung aufgeteilt habe."

Mit diesen Worten wandte er sich als Kommandant der Landeplattform auf dem Zedernberg den wartenden Anunnaki zu, denn er war auch der oberste DIN.GIR der Planungsgruppe. Mehrere Beratungen hatten bereits stattgefunden. Anhand von Karten und alten geretteten Plänen der Anlagen von Sippar und Nippur im Zweistromland, waren bereits einige Varianten erarbeitet worden.

Wie schon in uralter Zeit zu Beginn der Erdbesiedlung, bot sich auch für den neuen Raumflughafen als Endpunkt der Einflugschneise der zweigipflige Ararat, der Berg Nisir, an, der Berg der Rettung nach der Flut. Dann mussten zusätzliche hervorstechende geografische Gegebenheiten gefunden werden, die in Nähe der geplanten Landebahn lagen. Erkundungsflüge hatten übereinstimmend den Harsag, den Katharinenberg, als höchsten Gipfel des Sinaimassivs beschrieben und als geeignet befunden. Er war beim Anflug gut aus der Luft erkennbar.

Utu und jeder der Planungskommission hatte eine Skizze vor sich liegen.

„Verbindet den Ararat und die alte Landeplattform Baalbek auf dem Plan miteinander", wies er die Anunnaki an.

„Dann zieht eine Verbindungslinie vom Katharinenberg zum Araratgipfel. Damit haben wir zwei Schenkel unserer Einflugschneise. Der obere, der durch Baalbek geht, ist bedeutend kürzer, wie ihr seht. Deshalb habe ich mir gedacht, wir verlängern diese Linie, bis sie gleichweit vom Ararat entfernt ist wie der Katharinenberg. Dieser Endpunkt ist unser weiterer gesuchter Orientierungspunkt."

„Aber an dieser Stelle, die auf den Nil im Lande Magan deutet, da, wo unweit das Delta beginnt, ist doch aus der Höhe nichts zu sehen. Alles ist eben wie ein Tisch", wunderte sich einer der Landvermesser. Doch Utu ließ sich nicht aus der Ruhe bringen.

„Dann werden wir dort etwas bauen, das so gewaltig ist, dass es wie ein künstlicher Berg beim Landeanflug von weitem zu sehen ist."

Utu ließ seine Worte auf die Versammelten wirken, die sich fragend gegenseitig ansahen.

„Wir haben schon so manche Bauwerke errichtet, die weit in den Himmel aufragen", fuhr Utu unbeeindruckt fort. „Denkt an die stufenförmigen Tempelanlagen, die Zikkurate, an die Sendetürme oder Enlils ehemalige Zentrale in Nippur.

Doch der neue Orientierungspunkt am Nil wird sie alle in den Schatten stellen und hoch wie ein Berg sein. Es sind natürlich noch keine Einzelheiten des Riesenbaus ausgearbeitet. Ich kann auch noch nicht sagen, wie er aussehen soll, aber mein Vater Nannar, mit dem ich mich bereits beraten habe, hält das Vorhaben für sinnvoll und im Bereich des Möglichen. Wir alle haben schon in den vergangenen Sitzungen gerätselt, wo ein weiterer markanter Punkt im Gelände wäre, aber keinen geeigneten gefunden. Soll das felsige Hochplateau im Sinai als sehr geeignete Landebahn genutzt werden, bleibt nur der Ausweg, dass wir uns selbst die nötige Markierung schaffen. Sie soll auch als Leuchtfeuer und Ort für Richtungsstrahlen dienen."

Aufgeregtes, aber zustimmendes Gemurmel setzte ein. Utu übertönte alle und rief: „Wir sind mit unserem Plan der Raumfluganlagen, den wir Enlil vorlegen sollen, noch nicht fertig. Es fehlt das Wichtigste."

„Natürlich", rief ein Abgal. „Der Flughafen, auf dem wir Piloten landen. Wo soll er sein?"

Utu nickte zustimmend.

„Richtig. Ich habe eine Lösung gefunden, die sich perfekt in die Planung der gesamten Raumfahrtanlagen einfügt und ganz besonders Enlil erfreuen wird. Ihr alle wisst, dass wir die Erdenkugel und den Himmel darüber in drei gedachte Zonen eingeteilt haben, die sich horizontal über den ganzen siebenten Planeten erstrecken. Die nördliche ist Enlils, die südliche Enkis und die mittlere Zone Anus Bereich. Diese drei Wege um den Planetenhimmel werden uns jetzt weiterhelfen.

Der Breitengrad, der Anus Bereich von Enlils nördlichem trennt, wird uns die Lage des Flugplatzes angeben.

Zieht eine Linie vom späteren künstlichen Berg am Nil entlang des genannten Breitengrades in Richtung Osten. Dann zeichnet genau in der Mitte der Verbindungslinien Ararat-Baalbek-Nilberg sowie Ararat-Katharinenberg eine Gerade. Dort, wo diese Mittelgerade den Breitentrennbereich trifft, wird der Raumflughafen liegen."

Alle redeten laut auf einmal. Freude und Erleichterung stand auf den Gesichtern der Planungskommission geschrieben.

„Genial. Darauf muss man erst mal kommen", rief ein untersetzter Anunnaki aus dem Landvermessungsbüro, den ein besonders langer Bart zierte.

Utu, klug wie sein Vater Nannar, war eigentlich ein eher bescheidener Mann, trotz seiner Stellung als DIN.GIR aus königlicher Familie. Aber diese Lösung ersonnen zu haben, machte ihn doch ein wenig stolz. Dennoch rief er sich innerlich und die Kommission laut zur Ordnung.

„Jetzt bleibt nur noch eine Frage offen. Wo soll später das Kontrollzentrum errichtet werden? Es muss alle Dinge, die mit der Raumfahrt zu tun haben, koordinieren. Es wird, wie vor der Sintflut einst Nippur, die wichtigste Stadt auf Erden sein. Wo soll der Ort liegen, an dem das Band zwischen Himmel und Erdplanet erneut geknüpft wird? Wo wird dieses DUR.AN.KI sein?"

Stille folgte. Utu sah alle an und wartete, ob jemand einen Vorschlag hatte. Doch keiner meldete sich zu Wort.

„Seht alle auf eure Skizze. Sie ist fast fertig. Ihr braucht nur noch den alten Landeplatz Baalbek mit dem Katharinenberg zu verbinden", wies Utu seine Mitarbeiter an.

„Diese Linie kreuzt die zuletzt gezogene Mittelgerade", rief der Erste Abgal.

„Genau", bestätigte Utu. „Dort wird das neue Kontrollzentrum, das DUR.AN.KI, liegen, genau dort, zwischen den Erhebungen Moria, Zion und Zophim. Damit ist der Plan der Raumfluganlagen vollendet. Später wird es eine Stadt sein, die sich mit dem alten Nippur messen kann. Wir werden sie nach dem Ort Schulim Jerusalem nennen."

„Das Kontrollzentrum Jerusalem ist ja gleich weit vom Katharinenberg und vom künstlichen Orientierungspunkt am Nil entfernt", fiel es einem anderen Anunnaki auf, der etwas bedächtig, dafür umso findiger war.

„Diese Tatsache rundet unseren Plan perfekt ab", freute sich Utu. „Nun kann ich dem Erdherren Enlil melden, dass die Planung abgeschlossen ist."

Bereits am nächsten Tag empfing Enlil die Delegation des Flughafenkommandanten.

In all den vielen schars, die sie auf dem Erdenrund waren, hatte ihm dieser Enkelsohn nur Freude gemacht. Er und seine Zwillingsschwester Inanna waren ihm besonders ans Herz gewachsen. Oft hatte Enlil seinem Sohn Nannar für diese beiden seiner Kinder im Stillen gedankt.

Bereits als Utu und seine Begleiter ihn standesgemäß begrüßt hatten, sah Enlil ihnen an, dass sie ihre schwierige Aufgabe gut gelöst haben mussten. Er nahm sich vor, in diesem Fall alle Beteiligten angemessen zu belohnen.

Ohne seinen Enkel zu unterbrechen, verfolgte Enlil Utus Ausführungen auf dem Wandbildschirm, auf dem Schritt für Schritt der Plan der Raumfahrtanlagen im Lande Tilmun eingezeichnet wurde. Dann sagte Utu: „Auf dieser Trennlinie von Anus himmlischen Breitenband um die Erde und dem nördlich davon gelegenen deinem Bereich wird der neue Flughafen liegen. Damit, verehrter Onkel Enlil und hochgeschätzter Erdenherr, wird dein Name für immer mit dem wichtigsten Orten der Verbindung Erde-Nibiru genannt werden."

Enlil hatte Mühe, sich Freude und Stolz nicht all zu deutlich anmerken zu lassen. Als sein Enkel geendet hatte, stand noch immer das fertige Projektorbild auf dem Wandschirm. Enlil stand auf und strich das lange, stufige Palagewand glatt.

„Ihr alle habt ausgezeichnete Arbeit geleistet. Ich bin mit dem Plan der gesamten Anlage äußerst zufrieden. Jetzt bleibt nur noch zu klären, wie der künstliche Markierungspunkt am Nildelta beschaffen sein wird. Doch das war nicht Teil eurer Aufgabe. Lieber Utu, dass du und deine Anunnaki eine so gute Lösung ausgearbeitet habt, verdient hohe Anerkennung. Ich werde alle lobend beim Herrscher über die zwei Planeten erwähnen, wenn ich Anu das nächste Mal kontaktiere. Ihr könnt mit Beförderungen rechnen.

Dir, mein lieber Enkelsohn, wird durch deine hervorragende Arbeit als Leiter der Kommission auch dieser künftige Raumflughafen unterstellt sein."

Als Enlil wieder allein war, gingen seine Gedanken jedoch in eine andere Richtung. Er starrte auf das Projektionsbild. Der künftige Flughafen lag auf dem Gebiet, das Ninhursag bei der Erdaufteilung zugesprochen war. Andere Punkte lagen im Einflussbereich seiner Söhne. Nur der geplante Orientierungspunkt in der Nähe des Nils lag im afrikanischen Lande Magan, das zum Hoheitsgebiet von Enkis Familie zählte. Dort regierte jetzt der ehrgeizige Marduk, dem Enlil schon lange zutraute, das zu vollenden, was seinem Vater Enki nicht gelang. Marduk würde bei jeder sich bietenden Gelegenheit nach der Herrschaft auf dem Erdplaneten greifen. Statt nur Enki im Auge zu behalten, würde er auch über dessen ältesten Sohn Marduk wachen müssen.

Sorge beschlich Enlil, der sich und seinen eigenen Sohn und Erben Ninurta gefährdet sah. Ein wichtiger Teil der Raumfluganlagen, war er erst einmal fertig, würde Enki und Marduk einen ungewollten Anteil an der Macht über den wichtigsten Bereich auf Erden geben, grübelte Enlil weiter vor sich hin. Mit Unbehagen starrte er auf den Punkt am Nil und sah düster künftige Schwierigkeiten voraus. Dann rief er sich selbst zur Ordnung. Die Gruppe unter Utus Führung hatte ausgezeichnete Arbeit geleistet. Trotz der Einbeziehung des afrikanischen Landes, gab es keine bessere Lösung, als diesen geographisch perfekten Plan. Enlil beeindruckten die ausgeklügelten Verbindungslinien, die regelmäßigen Abstände der einzelnen Orte und sogar die Berücksichtigung der heiligen Linie, die Anus und seinen ideellen Bereich trennte. Außerdem würde die Verwirklichung dieses Planes sehr viel Zeit beanspruchen. Besonders der Bau des künstlichen Markierungsobjektes dauerte gewiss lange, dache Enlil nach. In dieser Zeit könnte er überlegen, wie Enkis und Marduks Einfluss zu minimieren sei.

Endlich riss sich Enlil vom Anblick des Wandbildes los und schaltete das Gerät ab. Die heiße Sonne stand schon hoch am Himmel und erinnerte ihn an die Mittagszeit, in der er sich nach einem Mahl mit seiner Gemahlin Ninlil gewöhnlich für zwei Stunden zur Ruhe begab, um danach noch einmal bis zur Abendkühle sich seinen Amtsgeschäften zu widmen.

Utu stieg zu Inanna in den ersten Senkrechtstarter. Es war abgesprochen, den Plan für die Anlage der Einflugschneise noch einmal aus der Höhe zu beurteilen. Jeder der Besatzungsmitglieder der beiden Flugzeuge hatte die Skizze aufmerksam gelesen und sich eingeprägt. Außerdem hatten alle Anunnaki noch eine Kopie bei sich, um die natürlichen geographischen Orientierungspunkte und die Stelle des gedachten künstlichen Berges am Nil aus der Luft zu begutachten.

„Sieh, Utu, da ist der Katharinenberg. Er ist jetzt schon gut zu sehen, obwohl wir noch in beträchtlicher Höhe fliegen."

Inanna, die mit in der Pilotenkanzel saß, deutete auf die gebirgige Südspitze der Sinaihalbinsel.

Jetzt blicke zum Nil, etwa dorthin, wo der Fluss sich in mehrere Arme aufteilt", wies Utu seine Schwester an. „Jedes sich dem Landeplatz nähernde Flugzeug muss dann in der Mitte zwischen beiden Orientierungspunkten bleiben. Weit vorn liegt der Berg Nisir, der zweigipflige Ararat."

„Alle Punkte zusammen ergeben eine gute Einflugschneise", gab Inanna zu. „Ich werde in Zukunft bestimmt oft selber hier landen. Der Flugplatz wird später noch beleuchtet sein und auf dem natürlichen und dem künstlichen Berg werden mich Richtfeuer und Leitstrahlen einweisen."

Utu, der neben Inanna saß, malte sich in Gedanken den neuen Raumflughafen als geschäftigen Ort aus, an dem wie einst in Sippar reges Leben herrschte und viele Personenflugzeuge und Frachtraumschiffe starteten und landeten. Wenn auch im Laufe der Zeit noch andere Flugplätze gebaut werden, dieser im Lande Tilmun würde der wichtigste bleiben. Hier und nirgends anderswo sollte auch die zentrale Kontrollstelle entstehen. Dieser Flughafen würde für lange Zeit seine neue Hauptwirkungsstätte sein. Schon jetzt freute sich Utu darauf, dass bald alles wieder so sein würde, wie vor der großen Flut.

Inanna meldete sich zu Wort. „Bekommen wir noch genaue Flugdaten?"

„Selbstverständlich, liebe Schwester. Der Hauptnavigator ist beauftragt, alle Angaben in Parameter umzurechnen, die jedem Piloten zur Verfügung stehen werden. Natürlich müssen sie noch einmal überarbeitet werden, sobald der künstliche Berg fertig ist. Doch spätestens bei Inbetriebnahme des Flugplatzes stehen sie allen Besatzungen zur Verfügung."

Der Pilot wandte sich an Utu. „Herr, jetzt überfliegen wir die Stelle, wo der neue Flugplatz liegen wird."

„Gut. Wie gesagt, später können wir die Stelle auch noch mal aus der Luft genau bestimmen", gab Utu dem Abgal zur Antwort und befahl: „Nun schwenke wieder zur alten Landebahn auf dem Zedernberg ein."

Inanna fasste in Worte, was Utu ebenfalls dachte. „Dann werden wir Großvater berichten können, dass der Kontrollflug die Eignung des Raumfahrtplanes bestätigt hat."

„Ich werde mir noch den Bericht der zweiten Flugzeugbesatzung anhören, denke aber, dass sie zum gleichen Ergebnis wie wir gekommen sind", antwortete Utu. „Wenn wir den offiziellen Rapport bei Enlil hinter uns haben, sagen wir noch kurz Großmutter Ninlil Guten Tag, nicht wahr, liebste Schwester?"

Inanna hatte dazu wenig Lust, gab ihrem Bruder jedoch nach. „Wenn es sein muss. Wir bleiben aber auf keinen Fall lange bei ihr", forderte sie Utu auf.

Der Besuch bei Enlil war wichtig, denn es konnte nie schaden, sich dem Erdenherr öfter in Erinnerung zu bringen. Doch die Großmutter fand sie ein wenig langweilig. Außerdem war Inanna ihr von Kindheit an böse, weil sie Utu ihr stets vorgezogen hatte, war sie doch gewohnt, überall der strahlende Mittelpunkt zu sein. Nur bei der Großmutter prallte ihr energiegeladener Charme einfach ab.

Ninhursag hatte sich schon den ganzen Tag gefreut. Dennoch grübelte sie, aus welchem Anlass Ninurta sie besuchen wollte. In den ersten schars der Erdbesiedlung, als im Zweistromland nur ein paar Städte existierten, hatten sich die relativ wenigen Anunnaki oft gesehen. Doch jetzt waren sie über weite Gebiete des siebenten Planeten verteilt, zusammen mit den Menschen, die sich nach der Sintflut rasant vermehrt und in alle vier Himmelsrichtungen gezogen waren.

Die heiße Sonne senkte sich bereits dem Horizont entgegen. Ninhursag wollte ihren Sohn im Garten empfangen, denn in den schattigen Bereichen sorgte ein kühler Abendwind für angenehme Temperaturen. In einer grün umrankten Laube nahm sie Platz und überzeugte sich, ob für gekühlte Getränke und einen Imbiss gesorgt war.

Ein Diener zeigte Ninurta den Weg und meldete seiner Herrin den DIN.GIR, um sich sogleich wieder zurückzuziehen.

„Lieber Sohn, tritt näher. Ich freue mich sehr, dich endlich wieder einmal bei mir zu haben."

Ninhursag streckte Ninurta beide Hände entgegen.

„Mutter, es ist schön, dich bei bester Gesundheit wieder zu sehen. Leider habe ich viel zu selten die Gelegenheit, bei dir zu weilen."

Er nahm Platz und trank durstig kühles Bier.

„Ich weiß, mein Sohn. Die Arbeit lässt es nicht zu, dass du deine Zeit nach Gutdünken verbringen kannst. Bist du in deinem Herrschaftsgebiet gut vorangekommen? Blüht und gedeiht dein Reich?"

„Danke der Nachfrage, teure Mutter. Ich bin sehr zufrieden. Die Landwirtschaft bringt genug Ertrag ein, um uns und die Menschen ausreichend zu ernähren. Große Viehherden weiden an den Hängen der Gebirgslandschaft, und sogar der Handel mit anderen Ländern hat sich bereits gut entwickelt. Am weitesten ist der Warenaustausch mit den Nannar unterstellten Völkern gediehen."

Um die Förmlichkeiten zu beenden, lenkte Ninhursag das Gespräch in private Bahnen.

„Sicher hattest du in der Nähe zu tun und hast nicht vergessen, deine Mutter zu besuchen. Wie schön, Ninurta."

Sie hielt ihrem Sohn die Platte mit Datteln und Weintrauben hin.

„Ich bin nicht dienstlich unterwegs, sondern aus rein privaten Gründen gekommen."

„Damit machst du mir eine noch größere Freude, mein lieber Sohn."

Ninurta schwieg einen Moment, weil er nicht recht wusste, wie er beginnen sollte.

„Ich mache mir Sorgen um dich, Mutter. Deshalb habe ich dich heute aufgesucht."

Ninhursag stellte überrascht ihr Glas ab.

„Sorgen? Aber wieso denn? Mir geht es gut, wie seit langem nicht. Dass ich jetzt nach Tilmun gehen werde, um in meinem Lande zu leben, hat mir neue Energie und Tatkraft gegeben." Ninurta seufzte. „Das ist es ja gerade, was mir Sorgen macht."

Befremdet sah sie ihren Sohn an. „Wie soll ich das verstehen, Ninurta?"

Er versuchte, ihr seinen Beweggrund zu erklären. „Du kennst doch das Land, das dir bei der Erdaufteilung zugesprochen wurde. Karge Berge im Süden, die Hochebene aus Felsgestein, wüstenartige und gebirgige Gegenden. Dein Land ist ausgesprochen unwirtlich, Mutter. Wie willst du dort leben?"

Trotzig bekam er zur Antwort: „Vergiss nicht, dass es auch regnet und dann die Wadis in tosende Wasser verwandelt. Außerdem gibt es Oasen, die Inseln des Lebens."

Ninurta sah seine Mutter eindringlich an.

„Es regnet sehr selten und unregelmäßig. Darauf kann man sich nicht verlassen. Selbst die Oasen bieten dir keine Möglichkeit, ein standesgemäßes Leben zu führen. Sie sind viel zu klein und außerdem von den Menschen besiedelt, die in diesem Gebiet wohnen. Sie können gerade so ihr Leben fristen. Sieh doch ein Mutter, dass dein Land sich hervorragend für den neuen Raumflughafen eignet, aber nicht als Dauerwohnsitz einer der höchsten Ninmah auf Erden, einer Großen Herrin. Als Tochter des Herrschers Anu wirst du zu repräsentieren haben. Da kannst du nicht in einer abgeschiedenen kleinen Oase leben, in der nicht einmal Platz für die Palastanlagen ist, denn nichts anderes wäre als dein Wohnsitz akzeptabel."

Ninhursag stand auf, um ihren Worten mehr Nachdruck zu verleihen und sagte mit fester Stimme: „Ich bin jetzt die Herrin über ein Land. Da werde ich bleiben und für alle Zeit dort herrschen."

Als sie sah, dass ihr Sohn erneut Einwände vorbringen wollte, schnitt sie ihm mit einer Geste das Wort ab.

„Ich weiß noch nicht genau, wo in Tilmun ich meinen Wohnsitz nehmen werde. Darüber muss ich mir umfassende Informationen einholen und nachdenken. Aber ich werde in dem Land leben, dass ich regiere."

Ihre Augen blitzten kämpferisch und nahmen Ninurta jede Hoffnung, seine Mutter noch umzustimmen. Es regte sich sogar Stolz in ihm, dass sie sich nicht durch Schwierigkeiten von ihrem einmal gefassten Vorsatz abbringen ließ.

„Nun gut, Mutter. Im Grund hast du ja Recht, dass eine Regentin im eigenen und nicht in fremdem Land leben soll. Dann lass mich helfen, dir dein unwirtliches Tilmun wohnlicher zu gestalten."

Freude milderte Ninhursags eben noch harte Gesichtszüge. Sie setzte sich wieder und ergriff Ninurtas Hand.

„Du bist ein guter Sohn. Sorgst dich um deine Mutter und bietest Unterstützung an."

Ninurta hatte schon damit gerechnet, dass Ninhursag auf ihrem Ansinnen beharren würde und sich überlegt, was zu tun sei, falls sie trotz allem in ihrem Erdgebiet leben wollte.

„Dann habe ich große Pläne für das Land, in dem die Große Herrin leben wird. Ich werde Dämme errichten, die das Wasser, das sonst durch die Wadis abläuft, speichert. Das Land wird auch dort fruchtbar und grün sein, wo ich Berieselungsanlagen aufstellen werde, so dass vielerlei Früchte und Gemüse wachsen können. An den Berghängen soll Wein gedeihen. Du sollst auch Rosinen und Feigen haben. Obstbäume werde ich dir pflanzen lassen. Dattelpalmen sollen dir Speise geben und Schatten spenden. Wie nach der Flut werden Terrassen die Berge schmücken und dir ein fruchtbarer Garten sein. Auch Viehherden sollen weiden, wenn ich erst das Wasser dorthin gelenkt habe, wo es das ganze Jahr über nutzbringend sein wird."

Glücklich umarmte Ninhursag ihren treuen Sohn. „Wie bin ich reich beschenkt worden, dass mir ein Sohn wie du gegeben ist." Sie freute sich so sehr, dass sie noch weitere Vorteile ihrer Domäne aufzählte.

Das Land birgt auch noch Schätze wie Kupfer und Zinn, begehrt zur Herstellung von Bronze. Gold, Türkise, Lapislazuli und Malachit werden aus meinem Land kommen. So werde ich auch die Herrin über verschiedene Minen sein. Selbst einige edle Hölzer wachsen dort. Sag, lieber Ninurta, bin ich nicht eher zu beneiden als zu bedauern?"

„Man beneidet dich ohnehin über alle Maßen, teure Mutter. Was gäben Vater Enlil und Enki darum, wenn sie an deiner Stelle sein und damit über das Land der neuen Raumfluganlagen herrschen könnten."

Befreit lachten beide und gingen bei anbrechender Dunkelheit ins Haus.

Noch am selben Abend legte sich Ninurta zurecht, wen er mit den Regierungsangelegenheiten im eigenen Gebiet betrauen könnte, wenn sein Vorhaben in Tilmun, dem Land der Raketen, ihn abberief.

Es war nicht zu umgehen, dass Enlil und Enki sich zu einer Beratung trafen. Beiden war nicht wohl dabei, denn wie schon oft, drohte im Eifer des Wortgefechtes ein Streit auszubrechen. Um dem von vornherein zu begegnen, hatte Enlil, der noch immer die oberste Position auf dem siebenten Planeten bekleidete, Ninhursag dazu gebeten, damit sie ihren ausgleichenden Einfluss geltend machen konnte, sollte es denn nötig sein. Des Weiteren hatte Enlil seinen Ältesten, den klugen und besonnenen Nannar, auch Utu als Fachmann, wenn es um Raumfahrtdinge ging, sowie Ninurta, den er nicht übergehen konnte, zur Teilnahme an der Beratung beordert.

Enki hatte angekündigt, dass er mit Marduk und Ningischzidda käme, die beide ebenso wie ihr Vater ausgezeichnete Wissenschaftler waren, bewandert unter anderem in Astronomie und Mathematik.

Gemäß dem Begrüßungsprotokoll erhoben sich die bereits Anwesenden aus Enlils Familie, um Enki und seine Söhne willkommen zu heißen. Um das förmliche Ritual aufzulockern, sprach Enki außer den vorgeschriebenen Worten ein paar persönliche Sätze. Nur Ninurta und Marduk funkelten sich abweisend an, ließen sich jedoch ansonsten nichts anmerken. Als letzte erschien die Herrin des Landes Tilmun, sorgfältig zurechtgemacht und ansehnlich wie eh und je.

Enlil, der Gastgeber und oberste DIN.GIR nahm zuerst Platz, das Zeichen für alle anderen, sich ebenfalls zu setzen. Er blickte in die Runde und verharrte mit den Augen auf dem Gesicht des Bruders, als er die Beratung eröffnete.

„Ihr alle wisst, worum es heute geht. Wir haben zu besprechen, wie der künstliche Berg, der Orientierungspunkt für die Einflugschneise aussehen und beschaffen sein soll. Ich glaube, wir sind uns alle einig, dass es diesmal ein außerordentliches, bisher nicht da gewesenes Bauwerk sein muss, das beim Landeanflug von weitem und aus großer Höhe wahrgenommen werden kann. Sicher werdet ihr euch alle in Vorbereitung auf diese Versammlung bereits Gedanken gemacht haben. Daher bitte ich um Vorschläge."

Erwartungsvoll sah Enlil von Einem zum Anderen.

Utu, der längst die Achtung und den Respekt der höchsten Nefilim besaß, meldete sich als Erster zu Wort. „Wir könnten ein ungewöhnlich hohes Zikkuratgebäude errichten, natürlich mit entsprechend großer Grundfläche. Der bewährte Sieben-Stufen-Turm, nur doppelt so hoch und mächtig wie die bisher größten Türme, wäre sicher gut beim Landeanflug zu sehen."

„Gar kein schlechter Gedanke", beeilte sich Nannar, seinem Sohn beizustehen. „Das Grundprinzip ist uns bekannt, so dass die geheiligten Parameter nur auf den zweifachen oder sogar dreifachen Maßstab übertragen werden müssten."

Dabei blickte Nannar seinen Onkel Enki an, der sich wohlweislich als der Erfinderischte der Herrscherfamilie erwiesen hatte, als kluger NU.DIM.MUD.

Enki nahm die stille Aufforderung an und äußerte seine Meinung.

„Das wäre möglich", stimmte er erst einmal zu, um die Vorschläge der Gegenseite nicht von Anfang an zu verwerfen. „Vom Äußeren wäre ein gewaltiger Zikkuratbau sicher geeignet."

Auf Utus Zügen zeigte sich Erleichterung und auch Nannar entspannte sich sichtlich. Dabei war ihm die Bemerkung vom Äußeren nicht entgangen.

Marduk, auf dessen Territorium das Bauwerk errichtet werden sollte, wollte auf keinen Fall unbeachtet bleiben.

„Überdenkt, für welchen Zweck der künstliche Berg dienen soll. Von meinem Land am Nil aus", betonte er, „werden Leuchtfeuersignale den schems den Weg weisen, so dass sie sicher landen können. Über Jahrtausende hinweg soll der pulsierende Richtungsstrahl Bestand haben. Es kommt dafür nur ein atomarer Brennstoff in Frage, der unbeaufsichtigt dauerhaft seinen Dienst verrichtet. Schon aus Selbstschutz ist die Brennstoffkammer zu isolieren und geheim zu halten."

Obwohl Marduk noch weiter gesprochen hätte, fiel sein Bruder Ningischzidda ein: „Deshalb wäre ein Zikkuratturm herkömmlicher Bauweise nicht geeignet. Seine Stufen und Treppen sowie die Innenräume würden ihn zugänglich für Jedermann machen oder zumindest leicht zu erobern sein."

Ninurta, der auch Enlils oberster Krieger war, spöttelte: „Und ihr wollt natürlich nicht, dass man das grandiose Bauwerk und wichtiges Teil der Raumfahrtanlagen auf eurem Territorium erobert."

Ninhursag sah, dass Marduk ihm böse Worte entgegnen wollte und beeilte sich zu sagen: „Bitte, kommt auf das Wesentliche zurück. Wir wollen in Frieden den langwierigen Raumflugplan verwirklichen. Bisher sind von allen gute Gedanken geäußert worden, wie der riesige Berg im Lande Magan aussehen könnte. Doch es ist auch wichtig, seine Funktion in die Pläne einzubeziehen."

Enlil nickte ihr dankbar zu, erleichtert, dass sie eine mögliche Konfrontation im Keim erstickt hatte.

„Enki", fuhr Ninhursag fort, „du hast dich im Grunde genommen zustimmend geäußert. Hast du dir einen eigenen Vorschlag zurechtgelegt?"

Enki lächelte ihr zu und fand sie wie immer bezaubernd. „Das habe ich, liebe Schwester. Ich werde ihn euch darlegen. Ob mein Plan die Billigung aller findet, wird sich zeigen."

Diese Worte signalisierten, dass auch Enki bereit war, die Meinung Anderer zu achten. Erleichtert rief Enlil: „Bitte Bruder, erläutere uns deinen Vorschlag."

„Wir sollten eine Pyramide bauen", kam Enki sofort auf den Punkt. Überrascht und neugierig sahen alle aus Enlils Familie zu ihm hin.

„Das Rechteck ihres Grundrisses wird an die 230 Meter Seitenlänge haben müssen, ihre Höhe dagegen mindestens 147 Meter betragen. Gewaltige Steinquader von zwei bis drei Tonnen Gewicht werden ihre Substanz sein. Ich habe, natürlich alles erst überschlagsmäßig berechnet, dass der Anstiegswinkel der vier Pyramidenseiten die kunstvollen 52 Grad betragen müsste. Pyramidenwände sind glatt. Aber zunächst sollten die großen Steinquader Schicht für Schicht wie bei den Zikkurattürmen, soweit stimme ich Utu zu, errichtet werden. Später, wenn das ganze Bauwerk fertig ist, brauchten nur noch passgerechte Steinblöcke in die Stufen eingefügt werden, um eine glatte Wand zu erhalten."

Auch Nannar war beeindruckt. „Und das Innere?" wollte Ninurta wissen.

„Einzelheiten sind natürlich noch nicht ausgearbeitet", führte Enki seine Idee weiter aus, „aber über ein ausgeklügeltes Gefüge von Gängen, die später auch unsichtbar von außen verschlossen werden, und durch geheime Kammern der Pyramide würde das ewige Feuer gut geschützt brennen."

Utu, der schon begeistert war und seinem Zikkuratvorschlag nicht mehr nachtrauerte, fragte interessiert: „Aber wie und wo wird der Lichtschein nach außen dringen, um den Piloten zu dienen?"

„Auch darüber habe ich mir mit meinen Söhnen schon Gedanken gemacht. In die Ostseite soll in einer Kammer der Gug, also der richtungsweisende strahlende

Stein, von dem rötliches, pulsierendes Licht ausgeht, eingelassen werden. Ebenso ist ein Netz aus Radarstrahlen geplant. Genaueres ist noch auszuarbeiten."

„Ich selbst werde die genauen Berechnungen der ganzen Pyramide vornehmen", meldete sich Marduk noch einmal zu Wort. „Natürlich in Absprache mit meinem geschätzten Vater und unter Mitwirkung von Ningischzidda, der sich besonders mit der Innenausstattung der Pyramide befassen wird. Die astronomische Ausrichtung wird natürlich ebenfalls beachtet."

Enlil, der froh war, schon einen so ausgeklügelten Vorschlag gehört zu haben, wollte mit seiner Meinung ein Zeichen setzen.

„Ich bin sehr beeindruckt von deinem Plan, Enki, den du mit deinen Söhnen bereits so gut überdacht hast. Eine Pyramide, steile Stufenwände, zum Schluss geglättet, eine verborgene Brennkammer, fest umschlossen von tausenden Tonnen massiver Felsblöcke und von außen unsichtbar verborgene Gänge. Das wird tatsächlich ein so grandioser Bau sein, dass er in der Nilebene wie ein Berg aufragen wird."

„Eine wichtige Frage habe ich noch", meldete sich Nannar und sah zweifelnd zu Enki hin.

„Wie wir wissen, beginnt gleich hinter dem Nil die Sandwüste. Euer Steinberg wird bereits beim Bau unter seinem eigenen Gewicht im Sand versinken."

Enttäuscht blickten sich Enlil und seine Schwester an. Der kluge Nannar hatte an den entscheidenden Punkt gedacht.

Marduk lächelte herablassend. Enki dachte bei sich, dass wenigstens einer aus Enlils Familie Scharfsinn besaß. Ningischzidda, der den Verwandten stets ohne Groll begegnet war, antwortete unbefangen: „Da hast du natürlich Recht, Onkel Nannar. Ohne festen Baugrund wäre das Vorhaben nutzlos. Wir haben erkundet, dass an der beabsichtigten Baustelle, am Übergang der ideellen Bereiche Anus und dem deinen, verehrter Erdenherr Enlil, eine tragbare Felsschicht den nötigen Untergrund bildet."

Huldvoll nickte Enlil Ningischzidda zu, der ihm ohnehin aus Enkis Sippe am besten gefiel.

„Dann wäre deine Frage damit zufrieden stellend beantwortet, Nannar?"

Enlils ältester Sohn gab nach. „Wenn ein Felsmassiv die Basis bildet, sieht die Sache natürlich anders aus. Wird der Pyramidenvorschlag von dir gebilligt, Vater, hätte ich gern vor Baubeginn die genauen Berechnungen. Versteht mich nicht falsch, nicht aus Misstrauen in die Fähigkeiten Enkis und seiner Söhne, nein, aus wissenschaftlichem Interesse an der Planung eines so ausgefallenen Bauwerks."

„Gern Nannar, die kannst du haben", beschied ihm Enki, noch bevor Marduk irgendeine spitze Bemerkung machen konnte.

Enlil richtete seinen gehörnten Hut, stand auf und verkündete. „Damit erkläre ich das Pyramidenvorhaben als geeignet und von allen Anwesenden gebilligtes Bauvorhaben. Die Riesenpyramide wird der Endpunkt der oberen Linie der Einflugschneise Ararat-Baalbek-Nil sein. Ich beauftrage offiziell Enki und seine Söhne mit der detaillierten Ausarbeitung der Pläne und der Berechnung aller Bauparameter. Sobald alles vorliegt, sind die Unterlagen Nannar zuzusenden, der sie in meinem Namen zur Kenntnis nehmen wird."

Mit Bedacht hatte Enlil das Wort prüfen vermieden, obwohl Nannar genau das tun würde.

Um den Frieden unter den rivalisierenden Familien zu sichern, machte Enlil noch ein Zugeständnis.

Als obersten Bauherren ernenne ich Marduk, auf dessen Territorium die Pyramide liegen wird. Nannar und Utu sollen jedoch stets Zugang zum Bauplatz haben und auf alle eventuellen Fragen Antwort erhalten. Desgleichen sollen ihre Anregungen von Marduk erwogen werden. Ninhursag bleibt wie zuvor beschlossen, die neutrale Herrin über die gesamten künftigen Raumfluganlagen."

Enki sah zufrieden drein. Marduk hatte endlich seine abweisende Mine aufgegeben. Ninhursag war glücklich, dass eine so gerechte Lösung gefunden war.

Nur Ninurta zog die Augenbrauen zusammen.

Was bedeutet schon ein Eckpunkt der Raumfahrtanlagen, dachte er grimmig. Das spätere Kontrollzentrum beim Berg Moria ist der wichtigste Erdort. Sollte es soweit sein, dass es um diesen Punkt ginge, würde er keinesfalls so zurückhaltend wie heute sein.

Enki und seine Halbschwester Ninhursag, Mitglieder der königlichen Familie, standen im grellen Licht des Vormittags und sahen den emsigen Arbeiten an der großen Pyramide von Giseh zu. Von weitem konnten sie Marduk und Geb, den Sohn von Schu, sehen sowie die Herrin Tefnut, wie sie sich über ein Baudetail berieten.

Etliche Familienmitglieder Enkis, seine Söhne und Enkel waren mit in das gewaltige Bauvorhaben eingebunden.

„Viele von den Deinen, lieber Bruder, helfen mit, das einzigartigste Bauwerk auf dem Erdplaneten zu errichten. Marduk hat mit ihnen fähige und fleißige Mitarbeiter zur Seite. Dank deinem Bestreben, die Menschen auszubilden, sehe ich auch etliche Erdlinge, die Marduk in gehobener Position beim Bau zur Hand gehen."

Enki war immer stolz, wenn von seinen Menschen die Rede war.

Er legte eine Hand über die Augen, um sich vor der blendenden Sonne zu schützen.

„Inzwischen haben wir überall Priester, die beauftragt sind, in ihrem Gebiet den gelehrigsten Menschen Grundwissen zu vermitteln und darüber hinaus für die Ausbildung in allen Gewerken zu sorgen. So stehen wie hier genügend Menschen zur Verfügung, die in Bauberufen ausgebildet sind. Anderenorts arbeiten sie zum Beispiel auch in der Metallbearbeitung und anderen Berufen."

Enki sah zu Ninhursag hin. Sie ist immer noch so schön wie früher, dachte er bei sich. Ein dünnes, sandfarbenes Gewand hüllte ihre Gestalt ein, und ein hellblauer transparenter Schleier bedeckte ihre untere Gesichtshälfte, um sie vor den staubfeinen Sandkörnern zu schützen, die der Wüstenwind beständig in der Luft hielt. Da packte ihn die alte Leidenschaft.

„Am liebsten wäre es mir, teure Schwester, wenn ein Sohn von uns beiden unter den Bauherren der Pyramide wäre, der hier und auf dem ganzen Erdenrund als höchster Prinz gelten würde. Du weißt doch, ein Kind mit dir wäre höher gestellt als meine ehelichen."

Er hatte sich ihr zugewandt und ihre Hände ergriffen.

„Enki", seufzte Ninhursag, „du gibst wohl niemals auf. Ich habe bereits einen Sohn geboren, der der Erbe Enlils ist. Er gilt als oberster Prinz."

„Das weiß ich, aber er ist eben nicht der Meine. Ein Sohn von mir würde jetzt mithelfen, den künstlichen Berg zu bauen. Er wäre Techniker, wie ich und in den dazu notwendigen Wissenschaften bewandert. Siehst du nur einen aus Enlils Familie hier mitwirken? Wer könnte es denn? Selbst Utu versteht nichts vom Bau der Flughafenanlagen, nur von den Fluggeräten selbst."

Etwas pikiert erwiderte Ninhursag: „Enki, du weißt, dass Ninurtas Fähigkeiten auf anderen Gebieten liegen, und dort sind sie genau so wertvoll. Hast du etwa vergessen, wie er die Sintflutwasser gebändigt hat, so dass man säen und ernten konnte? Wer hat im Namen und Auftrag von Enlil Kriege geführt, um Herausforderer und aufsässige Städte zu besiegen? Gerade hat mir mein guter Sohn angeboten, mein karges Land Tilmun zu bewässern, so dass ich Felder, Wiesen für Haustiere und Gärten haben werde."

Ninhursag hatte ihrem Bruder die Hände entzogen, drehte sich nun um und ging dem schattenspendenden Zeltdach entgegen. Enki folgte ihr, besorgt, dass das Gespräch eine solche Wendung genommen hatte.

„Aber liebe Schwester, ich will doch nicht Ninurtas Verdienste schmälern", beeilte er sich zu versichern. „Wir alle wissen, dass er sich nach der Flut besonders hervorgetan hat. Ich meinte nur, ein Sohn von dir und mir könnte mit hoher Wahrscheinlichkeit meine Interessen geerbt haben."

Vorsorglich vermied Enki, von Fähigkeiten zu sprechen.

Sie erreichten den Rastplatz der Nefilim und setzten sich. Ein Bediensteter reichte ihnen einen Becher kühlen Bieres. Beschwichtigt von Enkis Worten sagte Ninhursag: „Wir haben aber keinen Sohn, Enki, und das wird auch so bleiben."

Enki beugte sich zu ihr hin und meinte zweideutig: „Wer weiß, was die Zeit bringt, liebste Schwester, und wie die Geschicke sich verweben."

„Enki", wies Ninhursag ihn zurecht, „wir sind hier, damit du mir die schon recht weit gediehene Pyramide zeigst und erläuterst, wie ihr Inneres beschaffen sein wird. Nun sind wir so weit vom Thema abgekommen, wie es nur irgendwie geht."

Ihre weiteren Worte wurden von lautem Motorengeheul und dem Zischen eines Bremsstrahles übertönt. Begeistert ergriff sie Enkis Arm und zeigte auf den großen Senkrechtstarter, unter dem ein riesiger, bearbeiteter Felsquader befestigt war, der zusätzlich von einem so starken Kraftfeld gehalten wurde, dass der gewaltige Steinblock scheinbar leicht durch die Luft schwebte. Die hohe Kunstfertigkeit des Piloten, eingewiesen von Anunnaki und Menschen, ermöglichte es, den tonnenschweren Stein passgenau an seine vorbedachte Stelle zu bringen und vorsichtig abzusetzen.

Staunend sah die Herrin des Sinai zu. Sogar Enki, dem die Arbeit der Lastflugzeuge nicht fremd war, sah immer wieder fasziniert, wie die Spezialschems ihre schwere Fracht durch die Luft herantransportierten und dann haargenau platzierten.

Die Pyramide war bereits zu zwei Dritteln fertig, so dass sich Lastflugzeug und Felsquader in etwa 100 Meter Höhe befanden. Die Nefilim waren es gewohnt, sehr schwere Lasten von weit her per Flugzeug zu transportieren, besonders wenn unwegsames Gelände oder die Höhe eines Gebäudes nichts anderes zuließen.

„Beeindruckend!" rief Ninhursag. „Die riesigen Steine müssten doch das Fluggerät zu Boden ziehen."

Enki lächelte. „Du möchtest jetzt gewiss keinen technisch-physikalischen Vortrag hören, teure Schwester. Es sei nur so viel gesagt, dass wir die Energie, die überall im Raum existiert, nutzen können. Wir haben einen Weg gefunden, freie Gravitationsenergie anzuzapfen. Jede Masse, also auch die Erdkugel, ruft Gravitation hervor. Die Planeten bewegen sich rasant durchs All. Die Erde dreht sich dabei noch um sich selbst. Auch das erzeugt Energie. Wenn man die Energiemengen zu nutzen versteht, sind sie überall in beliebiger Menge verfügbar. So funktionieren übrigens im Grundprinzip auch einige unserer Raumschiffantriebe im Gegensatz zu den Raketentriebwerken, die auf Verbrennungsenergie basieren. In abgewandelter Form können wir die überall vorhandene Energie auch zur Erzeugung eines gewaltigen Kraftfeldes nutzen, das mühelos zum Beispiel diesen etwa zwei Tonnen schweren Quader hält und transportiert."

„Ach Enki, davon verstehe ich nichts. Aber ich weiß nun, wie ihr die schweren Steine so hoch oben an Ort und Stelle bringt", entgegnete sie.

Enki beeilte sich sogleich zu sagen: „Dafür bist du unsere führende Wissenschaftlerin auf medizinischem Gebiet."

„Ich bin durch den Willen unseres Vaters Anu die Oberherrin über alle Raumfluganlagen. Daher muss ich mich nun auch befleißigen, soviel wie möglich darüber zu erfahren."

„Wir alle loben den weisen Entschluss des väterlichen Herrschers, verehrte Schwester." „Deswegen sage mir noch, wie die Spitze der Pyramide aussehen soll", wollte Ninhursag wissen, „denn bald werdet ihr soweit sein, sie zu gestalten."

„Die Pyramidenspitze werden wir zusätzlich mit Metall verkleiden. Der ganze grandiose Steinberg wird zum Schluss mit weißen Kalksteinblöcken ummantelt. Sie werden vorher so zugeschnitten, dass sie genau in die Stufen der Steinreihen passen und eine komplett glatte, helle Wand ergeben. Sie wird das Sonnenlicht reflektieren und so den Flugzeugen zusätzlich auch am Tage den Weg weisen."

„Das muss schön aussehen", stellte sich Ninhursag vor. „Praktisch und herrlich zugleich. Nachts wird der ewige Lichtstrahl die Abgal leiten. Wo kommt er her, Enki?"

Er trank noch durstig einen Schluck aus seinem Becher und antwortete: „Aus einem im Inneren verborgenen Ort, der der geheimen Kammer in Enlils Ekur, seinem hohen Haus in Nippur gleicht, du weißt, die Kammer Dirga. In diesem verborgenen Raum wird ein massiver Steinbehälter die Kraftquelle bergen, die in der Lage ist, tausende von Jahren, viele schars, das Richtungslicht zu spenden. Du wirst es sehen, liebe Schwester, wenn es zum ersten Mal an der Ostseite der Pyramide als rötlich pulsierender Schein den Piloten den Weg zur Landebahn weist."

Ninhursag sah Enki zufrieden an. „Das habt ihr wirklich gut gemacht, du und die Deinen. Ihr habt an alles gedacht und den künstlichen Orientierungsberg, die große Pyramide, äußerlich und innerlich aufs Vollkommenste gestaltet. Jetzt kann ich dir, lieber Enki auch etwas berichten. Gestern habe ich den künftigen Raumflughafen inspiziert. Du weißt, wo er liegt. Das Wichtigste ist natürlich die Landebahn, die in der felsigen Hochebene des Sinai angelegt wird. Der Boden ist fast fertig bearbeitet, so dass er sich als Piste eignet. Ein paar Gebäude sind ebenfalls schon entstanden, Verwaltungsräume, Hangars und Wartungsstationen, Lagerhallen, Wohnkomplexe und die Passagierabfertigung. Alles sieht noch wie eine große Baustelle aus, aber bald werden Grünanlagen, schöne Wege und Restaurants das Tor zum Himmel reich ausstatten."

Enki wischte sich den Schweiß von der Stirn.

„Du bist nicht nur die Herrin der vierten Region, der wichtigsten für uns, sondern wirst über ein Land voller Besonderheiten gebieten. Lass erst einmal das neue Kontrollzentrum beim Berg Moria in Betrieb sein, dann werden alle geplanten Anlagen des großen Raumfahrtkomplexes fertig sein."

Ninhursag freute sich. „Wir sehen uns auf der Feier zur Inbetriebnahme wieder, lieber Bruder. Meine Mitarbeiter sind bereits jetzt mit der Organisation beauftragt. Dann lasse ich die Tische mit den Früchten der Gärten decken, die mit Fleiß und Geschick bereits von Ninurta angelegt und durch kunstvolle Dämme und Wasserspeicher am Leben gehalten werden."

Diesen versteckten Hinweis auf die Qualitäten ihres und Enlils Sohnes sollte Enki noch einmal gemahnen, ihn nicht geringer als die Seinen einzuschätzen. Natürlich verstand Enki diese Absicht.

„Es ist wirklich eine große Tat, diesen wüstenartigen Gebieten Fruchtbarkeit zu geben. Aber nun stelle dir vor, allerliebste Ninhursag, du hättest noch so einen prachtvollen Sohn, diesmal einen Ingenieur, wie ich es bin, bewandert in vielen Wissenschaften und ausgestattet mit deinem ebenso hohem Verstand und gütigem Wesen. Was für ein herrlicher Prinz wäre der Erde gegeben. Er könnte dein Nachfolger als Herr über den wichtigsten Komplex auf dem siebenten Planeten sein. Ninurta dagegen ist Enlils Erbe. Du siehst, es wäre sogar im Interesse unserer Erdenpolitik, wenn wir ..."

Weiter kam er nicht, denn Ninhursag schlug mit dem Fächer nach ihm, allerdings mit einem Lächeln auf den Lippen.

Selbstverständlich wollte Enki nicht sagen, dass ein Sohn mit der Halbschwester ihn endlich Enlil und Ninurta ebenbürtig machen würde. Marduk war fähig und ehrgeizig, aber leider nur der Sohn mit seiner treuen Gemahlin Ninki.

„Wir haben beide längst prachtvolle Kinder und Kindeskinder, aber unsere enorme Lebensspanne hält uns sehr lange jung und fruchtbar. Keiner weiß das besser als du, meine Schwester. Schon vor vielen schars war ich immer von deinem Anblick außerordentlich berührt und hätte dich so oft gern in den Arm genommen."

„Jetzt höre aber wirklich auf, Enki. Es geht auf die Mittagszeit zu, und ich möchte der heißen Sonne entfliehen."

Enki sprang auf und bot ihr den Arm. Er winkte einem menschlichen Diener, den großen Sonnenschirm zu tragen und ihnen Schatten zu spenden.

„Verzeih mir, liebliche Ninhursag. Ich hätte dich schon früher in deine Unterkunft geleiten sollen."

Die oberste Ärztin gab sich huldvoll, nun doch etwas geschmeichelt vom Werben des Bruders um ihre Gunst.

„Nun Enki, du bist zwar ein unverbesserlicher Charmeur, aber dennoch mein kluger, einfallsreicher Bruder, der Großes zu Wege bringt. Die Idee zu dieser Art künstlichem Berg stammt doch auch von dir, nicht wahr?"

„Das schon", entgegnete Enki. „Wenn du erlaubst, dass ich gemeinsam mit dir die nachmittägliche Ruhezeit verbringe, erfährst du, was ich noch einfallsreich zu bewerkstelligen weiß."

Überrascht von diesem unverhohlenen Ansinnen, sah Ninhursag den Halbbruder an. Dessen funkelnde Blicke brachen ihren inneren Widerstand, ohne dass sie es sich sogleich anmerken ließ.

„Einverstanden Enki. Ich bin gespannt, was du sonst noch über die grandiose Pyramide zu erzählen hast", ging sie über jede Zweideutigkeit hinweg.

Enki freute sich ungemein und sagte nun etwas, was er ansonsten zuvor mit seinen Söhnen besprochen hätte.

„Vieles, schöne Schwester. Aber vor allem, dass es nicht nur eine Pyramide geben wird, sondern drei nebeneinander. Des Weiteren plant Marduk noch ein steinernes Sphinxwesen, das vor den Pyramiden wacht und ostwärts blickt, entlang des heiligen 30. Breitengrades. Es wird seine Gesichtszüge tragen. Alle Bauwerke sollen durch unterirdische Anlagen miteinander verbunden sein."

Ninhursag war nun noch mehr beeindruckt. „Nein wirklich, Enki? Drei Pyramiden und geheime Gänge unter dem Sand? Das musst du mir allerdings sofort näher erläutern."

„Es ist noch inoffiziell. Daher musst du es erst einmal für dich behalten, Ninhursag. Ist alles reiflich durchdacht und berechnet, geben wir es natürlich bekannt."

Selbstverständlich, lieber Bruder", beeilte sie sich zu versichern. „Komm, mein Ruheraum ist abgeschieden genug, Geheimnisse zu erfahren."

Entflammt von Enkis Worten und seiner einmaligen Originalität, dachte sie, dass ein Sohn von ihm wahrhaftig ein ganz besonders kluges Wesen sein müsste, das in späteren Jahren tatsächlich ihre so wichtige vierte Erdregion, die Raumfahrtanlagen, regieren könnte.

Nach Ablauf von neun Monaten gebar Ninhursag noch einmal. Doch es war ein Mädchen, lieblich und aufgeweckt, aber nach Nibiru-Geboten kamen nur Söhne als Erben in Frage.

Enki war maßlos enttäuscht, bis er ganz seinem Naturell entsprechend auf eine wirklich absonderliche Idee verfiel, die jedoch nicht gegen Gesetze verstieß. Er nahm sich vor, sobald seine Tochter von Ninhursag erwachsen war, mit ihr männlichen Nachwuchs anzustreben. Auch ein solcher Sohn würde laut den Regeln an oberster Erbstelle stehen. Sollte auch das Kind von der Tochter ein Mädchen sein, würde er sie von weiterem Nachwuchs im Interesse der Reinhaltung ihres königlichen Blutes überzeugen. Auch würde er später versuchen, mit der Enkelin zu einem gemeinsamen Sohn zu kommen. Einmal müsste auf diese Weise das Glück ihm hold sein, nahm Enki sich vor. Er wollte unbedingt einen Sohn haben, der Ninurtas Abstammung ebenbürtig war.

Als die kurzen Erdenjahre ins Land gingen, brachte er eingehend seiner reizenden Tochter die Notwendigkeit männlichen Nachwuchses innerhalb der eigenen Familie nahe. Doch auch dieses Kind war ein Mädchen.

Ninhursag war ungemein zornig, dass Enki so weit ging, um einen Sohn ihres Geblütes zu bekommen.

Auch die Enkelin, noch schöner als die Tochter, konnte er überzeugen, einen gemeinsamen Erben zu haben. Ja, sie blickte sogar besonders bewundernd zu ihrem immer noch stattlichen Großvater auf, der im Ruf stand, der genialste Wissenschaftler auf Erden zu sein. Gern hätte sie ihm den Sohn gegeben, gebar aber wie ihre Mutter und ihre Großmutter ebenfalls ein Mädchen.

Längst war Ninhursags Wohlwollen gegenüber ihrem Bruder wachsendem Zorn gewichen. Als sie miterleben musste, wie sich die Enkelin von Enki umgarnen ließ und sich willig häufig mit ihm traf, schlug ihre Wut in so große Abneigung um, dass sie dem Treiben um jeden Preis ein Ende setzen musste. Mit der Zeit und in den vielen Erdenjahren hatten ihm Tochter und Enkelin sogar mehrere Kinder geboren.

Lange sann Ninhursag darüber nach, wie sie es auf Dauer verhindern könnte, dass sich Enki weiterhin so benahm. Am meisten schmerzte sie, dass er damals, als die Pyramide gebaut wurde, nicht in ihr selbst die begehrenswerte Frau sah, sondern wie sich zeigte, nur seine eigene Position in der Hierarchie der Nefilim aufbessern wollte.

Sie kam zu dem Ergebnis, dass es nur einen Weg gab, Enki aufzuhalten. Er musste sterben. Nie hätte Ninhursag gedacht, dass sie einmal zu solchem Mittel greifen würde. Doch nun würde sie als NIN.TI, als Herrin des Lebens, nicht Leben erhalten, sondern es beenden.

Sorgsam und kundig wählte sie bestimmte Pflanzen aus, die sie mit Enkis Essen servieren ließ. Langsam, aber stetig wurde er krank. Mit der Zeit verschlechterte sich sein Zustand bedenklich.

Allen Familienmitgliedern war nicht entgangen, warum Ninhursag solch unbändigen Zorn auf ihren Bruder hatte. Als sie den Vater nun dahinsiechen sahen, setzten sie sich für die Rettung seines Lebens ein. Etliche seiner Kinder, teils diejenigen mit Ninki, teils die mit Ninhursags Tochter und auch schon die mit der Enkelin, baten die höchste Ärztin um Heilung. Da endlich wurde Ninhursag nachdenklich.

Als die Angelegenheit Enlil und Anu zu Ohren kam und Ninhursag zum Erdenherrn gerufen wurde, hatte sie schon eingelenkt und bereute. So gab sie Enki die erforderlichen Heilmittel. Er erholte sich, ließ jedoch unverzüglich von seinem Bestreben ab.

Es war für Enki unfassbar, dass ihn die ansonsten gütige Ninhursag zu Tode bringen wollte.

Als er seine Gesundheit wiedergewonnen hatte, sagte er sich, dass auch Marduk durchaus eines Tages die höchste Erdenposition erlangen könnte und sei es mit kriegerischen Mitteln oder geschicktem, diplomatischem Agieren. Eines Tages wird mein Familienzweig über die Erde herrschen, war sein ungebrochener Wille, obwohl er ihm fast das Leben gekostet hatte.

Danach zog sich Enki für lange Zeit von der politischen Bühne zurück.

Marduk hatte sich mit den Pyramiden einen Namen unter den führenden DIN.GIR gemacht, die diesmal neidlos anerkannten, dass Enkis ältester Sohn die Genialität des Vaters fortsetzte. Auch Ningischzidda war seitdem in der Achtung der obersten Nefilim weit gestiegen, denn das grandiose, geheime Innenleben der Pyramiden war sein Werk. Er blieb der Hüter der verborgenen Kammern und dessen, was sie sicher für alle Zeit beherbergten. Ningischzidda allein wusste, wo die Pläne des Pyramidenbaus aufbewahrt wurden, wo im Inneren des künstlichen Berges in einem der vielen Hohlräume das geheime Wissen niedergeschrieben und verwahrt war. Er hatte dafür gesorgt, dass die ewige Energiequelle mit ihrer atomaren Kraft zum Nutzen der Anunnaki wirkte und nicht in unkontrolliertes, nukleares Feuer ausartete.

Als die Pyramidenanlagen zuverlässig ihren Dienst taten, ging Ningischzidda zurück in sein westafrikanisches Land, das ihn noch immer mit seiner Wildheit fesselte und seinen Forscherdrang herausforderte. Er war sich sicher, dort noch mehr der begehrten Bodenschätze zu finden. Längst kamen große Mengen an Gold, Kupfer, Zinn und anderer Materialien aus diesem Teil der Erde.

Marduk genoss es lange, dass alle Nefilim seine Pyramiden in den höchsten Tönen lobten. Sogar die Igigi im Orbit hatten sich dafür interessiert. Stolz registrierte er, dass auch die Bewohner des Nibiru bewundernd von Bergbauten sprachen, sahen sie doch sonst oftmals auf die Erde als Provinzplanet herab. Am meisten freute er sich jedoch über das Lob des königlichen Großvaters, denn Anu hatte sich sehr anerkennend über Marduks Leistung als Bauherr der Pyramiden geäußert.

Doch mit der Zeit gewöhnten sich die Anunnaki an die kunstvollen Berge in der Nähe des Nils. Der Reiz des Neuen verblasste. Selbst die Piloten bestaunten nach einigen Erdenjahren nicht mehr die kolossalen Bauten, die ihnen bereits von fern die Richtung zum Flugplatz wiesen.

Marduk ging danach nur widerwillig seinen alten Tätigkeiten nach, die er nun langweilig und reizlos, verglichen mit dem Pyramidenbau fand. Schon immer trachtete er im Geheimen, selbst über die Erde zu herrschen. Jetzt, da sein Ansehen unter den DIN.GIR gestiegen war, rechnete er damit, seinen Einfluss unter den Nefilim auszubauen und mit der Zeit immer mehr Anhänger zu gewinnen. Dazu wollte er im Zweistromland, der Zentrale der Macht, nach Möglichkeiten suchen, seinem ehrgeizigen Ziel näher zu kommen. So übergab er bald die Herrschaft über die Domäne Magan an seinen Sohn Schu, der ihm schon lange vorher bei der Verwaltungstätigkeit zur Seite stand. Nach vielen Erdjahren erhielt Schus Nachkomme Geb das ägyptische Regierungsamt. Danach kamen Ra, wie Marduk in Ägypten genannt wurde, und Geb überein, dass sich nun Seth und Osiris die Herrschaft über das Land am Nil teilen sollten. Seth erhielt Oberägypten und Osiris den Teil des Landes Magan, der den Unterlauf des Flusses, aber vor allem die Pyramiden enthielt.

Von Stund an war Seth eifersüchtig auf seinen Bruder Osiris. Seth dachte gekränkt bei sich, dass er sich Jahr ein, Jahr aus bemüht hatte, Geb zufrieden zu stellen und ihm viele Amtsgeschäfte abgenommen hatte, immer in der Hoffnung, einst nach Geb über ganz Ägypten zu regieren. Doch dann bestimmte der große Marduk, sein Vorfahr, dass der Herrschaftsbereich geteilt werden sollte. Obendrein erhielt Osiris den Einflussreichen Norden und er selbst nur den heißen Süden, weit ab von den bedeutenden Städten und Raumfahrtanlagen. Gegen Ra-Marduk konnte Seth sich nicht auflehnen. Daher trachtete er danach, Osiris so bald wie möglich zu Fall zu bringen. Außerdem wollte Seth ihn auch wegen den Erbfolgeregelungen beseitigen. Er selbst war der Sohn von Geb und Nut, die auch Osiris gebar, dessen Vater jedoch der große Ra war.

Nut hatte weitere Kinder, unter anderem die Töchter Isis und Nephtis. Nephtis war wie Seth von ihrem Gemahl Geb. Isis war jedoch von wieder einem anderen Nefilim, von Thoth, wie Ningischzidda in Ägypten hieß.

Noch mehr Verwirrung und Abneigung der Halbbrüder brachten ihre eigenen Vermählungen. Osiris schnappte ihm die begehrte Halbschwester Isis vor der Nase weg.

Seth heiratete deshalb Nephtis, die jedoch seine Vollschwester war. Das bedeutete, dass der Sohn von Osiris in der Thronfolge immer über dem Seinen stehen würde.

Tag und Nacht sann Seth nach, wie er Osiris gefangen nehmen und töten konnte. Das war schwierig, denn der verhasste Bruder war auf der Hut.

Als die äthiopische Königin ihren Besuch ankündigte, verfiel Seth auf eine List. Er ließ eine prächtige große Truhe anfertigen, die er auf einer Feier zu Ehren der fremden Königin allen geladenen Gästen zeigte. Übermütig verkündete Seth, dass er sie demjenigen schenken wolle, der nach dem Probeliegen am besten hineinpasste. Als Osiris sich an diesem Spaß beteiligte, ließ Seth, kaum dass sein Bruder in der Truhe war, den Deckel zunageln. Dann wurde der Gefangene weggetragen und die Truhe versiegelt.

Etliche Gäste schreckten entsetzt zurück, doch Seth und seine Helfer hatten eine Erklärung parat. Sie hätten schon lange den Verdacht, dass Osiris in eine Verschwörung gegen den Erdenherr Enlil verwickelt war. Darüber wunderte sich allerdings niemand der Gäste, denn versuchte Staatsstreiche kamen gar nicht so selten vor.

Die Truhe wurde ins Meer geworfen und vor Byblos angeschwemmt.

Als Isis das erfuhr, barg sie den Leichnam ihres geliebten Gemahls und wollte den hohen Rat um Wiederbelebung bitten. Sie wusste, dass die medizinische Kunst dazu in der Lage war. Doch Seth fand heraus, wo sie den toten Osiris verbarg und zerstückelte den Toten.

Isis weinte verzweifelt um den Brudergatten und begab sich auf die Suche nach den Körperteilen. An Ort und Stelle begrub sie die Teile des geliebten Mannes.

Zuvor hatte sie mit einer heilkundigen Ärztin hohen Ranges gesprochen und ihr Leid geklagt, dass sie nun ohne Sohn von Osiris sei, der seinen Thronanspruch gegen Seth durchsetzen könne.

„Du hast sicher davon gehört, liebe Isis, dass wir die Erbmatrix aus den Genen einer beliebigen Körperzelle extrahieren können. Bringe mir ein gut erhaltenes, kleines Teil deines toten Gemahls. Vielleicht gelingt es, die Zellteilung wieder anzuregen und genug Essenz zu erhalten, um einer deiner Eizellen das Erbgut von Osiris zu geben. Es ist ein schwieriges, ausgeklügeltes Verfahren, aber schon etliche Male gelungen“, sprach die Ärztin der leidgeprüften Isis Mut zu.

Auf diese Weise gebar Isis doch noch einen Sohn von Osiris, den sie aus Angst vor ihrem Halbbruder Seth im Verborgenen aufwachsen ließ. Sie nannte ihn Horus, den Falken, der seine Kindheit und Jugendjahre im Papyrusdickicht des Nildeltas verbrachte.

Seth, der dachte, dass Osiris ohne Sohn gestorben war, plante eine weitere Gewalttat.

Auch Isis sollte nun seine Gemahlin werden. Dann endlich könnte er den begehrten Sohn von einer Halbschwester erhalten, der immer an erster Stelle in der Erbfolge stand, egal, wie viele seiner anderen Kinder vor diesem Sohn geboren wurden.

Selbstverständlich rechnete Seth nicht damit, dass Isis einwilligte, ihn zu heiraten. Deshalb ließ er sie entführen und hielt sie gefangen. Eines Tages, so dachte Seth, wird sie zermürbt einwilligen.

Durch Verbündete erhielt Isis selbst in der Gefangenschaft regelmäßig Nachricht über den geliebten Sohn Horus. Das Wissen, dass Horus unterrichtet und in der Kriegskunst ausgebildet, eines Tages seinen Vater rächen würde, erleichterte ihr das Leben unter Seths Willkür.

Isis saß am Fenster und sah sehnsüchtig hinaus. Sie fragte sich, ob sie sich jemals wieder frei unter der heißen Sonne bewegen könnte. Nur der Gedanke an Horus ließ sie nicht völlig verzweifeln.

Die Bedienstete, eine gütige, verlässliche Menschenfrau, trat ein. Diese Frau hatte ihr stets die geheimen Botschaften über Horus gebracht, wobei jedes Mal das Gesicht der Dienerin strahlte, wenn Isis sich über eine Nachricht freute. Doch diesmal war sie dem Weinen nahe und blickte betrübt zu Boden, als sie das Tablett mit Speisen abgestellt hatte.

Isis erstarrte, denn sie ahnte, dass es schlecht um ihren Sohn bestellt sein musste.

„Sprich, was hast du von Horus zu berichten?“ forderte sie die Dienerin auf.

„Sage es endlich, auch wenn es nichts Gutes sein sollte. Hat Seth ihn etwa aufgespürt?“

„Nein, edle Herrin, das nicht. Aber deinem Sohn geht es nicht gut.“

Isis griff sich instinktiv an ihr Herz, das vor Sorge und Aufregung schneller schlug. „Ist er krank?“ Mit vor Angst gepeinigten Augen sah sie die Frau an.

„Ja, Herrin, ein Skorpion hat ihn gestochen.“

Isis war leichenblass geworden. Wie jedermann wusste auch sie, was das bedeutete. Kaum jemand überlebte den Stich eines Skorpions.

„Ich muss aus meinem Gefängnis entkommen, damit ich versuchen kann, Horus zu retten“, wandte sie sich an die vertraute Dienerin. „Übermittle eine Nachricht für mich, die weitergegeben werden soll, bis mein Hilferuf Thoth, meinen Vater, erreicht. Er ist mächtig genug, mir bei der Flucht zu helfen.“

Tatsächlich gelang Isis mit Thoths Unterstützung, in der Nacht zu fliehen. Doch als sie die Sümpfe erreichte, lag der geliebte Sohn todkrank auf dem Ruhebett. Sie weinte und schrie verzweifelt ihren Schmerz heraus. Als Isis wieder einen klaren Gedanken fassen konnte, strich sie ihrem Sohn über die heiße, schweißnasse Stirn. Das Gift des Skorpions würde über das Leben von Horus siegen, wenn sie nicht einen letzten Versuch unternahm.

Abermals wandte sie sich an Thoth und bat ihn, ihren Sohn mit seinem Wissen zu retten.

Thoth war gerade mit der Barke der Millionen Jahre, einem Fluggerät Ra´s unterwegs, versprach jedoch zu kommen, sobald es wieder Nacht wurde und das heilende Licht, ein spezielles Heilverfahren, mitzubringen.

Horus konnte gerettet werden und wuchs zu einem Prinzen aus königlicher Familie heran, der in gerader Linie von Enki abstammte. Sein ganzes bisheriges Leben war seit Kindesbeinen an darauf ausgerichtet, seinen Vater Osiris zu rächen, einen Vater, den er durch die Schuld von Seth nie kennen gelernt hatte.

Soweit er sich zurückerinnern konnte, hatten Betreuerinnen, Lehrer und Erzieher davon gesprochen, dass seine Lebensaufgabe vorherbestimmt sei. Auch seine Mutter sprach die wenigen Male ihres Zusammenseins fast von nichts anderem, als dass er der Rächer seines Vaters sein würde, sobald er stark genug dafür war. Daher übte sich Horus fleißig und verbissen wie kein anderer Heranwachsender in der Kriegskunst, ganz besonders im Zweikampf, der oft die Entscheidung brachte.

Als der Tag kam, an dem sich Horus gerüstet fühlte, ließ er sich beim Hohen Rat anmelden und forderte den Thron von Ägypten, der rechtmäßig seinem Vater zugestanden hatte.

Der völlig überraschte Seth versuchte Zeit zu gewinnen und schlug den Ratsmitgliedern vor, mit Horus eine friedliche Einigung zu suchen. Dem wurde zugestimmt, um eine kriegerische Auseinandersetzung zu vermeiden. Doch Horus ließ sich weder umstimmen, noch durch irgendeine abscheuliche List von Seth ausmanövrieren. So kam es doch noch zum Kampf zwischen den unerbittlichen Gegnern und deren Anhängern.

Selbst Ra war zugegen, als sich Horus und Seth in Nubien in der Nähe eines Sees bekämpften. Seth konnte sich nicht mit den Fähigkeiten seines Widersachers messen, der die Nahkampfwaffen in einmaliger Meisterschaft führte.

Horus siegte über seinen Feind Seth und dessen Krieger. Doch Seth war nicht tot, sondern wurde verwundet und gefesselt zu Ra gebracht, der über ihn Gericht halten sollte. Ra´s machtvolle Stimme schallte über das ganze Kampfgebiet, so dass ihn alle hören konnten.

„Seth, du hast als Mörder deines Bruders Osiris großes Unrecht getan und bist im Kampf um die Wiedergutmachung von Horus besiegt worden. Deshalb lautet mein Urteil, das dein Schicksal jetzt in Horus Händen liegt, der nach eigenem Gutdünken mit dir und den anderen Gefangenen verfahren kann."

Horus, der zu Unerbittlichkeit und Härte erzogen wurde, vollstreckte sofort sein Urteil an den Gefangenen. Einem nach dem Anderen schlug er den Kopf ab. Seth sollte als Letzter sein Leben verlieren, damit er sehen musste, wie seine Kämpfer starben. So wollte Horus ihm noch zusätzlich mit Angst bestrafen, die seine letzten Minuten beherrschen sollte.

Isis hatte ebenso wie ihr Sohn den Sieg über Seth herbeigesehnt, doch was sie jetzt mit ansehen musste, ging ihr zu weit. Sie erschrak sehr über den Blutrausch ihres Sohnes und versuchte ihn zu stoppen. Laut schrie sie ihm entgegen: „Horus, halte ein. Belasse es bei deinem Sieg und den Gefangenen. Du musst nicht alle töten. Sie können in den Minen arbeiten und dir noch von Nutzen sein."

Doch Horus war wie von Sinnen und nicht aufzuhalten.

Isis lief ohne nachzudenken zu Seth und befreite ihn. Sie wusste selbst nicht warum. Doch sie konnte nicht mehr tatenlos mit ansehen, wie Horus soviel Blut vergoss.

Als Horus dessen gewahr wurde, erfasste ihn eine unermessliche Wut. Seine eigene Mutter hatte ihn verraten, dachte er und um seinen Lebenszweck gebracht. Ein weiteres Mal sauste sein Schwert durch die Luft und trennte diesmal den Kopf seiner Mutter von deren Leib.

Nur Thoth, der schon soviel für seine Tochter Isis getan hatte, war es zu verdanken, dass sie schnell geborgen und wieder hergestellt wurde. Das hohe medizinische Können der Nefilim gab ihr nach der entsetzlichen Tat ihres Sohnes das Leben zurück.

Noch lange hatte sie Schmerzen und Beschwerden und fürchtete sich seit dem vor Horus, der sich als grausam und unberechenbar erwiesen hatte. Da erst kam ihr in den Sinn, dass man von einem Kind, das nichts als Härte, Kampf und Hass gelehrt bekam, nichts anderes zu erwarten hatte. Die Erziehung zu Liebe, Güte und zum Verzeihen hatte Horus nie kennen gelernt. Deshalb gab sie sich eine Mitschuld am Verhalten ihres Sohnes und fragte sich, was für ein Herrscher er wohl werden würde.

Doch Horus musste zunächst Seth finden und ihn noch einmal besiegen.

Seth, der lange Zeit der oberste DIN.GIR in Ägypten war, fiel es nicht schwer, eine neue Kampftruppe aufzustellen. Im ganzen Lande Magan mobilisierte er seine ihm ergebenen Anhänger.

Horus wollte seinen Feldzug im Süden des Landes beginnen und sich mit Hilfe der Nefilim, die ihn unterstützten, weiter gen Norden vorarbeiten. Auf diese

Weise wäre er schon Herr des Landes, wenn der wichtigste Kampf entbrannte, der Kampf um den Besitz der Pyramiden.

Etliche Luftschlachten tobten über dem Nil, in denen sich die Widersacher mit tödlichen Waffen außer Gefecht zu setzen suchten. Horus, der ein spezielles Kriegsflugzeug, das Nar, einsetzte, wurde bei einer Schlacht von Seths Kampfflieger empfindlich getroffen. Er schoss die Waffe der Dreißig ab, eine Drei-Stufen-Rakete mit je zehn Sprengkörpern.

Die Menschen, die im schmalen Landstrich entlang des Nils lebten, versteckten sich ängstlich in ihren einfachen Behausungen. Wenn sich die Hohen Herren in ihren Himmelswagen bekriegten, kamen schlechte Zeiten auf sie zu. Das Verderben konnte auch auf sie herabkommen, so dass sie und ihre Tiere einen seltsamen, schnellen Tod starben, ohne dass sie sichtbar getroffen waren. Entgingen sie der unerklärlichen Vernichtung, kamen aber auf jeden Fall Veränderungen auf sie zu. Das sagte ihnen die Erfahrung, denn die Mächtigen der Ewigkeit, das Volk der Himmelswagen, bekämpften sich oft und setzten nicht selten große Landstriche in Brand.

Der Kampf um die Pyramiden tobte heftig und weitete sich sogar auf die Sinaihalbinsel aus. Das beunruhigte die führenden Nefilim so sehr, dass sie abermals versuchten, in einer Ratsversammlung Frieden zu stiften.

Da keine Einigung erzielt wurde, traten Horus und Seth nun zum entscheidenden Zweikampf an. Wie schon seit undenklicher Zeit und wie es auch auf dem Heimatplaneten Nibiru Sitte war, trachteten die Gegner danach, den Feind zu entmannen. So wollten sie dem Gegner weitere Nachkommenschaft verwehren. Söhne des Widersachers, waren stets neue potentielle Feinde im Thronfolgestreit.

Horus triumphierte endlich über seinen Erzfeind und beraubte Seth der Möglichkeit weiterer Nachkommenschaft. Sein Vater Osiris war nun gerächt.

Ihm wurde danach die Herrschaft über ganz Ägypten zuteil. Seth jedoch wurde vom Rat in ein entferntes Land im Osten verwiesen.

Damit glaubte man, den Krieg um die Herrschaft über das Pyramidenfeld beigelegt zu haben. Niemand im Hohen Rat der Zwölf hätte damit gerechnet, dass sich Seth bald danach erdreisten würde, in das Land Kanaan einzufallen und es zu unterwerfen.

In hohem Maße bestürzt, mussten vor allem Enlil und seine Familie feststellen, dass das Gebiet zwischen dem alten Landeplatz und dem neuen Flughafen nun ebenfalls von einem Mitglied der Familie Enkis beherrscht wurde.

Somit regierte Enkis weitläufige Verwandtschaft über alle Raumfahrtanlagen, von den Pyramiden unter Horus, über den neuen Flughafen im Sinai bis hin zu Baalbek unter Seth, dem Landeplatz aus vorsintflutlicher Zeit, der immer noch in

Betrieb war. Die wichtigsten Orte der Erde waren nun in Händen von Enkis Familie. Enlil drohte die Macht als Herr der Erde zu entgleiten, und Ninhursags Neutralität war nichts weiter als ein schöner Name.

Horus wollte nur sein Erbe Ägypten haben. Enlil und seine Söhne hatten jedoch Seth völlig unterschätzt. Der Ort DUR.AN.KI, die Verbindung zum Himmel, war ihnen entrissen, die Enlil niemals freiwillig hergab, seit er Herr des siebenten Planeten war. Doch wie lange konnte er sich noch so nennen? Auch Marduk hielt sich wieder in der vierten Erdregion und bei den Pyramiden auf, was Enlil äußerst beunruhigte.

Halbe Nächte lang diskutierte er mit Nannar, Ninurta, Adad und den Enkelkindern Utu und Inanna. Wie war Seth dazu zu bewegen, sich auf die ihm zugewiesene asiatische Domäne zu beschränken, fragten sie sich. Welche Zugeständnisse konnte man ihm geben, um einen erneuten Krieg zu vermeiden? Was würde Marduk tun, dem sie einen Staatsstreich zutrauten.

Doch als die Zeit verging und sämtliche Verhandlungen nichts nutzten, sprach Ninurta aus, was alle aus Enlils Familie längst wussten: „Wir können uns nur mit Gewalt unsere Gebiete zurückholen."

Besonders Inanna hatte gehofft, dass die erneuten Differenzen zwischen Enlils Familie, zu der auch sie gehörte und Enki samt seinen Nachkommen gütlich beigelegt werden könnten. Es ging ihr um Dumuzi, einem der jüngeren Söhne Enkis, in den sie sich verliebt hatte.

In den vielen schars, die seit ihrer Jugend in Bad-Tibira vergangen waren, hatte sie unzählige Liebschaften, die ihr einen zweifelhaften Ruf einbrachten. Es gab mittlerweile sogar Abbildungen, die sie teilweise unbekleidet zeigten, als bildlichen Ausdruck ihres Lebenswandels. Doch Inanna lachte nur, denn sie hatte sich noch nie etwas aus der Meinung Anderer gemacht. Dazu war sie viel zu selbstbewusst. Es kam ihr gar nicht in den Sinn, ihrer leidenschaftlichen Natur Zügel anzulegen. Sie nahm sich was und wen sie wollte. Hin und wieder war sie sogar vorübergehend in ihre Günstlinge verliebt gewesen, ein für sie oberflächliches Gefühl, das nie lange anhielt.

Doch bei Dumuzi war das anders. Seit sie ihn auf einem Bankett gesehen hatte, war sie ihm verfallen. Für Inanna war es ungewohnt, dass ein Mann ständig in ihren Gedanken weilte und ein Gefühl von Sehnsucht auslöste, wenn er wie meistens, weit von ihr entfernt war. Auf der Festveranstaltung war sie nach Ablauf des offiziellen Teiles direkt auf Dumuzi zugegangen, Utu an ihrer Seite, der ihr anstandshalber den gut aussehenden Mann vorstellen sollte. Er hatte sehr blaue Augen, die sie intensiv fixierten, sobald Utu und Inanna vor ihm standen. Sein Haar war sorgfältig nach der Mode der hohen DIN.GIR frisiert, der gepflegte Bart etwas kürzer als üblich. Viele Männer hätten ihr vom Äußeren her gefallen, doch von Dumuzi ging etwas aus, das sie nicht definieren konnte. Es war nicht das Selbstbewusstsein einer hohen Machtposition, das sie sonst immer anzog, sondern ein sehr persönlicher Zauber, dem sich Inanna nicht entziehen konnte.

Dumuzi war begeistert, dass eine der schönsten Frauen sich für ihn interessierte, die obendrein unter den Nefilim einen hohen Rang einnahm. Er hatte sich bisher noch nicht vermählt, obwohl sein Vater Enki ihn gern in der Obhut einer eigenen Familie gesehen hätte. Doch sich zu binden, war ihm bisher nicht eingefallen. Er wollte sich Zeit nehmen, die rechte Ehefrau zu finden. Überhaupt wäre eine seiner vielen Halbschwestern die passende Gemahlin gewesen, schon allein der Erbgesetze wegen. Am liebsten hätte er Gestinanna gehabt, die sich aber stets recht kühl zu ihm verhielt.

Aber dass Inanna ihm ihre Liebe antrug, hätte er nicht in den kühnsten Träumen erhofft, eine mächtige, erdenweit bekannte Frau.

Enlils Enkelin und Enkis Sohn schworen sich, für immer zusammenzubleiben. Doch weil ihre Familien um die Erdenherrschaft oft untereinander konkurrierten, sahen sie mit Sorge entgegen, was die Familienoberhäupter zu ihrer Verbindung sagen würden.

Inanna vertraute sich zunächst ihrem Zwillingsbruder Utu an, der schon lange mit Aya verheiratet war. Utu war dafür, dass Inanna endlich einen Gatten wählte. Vielleicht würde sie dann etwas weniger nach Macht streben und familiärer werden, zumal auch mit Kindern zu rechnen war.

„Versprich mir, Utu, dass du bei Großvater Enlil ein gutes Wort für mich einlegst", bat sie ihren Bruder.

Inanna sah ihn flehend an, was Utu befremdlich vorkam, denn selbst er hatte noch nie erlebt, dass sie so inständig um etwas bat. Eine in freundliche Worte verpackte Forderung hätte besser zu ihr gepasst, dachte er, als sie auch noch seine Hände ergriff. Utu lächelte.

„Ich muss schon sagen, liebe Schwester, dass ich dich noch nie so bemüht um Jemanden erlebt habe. Du scheinst Dumuzi wirklich zu lieben, wenn du dich sogar mit Heiratsabsichten trägst. Ich dachte immer, du wirst niemals einen Gemahl wählen, damit du dich ihm nicht unterordnen musst."

Inanna ließ ihn los und drehte sich von Utu weg. „Hör auf, mir ist es ernst. Ich will Dumuzi oder keinen."

„Das ist schon eher dein gewohnter Tonfall, Schwesterherz. Jetzt ist mir wohler, denn du hast dich doch nicht völlig verändert."

Utu konnte es sich nicht verkneifen, Inanna zu necken, so gern er sie auch hatte.

„Hilfst du mir nun, oder nicht?“ Sie hatte sich ihm wieder zugewandt.

Utu legte einen Arm um sie und führte sie zu einem Sofa.

„Setz dich, Inanna. Natürlich werde ich dir helfen. Wir besprechen jetzt, wie wir vorgehen wollen. Eigentlich bist du doch immer Enlils Lieblingsenkelin. Warum sagst du es ihm nicht selbst? Keiner kann Großvater so wie du um den Fingern wickeln.“

Inanna griff nach einer der Datteln, die vor ihr auf dem Tisch in einer goldenen Schale lagen. „Das werde ich auch, Utu. Aber ich dachte, dass Enlil sich dann schon mit dem Gedanken angefreundet hat, bevor ich zu ihm gehe. Wüsste Großvater noch nichts, würde er Bedenkzeit wollen. So aber könnte ich ihm schon eine Zusage abringen.“

Hell lachte Utu auf.

„Das ist meine Inanna, wie ich sie kenne. Du hast wie immer alles gut durchdacht.“

Inanna zog die Augenbrauen hoch. „Nun, Bruder, wann wirst du zu Enlil gehen?“

Utu, der ihr sowieso nichts so leicht abschlagen konnte, versprach, gleich morgen um ein Gespräch nachzusuchen.

Inanna hatte einen Vorschlag. „Du bist doch Großmutters liebster Enkel. Besuche sie gegen Abend. Dann wird sie dich bestimmt auffordern, zum Essen zu bleiben, bei dem du Enlil triffst. So kannst du ganz familiär mit ihm reden.“

Utu stimmte zu, froh, auf eine so unverfängliche Art Inannas Herzensproblem zur Sprache bringen zu können. „Das ist eine gute Idee. Dann brauche ich mich nicht offiziell bei Großvater anzumelden.“

Als Inanna gerade gehen wollte, trat ihre Schwägerin in den Raum. Abweisung gewohnt, begrüßte sie Inanna wie einen offiziellen Gast.

„Guten Tag, Inanna. Schön, dich zu sehen. Darf ich dir ein Getränk anbieten?“

Aya war ganz überrascht, als sie diesmal herzlich von Utus Schwester begrüßt wurde und liebenswürdige Worte vernahm.

Inannas schlauer Plan ging auf. Nachdem Enlil Zeit hatte, alles für und wider abzuwägen, stimmte er der Vermählung seiner Enkelin mit Enkis Sohn Dumuzi zu. Hätte er noch Bedenken gehabt, als sie ihn aufsuchte, wäre sein Widerstand spätestens durch ihre persönliche Präsenz gebrochen.

Bei den Eltern hatte es Inanna leichter. Nannar und Ningal stimmten sofort zu, als die Tochter ihnen Dumuzi als künftigen Schwiegersohn ankündigte. Beide hatten sich schon gefragt, ob Inanna jemals einen Gemahl nehmen würde, denn sie wussten von ihrem Unabhängigkeitsdrang, aber auch von ihrer Flatterhaftigkeit in Herzensdingen. So waren sie angenehm überrascht und froh, dass die Tochter bald heiraten würde und nahmen Dumuzi hin. Er oder ein anderer, dachten Nannar und Ningal, Hauptsache er hat einen ausgleichenden Einfluss auf Inanna. Da sie ihre Tochter kannten, befürchteten sie jedoch, dass Dumuzi nur ihren hochfliegenden Plänen dienen sollte, einmal ganz davon abgesehen, dass sie ihn wirklich zu lieben schien.

In Dumuzis Familie war man mit seinen Heiratsabsichten ebenfalls nach gemeinsamer Beratung einverstanden, Enki trotz Inannas Ruf, schon allein deswegen, weil er den Sohn noch nie so glücklich gesehen hatte.

Auch Dumuzis Brüder gaben nach und erklärten sich einverstanden, selbst Marduk, wenn auch widerwillig. Die ehrgeizige Inanna war ihm schon immer ein Dorn im Auge gewesen. Außerdem wollte er nicht, dass sie auch noch aus seiner Familie Unterstützung bei ihren hochfliegenden Plänen bekam. Doch da die Anderen und vor allem sein Vater Enki sich der Hochzeit nicht entgegenstellten, willigte auch Marduk ein.

Der Brauch verlangte es, dass die Familie des Bräutigams der künftigen Schwiegertochter Geschenke überreichte, um ihr zu zeigen, dass sie willkommen war. Inanna erhielt zu ihrer Überraschung ein goldenes Bett, dazu Schmuck aus Lapislazuli und Perlen.

Selbst Gibil, der immer noch im AB.ZU als Herr über die Minen lebte, beteiligte sich an der Brautgabe. Er ließ die schönsten tiefblauen Lapislazulisteine, in denen goldene Einschlüsse funkelten, schleifen und polieren, um sie als Einlegearbeiten in dem kostbaren Bett zu verwenden.

Inanna war gerührt und bedankte sich bei Enki und den Familien seiner Söhne. Alle waren freundlich zu ihr, schon Dumuzis wegen, der allgemein beliebt war. Nur Marduk und seine Gemahlin Sarpanit waren abwesend.

Enkis Ältester brachte es nicht über sich, auch noch vor Inanna Willkommensworte zu heucheln. Er war einer der ganz wenigen Männer, die sie nicht durch ihr reizvolles Äußeres und die Aura einer starken Persönlichkeit beeinflussen konnte.

Sein Herz hing schon lange an einer anderen Frau, die es noch nicht einmal wusste. Seine Ehefrau Sarpanit mochte und respektierte er, aber er liebte sie nicht. Dieses Gefühl brachte er nur im Geheimen seiner Halbschwester Gestinanna entgegen, die auch von seinen Brüdern stets verehrt wurde. Marduk lehnte Inanna auch deshalb ab, weil er befürchtete, dass sie Unruhe in seinen Familienzweig bringen und nur Probleme heraufbeschwören würde.

Doch Inanna und Dumuzi waren glücklich, mit oder ohne Marduks Zustimmung und wollten recht bald heiraten.

Dann brach der Krieg zwischen Horus und Seth aus und brachte ihre Pläne durcheinander. Jeder der Widersacher hatte andere Nefilim auf seiner Seite, die ihn im Kampf um Ägypten und die Pyramiden unterstützten. Auch Dumuzi wurde in den Krieg verwickelt, denn auf seinem Land fanden ebenfalls Kämpfe statt.

Inanna, die gerade bei dem Geliebten in Afrika weilte, geriet selbst in die Kampfhandlungen hinein. Mutig wie sie war, zog sie inmitten des Heeres, um für Horus zu kämpfen.

Eigentlich wollten Dumuzi und Inanna heiraten, sobald der Krieg vorbei war. Doch wie sich zeigte, flammte nun die alte Rivalität zwischen Enlil und Enki sowie deren Familien erneut auf. Solange sich nur Horus und Seth bekämpften, war es gewissermaßen eine interne Angelegenheit innerhalb Enkis Familienzweig. Doch nun war Inanna nicht mehr tragbar, da sie von Enlils Nachkommen abstammte, der seine von Seth eroberten Gebiete zurückhaben wollte. Als die Verhandlungen um die Rückgabe der Landeplätze keine gütliche Einigung brachten, rückte die Vermählung von Inanna und Dumuzi in weite Ferne. Die Jahre des friedlichen Aufbaus der Raumfluganlagen waren vorbei. Alle Zeichen deuteten auf einen erneuten Krieg hin. Wieder einmal standen sich beide Großfamilien feindlich gegenüber. Es war ausgeschlossen, dass die gegnerischen Seiten friedlich an einer Hochzeit einer ihrer Familienmitglieder teilnehmen würden.

Inanna war unglücklich und wünschte sich Frieden und Verständnis füreinander, Dinge, die eigentlich nicht ihrem Wesen entsprachen. Ansonsten war sie eher der Meinung, dass man seine Ansichten verteidigen sollte, notfalls auch durch Krieg.

Ninurta und Enlil berieten sich immer öfter. Selbst Utu hatte keine Zeit für die Schwester, denn bei der Planung der Luftschlachten waren seine Kampfflugzeuge von ausschlaggebender Bedeutung.

Nur mit ihrer Mutter Ningal konnte Inanna über ihren Kummer reden und tröstende Worte erhalten.

Seit dem letzten großen Krieg, als sich Horus und Seth bekämpften, waren bereits etliche Erdenjahre ins Land gegangen. Enlil zögerte den Beginn der Rückeroberung seiner Gebiete immer noch hinaus, denn nur zu gut wusste er, welche Verheerungen die Schlachten hinterließen. Meist wurde das, was man mit Gewalt besitzen wollte, völlig zerstört, so dass nach den Kriegen mühsam alles wieder aufgebaut werden musste.

Doch nun sah Enlil ein, dass es nicht mehr anders ging. Seth schaltete und waltete über dem gesamten Raumfluggebiet, vom Katharinenberg im Sinai bis hin zu Baalbek im Norden, wie es ihm beliebte. So wurde stetig Enlils Autorität untergraben. Da entschloss er sich nach einer schlaflosen Nacht, das Signal zum Krieg gegen Seth und seine Anhänger zu geben. Gleich früh rief er seine Söhne sowie Utu zu sich. Grau im Gesicht, mit übernächtigten Augen, die an Ausstrahlungskraft viel verloren hatten, sah er alle der Reihe nach an. Nannar wusste mit einem Blick auf den Vater, was nun kommen würde, während Ninurta eine weitere Beratung fürchtete, die doch nichts bringen konnte. Utu war ungeduldig und mit den Gedanken bei der Konstruktion eines neuen Kampfflugzeuges. Nur Adad war gleichgültig. Er kam, wenn der Herr der Erde rief, der sein Vater war. Alles Weitere war abzuwarten.

„Es fällt mir schwer, und ich habe es mir nicht leicht gemacht", begann Enlil. „Doch heute Nacht bin ich zu der Entscheidung gekommen, dass wir nicht noch mehr Zeit verlieren dürfen, unsere Gebiete zurückzuerobern, die wir durch die offizielle Weltenaufteilung nach der Sintflut erhalten haben."

Alle Anwesenden horchten augenblicklich auf. Ninurta konnte nicht abwarten, ob Enlil noch mehr sagen wollte und rief: „Darauf haben wir schon lange gewartet, verehrter Vater. Unsere Würde wäre in Gefahr, wenn wir nicht bald etwas gegen Seth und die gesamten Enki-Nachkommen unternehmen. Zustimmendes Gemurmel und Zwischenrufe erfüllten den Audienzraum. Das Blut rauschte Ninurta in den Ohren. Er war besonders aufgeregt, denn es ging um sein Erbe. Ihm stand nach seinem Vater die Erdenherrschaft zu und nicht Seth oder Marduk, die sie sich aneignen wollten.

Eine Geste Enlils brachte alle zum Schweigen.

„Ninurta, du wirst als oberster Kriegsherr fungieren. Ich weiß, dass ich mich dabei auf dich verlassen kann. Wir werden jetzt die Einzelheiten unserer Vorgehensweise besprechen. Sobald wir mit den Kriegsvorbereitungen fertig sind, beginnen wir mit dem ersten Angriff. Er wird auf der strategisch wichtigen Sinaihalbinsel stattfinden. Ich werde endlich die Macht über die vierte Erdregion in unsere Familie zurückholen. Noch heute werde ich mit dem Herrscher Anu kommunizieren. Ich bin sicher, dass er einverstanden ist, wenn wir die beschlossene Aufteilung der Erde in die einzelnen Regionen wieder herstellen. Enkis Familie hat Afrika erhalten und sonst nichts. In gewisser Weise hat Seth somit Anus Willen durchkreuzt."

Noch niemals standen sich die Familienmitglieder der Brüder Enki und Enlil so feindlich gegenüber wie diesmal. Die Schlacht im Lande Tilmun wurde mit aller Härte geführt. Furchtbare Waffen hinterließen viele Tote unter den Kämpfern beider Lager. Die allermeisten unter ihnen waren Menschen.

Seit Horus im Kampf gegen Seth der Erste war, der Menschen in seine Streitmacht aufgenommen hatte, erkannten alle Anunnaki, welch einen Vorteil die

Masse der Metallmenschen, wie sie sie nannten, brachte. Diesen Namen erhielten die kämpfenden Erdlinge, weil sie mit metallenen Waffen ausgerüstet wurden. Im Kampf Mann gegen Mann ausgebildet, erwiesen sie sich als brauchbare Krieger. Die verheerenden Energiewaffen der Nefilim waren ihnen jedoch vorenthalten. Auch Luftschlachten mit den Fluggeräten der Herren fanden nach wie vor nur unter den Nefilim statt, denn den Menschen hatte man kein Wissen darüber vermittelt.

Unter der Führung von Marduk kämpften Enkis Familie, andere Anunnaki, die auf ihrer Seite standen und auch Menschen erbittert gegen Ninurtas Streitkräfte. Doch sie unterlagen in der Schlacht im Sinai und mussten sich eilig in ihre afrikanischen Länder zurückziehen, um der Vernichtung zu entgehen. Sie verschanzten sich in mehreren befestigten Anlagen in den gebirgigen Gegenden, um den Angriffen der Gegner zu widerstehen. Lange tobten die Kämpfe in verschiedenen Teilen Afrikas. Verbrannte Erde und viele Tote, vor allem Menschen, zeugten von der Härte dieses Krieges. Auch bei den Kämpfen in Afrika erwies sich Ninurta als überlegen. Zum Teil war das auf sein neues Fluggerät zurückzuführen, eine ausgezeichnete Kampfmaschine, mit der er sich weit in die Lüfte erhob. Dieses Imdugud machte seinem Namen alle Ehre und schoss aus großer Höhe wie ein Sturmvogel auf die Festungen herab und zerschoss die schützenden Mauern und die, die sich hinter ihnen sicher wähnten.

Adad hatte die Aufgabe, die Versorgung der feindlichen Befestigungen mit Lebensmitteln und Material zu unterbinden. So gerieten Marduk, der im Krieg auch von den Gegnern als Große Schlange bezeichnet wurde und seine Familie immer mehr in Bedrängnis. Ninurta und Adad erhielten sogar von Inanna Unterstützung, die sich wieder am Kriegsgeschehen beteiligte. Ihr Zorn galt vor allem Seth und Marduk, der sie schon immer behindert hatte, wenn sie nach höherer Position strebte. Dumuzis Weideländer südlich der Nilquellen, griff sie nicht an, wohl aber die in den Gebirgen verschanzten Feinde.

Diesmal hatten die Menschen im Lande Magan besonders unter dem Krieg zu leiden. Aufgewühlte, verbrannte Erde und vernichtete Ernten brachten ihnen eine schlimme Hungersnot. Das Getreide auf den Feldern war in Flammen aufgegangen, so dass sie nicht wussten, wie sie die Zeit des Krieges überleben sollten.

Das Kampfgeschehen suchte sogar das südliche Afrika heim, wohin sich Marduk mit seinen Anhängern zurückzog. Dort wurde Nergals Stadt Meslam bis auf die Grundmauern zerstört. Von seinem herrlichen Tempel blieb nichts weiter übrig, als ein paar rauchende Ruinen. Auch den Menschen, die dort lebten, erging es übel. Sie sanken zu Boden mit brennenden Schmerzen, die ihnen die eingeatmete Luft brachte. Binnen kurzer Zeit starben sie einen grässlichen Gifttod, zu dem Ninurta sie mit seinen chemischen Waffen verurteilt hatte.

Selbst Marduk war so entsetzt, dass er allen befahl, keinen Widerstand mehr zu leisten. Er wusste, dass auch die Anunnaki unter seinem Befehl diesen heimtückischen Waffen kampflos zum Opfer fallen konnten, einschließlich er selbst.

Ninurta sah sich daraufhin als Sieger des Krieges und rief sich zum Herrn der besetzten afrikanischen Gebirgsländer von Kur und vor allem zum Eroberer des heiß umstrittenen Landes Tilmun aus, dem Ort der Raketen und anderer schems.

Nun musste er nur noch Marduk gefangen nehmen und mit ihm möglichst viele seiner Brüder und weiterer Nachkommen. Ninurta wollte sie ganz und gar vernichten, damit sie ihm nie wieder das Erbe um die Erdenherrschaft streitig machen konnten. Voller Hass nannte er Marduk den Skorpion von Kur, den er töten wollte.

Marduk, seinem Sohn Nabu, Ningischzidda, Horus und allen führenden Mitstreitern gelang die Flucht nach Norden. Sie kannten jetzt nur noch einen Ort, der ihnen das Leben retten konnte. Der Ekur, das Haus wie ein Berg, die Große Pyramide.

Sie versorgten sich mit Lebensmitteln und hatten Wasser, denn Marduk und Ningischzidda kannten sich in der Pyramide aus, wie es sonst niemand vermochte. Der Ausgang einer Belagerung war immer fraglich, doch so konnten sie zunächst dem sicheren Tod entgehen.

Ninurta ließ das gesamte Pyramidengebiet umstellen und wusste, dass sein endgültiger Sieg über den verfeindeten Familienzweig nur noch eine Frage der Zeit war.

Nergal, der nicht mit in der Pyramide verschanzt war, erfüllte ein so großes Racheverlangen, dass er zu allem bereit war. Niemals würde er Ninurta vergeben, dass er seine Stadt Meslam vernichtet und seine Domäne samt den Menschen verheert hatte. Wild entschlossen, den Verwandten im steinernen Ekur, der gewaltigen Pyramide, Hilfe zu bringen, durchbrach er in der Dunkelheit die Umzingelung und stieß zu den Belagerten in der Pyramide.

Großer Jubel herrschte unter den Verzweifelten, denn Nergal kam nicht mit leeren Händen. Außer weiteren Waffen brachten er und zwei Helfer auch Nahrungsmittel mit. Aufmunternd rief er den Brüdern zu: „Wir werden den Wilden von Nippur niederstrecken."

Diesen Schimpfnamen hatte Nergal dem Zerstörer seiner Heimat im AB.ZU gegeben.

Doch Ninurta, der Wilde von Nippur, gab nicht auf. Er kannte den unterirdischen Wasserlauf, nahe dem Felsenuntergrund, auf dem die Pyramide stand, der angezapft die Eingeschlossenen versorgen konnte. Die Feinde von diesem lebenserhaltenden Wasser abzuschneiden, war sein nächster Plan.

Utu erhielt den Auftrag, den Wasserstrom zur Pyramide zu unterbinden. Er tat, was ihm aufgetragen wurde und sehnte dennoch das Ende des Krieges herbei. Utu wollte endlich wieder friedlich seiner Arbeit im Raumflughafen nachgehen. Während seine Schwester Inanna sich mit Elan an den Schlachten beteiligte, fehlte ihm der Ehrgeiz, zu Kriegsruhm zu gelangen oder gar der Mächtigste nach Enlil zu werden. Manchmal dachte Utu, dass Inanna sich in vielen Dingen mehr wie ein Zwillingsbruder verhielt. Dass sie eine gute Herrin der ihr anvertrauten Gebiete war, wusste er, doch nun überraschte sie ihn mit einer kriegerischen Seite, die er nicht an ihr vermutet hätte.

Als die Belagerten gewahr wurden, dass sie des Wasserzuflusses beraubt waren, brach Verzweiflung unter ihnen aus.

„Beruhigt euch. Es nützt nichts, in Panik zu verfallen", appellierte Marduk an die Eingeschlossenen. „Noch haben wir Wasser für ein paar Tage. Die Lebensmittel reichen noch viel länger. Wir haben noch Zeit zu überlegen, was jetzt zu tun ist."

Dabei wusste er genau so gut wie die Anderen, dass sie sich ergeben mussten, sobald sie kein Wasser mehr hatten. Am meisten schmerzten Marduk die traurigen Augen seines Sohnes Nabu. Ihn sterben zu sehen, wäre für Marduk schlimmer als der eigene Tod.

„Was können wir schon tun?" hörte er eine Stimme aus dem halbdunklen Hintergrund. Aufgeben oder verdursten, etwas Anderes bleibt uns nicht."

Schweigen legte sich über die steinernen Wände ihres Zufluchtsortes.

Ruhm und Ansehen hat mir die Pyramide gebracht, dachte Marduk. Jetzt wird der grandiose, kunstvolle Berg vielleicht das Letzte sein, was ich sehe.

Ningischzidda erhob sich still und verschwand im Gang. Alle hatten das Gefühl, dass er noch einmal durch das Gewirr von Gängen und Kammern gehen wollte, in denen er sich wie kein Zweiter auskannte. In der Großen Galerie spendeten die in allen Farben leuchtenden Steine, die in die Wände eingelassen waren, ein mattes Licht und wiesen ihm den Weg durch das so genial ausgeklügelte Innere der Großen Pyramide. Ungestört in der Stille des steinernen Giganten weilte Ningischzidda gedanklich in der warmen, prachtvollen Landschaft des westlichen Afrikas, das ihm lange ein Zuhause war. Dann erinnerte er sich daran, dass auch das weitgehend unerforschte Land jenseits des Großen Ozeans auf ihn wartete. Er wollte noch unbedingt die Goldvorkommen und Erzadern im mittleren Amerika erkunden. Ningischzidda hatte sogar vorgehabt, der ewigen Streitereien überdrüssig, schon bald nach dem Krieg mit einigen seiner dunkelhäutigen Menschen und auch anderen Erdlingssippen nach Amerika aufzubrechen und dort ein neues Leben zu beginnen. Anu, der Herrscher, würde ihn bestimmt unterstützen, hatte er überlegt, denn es waren reiche Goldvorkommen geortet worden, für deren Abbau und Versand zum Heimatplaneten Nibiru er sorgen würde.

Alle Anunnaki redeten immer vom Planeten Anus als Heimat, dachte Ningischzidda wieder einmal. Die Erde, besonders Afrika ist meine Heimat. Hier bin ich geboren, angepasst an den schnellen Umlauf des Erdplaneten um die Sonne. Die meisten DIN.GIR und Anunnaki sind selbst Erdenbürger, hier geboren und aufgewachsen, sagte er sich. Doch dass er nun sterben sollte als Opfer eines Krieges, betrübte ihn sehr.

Als Ningischzidda zurückkam, herrschte unter den Belagerten Aufregung. Er erfuhr, dass Horus, der Urenkel seines Bruders Marduk versuchen wollte, ungesehen aus der Pyramide zu entkommen.

„Horus will um Hilfe bitten, denn wir haben noch Verbündete draußen", klärte Nabu ihn auf.

„Wo denn?" fragte Ningischzidda niedergeschlagen. „Wir sind doch besiegt und ganz Afrika ist von Ninurta besetzt."

Marduk kam herbei und sagte mit trauriger Stimme, in der noch ein Funken Hoffnung glomm: „Wenn es Horus gelingt, mit Anu Kontakt aufzunehmen, kann er uns vielleicht vor Gefangenschaft oder gar Tod bewahren."

Ningischzidda sah zu Horus hin, der sich im Schafsfell eines Widders auf allen Vieren unerkannt davonschleichen wollte.

„Er ist mutig und opfert sich für uns auf", lobte Ningischzidda den jungen Horus, „doch es ist unwahrscheinlich, dass man ihn nicht bemerkt und enttarnt."

„Ja", gab Marduk zu. „Das ist ihm klar. Doch er will es versuchen, und ich bin stolz auf ihn."

Enki saß still in einer Ecke und hatte mit dem Leben abgeschlossen. Vom Ausgang des Krieges war er völlig deprimiert.

Wie befürchtet, misslang der Plan mit dem Widderfell. Ninurtas Männer schossen auf Horus und nahmen ihm durch den blendenden Glanz der Strahlenwaffe das Augenlicht. Die Qual des Geblendeten entsetzte eine der anwesenden Nefilimfrauen so sehr, dass sie laut aufschrie.

Auch Ninhursag, die von Seth enttrohnte Herrin von Tilmun, war am Ende ihrer Nervenkraft. Sie war ohnehin am meisten zwischen den Gegnern hin und her gerissen. Auf der einen Seite kämpfte Ninurta, ihr Sohn, auf der anderen auch Abkömmlinge ihrer Tochter mit Enki.

Da trat sie vor und forderte, das Leben von Horus und den Anderen zu verschonen und endlich den Kämpfen ein Ende zu machen.

„Ihr habt schon lange das Raumfahrtgebiet zurück erobert und danach noch ganz Afrika mit Krieg überzogen. Warum wollt ihr noch mehr Blut vergießen? Ich werde jetzt allein zur Pyramide gehen und die Belagerten aufrufen, sich zu ergeben."

Ninurta war entsetzt. „Du kannst dich nicht dem Feind ausliefern. Sie werden dich töten, Mutter. Bleib hier."

Doch er konnte Ninhursag nicht davon abhalten, sich der Pyramide zu nähern und gab ihr deshalb zur Sicherheit Schutzkleidung. Ninurta musste ihr versprechen, nicht zu schießen, falls die Eingeschlossenen die Pyramide verließen. Unerschrocken ging die Große Herrin, die Ninmah, auf den steinernen Berg zu und rief so laut sie konnte die Belagerten auf, sich zu ergeben und herauszukommen. Sie versicherte ihnen, nicht getötet zu werden und freies Geleit zum Harsag zu erhalten, wo ihr Wohnsitz am Hang des Katharinenbergs war.

Als die Besiegten ihre Worte vernahmen, waren sie sehr erleichtert und wollten ihre Festung sofort verlassen. Doch Enki gemahnte sie zur Vorsicht.

„Ihr habt nur die Zusage Ninurtas, unser Leben zu schonen. Er kann sich jederzeit auch anders besinnen. Wir ergeben uns, verlassen aber die Pyramide erst, wenn wir Enlils und sogar Anus Wort haben, nicht umgebracht zu werden."

Marduk und Ningischzidda dankten im Stillen ihrem Vater für seine weise Voraussicht.

Ninhursag sorgte dafür, dass Enkis Bedingung angenommen und befolgt wurde.

Auf einer von Anu angeordneten Versammlung bat sie nochmals, Enki und die Seinen unbeschadet gehen zu lassen.

Nannar sagte nichts, doch Adad sprach sich dagegen aus, wurde jedoch nicht erhört. Er forderte dann, dass zumindest offiziell verkündet wird, dass sie gesiegt hätten.

„Davon sind alle weiteren Verhandlungen auszugehen", war Adad unerbittlich.

Enlil, dem genug war, dass sie ihre Gebiete zurückerobert hatten, stimmte zu und beauftragte seine Halbschwester, wieder zur Pyramide zu gehen und den Verschanzten zu versichern, dass der Herrscher Anu und er selbst als Erdenherr, was zu betonen sei, Enki freien Abzug zusichern.

Da erst verließen die Belagerten ihre Pyramide und gingen mit Ninhursag davon.

Ninurta und Adad sahen ihnen grimmig hinterher, waren jedoch an Anus und des Vaters Wort gebunden. Noch immer kochte Ninurta vor Zorn, die Feinde nicht vernichten zu können und war auf seine Mutter sehr wütend, die seinen Willen vereitelt hatte.

Deshalb ging er zur Pyramide und ließ an ihr seinen Unmut aus. Konnte er auch nicht den steinernen Berg an sich vernichten, wollte er jedoch in ihrem Inneren so viel zerstören, wie er konnte.

Als Ninurta aus dem Ekur ans Tageslicht trat, hatte er dafür gesorgt, dass die Pyramide niemals wieder ihren rötlichen, pulsierenden Schein aussenden konnte. Selbst die 27 paarweise in der Großen Galerie angebrachten, leuchtenden kristallinen Steine riss er heraus. Nur die Vertiefungen zeugten davon, dass sie einst vorhanden waren. Diese in verschiedenen Farben glühenden Steine ließ er teilweise in seinen Tempel in Nippur bringen, einige übergab er Utu für die neue Kontrollzentrale in Jerusalem und etliche ließ er einfach zerschlagen. Selbst den Gipfelstein der Großen Pyramide, den Ul, ließ er hinunter stoßen. Dann endlich gab sich Ninurta zufrieden. Nun brauchten sich seine Nachkommen nie wieder vor der Macht der Pyramide zu fürchten, rechtfertigte er sein Zerstörungswerk. Erst dann war für Ninurta der Krieg zu Ende. Ernüchtert von seinem Vernichtungsrausch kehrte er zu seiner Gemahlin Gula und den Kindern heim.

Auch seine Kameraden, denen Ninurtas Zerstörungen an der Pyramide unheimlich waren, hatten ihn beschwichtigt, dass er zu seiner geliebten Stadt zurückkehren soll. „Dort werden dein Herz und deine Seele wieder Ruhe finden“, sagten sie.

Ninhursag hatte bitter darunter zu leiden, dass sie sich für die besiegte Enki-Familie eingesetzt hatte. Viele aus Enlils Lager bezeichneten sie sogar als Enkitische Schlange, die ihnen den vollkommenen Sieg vereitelt hatte.

Ninhursag schlug eine Friedenskonferenz unter Enlils Führung vor und wurde daraufhin bezichtigt, mit den „Dämonen“ eins zu sein. Doch diese Vorwürfe gingen Enlil zu weit. Er befahl, dass die Beschuldigungen zurückgenommen wurden.

„Ihr alle wart anwesend, als meine Schwesterprinzessin bat, das Leben der Belagerten zu schonen. Der Krieg war doch längst gewonnen. Ninhursag hat nur gebeten, den Besiegten das Leben zu lassen. Auch das ist ein Teil ihres vom Herrscher Anu gebilligten Auftrages, Neutralität zu wahren und vermittelnd zwischen unseren Lagern zu wirken", erinnerte Enlil die ergrimmten Gemüter.

„Ich benetze jetzt die Große Herrin Ninhursag mit dem aus Euphrat und Tigris herbeigeholtem Wasser. Damit soll versinnbildlicht werden, dass sie immer im Alten Kernland der Erde geehrt ist.

Danach vollzog Ninhursag ihrerseits eine Zeremonie, indem sie für jeden der anwesenden hohen DIN.GIR ein Feuer entzündete und die Vorteile eines rechtschaffenen Lebens in Friedenszeiten pries.

Enlil wollte seinem besiegten Bruder Enki einen kleinen Schritt entgegenkommen.

„Dir, Bruder Enki, gestehe ich zu, dass du deinen Fuß immer ins Alte Land KI.EN.GIR setzen kannst, um dort zu wohnen, wo du seit Anbeginn auf Erden dein Haus hattest, in Eridu. Ebenso soll das Land im Umkreis deiner Stadt fruchtbar sein und dir Gaben für dich und deinen Tempel liefern."

Ninurta brauste unwillkürlich auf. Er wollte nicht, dass der Vater seiner Feinde so nahe wohnte. Wenn sie schon alle mit dem Leben davongekommen sind, sollten sie möglichst weit weg sein und ihm nicht unter die Augen kommen, forderte er.

Wieder vermittelte seine Mutter Ninhursag und gemahnte ihn, daran zu denken, wie seine eigenen Anstrengungen, das Land urbar zu machen, durch Krieg und Zerstörung zunichte gemacht wurden. Er solle endlich wirklich Frieden in sein Herz einziehen lassen.

Da erst gab Ninurta nach.

Als Enki das Wort ergriff, betonte er nochmals, Enlil als höchsten Herrn auf dem Erdball anzuerkennen und versicherte, die Neutralität der vierten Weltregion unter der Oberherrschaft von Ninhursag anzuerkennen. Seine Familie erhebe keinen Anspruch auf das Raumfahrtgelände, die neue Kontrollstadt Jerusalem und die ganze Halbinsel Tilmun.

Erst danach forderte Enki seinen Preis für diese Kapitulation ein: „Die Pyramidenanlagen dagegen, ohnehin auf ägyptischem Boden, der bisher immer das Gebiet meiner Familie war, sollen wieder unser Herrschaft unterstellt werden."

Ninurta holte empört Luft, doch bevor er etwas sagen konnte, brachte ein strenger Blick seines Vaters Enlil ihn zur Besinnung.

„Einige deiner Söhne, Enki, haben die Große Pyramide zu Kriegszwecken entweiht und ihre Strahlenkraft zu Kampfhandlungen missbraucht. Diese Söhne werden nicht mehr die Herren über die Pyramiden sein", blieb Enlil hart.

Aber Enki versuchte dennoch, den steinernen Ekur für seine Familie zu retten.

„Ich gebe zu, dass Marduk, Nergal und Horus das taten, um sich zu verteidigen. Aber einen meiner Söhne könnt ihr nicht ablehnen. Lasst Ningischzidda den Herrn über das nördliche Ägypten und die Pyramiden sein."

Enlil wechselte mit Nannar einen Blick, der die meiste Besonnenheit unter seinen Nachkommen besaß. Ningischzidda war der Sohn von Nannars Tochter Ereschkigal, nicht jedoch der ihres Gemahls Nergal. Man munkelte schon lange, dass Enki selbst der Vater sei, was er nun offiziell mit seinen Worten bestätigt hatte. Er kam damals Ereschkigal näher, als er sie in den AB.ZU begleitete, weit nach Süden, wo sie eine wissenschaftliche Station aufbauen sollte, um von ihrem Geliebten, einem Menschen, getrennt zu werden. So stand in dieser Zeit an der Südspitze Afrikas Ningischziddas Wiege, dessen Heimat noch immer die Weiten dieses Kontinents waren.

Das ist das Klügste, was Enki jetzt vorschlagen konnte, dachte sein Bruder. Er ist auch heute noch so raffiniert wie immer. Halb gehört Ningischzidda ihm, halb gehört er uns.

In den Augen seiner Söhne las er das gleiche Wissen und entschied: „So soll Ningischzidda der Herr und Hüter der Pyramiden sein und auf dem Thron von Ägypten sitzen."

Nachdem Enki seine alte Stadt Eridu offiziell zurückerhalten hatte, brachen er und seine Söhne in ihre afrikanischen Länder auf. Nur Horus war maßlos enttäuscht. Er hatte im Krieg so viel gewagt und dennoch am Ende den Thron an Ningischzidda verloren, den die Menschen in Ägypten Thoth nannten.

Enlils Aufgabe, die Macht neu zu verteilen, war noch nicht beendet. Lange hatte er darüber nachgedacht, wie er Mesopotamien und die zurückeroberten Gebiete unter seinen Nachkommen aufteilen sollte. Schließlich entbrannte auf einer Besprechung sogar ein Streit, diesmal unter Ninurta und Nannar. Auch die Frauen, Mütter und Gemahlinnen mischten sich ein und sprachen für ihren Favoriten. Sogar Ninhursag, die natürlich für Ninurta eintrat, wurde von Enlil getadelt. Erbost fällte er seine Entscheidung.

Das begehrte Zweistromland mit Sumer sprach er Ninurta zu, dem maßgeblich der Ausgang des Krieges zu verdanken war. Der ergrimmte Nannar, der selbst dort als Enlils Ältester regieren wollte, hatte wie bisher im Bereich zwischen der ägyptischen Grenze und Adads Territorium im Nordwesten zu bleiben. Adads Gebiet wurde sogar nach Süden hin ein wenig vergrößert.

Utu erhielt, was er sich immer gewünscht hatte, zusätzlich zum Flughafen das Kommando über die Kontrollzentrale Jerusalem. Jetzt konnte er über alle Dinge, die im Zusammenhang mit dem Fluggeschehen standen, selbstständig gebieten.

„Jeder hat in seinem Herrschaftsbereich für lange Zeit Aufbauarbeit zu leisten“, fuhr Enlil fort. Nun werden wir verstärkt darangehen, die nach der großen Flut zerstörten alten Städte auf Erden neu aufzubauen. Diesmal sind die Menschen unsere zahlreichen Helfer, klüger und geschickter, als je zuvor.“

Als sich die Wogen des Krieges geglättet hatten und wieder Frieden in die Gemüter einzog, konnten Inanna und Dumuzi endlich heiraten.

So beeile dich doch, Gerald. Wir müssen jetzt wirklich sofort losfahren, um noch rechtzeitig am Flugplatz zu sein“, rief Andrea ihm zu.

Gerald sauste aus dem Wohnzimmer in den kleinen Flur, sah sich um und lief noch einmal in den Schlafraum.

„Was suchst du denn?“ wollte Andrea ungeduldig wissen. Wieder erschien Gerald im Flur und starrte auf die leeren Garderobenhaken. „Meine Jacke suche ich, aber sie ist nirgends zu finden.“

Andrea lachte und fuchtelte ihm vor der Nase herum. „Hier ist sie doch. Ich habe deine Jacke zusammen mit meiner schon genommen, damit es schneller geht.“

Gerald schnaufte. „Da hätte ich ja lange suchen können.“ „Komm, es ist immer dichter Verkehr zum Flugplatz. Wir wollen doch nicht, dass meine Eltern denken, wir hätten vergessen, sie von ihrer Ägyptenreise abzuholen.

Als sie endlich da waren und eine Parkmöglichkeit gefunden hatten, hasteten sie zum Ankunftsterminal. Die Fluggäste waren gerade angekommen und gruppierten sich dicht gedrängt um das Gepäckförderband. Einmal konnte Gerald kurz Andreas Vater sehen, bevor er wieder in der Menge verschwand. Die Glücklicheren, deren Koffer zuerst freigegeben wurden, kamen schon an ihnen vorbei. Andrea stupste Gerald an.

„Zu dünn angezogen, wie alle, die aus dem Süden kommen.“

Nach weiteren zehn Minuten konnten sie endlich Karla und Bruno Lessing begrüßen.

Braun gebrannt, aber müde schlossen sie ihre Tochter und Gerald in die Arme.

„Ich hoffe, ihr habt etwas Warmes zum Anziehen griffbereit, denn es ist heute regnerisch und kalt“, warnte Andrea ihre Eltern vor.

„Ja, ja, ganz oben in der großen Reisetasche“, sagte Karla und zog zwei Jacken hervor.

„Dann kann es ja losgehen“, freute sich Andreas Vater. „Ich bin ehrlich gesagt froh, wieder zu Hause zu sein. Wir haben viel gesehen, prächtige Bauten, Gräber und Tempel und eine sehr schöne Nillandschaft. Aber wenn ihr mich fragt, finde ich meinen eigenen Garten noch schöner."

Andrea hakte sich bei ihm ein. „Dann komm, Papa, wir haben den Garten auch bestens in Ordnung gehalten. Du wirst es sehen."

Karla nahm die kleinere Reisetasche auf. „Ich freue mich auch, wieder zu Hause zu sein."

Andrea sah ihre Mutter an, die ihre Müdigkeit nicht verbergen konnte.

„Ihr musstet bestimmt schon in der Morgendämmerung aufstehen, um euer Flugzeug zu erreichen. Wenn wir zu Hause sind, nehmen wir einen kleinen Imbiss, der schon fertig ist", schlug Andrea vor. „Dann legt ihr euch zu einer späten Mittagsruhe hin. Abends erzählt ihr uns dann von der Reise.

„Das ist eine gute Idee, denn ich bin ehrlich gesagt ganz schön müde und Mutter auch."

„Dann kommt zum Auto", sagte Gerald und griff sich die große Reisetasche und den Koffer, den ihm Bruno aber wieder protestierend abnahm.

Es war schon halb sechs am Nachmittag, als Andreas Eltern sichtlich erholt in den Garten kamen. Jetzt schien sogar die Sonne und beleuchtete die nassen Blätter und Blüten. Einzelne Regentropfen perlten auf dem Strauch nahe am Gartenweg und warfen das Licht in allen Regenbogenfarben zurück. Des Nachbarn Katze sonnte sich auf den schon trockenen, warmen Terrassenplatten. Sie beobachtete nicht einmal die Vögel, die laut lamentierend auf den Zweigen über ihr saßen, denn während des Regens hatten sie lange genug geschwiegen.

Andrea und Gerald gingen ebenfalls nach draußen, als sie Karla und Bruno von ihrem Fenster aus gesehen hatten.

„Ihr habt euch gut um alles gekümmert", lobte Bruno die Beiden. Die Dahlien blühen reicher als vor der Reise und der Rasen ist an keiner Stelle gelb."

Karla zog ihre Tochter mit sich. „Komm Andrea, wir sehen mal nach, was die einheimische deutsche Küche so hergibt. Heute Abend essen wir zusammen."

Nach dem Abendessen setzten sich Andrea, Gerald und die Lessings ins Wohnzimmer.

„Was wollt ihr lieber trinken", fragte Bruno. „Bier oder Wein?"

Gerald und er entschieden sich für Bier und die Frauen für ein Glas Rotwein. Genießerisch nahm Bruno einen großen Schluck.

„Das hat mir gefehlt. In Ägypten schmeckt mir das Bier nicht so gut. Vielleicht ist man auch nur an seine Hausmarke gewöhnt. Wenn es morgen draußen warm genug ist, trinken wir noch mal im Garten Kaffee und sehen uns die Urlaubsfotos auf dem Laptop an. Was meint ihr dazu?"

Andrea zog fröstelnd ihre Strickjacke eng um den Körper.

„Gute Idee, Papa, aber jetzt erzählt mal von eurer Reise. Zuerst wart ihr doch drei Tage in Kairo."

Karla nahm sich eine Erdnuss aus der Knabberschale und schwärmte: „Ich war sehr vom Ägyptischen Museum beeindruckt. Ihr habt es ja selber schon gesehen. Dir, Gerald, brauche ich als Fachmann sowieso nichts davon zu erzählen."

Währenddessen war Bruno aufgestanden und entzündete den Holzstapel im Kamin. Andrea warf ihm einen dankbaren Blick zu.

„Es ist nur schade, dass unser Reiseführer zu solch einem Schnelldurchgang gedrängt hat", erzählte Karla weiter. „Wie gerne wäre ich vor dem einen oder anderen Objekt noch stehen geblieben oder hätte insgesamt mehr vom Museum gesehen. Wir haben nur einen Bruchteil der Schätze bewundern können."

Bruno setzte sich wieder in seinen Sessel, weil das Feuer schon hell brannte und bereits Wärme gab. Er lächelte etwas spöttisch und sah seine Frau an.

„Die Mumien wolltest du aber gar nicht sehen, Karla. Die fandest du doch zu gruselig."

Gerald wollte Karla zuliebe ein anderes Thema anschneiden und sagte deshalb: „Das Museum müsste man sich wochenlang ansehen können. Aber erzählt doch, ob ihr auch die Pyramiden von Giseh gesehen habt, die vielleicht sogar die imposantesten Bauwerke weltweit sind."

Karla griff sofort den anderen Gesprächsstoff auf. „Natürlich waren wir dort. Die Reiseleitung hatte uns sogar etwas Zeit gelassen, sie in Ruhe zu betrachten. Ich dachte immer, die Wände wären glatter, aber wenn man dicht davor steht, sieht man, dass riesige Steinquader in Reihen verbaut wurden, die höhere Reihe jeweils in einer Stufe zurück zur unteren versetzt. Wenn ihr später die Fotos betrachtet, seht ihr, dass ich einen der Steinblöcke anfasse, der etwa vom Boden bis zu meiner Schulter reicht", sagte Karla und sah zu Gerald und Andrea hin.

Ihre Tochter nickte. „Gerald hat mir erzählt, dass die Stufen von den Erbauern zum Schluss mit genau passenden Steinen ausgekleidet waren, so dass früher die Wände der Pyramiden tatsächlich ganz glatt waren. Diese Steine wurden später herausgelöst, um sie für andere Bauten zu verwenden, wie zum Beispiel für die Häuser Kairos."

„Dann ist der glatte Teil an der Spitze der zweiten Pyramide wohl noch diese glatte Deckschicht", wollte Bruno wissen.

„Ja, daran erkennt man noch, wie die Pyramiden vorher jahrtausendelang ausgesehen haben."

Andreas Vater meinte beeindruckt: „Es ist unbegreiflich, wie die Menschen vor so langer Zeit diese riesigen Steinblöcke bewegt und vor allem so hoch aufgetürmt haben."

Karla warf ein: „Du hast doch gehört, was Mohammed, unser Reiseleiter sagte."

„Ja, das schon, aber als ich direkt vor diesen tonnenschweren Steinen stand, konnte ich das nicht so recht glauben."

Gerald sah zufrieden aus. „Damit hast du allerdings Recht. Bestimmt hat man den Touristen auch erzählt, dass die Erbauer der drei großen Pyramiden von Giseh die Pharaonen Cheops, Chefren und Mykerinos waren."

„Kann sein, Gerald, ich habe mir die für mich fremden Namen nicht sofort gemerkt."

„Aber ich", sagte Karla. „Mohammed meinte, dass diese Pyramiden etwa viereinhalbtausend Jahre alt sind."

„Das dachte ich mir." In Geralds Stimme lag sowohl Ärger als auch Resignation.

„Es ist schon so lange unter den Fachleuten bekannt, dass alles auf ein bedeutend höheres Alter dieser Pyramiden hinweist, aber es wird nicht beachtet. Die Altertumsforscher haben viele Tontafeln und andere Texte gefunden und übersetzt, die belegen, dass die Pyramiden sehr viel älter sind. Zum Beispiel gibt es Schriften über den Kampf zwischen Horus und Seth, in dessen Endeffekt es um den Besitz Ägyptens ging, des Landes, auf dessen Territorium schon damals die Pyramiden standen. Die Forscher gaben dieser Auseinandersetzung sogar den Namen Erster Pyramidenkrieg und datieren ihn auf knapp neuntausend Jahre vor Christus. Der zweite Krieg um die Herrschaft über die Pyramiden von Giseh, nur wenig später, wird ebenfalls in Einzelheiten beschrieben. Darüber liegen den Archäologen Texte in sumerischer Sprache vor. Aber auch spätere akkadische und assyrische Schriften, die so genannten Kur-Mythen, berichten vom erneuten Kampf, in dem es auch um diese Pyramidenanlage geht."

„Du meine Güte", rief Karla beeindruckt. „Dann stehen die Pyramiden ja schon elftausend Jahre lang. Aber warum sagt man dann, sie wären so viel jünger?"

Gerald ereiferte sich wie so oft, wenn er wieder auf veraltetes Wissen in seinem Fachgebiet stieß, das viele seiner Kollegen noch immer vertreten.

„Weil die Archäologie einer Fälschung aufgesessen ist und das schon vor mehr als hundert Jahren. Dabei bezweifelten bereits damals etliche Altertumsforscher die Richtigkeit der zeitlichen Zuordnung. Doch die Fachleute waren froh, endlich einen Anhaltspunkt über das Alter der Pyramiden zu haben, so dass sie über die Ungereimtheiten hinwegsahen."

„Tatsächlich? Solche Sachen gibt es in der Archäologie?"

„Und ob es die gibt", antwortete Andrea ihrem Vater. „Gerald hat mir schon mehrere solcher Beispiele erzählt."

„Was sollen das für Fälschungen sein?" wollte Bruno jetzt genauer wissen.

Gerald lehnte sich zurück, als müsse er nachdenken, wie es kurz und knapp zu sagen war.

„Ich habe von kritischen Altertumsforschern darüber gelesen, die in ihren Büchern über viele Seiten hinweg alle die offensichtlichen Beweise einer Fälschung aufführen. Es lief darauf hinaus, dass um das Jahr 1830 ein gewisser Oberst Vyse und sein Helfer Hill selbst in den Pyramiden die Kartuschen anbrachten, in denen die Namen der angeblichen Erbauer eingetragen wurden. Vyse hatte nach vielen Bemühungen im Gegensatz zu anderen Forschern noch keine Entdeckungen aufzuweisen. Da trugen er und Hill in roter Farbe in verschiedenen Pyramidenkammern in Hieroglyphenschrift die Namen der Pharaonen Cheops, Chefren und Mykerinos selber ein. Um diese Zeit war die Entzifferung der ägyptischen Hieroglyphen noch in den Anfängen, so dass ihre Fälschung durchging. Einige Zweifel traten zwar schon damals auf, aber sie gingen in der allgemeinen Euphorie unter, dass man nun die wundersamen Bauwerke zuordnen konnte.

Heute wissen wir, dass die angeblich in den Pyramiden aufgefundenen Kartuschen mit den Königsnamen in einer Schrift ausgeführt wurden, die erst sehr viel später aufkam, als der betreffende Pharao lebte. In den Schriftzeichen gab es genau wie bei anderen zeitliche Veränderungen. Auch die Schreibweise stimmte nicht. Die von Vyse und Hill verwendeten Hieroglyphen waren dilettantisch gegenüber echten, manche ganz falsch, wie zum Beispiel das Zeichen für Ch. Andere Hieroglyphen kannte niemand, weil sie in ihrer Unkenntnis irgendein Zeichen aufmalten. Den Schreibern zur Zeit der Pharaonen, die einer strengen Ausbildung unterlagen, wäre so etwas nie passiert."

„Na so was", empörte sich Karla.

„Es gibt noch mehr Beweise", fuhr Gerald fort. Beispielsweise will Vyse die Namen von zwei Pharaonen in einer Pyramide vorgefunden haben. Das kam vor. Es kann zum Beispiel der Nachfolger eines Pharaos die Pyramide des Vorgängers zu Ende gebaut haben. Doch Vyse brachte den Namen des Nachfolgers in seiner Unwissenheit in einer unteren Kammer an, die des Vorgängers aber weiter oben in der Pyramide."

Bruno lachte unfroh.

„Bei einem Haus kann man auch nicht zuerst das Dach bauen und später die Wände darunter."

Gerald sagte noch mehr dazu: „In der kleinsten der drei Pyramiden will Vyse einen Sarg mit der Mumie des Menkew-re, ein anderer Name für Mykerinos, gefunden haben. Doch man hat heute mit modernen Untersuchungsmethoden festgestellt, dass die Knochen aus der viel späteren christlichen Zeit stammten. Der angebliche Sarg des Mykerinos konnte eindeutig einer wieder anderen Zeit zugeordnet werden, nur nicht der der vierten Dynastie, in der dieser Pharao lebte."

Andrea sagte nichts, weil sie schon mehr über die damalige Zeit von Gerald wusste, doch ihr Vater konnte kaum glauben, dass man sich dennoch bis heute vor die Pyramiden stellte und die alten Fälschungen verbreitete. Gerald sah traurig aus.

„Obwohl wir heute leicht eine Altersbestimmung durchführen können und die Hieroglyphen ungleich besser lesen können, hält sich in den meisten Fachbüchern noch die der Fälschung überführte Zuordnung der Pyramiden von Giseh."

„Aber warum denn?, wollte Karla wissen. „Es werden doch laufend in allen Wissenschaften neue Entdeckungen gemacht. Man hört und liest doch öfter, dass nach neuen Erkenntnissen der betreffende Sachverhalt jetzt so und so zu beurteilen sei. Warum gibt man es denn nicht zu, dass man nun durch moderne Untersuchungsmethoden und neues Wissen zu anderen Ergebnissen gekommen ist?"

Gerald sagte beklommen: „Weil in diesem Fall außer dem Fachwissen auch das allgemeine Weltbild betroffen ist. Wenn die Pyramiden fast neuntausend Jahre vor Christus von Menschen gebaut waren, müssen sie ungleich weiter entwickelt gewesen sein, denn es waren Teile einer Raumfahrtanlage, oder es waren gar nicht die Menschen, was die Urtexte belegen."

Andrea ergänzte: „Außerdem spielt auch noch ein ganz simpler Faktor mit. Stell dir vor, Mutter, du wärst ein Universitätsprofessor, der sein ganzes Berufsleben lang den Studenten vermittelt hat, die Pyramiden von Giseh seien von den Pharaonen gebaut worden. Am Ende deiner Laufbahn stellt sich das durch neuere Untersuchungen als egoistische Namensfälschung heraus."

Karla überlegte. „Wäre nicht einfach, das zu akzeptieren."

Gerald fügte hinzu: „Ich bin ein Berufsanfänger, aber vielleicht gerade deshalb noch für alles offen. Jeder muss seine Ansichten nach eigener Überzeugung vertreten. Mich haben aber die Ausführungen derer überzeugt, die die Fälschungen entlarvt haben. Doch es gibt außerdem noch andere Beweisstücke.

Schon in der Mitte des neunzehnten Jahrhunderts, also vor etwa 160 Jahren, wurde eine Stele in der Nähe eines Tempels entdeckt, dessen Ruinen unweit der Großen Pyramide liegen. Auf der Stele befindet sich die Namenskartusche desjenigen Pharaos, der die Große Pyramide gebaut haben soll. Darauf schreibt er selbst sinngemäß in der entzifferten Inschrift, dass die Pyramide schon vor ihm da war. Auch die Sphinxstatue beschreibt er darin, die angeblich sein Nachfolger Chefren errichtet haben soll. Weiter berichtet der Pharao, dass er selber nur eine der ganz kleinen Pyramiden zu Ehren seiner Frau Henutsen gebaut hat.

Außerdem ist seinem Text zu entnehmen, wem die Große Pyramide wirklich gehörte. Sie wird dort als Hathors Westberg bezeichnet."

„Hathor habe ich schon in Zusammenhang mit dem Alten Ägypten gehört", unterbrach Bruno. „Ich dachte immer, das ist eine der Gestalten aus den Mythen, an die man sowieso nur wie an ein Märchen dachte, höchstens halbwahr und viel Erfundenes drumherum."

„Hathor war der ägyptische Name von Ninhursag, der Halbschwester des Erdenherrn", warf Andrea ein. „Als Westberg wurde Jahrtausende, bevor es überhaupt Pharaonen gab, die Große Pyramide von Giseh bezeichnet, nicht wahr Gerald?"

„Genau", stimmte er zu. Da sich diese Texte zeitlich einordnen lassen, weiß man auch, wann der so genannte Westberg errichtet wurde und wozu. Da man aber im neunzehnten Jahrhundert felsenfest behauptet hatte, nun die von Vyse gefälschten Pyramidenbauer zu kennen, konnte man nicht wenig später wieder alles dementieren, wenn die Stele etwas anderes bewies. Was machte man da? Es wurde einfach die Stele als Fälschung gebranntmarkt."

„Nicht zu fassen", empörte sich Bruno. „Dann wird als gesichertes Wissen einfach das bezeichnet, was diesen Leuten damals in den Kram passte."

„Leider." Gerald nickte betrübt.

„Du hast doch gesagt, dass man auch weiß, wozu die Großen Pyramiden von Giseh gebaut wurden. Nachdem, was ich bis jetzt von dir gehört habe, Gerald, bezweifle ich, dass sie wirklich Gräber waren, wie man uns auf der Reise sagte", gab Karla zu bedenken.

„Deine Zweifel sind sehr berechtigt", antwortete er. „Die Großen Pyramiden waren niemals als Grabstätten gebaut. Dennoch wurden sie in den Jahrtausenden ihrer Existenz öfter als Einbruchsgräber missbraucht. Die Pyramiden standen bei den Ägyptern und anderen Völkern stets als Symbol für die Verbindung zum Himmel, so dass man dachte, der Verstorbene würde an diesem Ort leichter in sein Leben nach dem Tod übergehen können. Doch durch die heutigen Datierungsmethoden sind aufgefundene Särge und Mumien als spätere Bestattungen nachzuweisen."

Bruno nahm noch einen Schluck Bier.

„Du hast doch gesagt, Gerald, dass die Pyramiden von Giseh etwa elftausend Jahre alt sein müssen. Aber wir haben doch alle gelernt, dass die Menschen vor so langer Zeit noch Jäger und Sammler waren. Meine Schulzeit ist lange her. Ich weiß nicht mehr, ob man den Menschen zu der Zeit schon Ackerbau und Viehherden zuschrieb oder erst später. Auf keinen Fall können sie diese Riesensteinblöcke bearbeitet, transportiert und fast 150 Meter hoch aufgetürmt haben. Wie sollten sie das bewerkstelligen?"

„Deine Frage ist berechtig, Bruno", antwortete Gerald. „Sie konnten niemals diese grandiosen Bauwerke errichtet haben. Selbst wenn man gelten ließe, dass der Zeitpunkt des Pyramidenbaus die vierte Dynastie der Pharaonen war, konnten auch in dieser viel späteren Zeit Menschen diese bautechnische Meisterleistung nicht bewerkstelligt haben. Man hat sich mit viel Phantasie etliche Methoden ausgedacht, wie sie es dennoch geschafft haben könnten, nur, um die durch etliche Texte belegte Tatsache, dass die Nefilim schon sehr viel früher die Bauherren waren zu entkräften.

Darüber gibt es sumerische Tontafeln, spätere akkadische und andere Quellen, die detailliert von der Zeit des Pyramidenbaus berichten. Sogar Einzelheiten, wer was tat und wie das Innere gestaltet ist, sind aufgezählt. Aber vor allem sagen diese Schriften, wer die Erbauer waren, nämlich die, die das Alte Testament als Nefilim bezeichnet, die vom Himmel auf die Erde kamen und ein Volk mit Fluggeräten waren."

„Wir sind nicht gerade gut bewandert, was die Bibel angeht", warf Karla ein. „Aber das Wort Nefilim hat man schon gehört."

„Haben die etwas mit den vielen Göttern der alten Völker zu tun?" wollte Bruno wissen.

„Ja Papa, es sind ein und dieselben. Gerald hat mir in unserem Urlaub schon viel davon erzählt."

„Aber die Götter des Altertums haben doch bei unserem Durchschnittsbürger den Anstrich einer Sage."

Geralds Augen funkelten. „Das ist es ja, was mich so ärgert. Bestimmte Kenntnisse aus der frühen Erdgeschichte werden gar nicht der Allgemeinbildung zugängig gemacht oder so verfälscht, wie wir es gerade beim Pyramidenalter und deren Zweck festgestellt haben.

Die Nefilim waren aus Fleisch und Blut, Bruno. Sie haben auf der Erde gelebt, die Menschen wirklich erschaffen, wie auch die Bibel sagt und Jahrtausende das gesamte Geschick der Erde und der Menschen bestimmt. Götter wurden sie erst später von den Griechen genannt. Die Nefilim kamen vom äußersten Planeten unseres Sonnensystems, der eine kometenähnliche, weit ins All reichende Umlaufbahn hat. Selbst die NASA hat ihn schon vor etwa 25 Jahren bestätigt, aber kennst du oder die Schüler unserer Zeit diesen Planeten, den zehnten? Nein", beantwortete Gerald seine Frage gleich selbst. „Sogar in neuen Lexika werden nach wie vor nur neun angegeben.

So viel in aller Kürze über das Volk, das bereits technisch hoch entwickelt war, als es auf die Erde kam, um Bodenschätze zu suchen. Sie nannten sich selbst Anunnaki und DIN.GIR, was Rechtmäßige mit Raketen heißt, also auch ein Hinweis, dass sie Fluggeräte hatten. Sie blieben auf der Erde und teilten sie unter sich in Herrschaftsbereiche auf. Es sind den Altertumsforschern aus Keilschrifttexten und anderen Schriften viele Einzelheiten ihres Alltagslebens bekannt. Sie bekriegten sich oft untereinander mit Waffen, wie wir sie nicht einmal heute haben. Immer wieder wird von verschiedenen Flugzeugen berichtet und davon, dass sie eine stete Orbitalstation hatten. Es ist beschrieben, dass sie als Verbindungsglied zum Planeten der Anunnaki diente.

Diese Nefilim haben die Pyramiden gebaut. Das ist klipp und klar beschrieben, sogar wer von ihnen dabei welche Aufgaben zu erfüllen hatte, aber vor allem, wozu die Pyramiden von Giseh dienten. Sie brauchten sie als einen der Orientierungspunkte einer ausgeklügelten Einflugschneise für ihren Flughafen auf der Sinaihalbinsel. Die Große Pyramide sandte für die Piloten richtungweisende Strahlen aus. Sie war das westliche Ende des Anflugkorridors. Das östliche Gegenstück war der Katharinenberg im gebirgigen Süden des Sinai."

„Hathors Westberg. Jetzt verstehe ich", erinnerte sich Karla.

„Ja, Mama. Im Westen fehlte ein natürlicher Orientierungspunkt. Daher errichteten die Nefilim die Pyramiden an einer vorausberechneten Stelle, die zu bestimmen hohe geografische und mathematische Kenntnisse erforderte, die die Menschen damals nicht besaßen. Zum Beispiel musste man die Zahl Pi in die Formel einbeziehen, die zur Errechnung des Anstiegswinkels von 52 Grad für die Pyramidenseiten notwendig war."

„Ich muss schon sagen, Tochter. Du scheinst aber gut bei Gerald in die Schule gegangen zu sein", staunte Bruno und meinte: „Für mich ist das alles neu und ungewohnt, aber nun wird mir klar, dass diese tonnenschwere Steine der Pyramiden nur mit Hilfe hoch entwickelter Technik 150 Meter hoch aufgetürmt wurden, Technik, die die Menschen nicht besaßen, wohl aber diese Nefilim."

„Es sind 147 Meter", berichtigte Karla.

Andrea und Gerald schmunzelten. „Dann hat er ausnahmsweise mal das Richtige erzählt", gab Andrea ihrer Mutter Recht. „Gerald sagte übrigens, dass die Große Pyramide am Rande eines Felsuntergrundes steht, der für die riesige Grundfläche geglättet wurde, damit die Pyramide sich genau in der Waagerechten befindet. Selbst nach Jahrtausenden, nach Erdbeben und anderen Einflüssen, soll die waagerechte Abweichung nur zwischen ein und zwei Zentimetern betragen."

„Ganz schöne Arbeit für einen Faustkeil der Steinzeitmenschen", spöttelte Bruno Lessing oder habe ich in den Geschichtsstunden nicht gut aufgepasst?"

„Noch eindeutiger beweist das Innenleben der Großen Pyramide, dass sie von einem Volk mit hohem wissenschaftlich-technischem Niveau gebaut wurde", ergänzte Gerald. „Ich will gar nicht genau darauf eingehen, wie das komplizierte Gebilde von auf-und abwärtsführenden Gängen angelegt ist, auch nicht, wie man zu den Kammern kommt. Eins ist jedenfalls unbestreitbar: Es ist eine bautechnische Meisterleistung, die das ungeheure Gewicht der tausenden Tonnen Gestein scheinbar spielend überwand. Wie die Anunnaki das genau bewerkstelligt haben, wissen wir nicht einmal heute. Zum Beispiel spricht man über der höher gelegenen Königskammer von fünf Entlastungskammern. Doch die tiefer gelegene so genannte Königinnenkammer, die noch viel mehr Gestein tragen muss, hat keine. Man ist sich nicht einmal über die Anzahl der Hohlräume in der Großen Pyramide einig. Deutsche Archäologen hatten mit Spezialortungsverfahren mehr als zweihundert Räume ausgemacht. Auch ein japanischer Universitätsprofessor kam zu einem ähnlichen Ergebnis. Beide werden jedoch von offizieller Seite ignoriert. Das alles sagt mir, dass wir noch lange nicht wirklich verstehen, wie die Pyramiden von Giseh gebaut wurden."

„Und dann sollen vor tausenden von Jahren die damaligen Menschen das alles gewusst, geplant und auch ausgeführt haben?" stellte Bruno empört die Frage. Ihn ärgerte, dass er als Tourist herumgeführt wurde und einen Haufen Unwahrheiten, Vermutungen oder absichtlich Unsinn erzählt bekam.

„Als ein schwieriges Problem beim Bau einer Pyramide muss sich der Anstiegswinkel von 52 Grad erwiesen haben", erzählte Gerald weiter. Die Nefilim haben diese Meisterleistung exzellent vollbracht. Jahrtausende später, als es Pharaonen gab, versuchten sie es, den Herren der Ewigkeit nachzumachen. Die Pyramiden der Pharaonen waren kleiner, viel einfacher, nicht aus so großen, tonnenschweren Steinen wie die der Gisehanlage, sondern aus Lehmziegeln und waren bald dem Verfall ausgesetzt. Vor allem schafften die Pharaonen es kein einziges Mal, den Anstiegswinkel von 52 Grad nachzubauen. Ihre Pyramiden brachen alle zusammen, wenn sie es versuchten. Damit die Pyramide eines Pharaos in Dahschur, die ebenfalls mit 52 Grad begonnen wurde, nicht auch zusammenfiel, wurde sie mit dem Anstiegswinkel von 43,5 Grad weitergebaut, was ihr den Namen Knickpyramide einbrachte. Also kann man auch am Anstiegswinkel erkennen, dass die Pyramiden von Giseh nicht von den Pharaonen errichtet wurden. Andere kümmerliche Nachahmungen waren dagegen Jahrtausende später von den Pharaonen gebaut.

Zum Beispiel schrieb der bekannte Archäologe Budge schon 1904, dass es die Großen Pyramiden schon vor den Pharaonen Cheops, Chefren und Mykerinos gab und sie viel älter sind.

Es gibt auch etliche uralte Schriften, in denen man lesen kann, wozu die Pyramiden dienten. In einem Text wird beispielsweise von einem Ekur, einem spitzen Haus wie ein Berg gesprochen, dessen Inneres einen rötlichen, pulsierenden Strahl aussendet, der eine große Reichweite hat und für die Raketenschiffe da war. Weiter steht dort geschrieben, dass die Erschaffung dieses hohen Berges Menschen nicht verstehen können."

Karla sah Gerald verwundert an. „Wieso redet man dann von Gräbern und Menschenwerk, wenn es Belege gibt, was die Pyramiden wirklich waren? Gibt es diese Texte tatsächlich?"

Gerald nickte. „Sie liegen in den Universitätsbibliotheken und Museen vieler Länder. Aber der schon genannte Text geht noch weiter. Ich habe ihn mir gemerkt, weil er wirklich deutlich zeigt, wozu die Pyramiden von Giseh dienten. Sinngemäß heißt es darin, dass es sich um einen erschaffenen Berg handelt, der ein Wahrzeichen für die fliegenden schems ist. Das sind verschiedene Flugzeuge. Es ist ein Haus, das die Kreisenden zum Ausruhen herabgeleitet und in dessen innere Tiefen Menschen nicht hineinkönnen, heißt es weiter."

„Menschen nicht verstehen, Menschen nicht hineinkönnen", echote Bruno. „Erst einmal heißt das doch, dass es andere waren, die die Große Pyramide gebaut haben, eben keine Menschen. Außerdem hielten sie die Menschen nicht für intelligent genug, um das Bauwerk zu verstehen, geschweige denn selbst zu bauen. Sie dachten sogar, dass wir nicht einmal hineinkämen. Mit anderen Worten, eine überlegene Rasse, die geringschätzig über die Menschen denkt."

„Genau, Papa, das sagt der Text ebenfalls aus. Das ist mir noch gar nicht aufgefallen."

Andrea trank einen Schluck Wein.

„Nun, mit der Zeit sind wir Menschen doch noch hineingekommen. Seit wann eigentlich, Gerald?" wollte Karla wissen.

Genau kann man das gar nicht sagen, wahrscheinlich bereits vor Jahrtausenden. Man weiß aber, dass im ersten Jahrhundert nach Christus die Große Pyramide betreten wurde, ebenfalls zum Beispiel im achten Jahrhundert von einem arabischen Kalifen, der sich den Weg mit Gewalt frei sprengte. Auch Napoleon hatte eine Gruppe von Forschern, die die Pyramide erkundete und zu beachtlichen Erkenntnissen kam. Sie bemerkten unter anderem die Ausrichtung der Großen Pyramide auf den dreißigsten Breitengrad. Der Gisehkomplex hatte zu jeder Zeit die Menschen fasziniert. Auch die Griechen und Römer beteten die Sphinxstatue an, weil man damals noch wusste, dass sie von Göttern, wie sie sagten, gebaut war."

Bruno murmelte: „Das alles hätte ich gern vor unserer Reise gewusst."

„Aber Vater, hätte Gerald euch etwa zu einer Unterrichtsstunde rufen sollen?" meinte Andrea ihn verteidigen zu müssen.

„Natürlich nicht", beieilte Bruno sich zu sagen. „Wenn, dann hätten deine Mutter und ich fragen müssen. Aber mir war das gar nicht in den Sinn gekommen. Man weiß doch nicht, dass es so unterschiedliche Meinungen zu den Pyramiden gibt."

„Die gibt es leider", meinte Gerald. „Einige schreiben es schon Herodot zu, dass er ohne jeden Beweis die Großen Pyramiden den Pharaonen Cheops, Chefren und Mykerinos zuordnete. Er will so etwas von seinem Reiseführer gehört haben. Dazu die Fälschungen von Vyse um 1830, und der Irrtum war perfekt, an dem viele Archäologen aber noch festhalten. Erst als man immer mehr Tontafeln und alte Texte übersetzen konnte, kam etwas ganz Anderes zu Tage. Doch das Brisanteste des Pyramidenfeldes von Giseh habe ich euch noch gar nicht erzählt."

Karla wurde nun richtig neugierig und Bruno horchte auf. „Noch mehr Geheimniskrämerei und Vertuschung?" fragte er.

Gerald nickte. „Untersuchungen haben etwas ergeben, das in Archäologenkreisen buchstäblich wie eine Bombe einschlug und wie ein Staatsgeheimnis gehandhabt wird. Es dringt jedoch immer etwas an die Öffentlichkeit.

Mitarbeiter der Universität Saarbrücken fanden außer den vielen Hohlräumen in der Großen Pyramide auch heraus, dass sie eine beachtliche Radioaktivität aufweist. Sie ließen in sehr schmale Schächte, die an der Außenwand beginnen, kleine Messgeräte hinein und erschraken über die ermittelten Werte. Die Energie würden sage und schreibe einer Atombombe entsprechen."

„Nicht zu fassen." Karla war entsetzt. „Wie gut Bruno, dass wir nicht in die Pyramide hineingegangen sind."

Gerald beruhigte sie. „Ich nehme an, dass in den zugänglichen Hauptwegen keine unmittelbare Gefahr droht. Die Erbauer werden die Atomenergie abgeschirmt haben, auch zu ihrer eigenen Sicherheit. Doch das Messergebnis passt genau zu dem, was die alten Schriften berichten. Richtstrahlen sollten den Piloten über Jahrtausende den Weg weisen. Was wäre besser geeignet, als eine radioaktive Quelle?"

„Die Pyramiden sollten doch Pharaonengräber sein. Wer würde sich denn eine Atombombe in sein Grab legen lassen und wozu?" kommentierte Bruno zynisch.

„Selbstverständlich dementiert und ignoriert man die hohe Radioaktivität der Großen Pyramide und nicht nur unter den Archäologen, sondern auch in staatlichen Stellen Ägyptens", pflichtete Andrea ihrem Vater bei.

„Du hast davon schon gehört?" fragte Bruno.

„Ja. Gerald hat mir auch erzählt, dass schon kurz vor dem Zweiten Weltkrieg Entdeckungen in der Großen Pyramide gemacht wurden, die eindeutig darauf hinweisen, dass nicht die Menschen sie gebaut haben können. Die Archäologen Petrie, der sehr angesehen war und Kinnaman öffneten eine Kammer, in der bisher noch niemand war. Was sie dort sahen, verschlug ihnen die Sprache. Viele Papyrusrollen mit Hieroglyphen und in einer ihnen unbekannten Schrift waren dort aufbewahrt. Das für sie Entsetzliche waren jedoch Gerätschaften, die, wie sie sagten, nicht von dieser Welt stammen. Sie fanden Apparate vor, die die Gravitation aufhoben und nur von den unbekannten Erbauern der Pyramide stammten konnten. Petrie und sein Kollege schworen, diese Entdeckung geheim zu halten, weil ihrer Meinung nach die Menschheit noch nicht für die Wahrheit bereit sei."

„Schon vor dem Zweiten Weltkrieg?" Bruno schüttelte den Kopf. „Was werden wir doch für dumm verkauft, und das schon so lange. Die Entdecker und verantwortlichen Stellen maßen sich an zu wissen, was die Menschen hören können und was nicht. Sie selbst sind doch auch mit der Wahrheit zurechtgekommen."

„Du bringst es auf den Punkt", gab Gerald ihm Recht.

„Wenn wir das alles vor unserer Ägyptenreise gewusst hätten", sagte auch Karla nach einer Weile in die Stille hinein.

„Wärst du dann etwa nicht hingefahren?" fragte Bruno seine Frau.

„Natürlich wäre ich gefahren und hätte Mohammed gefragt, ob er selbst glaubt, was er sagt."

Gerald beschwichtigte ihren Zorn. „Die Touristenführer und Reiseleiter haben ihre Anweisungen, was sie erzählen dürfen. Selbst wenn euer Mohammed es besser wüsste, hätte er es nicht sagen können."

Andrea stand auf und griff sich die leeren Weingläser. „Komm, Gerald, Mutter sieht müde aus. Wir gehen jetzt in unsere Wohnung. Du, Papa, hast auch schon ein Gähnen unterdrückt."

Bruno stritt nichts ab. „Ja, es waren anstrengende Tage, und heute musste ich noch erfahren, dass wir dummen Touristen nicht einmal die Wahrheit über die Giseh-Pyramiden vertragen."

Als Andrea und Gerald gingen, hörten sie noch: „Hoffentlich kannst du auch schlafen, Bruno, wo du dich doch so darüber ärgerst."

Als die jungen Leute sich ebenfalls zur Ruhe gelegt hatten, dachte Andrea noch an die Reise ihrer Eltern. In Geralds Arme geschmiegt, konnte sie nicht einschlafen.

„Mein Vater war richtig böse, nicht wahr?"

Gerald strich ihr eine Haarsträhne zur Seite, die er im Halbdunkel erkennen konnte. „Ja, dabei bin ich noch nicht einmal ausführlicher auf die Pyramidenkriege eingegangen, die ebenfalls genau belegen, wann und warum die Pyramidenanlagen von Giseh bebaut wurden. Zum Beispiel berichtet das so genannte Edfu-Epos vom Geschehen des Ersten Pyramidenkrieges. Unter anderem wird darin auch von Inanna berichtet, wie sie Dumuzi in Afrika besuchte und so mit in den Krieg von Horus gegen Seth verwickelt wurde. Der Zweite Pyramidenkrieg ist uns neben anderen aus den Lugal-e-Texten und aus den Hymnen an Nergal bekannt. Eine andere Hymne bestätigt, dass Ningischzidda zum Hüter der inneren Geheimnisse der Pyramide ernannt wurde. Darin ist auch geschrieben, dass die Große Pyramide im Lande des Schutzschildes steht. Das ist die Bedeutung des Namens Magan, also Ägypten. Weiter steht dort, dass dort das Wissen zu finden ist, wo Utu aufsteigt, also wo der Flugplatz ist. Viele alte Schriften verbinden die Pyramiden von Giseh immer wieder mit dem Fluggeschehen."

Nach einer Weile sagte Andrea: „Ich wünschte mir, alle diese Erkenntnisse würden stärker in die Öffentlichkeit dringen. Auch wenn manche anderer Ansicht sind, könnte man die Fakten wenigstens zur Diskussion stellen."

Schon im Halbschlaf beschäftigte Andrea noch eine Sache. „Ist das mit der enthaupteten Isis wirklich wahr? Ich meine, dass man ihr den Kopf wieder auf den Körper verpflanzen konnte."

„Weißt du Andrea, dass unsere heutige Medizin schon ähnliches vollbringt? Ich habe etwas über einen amerikanischen Neurologen im Internet gelesen, der erfolgreich Affenköpfe wieder annähte. Das Gehirn soll deshalb die OP-Zeit überstanden haben, weil er die Temperatur erheblich absenkte. Er meinte, dass das gleiche auch bei Menschen möglich sei, allerdings mit einer Lähmung ab dem Halsbereich."

„Grauenvoll", murmelte Andrea und rückte dichter an Gerald heran. Er nahm ihre Hand und hielt sie fest, bis Andrea eingeschlafen war.

Wie schon vor den Kriegen, saß Utu wieder über den Plänen für die Einflugschneise der schems zum Raumflughafen auf der Sinaihalbinsel. Der steinerne Gigant, die Große Pyramide, konnte nach Ninurtas Beschädigungen seines Innenlebens kein Richtungsweiser mehr für die anfliegenden Abgal sein. Gewiss bestand die Möglichkeit, durch umfassende Reparaturarbeiten die Pyramide wieder so instand zu setzen, dass sie erneut mit hellen, pulsierenden Strahlen ihrer Bestimmung nachkam. Doch Utu wollte Enlil eine andere Lösung vorschlagen. Seiner

Meinung nach hafteten dem Komplex von Giseh durch die beiden Pyramidenkriege soviel Unheil und schlechte Erinnerungen an, dass er sie nicht mehr in die richtungweisenden Orientierungspunkte einbeziehen wollte.

Da er durch die erste Einflugschneise schon alle Eckdaten kannte, kam er schnell auf eine andere, sehr gute Idee.

Die nördliche Grenze des Anflugkorridors könnte bleiben, dachte Utu und sah auf die alte Linie vom Ararat bis zur beschädigten Großen Pyramide. Man müsste nur auf derselben Linie etwas nördlicher als Giseh ein neues Wahrzeichen haben, das den Richtimpuls zum Himmel schickt. Ich werde vorschlagen, entschied er sich in Gedanken, an der neuen Stelle diesmal eine Stadt zu errichten, die einen Sendeturm hat, der den gleichen Dienst wie die Pyramide versehen kann. An seiner Basis und im Untergrund könnte man Räume anlegen, die alles dafür enthalten. Selbstverständlich muss dieser Bereich bewacht werden und die Kammern nur wenigen Bevollmächtigten zugänglich sein. Das würde einen Bruchteil an Material und Zeit erfordern, als es uns der Pyramidenbau abverlangte, überlegte er sich. Die neue Stadt kann nach und nach wachsen und später ein geheiligter Ort werden, wichtig für die Verbindung zum Heimatplaneten der alten Anunnaki. So nannte Utu sie für sich, denn sein eigener Planet war die Erde, seine Geburtsstadt war Bad-Tibira, mit deren Wiederaufbau schon begonnen war.

Dann überlegte Utu, wie er den Ausgleich auf der südlichen Grenzlinie der Einflugschneise schaffen könnte. Der Katharinenberg passte nicht mehr in das exakte System gleich langer Verbindungslinien und gleicher Abstände. Als er eine Weile überlegt hatte, kam er zu dem Entschluss, dass er die Lösung nur aus eigener Anschauung aus der Luft finden würde. Diesmal stieg er allein mit einem kleinen Rotorschem auf. So würde er über dem betreffenden Gebiet auf der Stelle schweben können und nicht darüber hinwegrasen müssen.

Utu sah fast augenblicklich, was sich als einziges für den neuen Orientierungspunkt am Ende der südlichen Grenzlinie eignete. Der Berg Umm Schumar, benannt nach Nannars Gattin Ningal, die auch diesen Namen trug, Mutter von Sumer. Er ragte weithin als alleinige große Erhebung auf.

Nun stimmten die alten mathematisch-geografischen Relationen wieder. Die neue Stadt mit der Leuchtsignalanlage musste an genau der Stelle errichtet werden, die gleichweit vom Ararat entfernt ist wie der Berg Umm Schumar. Auch vom Jerusalemer DUR.AN.KI aus stimmen die Entfernungen dann wieder überein. Ich werde vorschlagen, die richtungweisende Stadt On zu nennen, dachte Utu und machte sich zufrieden auf den Rückweg.

Einstimmig wurde in der Ratsversammlung der Vorschlag Utus gebilligt.

Überall begann man emsig mit dem Wiederaufbau der zerstörten Städte und kleineren Siedlungen. In Ägypten herrschte Ningischzidda, der als Thoth hoch geehrt und von der Bevölkerung angebetet wurde. Noch immer waren die umstrittenen Pyramiden von Giseh die imposantesten Bauwerke auf Erden, seine Pyramiden, dachte Ningischzidda stolz, denn nun war er der Herr der künstlichen Berge.

Die afrikanischen Gebirgsländer und Nergals niedergemachte Stadt Meslam erholten sich nur langsam von den Verheerungen des Krieges. Doch als eine Menschengeneration auf die nächste folgte und ihnen Thoths Regentschaft Frieden brachte, verblassten die Erzählungen vom Kriegsgeschehen. Zwar mussten die Erdenmenschen wie eh und je für ihre Herren und zum Erhalt des eigenen Daseins hart arbeiten, doch wurden nun nicht mehr ihre Ernte und sie selbst vergiftet und verstrahlt. Sie waren dem Zorn der Herren entkommen und genossen nun schon lange Zeit deren Wohlwollen.

Die Anunnaki hatten die Signalstadt On, später Heliopolis am Nildelta genannt, mit Hilfe der Erdlinge aufgebaut. Sie wuchs noch stetig weiter, doch der Tempel mit dem Leuchtfeuerturm war seit langem fertig gestellt.

Der Raumflughafen auf dem Sinaiplateau hatte sich vom Krieg erholt und sich zum großen Umschlagplatz für den Transport der Schätze der Erde zum Nibiru entwickelt. Die Nefilim legten ein Netz von Straßen an, die dem Flugplatz zuströmten. Doch eingedenk der Übergriffe von Seth wurden nach und nach Wachstationen errichtet, die die Wege zum Kontrollzentrum Jerusalem und zum Flughafen sicherten. Nie wieder sollten die Raumfluganlagen einschließlich der Signalfeuerstätten so leicht erobert werden können, wie Seth es gelungen war.

Ein besonders wichtiger strategischer Kontrollposten war Jericho, die Stadt der Anunnaki, die bald nach Ende des Zweiten Pyramidenkrieges entstand. Wer zum inneren Kern der vierten Erdregion wollte, die die Verbindung zum Nibiru barg, musste an Jericho vorbei, das zum Schutz des wichtigsten Nefilimgeländes da war. Starke Mauern sollten die Stadt vor Eroberungen schützen. Diese Mauern standen in einem tiefen und zehn Meter breiten Graben, der in den Fels geschlagen war. Außer den Anunnaki lebten hier nur die wenigen Menschen, die als Diener arbeiteten. Ansonsten waren die Bewohner Jerichos nur die Nefilim, die ihre Stadt so viel mehr fortschrittlicher gestalteten, als damalige reine Menschensiedlungen es waren. Das Herrenvolk legte Jericho westlich des Jordans als Schutzschild ihrer geheiligten Region an. Auch auf östlicher Seite des Flusses entstand eine Siedlung mit der gleichen Kontroll-und Schutzfunktion für die Raumfluganlagen. Tell-Ghassul war ebenfalls eine Stadt der Anunnaki, in der keine Menschen wohnten. Sie war genauso vom hohen mesopotamischen Standard geprägt. Hier wurden die bedeutendsten Wegekreuzungen bewacht.

Auch Hebron hatte die gleiche Aufgabe zu erfüllen, ebenfalls an der Ostseite des Jordan angelegt als Stadt der Nefilim, nicht als die der Menschen.

Der Flughafen war auch vom Meer aus gut zu erreichen. Am nordwestlichen Arm des Roten Meeres wurde daher dringend eine Hafenanlage benötigt, um Güter aus den afrikanischen Ländern, die auf dem Seeweg antransportiert wurden, umzuschlagen. Im Grenzgebiet des Reiches von Ningischzidda entstand deshalb eine Hafenstadt, die ebenfalls Tilmun genannt wurde, wie auch die ganze Halbinsel hieß.

Enki gab die Hafenstadt an seinen Sohn Enschag, einem der Kinder, die aus den unseligen Beziehungen zu Tochter und Enkelin entstammten. Enschag war mit Ninsikilla verheiratet, die ebenfalls eine Tochter Enkis war.

Die Stadt Tilmun war ein wichtiger Handelsort und eine große Zwischenstation für die Güter geworden, die zum Raumflughafen weitertransportiert werden sollten. Doch sie litt an Wasserknappheit.

Ninsikilla beklagte sich wieder einmal, dass das fehlende Wasser sie zu vielerlei Einschränkungen zwang. Schön anzusehen in einem leichten, fein plissierten weißem Gewand mit grünen Blenden an Hals und Ärmeln, fühlte sie sich dennoch nicht wohl.

„Ach Enschag", beklagte sie sich, „es ist heute wieder so drückend heiß gewesen. Ich würde so gern baden, um mich im kühlen Wasser zu erfrischen. Doch da wir am köstlichen Nass sparen müssen, kann ich mich nur wieder notdürftig mit wenig Wasser säubern, aber nicht abkühlen. Meine menschlichen Mägde waschen unsere Kleider mit so wenig Wasser, dass ich um ihre Reinheit fürchte. Ein Garten voller duftender Blumen ist schon gar nicht möglich. Er würde noch mehr Wasser benötigen, als unser Haushalt."

Enschag seufzte. Auch ihm klebte das Gewand am Leib, das er jetzt wechseln wollte.

„Ich weiß, meine liebe Gemahlin. Nach der Hafeninspektion sehne ich mich ebenfalls nach einem Bad, aber wir müssen uns mit dem wenigen Wasser begnügen, das da ist."

Ninsikilla war ohnehin schlechter Stimmung und begehrte auf. „Dann lass doch weitere Brunnen graben. Es gibt viel zu wenige in unserer Stadt."

Enschag ging auf seine Schwestergattin zu und ergriff ihre Hände. „Das würde nichts nützen, im Gegenteil, das wenige Wasser wäre umso schneller aufgebraucht."

„Dann lass uns doch woanders wohnen. Bitte, liebster Bruder und Gemahl. Unser Vater hat die Oberherrschaft über den ganzen afrikanischen Kontinent. Er wird auch für dich eine lohnende neue Aufgabe finden."

Enschag wandte sich ab. Einerseits bedauerte er, dass seine Frau nicht entsprechend ihres Standes leben und wie selbstverständlich in Wasser schwelgen konnte. Andererseits wäre er gern hier geblieben. Er war der Herr einer wichtigen Stadt, die eine bedeutende Rolle dabei spielte, dass der Zustrom an Gold und anderen Gütern für den Planeten des Vorfahren und Herrschers Anu nicht abriss Enschag wollte nicht über eine ferne Mine oder eine Industrieanlage gebieten.

„Ich kann nicht fort, Ninsikilla. Bedenke doch, wie enttäuscht Vater von mir wäre, verließe ich diesen wichtigen Ort. Darüber hinaus bin ich gern der Herr der Stadt Tilmun. Sie liegt so nah am wichtigsten Geschehen auf unserem Erdplaneten."

Ninsikilla sah das Leuchten in den Augen ihres Gemahls und begriff, dass er nicht fortgehen konnte. Sie zog den Bruder neben sich auf das Sofa. Enschag sah, wie sie aufgeregt und hoffnungsvoll wirkte.

„Gut, meine Lieber, dann bleiben wir. Aber ich habe eine Idee."

Erleichtert lächelte Enschag ihr zu.

„Ich werde Vater Enki das Problem vortragen. Ihm ist natürlich bekannt, dass hier das Wasser sehr knapp ist. Es kann sein, dass er dennoch eine Lösung weiß. Gibt es irgendeine Möglichkeit, unserer Stadt mehr Wasser zu bringen, dann findet er sie."

Froh, dass sie nicht darauf bestand, wegzuziehen, stimmte Enschag sofort zu. „Ja, Ninsikilla, sprich mit ihm, wenn du möchtest. Doch sei nicht enttäuscht, wenn es nicht klappt. Zaubern kann auch unser findiger Vater nicht. Wir haben nun mal keinen Fluss, der uns stetig das Wasser zuströmen lässt."

Ninsikilla litt sehr unter der Wasserknappheit, so dass sie dem Vater auf jeden Fall ihr Anliegen vortragen wollte.

Enki, der alle seine vielzähligen Kinder liebte, dachte nach. Als er dann der jungen Tochter eine Antwort gab, war Ninsikilla glücklich, wie schon lange nicht mehr. Zu Hause angekommen, lief sie aufgeregt auf ihren Gatten zu.

„Enschag, Vater wird uns Wasser im Überfluss geben. Ich habe dir ja gesagt, er weiß immer Rat."

Enschag ließ sich von ihrer aufgeregten Fröhlichkeit anstecken und fing sie in den ausgebreiteten Armen auf.

„Tatsächlich? Erzähle, wie das geschehen soll."

Seine Frau strich sich eine schweißfeuchte Locke aus der Stirn. Ihr aprikosenfarbenes Kleid harmonierte ausgezeichnet mit ihren dunklen Haaren, die etwas in Unordnung geraten waren.

„Mit Hilfe des Flughafens", sprudelte sie hervor. „Utu persönlich wird uns helfen, zum begehrten Nass zu kommen."

Ungläubig blickte Enschag seine Schwester an. „Das musst du mir erklären."

„Vater wird auch noch mit dir sprechen, mein lieber Gemahl, aber er sagte mir, dass es genug Grundwasser in unserer Gegend gibt. Doch es soll sehr tief liegen. Außerdem versperrt eine Felsenschicht hier bei uns den Zugang. Da ist er auf den genialen Einfall gekommen, aus der Höhe eine Rakete abfeuern zu lassen und sie auf den Boden zu richten. Nur so sei die Steinbarriere zu durchbrechen, damit die süße Quelle aus großer Tiefe fließen kann."

Enschag war nun auch begeistert. „Das ist wirklich ein brillanter Einfall. Hoffen wir, dass es das Geschoß schafft, den Felsen zu durchdringen."

Doch Ninsikilla ließ sich nicht entmutigen. „Es klappt bestimmt. Du wirst es sehen. Bald werden wir jeden Tag Staub und Hitze in viel kühlem Wasser von uns spülen. Es wird hier ein schönes Leben werden."

Ninsikilla behielt Recht. Utu hatte anhand der Stärke der Felsschicht und unter Berücksichtigung, wie tief das Grundwasser verborgen lag, die nötige Durchschlagskraft des Geschoßes berechnet. Dann war er in die erforderliche Höhe mit einem Spezialflugzeug aufgestiegen. Das Manöver glückte und war die Grundlage für abschließende Bohrungen. Nach diesem Muster wurden weitere Pumpstationen angelegt, so dass an etlichen Stellen auf das Grundwasser zugegriffen werden und in die Stadt und ihre Umgebung geleitet werden konnte. So erhielt nicht nur die Hafenstadt Tilmun genügend Wasser, sondern Gärten und ausgedehnte Felder gediehen ringsumher.

Auch Ninhursag lobte Enki, den Kindern große Erleichterung gebracht zu haben. Dies war für ihn ein noch größeres Geschenk, als der Dank von Sohn und Tochter. Er fühlte sich, als hätte er ein Stück alte Schuld abgetragen.

Die lang anhaltende Friedenszeit brachte nicht nur den Anunnaki Vorteile, sondern auch den Menschen, die in großer Zahl unter ihnen lebten. Bis auf einige reine Nefilimstädte und das den Erdenmenschen verbotene Gebiet der vierten Region, hatten sie sich überall ausgebreitet, wo der Lebensraum ihre Existenz zuließ. Den größten Fortschritt erfuhren diejenigen, die eng mit ihren Herren zusammenlebten. Sie arbeiteten für sie in den Städten, den Bergwerken, den Feldern und Gartenanlagen, als Diener und ausgebildete Handwerker und vor allem als Priester und Tempeldiener. Diese Stellung zu bekleiden galt als großes Privileg, das die Nefilim nur wenigen Menschen gewährten. Schon von Anbeginn waren die Tempel nicht nur ein Ort der Verehrung und Anbetung, sondern ein Hort der Weisheit. Das Wissen aus Mathematik, Medizin, Geologie und anderen Bereichen lag niedergeschrieben in den Kammern der Tempel und wurde von Priestern gehütet und weitergegeben, jetzt auch einiges davon an gelehrige Menschen. Die wohl bedeutendste Wissenschaft war jedoch die Astronomie, denn sie hing eng mit den Herren der Erde zusammen. Alles war dem Nibiru gewidmet, dem Heimatplaneten der Nefilim. Von dort waren sie gekommen. Das ganze Erdenexperiment fing nur deshalb an, um dem fernen Nibiru, dem großen Wanderer im All zu dienen. Daher lagen in den Tempeln Himmelskarten, Formeln zur Berechnung der Entfernungen zu den Himmelskörpern, das Wissen, wann ein Raumschiff die Bahn des Nibiru verlassen musste, um die Erde anzusteuern und wann es wieder starten musste, um den Heimatplaneten der Nefilim zu erreichen. Die kosmischen Gesetze des Sonnensystems, die die Beziehungen aller Planeten untereinander dokumentieren, waren hier aufgeschrieben und gelagert.

Tontafeln und Schriftrollen hüteten einen Wissensschatz, der auch die genaue Entstehung der Erde beinhaltete. In den Tempeln wusste man aufgrund steter astronomischer Beobachtungen des Himmels über die Tag- und Nachtgleiche Bescheid, über die Präzession der Erde, und man teilte den Himmel in Regionen mit zugeordneten Tierkreiszeichen ein.

Die Tempelastronomen wussten auch, dass sich alle 2.160 Jahre die Frühlingstag- und Nachtgleiche in einem anderen Tierkreiszeichen ereignete. Es wurden komplizierte Kalender erstellt, nach denen sich die Herren und die Menschen richteten. Auch die scheinbare Rückläufigkeit der Planeten war in den Tempeln bekannt.

Doch das wichtigste astronomische Ereignis auf der besiedelten Erdkugel war das Eintreffen des Planeten der Nefilim. Da die Menschen in rasantem Tempo lebten und starben, erhielt nur äußerst selten eine Generation die Möglichkeit, den Planeten der Anunnaki zu erblicken. In den dazwischen liegenden 3.600 Jahren, für die Anunnaki nur ein schar, hielt jedoch die stete Anwesenheit der Nefilim das Hauptereignis auf Erden in Erinnerung. Ebenso trugen dazu die überlieferten Erzählungen in den Behausungen der Menschen bei. Als kostbarer Tempelschatz wurden die protokollierten Einzelheiten der Sichtung gehütet.

Nun war es wieder so weit. Zum zweiten Mal nach der Sintflut war der Nibiru aus den Tiefen des Weltraums aufgetaucht und näherte sich der Erde an. Für einige Zeit würde er seine Position zwischen Jupiter und Mars einnehmen, die seit Urzeiten sein Platz im Sonnensystem war. Dann sah man den rötlich hellen Planeten deutlich am Himmel leuchten, war er doch vier Mal größer als die Erde.

Es war eine Zeit der Feste und des Frohsinns, der Zeremonien und Versammlungen. Viele Nibirubewohner nutzten die Gelegenheit und waren schon vor dem Eintreffen ihres Planeten an seinem sonnennächsten Punkt in Raumgleitern voraus geflogen, um Verwandte auf der Erde zu besuchen oder in offizieller Mission auf dem siebenten Planeten zu wirken. Stets nutzte der oberste Herrscher Anu die Gelegenheit, seinen Kolonialplaneten zu betreten. Zwar stand er ständig mit Hilfe vielerlei Kommunikationsgeräten in Kontakt mit den Verantwortlichen der Erdgebiete, sah aber in jedem schar persönlich nach dem Rechten.

Aus allen vier Weltgegenden reisten die führenden DIN.GIR zu diesem Ereignis an. Auch Enki machte sich auf den Weg. Er residierte zu dieser Zeit in seiner wieder aufgebauten Stadt Eridu, die als erste der alten Städte im Zweistromland in alter Pracht entstanden war. Sein herrlicher neuer Tempel, prächtiger denn je, beherbergte auch seine Wohnräume, ein würdiges Domizil für den Herrn, der zurückgekehrt war. Es erstrahlte im Glanz des KU.GI und KU.BABBAR, dem Gold und Silber aus den afrikanischen Ländern.

Auch Enlil brach aus Nippur zum Staatsbesuch Anus auf. Für ihn und Ninlil war ebenfalls ein neuer Tempel errichtet worden, genau an der Stelle des alten, den die Wasser der Sintflut vernichtet hatten. Dieser Stufentempel war höher und spitzer als alle anderen angelegt und glich einem hohen Berg. Daher wurde ihm der Name E.KUR verliehen, der den Zikkuratbau Enlils treffend bezeichnete. Der alte Tempel vor der Flut hatte auch als Kontrollzentrale fungiert und war mit einem Sendeturm und geheimen Kammern ausgestattet gewesen. Doch nun war in Jerusalem das Band zum Himmel geknüpft und dort die wichtigen Raumfahrtunterlagen und kosmischen Tafeln aufbewahrt.

Die Häuser der Brüder wurden noch an Bedeutung von dem Wohntempel übertroffen, der das Ziel ihrer Reise war, der Tempel des königlichen Vaters Anu. Der oberste Herrscher hatte all die vergangenen schars keine eigene Wohnstätte auf Erden gehabt, und es waren schon viele Nibirujahre seit der Erdbesiedelung vergangen. Daher wurde beschlossen, für Anu einen eigenen Wohnsitz inmitten einer neuen Stadt zu bauen. Das Domizil des Königs, heiligster Tempel auf Erden, war gerade rechtzeitig fertig geworden, als sich Anus Planet der Sonne näherte. Die Stadt, die Uruk genannt wurde, sah noch kümmerlich aus. Erst wenige Gebäude säumten den wuchtigen Stufenbau des Herrschers. Doch Uruk würde nach und nach wachsen und eine Metropole sein, würdig, den König der Zwei Welten zu beherbergen, wenn er auf Erden weilte.

Außer Enlil und Enki hatten sich alle Nefilim eingefunden, die die hohen Erdpositionen innehatten. Enlils Söhne mit ihren Familien waren eingetroffen, samt Anus Urenkeln Utu und Inanna. Die umtriebige Inanna hatte sich vorgenommen, den Herrscher für sich einzunehmen, sobald sich eine günstige Gelegenheit dazu ergab. Den König auf ihrer Seite zu wissen, wäre ein unschätzbarer Vorteil, um auf der Rangleiter ganz nach oben zu kommen.

Auf der anderen Seite des Versammlungshofes standen alle wichtigen Mitglieder aus Enkis Familie, um dem obersten Vorfahr ihre Ehre zu erweisen. Marduk bemühte sich, auf keinen Fall zu Ninurta zu blicken, den er seit der Belagerung der Pyramide als seinen Todfeind betrachtete. Die Schmach, von Enlils Sohn besiegt worden zu sein wäre erst getilgt, wenn er und nicht Ninurta über die Länder der Erde gebieten würde. Ein Lichtblick unter den Anwesenden war für Marduk seine Halbschwester Gestinanna, die ihn jedoch nur oberflächlich begrüßt hatte.

Ninhursag nahm den Platz zwischen den Bruderfamilien ein und hatte ihre Tochter und Enkelin und die Kinder der beiden mitgebracht. Besonders Ninsikilla, die neben Enschag stand, konnte es kaum abwarten, den Herrscher Anu leibhaftig zu sehen.

Alle Gespräche verstummten, als die Klänge einer Hymne, die den großen Anu pries, einsetzten. In offenen Sänften wurde der König der Zwei Planeten und seine Gemahlin Antu in den weiten, ummauerten Tempelhof getragen. In bodenlangen, fein plissierten Stufengewändern entstiegen Anu und Antu den Tragen und nahmen auf den vergoldeten Thronsesseln Platz. Auf den kunstvoll frisierten Köpfen des Herrscherpaares schützte sie ein vierfach hörnergeschmückter Kopfputz vor der heißen sumerischen Sonne. Beide hatten vorsorglich Augentropfen verwendet, um sich an das viel hellere Licht der Erde zu gewöhnen. Anu trug die Insignien seiner Macht, die unverzichtbaren Symbole der Königswürde, Tiara, Zepter und Hirtenstab.

Nach der offiziellen Begrüßungszeremonie folgten Ansprache und Gedichte, die Anu priesen und die Fortschritte auf der Erde dokumentierten. Erlesene Speisen und Getränke, an denen maßgeblich die besten menschlichen Köche beteiligt waren, wurden der Versammlung der höchsten DIN.GIR gereicht. Musik und Tanz, der den kosmischen Reigen der Planeten darstellte, unterhielten die hohen Herrschaften. Erst danach begann die offizielle Tagung, um die dringenden Probleme zu besprechen, die Anus Entscheidung erforderten.

Ein strittiger Punkt war, dass Enki als Hüter der Himmlischen Formeln, die das Wissen um Fortschritt und Zivilisation in allen Aspekten beinhalteten, nur seiner Stadt Eridu zugute kommen ließ. Davor hatte er schon als oberster Wissenschaftler diese Spezialkenntnisse im afrikanischen AB.ZU niedergeschrieben und aufbewahrt.

Enlil forderte, das notwendige Wissen allen Städten zukommen zu lassen, damit sie ein ebenso hohes Zivilisationsniveau wie Eridu erreichen können. Es war ihm ein Dorn im Auge, dass Enkis Stadt nun als Ursprung des Fortschritts galt, die Ansiedlung, in der sogar die menschliche Kultur einen gehobenen Stand erreicht hatte, da Enki sich viel für seine Erdlinge einsetzte.

Bevor er eine Anordnung erließ, pries Anu jedoch Enkis neuentstandenes Eridu.

„Große Anunna, die ihr euch in diesem Versammlungshof eingefunden habt! Ich habe gesehen, wie mein Sohn, der Herr Enki, sein Eridu zu einer schönen Stadt gemacht hat, aufgeschüttet in den Sumpfwassern gleich einem Berg. Dort hat er sein Haus gebaut, in dem er die Formeln des AB.ZU verwahrt."

Anu sprach weiter vom hohen Stand der Kultur, die Eridu bereits erreicht hat.

„Ganz besonders hat mich verwundert, werte Anunna der Erde, dass die Menschen ein Niveau erreicht haben, das mich erstaunt. Bildet sie weiter aus, damit sie in euren Diensten qualifizierte Arbeit leisten und mithelfen, unsere Pläne für den siebenten Planeten gut und schnell zu verwirklichen. Deshalb ordne ich an, die Formeln des Wissens aus dem AB.ZU allen Städten zugänglich zu machen."

Zufrieden nickte Enlil seinem königlichen Vater zu, der in der Ansprache fortfuhr.

„Es ist mir seit langem bekannt, dass die Anleitung und Führung der Erdlinge sehr viel Zeit und Mühe erfordert. Deshalb bestimme ich, in Zukunft ein Anutum, ein Königtum der Menschen, auf der Erde zu schaffen. Setzt die würdigsten Erdlinge als König in einem begrenzten Gebiet ein, die Mittler zwischen uns und den Erdlingen sein sollen. Diese Lugal, wie ich sie nenne, müssen dafür sorgen, dass unsere Gesetze und Bestimmungen eingehalten werden, so dass ihr, die DIN.GIR, von der Last befreit seit, euch um die alltäglichen Belange der Menschen zu kümmern. Die Lugal sollen dafür sorgen, dass uns die Erdlinge stets gute Dienste leisten."

Diese Worte des Herrschers fanden großen Beifall, so dass die Versammelten ihrer Zustimmung laut Ausdruck verliehen. Auch Enlil, der gemäß dem Protokoll an Anus Seite saß, zeigte sich sehr erfreut. Er sah zu Ninhursag, der ein Lehnstuhl zugestanden war. Er bemerkte, dass sie kaum ein Auge von ihrem hochverehrten Vater ließ, den sie so selten zu Gesicht bekam. Dann schielte Enlil zu Bruder Enki hin, der gewiss verärgert sein musste, dass er nun die Formeln des Fortschritts herausgeben sollte. Zu seiner Verwunderung lächelte Enki und sah entspannt in die Runde. Wüsste Enlil, was der Halbbruder jetzt dachte, wäre er selbst ärgerlich.

Enki war im Grunde genommen ein großes Kompliment gemacht worden, vom königlichen Vater persönlich in aller Öffentlichkeit. Anu hatte mit seinen Worten klar herausgestellt, dass nur er, Enki, das Wissen hatte und auch die Fähigkeit, eine funktionierende Zivilisation schnell und in allen ihren Bereichen aufzubauen.

Er war nun noch stolzer auf seine Menschen, die sich mit seiner Hilfe so weit entwickeln konnten.

Nachdem die offizielle Ratsversammlung beendet war, wurde das königliche Paar zum neuen, dem Herrscher Anu geweihten Wohntempel geleitet. Die erfahrendsten und besten Anunnaki hatten das imposante Zikkuratgebäude nicht nur entworfen, sondern in Anbetracht seiner Bedeutung selbst am Bau mitgewirkt. So entstand das prächtige Haus Anus, das E.ANNA,

Der Oberste König der Zwei Welten zeigte sich hoch erfreut, dass er nun einen eigenen Wohnsitz und Platz für Empfänge und Versammlungen auf der Erde besaß. Im Inneren war das E.ANNA auf das Erlesenste eingerichtet, würdig den Herrscher zu beherbergen. Da der Tempel nach Erdenjahren gemessen so gut wie immer leerstehen würde, hatten die Anunnaki und Menschen jedoch einen Ort der Anbetung und Verehrung Anus. Priester und Tempeldiener würden sich ständig um die Betreuung kümmern.

Doch das wichtigste Ereignis des Tages stand noch bevor. Nach einem köstlichen Mahl, bei Einbruch der Dunkelheit, sollte eine einzigartige Zeremonie gefeiert werden, das Erscheinen des Planeten Anus. Der Nibiru würde sichtbar werden, der auf seinem Weg in Sonnenähe alle anderen Planetenbahnen durchquerte. Diese Besonderheit im Sonnensystem verlieh ihm den Namen Planet des Durchquerens und wurde auf der ganzen Erde mit dem gleichschenkligen Kreuz symbolisiert. Das Kreuz, allein oder mit Flügeln war auf unzähligen Darstellungen, Rollsiegeln und Steininschriften zu sehen. Dieser wichtigste Planet im Sonnensystem, der alle anderen Planetenwege kreuzte, sollte in wenigen Minuten am Firmament sichtbar werden. Besonders die Menschen fieberten diesem Ereignis entgegen, hatte doch seit Gedenken keine ihrer Generationen solch ein Privileg genossen. Auf seiner weiten, kometenhaften Umlaufbahn hatte der Nibiru, die Heimatwelt der Herren, nun wieder seinen Platz zwischen Jupiter und Mars eingenommen, um nach kurzem Verweilen zurück in die Tiefen des Alls zu wandern.

Das unvergessliche Erlebnis stand kurz bevor. Nach einem erlesenen Abendmahl der Nefilim war es soweit. Ein Priesterastronom meldete, dass der ersehnte Planet gesichtet wurde und hell glänzend am Himmel aufgegangen ist. Ein Chor stimmte im selben Augenblick eine Hymne an und sang, dass der Planet Anus am Himmel erschienen sei.

Danach hallten weitere Gesänge zur Preisung des Nibiru durch den Festsaal und waren auch im Tempelhof von allen zu hören. Später entzündete man Fackeln, deren heller Schein das Signal für andere Tempel war, das rituelle Feuer zu Ehren Anus und seines Planeten ebenfalls zu entfachen. Uruk leuchtete so hell, dass andere Städte das Zeichen sahen und ihrerseits Feuer entzündeten, um Anu und den Heimatplaneten der Anunnaki zu ehren. Auf diese Weise erstrahlte ganz Sumer und entbot auf einmalige Weise dem großen rötlichen Planeten Nibiru seinen Erdengruß.

Siebzehn Tage lang weilte das herrschaftliche Paar Anu und Antu auf der Erde. Der Herrscher bereiste in dieser Zeit die bedeutendsten Erdgebiete, um sich durch eigene Anschauung ein Bild von seinem Kolonialplaneten zu machen. Diesmal fiel ihm auf, dass seit seinem letzten Erdbesuch, ein schar nach der Sintflut, kaum mehr etwas von den großen Verheerungen der Wassermassen zu sehen war. Des Weiteren hatte sich die Zahl der Menschen rasant vermehrt, und ihr sozialer Status war deutlich gestiegen.

Wichtige Entscheidungen für die Zukunft der Erde waren getroffen, als für Anu und sein Gefolge der Tag des Aufbruchs zum Nibiru kam. Nach Sonnenaufgang segnete der Herrscher unter Gesängen die Versammelten. Die obersten Nefilim sprachen ihrerseits den Segen für den König aus. Alle Anunnaki und auch die Igigi im Orbit waren in die Segenswünsche einbezogen.

Dann erst brachen Anu und Antu zum Raumflughafen auf, um von dort ihren Weg ins All zu nehmen, zurück zu dem Planeten, den sie jeden Erdentag in der Dunkelheit sehen konnten, ihre Heimatwelt, um die sich ihr ganzes Dasein und Streben drehte und für dessen Wohlergehen die Erde maßgeblich mitzusorgen hatte.

Außer Uruk waren im Land zwischen Euphrat und Tigris noch andere neue Städte entstanden, die die Menschen unter Anleitung der Anunnaki und nach deren Vorgaben errichtet hatten. Eine von ihnen war der Stadtstaat Kisch, zwischen Nippur und der alten Raumfahrtstadt Sippar gelegen. Als gemäß der Weisung des Großen Anu menschliche Könige eingesetzt wurden, kam das Königtum zuerst nach Kisch. Danach wurden auch in anderen Städten Menschen zu Königen berufen. Alle diese Lugal erhielten als Zeichen ihrer Amtswürde Tiara, Zepter und Hirtenstab, genau die gleichen Insignien, die auch die Herrscher des Nibiru seit undenklicher Zeit trugen, wenn auch bei den Lugal nicht im Entferntesten die gleiche Machtposition damit verbunden war.

Auch Nippur war wieder im alten Glanz mit neuer Pracht entstanden. Die Funktion als Kontrollzentrum aller Dinge, die mit dem Flugwesen und der Verbindung zum Heimatplaneten zusammenhingen, hatte die Stadt an Jerusalem abgegeben. Doch Nippur blieb Enlils Wohnsitz und vor allem die heiligste Tempelstadt im sumerischen Reich.

Wie überall waren die Tempel ein Ort des Wissens und die Priester die Hüter der Wissenschaften. Ihnen oblag unter anderem die Aufgabe, ständig neue Priester auszubilden. Das traf insbesondere auf die Astronomie zu, deren Kenntnis und Ausübung ein Privileg der Tempelangehörigen war.

„Benennt mir die UL.HE, die glanzvolle Herde der zwölf Tierkreiszeichen des mittleren Himmelsbandes, das Anus Weg ist", forderte der Priester Paleser seine Schüler auf. Dabei zeigte er auf den jungen Aram, der zu seiner Linken saß. Dessen Gesicht leuchtete vor Freude, seinem verehrten Lehrer Paleser antworten zu können. Aram schnurrte sie alle zwölf herunter. „Das sind GU.ANNA, der himmlische Stier, MASCHTAB.BA, die Zwillinge ... Erst als er das letzte Tierkreiszeichen KU.MAL, den Widder, genannt hatte, holte er tief Luft.

„Ausgezeichnet Aram, du hast sie alle richtig aufgesagt."

Paleser rief den jüngsten seiner sieben Priesterlehrlinge auf. „Was verstehen wir unter dem Wort DUB?"

Eifrig antwortete der Schüler: „Damit benennen wir das Tierkreiszeichen Krebs, wie Aram schon sagte, aber das Wort wird auch verwendet, wenn wir vom großen Umfang des Planetenhimmels sprechen, von den 360 Grad, die die Krümmung des Himmelsbogens beschreiben."

„Richtig." Paleser war zufrieden mit den jungen Schülern, die er zu ausgezeichneten astronomischen Fachpriestern ausbilden würde. Der beste von ihnen sollte einst sein Nachfolger werden, nahm er sich vor. Doch wer von seinen Lehrlingen das sein würde, ließ sich noch nicht mit Bestimmtheit sagen.

„Wie sind die Abstände zwischen den Planeten und anderen Himmelskörpern zu ermitteln?" setzte der Lehrer seine Befragung fort und zeigte auf den Tempelschüler vor sich.

Dieser überlegte kurz und sagte dann: „Da gibt es zwei indirekte Messverfahren, die beide in Bezug zu einer anderen Maßeinheit stehen." Kurz und präzise legte der Priesterlehrling die Methoden dar, um dann weiter zu erläutern: „Die dritte Methode ist ein direktes Verfahren, das uns Werte in himmlischen beru angibt. Ein beru beträgt dabei 10.692 Meter."

Zufrieden nickte Paleser. „Es ist gut, du musst nicht in alle Einzelheiten gehen. Ich weiß, dass du dich gut mit diesen drei Messmethoden bekannt gemacht hast. Sage uns nur noch, warum es so wichtig ist, dass wir die Entfernungen zwischen den Himmelskörpern genau berechnen können."

Der Junge strahlte vor Freude angesichts des Lobes seines Lehrers und beantwortete noch diese viel leichtere Frage. „Die Nefilim, unsere Hochverehrten Herren, sind oft zu ihrem Heimatplaneten unterwegs. Dabei müssen sie unser ganzes Sonnensystem durchqueren und kommen an den Planeten, Monden, Asteroiden und anderen Himmelskörpern vorbei. Sie brauchen die genauen Abstände zwischen den Himmelskörpern, um sichere Flugdaten für ihre Raumflugzeuge zu erhalten. Des Weiteren brauchen sie den Wert beru, um die Zeit des Abfluges von der Erde zu berechnen, um den Nibiru an einem bestimmten Punkt seiner Umlaufbahn am günstigsten zu erreichen."

Noch einmal holte der Junge Luft, um fortzufahren, doch Paleser war schon zufrieden und ging zur nächsten Frage über.

„Nun sagt mir noch, wie das ideelle Netz heißt, das wir über den ganzen Erdenplaneten geworfen haben."

Der sonst zurückhaltende Ibbi hob die Hand und bekam das Wort erteilt.

„Das sind die Meridiane, wie wir die Längen-und Breitengrade bezeichnen. Außerdem benötigen wir den AN.UR, um mit diesem angenommenen Himmelshorizont das Erscheinen und wieder Untergehen der Himmelskörper zu bestimmen."

Als Ibbi schwieg, forderte der Lehrer ihn weiter auf.

„Gut, aber welche gedachten Linien und Punkte auf dem Himmelsnetz kennst du noch?"

Paleser sah, wie der Schüler nachdachte und machte sich auf eine falsche oder gar keine Antwort gefasst, doch Ibbi fügte hinzu: „Wir brauchen auch die Linie NU.BU.SAR.DA, die im 90-Grad-Winkel auf dem Himmelshorizont steht. Sie führt uns zum AN.PA, der den höchsten Punkt bezeichnet, den die Sonne täglich am Himmel einnimmt, den Zenit."

„Ich bin heute sehr mit dir zufrieden, Ibbi. Da ihr alle gut behalten habt, was ich euch über die Einteilung des Himmels gelehrt habe, gehen wir zum nächsten Ausbildungspunkt über. Er ist weitaus schwieriger, baut jedoch auf das bisher Gelernte auf. Wie ihr wisst, haben unsere Herren, die DIN.GIR, einen Teil ihres unermesslichen Wissens an uns Priester weitergegeben. Den Nefilim ist es zu verdanken, dass wir, die Diener im Tempel des Herrn Enlils in der Lage sind, die komplizierten Berechnungen auszuführen, die die Erstellung der astronomischen Jahrbücher erfordert. Es ist nicht ausreichend, die Stellung der Himmelskörper nur zu beobachten und ihre Beziehung zueinander mathematisch zu dokumentieren. Wir müssen auch in der Lage sein, die Stellung der einzelnen Sterne und Planeten vorauszuberechnen, das heißt, wie wir sie erst in Zukunft am Himmel sehen werden. Ich selbst habe die Methode von den Priesterastronomen in Anus Stadt Uruk gelernt, die die Besten darin sind.

Jetzt werde ich euch zeigen, nach welchen Formeln die Jahrbücher zu erstellen sind. Ihr werdet auch erfahren, wie man zu diesen Formeln gekommen ist. Es sind wie gesagt schwierige Berechnungen, so dass ihr euch nicht scheuen dürft, Fragen zu stellen. Ich erwarte nicht, dass ihr gleich alles versteht. Fragt ihr aber nicht, so wird euch das Verständnis für die Formeln der Herren, die sie uns gaben, versagt bleiben. Also hört zu, wie wir die Ephemeriden, wie die astronomischen Jahrbücher genannt werden, zu berechnen haben."

Paleser unterrichtete Tag für Tag seine Schüler, die er als die begabtesten und ehrgeizigsten der auszubildenden Tempeldiener erwählt hatte. Es dauerte lange, bis sie zuverlässig und selbstständig in der Lage waren, die komplexen astronomischen Zusammenhänge und die schwierigen Berechnungen nach den Formeln der Herren durchzuführen vermochten. Als sie soweit waren, hatte Paleser den letzten Ausbildungspunkt zu behandeln, der sein heimlicher Stolz war, den Kalender. Waren die Priester von Uruk führend in der Erstellung der Ephemeriden, so konnten die Tempelastronomen in Nippur für sich verbuchen, den ersten, komplexen Kalender aufgestellt zu haben.

Städte wie Nippur, Larak, Lagasch oder Schuruppak eiferten Eridu nach, um bald einen ebenso hohen Zivilisationsstandard zu erreichen. Die menschliche Entwicklung ging mit Riesenschritten voran. Dabei tat sich besonders das Bildungswesen hervor. Es gab Ausbildungsstätten für Berufe der Metallurgie, die als besonders wichtig eingestuft wurde. Aber auch das Wissen für Textilherstellung, Handel, Gesetzeskunde und Medizin wurde in öffentlichen Schulen vermittelt. Überall gab es darüber hinaus in den Tempeln Priestergelehrte, die insbesondere bemüht waren, das hohe astronomische Wissen, das Geschenk der Herren, weiterzugeben.

So war es auch in Kisch, der ersten Königsstadt. An einem milden Wintermorgen, sonnig und warm, jedoch ohne die lähmende Hitze des Sommers, hatte ein Hofbeamter die Aufgabe, das Schulwesen der Stadt zu inspizieren. Sein Weg führte ihn zuerst in die Tempelschule, wo er einem Priestergelehrten gemeldet wurde.

„Ich komme im Auftrag des Königs, um zu prüfen, ob das Wissen der Himmelsherren weitergegeben wird und die diesbezüglichen Bestimmungen eingehalten werden. Dabei möchte ich auch wissen, welche Themen eure Lehrpläne vorsehen. Sage mir, was du heute deinen Schülern vermitteln wirst", forderte der Beamte den Priesterastronomen auf.

Bereitwillig antwortete der Gelehrte: „Ich wollte gerade zum Unterricht aufbrechen und über die Entstehung unseres Sonnensystems sprechen. Für unsere künftigen Tempelastronomen gehören diese Kenntnisse zum einfachen Grundwissen. Ganz besonders gehe ich dabei auf den Planeten der Nefilim ein, der wie jeder weiß, eine Sonderstellung im Sonnensystem einnimmt. Aber auch wie unsere Erde entstand und sie ihren Mond erhalten hat, muss jeder Tempelschüler gleich zu Beginn der Ausbildung lernen."

Der Hofbeamte nickte verstehend. „Dann hast du zurzeit also neue Priesterlehrlinge, die noch nicht lange im Tempel dienen."

„So ist es", bestätigte der Astronom. „Ich habe auch eine Schülergruppe zu unterrichten, die bereits drei Jahre bei mir lernt und sich mit entsprechend komplizierteren Themen befasst. Wenn es für deinen Bericht notwendig ist und es deine Zeit erlaubt, so begleite mich doch zu den Schülern des ersten Jahres und mache dir selbst ein Bild von unserer Tempelschule."

Der Beamte des Königshofes, beleibt und in mittleren Jahren, stimmte zu. „Das ist ein guter Vorschlag. Für eine deiner Schulstunden werde ich den Unterricht verfolgen."

Da sein Gewicht ihn belastete, war er froh, sich für eine Weile setzen und ausruhen zu können. Wie viele Korpulente war er im Grunde ein gutmütiger Mann.

Nachdem die Schüler ihren Lehrer und den Besucher ehrerbietig begrüßten, begann der Tempelpriester mit seinen Ausführungen.

„Ich habe euch schon gesagt, dass unsere Sonne das Zentralgestirn am Himmel ist und sich die Planeten, also auch die Erde, in festgelegten Bahnen um die Sonne drehen. Doch welchem Planeten welche Himmelsbahn zugeordnet ist, wisst ihr noch nicht, ebenso wenig, welche Sonderstellung der Heimatplanet aller Anunnaki einnimmt. Vor allen Dingen müsst ihr jedoch wissen, wie es dazu kam, dass den Himmelskörpern ihr Platz am Firmament zugewiesen wurde, den sie heute einnehmen."

Wohlwollend nickte der Beamte, war doch zum Ausdruck gekommen, dass ganz besonders auf den Nibiru der Herren eingegangen werden soll.

„Also hört zu", begann der Gelehrte die Lektion.

„Zuerst war nur Apsu, die Sonne da. Dann entstand Mummu, der Merkur, der sich in der Nähe der Mutter Sonne aufhielt und sie schnell umkreiste. Auch der jungfräuliche Planet Tiamat gehörte zu der anfänglichen Dreiergruppe. Tiamat war größer und weiter entfernt als Merkur.

Die Urelemente, die sich im All befanden, ballten sich zu zwei weiteren Planeten zusammen, die sich zwischen Tiamat und Merkur ansiedelten. Es waren Lahmu, der Mars und Lahamu, die Venus. Noch während die beiden Himmelskörper wuchsen, bildeten sich noch zwei neue heraus, die soviel Urmasse an sich banden, dass sie größer und mächtiger als ihre Vorgänger wurden. Sie sind wahre Himmelsprinzen und tragen die stolzen Namen Anschar und Kischar, Saturn und Jupiter.

Lange Zeit war die Sonne mit ihren sechs Planeten allein am Himmel. Dann entstand Uranus, den wir auch Anu nennen. Ja, diesem Planeten ist der Name unseres obersten Herren und König aller Nibirubewohner und der Erde zugeordnet.

Danach erschien noch ein großer Planet im Sonnensystem. Es ist Nudimud, der Neptun, benannt nach dem Herrn Enki, dessen Beinamen der neue Himmelskörper erhielt.

Nun bestand die Planetenfamilie schon aus acht Mitgliedern, die sich mühsam eine Bahn um das Muttergestirn Sonne gesucht hatten und Sorge tragen mussten, ihre Wege so anzulegen, dass sie nicht zusammenstießen. Sie alle waren noch jung und unausgereift. Mit der Macht ihrer Gravitation, ihrer Anziehungskraft, versuchten sie, dem Nachbarn ein Stück seiner Masse zu entreißen, um selbst noch größer und mächtiger zu werden.

Die heutige Ordnung und Stabilität unter den Mitgliedern des Sonnensystems war noch lange nicht gegeben, als noch ein Planet entstand. Er war klein von Gestalt und der Geselle von Anschar, dem Saturn. Wir nennen ihn Gaga oder Pluto, der sein junges Dasein zunächst als Satellit von Saturn begann."

Der Priester legte eine Pause ein. Erwartungsvoll sahen die Schüler ihren Lehrer an, aufmerksamer als der Hofbeamte, der müde blinzelte.

„Fällt euch etwas auf?" wollte der Lehrer wissen. Zögernd sagte ein junger Tempeldiener: „Aber die Erde ist doch noch nicht dabei und auch nicht unser Mond."

„Der erste unter dem Verbund der Planeten, der Nibiru der Herren, fehlt ebenfalls noch", ergänzte ein anderer Schüler.

Als er den magischen Namen des Nibiru hörte, hob der Prüfbeamte den Kopf und öffnete verschlafen die Augen.

„Sehr richtig. Ihr seid aufmerksam gewesen", lobte der Tempelastronom seine Schulklasse. Dann setzte er seine Ausführungen fort.

„Für lange Zeit zogen die neun Himmelsgeschwister ihre Bahnen um die Sonnenmutter. Doch ihre Wege waren noch instabil und holprig. Oft kamen sie sich zu nahe oder störten sich gegenseitig. Manchmal schnitten sich ihre Bahnen in gefährlicher Weise. Die leidgeprüfteste unter den Kindern der Sonne war Tiamat. Ihr Platz im Planetenbund wurde am meisten attackiert.

Da keine neuen Planeten mehr entstanden, herrschte im Sonnensystem ein vorübergehender Ruhezustand, der jedoch jederzeit wieder zusammenbrechen konnte. Das wacklige Gleichgewicht zerfiel, als von weit draußen aus den Tiefen des Alls ein stattlicher Planet auftauchte, der nicht wie die anderen ein Kind der Sonne war."

Zufrieden sah der Gelehrte, wie die Schüler gespannt an seinen Lippen hingen, während der Hofbeamte offensichtlich eingeschlafen war.

„Die vereinte Kraft des jungen Sonnensystems hatte ihr Netz so weit hinaus in den Weltraum geworfen, dass die beballte Gravitation diesen Fremdling eingefangen hatte. Dabei hatte sich besonders Neptun hervorgetan.

Der Planet aus der Tiefe war der stolze Nibiru, der sich sogleich eine Sonderstellung in der Familie der Himmelskörper eroberte. Seine Bahn verlief rechtsläufig, während alle anderen Planeten links herum um die Sonne kreisten. Doch welchen Platz sollte der Nibiru jetzt unter den Himmelsgeschwistern einnehmen, die ohnehin Schwierigkeiten hatten, ihr Zusammenleben zu regeln? Mit Feuer um sich werfend trieb er auf die zehn Himmelskörper zu. Der Leib des Nibiru war noch nicht gefestigt. Als er zuerst an Neptun vorbeizog, zerrte dessen Kraft gefährlich an seinem Körper, aber erst Uranus gelang es, ihm Materie zu entreißen, die sich als vier Satelliten um den Nibiru gruppierte und ihn so schnell wie Wirbelwinde umkreisten.

Als der große Fremde an Saturn und Jupiter vorbei kam, fingen ihn beide so ab, dass er nicht mehr ins All entweichen konnte, sondern seine Bahn weiter hinein ins Sonnensystem krümmen musste. Damit war sein Schicksal besiegelt. Die Planeten ließen ihn nicht mehr frei. Der Nibiru war ein Teil des Sonnensystems geworden, doch mit einer kometenhaft weit ins All hinausreichenden elliptischen Bahn. Sein neuer Lauf trug den Nibiru unweigerlich auf Tiamat zu, die zwischen Mars und Jupiter ihren Platz hatte und nun mit dem Fremdling zusammenstoßen könnte."

Gebannte Aufmerksamkeit und Stille herrschten im Schulraum, die nur durch leise Geräusche des Beamten unterbrochen wurde. Er bekam nichts vom Auftritt des Planeten der Nefilim im jungen Sonnensystem mit. Da dem Lehrer jedoch an einem guten Zeugnis seines Prüfers gelegen war, ließ er zwei Tontafeln zusammenkrachen, so dass der Beamte des Königs von Kisch aus dem Schlaf gerissen wurde. Schnell sprach der Tempelastronom weiter.

„Doch der majestätische Nibiru wich nicht aus, sondern rüstete sich zum Kampf. Er oder Tiamat, nur einer von ihnen konnte an dieser Stelle seinen Platz behaupten. Der Planet der Herren war stark genug, um mit seiner Anziehungskraft elf Monde aus Tiamats noch ungefestigtem Körper zu reißen."

Diese drei Sätze des Gelehrten ließen den Abgesandten des Hofes zufrieden wieder ins Reich der Träume zurückkehren. Doch die Tempelschüler erlebten ihre schönste Unterrichtsstunde in Astronomiehistorie.

„Aber Tiamat gab nicht auf", fuhr der Lehrer fort. „Den ersten und größten ihrer Satelliten, den Kingu, rief sie zum Kampf auf. Doch dieser ihrer Monde wurde durch die gewaltige Gravitation des Fremden von Tiamat getrennt und in eine eigene Umlaufbahn um die Sonne geworfen. Somit war der Mond Kingu zu einem selbstständigen kleinen Planeten geworden.

Der Nibiru trat jetzt mit sieben Monden zum Kampf um den Platz im Sonnensystem an, denn Saturn und Jupiter hatten ihm noch mal drei Satelliten gegeben, die sie mit ihren vereinten Gravitationskräften aus dem Körper des Fremden Planeten zogen. Alle sieben bekamen Namen. Des Nibirus beste Satellitenkämpfer hießen Nord-und Südwind, Ost-und Westwind. Unter dem Einfluss von Tiamats ehemaligem Mond Kingu geriet der Fremde jedoch ins Wanken. Diese Beeinflussung reichte aus, damit die beiden Planeten nicht zusammenstießen. Aber die Satelliten des Nibiru schlugen auf Tiamats Körper ein. Zusätzlich raubte die energetische Kraft des großen Fremden Tiamat den Lebensatem, entzog ihr das energetische Potential. Ihre anderen zehn Monde verlor sie ebenfalls. Vom Gravitationsnetz des Angreifers eingefangen, wurden sie in kleine Stücke gerissen und als Kometen hinaus ins All gezwungen. Der fremde Kämpfer nahm sie mit, als er wieder seiner weiten Bahn in die Tiefen des Weltraumes folgte. Doch auch er hatte ein neues Schicksal anzunehmen. Wenn er auch gegen Tiamat siegreich war, banden die vereinten Kräfte der Himmelsgeschwister ihn für immer an diese Sonne, so dass er wiederkehren musste, auch wenn bis dahin sehr viel Zeit verging.

Später, wenn ihr mehr gelernt habt, werden wir den entferntesten Punkt seiner Bahn genau berechnen. Doch nun hört noch das Ende des Kampfes unserer Planeten um eine stabile Umlaufbahn um Mutter Sonne, denn erst im Endkampf entstand die Erde.

Etliche tausend ihrer Kreise um die Sonne hatten die Himmelskörper Zeit, sich vom Auftritt des fremden Planeten zu erholen. Nur Tiamat zog schwer getroffen durch das All.

Doch als der Nibiru erneut auftauchte und sich ihr wieder näherte, wurde Tiamats Schicksal endgültig besiegelt. Bei diesem Umlauf des Nibiru prallte sein Satellit Nordwind mit ihr zusammen. Die Wucht des Einschlages des großen Mondes spaltete den Planeten Tiamat in zwei Teile. Die obere Hälfte wurde an eine Stelle geschleudert, die noch nicht von einem anderen Planeten besetzt war, zwischen Venus und Mars."

Der gelehrte Astronom hielt bedeutungsvoll in seinem Vortrag inne, um dann zu sagen: „Dieser von Tiamat abgespaltene Teil am neuen Ort wurde die Erde."

Ein Raunen ging durch die Lehrstube.

„Unsere Erde entstand also nicht wie die anderen Planeten allmählich aus Urmaterie, sie ist der obere Teil Tiamats, entstanden durch kosmische Kollision.

Dadurch wurde sie ebenfalls ein Sonderling unseres Sonnensystems. Der Einschlag des Nibirumondes Nordwind brachte der Erdhälfte Tiamats aber auch den Keim für die Entwicklung des späteren Lebens. Wasser besaß Tiamat ohnehin, doch nun gab ihr der Zusammenstoß mit dem Mond des Planeten aus dem tiefen All die Grundelemente für die Entwicklung der Lebensformen. So können wir auch erklären, warum die Nefilim so viel weiter entwickelt waren, als die Erde noch keine vernunftbegabten Wesen besaß, denn das Leben kam aus den Weiten des Alls, wo der Nibiru zu Hause war.

Doch nun hört noch, was aus der unteren Hälfte der geschlagenen Tiamat wurde. Die obere Hälfte war aus dem Weg, in eine neue Bahn katapultiert. Aber die untere verharrte noch immer an der Stelle, die der Nibiru beanspruchte, wenn er wieder vom All zurück ins Sonnensystem kam. Als er nun zum dritten Mal auftauchte, stieß er diesmal selbst mit dem unteren Rest von Tiamat zusammen. Der starke Fremde zerhackte ihn in lauter kleine Trümmerstücke, die am Sternenhimmel wie ein glänzendes Band schimmerten, hell wie ein gehämmerter Armreif. Diese Trümmerstücke bilden den Asteroidengürtel in unserem Sonnensystem. Er trennt die inneren Planeten, also Merkur, Venus, Erde und Mars von den äußeren.

Ihr fragt euch sicher schon, wie wir zu unserem Mond gekommen sind. Nun, das ist schnell erzählt. Als der Nibirumond Nordwind die obere Hälfte Tiamats, die unsere Erde ist, in eine neue Bahn schleuderte, musste auch der Mond Kingu, der jetzt ein kleiner Planet mit eigener Bahn war, beeinflusst worden sein. Er wurde wieder eingefangen und musste sein weiteres Dasein als das fristen, was ihm die Tafel der Geschicke nun zusprach, er wurde wieder ein Mond, unser Mond. Seitdem umkreist er die Erde, die ihm so fremd nicht ist. War er einst ein Satellit Tiamats, ist er nun wieder der Begleiter eines Teiles seiner ehemaligen Planetenmutter. Jetzt hört nur noch, welche kleine Änderung sich ergeben hat, damit die Sonne und ihre Planeten genau so bestanden, wie sie heute sind.

Als der siegreiche Nibiru wieder seinem Lauf zurück ins All folgen musste, kam er erneut am Saturn vorbei und riss diesmal dessen Satelliten Gaga, den Pluto, mit. Er teilte ihm einen neuen Platz zu, ganz am Rande des Sonnensystems, noch hinter Neptun. So wurde aus dem Saturnmond Pluto ein kleiner Planet mit eigener Umlaufbahn. Sie ist allerdings elliptisch und schneidet als einzige der Planetenbahnen, wenn wir vom Nibiru absehen, die Bahn eines anderen, nämlich die von Neptun. Manchmal weicht Plutos Umlauf auch um 17 Grad ab. Er wurde der wegweisende Planet, dem die Nefilim als Erstem begegnen, wenn sie vom Nibiru zur Erde reisen, der Erste in unserem Planetenbund, in dem die Erde die Siebente ist, denn die Herren zählen die Planeten vom äußeren Rand des Verbundes der Himmelskörper.

Nun wisst ihr, wie unser Sonnensystem entstand. Morgen werde ich euch fragen, ob ihr alles behalten habt. Dann schreiben wir gemeinsam die Planetenschöpfung auf Tontafeln, damit noch viele Generationen nach uns davon Kenntnis haben und damit das von unseren Herren, den Bewohnern des Nibiru vermittelte Wissen nicht verloren geht."

Weil ihn eine Fliege störte, erwachte der Hofbeamte und hörte noch den letzten Teil des Satzes. Er rappelte sich auf und sprach zufrieden dem Priesterastronom sein Lob aus: „Ich bin sehr beeindruckt von deinem Unterricht. Die ganze Stunde hast du nur vom Planeten der Nefilim gesprochen. Damit erfüllst du hervorragend deine Aufgabe, die Herren zu preisen und das von ihnen erhaltene Wissen an deine Schüler weiterzugeben."

In stiller Verbeugung dankte der Priestergelehrte seinem Prüfer. Auch die Tempellehrlinge verneigten sich ehrerbietig. Kaum, dass der Besucher gegangen war, lachten und scherzten sie über den verschlafenen Beamten. Der Priester schüttelte nur unmutig den Kopf.

Eine der neuen Städte war Babylon am Euphrat, etwas südlich von Sippar gelegen, wo sich die beiden Flüsse in ihrem Lauf wieder annäherten.

Marduk, der ohnehin vom Alten Land Sumer, in dem alles auf Erden begann, angezogen wurde, weilte am liebsten in dieser schönen Stadt, die er seit ihrer Existenz beanspruchte. Zu gern hätte er von hier aus ganz Mesopotamien beherrscht und darüber hinaus alle anderen Weltgegenden. Doch das Kernland der Anunnaki war noch immer unter der Hoheit von Enlils Familie.

Seit den Pyramidenkriegen war so viel Zeit vergangen, dass Marduk schon lange kein Geächteter mehr war. Ruhelos durchstreifte er die Länder nördlich, nordöstlich und westlich des Zweistromlandes, denn in Ägypten herrschte seit Kriegsende sein Bruder Ningischzidda, den dort die Menschen als Thoth verehrten.

Marduk trachtete bei seinen Reisen danach, überall Anhänger zu finden, um eine starke Position zu gewinnen. So würde er ein genügend großes Heer besitzen, sollte sich eine Gelegenheit ergeben, die Erdenherrschaft an sich zu reißen.

Doch die Jahre gingen dahin, ohne dass sich am Machtgefüge etwas ändern ließ. Jetzt war er schon eine ganze Weile in Babylon und hatte endlich eine Idee, wie er die Stadt völlig unter seine Kontrolle bekam und sie obendrein in den Rang erheben konnte, den Nippur einst hatte und den jetzt seit dem Bau der nachsintflutlichen Raumfluganlagen Jerusalem besaß.

Babylon sollte ein zweites Babili, ein weiteres Tor zum Himmel werden. Nachdem Marduk lange über sein Vorhaben nachdachte, hatte er sich nun entschieden, wie das zu erreichen war.

Heute wollte er seinen Plan Nabu vorlegen, dem Sohn, dem er von allen seinen Kindern am engsten verbunden war und dem er vertrauen konnte. Der Zeitpunkt war günstig. Enlil hielt sich immer öfter fern der Erde in der Himmelswohnung auf. Ninurta war mit einer längerfristigen Aufgabe in Tilmun beschäftigt, und Nannar war in Ur, der Stadt, die nicht weit von Eridu entfernt war und damit weit genug von Babylon.

Groß und stattlich betrat Nabu das Haus des Vaters und begrüßte ihn gemäß den Vorschriften für die Mitglieder der königlichen Familie. Sein Haar war schwarz wie das Marduks und mit dem Statussymbol der hohen DIN.GIR bedeckt, dem hörnertragenden Hut. Die Hörner, oft als Viererpaar angeordnet, waren unverzichtbar, versinnbildlichten sie doch den Stier, das Zeichen für Kraft und Macht und stets der Beiname des jeweiligen allerhöchsten Königs, wie es jetzt Anu war. Nabus langer Bart war der Mode nach in viele dünne Zöpfe geflochten, wobei mehrere Stränge von der einen Seite in Kinnhöhe auf die andere Seite des Gesichts geführt und befestigt wurden. Die restlichen Flechten hingen auf die Brust herab.

Nachdem Vater und Sohn Familienneuigkeiten ausgetauscht und ein Mahl zu sich genommen hatten, kam Marduk auf sein eigentliches Anliegen zu sprechen. Er schob den Teller von sich, griff nach der Serviette aus feinem Leinen und warf sie dann wieder zurück auf den Tisch. Nabu wusste, dass der Vater jetzt zum eigentlichen Grund kam, aus dem er ihn zu sich bestellt hatte. Aus seinem Minenspiel las er, dass es sich diesmal um etwas Besonderes handeln musste, etwas, das schwierig war, wenn nicht sogar riskant.

„Nabu, ich bin nicht mehr jung an Jahren und lebe schon viele schars auf der Erde. Immer habe ich gehofft, dass wir einmal das erreichen können, was man meinem Vater Enki verwehrt. Er, der Pionier der Erderschließung wurde um sein verdientes Recht gebracht, der Herr des siebenten Planeten zu sein. Aber das ist dir nicht neu, Nabu. Du weißt auch, dass dein Großvater bis heute hofft, einer seiner Söhne, insbesondere ich, der Erbe, werden eines Tages doch noch über die Familie Enlils triumphieren, die vom Großen König Anu als Erdenherren eingesetzt sind."

Nabu nickte und wartete ab, was der Vater sagen würde, doch bereits jetzt wusste er, dass Marduk einen neuen Staatsstreich plante.

„Etliche Versuche, das Blatt zu unseren Gunsten zu wenden, sind fehlgeschlagen. Beim letzten Mal kamen ich und Andere nur knapp mit dem Leben davon, als

Ninurta uns in der Pyramide belagerte. Aber jetzt weiß ich, wie wir ihm die Demütigung heimzahlen können und am Ende eine solche Machtposition schaffen, dass wir dem obersten Amt auf Erden ganz nahe sind."

Marduk machte eine bedeutungsvolle Pause.

„Wie willst du das erreichen, Vater", fragte Nabu, der das Gefühl hatte, jetzt etwas sagen zu müssen. Nachdenklich strich er sich über den kunstvoll gelegten Bart. Er hatte ungute Ahnungen, denn ein neuer Staatsstreich brachte wieder große Gefahr mit sich, und der Ausgang war ungewiss. Dennoch stimmte Nabu im Grunde mit seinem Vater überein, dass es Zeit war, das Blatt zu wenden und die Herrschaft auf diesem Planeten zu erzwingen.

„Was auf Erden sind die Orte der Macht, Nabu?" fragte Marduk, um den Sohn gedanklich zu seinem Vorhaben zu führen.

Nabu überlegte nicht lange. „Das waren immer die Städte, in denen das DUR.AN.KI geknüpft war."

Zufrieden sagte Marduk: „Richtig, dort wo die Verbindung zum Himmel, zum Heimatplaneten war und dort, wo man die schems starten konnte, die zum Orbit und zum Nibiru aufbrachen. Besäßen wir den Raumflughafen oder wenigstens eine Startrampe, wäre das Machtgefüge auf Erden zu unseren Gunsten verschoben."

Nabu dachte, dass Marduk noch einmal die Raumfahrtanlagen im Sinai und die Pyramiden erobern wollte.

„Das stimmt natürlich, Vater, doch wir haben den letzten Pyramidenkrieg verloren und wissen, dass Ninurta die besseren Waffen hat."

Marduk machte eine wegwerfende Geste.

„Ich habe nicht an eine neue Eroberung gedacht. Ein Narr wäre ich, den gleichen Fehler ein zweites Mal zu machen."

Im Stillen war Nabu erleichtert.

„Nein", fuhr sein Vater fort. „Wir schaffen uns eine eigene kleine Raumflugbasis. Fürs Erste genügt eine Abschussrampe für Raketenschems, gekoppelt mit einem möglichst hohen Sendeturm, um die stete Verbindung zum Nibiru zu gewährleisten. In dessen Basismauern werden Räume sein, die Platz für die geheime Kammer Dirga und die notwendigen Flugutensilien schaffen, wie beispielsweise die sieben ME, Sternenkarten, Abflug-und Anflugdaten, Trajektorien und dergleichen. Haben wir erst den Turm, werde ich auch diese Dinge zu beschaffen wissen."

Nabu war einiges von seinem Vater gewöhnt, doch diesmal war er besonders überrascht. „Ein eigener hoher Turm als Verbindung zum Himmel, als Band zum

Nibiru?" wiederholte er, als ob er sich vergewissern musste, alles richtig verstanden zu haben. Außerdem war er froh, dass dieser Plan Marduks nichts mit Krieg zu tun hatte, aber mindestens genau so aussichtsreich war. Nabu war nicht feige und kämpfte, wenn es sein musste, doch diesmal stimmte er freudig zu.

„Ein genialer Plan, Vater. Wir bauen friedlich an einem Turm, und bevor Enlil Verdacht schöpft, kann es schon zu spät sein, uns noch aufzuhalten."

Marduk freute sich, dass sein Sohn sofort begriff, was die Vorteile dieses Planes waren.

„Wo soll der Turm stehen", wollte Nabu noch wissen.

„Hier in Babylon, in meiner Stadt wird mein Babili sein, der Torweg zum Himmel. Ist das Vorhaben geglückt, werde ich Babylon zum Mittelpunkt eines neuen Reiches machen, über das ich gebieten werde und das du, Nabu, einmal erben wirst."

Diese neuerliche Bestätigung, der Erbsohn des Vaters zu sein, ließ Nabus Herz höher schlagen. Begeistert besprach er mit Marduk die Einzelheiten, wie nun vorzugehen sei.

„Du weißt, Nabu, es hat schon einmal einen Versuch gegeben, eine Startrampe zu bauen. Aber das war ein Vorhaben der Anunnaki, an dem die Menschen keinen nennenswerten Anteil hatten."

„Nabu sah dem Vater in die leuchtenden Augen. „Ja, ich erinnere mich."

„An derselben Stelle werde ich den Turm bauen lassen."

Marduk lehnte sich vom Tisch zurück und verschränkte die Arme über der Brust.

„Nur diesmal soll den Menschen eine andere Rolle zukommen. Ich werde es so aussehen lassen, als ob es ihr Wille ist, einen Himmelsturm zu bauen. Die Schwarzköpfigen sind klug genug geworden und viele gut ausgebildet, so dass es plausibel wäre, dass sie selbst den Turmbau geplant haben. Ebenso wären sie eventuell mit unserer Unterstützung fähig, eine Rakete zu starten, wenn die Abschussrampe fertig ist. Kurz und gut, Nabu, geht wider Erwarten mein Plan schief, können wir die Errichtung eines neuen Babili den Menschen in die Schuhe schieben. Dass es eigentlich ein Umsturzversuch unserer Familie war, bleibt verborgen."

Listig sah Marduk den Sohn an.

„Ich bin beeindruckt, Vater. Geht es gut, geraten wir eventuell an die Macht. Merken es Enlil und seine Söhne zu früh, stehen wir unschuldig da."

Nabu war darüber so erleichtert, dass er es kaum abwarten konnte, den Turmbau in Babylon zu beginnen.

„Wann fangen wir an, Vater?"

Marduk war sehr zufrieden und zeigte dem Sohn ein eng beschriebenes Dokument.

„Das sind die Konstruktionspläne. Sieh her. Der Turm soll aus Ziegelsteinen bestehen."

Als Nabu sich mit den Plänen vertraut gemacht hatte, wollte er noch wissen: „Wie gedenkst du, die Menschen zu gewinnen, damit sie es für ihr eigenes Vorhaben halten?"

Auch darüber hatte Marduk schon nachgedacht. Er erklärte dem Sohn, dass er sie versammeln und ihren neuen Status sowie ihre Bildung hervorheben wollte.

„Dann sage ich den Erdlingen, dass sie dadurch in der Lage sind selbst ein Tor zu uns Herren zu bauen. Selbstverständlich sicherer ich ihnen Hilfe zu. Außerdem werde ich sagen, dass einige von ihnen als Abgal ausgebildet werden könnten, als Piloten so wie wir es sind. Dann könnten sie selber fliegen, sogar ohne uns. Turm und Abschussrampe hätte ich ihnen somit erstrebenswert gemacht."

Nabu lachte. „Also Vater, das ist stark. Aber solchen Aussichten können die Erdlinge ganz bestimmt nicht widerstehen."

Wie Marduk vorausgesehen hatte, machten sich die Menschen eifrig an die Arbeit. Die besten von ihnen leiteten die anderen an, aber immer unter genauer vorheriger Instruktion der Anunnaki, die Marduks Plänen folgten, ohne das Gesamtziel zu kennen. Marduk selbst ließ sich auf dem Bauplatz nicht sehen.

Der Turmbau zu Babylon hatte schon eine beträchtliche Höhe erreicht und war fast fertig, als Ninurta davon erfuhr und argwöhnte, dass es keinesfalls nur eines von vielen Bauvorhaben wie überall in Sumer war. Er schickte zwei Anunnaki aus, sich unauffällig in Babylon umzuhören, unter der eigenen Bevölkerung und unter den Menschen.

Was die Kundschafter ihm dann zu berichten hatten, verschlug ihm die Sprache. Eine eigene kleine Raketenabschussrampe, ein Tor zum Himmel!

Sofort setzte er sich mit seinem Vater Enlil in Verbindung, der ungläubig nachfragte: „Die Menschen sagst du, Ninurta? Dazu sind sie doch gar nicht in der Lage."

Aufgeregt antwortete der Sohn: „Doch. Ich habe mir in Babylon schon selbst alles angesehen. Sie arbeiten noch immer an dem Turm, allein. Ich habe keinen einzigen Anunnaki gesehen."

Enlil stockte der Atem, ehe er sagen konnte: „Ninurta, weißt du, was das bedeutet? Die Menschen sind jetzt wie wir. Es ist eingetreten, was ich immer befürchtet habe. Keiner wollte recht auf meine Warnungen hören. Die Menschen machen uns Konkurrenz. Nun wird es nicht mehr lange dauern, bis sie uns nicht mehr als ihre Herren anerkennen. Ninurta, sie werden die Erde für sich haben wollen. Oh, hätte Enki sie nicht schlau gemacht, hätte er nicht die Sintflut an Noah verraten, denn so wird es doch gewesen sein, wenn er auch etwas anderes sagte. Es ist alles Enkis Schuld."

Ninurta konnte spüren, wie Enlil die Nerven verlor.

„Vater, beruhige dich doch. Wir werden sofort etwas dagegen unternehmen. Die Menschen können sich noch lange nicht im Mindesten mit uns messen. Sie haben nicht eine einzige Waffe, um uns entgegenzutreten. Bisher haben sie nichts als einen hohen Turm."

Erst bei diesen Worten seines Sohnes kam Enlil zur Besinnung. „Nun ja, natürlich. Meinst du, wir sollten sie mit Waffengewalt aufhalten?"

„Selbst das wird nicht nötig sein, Vater. Aber informiere lieber den Herrscher. Anu muss davon Kenntnis haben. Doch bevor du mit ihm sprichst, müssen wir ihm vorschlagen können, wie die Erdlinge aufzuhalten sind."

Enlil überlegte. „Richtig, Ninurta, du behältst einen kühlen Kopf. Wenn ich sie nicht vernichten soll, womit könnten wir sie nachhaltig strafen?"

Ninurta hatte sich zurechtgelegt, dass es genügen müsste, die Menschen zu verjagen.

„Lass sie uns in alle Himmelsrichtungen verstreuen, Vater. Vertreibe sie aus Babylon, alle, die am Bau beteiligt waren."

Enlil dachte kurz nach. „Das wird nicht genügen. Sie rotten sich woanders wieder zusammen. Inzwischen sind in allen bewohnten vier Weltgegenden Handelsbeziehungen geknüpft. Auch die Menschen kommen über die Handelswege in andere Städte und Länder. Nein, sie aus Babylon zu vertreiben, genügt nicht", überlegte Enlil weiter. „Es müsste etwas sein, was es den Schwarzköpfigen ein für alle Mal unmöglich macht, sich abzusprechen und hochfliegende Pläne zu schmieden."

Enlil sann eine Weile vor sich hin und stieß dann hervor: „Ich weiß, was wir machen, Ninurta. Wir werden dafür sorgen, dass sie sich nicht mehr untereinander verständigen können."

Ninurta wusste nicht, was der Vater damit sagen wollte.

„Wie meinst du das?"

Enlils Stimme klang jetzt froh durch den Kommunikationsapparat. „Ganz einfach. In Zukunft werden wir jedem Stamm eine andere Sprache geben. Ich werde dafür sorgen, dass sie ein paar Menschengenerationen isoliert bleiben. Das ist ja nicht lange, so rasant wie sie leben und sterben. Dann hat jede Sippe eigene Worte für alle Dinge gefunden. Du wirst sehen Ninurta, bereits einige Generationen werden reichen, dass sie nicht mehr verstehen, was die Menschen im Nachbarland reden. Ehe sie deren Sprache richtig gelernt haben, ist ihr halbes Leben schon um. Die meisten werden sie gar nicht lernen. Das werde ich Anu vorschlagen. Ohne Verständigung ist nicht nur das jetzige Problem in Babylon gelöst, sondern es vereitelt auf ewig, dass die Menschen sich schnell gegen uns vereinen können.“

Zufrieden, eine solche Lösung dem Herrscher anbieten zu können, atmete Enlil hörbar auf. Auch Ninurta war erleichtert, wenn auch nicht vollständig ohne Sorge.

„Vater, darüber hinaus müssen wir uns fragen, ob die Menschen wirklich allein auf diesen äußerst vermessenen Gedanken kamen, einen eigenen Torweg zum Himmel zu haben. Ich hatte schon Zeit, darüber nachzudenken. Marduk ist bereits seit langem in Babylon. Das gerade dort die Erdlinge ein Babili bauen, kann kein Zufall sein.“

„Meinst du?“ fragte Enlil hellhörig.

Er kann die Menschen angestiftet haben. Doch was bezweckt er damit? Es kann nur eines sein, das, was er immer will. Mehr Macht. Nicht die Menschen, er selber will ein Band zum Himmel und zum Nibiru.“

Enlil, der nun wieder sehr besorgt war, antwortete: „Wenn ich es recht bedenke, wäre es sogar einleuchtender, als wenn die Erdlinge allein auf dieses Ansinnen kämen. Doch wir können Marduk nichts nachweisen.“

Ninurta wusste auch dazu Rat. „Bestimmt steckt er dahinter. Empfehle deshalb Anu, Marduk zur Sicherheit aus Babylon auszuweisen. Wir können ja sagen, er habe seine Aufsichtspflicht gegenüber den Menschen aus Gröbste verletzt. Glaube mir, es war bestimmt Marduk, der sich ein eigenes Babili schaffen wollte.“

Verärgert, dass er sich mit Schwierigkeiten auf der Erde befassen musste, entschied Anu genau so, wie Enlil es ihm vorgeschlagen hatte.

Eine Streitmacht erschien in Babylon, umstellte in der Morgendämmerung Marduks Anwesen und verwies ihn aus Mesopotamien. Die beteiligten Menschen wurden aus ihren Hütten geholt und mussten binnen kurzem mit dem, was sie tragen konnten Babylon verlassen. Dabei achteten die Soldaten darauf, dass sie sich teilten und Wege in alle Himmelsrichtungen nahmen, um sie zu zerstreuen.

Entsetzt, was für ein schlimmes Ende der Turmbau zu Babylon gefunden hatte, gingen die Menschen einer elenden, ungewissen Zukunft entgegen. Sie bereuten bitter, dass der hohe Herr Marduk sie so schlecht beraten hatte.

Nabu ging nach Borsippa, südlich von Babylon gelegen und war froh, offiziell als nicht beteiligt zu gelten. Diesmal war er besonders enttäuscht, denn er hatte gehofft, dass durch den Torweg zum Himmel die Macht relativ friedlich in seine Familie zu bringen sei.

Marduk war außer sich vor Wut, konnte jedoch nichts anderes tun, als sich zu fügen und sich von Enlils Soldaten bis an die ägyptische Grenze bringen zu lassen. Am liebsten hätte er sich widersetzt, doch da es ausdrücklich auf Anus Befehl geschah, wagte er keinen Widerstand. Sein Weg führte ihn geradewegs nach Heliopolis, die alte Stadt On, wo er sich gern aufhielt, wenn er im Lande Magan weilte. Diese Stadt hatte nach dem zweiten Pyramidenkrieg durch die Leuchtsignalfunktion eine einzigartige Stellung erlangt. Sie galt außerdem als heilige Stadt, die unabhängig vom Sitz der ägyptischen Herrscher stets verehrt wurde.

Marduks Zorn über die erneute Niederlage und Demütigung durch Ninurta traf voll seinen Halbbruder Ningischzidda, der als Thoth derzeit das Land am Nil regierte, eingesetzt vom Rat der DIN.GIR nach dem Ende des Krieges und der Kapitulation vor den Pyramiden von Giseh.

Marduk zog eine kleine Streitmacht zusammen, die er aus den Ländern seiner Anhänger rekrutierte. Dann umstellte er Ningischziddas Palast. Die Wachen ließen ihn angesichts der drohend aufmarschierten Krieger ohne Widerspruch passieren. So gelangte Marduk ungehindert in den Amtssaal seines Bruders.

Ningischzidda hatte natürlich von Marduks Umsturzversuch in Babylon erfahren und wusste vom unrühmlichen Ausgang des Unternehmens. Als er jetzt Marduk hereinplatzen sah, ahnte er nichts Gutes. In kriegerischer Aufmachung stellte er sich vor Ningischzidda hin, eskortiert von zehn schwer bewaffneten Soldaten. Ohne Gruß und mit grimmig entschlossenem Gesicht, schleuderte er dem Bruder seine Absicht entgegen: „Du bist abgesetzt, Ningischzidda. Ab sofort übernehme ich die Herrschaft über Ägypten. Im Hof und vor dem Palast steht meine Streitmacht. Falls du dich mir widersetzen solltest, wird sie eingreifen. Ägypten gehört mir, ja eigentlich ganz Afrika, denn es ist schon immer der Kontinent unseres Vaters gewesen. Ich als sein Erbe habe daher mehr Rechte als ihr alle zusammen vom AB.ZU, dem untersten Süden, bis zum Nildelta zu herrschen. Ägypten habe ich schon regiert, als du noch ziellos durch die Erdenwelt gereist bist. Ohne den letzten Krieg wärst du niemals irgendwo Herrscher geworden."

Da trat Ningischzidda furchtlos dicht vor Marduk hin.

„Du irrst du dich ganz bestimmt. Ich bin als König für würdig befunden worden, nicht nur von Geburt, sondern weil das Pantheon mich erwählt hat. Du dagegen kannst dich nur auf das Recht des Erben berufen, aber ansonsten ist dir noch niemals vom vereinten Rat die Herrschaft über ein Gebiet angetragen worden. Ganz im Gegenteil, man versucht dich jedes Mal mit allen Mitteln daran zu hindern, so wie diesmal auch."

Marduk sah rot und griff zu der Handwaffe an seiner Seite. Nur durch das Eingreifen des als sein Kriegsherr eingesetzten Anunnaki konnte ein Brudermord verhindert werden.

„Herr, denk daran, was dein hoch verehrter Vater Enki dazu sagen würde. Begnüge dich, Thoth abzusetzen und ihn aus Magan zu verbannen."

Zuerst wollte sich Marduk sogar gegen seinen General wenden, doch riefen dessen Worte die Vernunft in sein umnebeltes Hirn zurück.

„Verschwinde, Ningischzidda. Ich brauche niemandes Fürsprache, denn ich habe die Macht, mir selbst einen Thron zu erobern. Bei Sonnenaufgang des nächsten Tages verlässt du Ägypten, oder ich nehme dich gefangen. Soldaten, führt ihn hinaus und bewacht sein Domizil."

Ningischzidda musste sich der Gewalt Marduks beugen, der ihn unvorbereitet überrumpelt hatte. Doch er warf dem Usurpator noch einen vernichtenden Blick zu, der verhieß, dass Marduk nie wieder auf seine Unterstützung zählen konnte. Im Gegenteil, Ningischzidda fühlte sich der Familie seiner Mutter Ereschkigal, einer Enkelin Enlils, niemals näher verbunden als heute.

Als Ningischzidda in seine Privaträume trat, empfing ihn seine Gemahlin Azimiya mit tränenüberströmtem Gesicht.

„Du weißt also schon alles, meine Liebe." Ningischzidda seufzte. „Es tut mir leid, doch Marduk ließ mir keine Zeit, zu reagieren. Noch bevor ich auf den Gedanken kam, dass er jetzt Ägypten beanspruchen könnte, stand er schon mit Soldaten vor meinen Amtsräumen. Weine nicht, liebste Schwester, wir fangen ein neues Leben an."

Tröstend legte er die Arme um seine Frau.

„Ich weine nicht aus Enttäuschung oder verlorener Königswürde. Nein, mich grämt, dass Marduk dich so entwürdigend behandelt hat. Ich weiß nicht, warum Vater Enki ihn bevorzugt. Er ist zwar der älteste Sohn, aber doch eher der Schandfleck der Familie. Alle hat er in der zurückliegenden Zeit bei seinen Staatsstreichen mit ins Unglück gerissen. Denke nur an die Belagerung der Giseh-Pyramide. Nun hat er sich gegen dich gewandt, lieber Gemahl. Das hast du nicht verdient."

Ningischzidda nahm ihre Hand. „Beruhige dich, Azimiya. Ich gehe zur Sprechanlage und rede sofort mit Vater Enki in Eridu. Er soll von Marduks Schurkenstück aus meinem Munde erfahren. Doch ich glaube kaum, dass er etwas unternehmen wird. Marduk ist sein Lieblingsprinz."

Ningischzidda streichelte das seidige hellbraune Haar seiner Schwestergattin, in dem im Licht der heißen ägyptischen Sonne rotgoldene Reflexe funkelten.

„Jetzt werden wir beide weit fortgehen, liebe Azimiya, dahin, wohin es mich schon seit langem zieht. Wir fliegen westwärts über den großen Ozean. Es wartet ein riesiger Kontinent auf uns, der noch vollkommen in seiner Ursprünglichkeit besteht. Dort hat noch nie jemand von unserem Volk irgendeinen Gebietsanspruch erhoben. Wir gehen zuerst in das mittlere Amerika und werden dort das unumstrittene Herrscherpaar sein. Anu wird uns unterstützen, denn er weiß, dass dort noch unermessliche Goldvorkommen auf uns warten. Dort werden wir Anus Nibiru zu seiner vollen Zufriedenheit mit Gold und anderen Metallen beliefern. Im mittleren Amerika und auch an den Hängen der Anden werden wir ein friedliches Zuhause haben, fernab von Gewalt und Krieg."

Azimiya umarmte Ningischzidda. „Wie bin ich glücklich mit einem Mann wie dir, liebster Bruder."

Enki schritt nicht ein, als er von Marduks Machtübernahme in Ägypten erfuhr. Einesteils tat es ihm wegen Ningischzidda leid, andererseits konnte er Marduk verstehen. Es musste endlich etwas gegen die Vorherrschaft von Enlils Familie unternommen werden. Mit Fehlschlägen war immer zu rechnen. Doch Marduk tat wenigstens etwas, das Blatt zu wenden. Enki selbst war der ewigen Rangkämpfe müde, so dass er seine ganze Hoffnung auf Marduk setzte.

Er freute sich, dass Ningischzidda den Thronsturz nicht zu schwer nahm und unterstützte seinen neuen Pläne.

So blieb der Erbsohn Marduk im Lande Magan und erwies sich trotz allem als kluger, umsichtiger Herrscher. Er ermöglichte den Menschen am Nil, nach Sumer ebenfalls eine fortschrittliche Zivilisation aufzubauen, wie sie das Nilvolk bis dahin nie erreicht hatte.

Inanna war schon eine ganze Weile bei Dumuzi in Afrika. Ihr Ehegatte besaß in seinem Herrschaftsbereich, der die fruchtbaren Weideländer südlich der Nilquellen bis weit in die Tiefen Afrikas hinein umfasste, ein prächtiges Anwesen. Abfällig nannte Ninurta ihn manchmal Tammuz, den Hirten, obwohl er wusste, dass Inannas Gemahl genau wie er selbst ein Prinz aus königlicher Familie war.

Inanna genoss das ruhige Leben an der Seite Dumuzis monatelang, bis ihr energiegeladenes Wesen das tägliche, ereignislose Gleichmaß nicht mehr ertrug. Während sie noch scheinbar zufrieden dahinlebte, beschäftigte sich ihr reger Geist bereits mit einem pikanten Plan, der diesmal nicht vordergründig mit machtpolitischen Dingen zu tun hatte, sondern vorgeblich privater Natur war.

Sie und Dumuzi waren nun schon so viele Erdenjahre verheiratet, jedoch noch immer kinderlos geblieben. Inanna wusste, dass sich ihr Ehemann einen Sohn und Erben nicht nur wünschte, sondern als Gebieter über einen großen Landstrich einen Nachfolger dringend brauchte.

Daran dachte sie wieder, als sie an einem heißen Nachmittag im Dämmerlicht des kühlen Hauses in ihrem Schlafgemach saß und langsam ihr goldenes Haar bürstete. Die Vorhänge waren zugezogen, um die heißen Sonnenstrahlen auszusperren, doch die Fenster waren offen und ließen einen leisen Lufthauch ins Haus, der über ihren nackten Körper strich. Sie sah sich im Spiegel und fand diesmal keinen Gefallen an der fast ewigen Jugend, die dem Volk des Nibiru gegeben war. Inanna wünschte sogar, sie wäre nicht rank und schlank, sondern von der behäbigen, kugelbäuchigen Statur der schwangeren Frauen. Insgeheim fragte sie sich schon lange, warum sie nicht längst ein Kind empfangen hatte. Auch Dumuzi würde sie keinen Erben geben können. Inanna wusste, dass er darauf brannte, von ihr als seiner Gemahlin die Nachricht zu erhalten, dass sie endlich einen Nachkommen haben würden. Doch die Jahre gingen dahin, und sie blieben ein kinderloses Ehepaar.

Die Tür ging auf, und ihr geliebter Dumuzi kam strahlend auf sie zu.

„Liebste Irnini, wie er sie gern bei ihrem ersten sumerischen Namen nannte, du siehst so nachdenklich aus. Was beschäftigt dich?"

Schon war er bei ihr und nahm sie in die Arme. Inanna gab sich unbeschwert, sagte aber doch: „Ich musste nur wieder daran denken, dass ich dir noch keinen Sohn geben konnte, liebster Gemahl."

Dumuzi ließ sie los und entledigte sich seines Gewandes. „Komm, vielleicht hat sich deine Sorge erledigt, noch bevor die Zeit der Mittagsruhe vorbei ist."

Lächelnd ergriff Inanna seine ausgestreckte Hand.

Doch als die Sonne der Erde immer neue Tage zumaß, und auf der Wanderung des Planeten auf seiner Umlaufbahn die Jahreszeiten verstrichen, änderte sich nichts. Inanna konnte ihrem Gatten keinen Erben geben.

Für Dumuzi war das eigentlich kein Anlass zur Sorge. Es kam oft vor, dass Ehemänner nicht nur Kinder mit ihrer Gemahlin hatten, sondern auch von anderen Frauen. Gemäß den Rangregeln der Nefilim war ein eheliches Kind sogar dem von der Halbschwester untergeordnet. Des Weiteren gehörten in den hochgestellten Familien auch Konkubinen zum normalen Leben, die auch Kinder vom Hausherrn bekamen.

Daher war es für Dumuzi selbstverständlich, dass er sich überlegte, welche Frau er als Mutter seines Sohnes auswählen sollte. Als erstes dachte er natürlich an alle seine Halbschwestern, deren stattliche Anzahl ihm große Auswahl ließ. Doch eigentlich brauchte er nicht lange nachzudenken. Dumuzi wollte versuchen, die liebreizende Gestinanna zu gewinnen. Sie war gewiss die hübscheste aller Töchter seines Vaters Enki. Inanna würde nichts dagegen haben, denn sie kannte die Gepflogenheiten ebenso gut wie er. Daher weihte er sie in seine Überlegungen sogar ein, und Inanna stimmte notgedrungen zu, denn genau diese Lösung hatte sie sich selbst schon überlegt.

Als Inanna wieder einmal mit ihrem Flugzeug für eine Weile ins Land Sumer flog, lud Dumuzi einige Familienmitglieder ein, die Feier zur Sommersonnenwende bei ihm zu erleben. So konnte er ohne großes Aufsehen auch Gestinanna einladen.

In den Tagen, an denen sie bei ihm weilte, brachte er so viel Zeit wie möglich in ihrer Gesellschaft zu. Als er sie eines Tages im Garten unter einer Tamariske sitzen sah, wollte er die Gelegenheit, sie allein anzutreffen, nicht ungenutzt verstreichen lassen. Die warme Sonne badete Gestinanna in goldenem Schein, ließ ihr schwarzes Haar schimmern und ihr weißes Kleid leuchten. Mit großen dunklen Augen sah sie ihm ruhig entgegen.

„Heute lassen dir wohl deine Pflichten ein wenig Zeit?" fragte sie, als Dumuzi vor ihr stand.

„Leider nicht, liebe Gestinanna. Ich muss gleich auf eine der nahe liegenden Weiden, um nach den neugeborenen Lämmern zu sehen." Dabei sagte er ihr nicht, dass er dazu etliche Anunnaki hätte, die sich sonst um derlei Dinge kümmerten.

„Komm doch mit, die Lämmchen sind ein niedlicher Anblick."

Gestinna sagte zu und ging mit Dumuzi auf gewundenem Pfad durch die mit Bäumen und Buschwerk bewachsene Graslandschaft. Schon bald war das Haus außer Sicht, und die weite Savanne breitete sich vor ihnen aus. Dort graste in einiger Entfernung eine große Schafherde. Als sie näher kamen, wunderte Gestinanna sich: „Aber ich kann gar keine Lämmer entdecken."

Dumuzi wusste das, denn es war nicht die Zeit des Lammens, sondern die Paarungszeit.

„Dann werden die Hirten sie eingefangen haben, um sie zu markieren", log er unbefangen.

„Komm, Gestinanna, setzen wir uns hier in den Schatten der Sträucher, damit du dich ausruhen kannst, bevor wir uns auf den Rückweg machen."

Gestinanna sah den Schafen und den Hütehunden zu, die gelassen um die Herde strichen, oder eifrig einzelne Tiere verfolgten, die sich absondern wollten.

Dumuzi hatte heute keinen Blick für die Tiere übrig. Im hohen Gras sitzend streichelte er Gestinanna, küsste sie und flüsterte ihr eindeutige Worte zu. Doch wider Erwarten wehrte die Halbschwester ihn ab und wies sein Ansinnen empört zurück. Aber Dumuzi hatte sich so in seinen Plan hineingesteigert, dass er unbedingt versuchen musste, von Gestinanna das begehrte Erbkind zu erhalten. So viel sie sich auch wehrte, gegen die Kraft und Entschlossenheit des Bruders kam sie nicht an. Der Friede des schönen Landes schlug für Gestinanna in einen Alptraum um.

Weit im Norden Afrikas, im grünen Nildelta, saß Marduk in seinem Arbeitsraum und war wütend. Ein Minister hatte ihm ein Schreiben Dumuzis überbracht, in dem der jüngere Bruder seinen Anspruch auf den Thron Ägyptens erhob.

„Da steckt doch nur dieses machthungrige Weib dahinter", brüllte Marduk durch die Amtshalle.

Dann erst dachte er nach: Dumuzi selbst hat doch gar kein Interesse, sich um die Verwaltung eines so großen Landes zu kümmern. Noch nie hat er irgendwelche Forderungen gestellt, ihn zum obersten Landesherrn zu ernennen. Das hat ihm Inanna eingeredet, um dann an Stelle ihres Gemahls über Ägypten zu herrschen. Als wenn ich das nicht wüsste!

Ein Bote erschien und verneigte sich ehrfürchtig.

„Edler Ra, wie Marduk hier genannt wurde, hoher Herr, ich bringe eine Nachricht von der Herrin Gestinanna."

Marduk stutzte und vergaß vor Überraschung seinen Ärger. Er winkte dem Minister, der die Geste verstand und hinausging. Als Marduk wieder allein war, las er begierig, was Gestinanna ihm mitzuteilen hatte. Er wollte sich gerade ihrer Aufmerksamkeit erfreuen, als ihm der Atem stockte und ihn erneut unbändiger Zorn überfiel.

Dumuzi muss verrückt geworden sein, dachte er ergrimmt. Dieser Kerl hat meiner geliebten Schwester Gestinanna Gewalt angetan. Doch als ihm aufging, dass Dumuzi genau das von Gestinanna wollte, was auch seit langem sein eigener Wunschtraum war, steigerte sich sein Zorn in tödliche Rachsucht. Seine Gedanken tobten: Natürlich, hat er vor mir einen Sohn von der Halbschwester, wäre dieses Kind sogar höherrangig als Nabu. Erst jetzt wusste Marduk Dumuzis Anspruch auf Ägypten richtig zu deuten. Beides passte zusammen und war gewiss die Idee von Inanna. Ningischzidda hatte er sich schon zum Feind gemacht, doch der jüngere Dumuzi war durch sein durchtriebenes Eheweib bedeutend gefährlicher. Daher musste er Inannas Gemahl in die Schranken verweisen. Marduk nahm sich vor, Dumuzi im Namen von Gestinanna beim Hohen Rat zu verklagen. Vergewaltigung galt als Verbrechen, das mit Verbannung bestraft wurde. Auf diese Weise hätten sich auch Dumuzis Thronansprüche erledigt, sann Marduk rachedurstig nach.

Erst diese Gedanken besänftigten ihn soweit, dass er einigermaßen gefasst seinen Sekretär und Schreiber rief.

„Setze eine Klageschrift an das Pantheon in Sumer auf. Es soll folgenden Inhalt haben.

Der Herr von Ägypten legte dem Schreiber den Sachverhalt dar.

Dennoch konnte die offizielle Anklage Marduk nicht beschwichtigen. Am liebsten hätte er Dumuzi umgebracht, doch darauf stand der Tod. Er nahm sich vor, trotzdem nicht abzuwarten, bis der Urteilspruch gefällt war. Marduk wollte Dumuzi inkognito verfolgen und gefangen nehmen. Dazu schmiedete er einen Plan, der einiger Helfershelfer bedarf. Dann erst gab er Anordnungen, alles für den Aufenthalt von Gestinanna vorzubereiten, denn die Halbschwester war nordwärts nach Ägypten geflohen, um den Schutz des hochgestellten Bruders Marduk zu suchen.

Während sich Gestinanna bei Marduk sicher fühlte und ihre innere Ruhe wieder fand, schickte er Männer aus dem Bergland Kur los, die ihm noch aus der Zeit der Pyramidenkriege ergeben waren. Sie sollten unverzüglich Dumuzi finden und gefangen nehmen. Marduk machte sich selbst auf den Weg, wollte jedoch unerkannt im Hintergrund wirken.

Als Dumuzi an einem heißen Tag in einem Schafpferch schlief, weil ihn jähe Müdigkeit überkam, ergriffen ihn die sieben Häscher und fesselten ihn. Sie beraubten ihn seiner königlichen Attribute, so dass er ohne Kopfbedeckung dastand. Sie forderten sein standesgemäßes Gewand, die Sandalen und nahmen ihm den Stab weg, der ebenfalls seine hohe Geburt versinnbildlichte. Dann brachten sie ihn fort.

Die einfachen menschlichen Hirten, die herbeiliefen, konnten nichts gegen die Männer aus Kur unternehmen. Doch Dumuzi konnte ihnen noch zurufen, dafür zu sorgen, dass sein Schwager Utu davon erfährt und um seine Hilfe zu bitten.

Schon Inannas wegen eilte Utu mit einem schnellen kleinen Flugzeug und etlichen Bewaffneten nach Ägypten. Bald hatte er herausgefunden, dass Dumuzi dahin verschleppt worden war, wo sich ein Kanal mit dem Nil traf, beim ersten Katarakt.

Im Schutz der Nacht gelang es Utus Helfern, Dumuzi zu befreien. Doch Dumuzi kam nicht weit, denn Marduks Leute setzten ihm nach und ergriffen ihn erneut. Nochmals gelang Dumuzi die Flucht. Er sollte sich nun im Hause eines Mannes mit Namen Bilulu verstecken, der sich jedoch als Marduk selbst erwies. Noch einmal halfen ihm Utu und dessen Getreue und rieten ihm, zum Fluss zu fliehen und den Nil zu überqueren. Auf der anderen Seite würden ihn Inanna und seine Mutter erwarten, die ihn an einen sicheren Ort bringen würden.

Dumuzi kämpfte verzweifelt mit den Stromschnellen, doch das tosende Wasser trug ihn mit sich fort. Die entsetzten Frauen konnten nichts für den geliebten Ehemann und Sohn tun. Mit unsagbarer Qual im Herzen fielen sie sich stumm in die Arme. Dumuzis Tod wurde nie bestätigt, aber er blieb für immer verschwunden.

Inanna, die wusste, dass Marduk ihren Gemahl in Selbstjustiz hetzen ließ, schwor sich, bittere Rache zu üben. Sie ließ ihn wissen, dass sie nicht eher ruhen würde, bis sie ihn vernichtet hatte.

Marduk war klar, dass sie Enlil und Ninurta, Utu und das Pantheon hinter sich hatte und fürchtete nun tatsächlich um sein Leben. So stattete er sich mit den tödlichsten Waffen aus und eilte nach Norden zu den Pyramiden, die er als deren Bauherr ganz genau kannte. Wieder einmal verschanzte er sich in der Großen Pyramide von Giseh. Es gab keinen zweiten Ort auf Erden, der den Angreifern so gut widerstehen konnte, wie die gewaltigen Massen des aufgeschichteten Felsgesteins.

Inanna drohte Marduk, den Pyramidenberg dem Erdboden gleichzumachen, wenn er nicht herauskäme. Doch sie erhielt nicht einmal eine Antwort. So schlug sie nun tatsächlich mit Gewalt auf die Pyramide ein, doch weder die Seiten, noch die Ecken des grandiosen Bauwerkes gaben nach.

Selbst Anu wusste von dem neuerlichen Streitfall der Familien seiner Söhne Enlil und Enki. Da er seit seinem Staatsbesuch Gefallen an der Urenkelin Inanna fand, griff er besorgt in ihren Kampf mit Marduk ein. Er sagte ihr, dass Marduk über Waffen verfügt, die sie vernichten könnten. So riet er ihr, lieber dem Gesetz die Bestrafung Marduks zu überlassen.

Daraufhin verklagte Inanna nun ihrerseits den Widersacher beim Hohen Rat der Zwölf. Sie begründete es damit, dass Marduk für den Tod Dumuzis verantwortlich sei. Das Pantheon stand vor einer schwierigen Entscheidung. Es war erwiesen, dass Marduk das Urteil über Dumuzi nicht abgewartet hatte und ihn selbst ergreifen wollte. Als Folge von Gefangenschaft und Flucht hatte der Vergewaltiger den Tod im Nil gefunden. Andererseits hatte Marduk seinen Tod nicht unmittelbar verschuldet. Sollten die Ratsmitglieder ihn nun zum Tod verurteilen oder nicht? Doch erst einmal musste Marduk veranlasst werden, die Pyramide zu verlassen. Einer der DIN.GIR fand Worte, die ihn so berührten, dass er herauskam, wohl wissend, dass er ohnehin nicht für sehr lange in der Pyramide hätte bleiben können.

Die Verhandlung des Hohen Gerichts fand unweit der Anlage von Giseh in einem Tempelhof statt. Als Gemahlin des toten Prinzen Dumuzi gestand man Inanna zu, Marduks Strafe vorzuschlagen. Hocherhobenen Hauptes sprach sie ihr Urteil über den großen Marduk.

„So wie wir nicht sagen können, dass Marduk Dumuzi direkt getötet hat, so wissen wir dennoch von seiner Schuld. Deshalb soll er sterben, ohne dass der Rat ihn direkt zum Tode verurteilt hat.“

Sie machte eine bedeutungsvolle Pause. Aller Augen richteten sich gebannt auf Inanna.

„Lasst Marduk auf ewig ein Gefangener der Pyramide sein. Bringt ihn wieder hinein in den steinernen Berg, doch versperrt seinen Ausgang so, dass nie wieder ein lebendes Wesen hinein-oder hinausfinden kann.“

Triumphierend sah sie in die Runde und blickte dann Marduk direkt an.

Das Gericht fand diese Lösung angesichts der besonderen Lage für angemessen und verurteilte Marduk gemäß Inannas Vorschlag.

Marduk wurde übel. Grauen überfiel ihn, so dass er Mühe hatte, Würde gemäß seines Standes zu wahren. Niemals hatte er jemanden so gehasst, wie Inanna, die ihn, der rangmäßig weit über ihr stand, besiegt hatte und ihm obendrein einen wahrhaft grausamen Tod brachte. Doch er konnte nichts tun, als er gefesselt in die Königskammer der Großen Pyramide gebracht und der Ausgang für immer mit einem riesigen Felsen versiegelt wurde. Marduk war lebendig begraben.

Als Sarpanit das Urteil vernahm, brach sie weinend zusammen. Dieses furchtbare Schicksal hatte ihr Gemahl nicht verdient. Doch das Gericht ging nach der Vollstreckung auseinander, so dass sie Marduks Schicksal nicht verhindern konnte.

Auch Nabu und dessen Gattin Taschmetum eilten aus Borsippa herbei, sobald sie die furchtbare Nachricht erhielten.

„Wir müssen etwas unternehmen“, rief Nabu immer wieder, als Marduks engste Familienmitglieder sich versammelt hatten. Doch sie fragten sich, was man tun konnte, wenn vom obersten Gericht ein Urteil gefällt worden war. Alle zürnten und verwünschten Inanna, die diese Grausamkeit ersonnen hatte. Es war schon spät in der Nacht, als die vom Weinen erschöpfte Sarpanit vorschlug: „Die böse Inanna hat das Urteil gesprochen, nur sie selber kann es zurücknehmen.“

Leise Hoffnung glomm in den Augen der Anderen auf.

„Wie willst du das erreichen? Inanna ist so voller Hass, dass sie uns nicht einmal empfangen wird“, entgegnete Nabu mit enttäuschter Stimme. Sarpanit gab jedoch nicht auf.

„Dann werden wir diejenigen anflehen, Marduk zu begnadigen, auf die Inanna hören könnte. Wir wenden uns an ihren Vater Nannar und ihren Zwillingsbruder Utu. Können wir diese beiden für uns gewinnen, besteht noch Hoffnung für Marduk.“

Nabu überlegte kurz. „Das wäre zumindest eine Möglichkeit. Wir müssen alles versuchen, Vater zu befreien, denn lange wird er nicht in seinem Gefängnis überleben."

Taschmetum umarmte Sarpanit und sprach ihr Mut zu.

„Wir werden Marduk helfen. Ich glaube ganz fest daran."

Noch in der Nacht brachen Marduks Verwandte auf, um Fürsprecher für seine Begnadigung zu gewinnen.

Da die Wogen des ersten Zorns sich geglättet hatten, kam Nannar und auch Utu die außerordentliche Grausamkeit des Urteils zu Bewusstsein. Andererseits wollten sie Marduk aus dem Weg haben, der schon mehrmals gegen Ninurta als Erben der Erdenherrschaft intrigiert hatte. Doch als ihnen Sarpanit und Nabu gemeldet wurden, hörten sie sich deren bittende Worte an, überlegten danach und diskutierten noch lange. Schließlich kamen sie überein, für Marduks Befreiung zu stimmen, falls er öffentlich die Stellung Ninurtas als Erbprinz der Erdherrschaft anerkennt. Auch Enlil, der Marduk immer verabscheut hatte, ließ sich überreden, Gnade walten zu lassen, denn inzwischen musste Marduk schon sehr gelitten haben. Dieses Schicksal könnte selbst dem Tapfersten den Verstand rauben, sagte er sich.

Nur Inanna wollte keine Milde walten lassen. Für sie war er der Mörder Dumuzis.

Sogar Anu wurde in diesem Fall gebeten, die Aufhebung des Urteils zu genehmigen. Als die Zustimmung des Herrschers der Zwei Planeten vorlag, wurde Marduk offiziell begnadigt. Nusku brachte die Kunde von Enlil zu Sarpanit, die vor Freude zugleich weinte und lachte.

„Doch wie kann mein geliebter Gemahl denn befreit werden? Der Fels ist fest im Gang verkeilt", fragte sie ängstlich den Boten des Hohen Rates.

Nusku konnte sie beruhigen: „Wir besitzen noch die Pläne des verzweigten Gangsystems in der Großen Pyramide. Ein Rettungstrupp ist schon dabei, einen provisorischen Verbindungsschacht zu schaffen, der auf dem kürzesten Weg zum Eingeschlossenen führt. An einer Stelle muss auch eine Sprengung eingesetzt werden. Doch dank der Kenntnisse vom Inneren der Pyramide wird es gelingen, den Herrn Marduk schnell zu befreien. Habe keine Sorge, ehrenwerte Sarpanit. Dein Gatte wird noch leben."

Marduk hatte zunächst alle Kraft aufbieten müssen, um nicht in Panik zu verfallen, als er in der Kammer zurückgelassen wurde. Das letzte Geräusch, das er je hören sollte, war das Getöse, als der riesige Steinblock den Ausgang versperrte.

Als die Dunkelheit und die nachfolgende Stille ihn umschlossen, verlor er trotz aller Bemühungen die Nerven und schrie seine Angst laut heraus. Dem Wahnsinn nahe setzte Marduk sich auf den kalten Steinboden. Zwar herrschte im Inneren der Pyramide ständig eine konstante Temperatur von zwanzig Grad Celsius, doch er fröstelte, einerseits vor Grauen, lebend begraben zu sein, andererseits, weil er an die heißen ägyptischen Sonnentage gewöhnt war.

Als die Stunden verrannen, verlor er jedes Zeitgefühl. Dunkelheit und Einsamkeit gestatteten ihm keinerlei Beschäftigung, um sich von seiner Todeserwartung abzulenken. So blieben ihm nur seine Gedanken, die zunächst vor Panik rasten. Doch mit der Zeit gelang es Marduk, sich mit äußerster Willenskraft an schöne, freudige Begebenheiten in seinem Leben zu erinnern. Sie reichten zurück bis in nebelhafte Ferne, als er noch mit den Eltern auf dem Nibiru lebte. Dennoch sah er längst die Erde als seine Heimat an, die nun sein Grab geworden war.

Marduk wusste nicht, ob es Tag oder Nacht war, als er nach einem kurzen, erschöpften Schlaf hochfuhr. Erneut packte ihn mit aller Macht völlige Verzweiflung, als er begriff, wo er war. Sein Magen tat vor Hunger weh, doch der quälende Durst war noch viel schlimmer. Wieder war er nur mit sich und seinen Gedanken allein. Wenn er sich doch nur mit irgendetwas beschäftigen könnte, dachte er gepeinigt. Es musste noch Tage dauern, bis er vor Durst den Verstand verlieren würde, in ein Delirium verfiel und das gnädige Kreislaufversagen einsetzte.

Manchmal schaffte Marduk es nicht mehr, sich zu beherrschen. Dann stand er auf und hämmerte mit den Fäusten gegen das Gestein, bis die Schmerzen ihn ernüchterten. Doch keiner wusste besser als er, dass es unsinnig war, an einem Ort zu schreien, der wie kein anderer jeden Laut verbannte. Jetzt bereute Marduk, dass Ningischzidda und er selbst ein ausgeklügeltes Belüftungssystem geschaffen hatten. Dünne Schächte, von außen unsichtbar, versorgten ihn mit Frischluft. Ansonsten wäre er in der Pyramidenkammer einfach erstickt, ein Tod, dem er den seinen, der ihm bevorstand, bei weitem vorziehen würde. Ihm wäre die furchtbare Qual des Verdurstens erspart geblieben. Die Zunge klebte Marduk geschwollen am Gaumen, als er nach kurzem Schlaf wieder erwachte. Alle Knochen taten ihm weh, weil er schon lange auf dem harten Steinboden verbrachte. Diesmal war er aus einem Alptraum hochgeschreckt, in dem ihm der tote Dumuzi den Kopf mit einem Schwert abschlug.

Als Marduk wieder klarer denken konnte, wünschte er sich inzwischen, jemand würde tatsächlich seinem Leben ein Ende machen. Er fühlte sich bereits vor Hunger und Durst sehr elend, wusste jedoch, dass dies erst der Anfang war. Es grauste ihn vor sich selbst, was aus ihm, dem stolzen und mächtigen Prinzen der königlichen Familie werden würde.

Marduk hatte nichts, um selbst das Grauen zu beenden, das aus seinem Leben geworden war.

Wieder versank er in Gedanken, schaffte es jedoch nicht mehr, sich auf ein bestimmtes Ereignis zu konzentrieren. Die Geschehnisse der Vergangenheit verschmolzen oder verloren sich wirr in der Tiefe seiner Erinnerungen. Marduk achtete nicht darauf, als sein Gehirn ihm vorgaukelte, laute Geräusche zu hören, so, als ob Stein bearbeitet würde. Er schaffte es gerade noch zu denken, dass nun die Pyramide selbst zu ihm sprach, dass sie den pausenlosen Baulärm in ihrer Entstehungszeit gespeichert hätte und jetzt an ihn zurückgab. Es waren aufdringliche Klänge, die ihn zusätzlich quälten. Bereits halb von Sinnen, hielt er sich die Ohren zu, eine Geste, deren Nutzlosigkeit er nicht mehr erfassen konnte. Erst ein lauter Knall ließ ihn hochschrecken. Mit dem letzten Rest seines klaren Denkens begriff er endlich, dass tatsächlich an der Pyramide gearbeitet wurde, jetzt und nicht vor langer Zeit. Erst als ein Lichtstrahl zu ihm drang, in dem abertausende Staubteilchen tanzten, wusste er, dass wirklich jemand sein Gefängnis erbrach und er noch nicht von Sinnen war.

Man ließ Marduk keine Zeit, sich seelisch und körperlich zu erholen, denn eine sofortige Verbannung war die Bedingung seiner Freilassung gewesen.

Nachdem Marduk seine engsten Familienangehörigen in die Arme geschlossen hatte, gierig trank und ein wenig Nahrung zu sich nahm, säuberte er sich. Dann kleidete er sich neu an und bestieg noch in derselben Stunde ein Fluggerät, das ihn und seine Gemahlin in weite Ferne trug. Marduk hatte den Befehl Anus und Enlils, nicht ohne Genehmigung in die fortschrittlichen, zivilisierten Weltgegenden wieder zurückzukehren, wortlos hingenommen. Noch völlig unter dem Eindruck, lebendig begraben zu sein, war es ihm zurzeit egal, wohin man ihn brachte. Er war gerade erst dem schlimmsten Grauen entronnen. Überall würde er die Sonne und den sternenbesäten Nachthimmel sehen, die Stimmen der Erde hören und den Wind auf der Haut spüren. Überall, wo Anunnaki und Menschen wohnten, gäbe es Wasser und Nahrung, wenn es auch keine üppige Tafel mehr sein sollte.

Selbst Ägypten war ihm jetzt egal. Marduk hatte erst kurz vor dem Tod Dumuzis den ersten menschlichen König namens Menes eingesetzt. Dieser von den Ägyptern Pharao genannte Verwalter sollte die Amtsgeschäfte übernehmen, wie es schon länger im Zweistromland Sumer üblich war. Nun sollte dieser Pharao auf die Einhaltung der Regeln achten, die die Nefilim aufgestellt hatten. Es war Marduk auch gleichgültig, ob Menes von Ningischzidda, der jetzt zurückkehren könnte, oder einem anderen seiner Brüder kontrolliert und angeleitet wurde.

Sein Herz und seine Seele waren bis ins Innerste verwundet, ein viel größerer, dauerhafterer Schmerz, als sein geschwächter Körper. Marduk stieg in den schem, der sich in den blauen, ägyptischen Himmel erhob, so dass er sich frei fühlen konnte wie ein Vogel. Das war jetzt wichtig und sonst nichts.

Inanna ging ruhelos von einem Zimmer in das andere. Das riesige Anwesen war ohne Dumuzi für sie stumm und tot. Alles erinnerte sie an die schöne Zeit mit ihrem geliebten Gemahl. Sie hatte gedacht, dass der Verlust leichter zu tragen wäre und der Schmerz nachlassen würde, hätte sie sich erst an demjenigen gerächt, der Dumuzi so lange jagen ließ, bis er zu Tode kam.

Doch nun musste sie feststellen, dass Rache nicht dazu geeignet war, die Trauer zu mindern. Eigentlich müsste sie triumphieren, den mächtigen Marduk zu Fall gebracht zu haben, aber stattdessen fühlte sie nur Leere.

Inannas Entschluss stand fest. Sie würde von hier fortgehen und Dumuzis Gebiet verlassen. Einzig er allein hatte ihr Herz an den großen afrikanischen Kontinent gebunden. Doch ohne den geliebten Mann hielt sie nichts an diesem Ort.

Inanna unterbrach ihre Wanderung durch das stille Haus. Sie begegnete niemandem, denn die menschlichen Diener gingen ihr so gut wie möglich aus dem Weg. Selbst ihre Leibmagd Afra tat stumm ihren Dienst und huschte dann davon, bis die Herrin sie erneut rief. Sonst war die Menschenfrau stets eine fröhliche Person gewesen, die bei der Arbeit vor sich hingesungen hatte.

Anfangs hatte Inanna sich gewundert, dass die Menschen eigene Lieder hatten, deren Melodie und Text sie selbst ersannen. Für sie waren die Menschen bisher nicht wichtig genug gewesen, um sich näher mit ihnen zu befassen.

Nun ergriff sie eine silberne Glocke, deren fordernder lauter Ton die Dienerin zu ihrer Herrin rief.

„Packe meine Sachen zusammen, Afra“, wies Inanna die junge Magd an. „Morgen verlasse ich dieses Haus. Ich reise nach Sumer zu meinen Eltern. Vielleicht besuche ich auch noch Utu in Jerusalem. Vergiss nicht, den schönen Lapislazulischmuck, den mir mein verstorbener Gemahl zur Hochzeit geschenkt hat.“

Afra nickte nur und verschwand, um dem Auftrag sofort nachzukommen.

Im ersten hellen Tageslicht, stieg Inanna reisefertig in ihr persönliches Fluggerät, das sie selbst steuerte. Sie hatte nur Afra, die an das Fliegen gewöhnt war und ihre persönlichen Sachen mitgenommen, um einen neuen Lebensabschnitt zu beginnen.

Inannas Mutter Ningal schloss die Tochter, die sie nur selten sah, in die Arme. Noch immer herrschte gedrückte Stimmung, denn Inanna war eine Witwe, der man den Schmerz ansah. Vater Nannar drückte ihr ohne Worte nur die Hand und streichelte über ihre Wange.

„Es ist schön, dich wieder bei uns zu wissen, Inanna. Hier kannst du dich erholen, neuen Mut schöpfen und dir überlegen, wie du jetzt leben willst."

„Danke, Mutter", erwiderte Inanna nur.

Nannar sagte schnell: „Nun komm doch erst mal herein, Tochter. Deine Zimmer sind noch immer für dich reserviert. Dort kannst du deine Flugkleidung ablegen und dich in eines der Gewänder kleiden, die du hier oft getragen hast. Mutter sagt, dass sie immer frisch gewaschen und gebügelt im Schrank hängen."

Inanna fühlte sich bei ihren Eltern sofort geborgen und umsorgt. Dennoch wusste sie, dass sie nicht lange bleiben würde. Sie musste sich ein eigenes Leben aufbauen, ein unabhängiges. Aber im Moment konnte sie noch nicht sagen, was für ein Leben das sein würde. Sie hoffte, hier bei den Eltern zu einem Entschluss zu kommen.

Als sich Utu ankündigte, sie und die Eltern in den nächsten Tagen zu besuchen, fühlte sie das erste Mal seit Dumuzis Tod ein wenig Freude. Der Zwillingsbruder wollte in Sippar, seiner ersten Stadt, an einer Feierlichkeit ihm zu Ehren teilnehmen. Die Bewohner, ob Anunnaki oder Menschen, verehrten ihn noch immer als ihren Herrn, den Glänzenden, den sie so nach seinen Raketenflugzeugen benannten. Sein Tempel war an derselben Stelle, wo der alte Zikkuratbau von der Sintflut zerstört wurde, wieder nach altem Maß neu errichtet worden. Priester taten wieder darin Dienst, um den Herrn der schems zu verehren. Immer, wenn Utu in Sippar weilte, schlichtete er auch Streitfälle und wurde mit der Zeit ein gesetzeskundiger und gerechter Richter, der über die Grenzen von Sippar hinaus als derjenige bekannt war, der für die Einhaltung der Erdengesetze zuständig war.

Utu selbst hätte nie gedacht, dass er einmal auf dem Gebiet der Rechtssprechung und Gesetzeskunde arbeiten würde, denn lange Zeit widmete er sich ausschließlich seinem technischen Beruf und der Verwaltung der Flughäfen der Erde.

Als ob der angesagte Besuch des Bruders sie belebt hätte, fand Inanna endlich aus ihrer Trauer so weit heraus, dass sie Pläne schmiedete.

Letzte Nacht, als sie schlaflos an die Zimmerdecke starrte, fiel ihr die alte Regel der Nefilim ein, die galt, wenn eine Witwe keine Kinder hatte und sich neu verheiraten sollte. Da kam ihr Utus Gesetzeskunde gerade recht. Auch ihre Eltern kannten bestimmt die Gepflogenheiten, die bereits auf dem Heimatplaneten Nibiru galten.

Die Familiengesetze der Nefilim sahen vor, dass die Frau eines verstorbenen Bruders, hatte sie noch keine Kinder, nicht irgendeinen anderen Mann heiraten sollte. Der älteste Bruder des Verstorbenen hatte die Pflicht, neben seiner eigenen Frau auch die Witwe zu ehelichen. Bekam sie dann Kinder, wurde in Ehre und Gedenken des verschiedenen Bruders dem ersten Sohn sein Name gegeben.

Demzufolge hätte in Inannas Fall Marduk sie heiraten müssen. Doch da er Inannas Erzfeind und obendrein verbannt war, kam dem nächstältesten Bruder diese Rolle zu. Das war Nergal, der mit ihrer Schwester Ereschkigal verheiratet war. Beide hatten im AB.ZU schon seit langer Zeit ihr eigenes Reich.

Inanna hatte sich vorgenommen, auf diese alten Familiengesetze zu pochen. Doch da sie nie gut mit Ereschkigal ausgekommen war, sah sie große Schwierigkeiten voraus.

Als die Eltern und Utu erfuhren, was sie jetzt tun wollte, waren sie sehr erstaunt, wenn nicht sogar bestürzt.

Nannar wiegte bedenklich den Kopf. „Es wäre besser, du lässt von diesem alten Brauch ab, Tochter. Ereschkigal und du waren immer wie Feuer und Wasser. Wie wollt ihr als Ehefrauen desselben Mannes friedlich in einem Haushalt leben? Das kann nicht gut gehen."

Utu ging auf Inanna zu und ergriff ihre Hand, sah sie eindringlich an und sagte: „Liebe Schwester, das passt doch gar nicht zu dir. Du und eine Zweitfrau! Ich nehme dir nicht ab, dass du das wirklich willst. Also sage, was du tatsächlich im Sinn hast."

Wie fast immer hatte Utu sie durchschaut. Auch Nannar, der seine Tochter ebenso gut kannte, vermutete eine verborgene andere Absicht. Inanna eignete sich bestimmt nicht zum Unterordnen und teilen. Gewiss würde sie Ereschkigal, der Tochter, die ihm sogar noch näher als Inanna stand, den Platz als erste Ehefrau streitig machen. Dann wäre Inanna zusammen mit Nergal die Herrin eines großen Landstriches. Nannar wusste, dass Inanna schon lange nach eigenem Land strebte, dessen Herrscherin sie sein konnte.

Doch Inanna verteidigte sich.

„Es geht doch nicht ums Unterordnen, Utu. Die Zeit hat die Sitten ein wenig abgewandelt. Ich gedenke als gleichberechtigte Herrin des Südlandes AB.ZU zu gelten, wenn Nergal mich geehelicht hat. Natürlich wird Ereschkigal anfangs gegen mich sein, aber wenn sie sich daran gewöhnt hat, dass Nergal auch mein Mann ist, werden wir uns schon arrangieren. Sie hat doch ihre Forschungsstation und ist wie du, lieber Vater, Wissenschaftlerin. Ich glaube sogar, dass sie die Landesverwaltung gern mir überlassen wird."

Ningal war sehr besorgt über das Ansinnen Inannas. „Ich halte das Ganze für keine gute Idee. Ihr seid beide meine Töchter, für die ich mir nur das Beste wünsche. Doch ich befürchte großen Streit, denn auch Ereschkigal kann hart und entschlossen sein. Wir überlegen uns lieber etwas anderes, Inanna. Vielleicht weiß dein Großvater Enlil, ob ein anderes Land, eventuell im Osten, einen Regenten braucht."

Doch Inanna war eigensinnig und nicht von ihrem Plan, nach Südafrika zu reisen, abzubringen.

Die Klugheit Inannas gebot ihr, sich vorher abzusichern. Sie wusste, dass Ereschkigal sich mit aller Macht, die ihr zur Verfügung stand, gegen sie wehren würde. Heimlich befürchtete sie sogar, eventuell zu Tode zu kommen, denn auch die Schwester konnte unerbittlich sein.

Utu und den Eltern sagte sie nichts davon, dass ihr große Gefahr drohte, doch sie wollte vor ihrer Abreise noch Enki aufsuchen und in ihr Vorhaben einweihen. Hoffentlich grollte er ihr nicht wegen Marduk, dachte Inanna besorgt. Andererseits sagte sie sich, war auch Dumuzi sein Sohn, der durch Marduk zu Tode kam. Sie selbst war lange Zeit Enkis Schwiegertochter gewesen, für die er sich vielleicht noch verantwortlich fühlte.

Da zögern nie zu ihren Eigenschaften gehörte, wischte sie alle Bedenken beiseite und ließ sich bei Enki anmelden. Es konnte ohnehin nie schaden, sich bei dem Zweitmächtigsten DIN.GIR auf Erden in Erinnerung zu bringen.

Enki wusste nicht so recht, wie er ihr begegnen sollte, doch da sie als trauernde Witwe auftrat, fiel es ihm nicht schwer, Worte des gemeinsamen Schmerzes zu finden. Inanna ließ sich sogar dazu herab, Worte des Bedauerns zu äußern, die besagten, dass Tod und Strafe insgesamt eine beklagenswerte Entwicklung der Geschehnisse seien.

Enki war zufrieden, ging sie doch diplomatisch über die Einzelheiten hinweg.

Dann setzte Inanna ihm ihr Vorhaben auseinander und betonte, gemäß des alten Brauchs bei Nergal, der ebenfalls Enkis Sohn war und bei Ereschkigal zu wohnen.

Enki war über alle Maßen erstaunt, dass die energischste und machthungrigste Frau unter den Nefilim als Zweitfrau am Ende der bewohnten Erdkugel leben wollte. Natürlich ahnte er ihre wahre Absicht, das große Südreich zu beherrschen, zunächst gemeinsam mit Nergal.

„Hast dir das wirklich gut überlegt, Inanna?“ fragte er mit Zweifeln in der Stimme. „Ereschkigal wird dich mit allen Mitteln bekämpfen“, warnte er sie. Noch immer fühlte Enki sich der Mutter seines Sohnes Ningischzidda mehr verbunden, als der ehrgeizigen Inanna.

„Wie du weißt, Vater Enki“, nannte sie ihn mit Bedacht, „findet auch das Begräbnis im Südland statt, zwar nur die formelle Zeremonie, da sein Leichnam nie gefunden wurde, aber als Dumuzis Witwe werde ich daran teilnehmen. Ich habe also noch einen offiziellen Grund, in den AB.ZU zu reisen.“

Enki wiegte bedenklich den Kopf, riet ihr jedoch nicht mehr ab. Sie würde sowieso auf niemanden hören.

„Falls mir dennoch etwas zustoßen sollte, wissen meine Eltern, mein Bruder Utu und nun auch du, lieber Schwiegervater, Bescheid. Ihr könntet notfalls etwas zu meiner Rettung unternehmen."

Bald verabschiedete sich Inanna und begab sich gut gerüstet auf ihre Reise in Ereschkigals grünes Land.

Der Palast der ungeliebten Schwester war durch Mauern und sieben Tore geschützt. Bereits am ersten Tor wurde Inanna der Eingang verweigert. Ereschkigal, die ebenfalls wusste, was Inanna wirklich hier wollte, war aufs Äußerste gereizt. Sie war wild entschlossen, sich ihr Reich nicht von der verhassten Schwester nehmen zu lassen.

Doch Inanna drohte den Torwächtern, mit Gewalt den Durchlass zu erzwingen und trug dementsprechende Waffen bei sich. Sie musste jedoch die Waffen ablegen, bis sie das letzte Tor passieren konnte. Schließlich stand sie vor Ereschkigal, die als Zeichen, wer hier die Herrin war, auf ihrem Thron saß. Sieben Richter hatte sie um sich versammelt, denn auch Ereschkigal hatte sich auf Inannas Erscheinen vorbereitet. Tödlich wirkende, eiskalte Blicke sandte sie der Unwillkommenen zu. Dann forderte sie die Schwester barsch auf zu sagen, warum sie in ihr Land gekommen sei.

Es entwickelte sich ein furchtbarer, verbaler Schlagabtausch. Beide Gegnerinnen waren außer sich vor Wut. Doch Ereschkigal hatte die bessere Position und bezichtigte Inanna, gegen Landesgesetze zu verstoßen und Thronraub zu beabsichtigten. Die vorsorglich hinzugezogenen Gesetzesvertreter verurteilten sie augenblicklich wegen versuchtem Staatsstreich zum Tode durch den Strang.

Zu spät erkannte Inanna entsetzt, dass sie ihre Schwester völlig unterschätzt hatte.

Sie wurde ergriffen und sofort hingerichtet.

Ereschkigal bebte noch lange vor Aufregung am ganzen Körper. Sie hatte die Schwester eigentlich nur des Landes verweisen wollen, doch da Inanna auf das Recht der Zweitfrau pochte, sah sich Ereschkigal bereits als verdrängte Herrin des Landes. So griff sie zu ihrer Notvariante, Inanna als potentielle Thronräuberin hinrichten zu lassen.

Erst als es zu dunkeln begann sah sie hinaus, dahin, wo der Galgen errichtet war und die tote Inanna wie eine zerbrochene Puppe hing.

Schnell verbreitete sich die Kunde von der eskalierten Begegnung der Schwestern über die Sprechanlagen zu Enki und Inannas engen Verwandten. Es war genau das eingetreten, wovor alle gewarnt hatten. Diesmal war die kriegerische Inanna selbst die Verliererin.

Enki war auf eine Katastrophe vorbereitet und sandte mit einem schnellen Fluggerät zwei medizinische Spezialisten in das südliche Afrika. Sie hatten die Ausrüstung und das Wissen, Leben wieder zu erwecken, falls der Tod noch nicht vor zu langer Zeit eingetreten war.

Jetzt war Ereschkigal über ihr eigenes Handeln entsetzt und ließ zu, dass auf den Leichnam der Puls und der Strahl gerichtet wurden, die beide Leben gaben. Gleichzeitig wurde Inanna mit dem Wasser des Lebens benetzt. Langsam wurde das Blut wieder in den Lebendzustand versetzt, die Zellschäden behoben und Sauerstoff zugeführt. Doch nur durch das für Laien rätselhafte Wirken von dem, was pulst und was strahlt, kam das Leben in Inannas Körper zurück. Besonders das Gehirn wurde einem speziellen Regenerationsverfahren ausgesetzt.

Lange fühlte sich Inanna körperlich krank, doch ihre Seele war noch schlimmer verletzt, denn zum ersten Mal war sie besiegt worden. Ziellos streifte sie am Ufer des Euphrat umher, dessen Wasser sich mit ihren heißen Tränen mischte.

Doch als die Erdenjahre vergingen, die für die langlebigen Anunnaki eine kurze Zeitspanne waren, kehrte nach und nach ihr altes Naturell zurück.

Hatte sich Inanna zu Anfang bei ihren Eltern vergraben, fing sie nach Ablauf von vier Regenzeiten an, Besuche zu machen.

Als erstes führte sie ihr Weg zu Utu nach Jerusalem, der Stadt, die man nun den Nabel der Welt nannte und die dem stolzen Bruder unterstand. Inanna zeigte wieder Interesse an allen Dingen, die mit dem Fliegen zu tun hatten. Einen ganzen Tag begleitete sie Utu bei seinen verschiedenen Aufgaben und ließ sich das große Raumfahrtkontrollzentrum genau erklären.

An einem anderen Tag fuhren sie hinaus zum Flugplatz, auf dem Inanna das Starten und Landen der verschiedensten Flugzeuge beobachtete. Dabei keimte in ihr erneut der Wunsch, selbst am Steuer zu sitzen und sich in den Himmel zu erheben. Utu schlug ihr vor, auch Heliopolis zu besichtigen, die Leuchtsignalstadt, doch Inanna lehnte ab.

Zu viel würde sie dort an Marduk erinnern, der ihren geliebten Gemahl auf dem Gewissen hatte.

Oft blieb sie einfach in Utus Residenz zu Hause, plauderte mit der Schwägerin Aya, der sie jetzt viel freundlicher begegnete oder spielte mit Utus zwei kleinen Töchtern, die als einzige seiner Kinder noch bei ihm und Aya lebten. Manchmal saß Inanna einfach in der Dämmerung im Garten und sah blicklos in die Ferne. Als Utu sie diesmal dort sah, setzte er sich wortlos neben sie und nahm ihre Hand. So fühlte sich Inanna mehr getröstet als durch alle Worte.

Als sie nach Wochen zurück in Sumer war, atmeten Nannar und Ningal endlich auf. Inanna hatte viel von ihrer alten Vitalität zurück gewonnen und die Melancholie überwunden. Statt lethargisch und gleichgültig ihre Zeit zu verbringen, trieb sie nun die Ruhelosigkeit umher. Da wussten die Eltern, dass Inanna genesen war und sie sicher bald verlassen würde, um eigene Wege zu gehen.

Doch welchen Weg sie nehmen sollte, wusste Inanna selbst nicht. Aber ihre zurückgekehrte Energie ließ nicht länger zu, tatenlos dahinzuleben.

Dann entsann sie sich, was zu dem Konflikt zwischen Dumuzi und Marduk beigetragen hatte. Ehrlich zu sich selbst gestand sie sich ein, dass sie ihren Gemahl oft aufgefordert hatte, selbst nach der ägyptischen Herrscherwürde zu greifen. Natürlich wollte sie, dass ihr geliebter Ehemann aufstieg, aber sie hatte ihn auch aus Eigeninteresse ermuntert, Ansprüche zu stellen. Eine Königin wollte ich sein, dachte sie und gab sich eine Mitschuld an den tragischen Ereignissen.

Herrschaftsansprüche hatte sie auch zu Ereschkigal geführt, was ein fataler Fehler war, wie sie nun wusste. Einen eigenen Regierungsbezirk will ich haben, fasste sie gedanklich ihre Überlegungen zusammen. Doch ich werde diesmal keines zu erobern trachten, nahm sie sich vor, sondern mir offiziell ein Land übertragen lassen.

Nachdem Inanna jetzt ein konkretes Ziel vor Augen hatte, hörte ihre Ruhelosigkeit auf. Überlegt ging sie daran, einen Plan zu schmieden, wie sie ihren Willen durchsetzen konnte.

An einem der seltenen Regentage teilte sie Nannar und Ningal mit: „Sobald das Wetter besser wird, besuche ich Großvater Enlil in Nippur. Ich hätte ihm und Großmutter Ninlil schon längst meine Aufwartung machen sollen, da ich nun schon so lange bei euch in der Nähe bin."

Ihr schönes Gesicht leuchtete wieder rosig und strahlte die alte Tatkraft aus, so dass die Eltern froh waren, wenn Inanna wieder etwas unternehmen wollte.

„Natürlich, deine Großeltern werden sich freuen, dich in ihrem E.KUR begrüßen zu können. Vater Enlil wird Gewiss ein wenig Zeit haben, denn viele Aufgaben hat er an jüngere Familienmitglieder delegiert", stimmte Nannar der Tochter zu.

Inanna, die wieder Appetit hatte, nahm noch eine Dattel aus der goldenen Schale.

„Wenn du möchtest, begleite ich dich", bot Ningal an. „Ich habe deine Großmutter schon lange nicht mehr gesehen."

„Ja, machen wir uns gemeinsam auf den Weg", sagte Inanna und dachte bei sich, dass sich dennoch eine Gelegenheit bieten würde, allein mit Enlil zu sprechen. Keinesfalls hatte sie nur einen reinen Höflichkeitsbesuch beabsichtigt.

Ningal freute sich, auch als Inanna zuvor noch eine andere Reise machen wollte.

„Doch bevor wir aufbrechen, Mutter, fliege ich noch schnell mit dem Kurzstrecken-MU zu Enki. So viel Zeit ist schon verstrichen, ohne dass ich mich persönlich für meine Rettung bedankt habe. Hätte er nicht so schnell reagiert, wäre ich nicht mehr wieder zu beleben gewesen."

Die Eltern sahen auf einmal sehr bedrückt aus. Es stimmte beide unendlich traurig, dass die Töchter auf Leben und Tod verfeindet waren. Deshalb nickte Nannar nur.

„Das ist wahr, Inanna. So oft wir mit ihm in Fehde lagen, ist er dennoch als dein Retter anzusehen. Ich habe ihm zwar damals fernmündlich unseren Dank ausgesprochen, doch wäre es besser, du selbst würdest dich bei ihm bedanken."

Auch Ningal stimmte dem zu und meinte: „Wenn du von Enki zurück bist, besuchen wir Nippur."

Enki war tatsächlich darüber erfreut, dass Inanna kam, um ihm für die Wiederbelebung zu danken. Sie entschuldigte sich auch, erst jetzt gekommen zu sein, berief sich jedoch auf ihre schlechte Verfassung seit dem schrecklichen Vorfall im AB.ZU.

Als Enki fragte, was sie jetzt vorhabe, wich Inanna aus. Keinesfalls konnte sie gleich mit ihrer Absicht, eine Landesherrin zu sein, herausplatzen. Daher gab sie den Anschein, noch nichts entschieden zu haben.

„Wo soll ich hin, lieber Schwiegervater Enki? Was soll ich machen? Wo ist Platz für mich? Alle Länder sind besetzt."

Daran erriet Enki dennoch, wonach Inanna strebte, behielt sein Wissen jedoch ebenfalls für sich. Stattdessen sagte er etwas ganz anderes: „Du wirst nur glücklich werden, wenn du wieder heiratest. Ich weiß, dass du meinen Sohn Dumuzi über alles geliebt hast. Doch verheirate dich mit dem Mann, der wie Dumuzi dein Herz gewinnen kann, nicht mit dem, den die alten Sitten vorsehen."

Inanna fühlte sich gründlich missverstanden und entgegnete: „Ich werde überhaupt nie mehr heiraten. Kein Zweiter ist wie Dumuzi, und einen anderen Ehemann will ich nicht."

Enki war gerührt, dass sie noch immer so von seinem Sohn sprach. „Wir werden sehen, Inanna", sagte er ausweichend.

Bei ihrem Großvater Enlil brauchte sie nicht um den heißen Brei herumzureden. Als sie ihn am dritten Besuchstag allein in seinem Arbeitszimmer wusste, kam sie bald auf ihren Plan zu sprechen.

„Großvater, alle meines Standes und meines Alters haben verantwortungsvolle Aufgaben. Einige sind sogar Gebieter über einen eigenen Landstrich. Und was habe ich? Mit Dumuzi habe ich auch Afrikas Mitte verloren. Woanders gibt es aber keinen Bereich für mich."

Enlil schüttelte bedenklich den Kopf. „Du vergisst, liebe Inanna, dass du kein Sohn bist. Töchter stellen keine solchen Ansprüche, es steht ihnen nach Recht und Sitte nun mal nicht zu."

Inanna erinnerte Enlil daran, Marduk besiegt zu haben, den größten Widersacher Ninurtas und der ganzen Familie.

„Das ist für eine Tochter ebenfalls eine außergewöhnliche Leistung, die mich von anderen hochgestellten Frauen unterscheidet. Auch in den beiden Pyramidenkriegen habe ich das Schlachtfeld mit den Söhnen geteilt. Sag, welche Frau aus königlicher Familie hat das je getan? Ich bin genauso fähig wie ein Mann, nein, besser als viele von ihnen."

Ohne jede Bescheidenheit zählte sie ihre Verdienste auf, um den obersten Herrn der Erde für ihre Ansprüche zu gewinnen.

Enlil konnte nichts bestreiten. „Es stimmt schon", gab er zu. „Du hast dich tapfer wie ein Mann geschlagen und viel für unsere Familie getan. Aber ein eigenes Land?"

Inanna trat ein paar Schritte auf Enlil zu und ergriff seine Hände.

„Bitte, liebster Großvater. Die Erde ist so groß. Überall leben auch Menschen. Sogar der ferne Kontinent jenseits des Ozeans wird erschlossen. Sicher gibt es ein lohnenswertes Land, das eine Herrin braucht."

Als Inanna ihn berührt hatte, überfiel Enlil wieder der alte Zauber ihrer Nähe. Es war, als ob ihre Energie und ihr Wille über die Hände in seinen Körper flossen. Der bittenden und zugleich zwingenden Kraft ihrer leuchtenden Augen konnte er nichts entgegensetzen.

„Also gut, Inanna, ich werde mir überlegen, welches Gebiet wir dir übereignen können. Im Moment könnte ich wirklich nicht sagen, wo das sein soll. Außerdem muss ich diesen Schritt mit dem Zwölferrat absprechen. Doch ich werde in deinem Sinne Fürsprache einlegen und die besonderen Gründe aufführen, die du schon genannt hast."

Nun umarmte ihn die Enkelin sogar, glücklich, den Erdenherrn auf ihrer Seite zu haben.

Noch bevor der Besuch bei Enlil beendet war, konnte Inanna von ihrem Großvater die erhoffte Nachricht erhalten.

Als er nach der Ratssitzung nach Hause kam, passte Inanna ihn sofort ab und überfiel ihn mit der Frage: „Haben sie mir ein Land gegeben?"

Enlil wehrte ab. „Aber meine Liebe, du bist ja genau so stürmisch und direkt, wie in deinen Kindertagen. Ich bin kaum hereingekommen und du überfällst mich schon."

Inanna gab sich einsichtig.

„Verzeih mir, Großvater. Selbstverständlich ziemt sich meine Ungeduld nicht, schon gar nicht, wenn es dich, den höchsten DIN.GIR auf Erden betrifft. Ich habe dir eine Erfrischung aus Traubensaft und Datteln in dein Arbeitszimmer bereitstellen lassen. Wenn du möchtest, kannst du mir danach vom Beschluss des Hohen Rates berichten."

Enlil war sofort besänftigt. „So ist es recht, Enkeltochter. Du hast ausgezeichnete Manieren, wenn du daran denkst. Nun komm mit, denn ich will dich nicht länger auf die Folter spannen."

Inanna hatte Enlil sogleich angesehen, dass er keine schlechte Nachricht für sie haben konnte. Doch wenn ihrer Bitte stattgegeben wurde, wo würde dann ihr Herrschaftsbereich sein? Sie musste sich sehr anstrengen, ihren Großvater nicht erneut mit Ungeduld zu überfallen.

Als Enlil einen Becher voll gekühltem Fruchtsaft getrunken hatte, sah er Inanna, die ihm gegenüber saß, bedeutungsvoll an.

„Du wirst dich erinnern, meine Liebe, dass wir nach der großen Sintflut die Erde in vier Regionen aufgeteilt haben."

„Ja, Großvater, die vier Weltgegenden, die noch heute Bestand haben."

Enlil nickte zufrieden. Die dritte Region ist von uns bisher stark vernachlässigt worden, die des großen Stromes weit im Osten, das Gebiet des Industales."

Nun war Inanna alles klar, doch vorerst schwieg sie, um Enlil nicht noch einmal Anlass zur Klage zu gebe und hörte aufmerksam zu, als er weitersprach.

„Längst sind die Menschen so weit ostwärts gezogen, dass sie sich auch dort angesiedelt haben. Der Zwölferrat hat einstimmig beschlossen, das fruchtbare Land am Indus zu kultivieren und wie schon hier bei uns und dann am Nil auch am Indus die Menschen zu einer fortschrittlichen Zivilisation zu führen. Dann werden sie zu unseren Erdenpläne auch noch bedeutend mehr beisteuern können. Es ist eine gewaltige Aufgabe, Inanna, ein ganzes Land zu erschließen, seine natürlichen Schätze zu bergen und den Menschen einen großen Schritt in ihrer Entwicklung nach vorn zu helfen. Fühlst du dich dazu imstande?"

Enlil wusste ohnehin, wie ihre Antwort ausfallen würde, dennoch wollte er ihr noch einmal vor Augen führen, was von einer Landesherrin erwartet wurde.

„Oh, Großvater, natürlich bin ich der Aufgabe gewachsen. Ich werde am Indus die dritte große Menschenzivilisation aufbauen. Sie soll ebenso blühen wie die beiden anderen."

Dann fiel aber ihr Überschwang in sich zusammen. Enlil sah sie skeptisch an. „Was ist, Inanna? Hast du es dir anders überlegt?"

Hastig versicherte sie ihrem Großvater: „Nein, nein, ich dachte nur gerade, dass es wirklich eine sehr abgelegene Gegend ist, in der ich ziemlich isoliert sein werde."

„Es ist die einzige Möglichkeit, dir ein eigenes Gebiet zu überantworten. Der Beschluss des Pantheons wird auf jeden Fall durchgesetzt, weil er zur Versorgung aller Anunnaki und der Menschen in der Alten Welt beitragen soll. Ganz besonders denken wir dabei an Getreidearten und Gemüse. Du müsstest also eine Vorratshaltung aufbauen und ein weit gefächertes Handelsnetz ins Leben rufen. Dazu wirst du Städte bauen müssen, Straßen, Lagerhäuser und vieles mehr. Doch all das kann auch ein anderer tun. Es gibt noch etliche ehrgeizige Söhne hochgestellter DIN.GIR, die nur darauf warten, so eine Gelegenheit zu bekommen."

Inanna wusste, dass sie diese Chance nicht vergeben durfte, wollte sie einst ebenso mächtig werden, wie ein Erbsohn der höchsten Familien.

Ich werde gern die Herrschaft über das Industal übernehmen und die Erwartungen des Hohen Rates voll erfüllen. Das verspreche ich dir Großvater."

Im Stillen dachte sie bereits, dass sie sich keinesfalls im fernen Osten isolieren lassen würde. Sie wollte hart arbeiten, aber so oft sie konnte in ihr privates Flugzeug steigen und nach Sumer fliegen. Auf diese Weise würde sie den engen Kontakt zum Zentrum der Macht nicht verlieren, aber dennoch als Herrscherin über ein großes Gebiet Aufbauarbeit leisten.

„Gut", sagte Enlil abschließend. „Nun muss ich nur noch die Zustimmung meines Hohen Vaters Anu einholen. Aber das dürfte kein Problem sein."

Inanna lächelte ihm gewinnend zu. „Gewiss nicht, Großvater. Ich danke dir sehr, dass du dich für mich eingesetzt hast."

Jetzt war Inanna froh, dass sie damals, als Anu zum Staatsbesuch auf der Erde war und den Tempel in Uruk bekam, dafür sorgte, dem Herrn der Zwei Planeten näher als allgemein üblich zu kommen. Wie nahe, wussten selbst die gut informierten Ratsmitglieder nicht, doch man munkelte etwas von Inanna als Anunitum, als Anus Geliebte.

Nun zahlte sich ihre weise Voraussicht aus.

Die düstere Zeit nach Dumuzis Tod hatte Inanna jetzt überwunden. Jetzt war sie sogar froh, dass aus der Verheiratung mit Nergal nichts geworden war und sie nun nichts mit Ereschkigal zu tun hatte. Am Indus würde sie die alleinige Herrscherin sein. Seit langem war sie nicht mehr so froh gestimmt. Die düsteren Jahre waren Vergangenheit.

Inanna bekam als Herrin der dritten Weltregion ein neues, schnelleres Fluggerät zugesprochen, damit sie das ganze Gebiet inspizieren konnte. Es reichte weit von der Indusmündung nach Norden und weit westlich und östlich des Flusses. Später sollten hier viele Siedlungen entstehen, die alle hin und wieder ihre Anwesenheit erforderten. Als offizieller Pilot wurde ihr Nungal zur Seite gestellt, der als guter Abgal bekannt war. Doch Inanna nahm sich vor, sehr oft selbst zu fliegen, um nicht aus der Übung zu kommen.

Als sie das Land der dritten Region zum ersten Mal überflog, bekam sie ein wenig Angst, wie sie dort inmitten üppiger, unberührter Natur eine moderne Zivilisation aus dem Boden stampfen sollte. Doch dann ging sie planmäßig zu Werke und entschied, was zuerst aufgebaut werden musste und vor allem wo. Dabei nutzte sie ihr eigenes geografisch-astronomisches Wissen und zog auch Priesterastronomen zu Rate.

Auf diese Weise entstand zuerst ihre Hauptstadt Aratta, die keineswegs an der Indusmündung lag, sondern etwa fünfhundert Kilometer nördlich, tief im Landesinneren. Aber diese Stelle befand sich genau auf der geheiligten Linie, die den astronomischen Weg Anus von dem Weg Enlils trennte. Auf diesem dreißigsten Breitengrad waren erdenweit bereits andere wichtige Städte und Bauwerke angelegt worden.

Inanna warb so viele Anunnaki und Menschen wie möglich, sich am Indus anzusiedeln. Die Urbevölkerung, ein Teil der Nachkommen des Noah-Sohnes Japhet, waren noch viel zu wenige, um in absehbarer Zeit Städte zu bauen, Bodenschätze zu heben und eine weite, landwirtschaftliche Nutzung des fruchtbaren Bodens in Gang zu bringen. Vor allem ausgebildete Menschenhandwerker jeglicher Art waren ihr willkommen.

Zeitgleich mit der Errichtung der Hauptstadt wurden deshalb Häuser für die Anunnaki sowie stabile Behausungen aus Ziegeln für die Menschen gebaut. Sofort begann Inanna damit, die Grundlage für eine eigene Ernährung zu legen. Bald prägten die Landschaft zu beiden Seiten des Indus Felder und Gemüsegärten. Aufgrund des außerordentlich guten Bodens und des Klimas waren mehrer Ernten im Jahr möglich.

Riesige Vorratsspeicher säumten die entstanden Ortschaften. In relativ kurzer Zeit wurde soviel Getreide und Gemüse geerntet, dass über Handelsstraßen und per Schiff ein großer Teil der Feldfrüchte ins Zweistromland geliefert werden konnte.

Auch im Süden des Indusreiches entstand nach und nach die große Stadt Mohenjo Daro.

Wie die Hauptstadt Aratta umgaben sie sieben Kilometer Mauer. Beide Städte erhielten Tempel, wie man sie im Sumerischen Reich kannte. Die Bauwerke des Tempelbezirkes lagen genau in der Nord-Süd-Linie, denn kein bedeutendes Gebäude war ohne astronomische Ausrichtung denkbar.

Später trug Inanna die Zivilisation auch an die Nebenflüsse des Indus. Dort entstanden zwar keine imposanten Bauwerke, doch zeugten die Ortschaften ebenfalls von einem hohen Zivilisationsstand.

Oft flog Inanna ins Zweistromland, wo die ersten Städte der Erdbesiedlung lagen. Sie besuchte die Eltern oder Sippar, wenn sie Utu dort wusste. Sie suchte auch Enlil auf, der immer begierig auf ihre Berichte wartete und sehr zufrieden war. Hin und wieder war sie auch kurz bei Enki, wenn er in Eridu weilte.

Als Inanna wieder einmal ein paar Tage in Mesopotamien verbringen wollte, übergab sie einem fähigen Regenten die zeitweilige Herrschaft am Indus. Er sollte die Alltagsaufgaben erfüllen und auch die Menschen beaufsichtigen, sie jedoch fördern und ausbilden lassen.

Diesmal war Inanna bei Utu zu Besuch, der seinen Sohn Meschkiagascher in Uruk treffen wollte. So machte Inanna die Bekanntschaft eines Halbblutes, der als erster König von Uruk eingesetzt war. Diesen Sohn mit einer Menschenfrau wollte Utu fördern und konnte durchsetzen, dass er das oberste Amt in Uruk bekam.

Als sie Meschkiagascher sah, dachte Inanna sofort, dass seine Ähnlichkeit mit Utu erstaunlich war, denn nicht einmal seine anderen Kinder ähnelten ihm so sehr, obwohl sie Mütter ihres eigenen Volkes hatten.

Bald darauf wurde die Königswürde an Enmerkar, einem Sohn Meschkiagaschers, übertragen. Er widmete sich besonders den Bauvorhaben und machte Uruk von einer kleinen Tempelstadt zu einer großen Ortschaft, die sich mit anderen sumerischen Städten messen konnte. Von Anfang an war Uruk auch als Stadt der Metallbearbeitung geplant. In der Kunst der Gold-und Erzverarbeitung, des Schmelzens und des Gießens wurden die Menschen von Uruk unterwiesen, damit sie qualifizierte Arbeiter waren.

Fast jedes Mal, wenn Inanna vom Indus ins Zweistromland flog, kam sie auch nach Uruk, denn die Stadt gefiel ihr inzwischen sehr. Der König Enmerkar, durch Utu mit ihr verwandt, tat alles, damit sich die Herrin vom fernen Industal in seiner Stadt wohlfühlte. Durch die Präsenz einer der höchsten Frauen der DIN.GIR, die jetzt Macht erlangt hatte wie kaum eine andere, fühlte er sich selbst und Uruk aufgewertet. Enmerkar legte ihr eines Tages nahe, Uruk als ihren Zweitwohnsitz zu erwählen. Dafür wollte er ihr sogar einen neuen Tempel mit Wohnräumen bauen lassen oder Anus ersten, ungenutzten Tempel vervollkommnen.

Inanna fand die Idee vernünftig. Sie musste dann nicht jedes Mal bei einem Verwandten zu Besuch weilen und hätte außerdem ein offizielles Domizil im Alten Land, noch dazu in Anus Stadt.

Als sie sich dafür entschieden hatte, erklärte sie Uruk sogar zu ihrem Hauptwohnsitz, obwohl dies eigentlich Aratta sein müsste. Doch Anu, den man selbstverständlich fragen musste, erklärte sich einverstanden, dass sein ohnehin fast immer leerstehender Tempel für Inanna erweitert wurde. Dem Herrscher des Nibiru zu Ehren behielt sie den Namen Eanna bei, denn das Haus Anus sollte es immer bleiben.

Enmerkar war überaus erfreut und hatte Inannas Wohnung sehr kostbar ausgestattet. Edelsteine, Gold und Silber sowie Lapislazuli, das in ganzen Tafeln verarbeitet wurde, verzierten Mauern und Wände. Er hatte auch die Indushauptstadt Aratta aufgefordert, für das Heim ihrer Herrin einen Beitrag an kostbaren Steinen und Gold zu liefern.

Kurz darauf suchte eine Dürreperiode die Indusregion heim. Da sah Enmerkar seine Chance gekommen, der alleinige Regent unter Inannas Herrschaft zu werden. Durch die Dürre geschwächt, konnte er vielleicht erreichen, dass Aratta sich ihm, dem König von Uruk unterwarf, denn schließlich hatte er durch seinen Großvater hochherrschaftliche Verwandtschaft.

Doch der von Inanna eingesetzte Regent von Aratta war ein kluger Mann und gab vor, die Botschaft aus Uruk in der für ihn fremden Sprache und unbekannten Schrift nicht lesen zu können. So gewann er Zeit. Doch Enmerkar verfasste mit Hilfe der sprach-und schriftkundigen Herrin Nidaba eine neue Aufforderung zur Unterwerfung. Als die Tontafel mit den Keilschriftzeichen endlich am Indus eintraf, brachten die Wolken Sturm herbei und gossen den ersehnten Regen über das trockene Land. Der Regent der Indusregion nahm dies als Zeichen, dass die Herrin Inanna ihre schützende Hand noch immer über das fernöstliche Indusgebiet hielt und dass sie ihren Wohnsitz in Aratta behalten wird. Daher wollte er sein Land nicht an das ferne Uruk ausliefern.

Inanna beließ es dabei, zwischen zwei Ländern hin-und her zu fliegen. Oft saß sie selbst am Pilotenpult. Manchmal ruhte sie sich während des Fluges aus und vertraute auf Nungal, sie sicher vom Himmel herab in ihre Wohnstätten zu bringen.

Dank Inannas kluger Führung gedieh die Zivilisation am Indus. Sie hatte sie aus dem Nichts erhoben, denn vorher fristeten dort lediglich wenige Menschen ein bescheidenes Dasein.

Da Inanna nun auch Uruk als ihren Wohnsitz ansah, wollte sie erreichen, dass die Stadt bedeutender wurde. Obwohl Uruk Anus Residenz auf der Erde war, trat dieses Ereignis so selten ein, dass Uruk dennoch nicht an die Bedeutung und den Glanz der alten Städte heranreichte. Die Stadt konnte sich auch nicht mit Kisch messen, denn dort hatte das Königtum des ganzen sumerischen Reiches seinen Sitz. Inanna überlegte hin und her, was sie unternehmen konnte, um ihrer Stadt zu mehr Ansehen und Bedeutung zu verhelfen. Eventuell konnte dadurch später das Königtum von Kisch nach Uruk verlagert werden. Dann fiel ihr ein, wie andere Städte gefordert hatten, dass Enki ihnen die ME auslieferte, die Dokumente, die alles Wissen bargen, das für einen hohen Zivilisationsstandard notwendig war. Es gab je einen ME für jedes Handwerk, ein ME für Mathematik, für Astronomie, Medizin, Schreibkunst, für den Tempeldienst und Rituale, für Kriegshandwerk und Waffen, für Staatsführung und sogar für Literatur und Musik, sowie noch weitere Tafeln des Wissens.

Daher wollte Inanna zu Enki reisen, der noch immer der Hüter dieser Unterlagen war. Enki weilte gerade im fernen AB.ZU, doch davon ließ sich Inanna nicht abschrecken und legte sich einen Plan zurecht, wie sie vorgehen wollte. Sie dachte sich bereits, dass Enki ihr nicht einfach die Tafeln geben würde. Daher wollte sie ihm mit viel Wein und Bier in angetrunkenem Zustand die wertvollen ME entlocken, notfalls auch mit Hilfe ihrer weiblichen Reize.

Wie immer freute sich Enki über ihren Besuch.

„Mein Mädchen", wie er Inanna gern nannte. „Ich freue mich, dich zu sehen. Ganz allein hast du die weite Reise unternommen."

„Ich habe dich schon lange nicht mehr aufgesucht, lieber Onkel. Außerdem war ich schon eine ganze Weile nicht in Afrika. Wie geht es dir und Tante Ninki?"

Enki führte sie in einen kostbar ausgestatteten Wohnraum und rief seinen Hausmeister: „Isimud, tische Gerstenkuchen mit Butter auf, gieße der Herrin kühles Wasser ein, damit sie sich erfrischen kann und trage auch noch Bier herbei."

Inanna war außerordentlich herzlich zu Enki und sorgte dafür, dass ihm immer nachgegossen wurde, sobald sie wieder die goldenen Becher erhoben hatten. Sie selbst trank dennoch sehr wenig. Als Enki schon weinselig wurde, brachte sie ihr Anliegen vorsichtig zur Sprache und machte ihm deutlich, dass auch Uruk die Formeln des Wissens zuteil werden mussten.

„Wenn Anu, der gepriesene Herrscher, das nächste Mal nach Uruk kommt, müsste er sich seiner Residenzstadt schämen, sollte sie nicht genau so bedeutend sein, wie andere Städte im Zweistromland. Da ich nun die Verantwortung für Uruk habe, fiele es auf mich zurück. Wie stehe ich dann vor Anu da? Er würde annehmen, ich sei eine schlechte Verwalterin der mir anvertrauten Gebiete."

Schließlich erreichte Inanna, dass ihr Enki nach und nach den einen oder anderen ME gab, bis sie schließlich eine stattliche Anzahl von Wissenstafeln hatte.

Die ungewohnte Alkoholmenge machte Enki nicht nur trunken, sondern auch sehr müde.

Als er schlief, reiste Inanna mit ihrer Beute sofort ab.

Enki erwachte mit pochenden Kopfschmerzen und sah sich allein. Ernüchtert fiel ihm ein, dass sie mit den unschätzbar wertvollen ME verschwunden war, heimlich, wie eine Diebin. Voller Wut, teils auf sich selbst, befahl er Isimud, den Piloten zu verständigen und mit dem größeren Fluggerät, das schneller war, Inannas kleines Himmelsfahrzeug einzuholen. Der Haushofmeister hatte den Befehl, die ME Inanna abzunehmen und wieder zurückzubringen.

Staunend sagte Isimud: „Aber Hoher Herr, du selbst hast doch der Herrin Inanna die Wissenstafeln geschenkt."

Enki tobte. „Sie hat mich überlistet und betrunken gemacht. Du musst sie sofort verfolgen, sie darf die ME nicht in ihre Hände kriegen."

Isimud beeilte sich, den Abgal zu rufen und schaffte es tatsächlich, Inanna einzuholen. Aber sie weigerte sich, die Formeln des Wissens wieder herauszugeben.

„Sage deinem Herrn, dass er nicht zurückfordern kann, was er mir geschenkt hat. Enki gab mir sein Wort, dass er jetzt nicht brechen kann."

Sie wandte sich ab und stieg wieder in ihre fliegende Himmelsbarke, die Isimud weiter verfolgte. In Eridu hatte er es geschafft, Inannas kleineres Flugzeug zur Landung zu zwingen. Inanna trat ihm stolz entgegen und stritt erneut mit Enkis oberstem Bediensteten um die ME. Sie wollte Zeit gewinnen, denn ihren Piloten Nungal hatte sie angewiesen, sofort wieder ohne sie zu starten und in Uruk die Wissensformeln sicher zu verbergen.

So hatte Inanna am Ende über Enki triumphiert.

Sogleich ging sie daran, all die detaillierten Anleitungen in die Tat umzusetzen, so dass die Stadt Uruk in erstaunlich kurzer Zeit noch einmal einen deutlichen Zivilisationsfortschritt zu verzeichnen hatte. Ihre Energie und ihr starker Wille hatte sogar zur Folge, dass mit Unterstützung ihres Großvaters Enlil, dem Erdenherr, das Königtum des Landes von Kisch nach Uruk verlegt wurde.

„ Was für ein Triumph", jubelte die ehrgeizige Inanna und gab ein großes Fest, das mehrere Tage andauerte. Nannar war stolz auf seine energiegeladene Tochter, aber kam zum ersten Mal auf den Gedanken, dass sie vielleicht zu ehrgeizig war. Sogar den findigen, weit höher stehenden Enki hatte sie hereingelegt und kaltblütig eine Freundschaft geopfert. Nannar fror innerlich, als er sich fragte, ob sie bald mächtiger als er selbst sein würde und dafür auch über ihn hinweggehen würde.

Dann verbot er sich derartige Spekulationen, sah wie seine schöne Tochter strahlte und gratulierte ihr wie alle anderen zu ihrem großen Erfolg.

Als Herrin der Königsstadt Uruk war Inanna gleichzeitig die oberste Tempelpriesterin. Sie hatte ohnehin schon immer gemacht, was sie wollte und auf die Meinung der Anderen keinen Wert gelegt. Der Erfolg war ihr soweit zu Kopf gestiegen, dass sie sich jetzt keinerlei Zwängen mehr unterwarf und begann, sogar offizielle Ausschweifungen einzuführen. Tempelprostitution gab es schon lange, doch nun nahm Inanna selbst daran teil. Sie führte das Ritual der geheiligten Hochzeit ein, wobei der ranghöchste Priester bei seiner Amtseinführung das Bett mit ihr teilte, jeweils nur für eine Nacht.

Da der ernannte Stadtkönig auch jeweils der oberste Priester war, wurde einer nach dem anderen Regent in einer rituellen Tempelzeremonie ihr Geliebter.

Der fünfte König von Uruk war Gilgamesch, der sich durch etliche Besonderheiten von seinen Vorgängern abhob. Er musste keine Aufbauarbeit mehr leisten, weil Uruk in seiner Regierungszeit bereits eine große, blühende Stadt war. Fruchtbare Gärten gediehen durch das Wasser des Euphrat, der durch Uruk floss und sich in viele künstliche Kanäle ergoss. Besonders eine entwickelte Metallurgie war für Uruk bezeichnend, die bereits zu Zeiten des ersten Königs Meschkiagascher ihren Anfang nahm.

Gilgamesch widmete sich vor allem der weiteren Befestigung seiner Stadt, denn nach wie vor überfielen sich die sumerischen Stadtstaaten gegenseitig oder Feinde aus benachbarten Gebieten waren auf Eroberungen aus. Daher waren hohe Schutzmauern unabdingbar. Gilgamesch ließ die Mauern auf neun Meter Höhe bringen und das auf einer Gesamtlänge von elf Kilometern.

Doch Uruks fünfter König hatte noch einen anderen, privaten Ehrgeiz. Er wollte wie das Herrenvolk vom Nibiru der schnellen Menschensterblichkeit entgehen. Durch Utu hatten seine Vorfahren ebenfalls einen mehr oder minder großen Teil des Blutes der Nefilim. So hatte Gilgameschs Vater Kullab, ein Hohepriester, eine entfernte Verwandtschaft mit Utu. Doch Gilgameschs Mutter war ebenfalls vom Volk des Planeten Nibiru, so dass er für sich in Anspruch nahm, zu zwei Dritteln zu den Herren der Erde zu zählen. Daher setzte Gilgamesch alles daran, ebenfalls die Lebensspanne der Nefilim zu erhalten. Gilgamesch wusste, dass er sein Ziel nur erreichte, wenn er zur Himmelswohnung der Herren aufstieg, um dort um den Trank und die Speise der Langlebigkeit zu bitten. Das konnte er nur, wenn er Zugang zu einem Fluggerät erhielt, irgendeinem schem, das ihn empor trug.

Auf einem Fest wandte er sich deshalb an Utu, der der Gebieter über die Flugplätze war. Ihm klagte Gilgamesch sein Leid, das ihn zunehmend bedrückte.

„Ich sehe, wie in meiner Stadt die Menschen sterben. Selbst die besten und größten von ihnen können nicht den Himmel erreichen. Sag, Utu, bin ich nicht dem Blute nach euch näher stehend als den Menschen? Kannst du mir das sagen, denn mein Herz ist schwer."

Utu wusste nicht recht, was er entgegnen sollte. Er wusste, dass Gilgamesch einerseits ein Nachfahre seines Sohnes mit einer Menschenfrau war und andererseits sogar von einer Nefilimmutter geboren wurde. Aber die Entscheidung über die Lebensspanne für Gilgamesch zu treffen, stand ihm nicht zu. Daher empfahl er ihm: „Strebe nicht nach dem, was unmöglich scheint. Wenn du auch nicht unsere Langlebigkeit teilst, so genieße dein Leben umso mehr. Freue dich an jedem Tag, den du erleben kannst. Esse die köstlichen irdischen Speisen, sei fröhlich, tanze und lache, schmücke dich mit schönen Gewändern und bade dich in den besten Essenzen. Freue dich an deinen Kindern und an der Liebe deiner Frau. Nehme das Schicksal der Menschen an."

Doch Gilgamesch wollte davon nichts wissen, denn er war ja kaum Mensch, sondern mehr vom Blute des Herrenvolkes. Er war so von Unrast getrieben, dass er sich nur noch wenig um die Belange seiner Stadt kümmerte. Man sagte sogar, er wäre ein harter, ja grausamer König, der die Menschen, die ihm anvertraut waren, nicht gut behandelte. Da verfielen die Einwohner von Uruk auf die Idee, dass ein ebenso starker Mann wie Gilgamesch gefunden werden musste, der ihren König besiegen konnte, denn Gilgamesch bestrafte die Verlierer der Schaukämpfe unnötig grausam.

Da verfielen die Menschen auf ein halbwildes Geschöpf, eine außerordentlich starke Kreatur Enkis, die daher Enkidu hieß. Ihn wollten sie zu Gilgamesch schicken. Außerhalb der Stadtmauern von Uruk bereiteten sie Enkidu vor, indem sie seine Sprache verbesserten und in den Sitten der Menschen unterwiesen.

Als Gilgamesch eines Nachts rastlos durch die Straßen irrte, um sich vom seinem Schmerz der Sterblichkeit abzulenken oder sich einfach eine Frau zu greifen, stellte sich ihm Enkidu entgegen. Es entbrannte ein heftiger Kampf, doch Enkidu hielt stand, so dass schließlich der erschöpfte Gilgamesch als erster das Knie beugte, zum Zeichen, das er aufgab. Erstaunt über den kräftigen Fremden, von dem etwas Wildes, aber Gutmütiges ausging, lud er Enkidu ein, den Becher der Freundschaft mit ihm zu leeren.

In der Folgezeit lernte Gilgamesch seinen neuen Begleiter immer mehr schätzen, denn er war ihm treu ergeben ohne die Erwartung der Edlen seines Königshofes, Vergeltung in Form von Ämtern und Reichtum zu erhalten.

Es blieb Enkidu nicht verborgen, dass sich sein Freund danach sehnte, dem frühen menschlichen Tod zu entgehen. Als er sah, wie König Gilgamesch darunter litt, anstatt sich seines hohen Standes zu erfreuen, wurde auch ihm das Herz schwer.

„Was kann ich tun, damit du wieder frohen Sinnes wirst?“ fragte er Gilgamesch, der immer trübsinniger wurde.

„Enkidu, ich kann mich einfach nicht damit abfinden, wie ein sterblicher Mensch zu sein, denn in mir fließt das Blut der Langlebigen und nur wenig von dem der Erdgeschöpfe. Es ist nicht gerecht, dass ich gleich ihnen in wenigen Erdjahren sterben soll. Die hohen DIN.GIR, die im Himmel wohnen, könnten das Los der Sterblichkeit von mir abwenden, doch dazu müsste ich zu ihnen reisen, um meine Bitte vorzutragen. Aber ich habe kein Fluggerät, das mich zu ihnen tragen könnte.“

Enkidu sah bekümmert seinen königlichen Freund an und schlug dann vor: „Wir könnten zunächst dort hingehen, wo die Himmelschiffe aufsteigen. Sind wir erst einmal dort, wird sich vielleicht eine Möglichkeit ergeben, deinen Wunsch zu erfüllen.“

Gilgamesch sah überrascht auf. „Du würdest mit mir kommen, Enkidu? Es kann gefährlich werden, unerlaubt das verbotene Gebiet zu betreten. Wir könnten zum Zedernberg gehen, nach Baalbek, wo immer noch die schems aufsteigen. Nebenbei könnte ich vielleicht den Handel mit Zedernholz für Uruk in Gang bringen.“

Enkidu war froh, Gilgamesch helfen zu können und sagte sofort zu. Der König von Uruk sann weiter darüber nach, wie er vorgehen könnte.

„Es heißt, dass der Berg von vielen unterirdischen Tunneln und Räumen durchzogen ist. Dort halten sich viele meiner Nefilimverwandten auf. Käme ich in den Berg, könnte ich eventuell mit der Fürsprache Utus und Adads in den Himmel aufsteigen.“

„Dann gehe zu Utu und bitte um Einlass in den Zedernberg, so lange der Herr der schems noch hier weilt“, ermutigte ihn Enkidu.

Am nächsten Morgen kleidete sich Gilgamesch sorgfältig an, gürtete zum Schluss seinen fransenbesetzten Umhang und setzte die Tiara auf sein frisch frisiertes Haupt. Dann ließ er sich bei Utu melden, um ihn noch einmal um Rat zu fragen und um Beistand zu bitten.

Utu war gar nicht erfreut, dass Gilgamesch noch immer nach Unsterblichkeit verlangte, obwohl er ihm von diesem Streben abgeraten hatte.

„Wenn du es denn unbedingt versuchen möchtest, Gilgamesch, dann gehe zum Zedernberg. Aber dort wirst du erst den Wächter Huwawa besiegen müssen, wie wir die automatische Abwehrmaschine nennen. Davor kann ich dich nicht beschützen, ohne den Zorn Enlils auf mich herab zu beschwören.“

Gilgamesch bedankte sich für die Erlaubnis, zum Landeplatz reisen zu können und rüstete sich für das bevorstehende Abenteuer. An seinem Königshof ließ er sich Waffen empfehlen, mit denen man gegen die Kraft des mechanischen Huwawa ankam. Auch die Hofbeamten rieten ihm noch einmal ab, sein noch junges Leben aufs Spiel zu setzen.

Gilgameschs Mutter Ninsun flehte Utu an, seine schützende Hand über ihren Sohn zu halten, denn auch sie vermochte nicht, Gilgamesch von der gefährlichen Reise zurückzuhalten. Daher sprach sie kurz vor dem Aufbruch noch mit Enkidu.

„Ich setze jetzt meine ganze Hoffnung nur noch auf dich, Freund und Gefährte meines Sohnes. Stehe ihm auf der weiten Reise bei, gehe dort voran, wo die Gefahr droht, um deinen König zu schützen. Versuche noch unterwegs, ihn zur Umkehr zu bewegen, und du wirst mir lieb und teuer sein wie ein Sohn."

Enkidu versprach der Herrin Ninsun, Gefahr von Gilgamesch abzuwenden und ihn zur Aufgabe seines Vorhabens zu bewegen.

Doch der Regent von Uruk hielt an seinem Plan fest.

Als die Gefährten endlich nach eineinhalb Erdenmonaten die Wälder des Zedernberges erreichten, wurde es bereits dunkel. Müde legten sie sich schlafen, um am nächsten Tag einem Pfad zu folgen, der gewiss in den Berg führte.

Erschrocken fuhr Gilgamesch aus dem Schlaf empor. Donnernde Geräusche und blendende Helligkeit umgaben ihn und Enkidu. Feuersäulen schossen in den Nachthimmel und Rauch hüllte sie ein. Als wieder Stille eintrat, senkte sich tiefe Schwärze auf das Zedernland, und etwas Asche rieselte auf die Reisenden herab.

„Was war das? Greift Huwawa schon an?" wollte Enkidu von Angst ergriffen wissen. Gilgamesch hatte sich schneller von dem Schrecken erholt.

„Nein, das war ein startendes Raketenschiff. Es fliegt mit Lärm, Feuer und Rauch in den Himmel hinauf, wie wir es eben erlebt haben. Wir sind also unserem Ziel ganz nahe."

Bereits in der Morgendämmerung erhoben sie sich, um dem Pfad in den Wald zu folgen. Vorsichtig umgingen sie Hindernisse, die versteckte Waffen sein könnten, bis sie zu einem Tor kamen, das den Eingang in den Berg der Nefilim versperrte. Als Enkidu sah, wie Gilgamesch auf das Tor zuging, entsann er sich des Versprechens, das er Ninsun gegeben hatte und eilte vor, um als Erster das metallene Tor zu öffnen. Doch kaum dass er es berührte, wurde er von einem so starken Stromschlag zurückgeworfen, dass er wie leblos liegen blieb. Gilgamesch sah entsetzt auf seinen Freund und dachte, er sei tot. Als er bemerkte, dass seine Brust sich noch in Atemzügen hob, versuchte er Enkidus Bewusstsein zu wecken. Aber es wechselten noch zwölf Mal Tag und Nacht, ehe Enkidu wieder erwachte.

Während sein Freund krank und stumm daniederlag, erkundete Gilgamesch die Umgebung. Es musste noch einen anderen Weg in den Berg geben, sagte er sich. Dem Tor wollte er sich nicht mehr nähern, denn er wusste nun, wie gefährlich es war.

Tagelang streifte er umher, ohne etwas zu finden. Er fing hin und wieder einen Vogel oder erlegte Wild, um sich Nahrung zu verschaffen. Außerdem sammelte er Früchte ein und fand eine sprudelnde Quelle. Von diesem Wasser versuchte Gilgamesch, Enkidu etwas einzuflößen.

Nach Ablauf einer Woche entdeckte er den Eingang zu einem unterirdischen Gang. Lange hielt er sich in dessen Nähe im Strauchwerk verborgen, um auszukundschaften, ob jemand käme oder zu welchem Zweck der Eingang da war. Gespannt lauschte er den Geräuschen aus dem Inneren, die ihm sagten, dass er einen Aufenthaltsort der Anunnaki gefunden haben musste.

Gilgamesch überlegte, ob er ohne Enkidu in den Gang gehen oder warten sollte, bis der Gefährte aufwachte. Doch das konnte noch lange dauern. Vielleicht wacht der Freund nie mehr richtig auf, sagte er sich betrübt. So entschloss er sich, am nächsten Tag allein den Eingang in das Berginnere zu erkunden.

Doch zu seiner großen Freude schlug Enkidu endlich die Augen auf. Vor Durst konnte er kaum sprechen, so dass Gilgamesch ihm immer wieder ein paar Schlucke Wasser gab. Auch einige Datteln nahm Enkidu schon zu sich.

Als Gilgamesch gewahrte, wie schwach Enkidu war, beschloss er, noch einen Tag zu warten, ehe er in den Berg vordringen wollte. Doch Enkidu riet ihm davon ab.

„Sieh, was mir das Tor der Herren angetan hat. Wer weiß, was im Tunnel auf uns wartet. Geh nicht, Gilgamesch, sonst wirst du noch den Tod finden. Lass uns nach Hause gehen, nach Uruk, wo deine Freunde und die Menschen auf ihren König warten."

Gilgamesch half Enkidu auf, um zur Kräftigung ein wenig umherzugehen. Dabei zeigte er ihm auch den verborgenen Eingang. Enkidus Warnungen vor höchster Gefahr wischte er beiseite.

„Nun bin ich endlich am Ziel der weiten Reise. Ich kann nicht mehr aufgeben. Jetzt schon gar nicht, wo wir noch eine zweite Möglichkeit haben, in den Kern des verbotenen Gebietes zu gelangen."

Es blieb Enkidu nichts anderes übrig, als zu versuchen, mögliche Gefahren von Gilgamesch abzuwenden. Gekräftigt durch Wasser und Nahrung und eine erholsame Nacht, brachen die Gefährten am folgenden Tag zum Eingang auf. Als sie begannen, das Gestrüpp beiseite zu räumen, erhob sich aus dem Inneren Getöse, als ob ein schweres, metallenes Ungeheuer sich näherte.

Erschrocken rief Enkidu: „Das wird Huwawa sein!"

Hastig versuchten beide, sich hinter Bäumen in Sicherheit zu bringen, bis sie herausgefunden hatten, wie sie den gefährlichen Wächter bekämpfen sollten. Doch sein Anblick raubte ihnen den Mut. Er sah schrecklich aus. Am schlimmsten war jedoch seine alles versengende Strahlenwaffe, die er auf der Stirn trug. Von dort schickte er Feuer aus, das wie ein Messer schnitt, sengte und eine Schneise der Vernichtung schlug, wohin seine grellen Strahlen trafen.

Entsetzt erkannte Gilgamesch, dass er dieses Ungeheuer nicht besiegen konnte.

Da vernahm er plötzlich die Stimme Utus, der aus der Höhe sah, wie die Eindringlinge dem Tode nahe waren. Gilgamesch war weder erschrocken noch verwundert, dass einer der Nefilim aus der Ferne sah und sprach, war er doch derlei gewöhnt. Es gehörte zu den Dingen, die zu verstehen nicht einmal er, ein König, für würdig befunden wurde. Gilgamesch war es recht so, denn wer weiß, ob ihm dadurch nicht die Schmach erspart blieb, es ohnehin nicht zu begreifen.

„Flieht nicht vor Huwawa, sondern geht auf ihn zu. Ich werde euch helfen."

Es fiel den beiden schwer, vor so viel Zerstörungskraft nicht davonzulaufen. Doch da sie die scheinbare Allmacht der Anunnaki kannten, fassten sie Mut und gingen näher. Gilgamesch spürte einen Wind durch die Bäume fegen, der die Feuerstrahlen auf der Stirn des Ungeheuers auslöschte. Als sie sich gefasst hatten und noch etwas dichter an Huwawa traten, bemerkten sie, dass er bewegungsunfähig war.

„Schnell, Enkidu, jetzt werden wir den Schrecklichen mit unseren Waffen niedermachen, bevor er vielleicht wieder zum Leben erweckt und seine tödlichen Strahlen erneut aussendet. Noch vor Gilgamesch schlug Enkidu auf den Wächter des Zedernberges ein, bis er mit lautem Krachen zu Boden fiel. Dort zertrümmerten sie ihn vollends, um ihres Sieges sicher zu sein.

Gilgamesch warf die Arme empor und rief, überzeugt, dass er gehört wurde: „Ich danke dir, Herr der schems, für deine Hilfe, die uns vor dem Feuertod bewahrt hat."

Erschöpft, aber unendlich erleichtert, gingen der König von Uruk und Enkidu zu einem Bach, um sich zu säubern und im Schatten der Zedern zu rasten.

Wie ihr Bruder Utu, hatte auch Inanna aus der Ferne den Kampf des Königs ihrer Hauptstadt verfolgt. Sie wusste von seinem Vorhaben, am Landeplatz von Baalbek nach Unsterblichkeit zu suchen. Da sie ohnehin oft hier war, um mit ihrem persönlichen Fluggerät zu starten und zu landen, wollte sie wissen, wie das Unternehmen für Gilgamesch ausging. Erreichte er durch die Gabe der DIN.GIR die

Langlebigkeit, würde er auch unter ihrer Oberhoheit einen anderen Status als bisher haben.

Sie trat aus dem Berg und sah, wie sich Gilgamesch entkleidete, um sich am Bach von den Spuren des Kampfes zu reinigen. Sie beobachtete, wie er sich das lange Haar wusch, wieder flocht und es auf den Rücken warf. Auch seine Waffen säuberte er mit Bedacht. Nie hatte sie ihn bisher mit Begehren betrachtet, doch diesmal empfand sie den heftigen Wunsch, Gilgamesch zu ihrem Geliebten zu machen.

Als er sich in saubere Gewänder kleidete, den Mantel gürtete und die Tiara auf den Kopf setzte, sprach sie ihn an.

„Komm, Gilgamesch, sei mein Geliebter. Schenk mir deine Frucht. Sei du mein Gatte, ich dein Weib. Ich werde dich reicher und viel mächtiger machen, als bisher. Du sollst über andere Könige herrschen, in einem Palast wohnen, der prächtiger als dein jetziger ist und in goldenem Wagen fahren."

Nie hätte Inanna erwartet, was ihr daraufhin zur Antwort gegeben wurde. Stets hatten bisher alle Männer ihre Gunstbeweise geschätzt. Doch Gilgamesch schlug ihr unverholenes Ansinnen ab.

„Sag, welchen deiner Liebhaber hast du immer geliebt? Wie der Anderen wirst du meiner bald überdrüssig werden. Sogar während der Trauerzeit um Dumuzi hast du dir Liebhaber genommen. Außerdem habe ich dir, einer mächtigen Herrscherin der DIN.GIR, nichts zu bieten."

Inanna war sprachlos über soviel Unverfrorenheit. Wie konnte ein halber Mensch in diesem Ton mit ihr sprechen! Ihre Gefühle für Gilgamesch schlugen in tödlichen Hass um. Dafür wird er sterben, schwor sich die Verschmähte. Wutentbrannt schleuderte sie ihm entgegen: „Dieser Kampf wird der letzte deines Lebens gewesen sein, denn ich werde es beenden."

Da erkannte Gilgamesch, dass er sich unbedacht benommen hatte. Wenn er schon Inanna zurückweisen wollte, hätte er es nicht in dieser beleidigenden Form tun dürfen. Nun hatte er in ihr eine mächtige Feindin, die ihn vernichten wollte.

Eiligst brachen er und Enkidu auf, um schnellstens Uruk zu erreichen, wo ihn seine Streitmacht beschützen könnte. Durch den Zorn Inannas war es völlig sinnlos geworden, sein eigentliches Ziel weiter zu verfolgen. So brachen die Gefährten enttäuscht und voller Sorge auf.

Inanna war so empört, dass sie sogar Anu informierte. Sie sagte nicht alles, nur dass der König von Uruk sie aufs Schändlichste beleidigt hätte, so sehr, dass ihre Ehre nur durch seinen Tod wiederhergestellt werden konnte. Da Gilgamesch trotz seiner Mutter kein vollwertiges Mitglied des Nibiruvolkes war, stand Anu dem ihm fremden König gleichgültig gegenüber. Er gewährte seiner geliebten Inanna den so genannten Himmelsstier, den GUD.AN.NA, der eine fliegende Kampfmaschine mit zwei wie Hörnern wirkenden Antennen war, die zur Fernsteuerung dienten.

Als Utu davon erfuhr, war er zwischen seiner Zwillingsschwester und Gilgamesch hin und her gerissen, hatte er doch der Herrin Ninsun versprochen, ihn zu beschützen. Er konnte den Himmelsstier nicht bekämpfen, ohne sich offen gegen Inanna zu stellen. Da verfiel er auf die Idee, Gilgamesch zu einer schnelleren Flucht zu verhelfen und schickte einen Abgal mitsamt seinem Fluggerät zu dem flüchtigen König von Uruk. Statt eineinhalb Monaten zu Fuß war Gilgamesch daraufhin in drei Tagen vor den Toren seiner Stadt, da er den Großteil des Weges wie ein Vogel in raschem Flug den Himmel durchquert hatte. So entkam er nur mit Hilfe Utus der tödlichen Rache Inannas.

Hinter den Toren von Uruk rief Gilgamesch eilig Soldaten zusammen. Doch Enkidu war vor der Stadt geblieben, um den Angreifer aufzuhalten. Die fliegende Kampfmaschine schoss mit solcher Zerstörungskraft auf ihn, dass der Erdboden von tiefen Kratern übersät war. Enkidu hatte großes Glück, dass er nicht direkt getroffen wurde, doch die Druckwellen schleuderten ihn in einen der Krater, wo er reglos liegen blieb.

Da ließ das metallene Ungeheuer von ihm ab und trat den Rückzug an.

Als Enkidu wieder zu sich kam und aus dem Krater kroch, gelang es ihm, sich ungesehen zu nähern und die Kampfmaschine soweit zu beschädigen, dass sie funktionsunfähig war.

Die Menschen von Uruk lobten den treuen Enkidu, und Gilgamesch war überaus gerührt von der Opferbereitschaft seines Freundes, der zu seiner großen Erleichterung noch lebte. Der König von Uruk vergaß nicht, auch Utu für seine Hilfe zu danken, huldigte und pries ihn in seien Gebeten.

Inanna war außer sich vor Zorn. Wie konnte es sein, dass Gilgamesch dem GUD.AN.NA entkam und die Kampfmaschine sogar zerstört wurde. Da wandte sie sich abermals an ihren Gönner, den Herrscher der Zwei Planeten. Anu berief eine Ratsversammlung ein und forderte, wie seine geliebte Inanna verlangt hatte, den Tod von Gilgamesch und Enkidu zu beschließen.

„Zwei unserer besten Abwehrwaffen wurden vernichtet. Huwawa und der Himmelsstier sind besiegt. Daher müssen Gilgamesch und Enkidu sterben."

Diesmal trat Enlil für den sterblichen Gilgamesch ein. „Nein, lasst Gilgamesch am Leben. Er hat viel von uns und ist sicher daher den Waffen entkommen. Beschließt nur Enkidus Tod."

Utu musste sich über seinen Großvater wundern und warf ein: „Aber er ist doch nur der Diener von Gilgamesch und muss tun, was von ihm verlangt wird.

Wie kann man seinen Tod fordern, nur weil er seinem Herrn und Freund treu gedient hat."

Da rief Inanna aufgebracht: „Wir können sie nicht beide ungestraft davonkommen lassen. Das käme einem Sieg der Sterblichen über uns, ihre Herren, gleich."

Schließlich einigten sich die Anwesenden, Enkidus Todesurteil in lebenslange Zwangsarbeit unter Tage umzuwandeln.

Enkidu, der wieder krank und besinnungslos auf einem Bett lag, machte Gilgamesch große Sorgen. Mein Freund hat sich noch nicht richtig erholt, seit die Kraft des Tores ihn lähmte, wurde ihm voller Kummer klar. Der neuerliche Kampf mit dem Himmelsstier hatte ihm die letzten Kraftreserven gekostet. Er wird sterben, befürchtete Gilgamesch, weil er alles tat, um von mir Unheil abzuwenden. Wo werde ich wieder einen so selbstlosen Getreuen finden, dachte er traurig.

Doch Enkidu erholte sich auch diesmal. Kaum, dass er genesen war, überbrachte man ihm und Gilgamesch den Ratsbeschluss.

„Enkidu, es wird jemand im Adlergewand der Piloten kommen und dich zum Haus der Dunkelheit führen. Dort, in der unterirdischen Wohnung in der Tiefe des Bergwerks, sollst du den Rest deines Lebens fristen, da, wo nur Staub ist und kein Tageslicht. Dort sollst du bleiben und diesen Ort nie wieder verlassen."

Gilgamesch war sehr betrübt über das Schicksal Enkidus, konnte aber nichts gegen das Urteil der DIN.GIR ausrichten. Daher bat er noch einmal Utu, Gnade für Enkidu zu erwirken.

„Ich habe es schon getan", bekam er zur Antwort. Das erste Urteil sah euer beider Tod vor."

Da erschrak Gilgamesch und wurde wieder an seine Sterblichkeit erinnert, der er noch immer nicht entronnen war. Wieder von innerer Unruhe getrieben, ging er in seinem prächtigen Haus umher, wanderte auch durch die Innenhöfe und den kunstvollen Garten, der mit dem Wasser des Euphrats am Leben gehalten wurde. An die heiße Sonne gewöhnt, arbeiteten mehrere Gärtner tagein, tagaus an der grünen und blühenden Pracht. Gilgamesch sah, wie sie eine erst vor kurzem angepflanzte Tamariske gossen, die ihn mit ihren Blüten erfreuen sollte und dazu beitragen würde, noch mehr lichten Schatten in den Garten zu bringen. Der Wind bewegte das Laub der Bäume und Sträucher, deren große rote Blüten zahllose Nektarsammler anlockten. Da fiel ein schräger Sonnenstrahl durch das Blattwerk und blendete Gilgameschs Augen.

BABBAR, der Strahlende schickt seine Kraft zu mir, dachte er. Das erinnerte ihn an Utu, dessen Namen ebenfalls mit hellem Schein und Glänzendem verbunden war und dem die Sonne unter den Himmelskörpern zugeordnet wurde. Von seinen eigenen Gedanken gebannt, blieb er stehen. Utu herrscht auch über den

Raumflughafen im Land der Bergwerke. Dort in Tilmun, dem Ort der Raketen, muss ich mein Glück noch einmal versuchen, sagte er sich. Fieberhaft überlegte er weiter, noch immer davon besessen, der gefürchteten Menschensterblichkeit zu entgehen.

Gilgamesch entschloss sich, Enkidu ins Bergwerksgebiet zu begleiten, denn diesen Dienst wollte er dem Freund noch erweisen. Dann würde er weiter zum Flughafen gehen. Mit diesen Gedanken lief er noch immer die Gartenwege entlang. Die Gärtner taten, als ob sie nichts bemerkten, denn nur allzu gut kannten sie die Ruhelosigkeit ihres Herren.

Diesmal wollte sich Gilgamesch den Weg ins Sperrgebiet nicht erkämpfen, weil er nichts gegen die Macht der Nefilim ausrichten konnte und Enkidu nur Unglück gebracht hatte.

Er entschloss sich, darum zu bitten, Einlass zu erhalten. Dann stürzte er ins Haus, um alles für eine weite Reise vorzubereiten.

Gilgamesch benachrichtigte den Senat von Uruk und seine Mutter Ninsun, dass er abermals zum Land der schems aufbrechen wollte. Eindringlich rieten ihm die Ältesten seiner Stadt, den Herrn Utu um Erlaubnis zu bitten, das Hoheitsgebiet der Herren, die vierte Weltregion betreten zu dürfen. Auch Ninsun bat ihren Sohn, Utus Einverständnis einzuholen. „Sage es Utu“, betonte sie immer wieder.

Der Herr der Raumfahrtanlagen und Landeplätze zeigte sich sehr besorgt. Utu fühlte sich für Gilgamesch verantwortlich, denn er war einer seiner Nachkommen. Als Gilgamesch von einem weiteren Versuch zu ihm sprach, runzelte Utu die Stirn und warnte den waghalsigen König von Uruk.

„Du hast am Zedernberg selbst erlebt, welche schrecklichen Waffen den Eintritt verwehren. Wäre ich dir nicht zu Hilfe gekommen, hätte dich die Strahlenwaffe vernichtet. Dem gleichen Feuer wirst du dich im Sinai aussetzen. Du wagst zuviel, Gilgamesch.“

Doch der fünfte König von Uruk war sehr starrsinnig. Er bat so lange, bis Utu schließlich einwilligte, die Reise zu gestatten. Er schilderte ihm noch eindringlich die Strapazen des weiten Weges über Land, denn Gilgamesch besaß kein Flugzeug.

Während Enkidu sich langsam wieder von seiner Krankheit erholte, beschloss Gilgamesch, nicht den beschwerlichen Weg nach Westen zu gehen. Eilig ließ er sich ein Schiff bauen und neue Waffen schmieden. Der Seeweg schien ihm günstiger und würde ihn sicherer ins Land der startenden Raketen führen. Er brauchte sich nur immer nahe der Küste zu halten und vom Persischen Golf um die Sinaihalbinsel herum ins Rote Meer zu fahren.

Als alles bereit war, ließ er die Segel setzen und fünfzig Ruderer Platz nehmen. Dann brach er gemeinsam mit Enkidu in Richtung der vierten Weltregion auf.

Eine Weile ging alles gut. Gilgamesch fühlte sich ernergiegeladen und war bester Dinge. Das Schicksal hatte ihm eine zweite Möglichkeit geboten, seinen Traum zu verwirklichen. Enkidu aber hatte sich verändert. Er war längst nicht mehr so kräftig wie zuvor. Seit das Tor am Zedernberg ihn niedergeschlagen hatte, besaß er nicht mehr die alte Gesundheit. Der Kampf mit dem mechanischen Himmelsstier vor Uruk hatte ihm weiter viel von seiner Energie geraubt und ihm neuerliche Krankheit gebracht. Enkidu fühlte selbst, dass er jetzt in steter Schwäche lebte und machte sich Sorgen, wie er in diesem Zustand seinem Freund beistehen sollte. Traurig blickte er zur Küste, hinter der das Bergland sichtbar war. Was er dort erkennen konnte, ließ ihm das Blut erstarren. Er rief Gilgamesch und streckte zitternd seinen Arm aus.

„Da sieh, ein neues Ungeheuer sendet seine Strahlen gegen uns aus. Wie Huwawa speit es weit reichendes Feuer über das Meer. Lass uns sofort umkehren, zurück nach Uruk."

Gilgamesch verstand nicht, wieso sie bereits jetzt bekämpft wurden, wollte aber auf keinen Fall weichen. Er wusste nicht, dass er Enlils Zorn heraufbeschworen hatte, indem er Enkidu mit auf sein Schiff nahm.

Als Enlils Informanten, die er überall hatte, ihm zutrugen, dass der König von Uruk und Enkidu eine Seereise antraten, packte Enlil großer Ärger. Er war es nicht gewohnt, dass seine Anordnungen missachtet wurden.

„Nusku!" schrie er nach seinem obersten Beamten. „Leite sofort in die Wege, dass das Schiff von Gilgamesch mitsamt seinen Insassen vernichtet wird. Das ist nun der Dank, dass ich im Rat für diesen eigensinnigen Halbmenschen eingetreten bin. Ich habe ihn vor dem Todesurteil bewahrt, aber er widersetzt sich meinem Befehl. Enkidu sollte von einem Piloten abgeholt werden, einem der Adlermänner Utus. Stattdessen bringt Gilgamesch ihn weg und will ihn wahrscheinlich verstecken, damit dem Wilden Mann die Bergwerksarbeit erspart bleibt. Jetzt haben beide ihr Leben verwirkt."

Wütend knallte Enlil seinen Hörnerhut auf den Tisch. Nusku beeilte sich, die Wächter von Tilmun zu benachrichtigen, dass sie das Schiff auf Befehl des Erdenherrn versenken sollten.

Gilgamesch versuchte den aufgeregten Freund zu beruhigen. „Nein, Enkidu, ich kann doch nicht bei der ersten Schwierigkeit aufgeben. Schon zwei Mal haben wir die Wächterungeheuer besiegt. Ich werde daher auf die Küste zusteuern und mich dem Kampf stellen."

Enkidu packte Gilgameschs Arm und versuchte, ihn noch umzustimmen.

„Diesmal werden die Strahlen uns treffen. Wir geben eine gute Zielscheibe auf dem Wasser ab. Mein Leben ist ohnehin nichts mehr wert, da mich harte Fron unter Tage erwartet. Aber du, stolzer König des schönen Uruk, solltest dein Leben nicht leichtfertig wegwerfen. Höre auf mich und kehre um."

Gilgamesch sagte traurig und gerührt zugleich: „Ich weiß, dass du nur aus Sorge um mein Leben so sprichst, Enkidu. Aber ich kann einfach nicht zurück. Ich muss um jeden Preis versuchen, der Sterblichkeit zu entgehen."

Als sie der Küste näher kamen, geschah das Unglück, vor dem Enkidu seinen Freund und König bewahren wollte. Die Segel gingen zerfetzt in Flammen auf. Hitze und Rauch nahmen allen den Atem. Die Besatzung wurde zu Boden geschleudert, als das Schiff sich plötzlich zur Seite neigte. Wie von unsichtbarer Hand wurde es ins Wasser gedrückt, bis das ganze Schiff in den Wellen versank.

Gilgamesch und Enkidu konnten als Einzige schwimmen und retteten sich mit letzter Kraft ans Ufer. Doch diese Anstrengung war zuviel für Enkidus ausgezehrten Körper. Noch in derselben Nacht wurde er wieder krank und fühlte sich dem Tode nahe. Er würde es begrüßen in Freiheit bei seinem Freund zu sterben. So bliebe ihm die lebenslange Dunkelheit der Bergwerke erspart. Enkidu hatte sich sowieso nicht vorstellen können, für immer tief in der Erde zu leben, war er doch von Jugend an mit den Gazellen und anderen Tieren durch die Weiten der Landschaft gezogen. Stets hatte er die Sonne und den Wind auf der nackten Haut gespürt und in den kühlen Nächten die Unzahl der Gestirne funkeln sehen. Er fühlte, dass es mit ihm zu Ende ging und war beinahe dankbar dafür angesichts des Schicksals, das man für ihn bestimmt hatte.

Gilgamesch war verzweifelt. „Enkidu, du musst wieder gesund werden. Ich werde dich vor den Bergwerken bewahren und mitnehmen, wenn ich das Gebiet der schems betrete. Ich werde für mich um das lange Leben der Nefilim und für dich um die Wiederherstellung deiner früheren Kraft bitten. Bringe nur soviel Energie auf, dass du dort hingelangen kannst. „

Doch alles war vergebens. Enkidu erholte sich nicht mehr und starb.

Tiefe Trauer erfasste Gilgamesch. Er hatte noch nie einen Menschen kennen gelernt, der ihm so treu ergeben war, wie der einst wilde Enkidu. Nun hatte er sogar sein Leben eingebüßt, während er seinem Freund und König bei der Erfüllung dessen Lebenstraumes half.

Als sich Gilgamesch wieder gefasst hatte, sah er sich im ersten Morgenlicht um. Die weite Landschaft schien menschenleer zu sein. Keine Ansiedlung war zu erblicken so weit das Auge reichte. Nur in der Ferne schimmerten die Umrisse der Berge im verwaschenen Rot der aufgehenden Sonne. Er fühlte sich einsam und verlassen. Ohne recht zu wissen, wohin er sich wenden sollte, ging Gilgamesch tagelang umher, verzagt von der Trauer um Enkidu. Dann besann er sich jedoch wieder auf den Zweck seiner Reise. Gerade erst mit dem Tod konfrontiert, setzte erneut seine Angst vor der baldigen Sterblichkeit der Menschen ein.

Gilgamesch wusste, in welcher Richtung sein Ziel lag und orientierte sich an den Sternen, die er gut kannte. Da er gleichzeitig der höchste Priester von Uruk war und die Tiara trug, hatte er im Tempel viel über die Himmelskunde gelernt. Als er endlich in eine Gegend kam, in der wieder Menschen wohnten, erkundigte er sich, welcher der Herren hier herrschte. Es war das Land, dem Nannar zu dieser Zeit vorstand, den die hiesigen Menschen auch Sin nannten und nach ihm das ganze Gebiet als Sinai bezeichneten.

Dann bin ich richtig, dachte Gilgamesch, denn die Halbinsel gehörte Utus Vater. Nun musste er nur noch über die Berge kommen, um seinem Ziel nahe zu sein.

Ein lautes, heiseres Brüllen ließ Gilgamesch auffahren. Löwen, dachte er erschrocken. Da sah er sie, nahe dem Weg über den Pass, den er nehmen musste, da kein anderer über die Bergkette führte. Unwillkürlich dachte er an den einst so starken Enkidu, der ihm jetzt eine große Hilfe gewesen wäre.

Es war schon spät am Tag, und Dunkelheit senkte sich schnell herab. Unruhig fiel Gilgamesch in Schlaf, aus dem er immer wieder wachsam aufschrak. Kurz vor der Dämmerung träumte er, dass Nannar zu ihm spräche und ihm eine gute Zukunft weissagte. Aus dieser Verheißung schöpfte er Mut und Kraft, um sich den Löwen entgegenzustellen, die noch immer den Bergpass belagerten.

Ein riesiges Tier mit dunkler Mähne sah in Gilgamesch einen Eindringling, der die Grenzen seines Reviers überschritten hatte. Mit schnellen Sprüngen näherte sich der Löwe und fiel den König von Uruk an. Doch Gilgamesch hatte sich vorbereitet und umklammerte mit eiserner Hand ein langes Messer, eines der Besten, das seine Stadt der Metallurgie hervorgebracht hatte.

Keinesfalls durfte er sich umwerfen lassen, bevor er sein Messer einsetzen konnte. Er wartete auf den Sprung des Löwen und duckte sich unter dem Tier ab, so dass der mächtige Löwe sein Ziel verfehlen musste. Als der sandfarbene Körper über Gilgamesch war, stieß er mit aller Kraft in den Bauch des Tieres. Brüllend landete der Löwe hinter seinem Angreifer. Er war noch nicht tot und schlug in Schmerz und Wut mit den Pranken um sich, konnte jedoch nicht mehr aufstehen. Beherzt ergriff Gilgamesch sein zweites Messer, das dem wunden Tier den Tod brachte.

Erst jetzt spürte Gilgamesch das schmerzhafte Brennen von aufgerissener Haut. Blut tropfte von seinem rechten Arm, den die Krallen des Löwen im Sprung trafen, als er ihm das Messer entgegenhielt. Auch seine Brust wies rote Streifen auf. Ein Bein war von den schlagenden Pranken des am Boden liegenden Tieres getroffen worden und am schlimmsten verletzt. Doch bevor er sich notdürftig verbinden würde, sah sich Gilgamesch nach den anderen Löwen um. Erleichtert stellte er fest, dass sie verschwunden waren, wahrscheinlich als sie ihren Anführer besiegt am Boden liegen sahen.

Gilgamesch säuberte seine Wunden mit dem Wasser, das er bei sich führte und verband das Bein. Ohne sich lange auszuruhen, passierte er den Weg über den Berg, um vor neuerlichen Angriffen der Löwen sicher zu sein.

Erst als er ein gutes Stück Weg hinter sich gebracht hatte, legte er eine Rast ein. Danach folgte Gilgamesch dem schmalen Pfad, der abwärts führte. Nach einer Wegbiegung offenbarte sich ihm ein freier Blick auf eine weite Ebene, in der Wasser eines riesigen Sees in der Sonne blinkte. Daneben lag zu seiner Erleichterung eine Stadt, die von einer wehrhaften Mauer umgeben war. Selbst von weitem konnte er das größte Bauwerk als den Tempel des Herren ausmachen, dessen Namen ihm genannt worden war.

Langsam, behindert durch seinen verletzten Schenkel, ging er auf die Stadt zu. Müde und hungrig kam Gilgamesch vor den Toren an und gewahrte ein Gasthaus, in dem er sich stärken wollte. Zu seiner Überraschung verwehrte die Gastwirtin ihm jedoch den Eintritt. Groß und viel zu rund stellte sie sich ihm in den Weg.

„Verschwinde, Wegelagerer. Ich führe ein anständiges Wirtshaus, in dem Diebe und Mörder nicht willkommen sind."

Schon standen zwei bewaffnete Knechte hinter ihr, um den Worten der Wirtin mehr Gewicht zu verleihen. Gilgamesch begriff, dass er schrecklich aussehen musste, wenn die Menschen solche Worte zu ihm sprachen.

„Ich verstehe, gute Frau, dass du Schlechtes von mir denkst, muss ich doch tatsächlich wie ein Räuber aussehen. Doch ich bin ein hochgeborener, angesehener Mann auf Reisen, dessen Schiff unterging und der über die Berge bis zu euch viele Tage gewandert ist. Heute Morgen bin ich sogar beim Bergpass von einem Löwen angegriffen worden. Wie soll ich unter diesen Umständen noch sauber und anständig gekleidet aussehen?"

Argwöhnisch betrachteten ihn die Wirtin und die Männer. „Komm näher ins Licht, Fremder", forderte ihn die korpulente Frau auf.

Da sahen sie unter Gilgameschs wildem Haar die Blutspuren im Gesicht, die Striemen auf Arm und Brust und gewahrten den blutdurchtränkten Stoff, der sein Bein umschloss. Mit großen Augen blickte die Wirtin ihn an.

„Zumindest das Letzte ist wohl wahr. Tritt ein."

Sofort ließ sich Gilgamesch auf einen Schemel fallen, froh, sein schmerzend pochendes Bein entlasten zu können.

„Du hast den Löwen getötet, sagst du?“ vergewisserte sich einer der Männer. „Dann müssten wir ihn beim Pass finden und uns das wertvolle Fell holen können.“

„Euer Weg wird nicht umsonst sein, wenn ihr vor den Raubtieren dort eintrefft“, bestätigte Gilgamesch.

Endlich waren sie überzeugt und Gilgamesch konnte sich mit lange vermisstem Gerstenbrot, Fleisch und saftigen Früchten stärken und wieder das belebende Bier schmecken. Während er aß, wurde er gehörig von der Wirtin Siduri ausgefragt und musste über woher und wohin Auskunft geben. Da staunte sie, welch einen edlen Gast sie heute hatte.

„Nun sag mir noch, Siduri, wie ich zu dem Land gelange, das nur den Anunnaki vorbehalten ist, damit ich dort um langes Leben bitten kann.“

Die Wirtin schenkte Gilgamesch noch Bier nach und antwortete: „Es gibt zwei Möglichkeiten. Entweder du nimmst den weiten Weg durch die Berge um das große Wasser herum oder du überquerst das Binnenmeer. Aber mit deinen Wunden würde ich dir zur Bootsreise raten.“

Gilgamesch bedankte sich und brach gestärkt auf. An einem Brunnen konnte er sich endlich säubern und sein Haar in Ordnung bringen. Die Beinwunde war zum Glück nicht tief und würde bald verheilen. Doch da er medizinisches Grundwissen hatte, legte er erneut einen Verband um die gründlich gesäuberte Wunde an. Dann schlug er den Weg zum Gewässer ein.

Ein Bootsführer tat dort Dienst, um Reisende auf die andere Seite des Wassers zu bringen. Wieder musste Gilgamesch Rede und Antwort stehen, weshalb er nach Tilmun, dem Land der Raketen im Sinai, wollte. Dann gab sich der Fährmann als in den Diensten des alten Helden der Sintflut stehend aus, dem überlebenden Ahnen, dem die Nefilim die Unsterblichkeit verliehen hatten.

„Du meinst Noah, von dem die alten Lieder singen und Verse seine Taten schildern? Du meinst den Noah, auch Utnapischtim genannt, der die Arche baute und mit ihr zum Ararat schwamm, als die große Flut die ganze Erde überspülte?“

„Ja den, denn er hat seit dieser fernen Zeit die Lebensspanne der Herren und Wohnung dort erhalten, wohin du zu gelangen hoffst, bei den Nefilim.“

Es dauerte nur drei Tage, das Binnenmeer zu überqueren, während er mehr als einen Mondzyklus gebraucht hätte, das große Gewässer zu umgehen. Nun stand Gilgamesch auf dem Boden des Landes, in dem sich die Himmelsfahrzeuge in die Luft erhoben.

Der Bootsmann wies ihm noch den Weg, wonach er bis zu zwei Steinsäulen gehen musste und von dort in die Stadt Itla, in der ein Regent gebot. Von ihm müsse sich Gilgamesch die Erlaubnis zur Weiterreise holen. Sein Ziel würde er schließlich am Berg MA.SCHU erreichen, dort, wo Utus Fluggeräte aufsteigen.

Wieder machte sich Gilgamesch auf den Weg, um zunächst nach Itla zu gelangen. Dort angekommen, war er froh, dem Herrn Utu zu begegnen, der ihm schon oft geholfen hatte, wenn er in Gefahr war. Vielleicht konnte er jetzt seine Fürsprache erlangen. Gilgamesch war zufrieden, dass er sich in Itla sofort gewaschen und neue Kleider angelegt hatte, denn so konnte er nun seiner Königswürde entsprechend vor den Sohn Nannars treten.

„Du hast es also trotz deiner Verletzung durch den Löwen bis hier her geschafft", äußerte sich Utu anerkennend. „Da du schon soweit gekommen bist, möchte ich dir raten, wie du dich vor den anderen DIN.GIR verhalten sollst, wenn du sie um die Aufnahme in das Volk der Langlebigen bittest."

Gilgamesch versäumte nicht, sich zu bedanken, bevor Utu fortfuhr.

„Suche den Tempel des Herrn von Itla auf und bringe ihm ein Opfertier. Preise seine Güte und Weisheit in der Führung seiner Stadt. Das alles wird er schon wissen, wenn ich dich zu ihm bringe. Allein würdest du vielleicht nichts erreichen. Jetzt komm, Gilgamesch, die Stunde der Audienz ist angebrochen."

Als sie im Palast des Regenten ankamen, wurden sie in einen prachtvollen Saal mit Mosaikfußboden geführt, wo sie der Herr von Itla erwartete. Utu unterbreitete ihm Gilgameschs Wunsch, der menschlichen Sterblichkeit zu entgehen, weil er viel vom Blute des Nibiurvolkes habe.

Der Regent war geneigt, sich für den König von Uruk zu verwenden, doch andere anwesende Nefilim lehnten empört ab. Es gebe viel zu viele gemischten Blutes. Daher könne man keine Ausnahme machen. Die Gesetze würden es verbieten. Schließlich wurde beschlossen, die Entscheidung aufzuschieben, da man sich erst beraten müsse.

Doch sie ließen sich so viel Zeit, dass Gilgamesch beschloss, die Stadt vorläufig zu verlassen, um bis an den Berg MA.SCHU zu gehen.

Als er nach tagelangem Marsch endlich dort anlangte, wusste er, dass er das eigentliche Ziel erreicht hatte. Wie am Zedernberg beobachtete Gilgamesch, dass Raketen von einer unterirdischen Startrampe in den Himmel schossen. Sie war in den Berg hinein geschnitten, der noch viele Gänge und Räume enthielt. Das war die verbotene Zone der Nefilim, in die er zu gern hineingelangt wäre.

Wie erwartet traf Gilgamesch auch hier auf die Wächter des Bergeinganges, die jeden, der sich unbefugt näherte mit ihren Strahlenwaffen töteten. Schon von weitem sah er den Lichtschein über die Umgebung schweifen, um Eindringlinge bereits aus der Ferne abzuwehren. Jetzt erkannte Gilgamesch, dass er nicht so einfach hier her kommen konnte. Er hätte in Itla warten müssen und um die Erlaubnis bitten sollen. Vielleicht hätten sie ihm sogar den Status der Nefilim zugesprochen, der ihm das Recht zum Eintritt in den Berg gegeben hätte.

Als er bereits erwog, wieder in die Stadt zurückzugehen, traf ihn das helle Gleißen der gefährlichen Strahlen. Für einen kurzen Moment fühlte er sich geblendet und wie betäubt. Selbst erstaunt, dass er nicht vernichtet war, ging Gilgamesch mutig auf die Wächter zu. Einer von ihnen rief: „ Lasst ab! Der Angekommene muss das Fleisch der Herren haben, sonst wäre er schon tot."

Sie umringten ihn und stellten viele Fragen. Geduldig sagte Gilgamesch, wer er sei und dass zu zwei Dritteln Nefilimblut in ihm floss. Er nannte den Wächtern seinen Wunsch, die Unsterblichkeit zu erhalten und sagte, dass darüber schon in Itla beraten würde.

Ein anderer Torwächter raubte ihm jede Hoffnung.

„Darauf brauchst du nicht zu warten, denn nie wurde das einem Sterblichen gewährt."

„Doch, dem Menschen Noah, der seit dem Ende der Sintflut hier bei den DIN.GIR lebt, da, wo die schems aufsteigen. Lasst mich wenigstens mit Noah sprechen, damit ich ihn um Rat fragen kann, denn er selbst hat das erreicht, was ich mir zutiefst wünsche."

Die Wächter zögerten, bis sie sich schließlich von ihrem Herrn die Erlaubnis holen wollten, Gilgamesch einzulassen. Nachdem man noch eine Fernverbindung zu Utu hergestellt hatte, wurde Gilgamesch endlich durch das Tor in den Berg gelassen. Mit verbundenen Augen führten sie ihn lange herum, so dass er dachte, der ganze Berg müsse ausgehöhlt worden sein. Auf seine Frage, warum er nichts sehen sollte, bekam er zur Antwort, dass niemand den Weg ins Innere einem Anderen verraten durfte, der keiner der Ihren war.

Als Gilgamesch endlich wieder sehen konnte, glaubte er sich in einem Wunderland. Es war hell wie unter der Sonne, doch ohne ihre heiße Kraft. Ein herrlich blühender Garten bot sich seinen Augen dar. Bei näherer Betrachtung sah er, dass der gesamte Garten aus Edelsteinen nachgebildet war. Er berührte eine Blüte aus Lapislazuli und eine andere aus rotem Karneol. Als König war Gilgamesch Paläste gewohnt, doch dieser künstliche Garten war unvorstellbar. Das ist wahrlich nicht Menschenwerk, dachte er, als er Noah kommen sah.

Es war schon unheimlich, einen Mann zu sehen, der eigentlich seit Jahrtausenden tot sein müsste und dennoch sich bester Gesundheit erfreute. Genau das war es, was sich Gilgamesch selbst sehnlichst wünschte. Als Noah näher kam, dachte Gilgamesch bei sich, dass er den heutigen Menschen gar nicht so unähnlich sah.

Das Haar und den Bart trug Noah genau so wie er. Nur sein Gewand war unvergleichlich kostbarer.

Nachdem Gilgamesch das Haupt neigte und den Helden der Sintfluttage ehrerbietig begrüßte, kam er auf sein Anliegen zu sprechen.

„Du, Noah, warst einst der König von Schuruppak, der Inhaber eines hohen Amtes, aber dennoch menschlich. Sage mir doch, wie es kam, dass du hier unter den Nefilim wohnst und auch ihre unermessliche Lebensspanne erreicht hast."

Noah war bereit, Gilgamesch zu helfen.

„Dir, König von Uruk, der Stadt, die es zu meiner Amtszeit noch nicht gab, will ich geheime Dinge anvertrauen, die seit dem Ende der Sintflut kein Sterblicher mehr hörte."

Während sie in dem Garten umhergingen, erzählte Noah, wie der große Herr Enki ihn als Einzigen vor der großen Flutkatastrophe warnte, sprach vom Bau der Arche, eines Sulili, das auch unter Wasser fuhr, und wie Puzur Amurri das Boot zum Ararat steuerte.

Gebannt hörte Gilgamesch dem Augenzeugen der fernen Tage zu und stellte sich vor, was die Flut für die damaligen Menschen bedeutet haben muss. Noch heute sah man in Noahs Augen die Angst stehen, die ihn befiel, als er und die Seinen sahen, dass so weit das Auge reichte die Erde von Wasser bedeckt war. Dann war Erleichterung in der Stimme des alten Mannes zu hören, der dennoch nicht älter wurde, als er von dem ersten Land sprach, das aus den Fluten wieder auftauchte.

Noah erzählte weiter: „Nachdem sich der Zorn des Herrn Enlil gelegt hatte, sah er ein, dass er uns Menschen brauchte, sollte die Erde jemals wieder bewohnbar sein. Da erhielten meine Frau und ich die Gnade Enlils, in den Kreis des Nibiruvolkes aufgenommen zu werden. In einer feierlichen Zeremonie verlieh er uns die Langlebigkeit, die Speise und den Trank der Verjüngung."

Bei den letzten Sätzen des Ahnherrn war Gilgamesch erstarrt und blass geworden. Jäh musste er erkennen, dass er von sich aus nichts tun konnte, um der Sterblichkeit zu entgehen. Selbst wenn es ihm gelingen sollte, mit einem schem in die Himmelswohnung aufzusteigen, wäre es umsonst. Man ging nicht zu den Herren und bat um ihre Lebensspanne, man erhielt sie nur aus eigenem Willen der Nefilim verliehen. Jetzt konnte Gilgamesch werten, was er oft gesagt bekam. Da er den Gedanken nicht ertragen konnte, erlöste ihn eine Ohnmacht von dem Entsetzen, dass sein Lebensziel nun sinnlos war.

Noah erschrak und dachte, dass die heutigen Menschen aber empfindlich seien. Sie ertrugen nicht einmal zu hören, was er und seine Familie erleben mussten. Er sorgte dafür, dass Gilgamesch gepflegt wurde, bis er wieder zu Bewusstsein kam.

Bevor Gilgamesch wieder aus dem Labyrinth geführt werden sollte, kam noch einmal Noah zu ihm, den hier alle Utnapischtim nannten.

„Sechs Tage lagst du danieder, König von Uruk. Da du dir deine Sterblichkeit so zu Herzen nimmst, will ich dir offenbaren, wie du das Schicksal des Todes bedeutend hinauszögern kannst."

Gilgamesch fasste sogleich wieder mehr Lebensmut und hörte aufmerksam zu.

„Es gibt eine Pflanze, von der sich alle Anunnaki ernähren, damit sie möglichst lange jung bleiben. Sie ist nicht einfach zu finden, denn sie wächst unter Wasser. Nimm sie mitsamt der Wurzel, die stachlig ist wie ein Beerenstrauch und die sich mit Dornen wehren wird, die deine Hände stechen. Doch sie ist ein Lebenselixier."

Hocherfreut dankte Gilgamesch Noah, ihm neue Hoffnung gegeben zu haben.

Derselbe Bootsführer war beauftragt worden, mit Gilgamesch die Rückreise anzutreten. Bald kamen sie an das ihm genannte Gewässer, in dem die Pflanze der Jugend wuchs. Gilgamesch ließ sich mit Hilfe schwerer Steine bis zum Grund hinab. Zu seiner Freude gewahrte er einige der beschriebenen Pflanzen und grub sich eine aus. Er achtete nicht darauf, dass die spitzen Dornen ihn stachen, entledigte sich eilig der Steine und tauchte wieder auf. Er stieß die angehaltene Luft aus den Lungen und atmete mehrmals tief ein, bis er sich erholt hatte. Triumphierend hielt Gilgamesch dem Bootsführer die Pflanze hin.

„Sieh, ich habe das Kraut, das mich jung im Alter halten wird und mir die Kraft der jungen Jahre zurückgibt. Ich werde sie mit nach Uruk nehmen, dort klein schneiden und essen. Ich habe sie, die Einzigartige unter allen Pflanzen!"

Als sich die Dunkelheit an diesem Tag herabsenkte, machten Gilgamesch und der Bootsführer ein Nachtlager in der Nähe eines Brunnens bereit. Bevor er sich niederlegte, wollte Gilgamesch sich im kühlen Wasser erfrischen. Als er zurückkam, traf ihn großes Unglück. Die Pflanze war fort.

Gilgamesch war zu Tode betrübt, setze sich hin und klagte unter Tränen sein Leid.

„Wofür habe ich meine Hände zerstochen? Für wen habe ich mich so gemüht? Die Belohnung habe nicht ich erhalten, sondern eine Schlange, die die Pflanze wegtrug. Das Schicksal straft mich hart. Unsterblichkeit habe ich nicht erreichen können, und die Verjüngungspflanze wurde mir weggenommen. Für wen habe ich nun mein Herzblut vergossen?"

Auf dem langen Rückweg dachte Gilgamesch unablässig über alles nach und kam zu der Erkenntnis: „Ich habe das erhalten, was ich nicht gesucht habe, mehr Weisheit und die Einsicht, meinen Menschen in Uruk ein besserer Herr zu sein."

An diesem Vormittag ging Gerald nicht zu seiner Arbeitsstelle auf der Berliner Museumsinsel, sondern lenkte seine Schritte zu einem Gymnasium. Als er das Gebäude betrat, fühlte er sich unwillkürlich in seine eigene Schulzeit zurückversetzt, die noch gar nicht so lange her war. Da gerade Unterricht stattfand, konnte er sich in aller Ruhe umsehen und entdeckte ein Schild, das ihn zum Sekretariat in die erste Etage verwies.

Gerald stieg die breite Treppe empor und sah auch in diesem Stockwerk einen langen Flur mit vielen Türen. Am Ende des Ganges fand er die, die er suchte.

„Guten Morgen, mein Name ist Grünberg. Ich bin Archäologe und mit der Lehrerin Frau Gensler verabredet, um in ihrer Stunde einen Vortrag zu halten."

Bei seinem Eintritt hatte eine füllige Frau mittleren Alters vom Computer aufgesehen, die Brille abgesetzt und dann gelächelt, während Gerald sprach.

„Ja, wir erwarten Sie, Herr Grünberg. Gleich muss es zur Pause klingeln. Dann wird Frau Gensler Sie hier abholen. Setzen Sie sich doch so lange", forderte sie ihn auf und zeigte auf einen Stuhl. „Möchten Sie einen Kaffee trinken?"

„Nein, nein", wehrte Gerald ab. „Ich habe sowieso schon Herzklopfen. Noch nie habe ich vor einer Schulklasse gestanden."

„Ach, das legt sich schon in der ersten Minute. Sie werden..."

Weiter kam die Sekretärin nicht, denn der Lärm der Klingel raubte ihr die Worte. Als das nervige Geräusch endlich verstummte, setzte kurz darauf das Stimmengewirr vieler Schüler ein, die laut durcheinander redeten, lachten, kreischten und schrieen.

„Seltsam", dachte Gerald. „Als ich zur Schule ging, ist mir nie aufgefallen, dass es laut war, und gestört hat mich der Pausenlärm auch nicht."

Da kam die Lehrerin und begrüßte ihn herzlich.

„Ich freue mich sehr, Sie kennen zu lernen, Herr Grünberg. So also sieht der neue Kollege meines Mannes aus. Er hat mir schon erzählt, dass im Museum in seiner Abteilung ein junger Studienabsolvent angefangen hat."

Sie sieht sympathisch aus, dachte Gerald und sagte: „Guten Morgen, Frau Gensler. Als Neuer bin ich gleich verdonnert worden, über ein Thema aus ferner Vergangenheit in ihrer Schulklasse zu sprechen."

Die Frau des Kollegen schüttelte lachend den Kopf.

„Nein, es haben schon Andere aus dem Museum hier einen historischen Vortrag gehalten. Im Frühjahr sprach zum Beispiel jemand über interessante Einzelheiten aus der Pharaonenzeit. Die Schüler bekamen außer den Fakten viele Alltagsbegebenheiten zu hören. Auch für mich war es überraschend, als wir eine perfekt geschliffene Linse zu sehen bekamen, die einen hohen Stand des optischen Handwerks voraussetzt. Es waren diese Dinge am Rande, die uns so lebensecht die vergangene Epoche des Alten Ägypten nachempfinden ließen."

„Da muss ich mich ja richtig anstrengen, wenn ich heute auch so gut ankommen will."

„Kommen Sie, Herr Grünberg, ich führe Sie schon in die Klasse und bin mir sicher, dass unser heutiges Thema für die Schüler mindestens ebenso spannend sein wird. Immerhin ist Gilgamesch ein Held, der etliche Abenteuer zu bestehen hatte."

Dann strömten die Schüler wieder in ihren Unterrichtsraum und sahen Gerald neugierig an. Nach einigen einleitenden Worten der Lehrerin begann Gerald über das Gilgamesch-Epos zu sprechen. Er hatte sich gut vorbereitet, damit es kein trockenes, langweiliges Aufsagen von Fakten werden sollte. Zu Beginn erklärte er den Schülern, woher die Altertumsforscher ihre Kenntnisse über das sehr alte Epos hatten. Er sagte, dass ihnen sumerische Zeilen vorlagen, aber auch Keilschriftaufzeichnungen aus späteren Fassungen anderer alter Völker, wie zum Beispiel die Babylonier und Assyrer. Er erklärte ihnen, dass diese Tontafeln übersetzt werden konnten, und alle zusammen ein gutes Abbild der fast fünftausend Jahre alten Geschehnisse ergaben.

„Ihr werdet Fragen haben, die ihr sofort stellen könnt. Das Gilgamesch-Epos ist lang. Man kann die Geschichte besser verfolgen, wenn die Unklarheiten beseitigt sind, bevor es weitergeht. Ich denke, dass es euch so auch besser gefällt, als nur zuzuhören. Sonst hätte man am Ende seine Fragen vergessen."

Die Schüler lachten, weil es immer bei langen Vorträgen genau so war. Frau Gensler warf Gerald einen anerkennenden Blick zu, den er aber nicht bemerkte. Er begann von Gilgamesch zu erzählen, von den Göttern, die eigentlich ganz anders hießen. Er sagte ihnen, dass es erwiesenermaßen Raumflüge und Flugplätze gab, schreckliche Waffen, die selbst unseren heutigen noch überlegen waren und dass tatsächlich nicht nur Menschen, sondern noch ein anderes, hoch entwickeltes Volk von außerhalb auf der Erde lebte. Dieses Volk nannte die Bibel Nefilim, deren Langlebigkeit Gilgamesch um jeden Preis haben wollte.

Die Kinder fragten viel, so dass sich eine lebhafte Debatte entwickelte, die Frau Gensler oft unterbrach, indem sie mit dem Finger auf ihre Armbanduhr tippte.

Ganz zum Schluss fragte ein Mädchen: „Warum hat sich Gilgamesch denn nicht einfach eine neue Pflanze geholt? Es muss doch viele gegeben haben, wenn die Nefilim sie ständig gegessen haben, um jung zu bleiben."

„Das habe ich mich auch gefragt", antwortete Gerald. „Aber von den zwölf Tafeln in akkadischer Sprache, die das Meiste erzählen, sind etliche Stellen unleserlich oder abgebrochen. Einiges wissen wir auch von dem, was die Hethiter, ein anderes altes Volk der Erde über Gilgamesch aufgeschrieben haben. Vielleicht ist es aber auch einfach so, dass darüber nichts berichtet wurde. Auf jeden Fall sollten die Keilschrifttafeln der Nachwelt vermitteln, dass Gilgameschs Streben nach Unsterblichkeit und Verjüngung umsonst war, dass seine beschwerlichen Reisen, Abenteuer und gefährliche Kämpfe ihn nicht von der Sterblichkeit der Menschen befreit hatten. Aber er wurde durch seine Erlebnisse weiser und ein besserer König von Uruk."

Als das Klingeln die Stunde beendete, dankte die Lehrerin Gerald für die außerordentlich interessanten Ausführungen. Die Kinder stürmten auf den Gang, und Gerald wollte sich von der Frau des Kollegen verabschieden.

„Ich muss schon sagen, Herr Grünberg, Sie hätten auch Lehrer werden können. Dass die Schüler sofort fragen und mitdiskutieren konnten ist so gut angekommen, dass ich meinem Mann empfehlen werde, jedes Mal Sie in die Schule zu schicken."

„Da habe ich mir ja was Schönes eingebrockt", meinte Gerald, war aber froh, dass es den Kindern gefallen hatte.

Andrea kam an diesem Tag spät von ihrer Arbeit im Institut nach Hause. Sie freute sich, dass Gerald schon den Tisch für das Abendbrot gedeckt hatte.

Als sie hungrig aß, fragte Gerald: „Wie war dein Tag, Andrea?"

„Ach, nichts Besonderes. Sie lassen mich nur die langweiligen Routinearbeiten machen." Mit heftigen Bewegungen ließ sie ihren Unmut an Brot und Butter aus.

Gerald goss ihr noch Tee ein und sagte mit einem Seufzen: „Ich werde doch auch erst von den Kollegen geprüft. Wir müssen uns einmal in deren Lage versetzen. Da kommt ein junger Absolvent frisch von der Universität. Ich kann mir vorstellen, dass sie selbst unsicher sind, wie sie mit uns umgehen sollen. Stell dir vor, wie sie reagieren, wenn wir jetzt mit Feuereifer vorpreschen, über langweilige Arbeit maulen oder sogar das Eine oder Andere anders, ja besser machen wollten."

Jetzt lachte Andrea. „So habe ich das noch nicht gesehen. Aber es stimmt schon, was du sagst. Nur wenn sich die Testphase zu lange hinzieht, werde ich mit Fingerspitzengefühl durchblicken lassen, dass ich jetzt richtig arbeiten will."

Gerald schmunzelte. „Das wird gar nicht nötig sein. Du wirst schon sehen, Andrea. Ich wurde ja heute auch in die Schule zum Vortrag geschickt. Das muss natürlich der Neue machen. Aber es war gar nicht so schlimm. Im Gegenteil."

„Ach ja, du warst im Gymnasium. Hoffentlich haben die Schüler dir zugehört, sonst hätte ich mich an deiner Stelle geärgert", meinte Andrea und trank einen Schluck Tee.

„Sie waren sehr aufmerksam und haben viele Fragen gestellt. Ich war zufrieden."

„Na so was", staunte sie. „Du hast wohl verborgene Pädagogentalente, bei der oft schlechten Disziplin in den Schulen heutzutage."

„Ach, so schlimm ist es nicht überall. Am meisten hatte ich mit Widerspruch gerechnet, dass es das Volk vom Nibiru, die Nefilim, wirklich gegeben hat. Aber wenn ich jedes Mal sagte, woher wir das Wissen haben und dass die übersetzten, sehr alten Texte vorliegen, haben sie diese Tatsache akzeptiert. Auf eine Frage, die darauf abzielte, warum heute so viel vergessen ist, habe ich erklärt, dass die Menschen sich keinesfalls vom niederen Niveau immer höher entwickelt haben. Es setzten Zeiten des Rückgangs ein, Wissen ging verloren, das Kulturniveau vereinfachte sich wieder, und oftmals wechselten sich Phasen des Fortschritts und der Regression ab. Das belegen Ausgrabungen, habe ich gesagt.

Alles in allem hatte ich den Eindruck, dass man die wirkliche Entstehung und Entwicklung der Menschen sehr wohl den Schülern erläutern könnte, wenn die Lehrpläne es zuließen."

Andrea knabberte an einem Stück grüner Gurke. „Das finde ich auch, Gerald. Die Schulweisheit entspricht in einigen Dingen bestimmt nicht der Realität."

„Ja, das ist wahr", stimmte ihr Gerald zu. „Man weiß gar nicht, wo man anfangen sollte, könnte man das ändern."

Andrea überlegte kurz. „Jeder auf seinem Gebiet, so wie du heute. Insgesamt würde sich dann vieles ändern."

„Das lass bloß nicht unsere Kollegen hören, ich meine, dass wir gleich etwas ändern wollen."

Beide lachten und räumten den Tisch ab.

„Wie alt waren die Schüler eigentlich", wollte Andrea noch wissen.

„Es war eine achte Klasse", antwortete Gerald und schloss die Kühlschranktür wieder.

„Dann hat das Gilgamesch-Epos wirklich gut gepasst. Stell dir vor, du müsstest ihnen von den Eskapaden Inannas erzählen. Ich denke da zum Beispiel an den Sexkult im Tempel oder daran, dass sie Gilgamesch verführen wollte."

Gerald wusste, dass sie ihn nur aufziehen wollte. „Das letztere habe ich erzählt, und die Tempelprostitution gehörte nicht zum Thema."

Andrea lachte nur und sagte dann: „Diese Inanna muss wirklich außergewöhnlich gewesen sein. Stell dir vor, sie würde heute auf der Erde leben. Mit wem könnte man sie vergleichen? Welche andere Frau der Geschichte war so schön, klug, grausam, machtbesessen und auch gut zu denen, die sie liebte?"

Gerald überlegte. „Da fällt mir keine auf Anhieb ein. Vielleicht die russische Zarin Katharina? Ach, nein, es wird keinen passenden Vergleich geben. Inanna war einmalig."

„Du meinst wohl einmalig grausam", entrüstete sich Andrea. „Lässt Marduk lebendig in der Pyramide einschließen."

„Weil sie ihren geliebten Mann Dumuzi rächen wollte. So steht es geschrieben. Über die Verurteilung Marduks gibt uns ein unvollständiger alter Text Auskunft, der in einer amerikanischen Universität vorliegt. Dort steht zwar, dass Inanna vorschlug, Marduk in der Pyramide verdursten und verhungern zu lassen, aber auch, dass der Vorschlag vom Gericht angenommen wurde. Also waren die Richter auch nicht besser", stellte Gerald klar.

„Aber dann wurde er doch begnadigt", fragte Andrea nach.

„Es gibt einen Text, der bei Ausgrabungen in den assyrischen Städten Ninive und Asur gefunden wurde. Darin wird erzählt, dass Marduk gelitten hat und schließlich freikommt. Er muss offiziell begnadigt worden sein, denn es steht geschrieben, dass man an der Pyramide gearbeitet hat, dass ein Türschacht gebohrt wurde, ein neuer gewundener Weg angelegt wurde und dass der Stein, der die Kammer verschloss, wieder entfernt wurde", gab Gerald zur Antwort.

„Dennoch hat Inanna über den ranghöheren Marduk triumphiert, schließlich musste er in die Verbannung."

„Ja, das stimmt, Andrea. Aber sie musste ausgerechnet von ihrer Schwester Ereschkigal eine herbe Niederlage einstecken."

„Ich erinnere mich", sagte Andrea. „Sie wurde sogar aufgehängt und dann wieder belebt. Stell dir vor, wenn wir erst dieses phänomenale medizinische Wissen hätten, Gerald."

„Bedenke, dass sie Jahrhunderttausende Zivilisationsvorsprung hatten", wandte er ein. „So richtig ging es mit der Entwicklung der Menschen erst nach der Sintflut los. Dass wir in den gerade mal dreizehntausend Jahren schon zum Mond fliegen können, ist auch nicht schlecht."

Sie waren in der Küche fertig und gingen in ihr gemütliches Wohnzimmer.

„Was kommt heute im Fernsehen?" wollte Gerald wissen. „Sonst könnten wir lesen. Was meinst du, Andrea?"

„Ich habe gerade ein schönes Buch über das Urwaldsterben in Brasilien. Meinetwegen brauchen wir den Fernseher nicht anzuschalten. Was liest du zurzeit? Etwa Fachliteratur?"

Gerald wehrte ab. „Nein, es ist ganz etwas anderes, ein Roman über die Flüchtlinge zum Ende des Zweiten Weltkrieges. Da denke ich oft, dass unsere Generation froh sein kann, keinen Krieg erlebt zu haben."

„Wie wahr", sagte Andrea und machte es sich auf dem Sofa gemütlich.

„Kriege sind so häufig zu allen Zeiten gewesen, dass es wirklich sehr selten sein muss, wenn es in der Lebensspanne eines Menschen keinen gab", stimmte Gerald zu und nahm seinen Roman zur Hand.

„Bereits als die Nefilim sich gegenseitig überfielen, boten sie Menschen als Krieger auf. Später führten die Menschen ihre eigenen Schlachten. Sie wurden den Anunnaki vom Nibiru immer ähnlicher, finde ich."

Andrea stopfte sich ein Kissen in den Rücken, legte die Beine hoch und meinte: „Kein Wunder, zur Hälfte haben wir Erdenkinder die gleichen Gene wie sie, und zum anderen haben die Menschen von ihren Herren gelernt."

Gerald setzte sich neben Andrea und sagte: „Das beste Beispiel ist Inanna. Gegen Marduk hat sie regelrecht Krieg geführt, bis er sich in die Pyramide rettete, wohin er dann wieder zum Sterben gebracht wurde. Danach war sie nicht mehr aufzuhalten. Sie errang die Indusregion und einen Platz im Pantheon. Viele Forscher haben zur Indusherrschaft eine andere Meinung. Man weiß, dass dort eine Göttin herrschte, aber Inanna?"

Andrea sah ihn fragend an. „Doch du bist überzeugt, dass sie es war?"

Gerald nickte. „Es spricht soviel dafür, dass ich mich denen anschließe, die gut belegt haben, dass es höchstwahrscheinlich Inanna war. Sie verwiesen auf kleine Statuen, die eine halbnackte Frau oder in Pilotenausrüstung darstellen, typische Abbildungen, wie sie nur von Inanna gezeigt wurden. Aber am meisten überzeugte mich der Text, den die Inanna-Befürworter heranziehen. Er heißt Enmerkar und der Herr von Aratta. So hieß die Hauptstadt am Indus. Wenn die Herrin nicht da war, hatte ein Regent das Sagen. In dieser Schrift wird gefordert, dass Aratta Abgaben leistet, um den Tempel Inannas in Uruk kostbar auszustatten. Außerdem steht sinngemäß darin, dass die Menschen am Indus auch unter der Oberhoheit von Inanna, die damals in Anus Stadt Uruk herrschte, stehen sollten. Doch der Regent von Aratta wusste dies zu verhindern, da es in Wahrheit gar nicht Inannas, sondern Enmerkars Wille war.

In diesem Text heißt es weiter, dass Inanna, die Herrin, Aratta nicht verlassen hat und nicht an Erech, ein anderer Name für Uruk, abgegeben hat. Ich finde auch, dass damit erwiesen ist, wer das Industal beherrschte.

Dann schaffte es Inanna listenreich, das Königtum von Kisch nach Uruk zu verlegen. Seit dem war sie mächtig wie andere hohe DIN.GIR."

Andrea lachte kurz auf.

„Du hattest erzählt, wie sie Enki umgarnte und betrunken machte. Meinst du diese List?" fragte sie.

„Ja, diese. Typisch für eine Frau", entgegnete Gerald.

„Das ist jedenfalls besser, als mit Krieg und Überfällen etwas zu erreichen. So brauchte wenigstens niemand zu sterben", verteidigte Andrea Inanna.

„Nanu, du hälst doch sonst nicht viel von der machtbesessenen Inanna", wunderte sich Gerald.

Andrea setzte sich in den Kissen bequem zurecht. „Sie wird gute und schlechte Seiten gehabt haben, wie andere auch. Abscheulich finde ich ihr zügelloses Liebesleben, dem die rituelle Hochzeit mit dem jeweiligen Hohepriester die Krone aufsetzt und die allgemeine Tempelprostitution. Doch wen sie wirklich liebte, der konnte sich nicht über sie beklagen, denke ich. Die Männer der Nefilim waren bestimmt auch nicht besser. Ich meine damit die Zweitfrauen und Konkubinen oder die Vergewaltigungen, wenn sie auch eher selten waren.

Außerdem war Marduk mindestens genauso herrschsüchtig, wenn nicht schlimmer. Richtig gemein finde ich, wie er den Menschen den Turmbau von Babylon angelastet hat."

Gerald sah sie an und schmunzelte. „Du kannst ja richtig böse auf Marduk werden."

Dafür erhielt er von Andrea einen Stoß in die Rippen.

Besänftigend sagte Gerald: „Die ganze Geschichte mit dem Turmbau zu Babel, wie der Ort in der Bibel genannt wird, war lange Zeit recht unverständlich, weil die Übersetzer das Wort schem immer mit Name übersetzt haben. Das ergab an den Stellen aber keinen Sinn. Forscher haben jedoch bewiesen, dass in etlichen Schriften aus dem Zusammenhang eindeutig hervorgeht, dass schem Fluggeräte sein müssen und mit dem Fliegen in den Himmel zu tun haben. Dann passt alles zusammen. Ich finde auch, dass man einen hohen Turm nicht des Namens willen baut, aber als Abschussrampe in den Himmel schon eher."

„Der ganze Plan mit dem Turmbau hat am Ende doch nicht geklappt, und vielleicht ist das seit undenklichen Zeiten heute noch der Grund, warum wir uns mit Fremdsprachen herumschlagen müssen", schloss Andrea das Thema Babel ab.

Das erinnerte Gerald an etwas.

„Wir wollten doch im Winterurlaub eine Woche nach Teneriffa fahren, wo es warm und sonnig ist. Was hälst du davon, wenn wir vorher noch ein wenig Spanisch lernen?"

Andrea, die gerade ihr Buch aufschlug, sah Gerald abweisend an.

„Eigentlich habe ich dazu keine Lust. Gerade sind wir mit dem Studium fertig. Ich freue mich richtig, dass ich so wie jetzt abends einen schönen Roman lesen kann, anstatt noch zu lernen. Nein, ich glaube nicht, dass ich wegen ein paar Tagen Urlaub schon wieder zu pauken anfange."

„War ja nur so eine Idee, auf die mich die Sprachverwirrung in Babylon gebracht hat. Wenn es uns im Urlaub gefällt und wir eventuell öfter in spanisch sprechende Länder reisen, können wir ja in ein paar Jahren noch mal darüber nachdenken", lenkte Gerald ein.

„In einigen Jahren mache ich vielleicht doch mit", stellte Andrea in Aussicht. „Aber jetzt werde ich lesen und gebe dir keine Antwort mehr."

Gerald erhob sich noch einmal und kam mit zwei Gläsern Früchtetee zurück. Eines stellte er in Andreas Reichweite. Verwundert fragte sie: „Warum bringst du mir auch Tee mit, ohne zu wissen, ob ich welchen haben will?"

Mit einem diebischen Grinsen rechtfertigte sich Gerald: „Ich wollte dich nicht fragen, weil ich ja sowieso keine Antwort erhalten hätte."

Da flog ein Sofakissen haarscharf an seinem Kopf vorbei.

Am nächsten Morgen stand Andrea etwas vor Gerald auf, damit sie im Bad mehr Zeit hatte. Frisch gewaschen und dezent zurechtgemacht für den neuen Arbeitstag ging sie Gerald wecken. Doch er rief ihr schon aus der Küche ein Guten Morgen zu.

Andrea sah, dass er begonnen hatte, das Frühstück vorzubereiten.

„Geh ins Bad, ich mache das hier zu Ende, dann können wir zusammen essen."

Andrea goss Kaffee ein, als Gerald wieder zurückkam. Sie saß so am Tisch, dass sie den herbstlich späteren Sonnenaufgang sehen konnte. Matt beleuchteten die ersten Strahlen den Stadthorizont.

„Was meinst du, Gerald, wird es heute noch regnen? Wir haben gestern nicht den Wetterbericht gesehen."

„Ich weiß nicht. Wie kommst du darauf?" fragte er und legte Käse auf sein Brötchen.

Andrea, die gern Aprikosenmarmelade aß, stellte das Glas wieder ab.

„Die Sonne sieht so verschwommen aus. Sonst sind ihre Umrisse klarer zu erkennen. Egal, ich werde einfach meinen Schirm mitnehmen."

Gerald, der genau wie Andrea keine Probleme hatte, morgens richtig wach zu werden, erwiderte: „Du hörst dich wie ein Wetterfrosch an oder wie ein sumerischer Tempelastronom. Ach nein, nicht wie die Tempelpriester. Die waren so in der Himmelskunde bewandert, dass selbst heutige Astronomen einige Details nicht völlig verstehen."

Ungläubig sah Andrea ihn an und stellte ihre Tasse ab. „Also das ist nun wirklich schwer zu glauben."

Gerald machte sich ein zweites Brötchen zurecht und tat empört. „Doch, du wirst schon von den Ephemeriden gehört haben, den astronomischen Jahrbüchern, aus denen hervorgeht, wo und wann welcher Himmelskörper in Zukunft stehen wird."

„Nicht so wirklich", gab Andrea zu.

„Die wir kennen wurden von den Astronomen der Babylonier und Assyrer in Tabellen aufgeschrieben. Aber auch sie haben die Grundlagen für die Berechnungen nicht selbst herausgefunden. Sie wussten nur, wie die komplizierten Berechnungen auszuführen sind, ohne selbst die Formeln aufgestellt zu haben. Das waren die sumerischen Tempelastronomen lange vor ihnen, die ihr Wissen von den Nefilim bekamen.

Der Witz ist, dass heute wirklich noch immer nicht verstanden wird, wie die mathematische Methode zu Urzeiten der menschlichen Zivilisation, also vor knapp sechstausend Jahren, erarbeitet wurde."

„Das ist so, als ob ich nach einer Formel etwas ausrechnen kann, habe aber keine Ahnung, wie man auf die Formel selbst kommt und damit auch nicht das Gesamtverständnis", fasste Andrea zusammen.

„Treffend gesagt. Möchtest du noch Kaffee?"

Als sie nickte, fuhr Gerald fort: „ Daraus kann man auch erkennen, dass schon etwa zweitausend vor Christus, als die Reiche Babylon und Assyrien gegründet wurden, Wissen verloren gegangen war. Heute müssen wir gewissermaßen auf vielen Gebieten das Rad neu erfinden.

Das gleiche Phänomen betrifft die Berechnungen, die den Kalendern der alten Zeit zugrunde liegen. Der Älteste war der Genaueste und Komplizierteste. Spätere wurden einfacher. Der uralte Kalender von Enlils Stadt Nippur ist die Grundlage des jüdischen Kalenders, und auch der unsere ging abgewandelt daraus hervor."

Andrea erinnerte sich an die Kenntnis der Sumerer über die Tierkreiszeichen. „Die 28 Sternbilder kannten sie ebenfalls lange vor den Astronomen der Neuzeit."

„Ja, im siebzehnten Jahrhundert zum Beispiel kannten wir nur 19. Oder nimm die Zahl der Planeten. Da ist es ebenso. Wir sprachen schon darüber."

„Es war mit das Interessanteste, was du erzählt hast", bestätigte Andrea. „Ich meine, wie unser Sonnensystem entstanden ist."

Gerald trank den Kaffee aus. „Das hat mich auch begeistert, als ich zum ersten Mal mit den übersetzten Texten, die die Forscher Chronik der Erde nennen, bekannt wurde. Zwar sind die Zeilen in poetischer Form geschrieben, als ob Lebewesen entstehen und um ihre Plätze kämpfen, aber nur, weil im Altertum den höchsten Nefilim je ein Himmelskörper zugeordnet war. Der Kern der Entstehungsgeschichte unseres Sonnensystems klärt alle heute noch bestehenden Fragen, ist logisch und bestätigt die neuesten Erkenntnisse."

„Wenn wir dann endlich selber so weit sind. Vorher glaubt man es nicht", war Andreas Kommentar dazu.

Gerald sah auf die Uhr. „Und ich glaube nicht, wie spät es schon ist. Beeile dich, sonst kommen wir nicht rechtzeitig zur Arbeit."

Andrea sprang auf. „Ich bin ja fertig." Sie stellte schnell die Butter in den Kühlschrank.

„Da haben wir uns beinahe beim Frühstück verplappert."

Gerald schnappte sich seine Jacke und gab Andrea die Schuld. „Aber nur, weil du zu sehr den Sonnenaufgang bewundert hast."

„Oder weil du jedes Mal sofort ausführlich von deinem Fachgebiet schwärmst, hast du nur den kleinsten Anlass dazu", konterte sie. „Aber das ist natürlich weit aus besser, als ob du deine Arbeit nur widerwillig machen würdest", setzte Andrea versöhnlich hinzu.

Gerald hielt die Wohnungstür auf.

„Und jetzt raus mit dir, sonst komme ich zu spät. Wer weiß, ob ich dann meine Arbeit heute noch leiden kann."

Eine junge Tempeldienerin wand sich des Nachts in krampfartigen Schmerzen. Ihre kleine Kammer war nur spärlich vom Vollmondlicht erhellt. Viele Stunden schon überfielen sie die Wehen und setzten in immer kürzeren Abständen ein. Das Mädchen Rea war erst vierzehn Jahre alt und fast sofort schwanger geworden, als sie in den Tempeldienst trat.

Das war in den Tempeln der sumerischen Städte nichts ungewöhnliches, doch meist waren die jungen Mädchen älter als Rea.

Wieder überfiel sie ein sehr schmerzhaftes Ziehen. Mit geballten Fäusten warf sie den Kopf auf ihrem Lager hin und her. Schweißnass klebten ihr die Haarsträhnen an der Stirn. Trotz ihrer Jugend wusste sie genau, was mit ihrem Körper geschah. Ihre Mutter war Hebamme in Uruk und half den Frauen, ihre Kinder zu gebären, seit sie selbst erst sechzehn Jahre war. Immer stand für die Mutter fest, dass Rea ebenso wie sie Hebamme werden würde und nahm sie deshalb zu Geburten mit, seit die Tochter ihr dreizehntes Jahr vollendet hatte. Bevor Rea eigenständig Entbindungen vornehmen konnte, sollte sie an ihrer Seite möglichst viel Erfahrung sammeln.

Doch durch eine Tante bekam Rea die Gelegenheit, in den Tempeldienst aufgenommen zu werden. Dieses Leben wurde als einfacher und ehrenvoll angesehen, so dass die Mädchen gern dort lebten. Reas Ziel war es, eines Tages Hohepriesterin zu werden.

Ohne das knappe Jahr als Gehilfin einer Hebamme hätte Rea es nie gewagt, allein ihr erstes Kind zu gebären. Als ihr Körper die ersten Anzeichen der Geburt erkennen ließ, bereitete sie sich in aller Ruhe vor. Ein anderes so junges Mädchen wäre vielleicht in Panik verfallen, doch Rea wusste, dass ihr noch viel Zeit blieb und etliche Stunden vergehen würden, bis das Kind geboren war.

So trug sie zwischen den Wehen, die erst in größeren Abständen heftigen, krampfartigen Schmerz auslösten, die benötigten Gegenstände zusammen. Sie legte Tücher für sich und das Kind bereit, die schon lange in ihrer Kleidertruhe lagen und füllte die Waschschüssel mit klarem, frischen Wasser, das sie seit einiger Zeit in doppelter Menge bereithielt. Von ihrer Mutter wusste Rea, dass Sauberkeit oberstes Gebot war, um Infektionen vorzubeugen. Zum Schluss legte sie das Gerät zum Durchtrennen der Nabelschnur bereit.

Die erste Zeit lief sie unruhig auf und ab und stöhnte nur leise, wenn sie stehen blieb, um sich den krampfenden Leib zu halten. Sie war froh, dass das Mädchen aus der Nachbarkammer ihren freien Tag hatte und erst morgen früh vom Besuch bei ihrer Familie zurück sein würde. Da Rea bereits beim gemeinsamen Abendbrot wusste, was diese Nacht geschehen sollte, tat sie, als wäre sie krank und aß fast nichts. So wurde ihr erlaubt, am nächsten Tag dem Dienst fernzubleiben. Darauf war glücklicherweise Reas turnusmäßiger freier Tag, so dass sie sich ganze zwei Tage und Nächte von den Strapazen der Geburt erholen konnte. Das musste genügen, da sie nicht schwer zu arbeiten hatte.

Wieder überfiel sie ein durchdringender Schmerz, doch Rea wusste ihn auszuhalten wie alle Frauen. Nie wäre ihr eingefallen, laut zu schreien. Da sie das Kind heimlich bekam, konnte sie sowieso nicht auf sich aufmerksam machen. Außerdem wusste sie von der Zeit mit ihrer Mutter, dass das nur ganz wenige Frauen taten. Ihre Sorge galt dem Schrei des Neugeborenen. Doch die dicken Tempelwände würden ihr Geheimnis sicher nicht preisgeben.

Ab und zu setzte oder legte sie sich auf ihr Bett. Dann wanderte Rea erneut in schnelleren Schmerzattacken umher. Nachdem die Fruchtblase platzte, beseitigte sie in einer Wehenpause die Flüssigkeit und legte sich nieder, um das Kind zu erwarten. Doch sie wusste, dass sie selbst jetzt noch eventuell mehrere Stunden vor sich hatte, die ihre schwersten sein würden.

Als die Erholungspausen immer kürzer wurden, trieb ihr die Anstrengung den Schweiß aus allen Poren. Rea merkte, dass langsam ihre Kräfte schwanden. Ihre Mutter sagte stets, dass eine Geburt vor allem die größte Arbeit ist, die ein Frauenkörper zu leisten hatte. Das wäre das größere Problem, nicht der Schmerz.

Nun bekam Rea doch Angst. Was wäre, wenn die Wehen sich zu lange hinziehen? Sie kannte völlig entkräftete Frauen, deren Kinder mit der Geburtszange geholt werden mussten. Wer sollte das bei ihr tun, fragte sie sich in ihrer Not. Oder lag das Kind etwa quer? Niemand war da, die Lage des Kindes zu richten.

Erneut krümmte sie sich unter einer Wehe und atmete schnell und hechelnd.

In diesen qualvollen Stunden verwünschte sie den Vater ihres Kindes. Nur wegen ihm hatte sie die Schwangerschaft verheimlicht und gebar jetzt allein und in Angst. Zum ersten Mal hatte Reas füllige Figur und der hohe Busen ihre Zufriedenheit gefunden. Nur deshalb und durch lose Gewänder war es möglich, den immer stärker werdenden Leib zu verbergen, auch vor dem Vater des Kindes.

Nur kurze Zeit war Rea die Geliebte des gut aussehenden Priesters gewesen, unerfahren und geschmeichelt von seinen Aufmerksamkeiten. Als sie merkte, dass sie schwanger war, hatte er sich bereits einer anderen, wieder sehr jungen Tempeldienerin zugewandt.

Es war keine Schande, im Tempel ein Kind zu gebären, dennoch wollte sie keines von diesem Priester, den sie nun mit der Kraft ihrer jungen, zurückgestoßenen Seele verabscheute.

In einer neuen Presswehe kniff Rea sich mit den Fingernägeln schmerzhaft in die Handballen und schloss die Augen. Kraftlos sank ihr angespannter Körper nach der Wehe in sich zusammen, um sich bald darauf erneut zu verkrampfen. Sie konnte nicht mehr ruhig und kühl überlegen, sondern hatte nur noch den Wunsch, dass bald alles vorbei sein sollte. Mit ihrer Kraft schwand auch die Nacht dahin. Dabei hatte sie vor dem Morgengrauen noch so viel zu tun. Ihr Blick ging zum Fenster, das einen Teil des Sternenhimmels freigab.

Oft hatte sie von dieser Lagerstatt aus die Sterne beobachtet und wusste daher, dass die Mitte der Nacht schon seit zwei Stunden überschritten war. Nach weiteren eineinhalb Stunden, die ihr wie Tage vorkamen, fühlte sie, dass das Kind jetzt geboren werden sollte.

Sie biss in eine dicke Lage Stoff und presste mit den letzten Kraftreserven das Kind aus ihrem Leib.

Obwohl sie nur noch die Augen schließen und schlafen wollte, band sie die Nabelschnur an zwei Stellen ab und durchtrennte sie in der Mitte. Dann hüllte sie das Neugeborene schnell ganz in eine dicke Decke. Kaum hatte sie es geschafft, zerriss das dünne Stimmchen mit seinem ersten Schrei die Stille der Tempelkammer. Doch durch die Decke gedämpft, hörte nur die junge Mutter ihr Kind. Rea wiegte den Säugling, der sofort ruhig wurde. Erst jetzt wusch sie den kleinen Jungen und wickelte ihn.

Dann legte sie sich wieder auf das Bett und strich sich über den eingefallenen Leib, obwohl es schmerzte. Aber sie wollte die Nachgeburt beschleunigen, da es bald hell wurde.

Das Kind schlief bereits friedlich, als sie sich endlich selbst säubern und versorgen konnte. Nun musste sie nur noch ihren Sohn in den vorbereiteten Korb legen und zum nahen Fluss gehen. Doch zu ihrem Entsetzen übermannte sie die Schwäche. Rea taumelte, und ihr wurde schwarz vor Augen. Es blieb ihr nichts anderes übrig, als sich eine Weile hinzulegen, bevor sie hinausging. Fast augenblicklich schlief sie ein.

Als sie ein wimmerndes Stimmchen weckte, sah sie erschrocken zum Fenster. Die Nachtschwärze war bereits dem Grau gewichen, in dem schon die ersten Konturen sichtbar wurden. Vorsichtig setzte sie sich auf und erhob sich langsam von ihrem Lager. Sie griff nach dem wieder schlafenden Jungen, küsste ihn auf die Stirn, legte ihn in den mit Erdpech wasserdicht gewordenen Korb und schloss den Deckel. Dann hüllte sie sich in einen schwarzen Umhang und verließ leise ihre Kammer.

Rea kannte den nahen Weg zum Euphrat und sah bereits genug, um sich durch den Garten hinunter zum Fluss zu schleichen. Ängstlich und ohne zu überlegen setzte sie den Korb auf das dunkle Wasser, ließ ihn los und sah, wie die leichte Strömung ihren Sohn davon trieb.

So schnell ihr geschwächter Körper es zuließ, eilte sie zurück in ihre Kammer. Dort raffte sie die Tücher und die Bettlaken zusammen, verbarg sie in einem anderen Korb, breitete eine saubere Decke aus und ließ sich auf das Lager fallen. Sie war so erschöpft, dass sie an nichts mehr denken konnte und sofort schlief.

Akki, der Bewässerer, war stets der Erste am frühen Morgen, der zur Arbeit in den Gärten des E.ANNA erschien. Anus Haus, der Tempel des Gebieters, beschäftigte viele Menschen in Uruk. Etliche pflegten die zum Tempel gehörenden Gemüsegärten und Obstplantagen. Auch Akki war einer von ihnen und stand schon viele Jahre im Dienst des höchsten Herrn Anu, auch wenn er ihn noch nie gesehen hatte.

Man sagte, dass einige Menschen noch durch Erzählungen von einer Generation zur anderen wussten, was sich vor vielen hundert Jahren zutrug, als der Fürst des Himmels das letzte Mal auf die Erde kam.

Das Volk der Ewigkeit wurde in Uruk noch immer durch die Herrin Inanna vertreten, auch wenn sie oft abwesend war und einen menschlichen König als ihren Stellvertreter eingesetzt hatte.

Akkis eigentlicher Herr war ein Priester, der im Tempel für die Garten-und Feldarbeit zuständig war.

Jeden Tag im ersten Dämmerlicht verließ der Bewässerer seine Hütte und ging hinüber zu den nahen, weitläufigen Tempelanlagen. Akki mochte es, durch den noch stillen Morgen zu laufen, bevor die rege Betriebsamkeit des Tages begann. Heute war er besonders früh erwacht. Das noch fehlende Licht hatte den Bäumen und Gräsern, den Gärten und Feldern noch nicht ihre Farben zurückgegeben. Daher ließ sich Akki Zeit und ging noch hinunter zum Euphrat, um die Höhe des Wasserstandes zu kontrollieren. Erst danach würde er in ausgeklügelter Weise das Wasser in die entsprechenden Gräben leiten, die die Grünanlagen durchzogen.

Als Bewässerer der Gärten, Obstbäume und Felder hatte Akki eine große Verantwortung, denn er musste dafür sorgen, dass keine einzige der vielen Parzellen zu wenig oder zu viel Wasser bekam. Er ging auch deshalb so früh zu seiner Arbeit, weil die Sonne, stand sie erst einmal über dem Horizont, bereits begann, mit sengenden Strahlen die Feuchtigkeit des Landes aufzusaugen. Bewässerte er die Tempelanlagen schon dann, wenn er im ersten Grau des Tages kaum etwas sehen konnte, hatten sich Boden und Pflanzen bereits mit Flüssigkeit gesättigt, bevor die Sonne sie ihnen entzog.

Akki war am Euphrat angelangt und sah prüfend zu seinem Mess-Stab. Der Wasserpegel ist noch nicht gefallen, dachte er und zog seine Schlussfolgerungen für die Bewässerung.

Als er wieder aufsah, fiel ihm in der Morgendämmerung ein Gegenstand auf, der sich schwach und grau in grau vom Wasser abhob. Als die Strömung ihn näher trug, erkannte er einen Korb, der auf dem Wasser trieb. Wer lässt denn so einen guten Korb im Wasser davon treiben, wunderte er sich. Schon sah er sich nach einem langen Stock oder Zweig um, mit dem er den Flechtkorb ans Ufer ziehen konnte, falls er nahe genug vorbeizog. Als er wieder zum Euphrat sah, um den Weg des Korbes zu verfolgen, meinte er, das Weinen eines ganz kleinen Kindes zu hören. Verdutzt blickte er nach rechts und links, ob schon Frauen unterwegs waren, obwohl es noch nicht richtig hell war. Doch das Stimmchen kam vom Wasser, aus dem Korb, den die Strömung schon nahe herangebracht hatte. Um Himmels willen, man hat ein Kind ausgesetzt, überfiel ihn der Schreck. Schon war der Korb heran. Mit dem dürren Ast, den Akki gerade von einem Baum gebrochen hatte, fischte er den Korb aus dem Wasser. Mit vor Erregung zitternden Händen öffnete er den Deckel und sah das vom Schreien gerötete Köpfchen eines Neugeborenen.

Ohne daran zu denken, dass es Zeit für seine Arbeit war, stürmte er mit dem Korb nach Hause.

„Lora, sieh nur", rief er schon von weitem. „Ein Kind habe ich gefunden, im Fluss."

Völlig außer Atem hielt Akki seiner Frau, die kein Kind bei ihm sah, den Korb hin. Jetzt begriff sie und atmete scharf ein. Als Mutter von sieben Kindern erkannte Lora, dass es sich um ein Neugeborenes dieser Nacht handelte.

„Es trieb mir in diesem Korb entgegen, als ich nach dem Wasserstand sah", erklärte Akki. „Was soll nun mit ihm werden?"

Hilflos sah er seine Frau an, die praktischer dachte.

„Das wird sich finden, Akki. Zuerst muss das Kleine etwas trinken. Ich denke, die Mutter hat es noch kein einziges Mal gestillt, weil sie es ganz schnell loswerden wollte. Nur gut, dass uns unsere neue Schwiegertochter vor ein paar Wochen einen weiteren Enkel geschenkt hat. Ich werde sofort mit dem Findelkind zu ihr gehen. Sie hat Milch genug."

Mit diesen Worten nahm sie ihrem Mann den Korb aus der Hand und ging los.

Erleichtert sah Akki seiner Frau nach. Dann fiel ihm jäh ein, dass er seine Arbeit heute noch nicht erledigt hatte, obwohl er sonst um diese Zeit längst dabei war. So schnell er es vermochte, eilte er den Weg zurück.

Als er später wieder zu Hause war, lag das Kind in der Wiege, in der alle seine Söhne und Töchter die ersten Lebenswochen verbrachten. Seelenruhig und zufrieden schlief es und sah gesund und zufrieden aus.

„Es ist ein kleiner Junge", hörte Akki seine Frau sagen.

„Nimmt ihn unsere Schwiegertochter nicht? Warum ist er hier bei uns?" wollte er wissen.

Lora trat an die Wiege und setzte sie in leichte Schaukelbewegungen.

„Du weißt doch, Akki, sie arbeitet als Wäscherin im Dienst des Tempels, weil unser Sohn als Ziegelmacher keine Reichtümer nach Hause bringt. Die Mutter unserer Schwiegertochter ist kränklich und kann sich kaum um das eigene Enkelkind kümmern. Wie soll sie noch ein Fremdes versorgen? Ich bin nicht gebrechlich und habe die Zeit, mich um den Jungen zu kümmern. Das Schicksal hat ihn uns in die Hände gelegt, Akki. Wir sollen die Eltern dieses Kindes werden.

Als die Erdenjahre ins Land gingen, wuchs ein kräftiger Knabe im Umkreis des Tempels E.ANNA in Uruk heran. Im Spiel mit anderen Kindern wusste er sich durchzusetzen und führte sie an. Selbst von größeren Jungen ließ er sich nicht einschüchtern.

Mit fünf Jahren fiel ihm auf, dass seine Eltern viel älter waren, als die der anderen Kinder. Eines Abends, als der schon recht betagte Akki über seinen schmerzenden Rücken strich, fragte das Kind danach. Betreten sah Lora zu ihrem Mann. In ihren Augen stand die Frage, was sie dem Jungen nun sagen sollten. Doch Akki setzte sich an das Herdfeuer und nahm den Knaben auf das Knie.

„Ich werde dir erzählen, wie wir deine Eltern wurden", begann er und sagte dem Kind die Wahrheit.

Ängstlich beobachtete Lora ihr Pflegekind, das sie sehr gern hatte. Doch der Kleine brachte ihr und Akki keine Ablehnung entgegen, wohl aber seiner unbekannten Mutter.

„Warum wollte sie mich denn nicht haben?" fragte der Pflegesohn nur.

„Wir kennen deine leibliche Mutter nicht. Aber vielleicht war sie sehr arm und in großer Not. Auch dein Vater ist uns unbekannt. Sicher dachte deine Mutter, dass du es bei denen, die dich finden, besser haben wirst."

„Das habe ich auch, wenn sie kein Kind ernähren kann", war die sehr verständige Antwort für sein Alter. Damit war für ihn die Angelegenheit erledigt.

Mit zwölf Jahren ging er wie alle anderen Kinder seinem Vater bei dessen Arbeit zur Hand. Als der Pflegesohn vierzehn war, hatte Akki ihm eine Arbeit als Gärtner verschafft. Nun gingen sie gemeinsam den Weg zu den Gärten des Tempels und arbeiteten jeder auf seinem Gebiet.

Vier Jahre lernte der nun stattliche Jüngling alles über den Gartenbau. Im fünften Jahr legte sein alter Vater Akki die Arbeit nieder. Von da an ging er allein in der Morgendämmerung zu den Tempelgärten, um in einem von ihnen zu arbeiten.

Oft sah er die schems am Himmel fliegen. Einige davon landeten in Uruk. Wie alle Menschen der Stadt wusste er, dass die Herrin Inanna meist selbst flog, ebenso gut wie ein Abgal. Etliche Male hatte er sie schon von weitem bewundern können. Sie schien ihm so fern, wie die Flugzeuge am Himmel.

Akki und seine Familie lebten in einer wechselvollen Zeit, in der die Könige als Vermittler zwischen den Herren und den Menschen immer schneller wechselten. Uruk war auch nicht immer Hauptstadt von Sumer geblieben. Die Städte bekriegten sich in immer kürzerer Abfolge. Auch Uruk war schon überfallen worden.

Das Königtum, das einst in Kisch begann, wurde ständig hin und her verlegt. Die Ruhe und Stabilität im Süden des Zweistromlandes war dahin.

Lange Zeit verfolgte Enlil die chaotischen Machtverhältnisse in seinem alten Land. Er fing sich auch wieder über die Menschen zu ärgern an, die nun ihre eigenen Streitigkeiten austrugen und Meinungsverschiedenheiten oft mit Gewalt begegneten.

Inanna gelang es nicht, das Königtum ständig in Uruk zu halten, doch sie versuchte es jedes Mal zurückzuerobern, wenn sich eine Gelegenheit ergab.

Ihr jetziger König Lugal-Zagesi sollte es erkämpfen, doch Enlil wurde zornig, als Kisch angegriffen wurde.

In seinem turnusmäßigen Rapport an den väterlichen Herrscher Anu konnte Enlil wieder einmal nur vom Chaos in Sumer berichten.

„Vater, großer König, wie kann ich die steten Machtkämpfe und Überfälle beenden? Beinahe jede größere Stadt will die Hauptstadtwürde tragen. Nun wurde gerade wieder Kisch angegriffen. Es war ein König aus deiner Residenzstadt Uruk, hoher Vater. Aber auch diese dir gewidmete Stadt war schon Opfer von Überfällen geworden. Zum Glück steht dein Haus E.ANNA noch.

Anu wollte sich nicht ständig um die Erde sorgen müssen. Er hatte auf dem vier Mal größeren Nibiru genug zu tun. Deshalb befahl er seinem Sohn: „Enlil, du musst dich als Herr der Erde jetzt durchsetzen und die Rivalitäten sofort beenden. Anscheinend gibt es keinen Menschenkönig, der es vermag, die Regenten der anderen Städte in Schach zu halten. Du brauchst einen starken Lugal, der das ganze Land beherrscht und auch die Streitigkeiten zwischen den Schwarzköpfigen beendet. Ich hoffe, dass du mir bei unserem nächsten Gespräch endlich etwas Positives berichten kannst."

Nun musste Enlil wirklich etwas unternehmen und konnte nicht mehr zusehen, wie jeder jeden überfiel. Anus Aufforderung war als Befehl gedacht, umgehend Stabilität ins Zweistromland zu bringen.

Daher rief Enlil die Mitglieder des Pantheons zusammen und erläuterte ihnen den sofortigen Handlungsbedarf.

„Wenn wir uns in der nächsten Mondphase wieder versammeln, muss jeder von euch Vorschläge unterbreiten können. Auch ich werde bis dahin über eine Lösung nachdenken."

Inanna flog nach dieser Ratssitzung zunächst zum Indus nach Aratta. Schon eine ganze Weile hatte sie dort nicht mehr nach dem Rechten gesehen. Bereits unterwegs wollte sie nachdenken, wie sie die Situation in Sumer für sich nutzen könnte. Das Beste wäre, dachte sie natürlich, das ganze sumerische Reich käme und bliebe in ihrer Hand. Aber wie soll ich das machen, grübelte sie vor sich hin. Ninurta, Adad und auch mein Vater Nannar werden sich wehren, mir die Oberherrschaft zu geben. Vielleicht gibt Großvater Enlil demjenigen von uns die Herrschaft im Alten Reich, der den besten Menschenkönig hat, dachte Inanna weiter nach. Mein Lugal-Zagesi war es jedenfalls nicht, gestand sie sich ein.

Im fernen Gebiet am Indus vergaß sie für kurze Zeit das Problem im Zweistromland. Doch auf dem Rückflug, bei dem sie wieder selbst am Steuer saß, dachte Inanna erneut darüber nach, das geeinte Land in ihre Hände zu bekommen.

Auf dem kleinen Flugplatz nahe dem Tempel E.ANNA in Uruk, der eine ihrer Wohnstätten war, überfiel sie nach der Landung große Müdigkeit. Inanna entledigte sich der Pilotenkleidung und ging durch die Gärten auf ihr Domizil zu. Im Schatten von Tamariskensträuchern ließ sie sich nieder, um kurz auszuruhen und den kühlen Windhauch des Abends zu genießen. Dabei schlief sie ein.

Sargon, wie der angenommene Sohn des Bewässerers Akki genannt wurde, wollte gerade seine Gartengeräte säubern und sich auf den Heimweg machen, als er stutzte.

Da, am Rande seines Gartens sah er die Herrin.

Die mächtige Inanna lag im Schutz der Bäume und musste wohl schlafen, denn sie rührte sich nicht. Dann war es ihr schem, das eben gelandet ist, dachte Sargon und ging zögernd näher. Sie ist wieder von Osten gekommen, sagte sich der junge Gärtner und hat die Länder überflogen, auch Elam, dessen Herrin sie schon einmal war.

„Weit fliegt sie und durchquert den Himmel, Inanna, meine große Königin", flüsterte Sargon bewegt.

Dann stand er vor ihr und sah sie zum ersten Mal aus der Nähe. Wie die meisten Männer war auch er sofort von ihrer Schönheit bezaubert, die ihn zusammen mit Inannas Aura der Macht und Unsterblichkeit in ihren Bann zog. Sargon vergaß alles, was er war, vergaß, dass sich niemals ein einfacher Mensch einer der mächtigsten Frauen der DIN.GIR nähern durfte und kniete trotzdem neben ihr nieder. Er beugte sich über die schlafende Inanna, küsste und berührte sie. Da schlangen sich ganz unerwartet ihre weichen Arme um seinen Hals und löschten Sargons Verstand völlig aus.

Später sagte er oft, wenn er an diese schicksalhafte Begegnung zurückdachte: „Als ich ein Gärtner war, sah ich am Rande meines Gartens die Herrin. Sie schenkte mir ihre Liebe. Ich küsste und vereinte mich mit ihr."

Inanna war so angetan von ihrem neuen Geliebten, dass sie beschloss, ihn zu dem starken Menschenkönig zu machen, den Enlil jetzt brauchte. Anders als manche Lugal von hoher Abstammung, wäre dieser einfache Mann Wachs in ihren Händen und damit der ideale Kandidat, für sie das ganze Alte Land zu erringen.

Dann hätte sie ihr ehrgeiziges Lebensziel endlich erreicht. Sie würde über alle anderen Nachkommen aus Enlils Familie triumphiert und auch Marduk ausgebootet haben.

Mit dieser Überraschung platzte Inanna in der nächsten Mitgliederversammlung des Hohen Rates heraus. Zum Abschluss ihrer wohldurchdachten Rede betonte sie: „Gerade ein einfacher Mann des Menschenvolkes wird tun, was du für ein ruhiges, geeintes Land brauchst, verehrter Großvater Enlil. Er wird sich keine eigenen Freiheiten erlauben, wie andere Lugal, die sich oft wegen des Anteils unseres Blutes in ihren Adern immer wieder Eigenmächtigkeiten herausnehmen. Ich garantiere dir, dass ich ihn so anleiten werde, dass der Befehl des Herrschers Anu und deine Pläne durchgesetzt werden."

Enlil kannte den eisernen Willen seiner Enkelin und wusste, dass sie ebenso gut wie Ninurta, Adad oder Nannar ein Reich führen konnte.

„Nun gut, Inanna. Wir können es ja mit deinem Sargon versuchen. Morgen werde ich Anu kontaktieren, dass wir darangehen, unter einem neuen Menschenkönig das Alte Land zu einen und so die gegenseitigen Überfälle beheben werden. Ich werde ihm aber auch sagen, dass du, Inanna, dafür gerade stehen wirst."

Hocherfreut beeilte sie sich zu versichern: „Das kannst du, Großvater."

Enlil war dennoch skeptisch. „Wie willst du den neuen Lugal auf sein Amt vorbereiten? Er versteht doch nichts von Staatsführung und Strategien."

Auch darauf wusste seine Enkelin eine passende Antwort. „Das ist erst einmal vorteilhaft, verehrter Großvater. Ich werde ihn täglich viele Stunden in allen notwendigen Dingen unterweisen. Dadurch wird er ohne eigene Vorurteile von unseren Vorstellungen der Amtsführung geprägt. Danach führe ich ihn an den Höfen der Stadtstaaten ein, wobei ich stets an seiner Seite bleiben werde. Zum einen kann er dadurch nichts Falsches sagen, zum anderen müssen die anderen Menschenkönige durch meine stete Präsenz in Sargons Nähe seine Bedeutung für uns erkennen, damit sie seine spätere Vorrangstellung akzeptieren. Ich kann jetzt schon sagen, dass Sargon sich trotz seiner geringen Herkunft für unseren Zweck gut eignet. Er ist sehr gelehrig, ehrgeizig und mutig, aber dennoch mir vollkommen ergeben."

Enlil war nun etwas erleichtert.

„Du hast an alles gedacht, Inanna. Dann bilde ihn aus, damit ich ihn möglichst bald zum Lugal ernennen kann."

Einigen der Ratsmitglieder war diese Entwicklung gar nicht recht. Sie hatten auf ihren eigenen Favoriten gehofft. Nun war ihnen klar, wer in der nächsten Zeit die Macht im Zweistromland innehaben würde, wenn sich dieser Gärtner eignete.

Nur Enki war es egal. Es ging um das Gebiet von Enlil und seinen Nachkommen. Sollten sie sich doch streiten. Er würde nur einschreiten, wenn es einer wagen sollte, sein Eridu anzugreifen oder die Stadt Babylon, die Marduk wieder beanspruchte, nachdem die Zeit des missglückten Turmbaus schon so lange her war. Ansonsten ging es nicht um seine Gebiete, die alle in Afrika lagen.

Sargon wohnte jetzt nicht mehr bei seinen Pflegeeltern, sondern in einem prächtigen Haus nahe dem Tempel. Inanna, seine über alles geliebte Herrin, überschüttete ihn mit Gütern, so dass er in der Lage war, Lora und Akki einen gesicherten Lebensabend ohne Mühsal zu ermöglichen.

„Siehst du, jetzt wird uns gedankt, dass wir uns des Findelkindes angenommen haben. Es hat alles seinen tieferen Sinn", hatte Sargons Pflegemutter zu ihrem Mann gesagt.

Noch nie in seinem Leben hatte Sargon so viel Neues auf einmal lernen müssen. Doch er tat es willig und voller Energie. Ihm schwindelte bei der Aussicht, was für ein grandioses Schicksal Inanna ihm zugedacht hatte. Bald sollte er der Herr über ein geeintes Mesopotamien werden, er, ein einfacher Gärtner. Sein Herz lief über vor Liebe für die schöne Inanna, die ausgerechnet ihn erwählt hatte.

Gerade kam Sargon von einer Unterweisung eines erfahrenen Kriegsherren. Er wusste von Inanna, dass die Städte trotz allem sich nicht ganz freiwillig unterwerfen würden, so dass erst einmal noch Schlachten notwendig waren. Doch sie beruhigte ihn auch.

„Wer angegriffen wird, entscheidet letztendlich Enlil, und ich werde bei den Kriegszügen zugegen sein. Außerdem werden wir die direkten Schlachten den Generälen überlassen. Wir leiten sie nur an. Ich statte unser Heer mit den besten Waffen aus und greife nur im Notfall ein. Du siehst, Sargon, es wird nicht gefährlich, jedenfalls nicht für uns."

Aber noch war es nicht so weit. Zunächst würde er durch Inannas Vermittlung als Berater an den Königshof von Kisch gehen. Dort regierte Urzababa, der von der Entscheidung der Herrin wusste und sie respektierte. Doch bald wurde ihm klar, dass er Sargon unterschätzt hatte. Außerdem war das, was er sagte, ohnehin die Ansicht der Herrin Inanna. Schon allein deswegen nahm er den Berater überaus ernst.

Der derzeitige Regent von Uruk war nicht so klug. Lugal-Zagesi stellte sich gegen Inannas neuen Günstling, zwar nicht offiziell, aber er lehnte ihn als unbedeutenden Emporkömmling ab und nahm sich vor, nicht mit ihm zu kooperieren.

Dann kam der große Tag für den Pflegesohn des Bewässerers Akki. Er sollte zum König ernannt werden.

„Lass dich anschauen, Liebster", sagte Inanna und betrachtete Sargon von allen Seiten. Sie war sehr zufrieden.

„Ja, so kannst du vor Enlil treten, wenn er dich heute in einer Krönungszeremonie zum Herrscher über die Menschen macht."

Sargon hatte Inanna nicht enttäuscht, nicht privat und nicht als künftiger König. In der Zeit seiner Ausbildung hatte er sogar seine Herrin überrascht, als er nicht nur Klugheit und Fleiß zeigte, sondern in seinen Äußerungen auch die nötige Härte durchblicken ließ, um all das durchzusetzen, was er für sie erreichen sollte.

Dafür belohnte Inanna ihn mit ihrer Liebe, ja, sie war Sargon ehrlich zugetan.

Als er wenig später von Enlil die Zeichen der Königswürde erhielt, war sie sicher, dass nun ihr Aufstieg zur mächtigsten Frau unter den Erdenherren unmittelbar bevorstand.

Inanna hörte Enlil sagen: „Hiermit verleihe ich dir den Titel Scharru-Kin. Erweise dich deines neuen Namens würdig, denn jetzt bist du ein rechtmäßiger König über die Menschen."

Inannas Herz jubelte. Als sie wieder allein mit Sargon war, schloss sie ihn überschwänglich in die Arme.

Dann ging der neu ernannte Scharru-Kin daran, eigene Vorstellungen zu entwickeln, versäumte aber nie, sie mit Inanna zu besprechen.

„Wenn ich nun ein König bin, muss ich eine eigene Residenzstadt haben. Ich möchte nicht gern irgendeine andere Ansiedlung übernehmen und dort weitermachen. Nein, es sollte etwas sein, was der vor mir liegenden Aufgabe entspricht. Ein neues, geeintes Land sollte auch mit einer neuen Hauptstadt beginnen."

Prüfend sah er Inanna an, denn er wusste, dass er ohne ihre Zustimmung nichts erreichen konnte.

„Noch immer beeindruckst du mich, Sargon. Aber dein Vorschlag hat etwas für sich."

Dass es ihr Reich und eigentlich ihre neue Hauptstadt sein könnte, musste sie ja nicht vor dem neuen König aussprechen. Verliebt sah sie in sein gut aussehendes Gesicht.

Scharru-Kin legte ihr seinen Plan weiter dar.

„Ich dachte, dass eine Hauptstadt in der Mitte des Landes liegen sollte, jedenfalls annähernd. Als ich mir eure Landkarten ansah, wusste ich, dass die Stelle gut passen würde, an der die beiden Flüsse Euphrat und Tigris sich wieder annähern."

Inanna wickelte ihre Lapislazulikette um den Finger.

„Sie würde passen, aber dort liegt Babylon, die Stadt, die immer Marduk beansprucht hat. Ich frage mich, mit welchem Recht, aber so ist es nun einmal."

Auch das hatte Sargon berücksichtigt. „Babylon liegt in der Region, aber nahe am Euphrat. Wir könnten unsere Hauptstadt etwas weiter weg, mehr zum Tigris hin und ein klein wenig südlicher erbauen. Dennoch läge sie bei der Einschnürung der Flüsse mitten im Zweistromland."

Inanna überlegte kurz. „Wenn Marduk praktisch vor seiner Nase eine neue Residenzstadt des geeinten Landes hat, wird er vielleicht daran erinnert, dass er keinesfalls weiter versuchen soll, sein Babylon zur ersten Stadt zu machen. Also bin ich einverstanden, mein lieber Sargon. Morgen werde ich Enlil unseren Plan vorlegen."

Sargon lächelte zufrieden. „Was hälst du davon, verehrte und geliebte Herrin, wenn wir der neuen Stadt den Namen Agade geben?"

„Sehr treffend", gab Inanna zu. „Vereinigt." Das werde ich Enlil ebenfalls vorschlagen."

„Gar nicht so dumm, dein Gärtner", gab Enlil zur Antwort, als sie ihm Sargons Absicht, eine neue Hauptstadt zu gründen, vortrug.

„Meinetwegen soll er seine Stadt bauen. Aber vergesst darüber nicht die eigentliche Aufgabe, ein geeintes Land zu schaffen."

Inanna überbrachte Scharru-Kin die gute Nachricht. Daraufhin übertrug sie ihm, alles Nötige zu organisieren, denn sie hatte weder Lust noch Zeit, sich mit den baulichen Einzelheiten zu befassen. Hierbei konnte Sargon zeigen, ob er in der Lage war, planmäßig und organisatorisch vorzugehen. Doch sie gab ihm noch den Rat: „Du bist der Erste unter euch Menschen. Bitte nicht die Architekten und Baumeister, sondern befehle ihnen, dir Pläne für eine ganze Stadt vorzulegen. Du musst nur von Zeit zu Zeit die Kontrolle ausüben und hin und wieder überraschend selbst auf einer Baustelle erscheinen. Nimm immer einen Fachmann mit, der dich auf eventuelle Mängel hinweisen kann, deren Beseitigung du umgehend forderst. Ab und zu lobe auch, wo es angebracht ist. Ich denke, du wirst eine Weile ohne mich zurechtkommen, mein lieber Sargon. Ich habe am Indus schon länger nicht mehr nach dem Rechten gesehen. Du siehst, auch ich muss ständig kontrollieren, ob alles reibungslos abläuft."

Sargon versuchte, sich seine Enttäuschung nicht anmerken zu lassen. Er wollte, dass Inanna bei ihm blieb, wusste aber, dass sie als Herrin der Indusregion auch dort gebraucht wurde.

Inanna küsste ihn zum Abschied und gab Sargon noch einen Hinweis.

„Natürlich muss das neue Agade einen Tempel haben, der mir geweiht ist. Weise die Architekten darauf hin, dass sie eine zentrale Lage aussuchen. Der Bedeutung eines mächtigen Reiches entsprechend, muss der Tempel groß und prächtig sein. Ich werde ihn Ulmasch nennen, denn Gold-und Silberplatten sollen ihn erstrahlen lassen. Hell und glänzend soll mein Haus sein, ein würdiger Mittelpunkt für ein neues, großes mesopotamisches Reich."

Inanna blieb ihrem Schützling nicht lange fern. Wollte sie vor Enlils kritischem Auge bestehen, konnte sie sich jetzt mit Scharru-Kin keinen Fehler leisten. Am Beginn seiner Karriere, die vor allem ihre eigene sein würde, musste sie ihren Menschenkönig führen und an seiner Seite sein. Das erste Lob konnte sie ihm aussprechen, als sie bei ihrer Rückkehr bereits erkennen konnte, wie das Zentrum der neuen Stadt Agade aussah. Sofort sah Inanna, wo sich ihr Tempel inmitten der Ansiedlung erheben sollte. Bevor sie abreiste, hatte sie Sargon einen Plan gegeben, den er den Baumeistern überreichen sollte. Nach diesen Anweisungen hatten sie ihren Tempel Ulmasch zu errichten. Nun würde sie kontrollieren, ob die Grundmauern die richtigen Maße zeigten und weitere Anleitungen geben. Vor allem war die Ausrichtung nach astronomischen Gesichtspunkten einzuhalten.

Sargon war noch zu neu in seinem hohen Amt, als dass er souverän alle Aufgaben nach eigenem Ermessen erledigen konnte. Deshalb war er froh, dass seine Herrin Inanna wieder bei ihm war.

„Jetzt , meine geliebter König, gegen wir daran, das geeinte Mesopotamien zu schaffen. Ich habe mit Großvater Enlil gesprochen, welche Gebiete wir zuerst erobern werden", teilte sie ihm mit.

„Dein Wunsch ist mir Befehl, verehrte Herrin", versicherte Sargon ihr. „Ich werde alles tun, um dir ein großes Reich zu Füßen zu legen."

Inanna ging auf Sargon zu und nahm seine Hände. „Ich weiß, mein Lieber, doch nun komm an den Kartentisch. Ich werde dir zeigen, wo unsere Streitmacht eingesetzt werden soll."

Damit zog sie ihn zu einer großen Landkarte. „Sieh her. Zunächst wenden wir uns nach Süden. Dabei konzentrieren wir uns auf die Gebiete, die sich dem geeinten Land unter deiner Führung am meisten entgegenstellen. Das wäre das Territorium um Lagasch herum."

„Das ist doch immer die Stadt des Herrn Ninurta gewesen", warf Sargon ein.

„Richtig", bestätigte Inanna. „Daher dürfen wir keinesfalls die Stadt selbst angreifen. Es muss sich nur die Gegend um Lagasch unterwerfen. Dann ziehen wir gen Uruk, dessen Lugal mir schon lange nicht mehr gehorcht. Dabei werden wir möglichst den Tempel E.ANNA schonen, Anus und meine Wohnstatt. Wenn wir noch Ur besiegen, ist der Weg bis zum Persischen Golf frei. Eridu, die Stadt Enkis wird jedoch nicht angegriffen. Somit wird uns fast alles bis zum Unteren Meer gehören.

Danach wenden wir uns nach Osten. Das Land Elam wird unterworfen, wenn es Widerstand leisten sollte. Ich möchte bis zur Stadt Susa kommen, damit sich später kein starker Feind aufbaut. In den folgenden Jahren ziehen wir mit dem Heer nach Norden. Dabei müssen wir jedoch darauf achten, nicht in Ninurta unterstelltes Gebiet zu gelangen, der den gebirgigen Nordosten besitzt. Das hat Enlil ausdrücklich gesagt. Wir dürfen nicht seinen Söhnen die Länder streitig machen."

Sargon richtete sich auf. „Oh, Inanna, mir schwindelt vor soviel Eroberungen."

„Du wirst dich daran gewöhnen, wenn du erst Monat für Monat mit mir und dem Heer unterwegs bist. Dann wird dir das Leben eines siegreichen Feldherren sehr gefallen. Aber wir müssen auch noch nicht heute entscheiden, wie unser neues Reich aussehen soll. Wir werden siegen, überall wo wir hinkommen, denn wir haben Anus Segen und Enlil hinter uns."

Inanna wollte Sargon nicht überfordern, denn im Gegensatz zu ihr hatte er noch nie an einer Schlacht teilgenommen, schon gar nicht als Kriegsherr. Daher sagte sie abschließend: „Lass uns erst einmal den Feldzug nach Süden und Osten hinter uns bringen. Dann sehen wir weiter."

Es kam genau so, wie Inanna es erwartet hatte. Sargon fand Geschmack daran, mit jedem Sieg ein noch mächtigerer König zu werden. Die Regenten der Städte vermochten sich nicht gegen die Waffen seines Heeres durchzusetzen, überlegene Waffen der Herren, mit denen Inanna die Streitkräfte ausgestattet hatte. Berauscht von Erfolg und Macht wurde er selbst immer ehrgeiziger. Nun wollte Sargon nicht nur für seine geliebte Herrin siegen, sondern wünschte sich auch selbst ein möglichst großes Reich. Daher stand er dem bevorstehenden Kriegszug nach Norden und Westen jetzt völlig anders gegenüber.

Als es um die Gebiete des Herrn Adad ging, betete Sargon zu ihm. Dennoch hätte das gar nichts genützt, würde Enlil nicht längst alles mit Adad und Inanna geklärt haben. So überließ ihnen Adad einen Teil seines Landes. Er gab Sargon Mari, Ebla und Land bis dicht an den Zedernberg heran.

Somit hatten Inanna und Scharru-Kin tatsächlich ein Riesenreich geschaffen, vom Unteren bis zum Oberen Meer. Es war genau das, was Enlil wollte. Unterstand ganz Mesopotamien und angrenzendes Land einem einzigen Herrscher, würden die Überfälle auf die Nachbarstadt und die tausend Streitereien ein Ende haben. Ganz nebenbei registrierte Enlil für sich, dass durch die Kriege wieder eine große Zahl von Menschen umgekommen war, da er noch immer der großen Anzahl der Erdlinge skeptisch gegenüberstand.

Er zeigte sich mit allem sehr zufrieden. Inanna hatte es tatsächlich geschafft, mit ihrem Menschenkönig für ein geeintes, großes Land zu sorgen, in dem nun Frieden herrschen konnte.

Sehr viel Zeit war für Sargon vergangen, viele Jahre, die er mit Eroberungen zugebracht hatte. Er wusste, dass seine Herrin Inanna die Zeit ganz anders empfand, denn das Volk vom Nibiru hatte ein so langes Leben, dass er es sich nicht einmal vorstellen konnte, wie lange das wirklich war. Es währte scheinbar ewig.

Doch für den jetzigen König Scharru-Kin lagen die Jugendjahre als Gärtner und Pflegesohn Akkis so lange zurück, dass sie ihm im Gegensatz zu seinem heutigen Leben unwirklich vorkamen. Schon lange war er König über die Menschen eines riesigen Landes. Inzwischen konnte er sich sogar mit Inanna messen, was Ehrgeiz und Machtbedürfnis betraf.

Als Inanna ihn eines Abends in seinem prächtigen Palast aufsuchte, fragte er sie gerade heraus: „Warum unterwerfen wir nicht weitere Länder. Es hat uns nirgends ein Regent erfolgreich Widerstand leisten können. Ich führe das Heer nach Westen und erobere dir noch mehr Gebiete, meine geliebte Herrin. Zum Beispiel Jerusalem, die wichtigste Stadt auf Erden."

Diesmal wurde Inanna beinahe böse, was Sargon nicht erwartet hatte.

„Du weißt, dass die vierte Weltregion allein uns Nefilim gehört, genau wie Jerusalem, wo die Verbindung zum Himmel beheimatet ist. Enlil würde uns beide davonjagen lassen, denn wer die Raumfahrtanlagen besitzt, ist mächtig wie er selbst. Willst du etwa Enlil stürzen?"

Betroffen beeilte sich Sargon zu sagen: „Gewiss nicht, Enlil ist mein Herr und Förderer."

Besänftigt strich ihm Inanna über den Arm.

„Wir haben bereits mehr, als ich je zu hoffen wagte. Ja, nach Enlil bin ich jetzt die Mächtigste auf Erden."

So sah sie es jedenfalls. Doch obwohl sie Sargon für seine hochfliegenden Pläne schalt, war es genau das, was sie eines Tages anstrebte. Sie würde nicht eher ruhen, bis sie tatsächlich die Herrin der ganzen Erde war.

Zu dieser Zeit war Agade, auch Akkad genannt, die wohl reichste und prächtigste Stadt überhaupt. Die Eroberungen hatten soviel Kriegsbeute eingebracht, dass nicht nur Inannas Tempel und Sargons Königsresidenz aufs Beste ausgestattet waren. Gold und Silber waren auch an vielen anderen Bauten der Stadt zu finden. Ganze Tafeln des edlen Lapislazuli-Steines wurden verwendet. Die Vorratsspeicher waren zum Bersten mit Lebensmitteln gefüllt. Frohsinn und Musik war überall, wohin man kam.

Laufende Abgaben der unterworfenen Städte garantierten der Bevölkerung Wohlstand, so dass Inanna und Sargon überall gepriesen wurden.

Der von Enlil eingesetzte Scharru-Kin trug jetzt den Titel König von Sumer und Akkad, denn Akkad hieß nun wie seine Hauptstadt das nördlich von Sumer zwischen Euphrat und Tigris gelegene Land. Die Bevölkerung sprach akkadisch, und Schriftgelehrte schrieben in einer Keilschriftart, die sich aus den sumerischen Zeichen entwickelt hatte. Die Menschen erfreuten sich eines hohen Kulturniveaus.

Mit den Ländern, die er nicht unterwerfen durfte, trieb Sargon regen Handel, unter anderem mit den afrikanischen Ländern, die Enkis Familie gehörten.

Die irdischen Jahrzehnte reihten sich aneinander, während im geeinten Reich eine blühende Zivilisation bestand. Dann aber, als Sargon schon älter war, überspitzten Inanna und er ihren Ehrgeiz.

Babylon, das schon vor dem missglückten Turmbau der Menschen eine besondere Stadt als Babili, als Torweg zum Himmel war, galt als einer der wenigen geheiligten Orte der Erde. Diesen Status versuchten Inanna und Sargon auf ihre Hauptstadt Agade zu übertragen. Doch wie, wenn sie Babylon nicht vernichten durften?

Diesmal hatte Sargon einen Vorschlag. Es war seine Familie, die ihn darauf brachte.

Da er unmöglich Inanna heiraten konnte, denn sie stand zu hoch über ihm, hatte er sich eine schöne Sumererin erwählt, die ihm im Laufe der Jahre etliche Kinder gebar. Seine Söhne hatten ihn seit Jahren schon in der Ausübung des Königsamtes unterstützt und waren im großen Reich jeder für einen anderen Landstrich zuständig.

Die verheirateten Töchter hatten schon eigenen Nachwuchs bekommen.

An einem Abend, als nach der Mahlzeit die gerade anwesenden Familienmitglieder im kühlen Palast beisammen waren, diskutierte Sargon mit seinem ältesten Sohn das leidige Problem Babylon. Im Hintergrund vernahmen sie die Töne einer wunderschönen Melodie, ein Lied, das eine besonders musikbegabte Tochter Sargons selbst geschrieben hatte.

„Wenn du die Stadt nicht haben kannst, Vater, dann nimm dir doch von dem geweihten Erdboden, auf dem Babylon steht, schlug sein Sohn nach längerem Disput vor. Trage eine größere Menge davon ab und bringe den Boden Babylons dahin, wo du eine eigene heilige Stadt haben willst."

Sargon sah ihn zunächst ungläubig an, doch dann erfasste er die geniale Idee und schlug seinem Sohn spontan auf die Schulter.

„Das ist es! So werde ich einen genauso bedeutsamen Ort wie Babylon schaffen. Gleich morgen lege ich den Plan der Herrin Inanna vor", die er meist bei ihrem akkadischen Namen Istar nannte.

Schon so früh wie es schicklich war, ließ Sargon sich bei Inanna anmelden. Als sie in das Empfangszimmer kam, war sie noch nicht fertig für den Tag zurechtgemacht. Ihr helles, volles Haar fiel ihr wie eine Woge um die Schultern, bevor es zu einer Frisur zusammengebunden und am Hinterkopf befestigt werden würde. So lange sie sich auch schon kannten, hatte Sargon sie noch nie so lieblich, wie es ihm schien, gesehen. Er fühlte sich zu dem ersten Tag zurückversetzt, als er sie im Garten sah und umarmte. Seit dem sah sie keinen Deut älter aus. Was waren einige Jahrzehnte im Leben der Nefilim? Ein Tag vielleicht? Er selbst dagegen war schon grauhaarig geworden.

„Was führt dich so zeitig zu mir, Scharru-Kin? Ich hoffe, du hast einen guten Grund."

Inanna gab sich keine Mühe, ihren Unmut über die Störung zu verbergen. Selbst ein König musste seine Grenzen kennen, sagte sie sich.

„Vergib mir Herrin, dass ich dich so früh am Tage aufsuche. Aber ich habe dir endlich einen Vorschlag zu machen, wie wir Babylons Bedeutung herabsetzen, ja sogar null und nichtig machen können."

Sargons Augen strahlten vor Begeisterung. Er muss tatsächlich etwas gefunden haben, womit ich Marduk abermals treffen kann, überlegte Inanna schnell.

„Dann setze dich zu mir und unterbreite mir deinen Vorschlag. Ich hoffe, er ist es wert, dass ich ohne Frühstück schon Reichsangelegenheiten diskutiere."

Sargon gab sich Mühe, seine Gedanken kurz und knapp darzulegen. Dann sah er Inanna erwartungsvoll an und bemerkte, wie sich ein zögerndes Lächeln vertiefte, bis sie den Kopf zurückwarf und aus vollem Halse lachte.

„Ich muss schon sagen, mein lieber König von Sumer und Akkad. Du verdienst diesen Titel. Eine Stadt ist nur solange einmalig, bis es eine zweite von ihrer bis dahin einzigartigen Bedeutung gibt. Das wird Marduks Babylon in der Tat herabsetzen. Gleichzeitig werden wir dem Anspruch gerecht, dass eine Reichshauptstadt auf geweihtem Boden liegen sollte.

Ich habe mir gerade vorgestellt, wie Marduk vor Wut außer sich sein wird, wenn wir ein zweites Babili schaffen. Deine Idee ist wirklich gut, Sargon. So nehmen wir Babylons Namen, wenn wir es schon nicht angreifen dürfen."

Sie klatschte in die Hände. Eilfertig erschien ein Diener in der Tür.

„Bringe das Frühstück hierher. Ich werde es gemeinsam mit dem König einnehmen."

Inanna gab sich huldvoll. „So hast du mir also einen schönen Tag gebracht, mein lieber Sargon."

Doch diesmal waren Inanna und Scharru-Kin zu weit gegangen. Von Ehrgeiz getrieben, der auch längst Sargon gepackt hatte, unterschätzten sie, wie Marduk reagieren würde.

Lange war er nicht mehr in der Region des akkadischen Königreiches gewesen. Als er von dem Frevel erfuhr, geriet Marduk in solche Wut, dass er nicht eher ruhen wollte, bis dieser anmaßende Menschenkönig enttrohnt war.

Natürlich wusste er, dass Sargon nur mit dem Einverständnis der machtbesessenen Inanna sich vom Boden Babylons nehmen und darauf bauen konnte. Sie sollte auch nicht ungeschoren davonkommen, nahm sich Marduk rachedurstig vor.

Er hatte sich überlegt, dass Scharru-Kin als König über die Schwarzköpfigen nichts ohne seine Menschen war. Noch lebten sie satt und zufrieden unter seiner Regentschaft. Doch das würde er ändern, nahm sich Marduk vor.

Er besetzte zunächst die wichtigsten Handelsstraßen mit kleinen Trupps aus den Ländern seiner Anhänger. Bald bemerkten die Menschen in dem sumerisch-akkadischen Reich, dass es an Gütern fehlte, die sie nicht selbst herstellten.

Marduk unterband gleichzeitig, dass Waren die Städte von Inannas Land verließen, so dass die Leute ihre Handelsgüter nicht loswurden. Mit der Zeit darbte die Bevölkerung des ehemals so reichen Landes. Sie wurden unzufrieden mit ihrem König und zettelten Aufstände an, deren Rädelsführer zu Marduks Gefolgsleuten gehörten. Alles geschah so unauffällig, dass Inanna nicht wusste, wo sie zuschlagen sollte. Da stand nirgends ein Heer, das man hätte besiegen können.

Eine Karawane nach der anderen war überfallen worden. Die Banditen waren danach untergetaucht und bewachten dennoch die Handelsstraßen weiter.

Die Aufstände fingen rätselhafter Weise in allen Ecken des großen Reiches gleichzeitig an, so dass Inanna wusste, dass nur Marduk dahinter stecken konnte. Er rächte sich äußerst klug und wirkungsvoll, musste sie sich voller Hass auf ihn eingestehen.

Sargon kam nicht mehr zur Ruhe. Er eilte durch sein großes Land, um die Aufstände niederzuschlagen, doch es waren zu viele und ständig neue, so dass er sich rastlos aufrieb. Hilflos musste er mit ansehen, wie sein Lebenswerk zerbröckelte.

Bis zu seinem Tod büßte Sargon dafür, dass er den hohen Herrn Marduk erzürnt hatte. Kurz bevor er starb, nachdem er 54 Jahre König war, hatte er es eingesehen, dass der Findelsohn des Bewässerers Akki nicht einen der mächtigsten Nefilim auf Erden herausfordern durfte.

Als Marduk daranging, sich das Land Akkad anzueignen, führte Inanna erbarmungslose Schlachten mit seinem Heer. Aufsässige Orte, die Marduk und nicht sie anerkennen wollten, zerstörte sie gnadenlos und richtete überall, wo sie hinkam, ein Blutbad unter den Menschen an.

Marduks Bruder Nergal wurde vom Zwölferrat gebeten, ihn dazu zu bewegen, aufzugeben, nur, damit wieder Frieden einzog.

Unter dem Vorwand, dass man ihm wertvolle Gegenstände zurückgeben wollte, die seit der Sintflut nicht mehr in seinen Händen waren, verließ Marduk Babylon und reiste in den AB.ZU, wo diese Dinge verborgen waren.

Dann drang Nergal aus Neid auf den Erfolg des Bruders heimlich in sein Anwesen ein und störte ohne ersichtlichen Grund Marduks Werk, das er zum Wohle Babylons geschaffen hatte. Unter anderem brach das Kanalisationsnetz zusammen, so dass die Wasserversorgung versagte.

In weitem Umkreis trockneten sogar die Wasserquellen aus, womit Nergal Enlil und Vater Enki gegen sich aufbrachte, die ihn aufforderten, Mesopotamien sofort wieder zu verlassen. Doch statt einsichtig zu sein, richtete Nergal in seiner Boshaftigkeit noch Zerstörungen an Marduks Heimstatt an.

Inanna war jedoch froh, erst einmal ihren alten Rivalen Marduk los zu sein und nahm in Agade wieder die Zügel in die Hand.

Da Nergal schändlich gegen seinen Bruder Marduk gehandelt hatte, konnte er nicht mehr mit dem Wohlwollen seiner Familie rechnen. Besonders seinen Vater Enki hatte er in Zorn versetzt, der ihm befahl, weit weg zu gehen.

Marduk war wie Enki ein hervorragender Wissenschaftler und Ingenieur, der ein technisches Meisterwerk zur Wasserversorgung in Babylon und Umgebung geschaffen hatte. Die Schaltzentrale und Energiequelle befand sich innerhalb der Mauern von Marduks Wohnsitz. Vielleicht war Nergal zu Anfang nur neugierig und nutzte die Abwesenheit Marduks, um in dessen herrlichem Anwesen herumzustöbern. Dann aber packte ihn Neid und Missgunst, und er entfernte den Kraftstein, der das komplizierte Gebilde der Wasserregulation in Gang hielt. Diese Untat wurde ihm nicht verziehen.

Da seine Familie sich von ihm abgekehrt hatte, schlug er sich nun auf die Seite von Enlils Nachkommen.

Inanna ging daran, ihr riesiges Land ohne Sargon wieder zu festigen. Als Könige setzte sie zuerst den einen, dann den anderen von seinen Söhnen ein. Doch erst mit Sargons Enkel Naram-Sin hatte sie wieder einen Eroberer nach ihrem Geschmack.

Sie selbst wurde inzwischen von den Menschen lange nicht mehr so verehrt, seit sie ihre blutigen Kämpfe gegen sie geführt hatte. Nun wurde Inanna als gnadenlose Kriegerin gefürchtet. Dessen ungeachtet war sie so machtbesessen geworden, dass sie jetzt neue Länder erobern wollte, die nicht zum großen Reich Sumer und Akkad gehörten.

Sie fing mit dem Zedernberg an, brannte die Tore, die ins Innere führten, mit ihren Strahlenwaffen nieder und belagerte die dort arbeitenden Anunnaki. Doch sie siegte, und bald gehörte ihr der Landeplatz Baalbek.

Danach wollte sie noch den Rest der Orte erobern, die sie von der völligen Beherrschung aller wichtigen Erdengebiete trennten.

„Mit deinem Großvater Scharru-Kin musste ich durch Enlils Willen vor dem Lande Tilmun Halt machen, doch jetzt kann mich nichts und niemand mehr aufhalten“, sagte sie zu Naram-Sin.

„Entlang der Küste des Oberen Meeres erobern wir nun die wichtigsten Städte, bis wir vor den Raumfahrtanlagen stehen. Bin ich die Herrin auch über diese vierte Weltregion, habe ich die Erdenmacht. Du, Naram-Sin, wirst das Menschenheer als ihr König anführen und der größte Lugal aller Zeiten werden.“

Berauscht von dieser Aussicht tat Naram-Sin alles, was seine Herrin befahl. Offiziell gab Inanna vor, die Städte nur bestrafen zu wollen, denn sie hatten sich von ihrem DIN.GIR abgewandt, dem sie Treue schworen. So griff sie sogar Jericho an, die Stadt, die einst ihrem Vater Nannar Gefolgschaft schwor, aber dann einen anderen hohen Herrn der Nefilim anbetete.

Naram-Sin zog durch die verbotene Zone und überschritt sogar die Grenze zu Ägypten. Aus dem Verborgenen unterstützte ihn Nergal, der es denen heimzahlen wollte, die ihn aus Mesopotamien ausgewiesen hatten.

Die alte Garde der ranghöchsten Nefilim hatte zwar mit Unwillen Inannas und Naram-Sins Eroberungen zugesehen, schritten jedoch bisher nicht ein, um schwere Kriege zu vermeiden. Doch nun konnten sie Inannas Invasionen nicht länger dulden. Sie hatte sich alle wichtigen Orte und Länder angeeignet. Selbst Enki war empört, weil sie sogar nach Afrika griff.

Enlil musste nun gegen seine einst geliebte Enkelin vorgehen, denn sie stand sogar davor, ihn selbst zu entmachten. Daher berief er in Nippur eine Ratsversammlung ein. In seltener Einstimmigkeit wurde beschlossen, Inanna zu verhaften und auf unbestimmte Zeit zu verbannen.

„Das Wort des Ekur, meines obersten Amtssitzes soll gelten“, verkündete Enlil. „Die Härte des Gesetzes soll jetzt Agade treffen, damit es erzittere samt Inannas Tempel Ulmasch.“

Doch Inanna hatte überall ihre Zuträger und konnte rechtzeitig flüchten, so dass die Vollstrecker des Urteils nur ihren leeren Wohnsitz fanden.

Nach nur ein paar Erdenjahren tauchte sie mit Naram-Sin und dessen Heer wieder auf. Sie plante jetzt erst Enlil und dann sogar Anu, den Herrscher der Zwei Planeten, zu stürzen, Anu, ihren ehemaligen Gönner. Wahrer Größenwahn hatte sie ergriffen. Als deutliches Zeichen ihrer Absicht riss sie Anus Wohnsitz in Uruk nieder, wo sie einst selbst voller Stolz durch die Gunst des Herrschers wohnen durfte.

Als Enlil gerade abwesend war, drang Naram-Sin mit seinen Truppen in Nippur ein und bemächtigte sich des Heiligtums der Stadt, Enlils Wohntempel Ekur. Er plünderte sogar die geheime Kammer Dirga, vernichtete etliche Kostbarkeiten und brachte andere Dinge als Beute fort.

Als Enlil dessen gewahr wurde, war das Maß für ihn voll. Inanna hatte sich durch ihren Menschenkönig gegen ihn persönlich gewandt, obwohl er sie stets gefördert hatte. Noch niemals in all den Jahrtausenden war ihm solch eine offene Missachtung innerhalb der Familie begegnet. Seine von Anu verliehene Stellung als Herr der Erde war von Inanna in Frage gestellt worden.

Eiligst entwickelte er mit Ninurta, der ihm in Zeiten der Not immer ein guter Kriegsherr war, einen Abwehrplan.

Aus dem Nordosten, seit alters her Ninurtas Einflussgebiet, schickte er eine starke Kriegstruppe aus Gutium nach Akkad. Unbarmherzig vernichteten sie auf dem Weg nach Agade Städte und Siedlungen des ehemaligen Riesenreiches Inannas, wobei wieder die Menschen zu Tode kamen oder zu leiden hatten.

Andere hohe DIN.GIR baten Enlil eindringlich, nicht die Städte samt den Feldern zu verheeren, sondern nur Agade dem Erdboden gleichzumachen. Vor allem Menschen waren in Scharen getötet worden, wo die Krieger aus Gutium sie antrafen und sei es nachts auf dem Dach, wo sie der Hitze wegen schliefen.

Enlil willigte ein, und im Verbund mit den höchsten Nefilim verschwand Agade für immer vom Erdboden.

Inanna war nun endgültig in den Augen aller geächtet. Nur ihre Eltern brachten es nicht über sich, die Tochter von sich zu stoßen, obwohl Nannar allen Grund dazu hätte, denn sie hatte sich auch über Gebiete des Vaters hergemacht.

Nannar holte sie heim nach Sumer. Niemand hieß sie dort willkommen, doch ihre Mutter Ningal erwartete sie auf der Schwelle ihres Heimes.

Ninurta, dessen Stadt Lagasch auch diesmal von den Angriffen verschont geblieben war, begann, das zerstörte Zweistromland wieder aufzubauen, vordringlich das Bewässerungssystem, das lebenswichtig war. Er sorgte auch dafür, dass wieder den Gesetzen gefolgt wurde, stellte die öffentliche Ordnung her und setzte Könige ein, die ihm die Verwaltungsarbeit abnahmen.

Doch erst nach mehr als neunzig Jahren zogen die Truppen aus Gutium wieder ab.

Unter Ninurtas Oberhoheit erreichte Lagasch eine neue Blütezeit. Einer der dort eingesetzten Könige war Gudea, der besonders den wirtschaftlichen Aufbau förderte und einen neuen Tempel für Ninurta errichten ließ. Dabei erhielt er die Hilfe einer astronomiekundigen Frau der Nefilim und von Ningischzidda, der schon die Pyramiden von Giseh mit entwarf. Sieben Stufen und eine Landeplattform für Ninurtas Fluggerät krönten den prächtigen Bau.

Doch mit der Zeit zog es Ninurta von Lagasch im südlichen Zweistromland wieder in seine nördlichen Gebirgsländer zurück.

Enlil wollte nie wieder sein Sumer in Inannas Hand fallen lassen, die sogar die Dreistigkeit besaß, sich erneut in Uruk einzunisten. Ihr Versuch, abermals Einfluss zu gewinnen, wurde schnell vereitelt.

Danach berief Enlil seinen ältesten Sohn Nannar zum obersten Herrn von Sumer. Von ihm wusste er, dass sich der kluge Nannar nicht vorrangig um Eroberungen bemühen würde, sondern dem friedlichen Leben und blühenden Handel Vorrang gab.

Zwar war immer Bad-Tibira Nannars Stadt gewesen, doch er wollte ein Zeichen setzen und errichtete weit im Süden, nahe bei Eridu, die neue Hauptstadt Ur.

Ein Prachtbau im Zentrum von Ur überragte weithin alle anderen Gebäude. Vier Stufen hoch, eine jede von ungewöhnlicher Breite und drei lange Treppen kennzeichneten das Besondere seines Zikkurat-Amtsitzes.

Auch die Menschen von Ur lebten in Wohlstand und kultureller Blüte.

Eines Tages, als Inanna ihren Vater aufsuchte und ihr Schicksal ruhelos beklagte, wies Nannar sie zurecht.

„Hättest du dich nicht mit dem einmalig großen Reich von einem Meer bis zum anderen begnügen können? Enlil hatte dir mehr als jedem von uns, seinen Söhnen gegeben. Du hättest dich wie ich auf den friedlichen Alltag in Wohlstand konzentrieren können. Stattdessen musstest du neue Kriege führen, weil dir nie etwas genügt. Also jammere jetzt nicht, dass du alles verloren hast. Ich dagegen werde Ur noch wohlhabender machen, Kanäle und Häfen anlegen und den Handel fördern. Ich baue auf und zerstöre nicht. Sprich nie wieder davon, wie reich doch Agade war. Diesen Namen will ich nicht mehr hören."

Inanna war mehr erstaunt als beleidigt, denn so zornig auf sie hatte sich der Vater noch nie gezeigt. Nannar wusste trotz seiner Liebe zur Tochter, dass sie viel zu anmaßend geworden war. Im Stillen fragte er sich, ob er nicht mehr hätte tun müssen, um sie aufzuhalten, als noch Zeit dazu war. Dennoch wusste er, dass das niemand vermocht hätte, auch er als Vater nicht. Das gelang erst, als alle Ratsmitglieder vereint gegen Inanna vorgegangen waren.

Nannar diskutierte oft mit seiner Gemahlin Ningal über Inanna. Warum ist so anders als ihr Zwillingsbruder Utu, der uns nur Freude gemacht hat, fragten sie sich, oder anders als Ereschkigal, die Schwester, die zwar einmal sehr hart gegen Inanna vorging, aber ebenfalls keine unersättliche Eroberin war, die immer mehr haben will.

Ningal hatte jedes Mal ratlos geseufzt und vertrat die Ansicht, dass sich in Inanna alles potenziert hat, der Machtanspruch der Vorfahren Anu und Enlil, eine ungeheure Energie, aber auch die besondere Schönheit und ein bezaubernder Liebreiz, den sie entfalten konnte, wenn sie wollte.

Doch Nannar meinte, dass auch ihn Schuld träfe, da er mehr Einfluss auf Inanna hätte ausüben sollen.

Deshalb sagte er jetzt zu ihr: „Begreife endlich, dass deine Zeit vorbei ist. Das gesamte Pantheon wird dich nicht mehr aus den Augen lassen und jeden deiner Versuche, wieder zu Macht zu kommen, im Keim ersticken. Selbst bei Anu hast du vollkommen ausgespielt. Sei froh, dass du inzwischen wenigstens hier in Sumer geduldet wirst, aber nur, weil die Familie annimmt, dass ich dich gut bewache, und das werde ich. Vielleicht teile ich dir kleinere Aufgabenbereiche zu. Solltest du aber jemals wieder eine Streitmacht aufstellen oder Ränke schmieden, stelle ich mich dir als Erster entgegen“, sagte Nannar mit aller Härte.

Als Inanna eine Träne über das schöne Antlitz lief, wollte sein Herz schon wieder weich werden, so dass er sich schnell abwandte und den Raum verließ. Vorher drehte sich Nannar noch einmal um.

„Inanna, heirate doch noch einmal und bekomme ein paar Kinder. Dieses Leben ist bei dir viel zu kurz gekommen. Mutter und ich würden uns sehr freuen.“

Nannars Hauptstadt Ur gedieh. Doch in einem hatte er sich getäuscht. Mit den Jahren begann es in den weiter entfernten Regionen zu brodeln. Die Städte kamen nicht mehr in vollem Maße ihrer Abgabenpflicht nach und gingen eigene Wege. Nannar und der von ihm eingesetzte König Ur-Nammu beratschlagten sich und kamen zu dem Schluss, dass hinter all dem Konkurrenten stecken mussten. Sofort dachte Nannar an Marduk, der nicht aufgab und Anhänger suchte.

Als eine Stadt nach der anderen aufständisch wurde, musste Nannar widerwillig doch ein Kriegsheer entsenden. Schließlich konnte er nicht stillschweigend zusehen, wie jemand seine von Enlil verliehene Autorität untergrub und seine Gebiete übernahm.

Ur-Nammu musste nun als Kriegskönig gegen die aufständischen Städte ziehen, obwohl er in etlichen Städten lieber neue Tempel bauen ließ, die er Nannar, Utu und auch Inanna widmete.

Ur-Nammu war ein Sohn der Herrin Ninsun und damit ein Halbbruder des längst verstorbenen Gilgamesch. Bei der Bevölkerung war er sehr beliebt, musste nun jedoch gegen die Feinde seines verehrten Herrn Nannar vorgehen. Dabei geschah ein Unglück, das ihn das Leben kostete, denn er stürzte aus dem Streitwagen und blieb leblos liegen.

Die Menschen von Ur beklagten sein Schicksal umso mehr, da auch das Boot zur Überführung des Leichnams sank. So konnten sie ihren König, der sogar einen Teil Nefilimblut besaß, nicht einmal bestatten.

In ihrem Glauben an die Allmacht der Nefilim dachten sie, er sei von den großen Herren verlassen worden und lasteten seinen Unfalltod Nannar, Utu und Inanna an. Sogar Anu und Enlil beschuldigten sie.

„Ihr habt hinterlistig Ur-Nammus Schicksal abgewandelt und euer heiliges Wort gebrochen."

Auch eine hochgestellte Priesterfamilie in Ur, die vormals in Nippur wohnte, trauerte sehr um ihren König. Tera, das Oberhaupt dieser Familie, sah nun neue, unruhige Zeiten voraus. Er war schon alt, aber für seinen Sohn Abraham befürchtete er, in neue Kriege hineingezogen zu werden. Auch um Nahor, den Bruder Abrahams, machte er sich Sorgen.

Lot ging ebenfalls einem ungewissen Schicksal entgegen, so dass sich Tera auch um diesen Enkel sorgte, der der Sohn des bereits verstorbenen Harran war. Was kam jetzt auf ihn und die Familie zu, fragte er sich besorgt.

Teras Gemahlin versuchte ihn zu beruhigen.

„Jetzt ist Schulgi König. Er ist Ur-Nammus Sohn mit einer Priesterin. Bestimmt wird er wie sein Vater ein guter, umsichtiger König für uns sein. Der Herr Nannar wird schon wissen, was das Beste ist."

Abraham und seine Frau Sarai teilten Teras Sorge, wollten jedoch erst einmal abwarten.

„Noch ist es zu früh, die weitere Entwicklung abzuschätzen", war Abrahams Meinung dazu.

Tera nickte, obwohl ihn ungute Gefühle plagten. „Vielleicht hast du Recht, obwohl mir Schulgi schon nicht gefiel, als er noch kein König war."

Doch zunächst konnten Nannar und die Bewohner Sumers nicht über Schulgi klagen. Er zog weit umher, um an den Grenzen des Landes Verbündete zu finden, damit Aufstände von vornherein abgewehrt wurden. Doch als er nach Jahren zurückkam, fing er ein selbstgefälliges Leben an, setzte Stellvertreter ein, die sich um alles kümmern sollten, prasste in seinem Wohnsitz und prahlte mit seinen Errungenschaften.

Inanna, die trotz Nannars Warnungen schon wieder einen Vasallenkönig suchte, der ihr nützen könnte, machte Schulgi sogar zu ihrem Liebhaber.

Als Unruhen ausbrachen, konnte König Schulgi sie nicht dauerhaft bekämpfen. Er bediente sich oft unlauterer Mittel und hielt die damaligen vom Herrscher Anu und Enlil erlassenen Gesetze nicht ein. Selbst Nannar, der Schulgi lange verteidigt hatte, wandte sich langsam von ihm ab, der sich mehr und mehr gesetzlos und selbstherrlich verhielt.

Der Hohe Rat fand Schulgis fortgesetzte Vergehen so schwerwiegend, dass er ein Todesurteil erließ.

Tera hatte sich gleich nach Ur-Nammus Tod Gedanken gemacht, ob er die Familie von Ur wegführen sollte. Er mochte nicht unter Schulgis Herrschaft stehen, dem er von Anfang an nicht traute. Da Teras Vorfahren hoch angesehene Priester von Nippur waren, die aus königlicher Familie stammten, besaß er noch Verbindungen zu anderen Königshäusern, auch zu denen weit entfernter Städte. So fiel es ihm nicht schwer, sich im ganzen Zweistromland umzuhören. Am liebsten würde er dorthin gehen, wo nicht ständig Kriege drohten. Doch wo sollte das sein?" fragte er sich.

Eines Tages verkündete Tera entschlossen: „In Ur haben wir nichts Gutes mehr zu erwarten. Ich habe in Harran, weit weg im Nordwesten, eine Möglichkeit gefunden, wie wir dort alle entsprechend unseres Standes leben können. Ich hatte auch Verbindungen zu anderen Städten aufgenommen, doch in Harran gibt es für uns die besten Bedingungen. Dort regelte sich alles wie von selbst, als ob das Schicksal uns da hin befohlen hat. In Harran, am noch jungen Euphrat und an der Grenze zu den Hethitern, werden wir unsere neue Heimat finden."

Nannar, der nördlich und westlich Mesopotamiens meist Sin genannt wurde, hatte die Lage richtig eingeschätzt. Wieder einmal bereitete Marduk im Verein mit seinem Sohn Nabu von langer Hand einen Umsturz vor.

Marduk konnte sich Zeit lassen. Da Schulgi das Reich von Nannar langsam an den Abgrund gewirtschaftet hatte, war das Land geschwächt und viele Städte abtrünnig. Wenn er selbst genug Gefolgsleute gesammelt hatte, würde er zuschlagen. Aber diesmal endgültig. Noch nie war die Aussicht so Erfolg versprechend, denn Enlil hatte sich meist weg von der Erde in seine orbitale Himmelswohnung zurückgezogen. Er war alt und müde der ewigen Machtkämpfe. Ninurta war ebenfalls oft nicht da. Gern hielt er sich jetzt im mittleren Amerika auf, gemeinsam mit Adad, da dieser Kontinent reiche Goldvorkommen bot und große Tempelstädte entstanden.

Nur Nergal, sein eigener Bruder, machte Marduk Sorgen. Seit dem Vorfall in Babylon war er sein Gegner geworden. Nicht einmal Ningischzidda zürnte ihm so sehr, obwohl er ihn einst aus Ägypten vertrieben hatte.

Marduk befand, dass es Zeit war, mit den Vorbereitungen zu beginnen und ging ins bergige Hethiterland. Kleinasien war immer Adads Gebiet gewesen, doch dieser Sohn Enlils hatte nichts gegen Marduks Aufenthalt. Von dort zog er die Fäden bis zu seinem Babylon. Da er aus Mesopotamien ausgewiesen war, wirkte Nabu von Borsippa aus, das nahe Babylon lag, in seinem Sinne.

Abraham war fünfundsiebzig Jahre alt, als er in dieser unruhigen Zeit von Jahwe, dem Hohen Herrn des Gebietes, den Auftrag bekam, sich von Harran nach Kanaan zu begeben. Es sollte eine Mission auf unbestimmte Zeit sein, denn ihm wurde befohlen, mit Hab und Gut und Frau samt Dienerschaft aufzubrechen. Abrahams Bruder Nahor blieb beim Vater Tera, dem das Reisen schon zu beschwerlich war. Dafür schloss sich Lot seinem Onkel Abraham an. Sie kamen nach Damaskus, wo sie eine lange Zeit blieben und Abraham ein hohes Amt bekleidete. Derjenige der Herren, der hier Jahwe genannt wurde, hatte ihm genau gesagt, was zu tun war, denn nun sollte Abraham mit einer Streitmacht bis in den Süden Kanaans ziehen. Jetzt kam ihm zugute, dass er von den Hethitern viel über die Kriegskunst gelernt hatte, unter anderem, dass der Einsatz von Reitertruppen einen sehr großen Vorteil verschaffte.

Abraham war dazu ausersehen, die Zugänge zu den Raumfahrtanlagen zu bewachen. In Schechem, seinem Rastplatz, erhielt er von Jahwe noch einmal genaue Anweisungen. Er sollte bis zur Oase Kadesch-Barnea ziehen, die ebenfalls eine Beobachter-und Abwehrfunktion hatte, um die verbotene Zone zu schützen. Abraham hatte die strikte Order, keinesfalls südlicher als bis zum Wadi El-Arisch vorzustoßen.

In dieser Halbwüste gab es nichts, das wertvoll war, von einer Streitmacht Schutz zu benötigen, außer die überaus wichtigen Flughafenanlagen wie Jerusalems Kontrollzentrale und der Landeplatz im Sinai selbst.

Nahe bei Beth-El hatte Abraham einen Altar errichtet, um zu Jahwe zu beten. Hier hatte er Kontakt zu seinem Herrn, der Abraham eines Tages befahl, erneut weiter zu ziehen. Diesmal sollte es bis nach Ägypten gehen.

An einem abendlichen Lagerfeuer, das ihm, seiner Familie und den Heeresleuten Licht und Wärme spendete, sprach Abraham zu allen. Die Sterne der klaren Wüstennacht glitzerten über den Menschen, denen erneut ein langer Weg ins Unbekannte aufgetragen worden war.

Abraham erhob sich und gebot seinen Angehörigen und Gefolgsleuten mit lauter und deutlicher Stimme: „Jahwe, der Herr, hat für uns eine neues Schicksal bestimmt. Wir werden ins Land Magan ziehen."

Geraune erhob sich unter den Leuten, doch Abraham übertönte sie. „Ich habe den Auftrag, mich in Ägypten an den Hof des Pharaos zu wenden, um Verstärkung für unsere Streitmacht zu erhalten. In unserer Heimat braut sich eine große Verschwörung zusammen, die darauf abzielt, die vierte Weltregion einzunehmen, die zu beschützen unser Auftrag ist. Daher brauchen wir Verstärkung. Ich habe vom Herrn den Befehl, den Pharao davon zu überzeugen, dass auch er und sein Land in Gefahr sind, sollte der Raumflughafen besetzt werden. Vor allem Heliopolis, das auch On genannt wird, kann dann überfallen werden. Ihr alle wisst, dass sie die Stadt der Leuchtsignalanlagen ist, die die obere Grenze der Einflugschneise markiert. Es kann lange dauern, bis wir unseren Auftrag erfüllt haben, doch ich werde Jahwe, den Herrn, nicht enttäuschen und mit zusätzlichen Kriegern aus Magan zurückkommen. Notfalls muss ich sie selbst ausbilden. Den morgigen Tag nutzen wir zur Vorbereitung unseres langen Weges durch die Halbinsel Tilmun, den Sinai. Tags darauf treten wir die Reise an, um der Weisung des Herrn Folge zu leisten."

Alle sprachen aufgeregt durcheinander. Niemand stellte Abrahams Autorität in Frage und jeder war bereit, ihm zu folgen. Dennoch hatten die Abraham anvertrauten Menschen Angst vor der ungewissen Zukunft, die vor ihnen lag. Was würde sie im fremden Ägypten erwarten, fragten sie sich.

Dann erhob sich der Heerführer und sprach für alle Krieger. „Wir vertrauen uns wie bisher deiner Führung an, Abraham und sei es auch im Lande Ägypten. Wir werden treu an deiner Seite stehen, damit du den Auftrag des Herrn Jahwe erfüllen kannst. Gegen alle Feinde, die du uns benennst, werden wir in die Schlacht ziehen. Dafür stehen wir mit unserem Leben ein."

Beifall und zustimmende Rufe verdeutlichten, dass der Heerführer sich auf seine Männer verlassen konnte. Bewegt dankte Abraham allen für ihre Treue und Bereitschaft, in ein neues Land aufzubrechen.

Unter der heißen Wüstensonne zog Abrahams Heereskarawane durch die Sinaihalbinsel. Ihr Weg führte sie stets westwärts. Niemand befürchtete, dass sie in den menschenleeren Weiten die Orientierung verloren, standen doch bei Tage die Sonne und bei Anbruch der Dunkelheit Mond und Sterne am Himmel. Es war bekannt, dass Abraham in der astronomischen Wissenschaft sehr kundig war, stammte er doch aus einer den Königshäusern nahe stehenden Priesterfamilie. In den Tempeln, das wussten alle, war jedoch die Astronomie zu Hause.

Jeder aus Abrahams Gefolgschaft fühlte sich glücklich, einen solchen Herrn und Anführer zu haben.

In den Jahren in Harran hatte sich Abraham enormes Wissen im Kriegshandwerk angeeignet, so dass sich seine Leute voll auf ihn verließen. Sie waren stolz auf Abraham, der nun auch noch in diplomatischer Mission zum Pharao von Ägypten unterwegs war.

Doch der Heerführer fragte sich, was er und seine Soldaten so lange im fremden Land tun sollten. Dann sagte er sich, dass sie im Norden des geteilten Ägypten auch in Kriegshandlungen verwickelt werden könnten, denn der Pharao des Südens, der Marduk hörig war, lag im Streit mit dem des Nordens, zu dem sie nun unterwegs waren. Wie auch immer, beschloss der erfahrene Krieger, wir folgen Abraham und Abraham folgt Jahwe.

Nach Schulgis Verurteilung und Tod wurde Amar-Sin, Sin benannt nach Nannars Beinamen, König in Ur. Sein Amtsantritt stand unter einem schlechten Zeichen. Nannars Einfluss schwand immer mehr dahin. In den nordwestlichen Gebieten wandten sich mehr und mehr Städte von ihm ab und wurden Anhänger Marduks, der sie erfolgreich gegen ihren Herrn im fernen Ur beeinflusst hatte.

Amar-Sin konnte in dieser Zeit des Umbruchs keine friedliche Regierungszeit antreten. Er war dazu gezwungen, ständig Aufstände abzuwehren.

Inanna wurde im Auftrag ihres Vaters wieder aktiv und überzeugte die Städtekönige, die noch treu zu Nannar standen, sich zusammenzuschließen. Diese Regenten wussten, dass Inanna eine erfahrene Kriegsherrin und hohe Frau der Nefilim war, die sich einst ein riesiges Reich eroberte. Daher hörten sie auf ihren Rat.

„Könige des Ostens", appellierte Inanna an die versammelten Lugal. „Wollt ihr zulassen, dass die abtrünnigen Städte im Westen und Norden unter dem Herrn Marduk einen nach dem anderen von euch besiegen und eure Ansiedlungen plündern und niederreißen? Der Feind ist mächtig geworden, weil sich die kanaitischen Könige in der Nähe des Oberen Meeres zu einem Bündnis zusammengeschlossen haben. Damit hat sich ihre Stärke vervielfacht. Ihr habt keine Chance, jeder für sich den Angriffen des Königsbundes zu widerstehen. Daher sage ich euch, ihr müsst euch genau wie die feindlichen Könige vereinen. Bildet den Bund der Könige des Ostens, und ihr werdet gemeinsam einer Invasion aus dem Westen erfolgreich entgegentreten können.

Außerdem zeichnet sich ab, dass der kanaitische Königsbund unter Führung von Marduk und seinem Sohn Nabu darauf abzielt, die vierte Weltregion einzunehmen. Sollte ihnen das gelingen, wäre Marduk Herr über die Erde. Ihr würdet alle euer Königtum verlieren und froh sein können, überhaupt mit dem Leben davonzukommen."

Inannas Ausführungen beeindruckten die Könige der Städte so sehr, dass sie nach einer aufgeregten Diskussion der östlichen Königsallianz zustimmten.

Zu ihrem Anführer machte Inanna den König von Elam, Kedor-Laghamar.

Dieses Königsbündnis war zuvor auf einer Versammlung des Hohen Rates für nötig erachtet worden, denn Utu fand heraus, dass Nabu maßgeblich die zunehmenden Aufstände angezettelt hatte und zusammen mit seinem Vater die Westkönige vereint hatte. Sie bereiteten tatsächlich einen Umsturz vor.

Deshalb ließ das Pantheon als Gegenmaßnahme Marduks Babylon vom König des Landes Elam, das östlich von Sumer lag, einnehmen. Kedor-Laghamar ließ sich das nicht zwei Mal sagen und ergriff von Babylon Besitz. Marduks kostbaren Tempel schändete er dabei aufs Gröbste.

Dann befahlen die Nefilim dem elamitischen König, Nabus Stadt Borsippa zu besetzen. Er brannte bedeutende Gebäude nieder und tötete sogar Nabus Söhne.

Bald danach erhielt das Bündnis der Könige des Ostens den Auftrag, nach Kanaan zu ziehen, das westliche Bündnis zu zerschlagen und die abtrünnigen Städte zu bestrafen.

Hauptsächlich sollten sie jedoch an den Torwegen zu den Raumfahrtanlagen verhindern, dass Marduks Gefolgsleute sich derer bemächtigten.

Vor allem El-Paran, die letzte Kreuzung, bevor es zu den Flughafenanlagen ging, sollte von der östlichen Königsallianz besetzt werden, damit sie nicht den Feinden gehörte.

So brach das Ostbündnis vom Zweistromland aus in das weit entfernte Zielgebiet am Mittelmeer auf. Über die so genannte Königsstraße, die östlich des Jordan verlief, zogen die Heere der vereinten Könige südwärts und nahmen die Wachstationen ein, die den Weg zum Land Tilmun, dem Land der Raketen im Sinai, markierten.

Ein Außenposten nach dem anderen fiel in ihre Hände, so dass sie schließlich kurz vor Kadesch-Barnea standen, hinter dem die vierte Weltregion begann. Doch diesmal hatte die Allianz der Ostkönige kein leichtes Spiel, denn eine große Streitmacht versperrte ihnen den Weg, Abrahams Heer.

Nachdem Abraham mit seinem Gefolge fünf Jahre in Ägypten weilte, wurde er von Jahwe zurückgerufen. Eiligst sollte er sich mit der großen Streitmacht, der nun auch die ägyptische Verstärkung angehörte, wieder in die Halbwüste bei Kadesch-Barnea begeben. Eindringlinge seien schon unterwegs, um sich Zugang zu den Flughafenanlagen zu verschaffen. Bis Kadesch-Barnea durfte man sich der Region nähern, doch weiter nicht.

Es entbrannte ein heftiger Kampf, jedoch das gut ausgebildete Heer Abrahams konnte standhalten. Die Schlacht tobte hin und her und kostete so manches Menschenleben. Schließlich war Abrahams Armee siegreich. Der Rest des vereinten Königsheeres des Ostens musste sich geschlagen geben und zurückziehen.

Die besiegte Ostallianz nahm dabei einen anderen Weg und zog auf die Stadt Sodom zu.

Kanaitische Könige wie die von Gomorra und von Sodom stellten sich dem abrückenden Resttruppen des Ostbündnisses entgegen. Erneut wurde gekämpft.

Doch die Könige der hiesigen Städte waren nicht wie Abraham siegreich, so dass die Soldaten des Ostens Sodom und Gomorra ausplünderten. Triumphierend nahmen sie Abrahams Neffen Lot gefangen, der zu dieser Zeit seinen Wohnsitz in Sodom hatte und verschleppten ihn bei ihrem Rückzug in Richtung Norden.

Als dieser Frevel Abraham gemeldet wurde, wuchs sein Zorn auf die Könige des Ostens ins Unermessliche. Er rief den Heerführer und die Familienmitglieder, die noch bei ihm waren, zu sich.

„Wir haben das Bündnis der Könige der Ostländer geschlagen, so dass sie bei Kadesch-Barnea umkehren mussten. Mutig stellten sich ihnen beim Rückzug noch einmal einige kanaitische Könige in den Weg. Doch sie wurden leider besiegt und ihre Städte geplündert. Das ist schlimm. Was mich aber persönlich betrifft ist, dass die Ostkönige Lot, meinen Neffen, als Gefangenen mit sich führen, gewissermaßen als lebende Beute. Damit wollen sie mich im Nachhinein bestrafen, weil ich sie gehindert habe, in die verbotene vierte Weltregion einzufallen. Wer weiß, was sie Lot antun, nur um sich an mir zu rächen."

Besorgt hielt Abraham in seiner Rede inne und sah über seine seit Jahren treuen Mitstreiter hinweg in die Ferne.

„Ich kann nie mehr ruhigen Gewissens sein, wenn ich nicht wenigstens versuche, Lot zu befreien. Deshalb möchte ich fragen, wer von euch sich freiwillig meldet, um mit mir die Verfolgung aufzunehmen. Ich befehle es niemandem, denn ich möchte nicht euer Leben für Lots Leben in Gefahr bringen."

Aus Sorge um Lot, aber auch gerührt und stolz auf ihren Gemahl, betupfte sich Sarai, die hier Sara hieß, die Augen. Sie war nicht überrascht, als sich einhellig die gesamte Streitmacht meldete, um Lot zu befreien. Bewegt dankte Abraham seinen treuen Leuten und wählte nur einige aus.

Statt sich in der Nähe von Hebron auszuruhen, wo Abraham zu der Zeit ein Domizil hatte, machte er sich mit einer schnellen Reitertruppe an die Verfolgung und eilte westlich des Jordans gen Norden. Bei Damaskus sahen sie von weitem die Staubwolke der Ostallianz. Da es schon bald dunkel sein würde, legten sie in sicherer Entfernung eine Rast ein und beratschlagten, wie sie nun vorgehen wollten. Abrahams militärischer Berater war ein erfahrener Kämpfer, auf dessen Wort er etwas gab und der nun vorschlug: „Wir werden sie am besten mit einem Überraschungsangriff überrumpeln. Noch bevor es hell wird, fallen wir in ihr Lager ein und bedrohen die schlafenden Ostkönige mit unseren Waffen. Dann fordern wir, Lot freizugeben oder sie würden sterben."

Abraham fand diesen Vorschlag ausgezeichnet und ergänzte: „Zusätzlich fordern wir die Kriegsbeute zurück. Mit dem Schwert am Hals werden sie sich mit allem einverstanden erklären. So verhindern wir ein großes Blutbad unter den Soldaten. Gelingt uns der Überraschungsangriff nicht oder nur teilweise, müssen wir kämpfen."

Zustimmend nickte der Heerführer. „Das werden wir. Doch dann bringen wir ihnen zum zweiten Mal eine Niederlage bei."

Abraham war sehr zufrieden. „Ich sende heute Nacht Späher aus, das Lager zu erkunden. Wenn die Sterne zwei Stunden vor der Dämmerung anzeigen, wecke ich dich, so dass du mit deinen Reitern rechtzeitig bereit sein wirst."

Der Plan, wie Lot zu befreien war, ging auf. Die siegreichen Reiter Abrahams wurden bei ihrer Rückkehr als Helden gefeiert, denn sie brachten sogar die geplünderten Güter zurück.

Als sie in das Tal bei Jerusalem kamen, pries und segnete Malkizedek, der König von Salem, Abraham und reichte ihm Brot und Traubenwein.

Auch die anderen Könige der kanaitischen Städte überbrachten Abraham ihren Dank, insbesondere die Oberhäupter von Sodom und Gomorra, die ihr Hab und Gut wiederhatten. Zunächst baten sie Abraham, alles zu behalten, denn er hatte das Ostheer abermals geschlagen, während sie selbst nicht siegen konnten. Doch Abraham lehnte ab.

Für sich selbst mochte er nichts annehmen und bat nur für seine Kämpfer um einen geringen Anteil. Als ihn die Könige Kanaans fragend anblickten, entgegnete Abraham: „Ich persönlich bin trotz der Kämpfe kein Feind der Ostallianz. Ich schlage mich auch nicht auf eure Seite. Alles tat ich nur auf Geheiß meines Herrn Jahwe."

Nach dem großen Misserfolg der vereinten Ostkönige, zu denen auch Amar-Sin gehörte, wurde sein Bruder Schu-Sin von Nannar in das Königsamt eingesetzt. Inanna nahm ihn sogleich unter ihre Obhut, doch er hatte ein schweres Erbe angetreten. Das ehemals große Reich von Nannar löste sich immer mehr auf, ständig bedroht von den Städten des Westens und Marduks zunehmendem Einfuß.

Die obersten Nefilim der alten Garde hatten sich zurückgezogen. Auch Enlil war nicht mehr in Nippur. Schu-Sin bemühte sich verzweifelt, sie zur Rückkehr nach Sumer zu bewegen, doch keine Stele zu Ehren Enlils und Ninlils, keine neuen Bauten und kein Angebot, die ausgewanderten Familien zurückzuholen, hatte Erfolg. Selbst der Bau eines luxuriösen Bootes als Geschenk an Enlil hatte den Erdenherrn nur vorübergehend herbeigelockt.

Bei Inanna hatte Schu-Sin dafür umso mehr Erfolg. Da er auch Hohepriester war, hatte er mit der Herrin die zeremonielle Hochzeit gefeiert. Seit dem war er ihr Geliebter.

Die politische Lage war besorgniserregend. Dennoch fühlte Inanna ein Glück, das ihr seit so vielen schars versagt geblieben war, selbst mit ihrem Gemahl Dumuzi. Sie, die sich für unfruchtbar hielt, barg endlich den Keim eines neuen Lebens in sich. Ausgerechnet ein Mensch hatte ihn ihr gegeben.

Während Inanna das Kind trug, zog sie sich weitgehend von den Staatsangelegenheiten zurück. Ihre Augen leuchteten intensiver, und ihre Wangen waren rosiger denn je. Überglücklich dachte sie, dass es keine Rolle spielte, dass ein Mensch der Vater ihres Kindes war. Es war ihr Kind. Das genügte.

Schu-Sin dagegen liebte Inanna umso mehr und sah sich selbst aufgewertet, der Vater eines Kindes zu sein, dessen Mutter die große Herrin Inanna war.

Als die Zeit der Geburt näher kam, hielt sich Inanna immer öfter bei Ningal auf, um sich von der Mutter beraten zu lassen, wie man mit einem Neugeborenen umging. Aber sie wollte sich auch ihre Angst nehmen lassen, die sie vor der Niederkunft hatte.

An einem kühlen Morgen zur Regenzeit suchte sie erneut den fürsorglichen Rat Ningals. Sie hatte kaum geschlafen, keinen Appetit und trug schwer an ihrem schon hohen Leib.

„Ach, wenn meine Zeit doch schon gekommen wäre“, klagte Inanna. „Wie soll ich nur die letzten zwei, drei Wochen überstehen.“

Ningal setzte sich neben ihre Tochter und nahm ihre Hand. Lächelnd sah sie in Inannas müde Augen.

„So wie alle Frauen. Du wirst diese letzten Tage auch noch hinter dich bringen. Willst du eine natürliche Geburt oder einen Kaiserschnitt?“ versuchte Ningal Inanna abzulenken.

Inanna seufzte. „Ich habe mich noch nicht entschieden.“

„Nun, viel Zeit dafür bleibt dir nicht mehr“, entgegnete ihre Mutter. „Ich freue mich so sehr, dass wir noch einmal ein Enkelkind haben werden. Am meisten freue ich mich aber für dich, Inanna. Du warst Herrscherin, Kriegerin, Eroberin und verbannt. Alles ungewöhnlich für eine Frau, aber Mutter warst du bisher nicht. Du wirst sehen, Tochter, ein kleines Wesen entschädigt dich für vieles."

„Das mag ja sein, aber ich verstehe die Frauen nicht, die viele Kinder bekommen haben. Mir reichen schon die Beschwerden von einem. Wenn ich doch endlich alles hinter mir hätte. Selbst das Fliegen musste ich längst aufgeben."

Mit mürrischer Mine saß Inanna da.

Ningal hatte aus mehrfacher eigener Erfahrung Verständnis, sagte aber doch: „Sei nicht so ungeduldig, Tochter. Dein Sohn wird dich alles vergessen lassen, sogar deine geliebten Flugzeuge, zumindest eine ganze Weile."

Doch so sicher war sich Ningal dabei nicht, denn sie dachte bei sich, dass Inanna vielleicht auch eine ungewöhnliche Mutter abgab. Doch in diesem Punkt irrte sie.

Der kleine Schara war Inannas ein und alles.

Sie hätte nie gedacht, wie erfüllend die Tage mit einem kleinen Kind sein konnten. Doch als Schara vier Jahre alt war, verbrachte er gern Zeit mit anderen Kindern, und seine Mutter widmete den Verhältnissen im Lande wieder mehr Aufmerksamkeit.

Eines Abends kam ihr Vater zu Besuch. Inanna erschrak, wie kummervoll er aussah.

„Ich wollte heute mal nach meinem kleinen Enkelkind sehen", sagte Nannar und versuchte ein Lächeln, das jedoch misslang. Inanna brauchte nicht zu fragen, was ihn bedrückte. Sie wusste, dass sich der Vater den Niedergang des Reiches sehr zu Herzen nahm. Aus eigener Erfahrung kannte sie den Schmerz, wenn alles verloren ging.

Inanna ging auf Nannar zu und sagte: „Du siehst besorgt und müde aus. Kann ich dir irgendwie helfen?"

Ihr Vater ließ sich in einen Sessel fallen. „Ich weiß nicht mehr, wie wir uns gegen die Bedrohung aus dem Westen wehren sollen. Eine Stadt nach der anderen verweigert mir die Treue. Schu-Sin ist im Grunde genommen nur noch König über Ur und Nippur. Wenn doch Enlil nur da wäre. Er scheint das Interesse an der Erde verloren zu haben. Er allein könnte uns mit Anus Unterstützung noch retten."

Inanna sorgte sich ebenfalls. Was wäre, wenn sie jeglichen Einfluss verloren hätten? Wo sollten sie hin? Vor allem um Schara machte sie sich Gedanken. Doch sie gestattete sich nicht, Schwäche zu zeigen und wollte ihrem Vater Mut zusprechen. Jetzt bereute sie, damals gegen Enlil vorgegangen zu sein und sogar in Uruk Anu, den Herrscher, herausgefordert zu haben, indem sie seinen Tempel Eanna zerstörte.

Beider Wohlwollen war verloren. Schu-Sin und Nannar besaßen nur noch ein dezimiertes Heer, nachdem ihre Allianz der Ostkönige von Abraham geschlagen war.

„Vater, sprich noch einmal mit Enlil in der Himmelsstadt. Er kann doch nicht wollen, dass Marduk drauf und dran ist, die Herrschaft zu erobern."

Nannar machte eine zögernde Handbewegung.

„Das kann ich, Inanna, doch ich habe ihn schon so oft gebeten, endlich etwas zu unternehmen. Deutlich gab er zu verstehen, dass wir unsere Probleme selbst lösen sollen. Er befasst sich zurzeit damit, das gesellschaftliche und wirtschaftliche Gefüge auf dem Heimatplaneten Nibiru zu studieren."

Inanna horchte auf. „Du meinst, er denkt daran, Anu zu beerben?"

Nannar sagte vage: „Gedacht hat er bestimmt daran, denn Anu ist nun schon so viele schars im Amt. Vater Enlil wird ihn nicht stürzen, aber eines Tages tritt er bestimmt die Thronfolge auf dem Heimatplaneten an."

Empörung schwang in Inannas Stimme. „Umso mehr müsste Enlil daran interessiert sein, dass das Erdenerbe in unserer Familie bleibt. Einer von uns sollte dann über den siebenten Planeten gebieten und nicht jemand von Enkis Nachkommen."

Am meisten ärgerte es sie, dass ihr alter Widersacher Marduk die Macht auf der Erde an sich reißen könnte. Niemals würde sie sich damit abfinden, dass Marduk das gelang, woran sie selbst scheiterte.

„Das meine ich auch, Tochter", gab Nannar zur Antwort. „Aber was kann ich tun? Selbst Ninurta, der doch sonst stets darauf achtete, dass ich nicht mächtiger als er werde, hält sich zurück."

Inanna schnaubte böse. „Seine nördlichen Gebirgsländer sind auch nicht unmittelbar bedroht."

Doch dann schlug sie vor: „Schu-Sin scheint mir nicht mehr energisch gegen die Gefahr vorzugehen. Er baut Verteidigungsanlagen, aber das ist auch schon alles. Was meinst du, Vater, würde es uns nützen, einen anderen Menschen zum König zu ernennen?"

Nun war es Nannar, der Überraschung zeigte. Dann hat sie also das Interesse an Schu-Sin verloren, dem Vater ihres Kindes, dachte er, ließ sich jedoch nichts anmerken.

„Ich glaube kaum, Inanna. Was soll ein Mensch bewirken, was wir beide nicht vermögen?

Sie nahm Nannars Hand und wollte das leidige Thema beenden.

„Wenn es zum Schlimmsten kommt, können wir immer noch zu Nirnurta, Adad oder sogar in das Industal."

Vor sich selbst gab Inanna zu, dass ihr Gebiet so weit im Osten zwar sehr reizvoll war, doch einfach zu abgelegen. Schon länger nahm sie ihre Pflichten in Aratta nicht mehr war und überließ den jeweiligen Regenten mehr und mehr sich selbst. Sie wusste sehr wohl, dass bei den Menschen, waren sie längere Zeit auf sich allein gestellt, bald ein spürbarer Rückgang der Zivilisation eintreten würde. Doch sie brachte es nicht über sich, in dieser alles entscheidenden Zeit zum Indus zurückzugehen.

„Doch nun komm, Vater. Du wolltest Schara, deinen Enkel, besuchen."

Nachdem Schu-Sin neun Jahre König war, setzte Nannar doch einen neuen Lugal ein. Er ernannte Ibbi-Sin zum Inhaber des höchsten Menschenamtes und übergab ihm in einer feierlichen Zeremonie die Insignien.

Doch damit übernahm Ibbi-Sin die wohl größte Last, die je ein König bei seinem Amtsantritt getragen hatte.

Marduk dagegen durchlebte eine Zeit voller Zufriedenheit und Freude. Als er diesmal mit seinem Sohn Nabu sprach, triumphierte er.

„Es ist soweit, Nabu. Wir haben es schon oft besprochen und nur den richtigen Zeitpunkt abwarten wollen. Jetzt ist er endlich gekommen."

Marduk strahlte über das ganze Gesicht, was selbst seine engsten Angehörigen nur selten sahen.

„Nun, mein Sohn und Erbe, zahle ich Enlils Familie alles heim, auch dass sie mich lebendig in der Großen Pyramide zum Sterben zurückgelassen haben, was ich dieser unsäglichen Inanna zu verdanken hatte. Auch die Ermordung deiner Söhne durch einen der Menschenkönige, die im Dienste der Söhne Enlils standen, werden wir rächen können."

Über Nabus Gesicht glitt ein Schatten. Marduk machte eine einladende Geste, so dass er sich zu seinem Vater setzte. Beide hoben ihr Glas mit Traubenwein und tranken auf die glorreiche Zukunft, die nun endlich greifbar nahe war.

Nabu hatte nicht nur vom Alkohol rote Wangen bekommen. Er war aufgeregt und fieberte der alles entscheidenden letzten Phase entgegen.

„Gehen wir so vor, wie wir schon festgelegt haben, oder hast du deine Strategie geändert, Vater?" wollte Nabu wissen.

Marduks Augen glänzten in dem Gesicht mit rabenschwarzem Bart. „Es bleibt alles beim Alten. Die einzige Veränderung im Zielgebiet ist, dass ein anderer Mensch König von Ur und Nippur ist. Doch was soll uns das scheren, welchen Erdling Nannar einsetzt. Er ist am Ende. Ich werde mich in zwei Tagen auf den Weg machen und wieder Babylon besetzen, die Stadt, die sowieso mir gehört und keinem anderen. Du rückst mit deinen Soldaten und Gefolgsleuten zur selben Zeit vor. Wir werden Nannar und Ibbi-Sin von Norden und Westen zugleich in die

Zange nehmen. Was will er mit dem Rest seiner Krieger dagegen ausrichten? Diesmal werden wir in Mesopotamien siegen und endlich, Nabu, endlich die herrschende Familie auf dem Erdplaneten sein. Auf dich konnte ich mich immer verlassen, so dass nun auch du belohnt wirst, das verspreche ich dir."

Nabu war begeistert und Marduk fuhr fort.

„Nach vierundzwanzig Jahren kann ich jetzt das Land der Hethiter verlassen. Lange genug habe ich dort wie ein Adler im Horst genistet und auf meine Stunde gewartet, die Jagd zu beginnen. Nun werde ich mir ein eigenes Land nehmen. Es wird das Gebiet sein, das schon immer das begehrteste auf Erden war."

Sie besprachen noch einige Einzelheiten, die unter anderem die Versorgung der Truppen betrafen. Dann stand Nabu auf und verbeugte sich vor seinem Vater.

Gut gelaunt wollte Marduk wissen: „Warum so förmlich, lieber Sohn?"

„Weil es sich einem Erdenherrn gegenüber so geziemt", war die überschwängliche Antwort. Da fühlte sich Marduk überglücklich, so einen Sohn zu haben.

Ibbi-Sin widmete angesichts der bedrohlichen Lage den Befestigungsmauern von Ur und Nippur große Aufmerksamkeit. Doch um das Land außerhalb der Stadtmauern machte er sich Sorgen. Die Handelsstraßen und Umschlagplätze für die Waren könnten täglich und überall gestört werden. Die Feinde überfielen die Siedlungen und Straßen nicht wie sonst.

Sie priesen den Anwohnern ein besseres Leben unter neuer Herrschaft, so dass sie überliefen und ihre Treue zum Herrn Nannar verrieten.

Marduk ist schlau, dachte Ibbi-Sin. Auf diese Weise muss er nach einem Staatsstreich nicht das ganze große Gebiet wieder neu aufbauen. So übernimmt er ein intaktes Reich.

Ibbi-Sin selbst konnte nicht viel tun, um die Gefahr abzuwenden. Er versuchte, Inannas Hilfe zu erhalten und wurde deshalb auch Hohepriester in Uruk, denn er klammerte sich an jeden Strohhalm. Doch auch das bewirkte nichts. In der Folgezeit wurden sogar etliche Provinzen abtrünnig. Ibbi-Sins Beamte beklagten ein fast völliges Erliegen der Handelsbeziehungen. Als er fünf Jahre König war, gaben auch die letzten Städte auf, Opfertiere als Symbol ihrer Zugehörigkeit zu schicken. Ur, Nippur und Uruk waren isoliert und ohne Gefolgschaft. Das wirtschaftliche und politische Ende kam immer näher.

Marduk setzte sein Heer in Marsch. Es zog von Kleinasien nach Süden und danach gen Osten. Ohne auf großen Widerstand zu treffen, besetzte er eine Stadt nach der anderen. Es war die schnellste Invasion seit Gedenken. Im Triumph zog

Marduk in sein Babylon ein, das nun sein Zentrum der Herrschaft werden sollte. Diesmal würde ihn niemand daran hindern, es zum Tor zum Himmel zu erklären.

Seinen prachtvollen Wohnsitz, den Tempel Esagila, der aus Rache gegen ihn zerstört war, würde er sofort wieder aufbauen lassen. Er sollte so prunkvoll und beeindruckend werden, dass selbst reiche Städte nie einen solchen Prachtbau gesehen hatten. Er würde starke geschmückte Mauern und Höfe haben. Lange und sehr breite Durchgänge, deren Wände selbst eine Kostbarkeit darstellten, sollten durch die Tore der Mauerringe führen. In Gedanken malte sich Marduk so manches Mal den Sitz seiner Erdenherrschaft aus. Das krönende Ganze der Tempelanlage mit mehreren Innenmauern sollte der Kern des Komplexes werden, ein besonders hoher, steiler Zikkurat- Turm, der sich in den Himmel reckte.

Wären alle Städte unter seiner Herrschaft, wollte er dem Land Frieden und Wohlleben bringen, auch den Menschen.

Er war fast am Ziel, als sich ihm ein neues, eilig herbeigerufenes Heer in den Weg stellte.

Endlich reagierten Enlil und Ninurta. Unter dem Kommando von Enlils Erben stellten sich neue Soldaten aus dem Osten Marduks Kriegern entgegen, die schon im Begriff waren, auf Nippur loszumarschieren.

Ninurtas Truppen erhielten von einem DIN.GIR Hilfe, der normalerweise sein Gegner gewesen wäre. Es war Nergal, der sich mit den Feinden des Bruders Marduk verbündete.

Er gönnte ihm nicht den Sieg, denn sie waren noch immer zerstritten.

Im Herzen war Nergal aber auch nicht für Enlil und Ninurta. Daher befahl er, als sie Nippur besetzt hatten, Enlils Ekur, den geheiligten Wohnsitz des Vaters seines Verbündeten Ninurta, einzureißen. Seinen Kriegern gab er den Auftrag, die Mauern zu zerstören, die Schätze wegzutragen und sogar die Fundamente einzuebnen.

Nergal wusste selbst nicht, was ihn dazu trieb, auf jeder Seite bösartig nur Schaden anzurichten.

Als Enlil davon erfuhr, stellte er erbost Ninurta zur Rede, um zu erfahren, wer diese Freveltat verübt hatte.

Ninurta aber verhielt sich diesmal aufsässig gegenüber seinem Vater und ließ es an Respekt mangeln. Seit sich die ältesten Nefilim immer öfter von der Erde zurückzogen, sahen sich deren Erbsöhne bereits an ihre Stelle treten. Vielleicht war es Ninurta obendrein auch nur unangenehm, dass er mit Nergal einen Fehler gemacht hatte. Er bereute, sich mit diesem unberechenbaren Sohn Enkis verbündet zu haben.

So trat Ninurta grußlos vor seinen Vater und log: „Das ist Marduks Werk und das seines Sohnes Nabu. Sie haben den Ekur geschändet. Spät kommst du, Vater, um deiner Stadt beizustehen, viel zu spät."

Auf Enlils Stirn bildete sich eine steile Zornesfalte.

„Du erlaubst dir, mich zu kritisieren? Doch damit hast du nur selbst bestätigt, dass du nicht ohne mich zurechtkommst. Wage es nie wieder, so mit mir zu reden."

Damit wandte sich Enlil brüsk ab. Sofort beriet er sich mit den anderen Nefilim, die angesichts des Angriffs auf die seit ewigen Zeiten heilige Stadt Nippur aus der Himmelstadt im Orbit zur Erde kamen. Es wurde beschlossen, Marduk und Nabu gemeinsam zu bestrafen.

Marduk wartete in sicherer Entfernung mit seiner Streitmacht ab. Nabu erfuhr noch rechtzeitig, dass seine Stadt Borsippa und sein Tempel Ezida angegriffen werden sollten. Er floh westwärts nach Kanaan zu den ihm treu ergebenen Städten unweit des Oberen Meeres.

Marduk haderte mit seinem Schicksal, denn wieder wurde er im letzten Moment aufgehalten. Er hatte nicht mit dem Eingreifen des Pantheons gerechnet, da sich seit langem der Rat zurückgehalten hatte.

Bisher waren Marduk und sein Sohn ungeschlagen bis in das Zentrum von Sumer vorgestoßen. Auch vor Ninurtas Streitkräften wären sie nicht zurückgeschreckt. Doch jetzt waren die obersten Nefilim eingeschritten. Sogar der Herrscher der zwei Planeten hatte sich in den Konflikt auf der Erde eingeschaltet. Das bedeutete, dass sie nun nicht nur von Kriegern bedroht wurden, die sie nicht gefürchtet hätten, sondern von den schrecklichen Vernichtungswaffen, über die nur Anu und eventuell noch Enlil gebot. Im schlimmsten Fall hatten Marduk und Nabu daher mit atomaren Zerstörungswaffen zu rechnen.

Der Hohe Rat trat in dieser Krisensituation unaufhörlich zusammen, um nach einer Lösung zu suchen. Sogar Marduk und Nergal wurden zu einer Besprechung geladen, um eventuell noch eine friedliche Einigung zu finden.

Dabei verhielt sich vor allem Nergal wenig kooperativ. Er forderte, dass Marduk wieder abzieht und auch Babylon verlässt. Unter Schmähungen bestand er darauf, den Bruder mit Hilfe geeigneter Waffen zu verjagen, als Marduk nicht einwilligte, das Feld einfach zu räumen.

Besonders Enki sah sich in einer prekären Lage. Er zürnte Nergal, der sich auf die Gegenseite geschlagen hatte und sich vor dem Pantheon unmöglich benahm. Vor allem wollte Enki Marduk mit allen Mitteln helfen. Seiner Meinung nach hatte sich sein Erbe die Vorrangstellung verdient.

„Marduk ist ein ebenso guter Regent wie einer deiner Söhne“, rief er empört Enlil zu. „All die vielen schars war nur immer deine Familie im Alten Land an der Macht. Was ist daraus geworden? Nur Kriege, Konflikte und Probleme. Jetzt könnte Marduk beweisen, dass er Frieden, Stabilität und Wohlstand bringen kann. Dazu ist er noch obendrein der einzige DIN.GIR, den die meisten Völker vom hier bis zum Oberen Meer als ihren Herrn wollen und ihm treu dienen werden.“

Von Seiten Ninurtas kam ein empörter Zwischenruf. Auch Nergal machte schon wieder abfällige Bemerkungen über seinen Halbbruder Marduk. Das war zu viel für Enki. Sein eigen Fleisch und Blut fiel ihm öffentlich in den Rücken.

„Nergal“, schrie er außer sich. „Du verrätst unsere Familie und handelst nur aus Hass auf deinen Bruder. Geh mir aus den Augen, sofort!“

Nergal fühlte sich aufs Höchste gedemütigt, musste aber die Beratung verlassen.

Seit dem sann er nur noch mehr auf Rache. Dann werde ich Marduk eben selbst vernichten, schwor er sich in seiner Wut.

Als Nergal vor Jahren einmal in der Orbitalstation weilte, schnappte er durch Zufall ein Gespräch des Herrschers Anu auf, der über die Kommunikationsanlage mit seinem Militärberater sprach. So hatte er erfahren, wo auf der Erde die sieben alles vernichtenden Waffen lagerten. Niemandem hatte er sein Wissen verraten, was ihm jetzt einen unschätzbaren Vorteil brachte. Die Atomwaffen lagen tief unter der Erdoberfläche. Von dort konnten sie auch über eine Abschussrampe gestartet werden, wobei ihr Zielgebiet genau vorher bestimmbar war.

Darüber brütete Nergal die ganze Zeit während des Rückfluges zu seinem afrikanischem Wohnsitz nach. Als sein Fluggerät gelandet war, hatte er sich entschlossen, alles zu wagen. In einem furchtbaren Zustand lief er sofort in sein Arbeitszimmer, sprach auch mit Ereschkigal kein einziges Wort, obwohl sie fragte, was ihn so erzürnt habe. Über die Sprechanlage informierte er sofort Gibil, denn in die betreffende stillgelegte Mine konnte er nicht ohne sein Wissen gelangen.

Gibil war so entsetzt, dass er gleich nach dem Gespräch seinen Bruder Marduk anrief.

„Nergal hat etwas Furchtbares vor“, platzte Gibil heraus und warnte Marduk, dem daraufhin das Grauen in die Glieder fuhr, obwohl er selbst ein harter Mann war.

„Nergal muss jetzt völlig den Verstand verloren haben, Gibil. Sage mir schnell, wo die sieben todbringenden Waffen sind“, schrie Marduk durch die Sprechanlage.

„Wenn ich das nur wüsste. Ich kenne nicht den genauen Ort, weiß nur, dass sie in der Tiefe der Erde gelagert sind. Aber Nergal kennt die Stelle. Ich soll ihm nur behilflich sein. Wo das genau ist, wollte er mir nur kurz vorher verraten."

Marduk dankte Gibil für die Warnung und eilte zu seinem Vater Enki, obwohl es Nacht war.

Als er bei ihm ankam, war Enki längst zu Bett gegangen. Trotzdem stürmte Marduk sofort zum Schlafgemach, sobald ein Diener ihn hereingelassen hatte. Niemals würde er unter normalen Umständen sich so unkonventionell verhalten.

Laut klopfte Marduk an Enkis Tür und rief des Vaters Namen. Noch halb im Schlaf wollte Enki sich die späte Störung verbitten. Als er erkannte, wer ihn da aufweckte, war er aufs Höchste alarmiert.

Es muss etwas sehr Schlimmes sein, dachte er besorgt, warf sich ein Gewand über und trat aus dem Schlafraum.

„Was ist passiert, Marduk? Komm hier herein", wies er auf eine nahe liegende Tür.

Enki goss zwei Gläser Bier ein, doch Marduk überfiel ihn sofort mit der entsetzlichen Nachricht. Wie gelähmt hielt Enki starr das Glas in der Luft, das er eben zum Munde führen wollte.

„Das kann nicht sein, Marduk", war seine erste Reaktion.

„Doch, Nergal hat sich Gibil anvertraut, der mich seinerseits warnte."

Enki schüttelte den Kopf. „Nein, ich meine, Nergal weiß doch gar nicht, wo die sieben Vernichtungswaffen sind. Das ist nicht einmal mir bekannt."

Marduk wurde blass, was Enki noch nie an ihm gesehen hatte.

„Er muss es auf irgendeine Art in Erfahrung gebracht haben, Vater. Du musst mir helfen. Finde so schnell wie möglich heraus, wo die Waffen verborgen sind, ehe es zu spät ist."

Aufs höchste besorgt war Enki nun hellwach. „Es ist mitten in der Nacht, Marduk. Doch noch vor des Tages Helligkeit rufe ich die Ratsmitglieder zusammen, damit wir gemeinsam Nergal stoppen können. Den Herrscher Anu informiere ich, sobald es nur annähernd schicklich ist."

Verzweifelt rang Enki die Hände. „In was für eine Lage hat mich dieser unselige Nergal gebracht. Da muss ich die Ranghöchsten des Planeten anflehen, meinen eigenen Sohn aufzuhalten. Wenn das alles vorbei ist, werde ich ihn so hart bestrafen, wie ich noch nie jemand aus der Familie bestraft habe. Ich werde ihn sogar von der Erde verbannen. Soll er doch als ein Niemand auf dem Nibiru lernen, wie man wieder als anständiger DIN.GIR lebt. Sonst weiß ich nicht was ich tue, sollte er mir jemals wieder unter die Augen kommen", schnaubte Enki vor Wut.

„Früher war er doch nicht so. Ich frage mich, warum er so verändert ist."

Marduk sprang auf und sah seinen Vater mit lodernden Augen an. „Ich kann dir den Grund sagen. Neid, brennender Neid, dass er ein nachgeborener Sohn ist und noch nirgends die erste Geige spielte, wo es wichtig ist. Erinnere dich daran, Vater, wie er mich aus Babylon in den AB.ZU gelockt hat. Das allein wäre nicht so schlimm, er sollte im Ratsauftrag vermitteln. Aber was tat Nergal dann, völlig ohne Motiv und Sinn? Er stöberte in meinem Wohnsitz herum und zerstörte wichtige Anlagen für die Stadtversorgung. Einfach so."

Enki wirkte trotz allem betrübt. „Vielleicht hätte ich damals schon erkennen müssen, dass etwas nicht mit ihm stimmt. Dass er jetzt die sieben Kernwaffen einsetzen will ohne Beschluss des Rates, ohne Anus Genehmigung, im völligen Alleingang zeigt mir, dass Nergal völlig unberechenbar geworden ist, ja sogar psychisch auffällig. Doch das hilft uns im Moment nicht, Marduk. Jetzt geht es nur darum, ihn aufzuhalten, mit allen Mitteln."

Marduk nickte und stand ratlos da. Dann sagte er, was Nergal im Einzelnen angedroht hatte.

„Gibil hatte den Eindruck, dass sein Hass wirklich sein Denkvermögen beeinträchtigt hat. Nergal drohte, ganze Länder zu Staubhaufen zu machen, Städte zu pulverisieren, Menschen und auch Tiere will er vernichten. Sogar die Meere will er mit den Vernichtungswaffen treffen mit allem was darin ist. Die Seelen aller sollen zu Dampf werden."

Das zeigt doch schon, Vater, dass er den Verstand verloren hat. Was haben ihm denn die Tiere und die Meere angetan?"

Schaudernd zog Enki sein Hausgewand enger zusammen.

So bald wie möglich tagte die Ratsversammlung aufs Neue, zu der diesmal außer den Zwölf des Pantheons noch andere wichtige Nefilim geladen waren. Kaum, dass alle Platz genommen hatten, setzte Enki sie von dem irrsinnigen Plan Nergals in Kenntnis und beschönigte nichts, obwohl er von seinem Sohn sprach.

„Wir müssen ihn sofort stoppen", appellierte er an die versammelten Nefilim.

Doch da traf Enki abermals ein Schock. Niemand war auch nur halb so besorgt wie er selbst. Enlil sprach als Erster in die entstandene Stille.

„Da Nergal den Ort der sieben Vernichter zu kennen scheint, frage ich mich, ob es aus der Sicht der Gesamtsituation nicht sogar vorteilhaft wäre, ihn gewähren zu lassen."

Enlil hob gebieterisch die Hand, als Enki fassungslos protestieren wollte.

„Ich bin nach wie vor nicht damit einverstanden, dass Marduk die Alleinherrschaft übernehmen will. Wenn ich es recht bedenke, ist er aber auf andere Weise nicht mehr aufzuhalten."

Ehe Enki zu Wort kam, sprang Ninurta auf. „Ich bin der gleichen Ansicht. Mein Vater Enlil ist noch immer der Herr auf diesem Planeten. Als nächstes wird Marduk ihn persönlich stürzen."

Nannar und Utu redeten aufeinander ein. Inanna und Ninhursag riefen etwas.

„Der Reihe nach!" gebot Enlil. „Nannar, Utu, seid ihr dafür, dass Nergal die Atomwaffen einsetzt?"

Zu seinem Ärger enthielten sich die Beiden der Stimme und sagten: „Das können wir im Augenblick nicht endgültig beurteilen. Bedenkt die totale Vernichtung riesiger Gebiete. Wir müssen uns erst mit dem Herrscher beraten. So etwas kann nur Großvater Anu entscheiden", sprach Nannar für sich und seinen Sohn, der zustimmend nickte.

Da flog die Tür des Ratsaales auf. Ein Bote rang nach Atem, bevor er rief: „Marduks Sohn Nabu ist im Begriff, mit einem Heer seiner kanaitischen Anhänger die vierte Weltregion zu erobern. Er will ins Land Tilmun einfallen und die Raumfahrtanlagen in seinen Besitz bringen."

Die Nachricht schlug wie eine Bombe ein. Nachdem das erste Entsetzen vorbei war, schrie Enlil in den Raum: „Das ist das letzte Zünglein an der Waage! Seht ihr nun, dass Marduk und sein Sohn aufgehalten werden müssen, koste es, was es wolle."

Enki stöhnte getroffen und presste die Hände gegen die Schläfen, als er dachte: Nergal ist schon schlimm genug. Nun macht auch noch mein eigener Enkel, was er will. Ich, das Familienoberhaupt, werde einfach übergangen.

Doch dann raffte er sich auf und rief ebenfalls so laut er konnte über das Stimmengewirr hinweg: „Enlil, das kannst nicht mehr du entscheiden, keiner von uns. Jetzt muss unser königlicher Vater über das Schicksal der Erde richten. Ich beantrage, dass er sofort informiert wird. Anu muss noch heute eine Entscheidung fällen."

Diesmal erhielt Enki von allen Seiten Zustimmung. Doch als Anus Befehl die Erde erreichte, zog es Enki buchstäblich den Boden unter den Füßen weg. Der Atomschlag war beschlossen!

Als dieses Urteil über die Erdengeschicke gefällt wurde, lebte Abraham in der Nähe von Hebron. Die Sonne stand hoch am Himmel und goss gleißende Helligkeit und Hitze über das Land Kanaan. Abraham dachte im Schatten des Ölbaumhains gerade daran, dass er mit Sara Lot besuchen könnte. Schon lange waren sie nicht mehr in Sodom gewesen, um die Familie des Neffen zu sehen.

Als der Krieg der Könige vorbei war, blieb Lot in der fruchtbaren Ebene bei Sodom und Gomorra. Seitdem lebte er dort und war zufrieden mit seiner Wahl.

Abraham war so in Gedanken versunken, dass er aufschrak, als drei Männer vor ihm standen. Er hatte sie gar nicht kommen sehen, was eigentlich der Fall sein müsste. Sie waren plötzlich einfach da. Dann sah er, dass sie keine Menschen waren und verneigte sich tief.

„Verehrte Herren, erlaubt mir, eurem Diener, euch Gastfreundschaft anzutragen. Bitte gebt mir die Ehre, euch ein Mahl zu gereichen. Kommt in meine bescheidene Behausung und ruht euch aus."

Die Nefilim stimmten zu. Als die Sonne bereits tiefer stand, brachen sie die Unterhaltung über Abrahams Jahre als Heerführer und seine Zeit in Ägypten ab und rüsteten sich zum Aufbruch.

Sara war gemäß den Gepflogenheiten nicht zugegen, doch nun fragten die Herren nach ihr. Abraham rief seine Gemahlin, die die fremden Besucher ehrfürchtig begrüßte. Ungläubig staunten Abraham und Sara über das, was einer der hohen Herren ihnen nun voraussagte.

„Ihr seid in die Jahre gekommen und lebt bereits ohne eure Kinder, die längst eigene Wege gegangen sind. Wir werden es ermöglichen, dass du, Sara, noch einmal gebären sollst. Dieser Sohn soll euch Freude und Stütze im Alter sein. Wenn ein Jahr vergangen ist, komme ich wieder, um nach dem Kind zu sehen."

Abraham und Sara fragten nicht, wie das möglich sei, denn sie waren gewohnt, dass die, die vom Himmel auf die Erde kamen, Dinge vollbrachten, die den Menschen als Wunder und rätselhaft erschienen. Gewiss, die Herren hatten ihnen eine Lebensspanne von weit über hundert Jahren gegeben, dennoch war Abraham mit seinen neunundneunzig Jahren bereits ein älterer Mann, und Sara war auch nicht mehr jung genug, um noch einmal Mutter zu werden.

„Es wird dich eine unserer Heilkundigen aufsuchen und darauf vorbereiten, dass der Keim des Lebens erneut in dir wachsen kann", verhieß der Wortführer Sara.

Danach brachen die Nefilim auf, um noch vor der Dunkelheit nach Sodom zu gelangen. Abraham begleitete die Anunnaki ehrerbietig.

Als die Stadt in Sicht kam, blieben sie auf einer Anhöhe stehen. Erst jetzt enthüllten sie Abraham, was der eigentliche Grund ihrer Reise war.

Einer der Herren hielt ihn für würdig zu erfahren, dass beabsichtigt war, die Menschen der Städte Sodom und Gomorra zu vernichten, denn ihre Schuld sei groß.

„Die Bewohner haben sich von ihrem Herrscher abgewandt, dem sie Treue gelobten und sind zu einem anderen Herrn übergelaufen."

Dabei dachte der Sprecher an Nabu, der geflohen war und sich sicher in einer dieser Städte versteckte. Ihn zu finden war das Hauptanliegen ihres Auftrages.

„Wir werden prüfen, ob die Anklagen gegen die Menschen von Sodom und Gomorra berechtigt sind, wenn ja, sollen alle umkommen."

Abraham grauste davor, welches Schicksal so vielen Menschen bevorstand und damit auch Lot in Sodom. Schnell überlegte er, was er tun könnte, um die Vernichtung abzuwenden.

„Wartet bitte, hohe Herren. Gewiss gibt es viel Schlechtes unter den Menschen. Aber es kann doch sein, dass es auch Rechtschaffene unter ihnen gibt, die heute noch treuen Herzens zu ihrem Herrn stehen. Ihr, die Gerechten, könnt sie nicht für das Übel der Anderen bestrafen. Verschont die Stadt Sodom, wenn fünfzig Rechtschaffene dort leben.

Ich weiß, es liegt euch fern, entgegen der Gerechtigkeit zu handeln."

Angespannt hoffte Abraham auf die Zusage, die Menschen nicht zu bestrafen. Der Wortführer der Herren konnte angesichts dieser Rede nicht anders, als Abraham das Verlangte zuzusichern. Doch zweifelte Abraham selbst, dass es so viele gute Menschen in Sodom gab, denn er kannte deren Lebenswandel. Durch den Mut der Verzweiflung handelte er die Zahl regelrecht herunter, bis er dem Herrn abrang, Sodom zu verschonen, seien darin auch nur zehn Rechtschaffene zu finden. Bedrückt ging Abraham heim und hoffte den ganzen, langen Weg für Lot, dass die Herren genügend Menschen für wert befanden, die Stadt um ihretwillen vor der Vernichtung zu bewahren.

Als die Gesandten der Nefilim die Stadtmauern Sodoms erreichten, stießen sie auf einen Menschen, der sich sofort vor ihnen verneigte. Schon dachten sie, dass Abraham doch Recht behalten würde, wenn gleich einer der Ersten, dem sie begegneten, kund tat, ein Rechtschaffener gegenüber dem Herrn zu sein. Doch es war Lot, der ebenfalls sofort wusste, dass sie keine Menschen waren. Er trat ein paar Schritte vor, verneigte sich abermals und sprach: „Hoch verehrte Herren, werte DIN.GIR, verzeiht mir meine Kühnheit. Es wird schon dunkel und ihr braucht ein Obdach für die Nacht. Erweist mir die Ehre, euch beherbergen zu dürfen."

„Wir nehmen deine Einladung gern an", erwiderte einer der Herren."

Lot führte sie zu seinem Haus, wobei den ganzen Weg über die Leute ihnen nachsahen und tuschelten. Die Nachricht, dass bei Lot Herren des Himmels zu Gast waren, verbreitete sich augenblicklich in der ganzen Stadt.

Lot ließ den Besuchern eine so gute Abendmahlzeit auftischen, wie die Vorräte der Küche es erlaubten. Kaum hatten sich die hohen Herren gesättigt, als sie draußen einen Tumult wahrnahmen, wie er bei der Versammlung vieler Menschen entsteht. Alarmiert sah Lot hinaus, schlug die Fensterläden jedoch sofort wieder zu. Schon drangen laute Rufe ins Haus. Entsetzt hörte Lot, wie die Meute verlangte, die Gesandten des Herrn zu sehen. Grobe und pöbelhafte Worte drangen bis zu den Nefilim vor. Beschämt bat Lot für die Bewohner seiner Stadt um Vergebung. Er hatte ihnen zugerufen, dass sie vernünftig sein und nach Hause gehen sollten. Doch die Menge lachte nur und schlug nun sogar gegen die Tür.

Die Nefilim waren aufgestanden, nachdem sie sich mit einem Blick verständigt hatten. Da krachte es ohrenbetäubend, und die Tür lag zertrümmert im Raum.

Lot sah schreckerstarrt auf die Randalierer, die seine hochgestellten Besucher aufs Gröbste entehrten. Aber zu seiner Verwunderung fand die Meute dennoch nicht ins Haus. Es sah aus, als suchten sie den Eingang oder sahen auf einmal das ganze Haus nicht mehr. Da wurde Lot gewahr, dass seine Gäste die gewalttätigen Menschen mit Blindheit geschlagen hatten, so dass sie schließlich verwirrt das Weite suchten. Lot hatte schon gehört, dass das Volk der Herren zu wundersamen Dingen in der Lage war. Nun hatte er eines davon selbst erlebt.

Sein Onkel Abraham war weise und besaß enormes Wissen wie ein Priester. Er hatte Lot einmal erklärt, dass ihre Fähigkeiten auf hoch entwickelte Apparaturen, Gerätschaften, Flugzeugen und unverständlichen Waffen beruhen. Das alles wäre keine Zauberei, sondern nur angewandte Wissenschaft, von der die Menschen so gut wie nichts verstehen. Nur die Priester waren von den Nefilim in einigen Dingen unterrichtet worden, eventuell auch noch einige andere Auserwählte. Ihr Wissen insgesamt können die Menschen jedoch keinesfalls ermessen.

Den Gesandten hatte dieser Vorfall gezeigt, dass sie nicht mehr nach den zehn Rechtschaffenen suchen mussten. Der Einzige war Lot. Somit war Sodom dem Untergang geweiht. Doch ihren Gastgeber wollten sie vor der Vernichtung bewahren.

„Lot, rette dich und die Deinen. Sodom wird durch die Kraft einer schrecklichen Waffe vom Erdboden getilgt werden. Ihr müsst fliehen, möglichst weit weg, denn der Atem der tödlichen Wolke reicht weit."

Erschrocken lief Lot sogleich zu den verheirateten Töchtern und Schwiegersöhnen. Doch dort wurde er nur ausgelacht.

„Du hast zuviel getrunken, Schwiegervater. Wieso sollte unsere schöne Stadt zu Staub werden und von welcher tödlichen Wolke sprichst du? Geh nach Hause und schlafe deinen Rausch aus."

Verzweifelt ging Lot zu seinem Haus zurück. Bald brach sich das erste rötliche Licht des Tages Bahn. Nun wurde Lot von den Herren gemahnt, unverzüglich aufzubrechen.

„Du musst sofort losgehen. Nimm deine Frau und die beiden Töchter, die noch bei dir leben und fliehe mit ihnen in die Berge. Geht, denn die schützende Hand des Herrn Jahwe ist über euch."

Doch Lot konnte sich noch immer nicht entschließen. Da ergriffen die Herren die Familie bei den Händen und führten sie eiligst aus der Stadt. Lot bekam noch eine ernste Ermahnung mit auf den Weg. „Ihr seid nur im Gebirge sicher. Eilt euch so schnell ihr könnt, damit ihr es noch bis dahin schafft, denn die Vernichtung wird bald geschehen."

Lot blickte in Richtung der Berge und sorgte sich.

„Wir werden nicht rechtzeitig da sein, wenn die Zerstörung so bald beginnt."

Er hatte jetzt wirklich Angst um das Leben der ihm anvertrauten Frau und Töchter.

„Bitte, hohe Herren, wartet, bis wir das Gebirge erreicht haben. Wir müssen wenigstens bis zur Stadt Zoar kommen. Schiebt die Zerstörung von Sodom so lange hinaus, bis wir dort angekommen sind."

Ängstlich blickten Lots Frau und die beiden jungen Töchter den Nefilim entgegen.

„Gut, so eile dich", sprach einer der Herren. Es wird nichts geschehen, bis du dort angekommen bist. Aber bleibt nirgends stehen und blickt auch nicht zurück."

Da Anu, der Herrscher vom Nibiru, nun dem Einsatz der sieben schrecklichen Vernichtungswaffen zugestimmt hatte, aber gebot, keine wahllose Zerstörung und Verstrahlung anzurichten, musste Nergal entsprechend beeinflusst werden. Ninurta wurde damit beauftragt, denn auf ihn würde Nergal eventuell hören. Daher stieg Ninurta in sein persönliches Flugzeug und versuchte, ihn noch rechtzeitig im AB.ZU zu erreichen. Unterwegs grübelte er darüber nach, wie er ihn überzeugen konnte.

Nergal war gerade im Begriff, sein Anwesen zu verlassen, als ihm Ninurta gemeldet wurde. Unwillig empfing er Enlils Sohn.

„Was willst du, Ninurta? Versuche nicht, mich aufzuhalten. Einer muss Marduk und Nabu daran hindern, auch noch den Raumflughafen im Sinai zu erobern. Enlil, mein Vater Enki und ihr alle könnt doch nur reden, aber ihr unternehmt nichts."

Ninurta beeilte sich zu sagen: „Doch, inzwischen hat Anu entschieden, dass die alles vernichtenden Waffen eingesetzt werden sollen."

Nergal blickte ihn überrascht an, und Ninurta sprach schnell weiter: „Diesen Befehl des Obersten Königs wollte ich dir überbringen. Du brauchst also nicht mehr auf eigene Verantwortung zu handeln. Das heißt, es kann dich nach dem Einsatz der Kernwaffen niemand bestrafen. Ich bin auch deshalb hier, um mit dir das taktische Vorgehen abzusprechen."

Nergal wurde schwankend. „Wirklich? Wenn das so ist, komm in mein Arbeitszimmer. Dennoch musst du dich kurz fassen, denn noch heute werden die Waffen zum Einsatz gebracht."

Sie setzten sich, und Ninurta trank durstig das dargereichte Bier, ehe er Nergal seine Absicht erläuterte.

„Anu hat jedoch eine Bedingung ausgesprochen."

Sofort ging Nergal in Abwehrhaltung. Ninurta bemerkte es und erklärte: „Wir können nicht gegen den ausdrücklichen Befehl des Herrschers handeln, dann wären wir erledigt. Anu verlangt, dass wir die Anunnaki vorwarnen, weil sie am Leben bleiben sollen. Bedenke, im verbotenen vierten Weltgebiet leben und arbeiten nur die Angehörigen unseres Volkes, von ein paar menschlichen Dienern einmal abgesehen. Es sind zum größten Teil hoch qualifizierte Spezialisten der Raumfahrttechnik, Flugkontrolle und Navigation. Im Grunde unterstanden sie doch immer Utu, der sich nie viel in die Erdenpolitik eingemischt hat. Warum willst du daher die Anunnaki umbringen?"

Nergal nahm kurz den Status-Hut vom Kopf und wischte sich den Schweiß von der Stirn. Bereits früh brach die Hitze über das Land herein.

„Also gut, warne die Angestellten aller Raumfahrtanlagen."

Ninurta musste ihm noch weitere Zugeständnisse abringen. „Wir müssen auch die Menschen verschonen."

„Nein, niemals", rief Nergal böse. „Sie haben sich wie die Verräter auf Marduks Seite geschlagen und folgen Nabu in seinem großen Heer."

„Aber doch nicht alle. Es gibt viele Städte, die du mit vernichten willst, obwohl deren Bevölkerung auf unserer Seite steht. Großvater Anu verbietet dir, Mesopotamien wieder unbewohnbar zu machen. Da müssten wir ganz von vorn anfangen, wie nach der Sintflut. Du darfst auch nicht die Gewässer und den Erdboden verstrahlen."

Nergal gab nicht nach. Zu sehr hasste er seinen Bruder.

„Ich werde Marduk und Nabu jagen und zur Not alle Städte vernichten, in denen sie sich aufhalten könnten. Dann töte ich zuerst Nabu, damit sein Vater sich an seinem Grabe grämen kann. Danach töte ich Marduk, der gar nicht wert ist, begraben zu werden."

Ninurta schrak vor dem Hass zurück, der aus jedem Wort Nergals sprach. Er fand bestätigt, dass dessen Vernunft teilweise ausgeschaltet war. Dennoch bemühte er sich weiter.

„Nergal, du sollst deine Rache ja haben. Aber es ist doch nicht nötig, dich hinterher der Verfolgung des Hohen Rates auszusetzen. Du darfst auf keinen Fall die Meere verseuchen, wie du vorhast. Das wäre sowieso sinnlos, denn du willst ja

Marduk und Nabu treffen. Sei froh, dass du dazu die offizielle Erlaubnis hast und sogar die sieben Vernichter einsetzen darfst."

Schließlich einigten sie sich, dass Mesopotamien und die Meere verschont bleiben sollten, die Anunnaki gewarnt werden und nur die kanaitischen Städte zerstört werden, in denen sich höchstwahrscheinlich Nabu verbergen könnte. Nur in einem Punkt gab Nergal nicht nach.

„Der Raumflughafen wird pulverisiert, Ninurta. Darauf bestehe ich. Marduk darf ihn keinesfalls erobern können. Und nun komm oder bleibe hier. Ich habe im unterirdischen Versteck die Waffen bereits startklar gemacht."

Voller Sorge berichtete Ninurta über eine Sprechanlage von dem Ergebnis seiner Bemühungen und sagte auch, dass mehr nicht zu erreichen war.

„Das ist doch ein Erfolg, Ninurta", hörte er Enlil sagen.

„Aber Vater, Nergal will Tilmun in die Luft jagen!"

Doch Enlil gab zur Antwort: „Vielleicht ist es besser so, Ninurta. Hilf ihm jetzt, Marduk und Nabu aufzuhalten."

Unwillig begab sich Ninurta nun zum Obersten Berg im Sinai, in dessen Inneren die Kommandozentrale des Flughafens und der Landebahn verborgen war. Ihm wurde die in seinen Augen unnötige Zerstörung des Landes Tilmun, dem Ort der Raketen, zu Teil. Im Berg fand er alles verlassen vor, denn dank der Warnung waren alle Anunnaki geflohen. Er selbst zog sich dann wieder bis zu einem sicheren Abstand zurück.

Dann ging über dem Sinai zum zweiten Mal an diesem Tag eine Sonne auf. Sie zog nicht langsam in ihrer Leben spendenden Bahn über den Tageshimmel, sondern erschien explosionsartig grell und brachte beispiellose Vernichtung.

Niedergeschlagen sah Ninurta dem Inferno von weitem zu. Doch Nergal war zufrieden und begann den zweiten Teil seines Vernichtungsfeldzuges. Sein nächstes Ziel waren die Städte Sodom und Gomorra, die er nacheinander mit der Kraft von Atomwaffen auslöschte. Dabei riss in weitem Umkreis die Erde so tief auf, dass das am Jordan gelegene Binnenmeer an seinem südlichen Ende kein Ufer mehr hatte. Unter Feuer und Rauch, unter der alles vernichtenden Druckwelle und der radioaktiven Verstrahlung ergoss sich tosend das dampfende Wasser in die aufgerissene Ebene und breitete sich bis dahin aus, wo es niemals zuvor gewesen war. Der Nuklearschlag tötete alles Leben in dem brodelnden Gewässer, pflanzliches und tierisches, so dass es ein totes Meer wurde.

Die Städte existierten nicht mehr. Die Kraft der atomaren Kettenreaktion zerriss alles, was in ihnen war und schleuderte die heißen, verbrannten Reste weit in den Himmel empor. Erde, Bäume, Häuser und Lebewesen waren eins geworden, zu tödlichem Staub. Sie trieben als verstrahlte, todbringende Aschewolke ungeheuren Ausmaßes in der Luft. Einige Teile fielen mit Steinen und als glühende Asche herab. Ein anderer Teil der pulverisierten Ebene wurde so hoch in den Himmel geschleudert, dass er sich mit den Luftmassen mischte, die seit ewigen Zeiten in steter Bewegung die Erdkugel umkreisten. An diesem Tag wies der Wind der radioaktiven Wolke den Weg gen Osten.

Lot, seine Frau und die Mädchen liefen um ihr Leben. Noch niemals zuvor hatten sie eine so weite Strecke im Eiltempo zurückgelegt. Oftmals verfiel die Familie sogar in den Laufschritt. Lot keuchte und trieb seine Frau und die Töchter immer wieder an. Jetzt bemerkte er, dass die Mädchen noch mithalten konnten, deren Mutter jedoch am Ende ihrer Kraft war. Er stützte sie im Laufen, aber ohne viel Erfolg.

„Lot", sagte sie eindringlich, „lass mich hier eine Weile rasten. Ich kann keinen Schritt mehr tun. Bring du die Mädchen in Sicherheit."

Als Lot protestieren wollte, fuhr sie fort: „Ich komme nach, wenn ich mich etwas erholt habe. Doch du hast die Verantwortung für unsere Kinder und musst um ihretwillen sofort weiterlaufen. Geh, denn du hast es den Herren versprochen."

Schweren Herzens eilte Lot mit den Töchtern weiter und rief ihr noch zu: „Raste nicht so lange und denke daran, sieh nur nach vorn zu den Bergen, sieh nicht zurück!"

Völlig ausgelaugt kam Lot mit seinen Töchtern endlich in den Bergen bei Zoar an. Unruhig hielt er nach seiner Frau Ausschau, konnte sie aber noch nicht entdecken. Stattdessen sah er einen so hellen, gleißenden Lichtblitz, dass er geblendet die Augen schloss. Dann nahm er eine Rauchwolke wahr, die sich in riesiger Pilzform in den Himmel erhob und ihren Schirm in Höhe und Breite noch ausdehnte. Als ein ohrenbetäubendes Brüllen die Luft erzittern ließ, ergriff er die Hände der Töchter und eilte in eine Höhle auf dem windabseitigen Berghang, die die Mädchen kurz zuvor erspäht hatten.

Lot sah seine Frau nie wieder.

Enki und Marduk sprachen aufgeregt miteinander. Beide wussten bereits, dass mehrere Nuklearexplosionen stattgefunden hatten. Ohnmächtige Wut hatte Vater und Sohn erfasst, dass wieder alles dem Erdboden gleichgemacht wurde, was so lange und mühsam aufgebaut worden war.

„Diesmal ist es noch schlimmer, Marduk. Obendrein ist alles atomar verseucht, der Erdboden, das Wasser, auch Tiere und Pflanzen gibt es dort nicht mehr, ganz zu schweigen von den Menschen, die sich schon recht weit entwickelt hatten."

Verzweifelt hielt er inne und barg den Kopf in seinen Händen.

„Enlil geht buchstäblich über Leichen. Wie konnte König Anu dem nur zustimmen. Du, Marduk, bist genau so sein Enkel wie Ninurta, ich genauso sein Sohn wie Enlil", grämte er sich weiter. „Wie konnte er dich atomar bekämpfen lassen?"

Marduk war tief enttäuscht. Diesmal hatte er so dicht vor dem endgültigen Sieg gestanden. „Wir können den Atomschlag auch Nergal verdanken, Vater. Hätte er nicht von den Vernichtungswaffen angefangen, wäre Ninurtas Heer in einem normalen Krieg zu schlagen gewesen."

Enki hatte vor Kummer trübe Augen. „Ja, das schmerzt mich am meisten. Er hat maßgeblich die Vorrangstellung seiner eigenen Familie vereitelt."

Marduk hatte jedoch noch einen anderen Grund, verzweifelt zu sein. „Ich mache mir große Sorgen um Nabu. Die atomare Vernichtung der Städte galt doch im Grunde genommen ihm und seinem Heer. Wenn er nun wirklich noch in einer der ausgelöschten Städte war?"

Tiefe Besorgnis lag in seiner Stimme.

Traurig sah Enki seinen Sohn an. „Nabu wird von den geplanten Aktionen erfahren haben", sprach er Marduk Mut zu. „Bestimmt wird er auf einer der Inseln im Oberen Meer sein, weit genug nördlich von den verstrahlten Gebieten, als dass er in Gefahr wäre. Du weißt, dort hat man ihn immer gern gesehen."

Eine kurze Pause entstand, nach der Enki sagte: „Ich soll dich von Ninhursag grüßen. Sie ist als Einzige auf meiner Seite gewesen und hat im Rat gegen den Atomschlag gestimmt."

„Danke, Vater. Wir müssen wohl abwarten, was nun wird. Aber eines kann ich dir sagen. Nie wieder darf mir Nergal, dieser Verräter, über den Weg laufen. Ich würde ihn töten, egal wie du darüber denkst."

Enki seufzte hörbar. „Für mich ist er auch schon seit geraumer Zeit eine herbe Enttäuschung, doch was er sich jetzt zuschulden kommen ließ, werde ich ihm nie vergeben. Das wird Konsequenzen haben, Marduk. Du brauchst ihn also nicht zu töten."

Unerbittlichkeit sprach aus den harten Gesichtszügen des Sohnes.

„Wenn er Nabu vernichtet hat, kann ich dir das nicht versprechen", war Marduks Antwort.

Ein Signal durchschnitt die düstere Stimmung. Enki sprang auf. „Warte, die Sprechanlage ruft mich. Es ist die Alarmverbindung. Ich sage dir gleich, was es gibt."

Er eilte zu der Konsole und stellte die Verbindung her. Wortlos hörte er zu. Dann wurde er kreidebleich und ließ sich auf einen Stuhl fallen.

„Nein", war seine einzige Bemerkung, die er sich danach mühsam abrang. „Nein."

Eine Weile saß Enki zusammengesunken und fassungslos da, bis Marduk alarmiert fragte: „Was ist, Vater? Noch mehr Schreckensnachrichten?"

Mühsam erhob sich Enki wieder und ging auf den Sohn zu. „Marduk, es kommt noch viel, viel schlimmer. Das Grauen holt die ein, die es verursacht haben."

Höchst beunruhigt fragte Marduk: „Was meinst du, Vater? So sage doch, was passiert ist."

Mit tonloser Stimme antwortete Enki: „Eine riesige nukleare Wolke treibt auf uns zu. Der Wind bringt sie vom Sinai und den zerstörten Städten ostwärts, genau nach Sumer."

Jetzt war auch Marduk völlig entsetzt.

„Das heißt, dass auch hier im Alten Land alles radioaktiv verseucht wird. Ich bringe Nergal um, und wenn es das Letzte ist, was ich tue."

Mit schleppender Stimme sagte Enki: „Wir können uns nur noch eiligst retten. Gehe nach Norden, Marduk und halte dich möglichst fern. Ich werde jetzt alle aus unserer Familie warnen und versuchen, wenigstens auch einige meiner Menschen zu retten."

Abraham gehörte zu den wenigen Menschen, die dank der Warnung der Herren der Vernichtung entgingen. Doch er war alles andere als froh, wusste er doch nicht, ob sein Neffe Lot und dessen Angehörige noch lebten. In Kummer und Sorge verbrachte er eine schlaflose Nacht. Auch Sara lebte in Angst und Bange. Als der Tag anbrach, hielt Abraham es nicht mehr aus, so dass er zu seiner Frau sagte: „Ich muss wissen, was geschehen ist, daher mache ich mich noch einmal auf den Weg bis zu der Stelle, an der ich mit den hohen Herren auf Sodom herabsehen und weit in das Jordantal blicken konnte. Es wird eine Weile dauern, denn so nahe ist es nicht, doch bevor sich der Tag dem Ende zuneigt, bin ich zurück."

Sara gab ihrem Mann Wegzehrung und bat: „Komme so schnell wie möglich wieder, denn ich ängstige mich."

Als Abraham sein Ziel erreichte, sah er seine schlimmsten Befürchtungen bestätigt. Wo gestern noch eine große, lebendige Stadt inmitten einer fruchtbaren Ebene lag, stand nichts mehr. Selbst das umgebene grüne Land war verschwunden. So weit das Auge reichte, war nur aufgewühlte, zu Staub gewordene Erde zu erkennen, aus der Rauch aufstieg. Das Meer aber hatte sich ausgebreitet und reichte plötzlich bis dahin, wo doch eigentlich Sodom liegen müsste. Abrahams

Herz wurde schwer, weil er dachte, dass dieser allumfassenden Vernichtung auch Lot nicht entgangen sein konnte. Da er aus einer Priesterfamilie kam, die einiges Wissen der Nefilim besaß, wusste er die Gefahr einzuschätzen, die von einer Atomkatastrophe ausging. Krank vor Kummer um Lot, dessen Familie und die vielen Menschen eilte er nach Hause. Obwohl sie recht weit vom Unglücksort lebten, brachen Abraham und Sara umgehend auf, um diese Gegend zu verlassen, da sie nicht sicher war. Sie zogen bis nach Gerar und würden niemals wiederkommen, denn viele Generationen lang war das verstrahlte Gebiet nicht mehr bewohnbar.

Lot und seine Töchter warteten völlig verängstigt im Inneren der Höhle ab, bis das Heulen des von der Explosion ausgelösten Sturmes über sie hinweg gezogen war. Noch einen ganzen Tag danach wagten sie sich nicht hervor. Als sie dann von der Höhe auf ihre ehemalige Heimat herabsahen, meinten sie, dass das Ende der Menschheit gekommen sei.

„Oh, seht Töchter, außer uns hat keine lebende Seele die Vernichtung überstanden. Auch eure liebe Mutter ist ihr zum Opfer gefallen.

Lange trauerten sie und fristeten angesichts der Not ein kärgliches Leben. Lot hatte ein paar freilaufende Ziegen eingefangen, die sie angebunden grasen ließen. Die Töchter sammelten mühsam Früchte, wilde Zwiebeln und stellten mit ihrem Vater Fallen auf.

Als die jungen Frauen wieder einige Beerensträucher absuchten, sprach die Ältere der Beiden traurig: „Alle Menschen sind bei der Vernichtung umgekommen. Wir und der Vater sind die letzten auf der Welt."

Die Zweite stimmte ihr zu. „Die Menschheit wird mit uns aussterben. Dann gibt es nur noch Tiere auf der Erde, denn einige haben ja überlebt."

„Das darf nicht geschehen", stimmte ihre ältere Schwester zu. „Wir müssen für den Fortbestand des Menschgeschlechtes sorgen. Da es keinen anderen Mann als unseren Vater mehr gibt, müssen wir von ihm den Keim des Lebens empfangen."

Überrascht sah die Jüngere auf. „Aber das geht doch nicht", protestierte sie. „Das ist nicht recht."

Ihre Schwester nickte. „Natürlich nicht, doch was sollen wir tun? Lass uns dem Vater viel Wein geben, den ich aus den vergorenen Beeren hergestellt habe. Wir trinken auch davon. Dann denken wir nur noch an unsere Verantwortung, die Menschen nicht aussterben zu lassen."

Enlil bereute jetzt bitter, dem Einsatz der atomaren Vernichtungswaffen zugestimmt zu haben. Schon wieder mussten sie fliehen und alles zurücklassen, wie damals als die Sintflut kam. Doch diesmal war nicht einmal Zeit, auch nur das Geringste vorzubereiten. Er hatte rasch alle benachrichtigt und angewiesen, sich so schnell wie möglich in Eigeninitiative zu retten, augenblicklich.

Das Entsetzen war so groß, dass es einige der Nefilim zu sehr lähmte, um sofort zu fliehen. Der Wind trug die Nuklearwolke stetig auf das südliche Zweistromland zu, so dass Eile geboten war. Nannar war zusätzlich zu allem Schrecken noch verärgert, böse auf sich selbst. Er war der Einzige, dem jetzt auffiel, welchen Fehler Enlil gemacht hatte, dem Atomschlag zuzustimmen. Die Winde vom Oberen Meer wehten fast ausnahmslos auflandig, das heißt, sie zogen vom Wasser zum Landesinneren. Das alte Sumer lag direkt in der Windrichtung, die die Luftmassen vom Meer, von Tilmun und den Städten Kanaans regelmäßig nahmen. Wie hatte er das vergessen können, warf sich Nannar selbst vor. Wie dumm waren die Ratsmitglieder und auch er gewesen, wussten sie doch, dass die atomaren Wolken hoch in den Himmel stießen und unter Umständen große, weit entfernte Landstriche erreichten und auf ihrem Weg den lautlosen Tod brachten.

Nannar fragte eiligst seinen Vater, ob er nicht wisse, wie man die nahende Katastrophe noch abwenden kann. Doch Enlil hatte auch keinen Rat.

Dennoch konnten sich Nannar und seine Gemahlin Ningal nicht entschließen, Ur so einfach aufzugeben. Das Tageslicht wurde bereits von der vernichtenden Wolke verdunkelt. So weit man blicken konnte, legte sich ein bedrohlicher schwarzer Schatten auf das Land. Zusätzlich verängstigte ein Sturmgebrüll die Nefilim und die Menschen. Als der Abend kam, zeigte die tödliche Wolke bereits ihre Wirkung. Durch die ganze Stadt zogen sich die Klagelaute der betroffenen, leidenden Menschen. Da erst suchten Nannar und Ningal eine tief in den Fundamenten eingelassene Kammer auf und hofften, unter der Erde vor der Verstrahlung sicher zu sein.

„Nannar, wären wir doch weggeflogen, als noch Zeit dazu war. Hast du die Schreie der sterbenden Menschen gehört? Ich fürchte mich so sehr", klagte Ningal.

Nannar legte ihr beruhigend den Arm um die bebenden Schultern.

„Ich denke, dass wir hier tief unter unserem Zikkurat-Bau sicher sind. Wenn die dunkle Wolke abgezogen ist, warten wir noch eine Weile. Aber dann müssen wir trotzdem eilends Ur verlassen, denn die radioaktive Verstrahlung hält sehr lange an."

„Oh, Nannar, was haben wir nicht schon alles durchgemacht und nun auch noch das hier. Hoffentlich konnten sich Inanna und Utu retten."

Sein graues, sorgenvolles Gesicht sah gramvoll aus, als er sagte: „Ganz bestimmt. Utu gehörte zu den Vorgewarnten, und Inanna ist die Erfindungsreichste unter unseren Töchtern. Als ich sie nach der Schreckensnachricht anrief, wollte sie mit einem Unterseeboot fliehen. Das Sulili sollte sie nach Afrika bringen, also weit aus der Gefahrenzone hinaus. Sie ist bestimmt schon lange in Sicherheit.“

So zuversichtlich Nannar es auch ausdrückte, unruhig blieb er dennoch. Wer weiß, was alles passieren konnte.

Als Nannar, der noch immer als der Herrscher in Sumer galt, mit seiner Gemahlin die Hauptstadt Ur verließ, sahen sie die toten Menschen in Massen in den Straßen liegen. Aber auch in den Häusern, wo sie sich sicher wähnten, waren sie elendig umgekommen. Ur war eine grauenvolle Totenstadt geworden. Ohne Überfall, ohne Kampf wussten die Menschen nicht, was mit ihnen geschah. Übelkeit und Kopfschmerzen plagten sie, Blut rann aus Mund und Nase, die Haut wurde weiß, dann rot voller Geschwüre. Sie sahen noch, wie die Tiere ebenfalls starben und konnten diesen allumfassenden Tod nicht verstehen. Doch die Menschen brachten ihn mit der schwarzen Wolke in Verbindung, wie sie niemals eine ähnliche gesehen hatten und mit deren Erscheinen das Leiden begann. Nicht einmal die Pflanzen verschonte das Böse aus der Luft. Auch sie welkten schnell dahin. Alle Häuser und öffentlichen Gebäude standen jedoch nach wie vor unversehrt da. Es gab keine Zerstörungen wie in Kriegszeiten. Dennoch war Ur so leblos, wie es keine Invasion vermocht hätte.

Nannar und Ningal dagegen wussten das alles zu deuten und verließen die Stadt augenblicklich, nachdem sie aus dem unterirdischen Versteck hervorkamen, um der Verstrahlung zu entgehen. Sie fragten sich dabei kurz, wo Ibbi-Sin wohl war. Konnte er sich retten oder war auch der Menschenkönig im sechsten Jahr seiner Regierung von der Strahlung dahingerafft?

Ninhursag war noch vor Eintreffen des atomaren Windes geflohen. In Angst und Panik blieben die Menschen in Schuruppak zurück, wo sie noch immer einen ihrer Wohnsitze hatte. „Lauft weg so weit ihr könnt“, hatte sie ihnen noch zugerufen. Doch die Menschen verstanden das nicht und wussten auch nicht wohin, denn hier war ihre bescheidene Lebensgrundlage.

Eridu wurde in gleicher Weise heimgesucht. Die Stadt war intakt, nur das Lebende lag überall tot danieder. Enki hatte seine Gattin Ninki sofort mit dem Flugzeug in den AB.ZU geschickt. Er selbst brachte es nicht über sich, einfach wegzugehen. Daher entfernte er sich nur so weit, dass die Nuklearwolke ihn nicht erreichen konnte. Einige Getreue hatte er bei sich. Als der todbringende Wind sich verzogen hatte, kam er kurz zurück und sah mit Grausen, wie die Menschen zu Haufen in der Stadt lagen, getötet innerhalb eines Tages. Die noch Lebenden, die schwere Krankheitsmahle trugen, führe er aus Eridu fort, ließ ihnen medizinische

Hilfe zu teil werden und half ihnen, das Überleben zu sichern. Enki war der Einzige der DIN.GIR, der noch für seine Menschen da war und ihnen beistand.

Auch Ninurta war aus Lagasch geflohen, doch ohne seine Gattin Gula. Sie ignorierte die Gefahr und weigerte sich, ihre schöne Stadt zu verlassen. Der atomare Wind wehte auch über Lagasch hinweg. Zur Zeit der Katastrophe wusste niemand, ob sich Gula hatte retten können.

Marduk hatte seines Vaters Rat beherzigt, war nach der Unterredung mit ihm kurz nach Babylon geflogen, das er dann eiligst gen Norden verlassen hatte. Er befolgte sogar Enkis Rat, keine Nahrung und kein Wasser mitzunehmen, denn sie könnten schon vom unsichtbaren Tod berührt sein. Als die unmittelbare Gefahr vorbei war, kam Marduk zurück und sah, dass ihm diesmal das Glück begünstigt hatte. Seine Stadt war noch voller Leben, denn der Wind hatte sich so gedreht, dass die todbringende Wolke Babylon im Norden Sumers verschonte.

Doch das restliche Land bis hin zum Persischen Golf im Süden war der Verstrahlung zum Opfer gefallen. Die erste menschliche Hochzivilisation auf Erden gab es nicht mehr.

Unter den höchsten DIN.GIR herrschte größte Verzweiflung. Vorerst mussten sie in sicherem Abstand zu ihren radioaktiv verseuchten Gebieten ausharren. Sie wussten, dass es Jahrzehnte dauern kann, bis die Reststrahlung ungefährlich war. In den Zentren der Atomexplosionen würde man noch viel länger warten müssen, um an eine Neubesiedlung zu denken. Am meisten hatten die Menschen gelitten und waren eines grausamen Todes gestorben. Nur wenige konnten sich vor dem nuklearen Wind retten.

Marduk war der Einzige unter den Nefilim, der trotz allem frohen Mutes in die Zukunft sah. Es erfüllte ihn große heimliche Freude, dass die Vernichtung diejenigen getroffen hatte, die sie auf ihn herab beschwören wollten. So bald wie möglich meldete er sich bei Enki.

„Vater, hast du schon gehört, dass meine Stadt nicht von der schwarzen Wolke betroffen war? Noch vor Babylon zog sie südwärts."

Enki seufzte trotz der guten Nachricht. „Ja, ich weiß, Marduk. Das ist ein Trost für mich und dein Glück. Aber was aus unseren Städten geworden ist, kann man kaum beschreiben. Ich halte mich mit den überlebenden Menschen fern von Eridu auf und habe alle Hände voll zu tun, sie am Leben zu erhalten. Was hast du jetzt vor, Marduk?"

Die Stimme des Sohnes hörte sich freudig an, seltsam unpassend angesichts der Vernichtung einer ganzen Zivilisation.

Ich bleibe vorerst in meinem verschonten Babylon. Gefolgsleute aus Amoritern und Menschen aus Kanaan, deren Städte nicht empor geschleudert wurden, stehen zu mir. Vater, du kannst dir denken, dass sich mir jetzt niemand im restlichen Zweistromland entgegenstellen kann. Von uns DIN.GIR sind alle geflohen, und die meisten Menschen sind tot. Diese Katastrophe ist bedauerlich, aber sie hat mich in die Lage versetzt, Anspruch auf die Macht im Alten Land zu erheben."

Enki fand sein Ansinnen im Moment übereilt, obwohl er seinen Sohn verstehen konnte. Zu oft wurde ihm die ersehnte Machtübernahme vereitelt.

„Das stimmt schon, Marduk. Aber unternimm trotzdem eine Weile nichts. Im Moment kannst auch du das verstrahlte Sumer nicht betreten. Außerdem würde dir übel genommen werden, wenn du sofort nach dem Unglück zu Anu und Enlil von Regierungsabsichten sprechen würdest."

Marduk sagte zögernd: „Da hast du sicher Recht, Vater." Doch ohne Enkis Warnung hätte er genau das getan und sich augenblicklich um seine Anerkennung als Oberhaupt im Zweistromland gekümmert.

„Ich werde mich erst einmal in Babylon einrichten. Meine Menschen dort leben ja noch, so dass wir bald wieder einem geregelten Leben nachgehen können. Der Süden ist vorerst tabu, aber ich werde nach Norden und Osten die Handelsbeziehungen wieder aufleben lassen und all die Dinge tun, die die Zivilisation in meiner Stadt neu erblühen lassen."

Enki war damit zufrieden und sagte noch: „Jetzt bin ich beinahe froh, dass wir Afrika seit so langer Zeit haben und alle meine anderen Kinder und Verwandten von der Atomkatastrophe nicht betroffen sind. Ich werde deiner Mutter berichten, dass es dir gut geht und Babylon verschont wurde. Sie wird sich ebenfalls darüber freuen."

„Danke, Vater. Kann ich dir dort irgendwie helfen, wohin du geflüchtet bist?"

Enki freute sich über das Angebot und meinte dennoch: „Nein, Marduk, ich habe mich beim Herrscher Anu gemeldet. Mein königlicher Vater hat die Igigi im Orbit angewiesen, mich mit allem zu versorgen, was ich brauche. Sie bringen es mit Senkrechtstartern. Kümmere dich gut um dein Babylon und dann sehen wir weiter."

Doch ganz so leichtes Spiel, wie Marduk es dachte, hatte er trotzdem nicht. Es witterten auch andere Länder ihre Chance, sich des alten Sumers zu bemächtigen. Kaum war das Gebiet wieder betretbar, fielen im Norden Gutianer ein, während den südlichen Teil Truppen aus Elam besetzten, dem östlichen Nachbarn Sumers.

Die folgenden Jahrzehnte bemühten sich Ninurta, Nannar, Inanna und auch Nergal jeder seinem Menschenkönig zur Vormachtstellung zu verhelfen. Die

Städte wurden nach und nach wieder besiedelt und neue Tempel entstanden, die die wechselnden Könige jeweils ihrem Gönner unter den Nefilim weihten.

Enki war bemüht, das Alltagsleben der Menschen zu erleichtern. Er entseuchte Gewässer, kultivierte widerstandsfähige Pflanzen und sorgte für medizinischen Beistand, denn noch immer wirkte sich die Strahlenkrankheit aus, auch in der nachfolgenden Generation.

Ninurta und Nergal gewannen jedoch nicht die Oberhand in Sumer, denn Anu verbot den Verursachern der Katastrophe die Regierungsgewalt. Obwohl besonders Ninurta protestierte, dass er nur das Werkzeug des Ratsbeschlusses war, blieb es bei der Entscheidung gegen ihn. Nannar hatte schon vor dem Atomschlag durch Marduks Intrigen das Vertrauen der Bevölkerung verloren. Gegen Inanna stellten sich in seltener Einigkeit alle anderen, besonders Ninurta, aber auch ihr einstiger Förderer Enlil.

In einer hitzigen Ratsdebatte sollte endlich abgestimmt werden, wem man die Macht im Zweistromland übertragen konnte, damit die Kleinkriege unter den Königen aufhörten und die fremden Länder wirkungsvoll zurückgedrängt werden konnten.

„Wir brauchen aber einen Herrscher über ganz Mesopotamien, sonst ist nie Frieden", schrie Enlil über alle hinweg. Kaum ist die Nuklearkatastrophe vorbei, gehen die ewigen Überfälle sofort wieder los. Eine Stadt gegen die andere, ein König gegen den der Nachbarn. Ihr schickt euren jeweiligen Lugal in den Krieg. Ihr gebt ihnen Waffen oder beteiligt euch sogar selbst an den Feldzügen. Hört das denn nie auf? Ich bin der ewigen Streiterei überdrüssig. Deshalb muss einem von uns die Herrschaft über das gesamte Land übertragen werden, sonst gibt es keinen Frieden."

Ninurta warf verbittert ein: „Du selbst, Vater, hast uns doch alle der Reihe nach abgelehnt, du und Großvater Anu."

Jeder meldete sich zu Wort und sprach für sich und seinen Anspruch. Nur Enki beteiligte sich bisher nicht an den Streitgesprächen. Auch Ninhursag verhielt sich still. Die Ärztin hatte kein Interesse mehr, seit ihr eigener Sohn auf Geheiß des Herrschers Anu ihr Land Tilmun mit den Raumfahrtanlagen dem Erdboden gleichmachte und verstrahlt zurückließ.

Enki wollte abwarten und würde sowieso für niemanden aus Enlils Familie stimmen. Auch sein Sohn Nergal sollte keinerlei Unterstützung von ihm erhalten, da er noch schlimmer als Ninurta an den Nuklearschlägen schuld war. Schließlich erhob sich Enki und breitete zum Zeichen, dass er Ruhe im Ratssaal forderte, die Arme aus.

„Ihr selbst habt die bisherigen Anwärter zu Recht disqualifiziert. Deshalb werde ich euch jetzt den einzig möglichen Kandidaten nennen. Es ist Marduk."

Proteste wurden laut, doch Enki fuhr unbeeindruckt fort: „Schon vor der Katastrophe hatte er von Babylon bis zum Oberen Meer und entlang der Küste bis nach Tilmun Anhänger, mehr als einer der anderen DIN.GIR. Wenn du Frieden willst, Enlil, kannst du ihn ganz leicht haben, du brauchst nur Marduks Führungsqualitäten anzuerkennen. Nur er kann im Moment das Zweistromland einen und die Länder Elam, Gutium und Mari fernhalten. Ich habe schon vorab das Gleiche zum Herrscher Anu gesagt. Er wollte das Ergebnis dieser Versammlung abwarten und uns dann seine Entscheidung mitteilen. Enlil, du bist immer noch der Herr der Erde. Wenn du als solcher deiner Verantwortung nachkommen und Frieden sichern willst, kannst du dich zurzeit nur für Marduk entscheiden. Dem sollten alle Familienstreitigkeiten untergeordnet sein. Außerdem stehen so viele Städte hinter meinem ältesten Sohn, wie sie kein anderer nur annähernd aufweisen kann. Das ist die Garantie für Einigkeit und Frieden."

Statt Tumult herrschte nach Enkis wohlbedachter Rede Stille im Saal. Betroffen sah Enlil aller Augen auf sich gerichtet. Der schlaue Enki hatte an seine Ehre als Erdenherr appelliert. Andererseits stimmte, was er gesagt hatte, musste sich Enlil widerwillig eingestehen. Da stand Ninhursag auf und meldete sich in dieser Sitzung erstmals zu Wort. Alle Blicke schweiften von Enlil zu ihr.

„Ich stimme für meinen Neffen Marduk. Alles, was Enki vorgebracht hat, ist wahr."

Ohne weitere Erläuterungen setzte sie sich wieder. Verblüfft starrte Ninurta seine Mutter an. Wie konnte sie ihm so in den Rücken fallen, dachte er voller Ärger, war sie doch sonst immer auf seiner Seite gewesen. Dann fiel ihm ein, dass er es war, der ihre vierte Weltregion in ein atomares Inferno verwandelt hatte. Aber sie weiß doch, dass ich es nur als Ergebnis der mir aufgetragenen Verhandlungen mit Nergal tat, sagte er sich enttäuscht. Schuldgefühle und Ärger mischten sich in seinen Gedanken, so dass er gar nichts dazu sagen konnte.

Am Ende der Sitzung einigten sich die Versammelten im Sinne Enkis, Marduk als Herrn des Zweistromlandes zu benennen, falls Anu keine andere Entscheidung traf. Doch der Herrscher der Zwei Planeten war schon selbst zu diesem Ergebnis gekommen und entschied: „Unter der Oberhoheit des Erdherren Enlil soll Marduk in Mesopotamien regieren."

Eine Sternstunde war für Enki und seinen Erbsohn gekommen.

Mit Feuereifer machte sich Marduk daran, sein Reich aufzubauen. Die Hauptstadt sollte selbstverständlich sein Babylon sein. Angesichts seines neuen, bedeutenden Status auf der Erde, ließ er seinen Wohnsitz beträchtlich erweitern und verschönern. Es entstand ein einzigartiges Areal, dessen Zentrum ein hoher Zikkurat-Turm war.

Des Weiteren sollte die ganze Stadt neue Gebäude erhalten. Breite Straßen, Gärten in Terrassen angelegt, neue Stallgebäude, aber auch Schulen und Handelshäuser mit großzügigen Speichern entstanden. In nur ein paar Jahren war Babylon noch schöner und reicher, als das weit zurückliegende prachtvolle Agade des Königs Sargon, das bis dahin als unübertroffen galt.

„Nun habe ich die herrschsüchtige Inanna und ihren Knecht Scharru-Kin in den Schatten gestellt, hatte Marduk gesagt, nachdem er eines Tages sein neues Babylon inspizierte.“

Der Handel gedieh, und die Menschen hatten ein gutes Leben. In den Tempeln wurde das astronomische und mathematische Wissen der Nefilim vermittelt. Eine reibungslose Stadtverwaltung einschließlich Gerichtsbarkeit sorgte für Ordnung und Einhaltung der Gesetze. Marduk ernannte wieder Menschenkönige, die ihm in vielerlei Hinsicht dienten. Vor allem brauchte er sie, um die Grenzen seines Reiches, das er Babylonien nannte, zu festigen und auszudehnen. Wie es seit Ewigkeiten der Fall war, durften die Könige nicht nach eigenem Gutdünken auf Eroberungsfeldzüge gehen. Er, Marduk, der Herr, bestimmte, welche Stadt und welches Land angegriffen wurden.

Besonders sein König Hammurabi tat sich bei den Kriegen hervor. Marduk gab ihm eine Waffe der Nefilim, damit er noch mehr Gebiete für Babylonien einnehmen konnte.

Anlässlich einer Frühlings-Tag- und Nachtgleiche ließ Marduk ein großes Fest ausrichten. Es sollte nicht nur das astronomische Ereignis gefeiert werden, sondern gleichzeitig das Bestehen des herrlichsten und mächtigen Reiches Babylonien gefeiert werden. Dazu ließ Marduk Einladungen zu allen Hauptverwandten seiner weit verzweigten Familie versenden. Nur sein Bruder Nergal wurde nicht benachrichtigt, der sich zum Todfeind Marduks entwickelt hatte und der Hauptschuldige am Nuklearschlag war. Ningischzidda blieb von sich aus dem Fest fern.

Ein Ehrenplatz war für Vater Enki und Mutter Ninki, an die er meist noch immer als Damkina dachte, vorgesehen. Endlich konnte Marduk vor den Eltern als Herr des Alten Landes zwischen Euphrat und Tigris auftreten, das einst als KI.EN.GIR begann. Es war jetzt Teil seines Babyloniens, ebenso wie das einstige, mächtige Land Akkad. Nur die Sprache Akkadisch war in der Region geblieben. Ansonsten hatte Marduk das gefallene Reich der verhassten Inanna übertroffen. Nie würde er ihr die Qual vergeben, lebendig in der Pyramide eingeschlossen zu sein. Nun triumphierte er über sie, die jetzt eine untergeordnete Stellung einnahm. Mit diesen Gedanken bereitete er sich auf den Empfang vor.

Viele Gäste waren schon eingetroffen, doch nun wollte er die gerade angekündigten DIN.GIR am inneren Tor der Palastanlage selbst empfangen. Festlich in das Pala-Gewand gekleidet, den Hut mit dem vierfachen Hörnerpaar auf dem Kopf und die Insignien der Macht in den Händen, erwartete er zusammen mit seiner Gemahlin Sarpanit seine Eltern. Vor Enki und Ninki öffneten sich die geschmückten breiten Tore der äußeren Mauer. Ein Durchgang von über zwanzig Metern Breite führte zum Inneren der Wohntempelanlage.

Enki war schon einige Male hier gewesen, doch Ninki sah sich unauffällig staunend um. Sie, die Pracht gewöhnt war, nahm die in strahlendem Blau gehaltenen glasierten Fliesenwände war, die bis in beachtliche Höhe reichten. Verschiedene Tierfiguren wie Stiere und Löwen waren andersfarbig in die blauen Kachelwände eingearbeitet. Herrliche Reliefs und Verzierungen entlang des ganzen Weges stellten eine einzigartige Pracht dar. Später wollte sich Ninki alles noch genauer ansehen, denn bei einem offiziellen Empfang schickte es sich nicht, bewundernd stehen zu bleiben. Unwillkürlich dachte Ninki an die in nebelhafter Ferne liegende Zeit zurück, als Marduk das erste Mal auf die Erde kam, noch ganz erschrocken, gerade einem Unglück durch die gewaltige Gravitationskraft des Saturns entronnen zu sein. Nun ist er der gewählte Herr des begehrtesten Landstriches auf dem Erdplaneten, sagte sie sich voller Liebe und Stolz.

Musik hallte ihnen entgegen, eine Ehreneskorte der Streitkräfte salutierte, viele Blumengebinde säumten den Weg ins Innere der Zikkurat-Anlage. Der ganze Reichtum eines mächtigen Herrn entfaltete sich vor Ninkis Augen. Dann sahen Enki und Ninki den Sohn Marduk auf einem erhöhten, goldenen Thron sitzen, an seiner Seite die noch immer schöne Schwiegertochter Sarpanit. Für keinen Gast außer Anu und Enlil würde Marduk jetzt aufstehen und ihm entgegengehen, doch für seine Eltern stand er ebenfalls auf und verneigte sich. In diesem Augenblick empfand Enki unbändigen Stolz auf seinen Erbsohn. Marduk dagegen war seinem Vater dankbar, weil er auf der Ratssitzung so gut taktiert hatte, dass man ihm die Oberhoheit in Mesopotamien zusprechen musste. Der Vater stand in all den schars sowieso immer auf seiner Seite.

Nach der Begrüßung der Eltern nahm Marduk wieder im Thronsessel Platz, denn nun fand die Begrüßung des Gefolges statt. Einer nach dem Anderen gingen seine Verwandten an ihm vorbei, verneigten sich und sprachen die vorgeschriebenen Begrüßungsformeln. Wie gebannt starrte Marduk jetzt auf die wunderschöne Frau vor ihm, die den Kopf neigte und die Zeremonienworte sprach. Es war Gestinanna, die noch immer einen besonderen Platz in seinem Herzen hatte. Sie war dem Halbbruder Marduk nun mehr zugetan als früher, seit er für sie eingetreten war, als Dumuzi ihr Gewalt angetan hatte. Daher lächelte sie ihm strahlend zu, als sie wieder die Augen hob, sah das alte Feuer in Marduks Blick und wandte sich schnell der Begrüßung von Sarpanit zu.

Marduk wusste, dass er mit der geliebten Gestinanna noch sprechen konnte, denn das Fest würde drei Tage währen, in denen er ohnehin als guter Gastgeber mit den hochgestellten Verwandten ein paar persönliche Worte zu reden hatte. Doch niemals würde er Gestinanna so schändlich behandeln, wie Dumuzi es tat, wenn er auch früher selbst genau das erwogen hatte.

Zu dieser Zeit fühlte sich Marduk als Herr der Erde, denn Enlil war kaum noch auf dem siebenten Planeten anzutreffen. Er zog sein ruhiges Leben in der Himmelswohnung des Orbits vor, fernab aller Kriege und Zwistigkeiten und fernab der Menschen, die sich für seinen Geschmack schon wieder zu massenhaft vermehrt hatten.

Doch bald mischte sich ein Wermutstropfen in Marduks Hochgefühl. Im Norden des Zweistromlandes war das neue, mächtige Reich Assyrien entstanden, das sich auch westwärts entlang des Oberen Meeres ausbreitete. Unter dem Nefilim-Herren Assur und der Oberhoheit von Ninurta, Adad sowie der Führung von Nergal brachten Menschenkönige unter deren Aufsicht ein starkes, reiches Land hervor. Es war bereits so mächtig, dass es sich mit Babylonien messen konnte. Die Hauptstädte Assur und später Ninive standen selbst Marduks Babylon in nichts nach. Sie waren sich sogar ähnlich und ebenbürtig. Doch beide Reiche waren von Anfang an Gegner. Nur ihrer gleichen Stärke war zu verdanken, dass sie über die Jahrhunderte trotz gegenseitiger Überfälle nebeneinander bestanden.

Damit gab es im Zweistromland und im angrenzenden Nordwestgebiet nach dem Atomschlag zwei hoch zivilisierte Länder, in denen auch die menschliche Kultur eine neue Blüte erlangte.

Gerald und Andrea hatten sich verabredet, nach der Arbeit noch auf den Weihnachtsmarkt nahe des Berliner Alexanderplatzes zu gehen. Am Wochenende war es ihnen zu voll, denn sie wollten ohne Gedränge an alle sie interessierende Stände gehen können.

„Sieh zu, dass du heute keine Überstunden machen musst“, hatte Gerald am Morgen zu Andrea gesagt. „Ich selbst kann pünktlich kommen.“

Andrea war zuversichtlich. „Ich ebenfalls, denn es liegen nur Routinevorgänge an."

So trafen sie sich zur verabredeten Zeit um 16.30 Uhr, als es um diese Jahreszeit schon dunkel war.

Obwohl es erst die erste Adventwoche war, lag in diesem Jahr schon in Berlin und überall im Land eine geschlossene Schneedecke. So früh kam die weiße Winterpracht selten bis ins Tiefland, noch dazu mit knackendem Frost, der sich auch bei Tage hielt.

Gerald winkte Andrea zu, damit sie auf ihn aufmerksam wurde, denn es waren auch wochentags viele Menschen gekommen, um den alljährlichen Adventsmarkt zu besuchen. Andrea sah Gerald fast sofort und eilte auf ihn zu. Es schneite wieder leicht, was den Weihnachtsmarkt nur noch reizvoller machte. Andrea hatte die Kapuze ihrer dicken, gesteppten Jacke über das Haar gezogen. Weiße Flocken bedeckten auch Geralds schwarze Strickmütze und blieben auf den Schultern seiner Winterjacke liegen. Nach einer kurzen Umarmung wollte Andrea wissen: „Wo fangen wir an?"

„Wir gehen am besten nach rechts und dann an den Ständen vorbei." An einer hölzernen Bratwurstbude roch es so appetitlich, dass Gerald nicht an ihr vorbeikam. Er stellte sich hinter drei Leuten an und fragte Andrea, ob sie auch eine Bratwurst wollte. Doch sie war schon ein paar Schritte weitergegangen, kam zurück und antwortete: „Nein, aber nebenan gibt es wunderbares Schmalzgebäck. Ich hole mir lieber ein Stück davon."

Sie aßen zusammen an einem der kleinen Stehtische und hörten den Weihnachtsliedern zu. „Jetzt habe ich Durst. Lass uns weitergehen, vielleicht finden wir bald einen Getränkestand", schlug Gerald vor, als sie gegessen hatten.

Andrea zeigte nach vorn. „Da, siehst du? Dort ist einer. Ich würde nach dem Gebäck jetzt gerne einen schönen, heißen Kaffee haben. Lass uns sehen, was es dort sonst noch zu trinken gibt."

Gerald nahm Andreas Hand und meinte: „Mir wäre jetzt ebenfalls etwas Warmes recht. Vielleicht haben sie auch Glühwein."

Nachdem jeder sein dampfendes Getränk genossen hatte, bummelten sie weiter über den Weihnachtsmarkt. Bei einem Stand mit Christbaumkugeln blieb Andrea stehen.

„Wollen wir uns einen eigenen Weihnachtsbaum kaufen? Bisher hatte ich keinen, weil ich sowieso an den Festtagen bei meinen Eltern war."

Gerald sagte spontan: „Ich wäre für einen eigenen Baum. Unser erster."

Lächelnd schaute er Andrea an.

„Du hast Recht. Wir stellen dieses Jahr einen schönen Weihnachtsbaum in unserer Wohnung auf. Aber dann lass uns hier einige Kugeln aussuchen."

Gerald freute sich, dass sie seiner Meinung war und erinnerte daran, dass auch eine Lichterkette und ein Baumständer gekauft werden mussten.

„Ich finde, wir sollten die Kugeln alle in einer Farbe nehmen. Welche gefällt dir, Gerald? Da drüben gibt es goldene, silberne, rote und sogar blaue."

„Mir gefallen bestimmt auch die, die du haben willst", war seine Antwort, denn die Farbe war ihm sowieso nicht so wichtig.

„Gut, dann nehmen wir diese Packung mit silbernen Kugeln."

Gerald suchte noch die Beleuchtung aus und fragte nach Weihnachtsbaumständern. Als sie alles für den Christbaum hatten, gingen sie an der anderen Seite des Marktes zurück in Richtung Eingang. An einem Lebkuchenstand blieb Andrea noch einmal stehen.

„Wie hübsch sie die einzelnen Stücke dekoriert haben. Ich esse gern Lebkuchen und meine Mutter auch. Diesen hier werde ich ihr mitbringen", beschloss Andrea und zeigte auf ein rechteckiges Gebäckteil mit Mandeln und weißer Zuckerschrift.

Gerald kaufte ein großes Lebkuchenherz und übergab es dann seiner geliebten Andrea. Ohne Worte dankte sie ihm mit einem Lächeln und einem Küsschen. Dann sahen sie noch einem mit Kindern inszenierten Krippenspiel eine Weile zu. Maria und Josef wurden dargestellt, die das Jesuskind in der Krippe betrachteten. Die drei heiligen Könige brachten Glückwünsche und Segnungen. Danach spielten andere Kinder Szenen aus der Bibel nach. Natürlich waren einige Mädchen als Engel aufgetreten.

„Engel, Mal-achim", murmelte Gerald.

„Was?" fragte Andrea flüsternd.

„Mir ist nur eben eingefallen, dass mal-achim meist mit Engel übersetzt wird, dabei heißt es doch einfach Gesandte."

„Es ist trotzdem ein schönes Krippenspiel", meinte Andrea.

„Ja, es gehört irgendwie zur Weihnachtszeit." Gerald sah, wie Andrea von einem Fuß auf den anderen trat.

„Du frierst. Lass uns gehen, denn kalte Füße sind schlimm."

Sie liefen zur nahen S-Bahn, denn heute hatten sie das Auto zu Hause gelassen, weil im Stadtzentrum zur Adventszeit kaum ein Parkplatz zu kriegen war. Als die Bahn nach Mahlsdorf eingefahren war, ließen sie sich auf einer der Bänke nieder und stellten ihren Einkauf dicht neben sich ab. Die Kugeln hielt Andrea auf dem Schoß. Sie unterhielten sich noch über das Krippenspiel.

„Zu keiner anderen Zeit ist die Bibel so populär, wie zu Weihnachten", stellte Gerald fest. „Eigentlich schade. Das hat immer mein Onkel Bernhard gesagt. Als Pfarrer hat er das sehr bedauert. Ich sehe das genau so. Viele andere wichtigen Geschehnisse, die die Bibel schildert, sind längst nicht so bekannt."

Andrea, die in der warmen Bahn keine kalten Füße mehr hatte, meinte: „Das kann ich nur bestätigen. Was wusste ich zum Beispiel über die Sintflut, bevor du mir Genaueres davon erzählt hast. Oder von Abraham, von dem du erst vorgestern sprachst. Seinen Namen kennt man, aber in welche historischen Begebenheiten er eingebunden war oder gar seine hohe Abstammung sind normalerweise kaum bekannt. Ich dachte ebenfalls immer an einen einfachen Schäfer, der einer unserer Urväter war, Schluss, aus. Wer weiß denn, der weder Theologe noch Altertumsforscher ist, dass Abraham aus einer Priesterfamilie mit königlicher Verwandtschaft stammt. Nie hätte ich gedacht, dass es Schriften gibt, die erzählen, dass er sich lange darauf vorbereitet hat, ein Heer zur Verteidigung der Sinaihalbinsel anzuführen und sogar siegreich war."

Gerald schob den Weihnachtsbaumständer weiter unter seinen Sitz und antwortete: „Dabei ist der Krieg der Könige, in den Abraham verwickelt war, im Alten Testament beschrieben. Noch genauer wird darüber in den Kedor-Laomer-Texten erzählt. Wichtig fand ich beim Studium dieser Schriften, dass dort auch verzeichnet ist, weshalb das Königsbündnis des Ostens gegen das des Westens kämpfte. Sie sollten Marduk und seinen Sohn Nabu aufhalten, damit sie sich nicht der Raumfahrtanlagen bemächtigten. In den überlieferten Texten steht auch, dass Abraham des Priesters Sohn ist, also kein Hirte. Er wird als von dem Herrn beauftragt und gesalbt beschrieben."

Andrea hielt den Kugelkarton fest, als die Bahn in eine Kurve ging.

Gerald war in seinem Element und erzählte weiter: „Ein Historiker, der bald nach Christus lebte wusste zu berichten, dass Abraham schon vor dem Krieg der Könige in Damaskus regierte. Er war also nie ein einfacher Schäfer und Mann aus dem Volk. Das erklärt auch, dass Jahwe nach der siegreichen Schlacht zu Abraham bei Hebron sprach, dass er ihm ein Land geben wolle, und er es deshalb der Länge und Breite nach durchqueren sollte. Alles spricht dafür, dass er ein Anführer war. In den Schriften liest man auch, dass er zahlreiche Viehherden besaß, jedoch steht dort, dass sie für Nahrung und Kleidung gehalten wurden, um unterwegs nichts zu entbehren. Viehhaltung betrieb er mit seinem Tross also nur, um ihre Existenz zu sichern, bis sie ihr Ziel erreichten."

Vielleicht kommt daher der Schäfermythos", warf Andrea ein.

Gerald zuckte mit den Schultern und sagte dazu: „Ich weiß es nicht. Die Altertumsforscher haben ohnehin mit Abraham ein Problem. Sie sind unterschiedlicher

Meinung, wann die Ereignisse stattfanden, wann und wo er geboren wurde bis hin zu der Behauptung, er habe nie gelebt."

„Und was sagst du dazu?" wollte Andrea wissen. „Du bist auch ein ausgebildeter Archäologe."

Gerald lächelte und berührte kurz ihre Hand, die noch immer die Kugeln festhielt.

„Schön, dass du an mich glaubst. Natürlich hat es Abraham gegeben. Um die Jahre 2050 bis 2025 vor Christus muss man seine Heeresaktivitäten einordnen. Das denke ich auch, ebenso wie die Forscher, die diese Zeit meiner Ansicht nach gut begründet haben. Geboren wurde er in Nippur, obwohl einige Ur für seine Geburtsstadt halten, wo die Familie später gelebt hat, bevor alle nach Harran in den Norden gingen."

Beide schwiegen eine Weile und sahen aus dem Fenster bis Andrea fragte: „Wo steht das, was du mir über Abrahams Neffen Lot erzählt hast, ich meine, dass seine Frau durch die Atomexplosion umkam."

„Auch in der Bibel", und ergänzte, obwohl Andrea nicht direkt danach gefragt hatte: „Außerdem wird wirklich darüber berichtet, dass Lots Töchter vom Vater Söhne bekamen, weil sie das Aussterben der Menschen verhindern wollten."

Andrea seufzte." „Es muss eine furchtbare Zeit gewesen sein. Die einfachen Menschen kamen nie weit umher. So kann ich mir schon vorstellen, dass Lot und seine Töchter nach der Katastrophe dachten, alle außer ihnen seien umgekommen."

„Natürlich", stimmte Gerald zu. „Da fällt mir ein weiterer Irrtum ein. Die Bibel berichtet, dass Lots Frau sich umblickte und zur Salzsäule wurde. Ich bin genau wie viele Forscher der Ansicht, dass es sich bei der Salzsäule wieder um einen Übersetzungsfehler handelt. Heute leben wir selbst im Atomzeitalter und wissen, was dabei geschieht, wenn eine Nuklearexplosion erfolgt. Ganz sicher ist dabei noch niemand eine Salzsäule geworden. Doch die früheren Übersetzer kannten das Geschehen nicht. Das gleiche Wort, das in den Urtexten der Bibel steht, kann auch mit Dampf übersetzt werden. Das passt schon eher mit großer Hitze und Strahlung zusammen, denke ich. Ebenso nehme ich an, dass Lots Frau aus irgendeinem Grund zurückgeblieben sein muss, ansonsten hätte es auch ihn und die Töchter getroffen.

Lot dachte auch, dass wie die anderen Menschen ebenfalls Abraham umgekommen wäre, und Abraham wiederum machte sich um seinen Neffen Sorgen."

Andrea fragte noch, ob Abraham und Sara wirklich in so fortgeschrittenem Alter den angekündigten Sohn bekamen.

„Ja, und sie nannten ihn Isaak. Dieser Isaak bekam später auch einen Sohn namens Jacob, der auch Isra-El genannt wurde."

„Dann ist das heutige Israel nach ihm benannt?" mutmaßte Andrea. „Das wäre doch gut möglich, nicht wahr?" antwortete Gerald.

Der S-Bahn-Zug lief in den Bahnhof Mahlsdorf ein. „Raffe alle deine Einkäufe zusammen, wir müssen aussteigen", mahnte Andrea.

Weihnachten war nicht mehr fern, nur noch zehn Tage verblieben bis zum Heiligen Abend. Es war dieses Mal eine ganz besondere Adventszeit, denn noch immer deckte eine frühzeitige weiße Schneedecke alles zu. Gerald schaufelte im Garten der Lessings den Schnee der letzten Nacht von den Wegen, während Bruno seiner Räumpflicht auf dem Gehsteig vor dem Haus nachkam. Es war Sonnabend, so dass beide das Schneefegen nicht schon sehr früh vor der Arbeit erledigen mussten.

„Soll ich dir helfen, Gerald?" fragte Bruno, der schon draußen fertig war.

Gerald rief zurück: „Ich habe nur noch ein kurzes Stück vor der Mülltonne zu räumen und bin gleich fertig. Geh schon rein. Bei den Temperaturen friert man ja fest, wenn man stehen bleibt."

Bruno schmunzelte und ging ins Haus. Gerald trat wenig später zu Andrea in die Küche, wo ihn schon der Kaffeeduft und ein fertiger Frühstückstisch empfingen.

„Du hast richtig rot gefrorene Ohren", sagte Andrea nach einem schnellen Blick und zündete zwei Kerzen des Adventsgesteckes an. Morgen würde noch die dritte dazukommen.

Gerald rieb sich die Hände. „Es ist auch sehr kalt. Das nächste Mal setze ich mir die Strickmütze auf. Meinetwegen kann es langsam etwas wärmer werden und tauen."

„Ach nein", entgegnete Andrea. „Nun kann sich der Schnee auch noch bis Weihnachten halten."

Gerald setze sich und goss Kaffee für sich und Andrea ein. „Was immer wir uns wünschen, das Wetter wird sich nicht danach richten."

Sie schnitt ein Brötchen auf und meinte: „Schön wäre es, wenn sich am zweiten Feiertag das Wetter nach uns richten würde, wenn wir zu deinen Eltern nach Kyritz fahren. Ob kalt oder wärmer, die Weihnachtszeit ist immer etwas Besonderes. Die Menschen denken mehr als sonst aneinander, besuchen und beschenken sich und sind im Allgemeinen friedlicher. Das alles gilt auch für die, die nicht religiös sind."

„Dennoch ist stets irgendwo auf der Erde ein Krieg im Gange", hielt Gerald dagegen. „Öfter stand man schon kurz vor einem Kernwaffeneinsatz."

„Ja, leider", gab Andrea zu. In Japan ist es sogar schon geschehen. Wir waren noch nicht geboren, als auf Hiroshima und Nagasaki Atombomben abgeworfen wurden. Aber ich wünsche mir, dass so etwas nie wieder irgendwo geschieht."

„Leider war es nicht das einzige Mal, Andrea."

„Du denkst an die Atomversuche nahe einer Südseeinsel?" fragte sie. „Daran und an die Atomschläge lange vor Christi Geburt. Ich habe dir ja schon davon erzählt", erinnerte Gerald.

„Wann genau war das eigentlich, als im Sinai und in den Städten Sodom und Gomorra die atomare Vernichtung stattfand", wollte Andrea wissen.

„Etwa zweitausend vor Christus. Manche Altertumsforscher geben es auf das Jahr genau an. Ich bin auch für die Zeit kurz vor dieser Jahrtausendwende." Gerald biss in sein Brötchen, während Andrea ihres noch bestrich.

„Jetzt ist mir wieder schön warm. Das macht der Kaffee", meinte Gerald. Ich habe gar keine Lust, heute noch mal raus zu gehen."

„Ich auch nicht. Dann bleiben wir zu Hause und machen es uns gemütlich", stimmte Andrea zu. Abends sahen beide eine Nachrichtensendung im Fernsehen.

„Schon wieder berichten sie über atomare Aufrüstung. Immer mehr Länder sind jetzt im Besitz von Nuklearwaffen oder streben danach", sagte Andrea unbehaglich.

„Ja, es ist ein Jammer, dass man aus der Vergangenheit keine Lehren zieht. Die heutigen Menschen gleichen sich immer mehr den biblischen Nefilim der vorchristlichen Jahrtausende an. Plötzlich könnte ein Konflikt eskalieren, und wir hätten ein neues Hiroshima und Nagasaki, oder ein neues Sodom und Gomorra. Die Berichte lesen sich sowieso gleich", sagte Gerald betroffen. „Uns liegen etliche so genannte Klagetexte über die von der atomaren Wolke heimgesuchten sumerischen Städte vor. Was darin beschrieben wird, gleicht haargenau den Auswirkungen heutiger Nuklearschläge. Es ist so eindeutig, dass ein Mensch aus unserer Zeit genau weiß, hier wird die Verstrahlung von Menschen, Tieren, Pflanzen und Gewässern beschrieben.

Um 1900 wussten die Altertumsforscher diese Texte natürlich nicht so genau zu deuten. Es blieb ihnen unbekannt, wieso ein Emporschleudern der Städte durch Vernichtungswaffen solche Auswirkungen gehabt hatte. Sie sprachen auch von Rätseln, weshalb in den sumerischen Städten, als eine dunkle Wolke sie bedeckte, innerhalb von ein, zwei Tagen alle Menschen eines schnellen, unbekannten Todes starben und auch Tiere und Pflanzen betroffen waren. Zum Beispiel steht in einem anderen Klagetext, dass ein Blitz einen Sturm verursachte und dann eine dichte Wolke aufstieg, die immer breiter und höher wurde. Sinngemäß ist geschrieben, dass die böse Wolke die Dunkelheit von einer Stadt zur anderen brachte. Es wird auch der Entstehungsort des grellen Blitzes angegeben, die Ebene in den Bergen. Der Text beschrieb genau die Stelle, wo im Land Tilmun der Raumflughafen lag. Darüber berichten übereinstimmend diese Klagetexte, die Bibel und auch das Erra-Epos. Erra war Nergals anderer Name“, erinnerte Gerald.

„Das weiß ich noch, da du schon öfter von diesem Epos erzählt hast.“

„Die Klagetexte von Uruk und Ur“, fuhr Gerald fort, „beschreiben das Entsetzen der Nefilim, als sie merkten, dass der radioaktive Wind auf sie selbst zukam. Darin steht sogar, wer wohin flüchtete und wer blieb. Es geht klar hervor, dass sie wussten, dass sie sich vor der Verstrahlung tief im Untergrund verschanzen oder weit fliehen mussten.

Was Enki tat und wie er den Menschen beistand, wissen wir aus dem Klagetext über seine Stadt Eridu. Über außergewöhnliche Begebenheiten haben die antiken Chronisten natürlich mehr geschrieben, als über die steten Kleinkriege. Das war schon bei der Sintflut so.“

Gerald schwieg nachdenklich. Manchmal konnte er sich regelrecht in die damaligen Zeiten zurückversetzen. „In gewisser Weise sind auch wir heutigen Menschen Zeugen der Atomschläge, die etwa viertausend Jahre her sind“, sagte Gerald dann.

„Wie meinst du das?“ Andrea wusste diesmal nicht, worauf er hinauswollte.

Gerald griff sich eine der letzten Salzstangen, von denen er nicht viele abbekommen hatte.

„Da wir, wie gesagt, selbst im Atomzeitalter leben, ist es für Spezialisten nicht schwer, atomare Reststrahlung aus zurückliegenden Zeiten festzustellen. Dadurch, dass die Zerfallswerte bekannt sind, kann man sogar ermitteln, wann etwa die Nuklearexplosionen stattfanden. Experten haben festgestellt, dass Wasserquellen am Toten Meer noch heute radioaktiv sind. Auch im Sinai sind deutliche Spuren eines Atomschlages vorhanden. Die so genannten Harras, schwarze Steine, sind über ein riesiges Gebiet verstreut und nicht natürlichen Ursprungs in dieser Gegend. Sie sind durch größte Hitze, die durch Naturereignisse nicht erzeugt werden kann und durch Strahlung entstanden.

Andrea schüttelte die Hausschuhe ab und zog die Füße auf das Sofa. Dicht lehnte sie sich an Geralds Schulter an. Sie sagte dazu: „Dann hat das Erra-Epos gewissermaßen eine heute noch nachprüfbare Begebenheit erzählt.“

„Das kann man wirklich im Falle des Atomwaffeneinsatzes in alter Zeit so sagen. Das Epos beschreibt auch ausführlich die Gründe, die zu dieser Katastrophe führten. Ich habe dir ja erzählt, wie Nergal seinen Bruder Marduk mit Hass verfolgte. Aber viel wissen wir auch aus den Kedor-Laomer-Texten, warum es zum Einsatz der Vernichtungswaffen kam.“

Andrea fragte: „War das nicht der Name eines Königs, der das Ostbündnis anführte? Ich habe ihn so ungefähr im Gedächtnis behalten, weil er sich nicht sumerisch anhört."

Es war der Name des Königs aus Elam, dem östlichen Nachbarn Sumers. Gegen das von ihm angeführte Ostbündnis hatte Abraham gesiegt.

Wenn man so will, hat Nergal mit seinem Beschluss, die Atomwaffen gegen seinen Bruder einzusetzen, unbewusst Marduk dazu verholfen, dass er zum Herr des alten Sumer ernannt wurde."

„Nicht ganz", war Andrea diesmal anderer Meinung. „Marduk hatte auch das Glück, dass die nukleare Wolke sein Babylon verschonte. Übrigens Babylon, wir haben in Berlin ja die Möglichkeit, im Vorderasiatischen Museum jederzeit Teile der blau glasierten Prachtstraße, die den Eingangsbereich der Palastanlage schmückte, zu bewundern. Ich war vor Jahren schon mal da, aber vor kurzem habe ich das alles mit anderen Augen gesehen. Immer hat man sich gefragt, wie die Menschen das damals schon gemacht haben. Jetzt, da ich weiß, das sie vor Jahrtausenden von den Nefilim angeleitet wurden, wird das und vieles andere erklärbar."

Gerald nickte dazu und sagte: „Auch das nördlich von Babylonien gelegene Assyrien hatte nicht weniger prächtige Städte. Schon die Bibel beschreibt die Orte Calah, Ressen und Ninive und preist ihre breit angelegten Straßen. In der Schöpfungsgeschichte wird genau berichtet, dass zuerst das Reich im Süden des Zweistromlandes, also Babylonien, da war, in dem auch die dortigen Städte genannt werden. Da werden Babel, biblisch für Babylon, Erech, was Uruk ist und Akkad genannt, die im Lande Schinear liegen. Schinear ist der Bibelname für Sumer. Weiter schreibt der Text, dass danach die Städte Assur und Ninive erbaut wurden, beides Hauptstädte des Assyrischen Reiches. So erfährt man etwas über die zeitliche Reihenfolge der Existenz großer alter Länder. Ausgrabungen bestätigen die Bibelaussagen. Bei der Ausgrabung von Ninive wurden die etwa 25.000 Tontafeln aus der Bibliothek des Königs Assurbanipals gefunden, die uns unschätzbares Wissen vermitteln, obwohl nur erst ein geringer Teil davon übersetzt wurde."

„Du sagtest, Babylonien und Assyrien waren die ganze Zeit ihrer Existenz Gegner?" fragte Andrea nach. „Sicher, weil die führenden Nefilim, unter deren Oberhoheit die Reiche standen, verfeindet waren."

„Genau", bestätigte Gerald. „Marduk, der Herr Babyloniens war der Kontrahent von Ninurta und Adad, die von den assyrischen Königen in ihren Berichten als ihre Herren genannt werden. Nergal muss sich dort ebenfalls wieder etabliert haben, denn er wird auch aufgeführt. Bei seiner eigenen Familie hatte er ja durch sein Fehlverhalten schon lange ausgespielt."

„Zu welcher Zeit gab es eigentlich Babylonien und Assyrien", wollte Andrea noch wissen.

„Das Babylonische Reich datiert man etwa auf 1900 vor Christus, Assyrien nur ein wenig später. Beide hielten sich trotz ihrer Rivalitäten recht lange Zeit, an die eintausendfünfhundert Jahre. Zu ihrer Blütezeit gab es im Nahen Osten jedoch noch ein weiteres starkes Land, das ebenfalls bekriegt wurde, oder seinerseits angriff. Das war das Gebiet in Kanaan, das später Judäa oder Israel genannt wurde. Zum Beispiel schrieb ein assyrischer König mit Namen Schalmanassar der Zweite, dass Jehu, der damalige König von Israel, ihm Tribut zollen musste. Nebenbei gesagt war damals die übliche Sprache zwischen den Ländern Aramäisch, die Sprache Jesu.

Andererseits half auch der Herr Jahwe, dass die Assyrer zurückgeschlagen wurden. Davon wird ebenfalls im Alten Testament berichtet. Die Nefilim bestimmten zu Marduks Glanzzeit noch immer die Kriegsführung auf Erden, ernannten Könige und griffen manchmal selbst in die Kämpfe ein. Zum Beispiel stand Inanna dem assyrischen König Esarhaddon bei. Die Kriege wurden auch auf Ägypten ausgedehnt, das ebenfalls andere Länder angriff. Am bekanntesten ist aus dieser Zeit wohl die Schlacht des Pharaos Ramses der Zweite. Er zog 1286 vor Christus gegen die Hethiter aus Kleinasien."

Andrea nickte. „Davon habe ich auch schon gehört. Die Schlacht bei Kadesch im heutigen Libanon."

„Genau die meine ich", stimmte Gerald zu. „Die Hethiter, die auf dem Land zu Hause waren, das jetzt der Türkei gehört, waren gute Krieger und Strategen. Sie warteten, bis die Ägypter einen Teil ihrer Streitmacht vorausschickten, griffen sie dann von allen Seiten an und schnitten auch den Rückweg ab. Ramses der Zweite nahm an der Schlacht teil und stand kurz davor, von den Hethitern gefangen genommen zu werden."

„Da rief er seinen Herrn an, andere sagen immer seinen Gott, rief ihn um Hilfe und bekam sie auch", warf Andrea ein. „Mir kam das immer wie eine Sage vor. Diesen Teil der Begebenheit hatte ich nie wirklich geglaubt."

„Das ging wohl den Meisten so", bestätigte Gerald. „Und? Hast du jetzt eine andere Meinung?"

„Da ich nun weiß, dass die Nefilim die Kriege befahlen, den Fortgang verfolgten oder auch direkt teilnahmen, habe ich natürlich eine andere Meinung. Im Fall der Schlacht von Kadesch wird einer von ihnen mit seiner überlegenen Waffe eingegriffen haben."

„Genau, Andrea. Deshalb hat Ramses auch auf seinen Inschriften vermerkt, was tatsächlich geschah. Natürlich hat er nicht „Gott" geschrieben, denn so wurden die Herren, die DIN.GIR, zu seiner Zeit nicht genannt. Aber im Kampf rief er sinngemäß: Mein Vater, hast du deinen Sohn vergessen? Ich tat doch nichts ohne deinen Befehl. Daraufhin erhielt er Hilfe, so dass die Hethiter wie gelähmt waren, die ihrerseits auch wussten, dass die Nefilim sie mit ihren unverständlichen Waffen kampfunfähig machten."

„Jetzt ist mir diese Schlacht viel verständlicher", bekannte Andrea. „Wer weiß, ob heute in geheimen Versuchen nicht auch schon an Waffen getüftelt wird, die eine ähnliche Wirkung zeigen. Wenn man zum Beispiel noch mehr über die Gehirnwellen weiß und wie sie zu beeinflussen sind, könnten unsere Wissenschaftler ebenfalls lähmende Wirkung erzielen. Wie auch immer, die Zeit der großen Reiche Babylonien und Assyrien war wieder einmal eine unendliche Abfolge von Kriegen und Überfällen", fasste Andrea zusammen. „Sag mir lieber noch, wann und wie das Ende der beiden Reiche kam, bevor ich alles Knabbergebäck aufgegessen habe."

„Das ist schnell erzählt, Andrea. Die assyrischen Städte Assur und Ninive wurden schließlich doch von Babylonien und dessen Verbündeten besiegt und zerstört. Das geschah 614 und 612 vor Christus. Babylon fiel 539 vor Christus König Kyros zum Opfer, der unter dem Schutz von Jahwe stand, also gar nicht so viel später."

„Geschichtlich gesehen ist das nicht mehr allzu lange, bis Christus geboren wurde", meinte Andrea. „Nachweislich waren also die Nefilim noch immer auf der Erde und hatten das Heft in der Hand. Aber was geschah noch bis zum Beginn unserer heutigen Zeitrechnung im damaligen Nahen Osten?"

Gerald überlegte, wie er die Geschehnisse kurz vor Christi Geburt zusammenfassen könnte.

„Es entstand wieder ein neues Riesenreich, das vielleicht größte. König Kyros und dann sein Nachfolger herrschten mit Erlaubnis der Nefilim nicht nur über das Gebiet der gefallenen Länder Babylonien und Assyrien, die das ganze Zweistromland umfassten, sondern auch über nördliche Länder wie das Hethiterreich und die Inseln im Mittelmeer. Auch der Westen entlang der Küste, dort wo Kanaan war, gehörte dazu. Sogar Gebiete im Osten wie Elam waren ebenfalls Bestandteil des neuen Reiches. Ein paar Jahre später eroberte der Sohn von König Kyros sogar Ägypten, besetzte Memphis und nannte sich dann zusätzlich noch Pharao. Das Beste daran war, dass dann eine lange Zeit Frieden herrschte, von dem die Menschen profitierten. Sie hatten sich weit entwickelt und auch jenseits des Mittelmeeres, das die Nefilim Oberes Meer nannten, eine hohe Kulturstufe erreicht.

Die mykenische und griechische Zivilisation war unter der Herrschaft des jeweiligen DIN.GIR entstanden. Die so genannten alten Griechen sind also gegenüber den älteren Kulturen von Sumer, Ägypten und der am Indus eine relativ junge Zivilisation."

„Da erst wurden also die Nefilim Götter genannt, weil die Griechen ihnen diesen Namen gaben", warf Andrea ein.

„Ja, wir haben schon darüber gesprochen", bestätigte Gerald. „Auch diese neueren Völker gingen natürlich auf Eroberungen aus. Am bekanntesten ist wohl die des Alexander von Makedonien. Er unternahm einen Feldzug, der das erste Mal nicht von den Nefilim befohlen wurde. Viele Altertumsforscher sind der Ansicht, dass seit dieser Zeit die Nefilim sich zurückgezogen hatten und die Menschen ihre Kriege allein planten und durchführten. Es könnte sehr wahrscheinlich so gewesen sein, denn auf den Inschriften, die von den Feldzügen berichten, fehlt seitdem die übliche Passage wie zum Beispiel: auf Befehl meines Herrn sowieso."

„Wann war das etwa?" wollte Andrea wissen. „Das war doch nach dem langen Zusammenleben der Menschen mit dem Volk vom Nibiru ein einschneidendes Ereignis."

„Auf jeden Fall", stimmte Gerald zu. „Ich habe auch nicht jede Jahreszahl im Kopf. Aber es muss so um 330 vor Christus gewesen sein, als die Menschheit sich allein bekriegte. Warum die Nefilim sich zurückzogen, werden wir vielleicht nie erfahren. Zieht man aber die ganze Entwicklung bis dahin in Betracht, kann man über mögliche Beweggründe spekulieren."

„Dann waren seit dem die Nefilim wirklich weg?" fragte Andrea impulsiv.

„Das kann dir niemand beantworten." Gerald überlegte. „Es könnte möglich sein, denn zu dieser Zeit näherte sich der Heimatplanet der Nefilim aus den Weiten des All wieder seinem sonnennähesten Punkt an und damit auch der Erde."

Andrea erinnerte sich: „Das letzte Mal war der Nibiru etwa 3800 vor Christus der Erde nahe. Das war doch die Zeit, als Uruk für Anu, den Herrscher dieses Planeten, gegründet wurde. Er besuchte unseren Planeten, weil die Umlaufkonstellation gerade günstig war."

„Ja, Andrea. Rechnen wir nun die 3.600 Jahre hinzu, die der Nibiru für ein schar, also für einen seiner Umläufe braucht, musste er um das Jahr 200 vor Christus wieder in Erdnähe sein, vielleicht auch etwas früher. Die Zeit würde somit passen. Es kann sein, dass die Anunnaki auch früher die Erde verlassen mussten, um ein günstiges Startfenster vom Orbit aus nicht zu verpassen, wenn sie im richtigen Augenblick ihren Heimatplaneten erreichen wollten."

Andrea trank einen Schluck heißen Tee und dachte nach. „Warum sollten sie sich von der Erde zurückgezogen haben, nachdem sie so verbissen um die Herrschaft auf unserem Planeten kämpften?“ wollte sie dann wissen.

„Auch darüber kann man nur Vermutungen anstellen“, meinte Gerald nachdenklich. „Vielleicht waren wir Menschen Enlil mal wieder ein Dorn im Auge. Kurz vor Christus muss die Menschheit zahlreicher denn je gewesen sein. Wir, die als ihre Diener gedacht waren, haben uns so hoch entwickelt, wie es anfangs nie geplant war. Vor der Sintflut lebten die Menschen noch abhängiger von den Nefilim, doch danach hatten sie einen anderen Status erhalten, der in der ersten menschlichen Zivilisation der Erde in Sumer gipfelte.

Vielleicht waren wir nicht nur zahlenmäßig kaum mehr beherrschbar, eventuell aber inzwischen auch zu selbstständig. Das kann man nicht eindeutig sagen. Die DIN.GIR der alten Garde, also Enki, Enlil oder Ninhursag hatten sich sowieso schon oft von der Erde zurückgezogen, in ihre Himmelswohnung, wie es in den Texten heißt. Das wird eine Orbitalstadt gewesen sein, deren primitivster Anfang unsere eigene ISS zurzeit ist.“

„Es kann auch sein, dass sie genug von den Streitereien auf Erden hatten, genug von ihren eigenen und denen der Menschen“, mutmaßte Andrea.

„Möglich, doch das Streiten zog sich durch die vielen Jahrtausende wie ein roter Faden, so dass sie sich kaum geändert haben konnten, es sei denn, der Heimatplanet gab einen Befehl zum Rückzug. Man muss auch bedenken, weshalb die Anunnaki überhaupt auf die Erde kamen. Es war des Goldes und der anderen Bodenschätze wegen. Daher könnte es auch sein, dass die Lagerstätten weitgehend ausgebeutet waren. Die Mengen, die in den alten Schriften beschrieben sind, gab die Erde ja nicht bis in alle Zeiten her. Das, was die Menschen später noch selber fanden, war für die Nefilim nicht mehr lohnenswert.“

„Sie haben doch viel Goldstaub zum Erhalt ihrer Atmosphäre gebraucht, nicht wahr?“ fragte Andrea.

„Das wurde als Beweggrund in etlichen alten mesopotamischen Texten angegeben. Mit diesem Auftrag kam Enki anfangs auf die Erde“, stimmte Gerald zu. „Es könnte also gut sein, dass die Ausbeute an Bodenschätzen für die Nefilim zu gering geworden war, und sie die Angelegenheiten der Menschen nur noch lästig fanden.“

Andrea spekulierte in eine andere Richtung. „Sie waren schon seit Jahrhunderttausenden ein raumfahrendes Volk. Es kann gut sein, dass sie einen anderen rohstoffreichen Planeten oder Mond mit den begehrten Materialien gefunden hatten.“

„Das ist natürlich eine Möglichkeit, die sehr wahrscheinlich ist. Eine eindeutige Antwort werden wir nicht finden", meinte Gerald und sagte noch: „Die meisten hochgestellten DIN.GIR und einfachen Nefilim werden vielleicht auf ihren Heimatplaneten gegangen sein, als er etwa 200 vor Christus in Erdnähe kam. Vielleicht sind einige aber noch immer im Orbit."

Andrea sah ihn überrascht an. „Du meinst, in der Himmelswohnung, wie es in den alten Schriften steht?"

„Ja, heutige Menschen würden Weltraumstadt sagen. Aber es ist sicher im Prinzip das Gleiche. Auch unsere Orbitalstation ISS ist ständig von Astronauten besetzt, wenn sie auch eine noch so kleine Himmelswohnung darstellt."

Andrea lächelte und sagte dann: „Dann könnten wir sie auch Igigi nennen."

Gerald schmunzelte nun ebenfalls und erinnerte an die eigentliche Bedeutung dieses Wortes. „Ja, das könnte man sagen, denn sie beobachten ebenfalls die Erde, in dem sie sich um unseren Planeten drehen. Oder wir könnten sie ebenso gut sumerisch TI.TA.AM nennen, was einfach soviel wie `die im Himmel leben` heißt."

„Dazu fällt mir der so genannte Vater der Weltraumtechnik ein", ergänzte Andrea. „Es ist noch nicht lange her, als ich wieder etwas über ihn gelesen habe. Hermann Oberth schrieb doch schon in den 1920er Jahren darüber, wie Raketenantriebe beschaffen sein müssten, um zu anderen Planeten zu gelangen. Im Zweiten Weltkrieg war er maßgeblich an der Entwicklung der V2-Raketen beteiligt. Aber am meisten hat mich beeindruckt, dass er schon vor vielen Jahrzehnten detaillierte Weltraumstädte entwarf. Er hatte Konstruktionspläne riesiger, um sich selbst drehender radförmiger Weltraumstationen entworfen. Durch die Drehbewegung entstand Schwerkraft, die derjenigen auf der Erde entsprach. Oberth plante auch weitere Einzelheiten zur Lebenserhaltung, Selbstversorgung und zu Wohnbedingungen. Ich finde es erstaunlich, wie manche Wissenschaftler ihrer Zeit voraus sind. Wenn die Menschen eines Tages seine Pläne technisch verwirklichen können, würden wir eine ganze Stadt voller TI.TA.AM im Weltraum haben."

Gerald nickte. „Wenn die Menschen in alter Zeit dazu Himmelswohnung sagten, ist es nur ein anderes Wort, das ihrem Entwicklungsniveau entsprach, dennoch meinen sie das Gleiche."

Andrea nahm ihre Tasse in beide Hände und rief sich ins Gedächtnis: „Da hatte Enlil also doch recht, als er Enki tadelte, die Erdlinge zu klug gemacht zu haben und sinngemäß sagte, dass ihnen fortan nichts mehr unmöglich sein könnte. Was sind sie dann noch Anderes als wir?"

Gerald führte den Gedanken weiter. „Enlil hat den Menschen oft übel mitgespielt, aber aus seiner Sicht Recht behalten. Da wir also heute selber genaue Vorstellungen von Urbanisationen im All haben, könnte man annehmen, dass etliche Nefilim noch immer im Orbit sind und die Entwicklung der Menschen verfolgen, um auf unsere Vermutungen zurückzukommen, wo sie jetzt wohl sein könnten", erinnerte Gerald und sagte weiter: „Diese Frage kann zur Zeit niemand beantworten. Die Frage aber, ob sie auf der Erde waren, ist eindeutig durch das Alte Testament, durch Ausgrabungen und durch eine sehr große Anzahl der verschiedensten aufgefundenen und übersetzten alten Schriften bewiesen. Wir wissen in erstaunlichen Einzelheiten, wie diese fremden Herren hier lebten und was sie taten, als die Erde noch nicht unsere war."

Weitere spannende Sachliteratur und Romane zu historischen Themen finden Sie im Ancient Mail Verlag:

Daniela Mattes
Roland M. Horn

Der letzte Atlanter

(gemeinsam mit Roland M. Horn)

Roman

ISBN 978-3-944198-95-8, DIN A5, Paperback, 95 Seiten, € 9,80

Ein Schiffbrüchiger wird in Afrika angespült und von einem Eingeborenenstamm aufgenommen und gepflegt. Dabei erzählt der Verletzte dem Schamanen eine unglaubliche Geschichte. Denn der Mann stammt aus Atlantis und hat den Untergang der Insel überlebt. Doch er hütet noch ein weit schrecklicheres Geheimnis ... (auch als ebook erhältlich)

Daniela Mattes

Das Haus im Moor

Roman

ISBN 978-3-95652-040-2, Paperback, Din A5, 114 Seiten, 12 s/w-Abbildungen, € 9,80

Dagmar Hirsenberg erbt von ihrem verschrobenen Onkel Theo ein altes Haus im Moor – mitten im Naturschutzgebiet. Sie hat vor, mit ihren Freunden dort ein nettes Wochenende zu verbringen, doch die Clique findet sich rasch inmitten eines lebensgefährlichen Szenarios wieder. Im Moor scheint es nicht mit rechten Dingen zuzugehen. Seltsame Wesen, die Hinterlassenschaft eines Alchemisten und eine unglaubliche Raum-Zeit-Anomalie sorgen für Spuk und böse Überraschungen. Mit dem Mut der Verzweiflung richtet sie sich im Moor häuslich ein, um das Geheimnis des Ortes zu lüften und einiges wieder ungeschehen zu machen ... (auch als eBook erhältlich)

Felix R. Paturi

Das Hependeon

- Die Schüler des Mystikers -

Roman

ISBN 978-3-95652-041-9, Paperback, Din A5, 329 Seiten, 95 s/w-Abb., € 16,50

Das Hependon ist ein großes mystisches Symbol, das die bedeutendsten heiligen Zahlen der weltumspannenden Religionen und Weisheitslehren in sich vereinigt. Anhand dieses Zeichens führt ein geheimnisvoller alter Meister den jungen Physiker Bastian und die Mathematikstudentin Kaja in die spirituelle Gedankenwelt ein, die sich hinter den mystischen Zahlen verbirgt. Sie erfahren von den tiefen Weisheiten des Oroboros, des Dorje, der Triskele, des Swastika, des Pentakels, der Bagua, der Blume des Lebens, indischer Yantras und zahlreicher anderer uralter Zahlensymbole. Dabei erwerben sie zugleich Schritt für Schritt ein tragfähiges und alltagstaugliches spirituelles Fundament für ihr eigenes Leben. Der Autor entwickelt in seinem Roman aus den mystischen Lehren des alten Ägypten und Mesopotamien, der nordischen Mythologien, indianischer Weisheiten und so bedeutender religiöser und philosophischer Systeme wie Judentum, Christentum, Islam, Hinduismus, Buddhismus, Daoismus oder Baha'i ein in sich erstaunlich geschlossenes ethisches Wertesystem, wie es in unserer modernen Welt viele Menschen schmerzlich vermissen.

Hartmut Großer

Die Illojiim

Konstrukteure der Menschheit

ISBN 978-3-95652-119-5, Din A5, Pb., 145 Farb-Abb., € 19,50

Die Illojiim sind eine Spezies, die in vielen alten Schriften, und auch noch heute, mit unterschiedlichen Namen, aber immer als Teil der Schöpfung, meistens als Gottheit oder gottgleich, erwähnt und verehrt wird.

Die Dokumentation zeigt das Eingreifen dieser Spezies in die Entwicklung unseres Planeten und die der Menschheit in den letzten 1, 5 Millionen Jahren. Hierbei sind im 1. Teil des Buches Ihre Geschichte und Ihr Eingreifen in die menschliche Evolution dargestellt, während der 2. Teil mit entsprechenden Beweisen aufwartet.

Hartmut Großer

Apollo 20

Eine Mondlandung, die angeblich nie stattgefunden hat

ISBN978-3-95652-120-1, 215 Seiten, Din A5, Pb., 114 Farb-Abbildungen, € 16,90

Im April 2007 veröffentlichte ein Mann einige Filme auf YouTube, welche Aufnahmen einer geheimen russisch/amerikanischen Mondmission zeigen. Hierbei soll es sich um die ultrageheime Apollo-20-Mission handeln.

Ziel der Mission war die Untersuchung eines großen zigarrenförmigen Objektes und weiterer kleinerer Objekte in dessen Nähe auf der dunklen Seite des Mondes, welche während der Apollo-15-Mission von 1971 fotografiert wurden.